OHDAKEMAA I

MUUKALAINEN, VAELTAJA JA PRINSESSA

Omalle laumalleni ja hengenheimolaisille,

eksyksissä oleville, kyllästyneille etsijöille,

Kaikkeuden Luojalle kunniaksi,

kenties siemeneksi,

jolle Luoja antakoon kasvun,

jos niin tahtoo,

rikkakasviksi massaviihteen peltoon.

T. H. Hukka

OHDAKEMAA I

Muukalainen, Vaeltaja ja Prinsessa

FSC
www.fsc.org
MIX
Paperi vastuul-
lisista lähteistä
Paper from
responsible sources
FSC® C105338

Kustantaja: BoD – Books on Demand, Helsinki, Suomi
Valmistaja: BoD - Books on Demand, Norderstedt, Saksa
ISBN: 978-952-339-048-5

Kuvitus ja kannen suunnittelu: T. H. Hukka

OHDAKEMAA

Sinä maailmanaikana, kun ihmiset eivät vielä tienneet, minne maan ääret ulottuivat, eivätkä viestit kulkeneet maan päältä avaruuksiin, ihmismieli askarteli kovin arkisissa asioissa; peläten sitä, mitä ei voinut käsin koskettaa, käsittää ja ottaa haltuunsa, ja etsien turvaa siitä, mikä oli tuttua. Jos ihmislapsi ei syntynyt turvalliseen syliin eikä saanut kokemusta siitä, että hän saisi kaiken, mitä elääkseen tarvitsee, hänelle jäi kyltymätön nälkä. Tämä nälkä on nimeltään Ahneus. Ja silloin, kun Ahneus yhtyy pelkoon siitä, että joku muu vie sen, mitä itse tarvitsisi, syntyy vallanhalua. Ja pelokkaasta vallanhalusta sikiää järjetön ja sokea tuhovimma.

Edelleen on niin. Vaikka maailma muuttuukin ulkoisesti, ihminen on aina altis pelkäämään sitä, mitä ei ymmärrä ja mitä ei saa hallintaansa.

Ja jos kylvät ympärillesi lisää pelkoa, jokainen ohdake, joka juurtuu viljelysmaahasi, on vastustava pelon ylivaltaa.

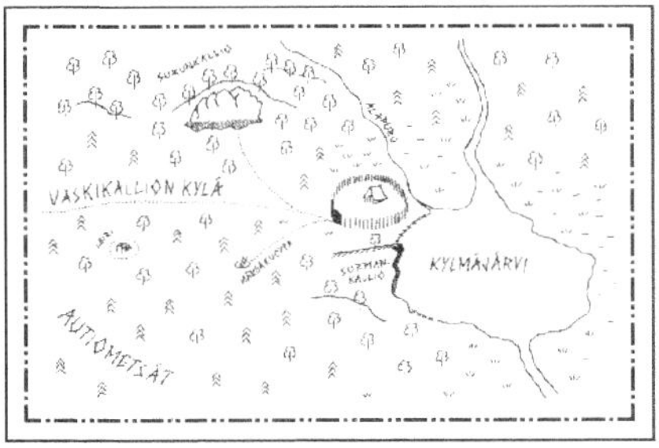

OSA i: MUUKALAINEN

Kun aurinko katoaa eli Jokimin tarina

LUKU I

Hän ilmestyi kuin tyhjästä. Mikään ääni tai liike ei hänen saapumistaan paljastanut. Olin kumartunut ottamaan jouseni mättäältä, jolla se oli levännyt ansaa virittäessäni, ja kun nostin katseeni, hän oli siinä, aivan kuin tuulenpuuska olisi heittänyt hänet siihen mukanaan, aivan ääneti, varoittamatta. Hänellä oli likainen, repeytynyt puku, ja hänen huppunsa roikkui kasvoilla varjostaen hänen silmiään. Hänen suunsa oli kuin ruhje runnelluissa kasvoissa, ja toista poskea rumensi sinipunainen laikku. Hän huohotti raskaasti, ja kun hän kohotti kasvojaan, näin hänen silmänsä. Toinen oli muurautunut umpeen, mutta toinen tuijotti minua pahantahtoisesti kyräillen ja arvioiden. Ensimmäinen ajatukseni oli perääntyä ja paeta. Hän oli uhkaava ja pelottava, vieras, väkivaltaisen näköinen olento, joka näytti olevan valmis käymään kimppuuni vähäisestäkin syytä. Ehkä hän tarttuisikin minuun, jos yrittäisin paeta. Mutta toisaalta, kenties hän tarvitsi apua ja oli epätoivoinen. Jähmetyin aloilleni ja vain tarkkailin häntä, kun hän tarkkaili minua. Jos hän tarvitsi apua, voisinko olla auttamatta häntä? Mutta hän vaikeni; ei pyytänyt apua, eikä sanonut mitään muutakaan. Oliko hän sekaisin mieleltään? Vai eikö hän osannut edes puhua?

Oikaisin itseäni hieman ryhdikkäämmäksi ja varauduin käyttämään joustani lyömäaseena, jos hän hyökkäisi päälleni kaikessa mielettömyydessään. Kun liikahdin, hänen silmänsä hakeutui nopeasti jouseeni. Hetken aikaa hän tuijotti sitä, ja hänen kasvoillaan kävi pelkoa muistuttava ilme. Hänen jalkansa alkoivat nytkähdellä ja hänen toinen silmänsä avautui selälleen, niin että hetken aikaa minua tuijotti pelkkä verestävä valkuainen. Sitten hänen jalkansa pettivät, ja hän rojahti sammalikkoon. Silloin rohkenin astua eteenpäin ja kumartua hänen puoleensa. Hän oli tilassa, jossa ei ole tietoa eikä ymmärrystä, kuin syvässä unessa. Hän oli kaikkinensa kovin ruman ja vastenmielisen näköinen, ja vammojensa takia sitäkin kammottavampi. Hän näytti siltä kuin olisi pudonnut kalliolta tai törmännyt vankkureihin. Lisäksi hän oli luultavasti nälissään ja janoissaan, ja siksi voimaton. Ehkä voimattomuus oli sumentanut hänen järkensä, niin ettei hän ymmärtänyt tavanneensa vaarattoman olennon.

Autoin häntä miten taisin. Sidoin hänen ruhjeensa, kostutin hänen kasvojaan ja yritin valuttaa vettä leilistäni hänen verestäville, rikkoutuneille huulilleen. Kun hän ei vieläkään tointunut, jätin hänet siihen ja lähdin tietämälleni hylätylle mehiläispesälle. Kun palasin nokare hunajaa sormissani, hän oli edelleen tiedoton. Hienoista vastenmielisyyttä tuntien työnsin hunajaa hänen suuhunsa, tiputin vettä hänen huulilleen ja pyyhin hänen kasvojaan. Vähitellen hän alkoi raotella silmiään. Toinen silmä oli niin turvoksissa, ettei auennut kunnolla. Kun hänen parempi silmänsä aukeni, hänen kasvoilleen levisi pelon ja vihan sekainen ilme, ja hän tarrasi minuun kiinni kuin kauhu-unta nähnyt, kuumeen sekoittama lapsi.

”Sinä kurja, kuka olet? Mikä kylä tämä on? Aiotko ryöstää minut?” hän huusi käheästi, mutta koska hänen voimansa olivat vähäiset, irrottauduin helposti hänen otteestaan ja peräännyin.

”Hoidin sinua, koska sinulla on vammoja, etkä ollut tajuissasi. Kuka itse olet? Kyläni on Vaskikallio, eikä täällä pidetä muukalaisista.”

”Vaskikallio? Vaskikallio?” hän toisteli korahdellen. ”Mikä kylä semmoinen on? Eikö tämä olekaan Jokikylä?”

”Ei. Jokikylä on jossain lännempänä”, sanoin. Hän sulki silmänsä, irvisti, hengähti raskaasti ja yritti kohottautua. Astuin lähemmäs auttaakseni häntä. Silloin hän huitaisi minua nyrkkiin puristetulla kädellä ja huusi käheästi.

”Pysy loitolla, lurjus! Yrität kuitenkin ryövätä minut!”

”Enkä yritä! Olisin vain auttanut sinut ylös”, sanoin huoahtaen. ”Sinun täytyy levätä ja juoda ja syödä kunnolla ennen kuin voit jatkaa matkaasi. Voin taluttaa sinut metsäleiriini, siellä voit levätä.”

Hän rauhoittui ja laski nyrkkiin puristuneet kätensä sivuilleen, mutta tuijotti minua edelleen epäluuloisena.

”Yrität hyötyä minusta kuitenkin. Luuletko että annan sinulle kolikoita, häh?”

”Mitä ihmeen kolikoita? En tarvitse mitään… sellaisia. Annan sen, mitä minulla on, ja sinä kiität minua toipumalla ja jatkamalla matkaasi”, puuskahdin tuntien kärsivällisyyteni loppuvan. Hän todella oli olemukseltaan vastenmielinen ja kaiken lisäksi ilkeä, eikä hänen auttamisensa todellakaan tuntunut palkitsevalta.

”Ovela lurjus!” hän huudahti. ”Teeskentelet ystävällistä, että saat minut ansaan!”

”Miksi tekisin niin? En tarvitse sinulta mitään!” puuskahdin. ”Luulin, että sinä tarvitset apua, mutta ellet tarvitse, jatkan omia puuhiani ja toivon sinulle voimia jatka omaa matkaasi. Jos aioit Jokikylään, niin kannattaa palata sinnepäin mistä tulit! Sehän on kaukana lännessä.”

”Odotahan!” hän huudahti, kun olin jo tarttunut uudelleen jouseeni ja aioin kääntyä pois hänen luotaan. ”Mistä olet saanut tuon jousen?”

”Tämänkö? Tein sen itse”, sanoin. Hän tuijotti minua pistävästi, silmiään siristellen. Hänen katseensa osui vyötäisilleni ja pysähtyi tuppeen, jossa pidin veistäni.

”Entä tuo, tuo veitsi, kuka sen on tehnyt?”

”Minä. Miksi kysyt?” kysyin hämmentyneenä. Hänen aukinaisessa silmässään kävi välähdys, josta en pitänyt, ja aloin epäröidä. Ehkei ollutkaan viisasta auttaa häntä enempää, sillä hänessä oli jotakin pelottavaa; sellaista, mikä muistutti minua ahdistavista menneistä tapahtumista, joita en olisi halunnut muistaa, ja jollaisiin en olisi halunnut sekaantua lainkaan.

”Taidat olla taitava aseseppä”, hän murahti. ”Muut varmasti maksavat sinulle tuollaisista, vai?”

”Saan mitä tarvitsen, kun annan mitä osaan”, sanoin hivenen kärsimättömällä äänellä. ”Haluatko että autan sinua, vai lähdenkö pois?”

”Onko sinulla leirissäsi ruokaa?” hän kysyi ja yritti nousta jaloilleen.

”On, kuivattua kalaa ja juurikkaita”, huoahdin harmitellen sitä, ettei hän halunnutkaan jatkaa matkaansa.

”Vie minut sinne”, hän hymähti tylysti. En enää edes yrittänyt tarjota hänelle käsivarttani. En halunnut oikeastaan edes koskea häneen; hän oli todella alkanut iljettää minua. Johdatin hänet kuitenkin leiriini, valmistin hänelle sijan, jossa levätä, ja annoin hänen syödä. Syötyään hän varoitti minua kuoleman uhalla koskemasta itseensä, ja kävi levolle. Katselin häntä jonkin aikaa, mutta sitten minun oli käännettävä katseeni pois hänestä. Hänen hahmonsa herätti minussa muistoja, joita en todellakaan olisi halunnut muistella. Hänen vihamielinen, ruhjoutunut olemuksensa toi mieleeni miehet, jotka tunkeutuivat lapsuudenkotiini vuosia sitten. Olin ollut ehkä muutaman vuoden ikäinen lapsi, ja muukalaiset oivat tuhonneet kaiken sen, mikä oli ollut minulle rakasta.

Saatoin yhä muistaa, miltä äitini näytti, kun hänen kasvonsa kääntyivät puoleeni ja hänen lempeä katseensa sai minut tuntemaan itseni autuaaksi. Muistin myös isäni vahvat käsivarret, hänen mustan partansa ja harmaat silmänsä, joiden tiesin katselevan rakastavasti kaikkea mitä tein. Sitten tapahtui se kauheus, johon nuo mielessäni kummittelevat, vihamieliset miesten kasvot liittyivät. En kyennyt palauttamaan tapahtumia mieleeni kovin tarkoin, mikä oli toisaalta helpotus. Tiesin vain, että rosvojoukko oli hyökännyt kotiini. Olin päässyt pakenemaan, mutta kohtaaminen rosvojen kanssa oli jättänyt arven poskeeni. Luultavasti olin juossut kasvot verisinä naapurikylää kohti, paeten kivun ja kuoleman kauhu perässäni, kunnes olin tuupertunut Pohjanväylän varteen heikkona ponnistuksesta, nälästä ja pelosta.

Siitä tien varresta minut löysi joukko Vaeltavia Veljiä. He saivat selville, mitä kylässä oli tapahtunut, ja koska siellä ei ollut enää ketään, joka olisi voinut ottaa minut huolehdittavakseen, he ottivat minut mukaansa. Yksi Vaeltajaveljistä, Daniyeel, tuli minulle erityisen läheiseksi. Hän kertoi tunteneensa isäni sukulaisia Ohdakemaassa, joka oli viikkojen taivalluksen päässä Pohjanväylän pohjoisesta päästä. Vaeltaja Daniyeel otti minut huolehdittavakseen ja kasvatti minua. Vaelsimme kylästä kylään ja saimme ruokaa ja yösijan hyväntahtoisilta ihmisiltä. Vastineeksi Vaeltajaveljet lohduttivat murheellisia, auttoivat sairaita ja hyvästelivät kuolevia.

Kuljin Vaeltajien mukana ainakin kolme vuoden kiertoa. Ensin vaelsimme etelään, ohitse Neljäntienristeyksen, aina suurten valtakuntien rajamaille, mutta Vaeltajat eivät halunneet jatkaa sitä etelämmäs. Käännyimme takaisin pohjoiseen, kuljimme suurten vesien rannoilla lännessä, ja kiertelimme pienissä kylänpahaisissa, ja välillä leiriydyimme viikoiksi keskelle erämaametsiä. Vuosien jälkeen saavuimme uudelleen Neljäntienristeykseen, jossa Itätie ja Länsitie, Pohjanväylä ja Eteläntie erkaantuvat toisistaan.

Silloin Daniyeel lähti erilleen muusta Vaeltajajoukosta, ja minä seurasin häntä itään. Päiväkausien taivalluksen jälkeen saavuimme syrjäiseen Vaskikallion kylään, jonne johti pelkkä harvoin käytetty kärrypolku. Daniyeel ei itse aikonut viipyä siellä kovin pitkään, vaan hän aikoi jatkaa vaellustaan etelämmäs, suurten valtakuntien alueille, Ohdakemaan itäisiin osiin. Niinpä hän jätti minut kyläläisten luo. Hänellä oli syynsä erota minusta, vaikken silloin niitä ymmärtänytkään, enkä olisi halunnut hänen lähtevän.

Kylän sepän perhe otti minut hoiviinsa, ja alkuun minusta tulikin sepän oppipoika. Koska ruumiini ei kuitenkaan ollut ihanteellinen paljon voimaa vaativaan työhön, minun osakseni lankesi pienempien esineitten valmistaminen. Koska minua kiinnosti myös puun veistäminen, pääsin loppujen lopuksi puusepän oppiin, ja sitä kautta löysin nykyisen työni. Sen ajan, mitä töiltä jäi, kalastin, etsin riistaa ja vaihdoin ajatuksia ystäväni Petruksen kanssa.

Kylän ihmiset olivat kyllä pitäneet minusta huolta, vaatettaneet ja ruokkineet minut, mutta koko ajan tunsin olevani erilainen, ulkopuolinen heidän silmissään. Vaeltajaveli Daniyeel oli sanonut minulle, että ihmiset pitävät siitä, mikä on heille tuttua, ja kovin usein kammoavat sitä, mikä on vierasta. Hän valmisti minua sopeutumaan siihen, että kuluisi aikaa ennen kuin alkaisin olla kyläläisille riittävän tuttu hyväksyttäväksi. Mutta vuosia oli kulunut, ja olin yhä kuin vieras heidän joukossaan; kenties hyödyllinen ja joskus jopa tervetullutkin vieras, mutta en sen enempää. Olin myös ulkoisesti erilainen kuin he. Olin hiuksiltani tumma, kasvoiltani kalpea ja ruumiiltani solakka. Useimmat kyläläiset olivat vaaleita ja kookkaita ihmisiä. Miehet olivat yleensä minua pidempiä, vaikka iältäni aloin olla mies itsekin. Kookkaimmat kylän naiset olivat jopa minua pidempiä ja rotevampia. Jotkut suhtautuivat minuun hieman säälittelevästi, jotkut avoimesti kiusoitellen. Mutta kylän lapset pitävät minusta, koska en ollut niin vakavamielinen kuin heidän vanhempansa, ja heistä sain usein seuraa, jos sellaista kaipasin.

Käsityötaitojeni lisäksi minulla oli taito, jota kyläläiset kummeksuivat. Osasin tehdä puheesta ja ajatuksista kuvia. Vaeltajaveljet olivat kantaneet mukanaan erikoisia kääröjä. Ne olivat kokoon rullattuja ohuita levyjä, joihin oli piirretty merkkejä. Daniyeel oli selittänyt minulle, mitä merkit tarkoittavat, ja opettanut minua muuttamaan omat ajatukseni ja puheeni merkeiksi, joita joku saman taidon hankkinut voisi tulkita. Vaeltajat sanoivat sitä kirjoittamiseksi, ja merkkien tulkintaa he sanoivat lukemiseksi. Heillä oli käytössään tummaa nestettä, jota he valuttivat hanhensulan kärjellä noille levyille, jotka olivat keveitä ja ohuita kuin tuohi.

Minulla ei ollut käytössäni sitä mustaa nestettä, joten en tarvinnut sulkaakaan. Sen sijaan käytin terävää piikkiä ja tuohilevyjä. Raapustelin kaiken aikaa merkkejäni, ja kyläläisiä kummeksutti ja jopa suututti, kun he eivät ymmärtäneet, mitä tein. Yritin opettaa joillekin lapsille merkkieni salaisuutta, mutta he hylkäsivät opetukseni varsin pian, koska eivät käsittäneet, mitä hyötyä moisesta olisi heille voinut olla. Ainoa, joka syventyi kanssani merkkien maailmaan, oli kylän Vanhimman poika, Petrus. Hänellä ei oikeastaan ollut virallista lupaa oleilla kanssani, koska olin arvoltani alempaa väkeä, mutta tapasimme toisiamme metsässä, ja usein hän vietti aikaa leirissäni silloinkin, kun hänen oikeastaan oletettiin olevan metsällä tai kalastamassa.

Petrus oli kiinnostunut elämästä kylän ulkopuolella; kaukaisista valtakunnista, loputtamasta vedestä, jota sanottiin mereksi, ja Vaeltajaveljien opetuksista. Selitin hänelle asioita, joita Daniyeel oli minulle opettanut, ja kerroin tarinoita, joita Vaeltajaveljet olivat kuulleet matkoillaan etelässä. Kerroin myös kaikesta mitä itse olin matkoillani nähnyt. Yhdessä vietettyjen hetkien myötä meistä tuli ystäviä, ja opetin hänelle merkkien salaisuuden. Muitten ihmisten nähden Petrus ei yleensä puhellut kanssani, etten minä joutuisi Vanhimman epäluulojen kohteeksi, mutta heti kylän ulkopuolella, metsissä, hän oli minulle kuin veli.

Minulla oli ollut oikeakin veli, minua vanhempi, ja sen lisäksi minulla oli ollut itseäni hieman nuorempi sisar. Usein mietin, mitä heille oli tapahtunut väkivaltaisten ryöstäjien hyökätessä kotiini. Muistikuvani tapahtumista olivat hajanaisia, enkä enää muistanut sitäkään, olivatko sisarukseni olleet sisällä tuvassa, kun ryöstäjät tulivat sisään, vai jossakin muualla. Ilmeisesti Vaeltajaveljetkään eivät olleet kuulleet sisarusteni kohtalosta, tai sitten minulle ei haluttu sitä kertoa, jos se olisi ollut liian järkyttävää lapsen korville. Usein kuitenkin muistelin sisaruksiani ja toivoin heidän elävän jossakin. Haaveilin siitä, että jonakin päivänä lähtisin vaeltamaan ja etsisin sisarukseni.

Vaskikallion kylä oli päivämatkojen päässä Pohjanväylästä, jonka sanottiin olevan suorin tie etelästä pohjoiseen. Hyvin harvoin kylään sattui muukalaisia. Sen jälkeen kun itse olin sinne muukalaisena saapunut, muistan vain muutaman kerran vuodessa tavanneeni muista kylistä tulleita ihmisiä. Yleensä he olivat kauppiaita, jotka toivat suolaa ja joitakin kaukaisista maista hankkimiaan tuotteita. Kyläläiset ostivat suolaa ja mausteita vuosiksi eteenpäin. Kukaan ei halunnut lähteä hakemaan mitään Pohjanväylän takaa, kaukaisista naapurikylistä. Kylän ulkopuolella oleskelua pidettiin vaarallisena, ja vaarallista se saattoi joskus ollakin, koska asumattomilla seuduilla eli paljon petoja, jotka silloin tällöin surmasivat liian kauas kylästä eksyneitä ihmisiä. Kellään ei ollut erityistä halua lähteä tutkimaan maailmaa lähimetsiä kauemmaksi. He valitsivat puolisonsakin mielellään omasta kylästä, osaksi oman suvun piiristä. Vain uhkarohkeimmat nuorukaiset lähtivät etsimään vaimoa muualta, ja toisinaan kylään saattoi eksyä kauppias, jonka tytär jäi vaimoksi jollekulle kylän nuorukaisista.

Kylän väkiluku ei kasvanut vuosikymmeniin, koska uusia pariskuntia syntyi kohtalaisen harvoin. Jokaista kylään syntyvää juhlittiin, mutta muualta tulleita katseltiin varauksella. Ihmiset olivat onnellisia omissa toimissaan ja toistensa seurassa. He olivat kiinnostuneita omasta perheestään ja suvustaan, omista viljelyksistään ja vuohi- ja lammaslaumoistaan. Niin kauan kun elämä jatkui ennallaan, kaikki oli heidän mielestään hyvin.

Kylään tultuani olin omaksunut jonkin verran Vaskikallion väen tapoja. Mutta olin silti erilainen, enkä vain näöltäni, vaan myös mieleltäni. Olin levoton, jos minun odotettiin pysyvän kylän paaluaidoituksen sisäpuolella. Halusin kulkea vapaana metsissä, tutkia puita ja kasveja, tarkkailla eläimiä, kiivetä kallioilla ja uida puroissa ja järvissä. Kyläpäällikön poika Petrus oli oppinut noita ”huonoja tapoja” minulta, mutta hän piti ne mahdollisuuksien mukaan salassa muilta, jottei minua syytettäisi hänen turmelemisestaan. Jouduin muutenkin herkästi kaikkien silmätikuksi, ja jos jotakin outoa tapahtui kylässä, ihmisillä oli tapana aprikoida, olikohan ”Vaeltajien poika” ollut asialla.

Muistot vuosien varrelta pyörivät mielessäni, kun katselin sitä rumaa, nukkuvaa muukalaista, jota elämä näytti kohdelleen vähemmän helläkätisesti. Hän tuskin kertoisi minulle, mistä oli tulossa ja miksi hän halusi Jokikylään, joten sitä olisi turha häneltä kysyäkään. Epäilin, että hän oli tullut jostakin etelästä, ehkä rannikolta. Isoimmissa kylissä kulki ihmisiä, jotka saattoivat ryöstellä toisten omaisuutta ja jopa tappaa saadakseen vaatteita tai ruokaa. Olin matkoillani saanut selville, että työkaluihin käyttämämme metalli oli arvokasta tavaraa muualla, ja että siitä tehtiin lähinnä aseita. Meillä sitä ainetta saatiin järvenpohjasta omiksi tarpeiksi riittämiin, eivätkä kyläläiset pitäneet tärkeänä tuottaa sitä sen enempää kuin kylässä tarvittiin. Kyläläiset käyttivät vaihtokauppatavarana lähinnä turkiksia, vuohenjuustoa ja lampaantaljoja.

Se maailma, josta Daniyeel ja muut Vaeltajaveljet olivat kertoneet, vaikutti toisaalta kovin vastenmieliseltä paikalta, mutta toisaalta vaeltava elämäntapa kiehtoi minua. En kuitenkaan haluaisi koskaan mennä niille seuduille, missä ihmisiä olisi liikaa pienellä alueella. Mutta halusin joskus uudelleen nähdä suuret vedet, ja olisin halunnut nähdä vuoristoja, joista Daniyeel oli kertonut. Etelämpänä, suurten valtakuntien alueella, olisi niin korkeita mäkiä, ettei niitten huipulle edes pääsisi, ja niitten laella saattoi olla lunta kesälläkin.

Mieleni muuttui levottomaksi, kun muistin, että minun olisi pian palattava kylän paaluaidoituksen sisälle, tai käytävä ilmoittamassa portinvartijalle, että yövyn ulkona. Yleensä kyläläiset hätääntyivät, jos joku ei ollut tullut yöksi kotitupaansa. Ellen ilmoittanut, että yöpyisin metsässä, jotkut saattaisivat lähteä etsimään minua. Tai ehkä vain Petrus lähtisi. Kukaan muu ei ehkä haluaisi riskeerata henkeään minun takiani. En pitänyt siitä, että minun piti ilmoitella tulemiseni ja menemiseni; se tuntui siltä kuin olisin ollut aitauksessa pidettävän lampaan asemassa. Toivoin usein, että kyläläiset olisivat antaneet minun elää rauhassa, omalla tavallani, ja siksi olinkin melkein jo päättänyt, että jonakin päivänä jättäisin Vaskikallion kylän taakseni, etenkin ellei ilmaantuisi mitään erityistä syytä jäädä heidän pariinsa.

Kasvava kärsimättömyys sai minut nousemaan jalkeille. Astelin metsän poikki kohti Surunrotkoa. Se oli paikka, jonne usein vetäydyin tarvitessani hiljaisuutta. Kukaan muu kyläläisistä ei käynyt siellä muulloin kuin hyvästellessään vainajaa. Siellä saatoin aistia hiljaista surua, mutta myös rakkautta, jota surevat ihmiset olivat tunteneet hyvästellessään läheisensä. Metsän läpi oli syntynyt tuhansien askelien painama polku rotkon reunaan saakka. Sinne oli vuodesta toiseen kannettu kylän vainajat puisella lavallaan; tuohikoristeitten, kuivien kukkien ja olkipeitteen verhotessa elotonta ruumista. Rotkon pohjalla oli menneitten aikojen kuolleitten tuhkaa, ja vainajan hyvästijättöä varten sinne pudotettiin kuivia puita, joiden päälle lava varovasti laskettiin. Ensin kuitenkin vainajan lähin omainen laski kuolleen kasvoille puisen naamion, joka esitti vainajaa rauhan saaneena. Kun lava oli laskettu kuopan pohjalle, saattoväki peitti lavan pudottelemalla syleittäin kuivia olkia sen päälle. Kun lavasta ja ruumiista ei enää näkynyt kuin pieni kumpu, vainajan lähin omainen kaatoi hiiliastian olkien päälle. Niin liekit söivät ruumiin, ja taivaalle nouseva savu muistutti siitä, että vainajan henki, hänen ruumiissaan asunut elämä, palasi Kaikkeuden Luojan luo korkeuksiin.

Minun tehtäviini puusepän oppipoikana kuului olla apuna saattolavan valmistamisessa ja veistää tuohikoristeet ja kuolinnaamio. Pidin erityisesti kuolinnaamion veistämisestä, ja jotkut sanoivat, että minulla oli siihen erityistä taitoa. Olin usein saattoväen mukana ja katselin, miten ihmiset jättivät hyvästit vainajalle. Surunrotkon lähistöllä ilmassa oli todellakin paljon surua, mutta myös hiljaista rakkautta. Siksi saatoin aistia siellä rauhaa, jossa oli jotakin kaihomielistä, mutta myös lohdullista.

Astelin rotkon reunalle ja katselin alas. Edellisestä vainajansaatosta oli jo monta kuunkiertoa. Alhaalla oli vain tuhkaa; ei mustuneita luita tai huonosti palaneita puunkappaleita. Vastapäätä kohosi kallio, jota sanottiin Surunkallioksi. Vanhin oli jostakin vanhoihin perinteisiin liittyvästä syystä kieltänyt kalliolle kiipeämisen. Kallio oli äkkijyrkkä ja melko sileä, ja sen tummanpuhuva pinta muodosti hienon taustan kuopasta kohoaville liekeille ja savulle. Mutta keskellä seinämää oli pitkä, kellertävänä kimaltava juova. Toisinaan, kun auringon säteet osuivat siihen, se loisti auringon valoa. Toisiaan se näytti kellertävältä kuin niittykukat, toisinaan punertavalta kuin erään neidon hiukset. Juova oli ainakin miehen korkuinen ja leveimmältä kohdaltaan ehkä käsivarteni paksuinen.

Kukaan ei tiennyt, mistä juova oli tullut. Kyläläiset arvelivat, että Maailmojen Luoja oli laittanut sen siihen koristamaan rotkoa ja ilahduttamaan kauneudellaan surullista saattoväkeä. Kukaan ei saanut koskea siihen, ettei se tärveltyisi, eikä siihen kovin helposti olisi ulottunutkaan, ellei olisi laskeutunut vainajien tuhkaan kuopan pohjalle ja kiivennyt vastakkaista seinämää pystysuoraan ylös, tai sitten laskeutunut köyden varassa alas kallion laelta. Mutta jälkimmäinen keino oli mahdoton toteuttaa, koska, kuten sanottua, kalliolle kiipeäminen oli kiellettyä, eikä kellään yleensä tullut mieleenkään tehdä sellaista, minkä kylän Vanhin oli kieltänyt.

Petrus oli kertonut minulle, että vuosikymmeniä aiemmin kylässä oli käynyt muukalainen, joka oli antanut kimaltavalle juovalle nimeksi ”Viacaelum”. Se oli outoa kieltä, jota Vaeltajaveljet osasivat, mutta minä olin oppinut sitä vain muutaman sanan. En tiedä mikä ajatus tuon vieraskielisen nimen taustalla oli ollut, mutta sillä nimellä juovaa nimitettiin edelleen. Juovasta heijastuva hohde oli parhaimmillaan auringon valaistessa matalalta, juuri puitten yläpuolelta. Juuri niihin aikoihin tulinkin usein katselemaan sitä. Silloin hohde oli punertavimmillaan; se oli kuin kiillotettu kupari.

Surunrotkolla ollessani ajattelin usein Kaikkeuden Luojaa; häntä, joka oli tehnyt ihmisen, eläimet, kaiken mikä kasvoi, ja kaiken senkin, mikä ei kasvanut. Tunsin hänen olevan läsnä kaikessa, ja tuon tunteen vallassa minun oli helpompi sietää myös kyläläisten varauksellista suhtautumista minua kohtaan. Olin erilainen, mutta Kaikkeuden Luoja teki eläimistäkin erilaisia, ja silti kaikki oli niin kuin piti olla; erimuotoiset palaset muodostivat kokonaisuuden, joka oli ehjä ja täydellinen.

Autiometsissä liikkui usein petoja, ja kyläläiset suojelivat lampaitaan ja vuohiaan tuomalla ne yöksi paaluvarustuksen sisälle. Heillä oli myös joskus ollut isoja koiria, mutta kun ne olivat tehneet pentuja serkkujensa kanssa, niistä oli tullut synnynnäisesti sairaita; ne olivat kuolleet tauteihinsa, ja jotkut olivat olleet niin sekavia ja hankalia kasvattaa, että niitä oli pitänyt lopettaa. Ja sen jälkeen, kun yksi koirista oli alkanut raadella lampaita ja lopulta purrut yhtä lasta, kylän Vanhin oli päättänyt, ettei kylään enää otettaisi ainuttakaan koiraa. Olin siitä harmissani, koska perheelläni oli ollut koira, ja kaikki Vaeltajien mukana kulkiessani tapaamani koirat olivat olleet ystävällisiä minulle, ja olisin halunnut sellaisen itsellenikin.

Metsäleirissäni olin nähnyt useinkin isoja villipetoja, mutta ne väistivät minua, enkä oikeastaan edes pelännyt niitä. Kerran olin seurannut sutta, joka liikkui usein kylän liepeillä. Olin tarkkaillut sitä turvallisen matkan päästä ja nähnyt sen menevän luolaan Surunkallion takaisen mäen rinteessä. Joitakin päiviä myöhemmin olin mennyt katsomaan sitä uudelleen ja nähnyt sen puolison ja pennut. Sudet olivat huomanneet minut ja valpastuneet. Toinen oli vienyt pentunsa luolaan; toinen lähtenyt jolkottamaan minua kohti. Olin perääntynyt varuillani, mutta silti luottavaisena siihen, ettei susi aikonut tappaa minua.

Seuraavana päivänä olin vienyt luolan lähettyville ansalla pyytämäni kanalinnun ja katsellut, miten susivanhemmat olivat jakaneet saaliin ja vieneet sen pennuilleen. En ollut kertonut tuosta tapauksesta muille kyläläisille kuin Petrukselle, koska tiesin, että kyläläiset tulisivat tuhoamaan sudenpesän pelätessään kotieläintensä ja suojattomien ihmishenkien takia.

Vaeltaja Daniyeel oli opettanut minulle, ettei mikään Kaikkeuden Luojan tekemä asia ollut sinällään paha. Se, mikä oli toiselle rikkaruoho tai tuholainen, saattoi toiselle olla lääkeyrtti tai apuri. Äärimmillään toisen vihollinen on jonkun toisen kumppani ja ystävä. Mikä tahansa voi olla vihollinen, kunnes sen kanssa ystävystyy. Rakkaus olisi paras ase vihollista vastaan. Se tuhoaisi vihollisen lopullisesti muuttaessaan tämän ystäväksi. Minä en niinkään ajatellut muita ihmisiä, mutta olisin halunnut ystävystyä susien kanssa, vaikka suurin osa kyläläisistä piti niitä vihollisinaan. Olisin halunnut susien nukkuvan metsäleirissä kanssani ja jakavan saaliiksi saamani riistan. En kuitenkaan uskaltanut ryhtyä ruokkimaan niitä säännöllisemmin, koska jos ne tottuisivat minuun, ne tulisivat yhä lähemmäs kylää, ja jonakin päivänä kylän miehet näkisivät ne ja tappaisivat ne…

Havahduin ajatuksistani vasta kuullessani rasahduksen takaani. Rujo muukalainen oli jalkeilla; hän oli seurannut minua ja astellut taakseni, horjahdellen ja huohottaen. Hänen katseensa oli kiinnittynyt kallioseinään rotkon takana. Hän tuijotti Viacaelumia, hohtavaa juovaa, ja näin hänen kasvoillaan outoa, vääristynyttä riemua.

”Väisty! Väisty tieltäni, kurja!” hän huusi ja yritti rynnistää ohitseni kohti rotkokuoppaa. Asetuin hänen eteensä.

”Sinne ei ole lupa mennä”, sanoin tuohtuneena. ”Kuoppa on kyläläisille pyhä paikka, ja päällikkömme on kieltänyt menemästä sinne tai kalliolle!”

”Minä en piittaa päälliköstänne enkä kylästänne!” hän huudahti ja tönäisi minua rintaan. Olin vähällä horjahtaa reunan yli, ja niin oli hänkin, mutta sain tarratuksi häntä käsivarresta ja tempaisin hänet kauemmas reunasta.

”Pohjalla on kuolleiden tuhkaa! Vainajat poltetaan siellä”, selitin vakavana. Hänen silmänsä laajenivat ja suunsa vääntyi irvistykseen.

”Vainajia? Kuopassako? Valehtelet minulle, etten menisi!”

”En valehtele, enkä myöskään voi estää sinua menemästä sinne, mutta tiedän, että kylänvanhin ottaa sinut kiinni, jos tapaa sinut tuolta, ja joudut Häpeäkuoppaan!”

Hän seisahtui, tuijotti uudelleen rotkokuopan yli kallioon, ja katsoi sitten minua ovelan näköisenä.

”Soma paikka teillä ruumiitten hävittämiseen, sangen soma paikka…”

”Mitä tarkoitat?” kysyin varuillani.

”En mitään, senkin nuori lurjus! Kuopan pohjalla on siis ruumiita, ja jos menen toiselle puolen, kyläpäällikkö pistää minut johonkin muuhun kuoppaan, niinkö?” muukalainen tuhahti.

”Niin. Häpeäkuopasta pääsee pois vasta kun katuu tekoaan ja nöyrtyy pyytämään apua”, selitin vakavana, vaikken uskonutkaan hänen varoituksiani pelästyvän.

”No eipä kuulosta kovin vaikealta!” muukalainen huudahti, sylkäisi maahan jalkani viereen ja puhkesi vinkuvaan nauruun. Hän lähti astelemaan rotkon reunaa myöten, kiersi sitä kautta kallion toiselle laidalle, ja jäi katselemaan ylös. Hän oli kovin kiinnostunut hohtavasta juovasta, sen ymmärsin kyllä, ja mieleeni hiipi pelko siitä, että hän saattaisi häpeämättömyyksissään yrittää tehdä sille jotakin. Mutta eihän hänellä ollut keinoja päästä käsiksi Viacaelumiin, ellei hän saisi jostakin köyttä ja kiipeäisi kallion korkeimpaan kohtaan, josta alaspäin laskeutumalla hän osuisi juovan kohdalle. Hän kaiketi punnitsikin mielessään vaihtoehtoisia tapoja päästä kallioseinämän keskivaiheille.

Luultavasti hän unohti kokonaan minun olemassaoloni, ja siinä vaiheessa minun oli pakko tehdä ratkaisuni. Minun oli parasta varoittaa kyläläisiä, vaikka se saattaisikin tarkoittaa sitä, että rujo muukalainen otettaisiin kiinni ja laitettaisiin Häpeäkuoppaan oppimaan tapojen kunnioittamista. Niinpä käännyin kannoillani ja lähdin kevein juoksuaskelin kylää kohti.

Tapasin ensimmäisenä portinvartijan, joka oli tottunut näkemään minut kuljeskelemassa sisälle ja ulos kylän portista yhtä mittaa.

”Kerro Vanhimmalle, että Surunrotkossa on muukalainen, joka on kiinnostunut Viacaelumista”, sanoin hieman hengästyneenä. Hän katsoi minua epäuskoisena, joten toistin viestini kovemmalla äänellä. Silloin hän sai jalat alleen, ja suuresta ruhostaan huolimatta hän katosi näkyvistäni nopeammin kuin itse ehdin majapaikkaani puusepän majalle, joka sentään sijaitsi heti portin vieressä.

Puuseppä Maunus oli kuullut puheeni, ja hän lähti kertomaan uutista eteenpäin. Pian koko miesväki oli liikkeellä, ja myös osa kylän naisista. Kyläläiset olivat aseistautuneet kepein ja nuijin; olipa jollakulla jopa kirveskin. Kun päällikkö asteli talostaan tielle, häntä seurasi hänen lähin miehensä ja poikansa. Petrus odotti isänsä menevän edeltä ja pysähtyi sitten hetkeksi melko lähelle verstasta. Tiesin että hän yritti viestittää minulle jotakin, muttei voinut puhua muitten kuullen. Siksi hän raapusti minulle salaisen merkin hiekkaan, ja kun joukkio oli jatkanut matkaansa portista ulos, menin katsomaan hänen jättämänsä viestin. Se oli erityinen lyhennelmä merkkikielestäni nopeaa viestintää varten. Se tarkoitti: *”Illalla leirissä.”*

En mennyt mukaan muukalaisen kiinniottoon, mutta tiesin Vanhimman haluavan puhutella minua, kunhan hän palaisi kylään. Kului pitkä tovi, ja yritin keskittyä kapustojen veistelyyn odotellessani etsintäjoukkoja palaavaksi. Aurinko oli jo laskemassa, kun joukko palasi kylään. Heillä ei ollut mukanaan ketään Häpeäkuoppaan laitettavaksi, ja arvelin pian joutuvani sinne itse, jos minua pidettäisiin valehtelevana lurjuksena, joka halusi tahallaan aiheuttaa vaivaa ja hämmennystä toisille. Päällikkömme lähin mies, Janos, tuli hakemaan minua.

”Vanhin haluaa kuulla, mitä tiedät siitä muukalaisesta! Näimme outoja jalkineen jälkiä kallion liepeillä, ja joku väitti nähneensä hänestä vilahduksen, mutta hän taisi päästä pakoon. Kukaan ei halunnut lähteä ajamaan häntä takaa Autiometsiin”, Janos selitti. Hän näytti vakavalta, mutta lähdin hänen mukaansa helpottuneena siitä, ettei minua ainakaan voisi syyttää valehtelusta. Kohtasin kylän päällikön hänen talonsa Isossa Tuvassa, jossa olin valitettavan usein vieraillut ennenkin; samoissa merkeissä.

”Jokim Vaeltaja, kerrohan miten tapasit sen muukalaisen”, Vanhin kehotti hyvin ankaran näköisenä. Hän oli ehkä muutaman vuosikymmenen ikäinen, edelleen komea, vaaleapartainen mies, mutta harmillisen vakavaluontoinen, toisin kuin poikansa. Kerroin kuitenkin hänelle kaiken tarpeellisen siitä rujosta muukalaisesta, ja hän kuunteli keskeyttämättä. Sen jälkeen odotin hänen tuomiotaan.

”Löit laimin velvollisuutesi! Sinun olisi pitänyt paeta kylään ja varoittaa muita heti, kun näit hänet! Etkä olisi saanut avustaa häntä hänen katalissa aikeissaan. Oli vähällä, että hän olisi päässyt turmelemaan Surunrotkon ja Viacaelumin!” Vanhin huudahti hyvin närkästyneenä.

”Enpä voinut tietää, että hänen aikeensa ovat katalat, kun juotin ja ruokin häntä”, sanoin huoahtaen.

”Mitä asiaa sinulla ylipäätään oli paaluaidoituksen ulkopuolella?” Vanhin kysyi terävästi.

”Metsästelin siellä täällä... Olin kokemassa ansojani”, totesin mahdollisimman lauhkealla äänellä, vaikka olinkin ärtynyt.

”Etkö muka saa tarpeeksi lihaa kasvattiperheessäsi? Olisit kiitollinen siitä, että Maunus ruokkii sinut ja osallistuu yhteiseen riistanajoon, kun sen aika on”, Vanhin totesi. ”Eikö sinulla ole tarpeeksi töitä pajalla, kun ehdit vielä leikkiä metsissä ansojesi kanssa?”

”Eipä kai sitten. Sepänpajalla ja verstaalla on hiljaista, ellei ole vainajansaattoa tai lupausjuhlaa tulossa, tai ellei joku ole polttanut tupaansa”, sanoin yrittäen näyttää vakavalta. ”Ja haluan tulla toimeen itsekseni... Eikö ole hyvä, että pystyn hankkimaan ruokaa itseksenikin, jos vaikka Maunus kuolee? Tai jos hänen poikansa ottaa vaimon, ja he saavat lapsia, ja ajavat minut ulos tuvastaan, kun en enää mahdu majailemaan siellä?”

”Jokim Vaeltaja, minä esitän kysymykset! Puhut liikaa ja tyhjänpäiväisiä, eikä mikään tuosta, mitä selität, tee tyhjäksi sitä, että olet rikkonut kylän sääntöjä!” Vanhin hymähti kärsimättömästi.

”Hyvä on, jos päällikkö niin sanoo”, totesin, koska tiesin kokemuksesta, ettei häntä kannattanut kiihdyttää liiaksi.

”Tuomiona on Häpeäkuoppa, kunnes kadut ja pyydät apua”, hän totesi ankarasti otsaansa rypistellen, ja kääntyi sitten Janosin puoleen. ”Janos, vie tämä onneton poika Häpeäkuoppaan!”

Janos saatteli minut pois Isosta Tuvasta, Keskiaukion poikki kohti paaluaidoituksen porttia. Ihmisiä seisoskeli aukiolla katselemassa, ja tiesin monien puhuvan minusta vähemmän hyvällä tarkoituksella. En ollut todellakaan ensimmäistä kertaa menossa Häpeäkuoppaan. Viimeksi olin joutunut sinne, koska puhuttelin Vanhinta kesken hänen aukiopuheensa. Puhujaahan ei tietenkään olisi saanut keskeyttää, vaikka olisikin sattunut näkemään harvinaisen haukan lentävän kylän ylitse.

Sitä edellisellä kerralla olin viettänyt kuopassa päivän, koska olin kokeillut uutta joustani keskellä kylää, ja nuoli oli osunut Vanhimman talon savuluukusta ja pudonnut piikatytön iloksi pataan, jossa se oli jäänyt törröttämään kypsymässä olleen kutun päähän. Olin tosin yrittänyt ampua katon ylitse pohjoista kohti, koska sillä puolen paaluvarustusta ei yleensä kuljeskellut elollisia, mutta tuulenpuuska oli pysäyttänyt nuolen etenemisen juuri Vanhimman talon kohdalla, ja nuoli olikin tippunut lähes pystysuoraan alaspäin. Myönsin kyllä itsekin, että moinen teko oli ajattelematon, joten istuin Häpeäkuopan pohjalla oikeasti katuvaisena sen kokonaisen päivän.

Mutta sitä edellinen häpeärangaistukseni liittyi jotenkin siihen, että olin seisahtunut katselemaan, kun Janoksen tytär pesi hiuksiaan Alapurolla, ja silloin en olisi millään halunnut myöntää rikkomustani. En ymmärtänyt, mikseivät kaikki muutkin, jotka toimitusta olivat salaa seuranneet, joutuneet Häpeäkuoppaan. Minä olin vain sattumalta osunut paikalle, ja neito oli sentään täysissä pukeissa. Tapanani ei ollut kuljeskella purolla niihin aikoihin, kun naisväki yleensä kävi siellä peseytymässä. Mutta jostain syystä Janoksen tytär oli siellä kummalliseen aikaan, enkä voinut arvata törmääväni häneen.

Eräät muut nuorukaiset olivat kai seurailleet Janoshaa jo kauemmin, mutta taisin olla ainoa, joka ei ymmärtänyt paeta paikalta, kun Janos yllätti minut. Kukaan ei kuitenkaan käskenyt hänen tytärtään Häpeäkuoppaan siksi, että tämä oli väärään aikaan peseytymispaikalla, mikä oli minusta varsin epäoikeudenmukaista. Olisin ihan mielelläni ottanut hänet seurakseni Häpeäkuoppaan, mutta Vanhin hermostui vielä enemmän siitä, kun yritin mainita Janoshan osallisuudesta sattumukseen.

Häpeäkuoppa sijaitsi paaluaidoituksen ulkopuolella, ja sen sijainti lisäsi ihmisten mielissä paikan pelottavuutta. Saattoihan joku ruokaa etsiskelevä petoeläin pudottautua kuoppaan katumustaan kypsyttelevän seuraksi. Vartija kävi kuopan luona aamulla, keskipäivällä ja illalla tuomassa ruokaa ja juotavaa, sekä kysymässä, joko sääntöjä rikkonut oli valmis katumaan ja pyytämään jonkun apua kuopasta pääsemiseksi. Yleensä olin viettänyt kuopassa vain päivän, ja häpeäni oli ollut varsin kevyt kantaa. Nyt tiesin joutuvani viettämään koko yön kuopassa, koska oli auringonlaskun aika. Vaikka ehkä katuisinkin tekoani jo aiemmin, kukaan tuskin tulisi sitä tiedustelemaan ennen aamua.

Muutama utelias ihminen seurasi meitä kuopalle asti, mutta huomatessaan varjojen pitenevän ja metsän käyvän utuisen uhkaavaksi he varsin nopeasti kääntyivät kannoillaan, palaten kylän suojiin levottomina ympärilleen pälyillen. Niinpä jäljelle jäi vain Janos. Hän laski tikapuut kuoppaan, ojensi minulle vesinassakan ja puoli ohraleipää, ja odotti minun laskeutuvan alas. Seisahduin kuitenkin vielä hänen eteensä.

”Mitä tekisit, jos en menisikään kuoppaan, vaan karkaisin?” kysyin hiljaa. Hänen ilmeensä muuttui suorastaan järkyttyneeksi.

”Karkaisit? Tarkoitatko, että juoksisit pimeään metsään välttääksesi rangaistuksen? Sinulle kävisi pahemmin kuin ansaitset!” Janos huoahti.

”Ehkä, mutta mitä silloin itse tekisit?” kysyin edelleen. Hän katsahti minua pohtivasti.

”Pyytäisin Kaikkeuden Luojaa muuttamaan ajatuksesi, jotta palaisit takaisin ja varjeltuisit pahalta”, hän sanoi sitten. ”Se, mitä tänään teit, ei ollut paha teko, jos minulta kysytään. Häpeäkuoppaan sinun ei siitä tarvitsisi mennä, mutta kuka voi väittää vastaan, kun Vanhin antaa tuomionsa? Mutta pitäisikö sinun kuolla petojen kynsiin siksi, että autoit haavoittunutta muukalaista?”

”Olet viisaampi mies kuin Vanhin itse, Janos, vaikka kukapa ottaa sellaista tietoa vastaan minunlaiseltani keskenkasvuiselta muukalaisen jälkeläiseltä?” kysyin, ja hän naurahti. ”Olinko sitten mielestäsi ansainnut Häpeäkuopan silloin, kun yllätit minut seisahtuneena puron rannalle juuri samaan aikaan, kun tyttäresi uitti hiuksiaan purossa?”

”Luulin silloin sinusta pahempaa kuin jälkeenpäin ymmärsin”, Janos totesi hymyillen hieman, mutta vakavoitui nopeasti. ”Ymmärtänet, että jos miehellä ei enää ole vaimoa, ja hänellä on tytär, joka on, jos mahdollista, vielä äitiäänkin kallisarvoisempi, mies ei tahdo kenenkään tytärtään satuttavan tai loukkaavan?”

”En ikinä satuttaisi tai loukkaisi Janoshaa, jos se on tahdostani kiinni, ja saakoon hän kaiken hyvän, mitä Luoja hänelle voi antaa. Saakoon hän myös kunnioitukseni ja ihailuni, ellei se häntä loukkaa!” sanoin sovinnollisesti ja hieman epävarmasti. Janos katseli minua tutkivasti, ja tiesin kyllä hänen panneen merkille yhtä jos toista minun käytökseeni liittyvää. Ehkä hän oli huomannut, että unohduin tuon tuosta tuijottamaan hänen tytärtään, jopa kesken veistotyöni, tai että saatoin seota sanoissani, jos minun oli puhuttava jotakin tuon erikoisen olennon läsnä ollessa. Jos Janosha katsoi minuun, saatoin hetkessä muuttua puupökkelöksi, joka luultavasti hehkui punaisena kuin kekäle. Toisin sanoen, käyttäydyin varmaankin epäilyttävän oudosti aina kun Janos ja hänen tyttärensä olivat läsnä.

Arvostin Janosta enemmän kuin muita kylän miehiä, enkä vain sen takia, että hänen tyttärensä oli erikoinen olento. Janos oli rauhallinen, pohdiskeleva mies, ja koska itse olin usein levoton ja herkästi hermostuva, olisin halunnut oppia häneltä jotakin. Jos olisin saanut valita itselleni isän menettämäni isän tilalle, olisin valinnut hänet. Tosin silloin Janoshasta olisi tullut sisarpuoleni, ja se olisi ollut hieman mutkikasta toiveitteni kannalta.

”Kunnioituksesi Janosha kyllä ansaitseekin, mutta hän ansaitsee sellaista myös muilta, enkä tahdo, että sinun ajatuksesi häntä kohtaan tulevat julki missään muualla kuin meidän kahden kesken. Kaltaisesi muukalaisen avoin ihailu ei toisten silmissä häntä ylennä, saati sitten, että koskaan rohkenisit häntä lähestyä ja joku vikkelämielinen kuvittelisi hänen jollain tavoin ottavan vastaan ihailusi!” Janos sanoi hiljaa, enkä mitenkään voinut loukkaantua hänelle, koska hän oli oikeassa.

”Ymmärrän tarkoituksesi, Janos, enkä ajattele itsestäni liian suuria, joten ole rauhassa. Saakoon Janosha kunnioitukseni ja ihailuni vain sinun mielessäsi, ellei se sinua loukkaa!” sanoin naurahtaen, ja silloin hänkin hymyili hivenen.

”Vaikka toiset sanovat sinun tekevän asioita, joita perinteinen Vaskikylän mies ei hyväksy, minä en kaikkia puheita usko, enkä kaikkia tekemisiäsi edes arvostele! Olen havainnut sinussa asioita, joita olisin toivonut näkeväni omassa pojassanikin. Mutta älköön sanani tehkö sinua ylpeäksi!” Janos totesi naurahtaen ja kosketti olkapäätäni. Hänen punertavat hiuksensa ja partansa muistuttivat minua hänen tyttärestään, ja minun oli helppo ajatella hänestä pelkkää hyvää.

Laskeuduin tikkaita alas kuopan pohjalle, ja Janos nosti tikkaat ylös, pois ulottuviltani.

”Vietä rauhaisa yö! Tehkööt Luoja luotunsa sinulle ystävällisiksi, ettei yksikään peto eksy häiritsemään katumustasi!”

Aurinko oli miltei kokonaan laskenut, kun jäin yksin. Söin ja join illalliseni rauhallisella mielellä, tarkistin, olivatko leposijaksi tarkoitetut oljet riittävän kuivia, ja peittelin edellisen vieraan jäljiltä olevan jätekuopan mahdollisimman hyvin, ettei mikään epämieluisa haju pääsisi häiritsemään yöuntani. Makuusijalle mahtui pitkäkseen melko hyvin, ainakin jalat koukussa, koska kuoppa oli mitoitettu keskipituisen kyläläisen tarpeisiin.

Vesisateella monen katumusaika jäi paljon lyhemmäksi, mutta kirkkaana päivänä kuopassa saattoi viihtyä pidempäänkin. Kovin moni ei kuitenkaan halunnut jäädä kuoppaan yöksi, ja kokemus oli uusi itsellenikin. Olin kuitenkin yöpynyt joskus taivasalla leirissäni, ja tiesin, miltä tuntui, kun hämärä tiivistyi ympärillä ja yön viileys rauhoitti tunteet. Jotkut linnut jatkoivat yöllä lauluaan. En osannut kuvitella yön kauhuja, koska en ollut koskaan sellaista kauhua kohdannut. Mielessäni kaikki oli vaaratonta ja rauhoittavaa.

Olin ehtinyt nukahtaa, mutta havahduin siihen, kun joku kuiskaili nimeäni kuopan reunalta. Se oli Petrus.

”Et sitten malttanut käydä nukkumaan ennen kuin olet toivottanut minulle hyvää yötä”, sanoin naurahtaen.

”No, kun näin että päädyit tänne, en mennyt turhaan tapaamaan sinua leiriisi”, Petrus totesi naurahtaen. ”Taisitkin jo nukkua siellä ikään kuin omatuntosi olisi aivan puhdas!”

”Omasta mielestäni onkin, mutta isäsi ei pitänyt siitä, miten toimin sen näkemäni muukalaisen suhteen”, selitin.

”Kerro minulle kaikki siitä muukalaisesta! Isäni sanoi, että olit hölmö auttaessasi häntä, mutta olisihan muukalainen voinut löytää Surunrotkon ilmankin sinua, ja silloin emme ehkä olisi edes tienneet hänen käyneen siellä, emmekä tietäisi odottaa vaaraa, että hän palaa takaisin!” Petrus totesi.

Niinpä kerroin hänelle kohtaamisestani muukalaisen kanssa. Hän kuunteli tarkoin ja piti sitten pienen, mutta kiivailevan puheen siitä, miten typerää oli laittaa minut Häpeäkuoppaan sellaisen teon takia. Kuuntelin häntä hieman huvittuneena hänen kiivastuksestaan, vaikka olinkin paljolti samaa mieltä hänen kanssaan.

”Isäni ei ymmärrä, ettet voinut muutakaan! Kuka olisi niin sydämetön, ettei auttaisi haavoittunutta miestä?” Petrus kysyi sitten tuohtuneena.

”Monikin olisi, jos ymmärtäisi pelätä! Minä en tajunnut pelätä sitä muukalaista tarpeeksi, koska luulin hänen pysyvän pidempään tiedottomassa tilassa. Ja sitten hän alkoi inhottaa minua… Enkä voinut tietää, että hän sillä tavoin kiinnostuisi Viacaelumista. Aivan kuin hän olisi halunnut syödä sen kitaansa!”

”Ehkä hän halusikin. Ehkä hän oli sellainen ihmishirviö, joka himoitsee ruuakseen hohtavaa ainetta… tai ehkä hän olisi tarvinnut sitä lääkkeeksi vammoihinsa! Jospa sinun olisi pitänyt kaapia sitä ainetta hänelle hieman”, Petrus totesi nauraen. ”Kenties pieni annos olisi tehnyt hänestä miellyttävämmän…”

”Ai luuletko, että hohtavaa ainetta voi irrottaa kalliosta?” kysyin. ”Sehän vaikuttaa kovalta aineelta, aivan kuten rauta…”

”Luulenpa, että sitä voisi hyvinkin vaikka veistää. Löysin joskus purosta pienen murusen sellaista”, Petrus totesi mietteliäänä. ”Tai ainakin luulen, että se on samaa ainetta.”

”Purostako? Ja mihin laitoit sen murusen?” kysyin yllättyneenä.

”Se on minulla tallessa. Säästän sitä, jotta voin antaa sen lahjaksi jollekulle”, Petrus sanoi naurahtaen. ”Kokeilin takoa sitä nuijalla, ja huomasin, että se on melko pehmeää, pehmeämpää kuin kivi tai rauta.”

”Pehmeämpää kuin rauta?” toistin ihmeissäni. ”Sittenhän joku todella voisi kaapia Viacaelumin pois kalliosta, jos sellainen hulluus sattuisi tulemaan mieleen!”

”Niinpä! Kenties sinä joudutkin seuraavan kerran Häpeäkuoppaan siksi, että sinut saadaan kiinni Viacaelumin veistämisestä!” Petrus nauroi. ”Ja se hulluus voisi johtua vaikkapa siitä, että eräs yrittää tehdä vaikutukseen johonkuhun, jonka isän silmissä hän on pelkkä muukalaissyntyinen orpopoika!”

”Petrus, älä ole hölmö! Sitä paitsi, en ikinä tärvelisi Viacaelumia. Se on kaunis siinä missä se nyt on!” sanoin hieman ärtyen.

”Niin. Kaunis kuin kylän kauneimman neidon hiukset”, Petrus sanoi nauraen hiljaa. ”Ne kuuluisat hiukset, joitten keinuva liike vedessä saattoi kerran erään nuoren miehen Häpeäkuoppaan…”

”Petrus, älä viitsi olla tuommoinen! En ihaile Janoshaa sen enempää kuin muutkaan kylän nuorukaiset. Hiusten kauneutta voinee ihailla ilman että on heti haluamassa vaimokseen niitten kantajaa!” puuskahdin jo melko äkeästi. Petrus kyllä tiesi, etten ollut pitkävihainen, joten hänellä oli tapana suututtaa minut aivan huvikseen.

Hän oli luonteeltaan herkkä iloitsemaan, mutta toisaalta myös päättäväinen ja kiivas, mutta koskaan hän ei käynyt kenenkään kimppuun vihamielisesti, eikä nujakoinut huvikseen, kuten kylän muut nuorukaiset saattoivat tehdä.

”Tiedän kyllä senkin”, Petrus sanoi naurahtaen, mutta sitten hän huoahti, ja tuli hetkeksi hiljaista.

”Mitä? Mietitkö nyt itse jonkun hiuksia?” kysyin vakavana.

”Enpä todellakaan! Mietin vain sitä, että alamme olla aikuisia, ja meidän tulisi tehdä niin kuin muutkin siihen ikään tulleet”, Petrus totesi, ja hänen äänensä oli muuttunut vaisummaksi. ”Anteeksi että nauroin sinun haaveillesi! Voihan olla, ettei kukaan kyläläisistä anna sinulle tytärtään vaimoksi, koska olet muukalainen. Vaikka se voisi olla järkevää, ettei tuleville sukupolville käy kuin niille paimenkoirillemme, joitten penikoista tuli sekavia ja sairaita…”

”En ole ketään täkäläistä neitoa sillä mielin ajatellutkaan”, sanoin nopeasti. ”Itse asiassa olen ajatellut muutenkin lähteä jonakin päivänä takaisin kotiseudulleni.”

”Vaimoa etsimään, niinkö?” Petrus kysyi hieman kummeksuvalla äänellä.

”Ei, vaan selvittämään, onko omaa sukuani vielä elossa Pohjanväylän takana”, huudahdin. ”Mistä olet saanut päähäsi tuon vaimojutun?”

”No Paulukselta ja muilta hölmöiltä! Mutta jos lähtisit kylästä, miten selviäisit pedoista ja kaikista kauheuksista, joita ulkomaille lähteminen toisi eteesi?” Petrus kysyi alkaen taas naureskella, koska olimme ennenkin puhuneet samoista asioista kevein mielin.

”Minä en itse halua tuhota ketään, joten odottaisin hyvää kohtelua kaikilta, joita kohtaan… Siis, myös petoeläimiltä”, totesin virnistellen itsekseni. ”Ja jos joku surmaisi minut viattomana, en kai itse syyllistyisi mihinkään pahaan?”

”Sinut laitettaisiin Häpeäkuoppaan jo pelkästä ajatuksesta, että poistuisit tästä kylästä!” Petrus nauroi. ”Onhan häpeällistä pitää muita kyliä ja metsiä parempina paikkoina elää kuin tätä kylää! Ja on häpeällistä olla niin mielipuolinen, että haluaa kuljeksia metsässä yksikseen mieluummin kuin nököttää tuvassa lapsikatraan ympäröimänä! Hyi häpeä, Jokim!”

”Mutta koska olen jo täällä kuopassa, saan kai ajatella vapaasti noita häpeällisiä asioita”, sanoin naurahtaen. ”Ellet sitten kerro ajatuksistani isällesi ja paljasta samalla, että itsekin kuljeskelet pimeän tullen paaluaidoituksen ulkopuolella!”

”Niinpä… Mutta et kai oikeasti ole tyytyväinen siihen, että olet siellä? Etkö jo kadu tekoasi?” Petrus kysyi huvittuneena.

”En oikeastaan vieläkään kadu sitä, että tarjosin apuani sille muukalaiselle. Mutta sitä kadun, etten heti lähtenyt kertomaan hänestä kyläläisille, vaan menin Surunrotkoon saadakseni olla hetken rauhassa. Se rujo mies nostatti mieleeni vanhoja asioita… Sellaisia, joita en edes haluaisi muistaa, ja halusin jotenkin päästä ulos niistä muistikuvista”, selitin hiljaa.

”Kuolema ja suru ilmeisesti rauhoittavat sinua tehokkaasti”, Petrus totesi naurahtaen.

”Ei tietenkään vain kuolema… Siellä on myös paljon rakkautta, ja rakkaus rauhoittaa”, sanoin vakavoituneena. Hän kuului huoahtavan, ja näin hänen hahmonsa liikahtavan tummanpuhuvaa taivasta vasten.

”Rakkaus? Jokim hyvä, kerro minullekin sitten, kun osaat määritellä, mitä se on, niin tiedän, tunnenko sellaista”, hän sanoi mietteliäästi. ”Kerroit minulle joskus sen tarinan, jonka kuulit niiltä Vaeltavilta Veljiltä… Sen, jossa joku rakasti niin paljon susia, että muuttui lopulta sudeksi itsekin. Mietin sitä aika usein, koska ajatus kiehtoo minua! Onko mahdollista, että ihminen todella muuttuu rakastamansa olennon kaltaiseksi? Vai tarkoittaako tarina sitä, että rakkaus tekee kahdesta olennosta ikään kuin yhden olennon, jolloin esimerkiksi kaksi ihmistä ovat toisiaan rakastaessaan yksi olento, jolla ei ole enää erillistä ajattelua, eikä erillisiä toiveita…”

”En tiedä… Ehkä se tarina on vain vuosisatojen aikana muotoutunut sepitelmä, jolla rauhoiteltiin lapsia ja heikkomielisiä, etteivät nämä olisi niin kauhuissaan autiometsissä eläessään! Daniyeelin kotiseudulla oli enemmän petoja kuin ihmisiä, joten kaipa on ollut järkevää yrittää olla pelkäämättä niitä, ja pyrkiä tulemaan toimeen niitten kanssa”, naurahdin. ”Mutta ajatus siitä, että sudeksi muuttunut ihminen voisi saada jälkeläisiä suden kanssa ja näistä kasvaisi susiihmisten kansa, on yhtä uskottava kuin se, että ihminen muuttuu karhuksi ryömiessään tietynlaisen kaatuneen puunrungon alta. Olen kokeillut monia kertoja, mutta enpä ole muuttunut kuin likaisemmaksi!”

”Ehkä siihen täytyy uskoa vahvemmin”, Petrus naurahti. ”Sinä olet herkkä epäilemään asioita!”

”Monet kyläläisten tarinat lapsiparkojen pelottelemiseksi ovat osoittautuneet täydeksi höpinäksi! Ei jäniksillä ole yöaikaan sarvia päässä, eikä mäen takana uliseva olento ole mikään lastensieppaaja, vaan ihan tavallinen susi…”

”Niin, ja se olio, joka päästelee niitä karheita ääniä niitynreunassa iltaisin, on ihan tavallisen näköinen lintu”, Petrus totesi nauraen. ”Näin sen yhtenä iltana, lopultakin...”

”Jos jonakin päivänä tapaan jonkun sellaisen hirvittävän pedon, jollaisella kylän äidit pelottelevat lapsiaan pysymään poissa järvenrannasta, niin ehkä alan uskoa myös susi-ihmisiin”, sanoin naurahtaen. ”Mutta sinähän mietitkin rakkautta, etkä mitään hirviöitä...”

”Niin. Oikeastaan mietin sitä, onko mahdollista, että jokin petomainen olento kesyyntyisi, jos sitä vain rakastaisi tarpeeksi lujasti ja aidosti”, Petrus lausahti. ”Voiko eläin kokea hyväntahtoisuutesi, vaikket edes antaisi sille ruokaa? Puhutaanhan paimenkoirillekin ystävällisesti, jos niitä halutaan rauhoitella. Eikö villikin eläin voisi ymmärtää ystävällisyyden äänessäsi ja tajuta, että tahdot sille vain hyvää?”

”En tiedä”, sanoin hiljaa. ”Voisin ehkä kokeilla joskus, kun törmään ahmaan, joka on ryöstämässä minun ansojani...”

”Mitä kaikkea ne Vaeltajaveljet kertoivatkaan sinulle siitä kansasta, jonka taru kertoo polveutuvan susi-ihmisistä?” Petrus kysyi kiinnostuneena. ”Missä se kansa elää nykyisin?”

”Jossakin etelässä, Savimaaksi kutsutun valtakunnan länsipuolella, Ohdakemaasta kaakkoon. Daniyeel sanoi itse olevansa syntyisin sieltä, Warginmaasta”, totesin mietteliäänä. ”Daniyeel kertoi, että sen kansan miehillä on usein tummat, karheat hiukset, ja pitkät kasvot, joissa on pitkä, matala nenä. Suu on leveä, ja silmät lähekkäin toisiaan, syvällä tummien kulmien alla. Mutta Daniyeel oli itse ajellut hiuksensa, eikä hänen naamansa minusta näyttänyt mitenkään petomaiselta!”

”Niin, eipä kyllä”, Petrus totesi. ”Joku voisi ehkä ajatella susikansan olevan jokseenkin rumaa väkeä, mutta se Daniyeel näytti vain erikoiselta, eikä lainkaan rumalta.”

”Totta... Ja kun itse näin ne sudet Surunkallion takana, ne näyttivät hienoimmilta eläimiltä kuin ylipäätään voin kuvitella”, sanoin hiljaa. ”Suden kasvotkin voi kyllä nähdä kauniina, jos katsoo niitä ilman ennakkoluuloa ja pelkoa, ja etenkin, elleivät ne irvistä vihaisesti!”

”Totta!” Petrus lausahti naurahtaen. ”Kertoiko se Daniyeel, ovatko sen kansan naiset samanlaisia kuin miehetkin?”

”Heillä on kuulemma samanlaisia kasvonpiirteitä, mutta he ovat sirompia ja yleensä pienempikasvuisia. Hiukset ovat yleensä tummat, joko ihan mustat, tai ruskeat, tai joskus punertavan ruskeat. Silmät muistuttavat muodoltaan suden silmiä, niin miehillä kuin naisillakin", selitin muistellen Daniyeelin kertomuksia. "Ja Daniyeel kertoi, että siinä kansassa esiintyy joskus myös sellaisia ihmisiä, jotka eivät ole enempää miehiä kuin naisiakaan. Susi-ihmiset olivat tarujen mukaan juuri sellaisia..."

"Mutta jotenkin he ovat kuitenkin saaneet jälkeläisiä tavallisten ihmisten kanssa", Petrus totesi mietteliäänä.

"Niin, jos uskoo niihin taruihin! Minä luulen, että tarujen taustalla on jotakin vähemmän outoa kuin muodonmuutos ihmisestä sudeksi", naurahdin. "Mutta Daniyeel kertoi, että Warginmaan väki on yksikseen viihtyvää. Monia siitä kansasta on ryhtynyt Vaeltajiksi, tai elää keskellä erämaata tai jossain vuoristoluolissa. Se väki kuulemma varoo isoja ihmisjoukkoja, ja elelee mieluummin ihan yksin, tai vain oman perheensä kanssa, kuin kaiken väen keskellä!"

"Nytpä tiedänkin, mistä sinun vanhempasi taisivat olla lähtöisin!" Petrus nauroi.

"Daniyeel sanoi kyllä, että tiesi isäni sukua eläneen myös Warginmaassa... Hän lähti itse vaeltamaan Warginmaasta jo ennen kuin täytti kaksikymmentä. Hän vaelsi Savimaan kautta Ohdakemaahan, jossa tapasi isäni sukulaisia, ja sitten hän jatkoi Ohdakemaan pohjoisen rajan yli tänne kyläpäälliköitten maille, Vaeltajaveljien mukana", selitin. "On tosin outoa ajatella, että sukujuureni olisivat jossakin niin kaukana etelässä..."

"Tuosta kaikesta lienee jo vuosikymmeniä! Vaeltaja Daniyeel oli kuitenkin jo aika vanhanpuoleinen, kun toi sinut tänne", Petrus totesi. "Eihän Ohdakemaan valtakuntaa silloin edes ollut, vai oliko se jo irrottautunut siitä isosta valtakunnasta... mikä sen nimi olikaan? Molokorathia?"

"Molcavarathia!" lausahdin naurahtaen. Daniyeel oli opettanut nimen minulle ja kertonut sen viittaavan ahnaaseen kitaan. "Ainakin silloisen Ohdakemaan kuninkaan mielestä Ohdakemaa oli jo itsenäinen valtakunta. Se irrottautuminen Molcavarathiasta tapahtui kai joskus minun ollessani ihan pieni, tai vastikään syntynyt. Ohdakemaan ruhtinas julisti läänityksensä itsenäiseksi valtakunnaksi ja itsensä sen kuninkaaksi, joka ei ollut enää Molcavarathian alainen. Ja siitä alkoivat kuulemma suuret kuningaskuntien sodat, joihin haalitaan edelleen sotaväkeä..."

"Kertoisitko vielä siitä, millainen se ruhtinas oli, joka rohkeni irrottautua siitä isosta valtakunnasta?" Petrus pyysi, mutta huoahdin syvään ja haukottelin.

”Kerron, mutta joskus toiste… Alan olla kohta liian uninen edes muistellakseni mitään!”

”Totta! Ja minun lienee parasta palata kylään ennen kuin isä huomaa minun olevan poissa ja lähettää hädissään etsintäpartion perääni”, Petrus naurahti. ”Tosin kukaan tuskin haluaa lähteä öiseen metsään etsimään edes päällikön poikaa… No, toivottavasti palaat jo aamulla pariimme, senkin luopio!”

”Ehkä palaankin… Olen jo nyt melko katuva sen varomattomuuteni takia”, sanoin. Uneliaisuus painoi minua vasten olkia, ja kun Petrus oli poistunut, nukahdin miltei heti.

Unessani rumat muukalaiset vainosivat minua, ja näin, miten kaunis ja lempeä äitini makasi kotini lattialla häväistynä ja kuolleena, ja isäni kaula oli katkaistu, ja verta levisi lattialautoja pitkin minua kohti. Veri saavutti minut, ja äkkiä sitä oli kaikkialla, niin että se peitti minut ja yritti hukuttaa minut alleen, ja tunsin uppoavani siihen. Yritin pinnistellä pysyäkseni pinnalla. Kuulin hirviömäisen naurun, ja veri aaltoili ympärilläni heitellen ruumiita ohitseni. Kuolleita, kauhun ilmeeseen jähmettyneitä kasvoja tulvi eteeni. Yritin sulkea silmäni, mutta näyt eivät hävinneet.

Aloin huutaa; huusin apua äidiltäni ja isältäni, kunnes muistin heidän kuolleen. Sitten huusin Vaeltaja Daniyeelia, mutta hän oli jossakin kaukana, aivan kuin jossakin taivaalla, joka oli sekin kuin verenpunainen. Kuolleitten kädet tarttuivat minuun ja yrittivät vetää minut pinnan alle, ja pian verta joutui suuhuni. Siihen heräsin. Satoi kaatamalla, ja kasvoni olivat märät taivaalta valuneesta vedestä. Taivas leimusi salamoita, ja kumeat jyrähdykset kuuluivat suoraan yläpuoleltani. Nousin ylös helpottuneena ja painauduin vasten kuopan seinämässä olevaa pientä syvennystä. Se tarjosi hieman suojaa siltä vedeltä, joka paiskautui pohjaa vasten.

Ukonilma! Se oli paljon pienempi paha kuin se kaamea unikuvani. Oli parempi kastua vedestä kuin verestä, ja parempi joutua veden valtaan kuin veren valtaan. Ja miten paljon parempi olikaan olla hereillä kuin unessa, jos uni on täynnä kauhukuvia! Kyyhötin seinää vasten, katselin hämäryyden läpi veden muodostamaa eläväistä seinämää, ja tunsin miten maa allani kostui ja muuttui liejuiseksi. Silloin tällöin salama valaisi näkymän hetkeksi, ja jyrähdykset tuntuivat värisyttävän ruumistanikin. Olin silti rauhallisella mielellä, sillä olin hereillä, eikä mikään menneisyyden kauhu voinut siinä tilassa saada minua valtaansa. Tiesin missä olin, koska märkyys, viileys ja äänet tuskin antoivat epäilystä siitä, että olin juuri siellä missä olinkin. Siksi odotin rauhassa myrskyn tyyntymistä, ja kun kaikki oli ohitse, laskeuduin liejuiseen maahan pitkäkseni ja toivoin rauhallisempaa unta aamuun saakka.

Heräsin märkänä ja hieman kylmissäni siihen, kun Janos kutsui nimeäni.

”Jokim, joko haluat pois sieltä?” hän kysyi ystävällisellä äänellä. ”Yöllä oli kova myrsky, ja pelkäsin jo, että olisit säikähtänyt kuoliaaksi kuten entinen keritsijäeukko.”

”En taida olla ihan niin heikko ja vaivainen kuin hän oli, vaikka siltä hieman tuntuukin tällä hetkellä”, sanoin venytellen puutuneita jäseniäni. ”Hyvä on, Janos, saat kuulla katumukseni siitä, että tein vastoin Vanhimman tahtoa. Ja nöyrryn pyytämään apuasi, jotta saan nousta niitä ryökäleen heiveröisesti kyhättyjä tikapuita!”

”Kannattaisi ehkä tehdä itse uudet tikkaat, jos aiot vielä montakin kertaa vierailla siellä pohjalla”, Janos totesi ja laski tikkaat minulle. ”Seuraavalla kerralla taitat vielä niskasi, kun tikkaat katkeavat, ja silloin ainakin rangaistuksesi on kohtuuton!”

Kiipesin huteria tikkaita ylös kuopasta. Oli tulossa kaunis päivä, mutta mieleni oli levoton. Se muukalainen oli yhä jossakin Autiometsissä, ja jos hän himoitsi Viacaelumia syystä tai toisesta, hän saattaisi pysytellä lähettyvillä, tai hakea jostakin aseita ja apulaisia, ja palata sitten takaisin. Ellei sitten jokin peto ollut häntä saanut saalikseen, tai ehkä hän oli nääntynyt vammoihinsa. Kun astelimme Janoksen kanssa takaisin kylään, väki oli jo aloittanut päivän toimensa, eivätkä aivan kaikki kyläläiset sentään ehtineet kerääntyä aukiolle minua tuijottamaan. Menin töihini, ja kun sain palan hyvää veistopuuta käsiini, unohdin joksikin aikaa, miksi olin edes ollut huolissani mistään.

LUKU II

Kului muutama päivä, ja tuntui kuin kaikki muut olisivat unohtaneet muukalaisen, paitsi minä ja Petrus. Hänen kanssaan puhuimme muukalaisesta tavatessamme iltaisin metsäleirissäni. Kuvittelimme mistä hän oli peräisin, minkä onnettomuuden hän oli kohdannut, ja minne hän oli mahtanut kadota. Muukalainen oli luullut tulleensa Jokikylään, joten ehkä hän oli palannut etsimään oikeaa tietä, tai sitten hän oli sekoittanut määränpäänsä johonkin samannimiseen kylään. Vaeltajaveljien mukana kulkiessani olin saanut jonkinlaisen käsityksen seuduista Pohjanväylän ja suurten vesien välissä, ja tiesin, että tunnetuin Jokikylä oli melko kaukana lännessä. Olin kuullut Vaeltajaveljiltä, että kauempana etelässä sijaitsevan suuren valtakunnan, Molcavarathian, pelättiin levittäytyvän vuosi vuodelta yhä pohjoisemmaksi. Sen kuningas lähetti aseistettuja joukkojaan valtaamaan vielä valloittamattomia maita ja ottamaan haltuunsa kyläpäälliköitten hallitsemia kyläyhteisöjä, etenkin jos kylässä havaittiin olevan jotakin kauppatavarana arvostettua.

Daniyeel oli kertonut minulle ihmisistä, jotka sotivat työkseen, ihmisistä, jotka elivät varastamalla, ja kuninkaista, jotka pitivät itseään oikeutettuina pitämään toisia ihmisiä orjinaan. Petrus eläytyi kertomuksiini vahvasti. Kellekään muulle siinä kylässä en olisi voinut muistella Vaeltajaveljiltä oppimiani asioita, koska niitä olisi paheksuttu. Mutta Petrus oli kiinnostunut kaikesta, mitä olin oppinut ja saanut tietooni. Nuo hetket metsäleirissäni, kun kerroin hänelle kaikenlaista ja hän kuunteli minua ajoittain ihmetellen, närkästyen tai nauraen, olivat minulle kallisarvoisia. Hänen ystävyytensä oli minulle jotakin ainutlaatuista, ja hän olisi mielellään pitänyt minua avoimesti ystävänään ja veljenään, ellei sellaista suhdetta olisi liikaa paheksuttu hänen korkean asemansa takia.

Petruksen kasvot olivat teräväpiirteisemmät kuin muilla kyläläisillä; hänen nenänsä oli suorempi ja pidempi, leukansa terävämpi ja silmänsä kapeammat kuin muilla. Ja vaikka hän oli vasta nuorukainen, hänen silmäkulmissaan oli paljon hymyilemisestä tulleita juonteita. Vakavana hän oli arvokkaan komea nuorukainen, mutta itse pidin hänestä eniten, kun hän virnisteli hyväntahtoisesti ja nauroi luonnollista nauruaan. Ja niin usein kuin mietinkin kylästä lähtemistä, se olisi tarkoittanut myös ystävän menettämistä. Petrus olisi tosin ehkä halunnut lähteä mukaani, mutta hänen odotettiin jatkavan isänsä jälkeen kylän päällikkönä. Joskus hän oli tunnustanut minulle, että johtaisi mieluummin koiralaumaa kuin toisia ihmisiä, mutta jos hän sanoisi sellaista isälleen, tämä luultavasti laittaisi poikansa Häpeäkuoppaan.

Yhtenä iltana puhuimme taas kaukaisista valtakunnista, ja Petrus pohdiskeli taas kerran sitä tarua susi-ihmisistä, joitten jälkeläisistä polveutuvaa kansaa arveltiin elävän kaukaisessa, vuoristojen ympäröimässä Warginmaassa, jossa metsät olivat tiheitä ja vilisivät petoja. Daniyeel oli kertonut minulle monia taruja Warginmaasta, mutta myös asioita, joiden uskoin olevan totta, jos hän kerta itse oli elänyt siellä lapsuutensa.

Warginmaan kuningas eli puusta ja kivestä rakennetussa linnoituksessa, joka oli rakennettu kalliojyrkänteille, ja osa kuninkaanlinnasta sijaitsi vuorenrinteen sisällä, luolissa. Kuninkaanlinnaa ympäröivissä metsissä eli vain vähän väkeä. Valtakunnan puolustus perustui läpipääsemättömiin metsiin ja vaikeakulkuisiin vuoristoihin. Vuolasvirtaiset joet halkoivat metsiä, laaksot olivat paikoin soisia, ja vieraitten armeijoitten olisi ollut todella vaikea marssia sellaisella alueella. Warginmaahan johti naapurivaltakunnista vain yksi kärryjen levyinen tie, ja sekin kulki pitkän matkaa suoalueitten läpi, eikä olisi kantanut sellaista raskasta sotakalustoa, jota suurissa valtakunnissa käytettiin.

Warginmaan oma väki oli tottunut majailemaan metsissä ja luolissa, ja kylät oli rakennettu vuoristorinteille. Soturit olivat taitavia piileskelemään metsissä ja yllättämään viholliset, jotka uskaltautuivat yrittämään rajojen yli. Warginmaa olikin pysynyt itsenäisenä. Sen lähin naapuri, Savimaa, oli pieni, mutta hyvien viljelysmaitten takia rikas valtakunta. Ja Savimaasta seuraava alue, pohjoiseen päin, oli Ohdakemaa, joka yritti pysyä omana kuningaskuntanaan irrottauduttuaan Molcavarathiasta vasta parikymmentä vuotta sitten. Daniyeel oli kertonut, että jotkut Warginmaasta liikkeelle lähteneet Vaeltajat mieltyivät Ohdakemaan Itäisten Vuoristojen metsiin, koska ne olivat melkein samanlaisia kuin heidän kotiseudullaan. Jotkut Vaeltajat jäivät elämään sinne; jotkut taas lyöttäytyivät Veljiensä seuraan ja matkasivat pohjoiseen. Jotkut yrittivät Molcavarathian puolelle, mutta heistä ei sen jälkeen enää kuultu.

”Haluaisin joskus vielä nähdä sen Warginmaan, tai edes Ohdakemaan Itäisen Vuoriston”, Petrus totesi huoahtaen. ”Kunpa kohtaloni ei olisi jäädä tänne paimentamaan tätä väkeä, joka on pahimmillaan kuin parvi rääkyviä harakoita! Muutun itsekin pian raakkuvaksi linnuksi, jos joudun komentamaan heitä!”

”Ehkä joudut lähtemään isältäsi salaa”, sanoin mietteliäänä. ”Mikä muu sinua oikeastaan estää kuin isäsi?”

”En oikein tiedä”, Petrus huoahti. ”Toisaalta tuntuu ikään kuin minun pitäisi odottaa... En tiedä miksi minusta tuntuu siltä! Onko se vain omaa epävarmuuttani, vai tiedänkö jotenkin, ettei vielä ole aika tehdä sellaista päätöstä?”

”Ehkä tarinani ovat saaneet mielesi sekaisin”, naurahdin. ”Alat kohta haaveilla neidosta, joka on susikansan sukujuurta...”

”Äh, sinussa on ihan tarpeeksi sitä perimää! Tukkasi sojottaa nytkin kuin petoeläimen selkäkarvat!” Petrus nauroi. ”Eikö Daniyeel kertonut yhtään tarkemmin, mistä päin Warginmaata isäsi suku oli lähtöisin? Tai millaista väkeä sukusi oli siellä?”

”Daniyeel sanoi, että isäni suvulla saattoi olla yhteisiä sukulaisia hänen sukunsa kanssa, siis Warginmaassa, ja hän itse oli palvellut joitakin ylempiarvoisia, muttei hän kertonut siitä sen enempää. Hänellä ei ollut tapana kehuskella korkea-arvoisilla tuttavillaan! Mutta tuskinpa isäni suku on ollut mitenkään korkea-arvoista”, totesin mietteliäänä. ”Sen tiedän, että äitini on kyllä hyvin todennäköisesti pohjoisista erämaakylistä. Sellaista pienikasvuisempaa kansaa...”

Ilmeeni ehkä muuttui, koska Petrus oli hetken hiljaa.

”Anteeksi, en halunnut muistuttaa sinua ikävistä asioista”, hän totesi huoahtaen. ”Se Luoja, josta Vaeltajaveljet ovat sinulle opettaneet, suokoon, että sisaruksesi ovat vielä jossakin elossa!”

”Niin... Ehkä jonakin päivänä vaellan länteen ja pohjoiseen etsimään heitä”, sanoin. Emme puhuneet asiasta enää moneen päivään, ja yritin olla itsekin muistelematta liikaa synnyinperhettäni ja sisarusteni kohtaloa. Perheen ajatteleminen sai minut miettimään sitä, että olin aikuistumassa, ja jotkut ikäiseni olivat jo ottaneet vaimon. Minä jäisin todennäköisesti yksin, koska se neito, jota olisin voinut omasta puolestani edes harkita siihen asemaan, oli minulle tavoittamattomissa.

Olin useina päivinä kuljeskellut Surunrotkon ympäristössä ja varmistanut, ettei muukalainen enää lymyillyt siellä. Siltä varalta että hän palaisi, virittelin varoituslankoja ja muita kehittelemiäni kyhäelmiä, jotka paljastaisivat helposti, oliko joku kulkenut metsässä lähellä Surunrotkoa. Eräänä päivänä, kun aurinko oli jo laskeutumassa puiden latvojen taakse, astelin rotkolle ihaillakseni tapani mukaan Viacaelumin hohdetta laskevan auringon valossa. Silloin huomasin tuoreita jälkiä polulla. Olin tarkoituksella sirotellut polulle hiekkaa, jotta erottaisin vieraat jäljet paremmin.

Nuo vieraat jäljet johtivat suoraan Surunrotkolle. Painaumat olivat keveitä ja melko pieniä, joten en uskonut löytäväni jälkien päästä sitä rajunnäköistä muukalaista. Kevensin silti omat askeleeni hiipimiseksi, ja lähestyin varoen rotkon reunaa. Sitten näin hänet, ja hetken aikaa luulin näkeväni näkyjä. Hänen hiuksensa loistivat samaa punerrusta kuin Viacaelum iltaruskon lähestyessä. Ne olivat lähes kokonaan auki ja ulottuivat häntä vyötäisille. Hänellä oli yllään vaalea pellavapukunsa, jonka helmaan oli kirjottu punaruskeita koristekuvioita.

Vedin syvään henkeä ja päätin astella hänen luokseen, koska olisi ehkä ollut turha yrittää pysyä huomaamattomanakaan. Jos olisin yrittänyt hiippailla samaa tietä takaisin, hän olisi joka tapauksessa kuullut askeleeni, ja olisi ollut nolompaa tulla huomatuksi takapuolen puolelta; aivan kuin kolttosesta kiinnijäämistä pakeneva pojannulikka.

”Hyvää iltaa, Janosha Janoksentytär”, sanoin astellessani hänen luokseen. Hän säpsähti ja kääntyi sitten katsomaan minua.

”Hyvää iltaa, Jokim Vaeltaja”, hän sanoi hiljaa, laskien sitten katseensa. Täysi-ikäisyydestään huolimatta hän oli minua melkein puoli päätä lyhempi, mikä oli harvinaista kylän väessä. Minua hänen pienuutensa ei lainkaan häirinnyt, vaikka toisaalta olisi ollut luontevaa katsella häntä ihailevasti alhaalta päin. En sentään kuitenkaan polvistunut häntä ihailemaan, vaikka sellainenkin ajatus ehti käydä hämmentyneessä mielessäni.

”Tietääköhän isäsi, missä olet?” kysyin, koska yleensä neidot eivät lähteneet metsään yksin, eivätkä ainakaan tavatakseen siellä ketään miespuolista kahden kesken. Sellaista ei tapahtunut kuin vahingossa, tai sitten sovitusti kahden toisilleen luvatun välillä.

”Ehkä tietääkin, jos Petrus kertoi hänelle, mutta tuskinpa hän kertoi”, Janosha sanoi huoahtaen. En ollut koskaan puhunut hänen kanssaan niin monia lauseita peräkkäin, ja huomasin muuttuneeni jännittyneeksi kuin riistaa vaaniessani.

”Isäsi on kai paljon tekemisissä Vanhimman ja hänen poikansa kanssa”, totesin. Ehkä hän luuli sitä kysymykseksi; tosin en tiedä oikein itsekään, miksi sanoin niin. Hän katsahti alas rotkoon ja sitten minuun. Hänen kasvonsa toivat jollain tapaa mieleen muiston äidistäni. Janosha ei ollut piirteiltään saman oloinen kuin muut kylän naiset. Petrus oli joskus kertonut, että Janoksen suku oli muuttanut kylään vasta pari sukupolvea aiemmin, ja heitä oli pidetty kauan muukalaisina. Suku oli punertavahiuksista ja hieman pienikokoisempaa kuin muu kylän väki. Minun äitini oli tosin ollut tummahiuksinen, mutta hänen kasvoissaan oli samanlaista siroutta kuin Janoshan kasvoissa. Rohkenin katsella häntä silmiin hetken ajan, ja näin, että hänen silmänsä olivat vihertävän ruskeat, aivan kuin maa, jossa kasvoi heleänvihreää sammalta ja rusehtavaa jäkälää.

”Perheemmehän ovat läheisiä. Petruksen äiti oli minullekin kuin äiti, koska oma äitini kuoli synnyttäessään pikkuveljeäni, joka eli vain muutaman päivän. Olin silloin niin pieni, etten oikein edes muista sitä”, Janosha selitti hiljaa ja kääntyi taas katsomaan alas rotkokuoppaan. ”Kun Petruksen äiti kuoli, tuntui kuin olisin menettänyt äitini jo toistamiseen! Hänen ei olisi pitänyt koskea siihen sairaaseen muukalaiseen, ei edes säälistä! Tauti siirtyi häneen siitä miehestä, ja hänkin kuoli... ”

”Niin... Tuntuu epäoikeudenmukaiselta, että hän kuoli ennen vanhuutensa päiviä... Ja olihan se Petrukselle ja hänen isälleenkin raskasta aikaa, ja kylän väki menetti ihmisen, joka pehmensi sitä, mikä Petruksen isässä on kovaa ja ylpeää. Aljuska suhtautui minuunkin ystävällisesti. Hän tuntui ihmiseltä, joka jakaa rakkauttaan auliisti ja ehdoitta”, totesin huoahtaen. Janosha katsahti minua ja sitten taas alas rotkoon.

”Sinä olisit osannut veistää Aljuskalle kauniimman naamion! Vanhin oli hölmö, kun ei pyytänyt sinua tekemään kuolinnaamiota. Muistan varmasti lopun ikääni, miten rumalta se Maunuksen tekemä naamio näytti... En olisi halunnut, että Aljuskan rakastavat kasvot peitettäisiin sellaiseen!” Janosha huoahti, ja ihmettelin, miten hän rohkeni nimittää Vanhinta hölmöksi; vieläpä jonkun toisen kuullen. Tosin ei hän varmaan ajatellutkaan, että minä kielisin hänestä Vanhimmalle. Mutta en olisi voinut kuvitellakaan, että kukaan muu kylän tytöistä olisi sanonut sellaista ääneen. Ja olisiko hän sanonut Petruksen kuullen tämän isää hölmöksi?

”Aljuska oli varsin paljon Petruksen näköinen nainen, ja hän hymyili paljon”, sanoin osaamatta sanoa oikein muutakaan. Janosha näytti olevan ajatuksissaan, enkä tiennyt, olisiko minun pitänyt jättää hänet siihen itsekseen seisoskelemaan, vai olisiko ollut epäkohteliasta, jos olisin lähtenyt siitä omille teilleni sanomatta enää mitään. ”Muistuttikohan sinun oma äitisi sinua?”

”Niin isä sanoo, ja myös Aljuska sanoi, että muistutan äitiäni. Minulla on vain hämäriä muistikuvia äidistä. Kuvittelen hänet kaunissilmäiseksi ja lempeäksi, ja sen muistan, että hänen hiuksensa olivat oljen väriset”, Janosha sanoi hiljaa, katsellen jonnekin jalkoihinsa.

”Voisin veistää sinusta naamion, niin saisit nähdä äitisi kuvan”, sanoin ajattelematta sen enempää, olisiko ajatukseni sopiva vai ei. ”Tai ei ehkä sittenkään… Jos veistäisin sinusta kuvaa, se herättäisi mielikuvan sinun kuolinnaamiostasi, ja se olisi varsin surullinen ajatus… monellekin.”

”Joskushan senkin aika tulee”, Janosha totesi naurahtaen hiljaa. ”Jos veistäisit minusta kuvan nyt, ehtisin nähdä itse, millainen kuolinnaamioni tulee olemaan.”

”Sinun iässäsi on kovin outoa puhua kuolemasta! Sinun pitäisi puhua vain elämästä, ja rakkaudesta, ja uudesta elämästä”, sanoin naurahtaen hämmentyneenä. ”Ja olet oudossa, suorastaan sopimattomassa paikassa! Miksi oikeastaan olet täällä, missä yleensä on vain kuolleitten muistoja?”

”Koska Petrus sanoi, että sinäkin olisit”, Janosha totesi ja kääntyi taas katsomaan minua. ”Hän sanoi, että sinä voisit opettaa minulle merkkien salaisuuden.”

”Vai sanoi Petrus niin! Olisit ottanut Petruksen mukaasi. On aika sopimatonta, että olemme täällä kahden”, totesin hämmentyen. ”Eikö kylässä tulla epäluuloiseksi, kun viivyt yksin paaluaidoituksen ulkopuolella? Eikö sekin jo yksistään ole sopimatonta, etenkin naimattomille neidoille?”

”Sopimatonta on sekin, että sinä käytät merkkejä, joita edes kylän Vanhin ei ymmärrä! Olen nähnyt sinun kovin usein vierailevan Häpeäkuopassa, etkä taida ottaa niistä vierailuista opiksesi”, Janosha sanoi, ja hämmästyksekseni hän hymyili minulle. ”Sinulla on jotakin, mitä minä haluan, ja niinpä nöyrryn pyytämään sinulta, että opettaisit minulle ne merkit, jotka ovat sinun ja Petruksen salaisuus!”

”Mutta jos kerta Petrus tietää, että haluat oppia ne merkit, miksei hän voi opettaa sinua?” kysyin tuntien kasvojani kuumottavan. Hän katseli minua vakavana ja jopa hieman kiihtyneenä. Hänessä näytti olevan samanlaista kiivasmielisyyttä, jollaisesta itsekin ajoittain kärsin, ja se suorastaan häkellytti minua.

”Isäni ei välttämättä halua minun oleilevan liiaksi kahden hänen kanssaan, koska olemme jo varttuneet”, Janosha selitti hieman hämmentyen. ”Vaikka hän onkin aina ollut minulle kuin veli, nyt meitä erottaa se, ettemme oikeasti ole sukulaisia.”

”Mutta vielä vähemmän sinun on sopivaa oleilla kahden minun seurassani! Mitä isäsi siitä sanoo, jos tapaa minut sinun seurastasi opettamasta merkkejä, joille Vanhin rypistelee tuimia kulmakarvojaan?” kysyin epäröiden.

”No, joudumme Häpeäkuoppaan, vietämme siellä keskenämme päivän tai pari, ja sen jälkeen päädymme Lupausmenoihin, koska vain ottamalla minut vaimoksesi voisit hyvittää sen, että olet viettänyt kahden kesken aikaa minun kanssani, toisten katseilta näkymättömissä”, Janosha naurahti katsahtaen suorastaan uhkarohkeasti silmiini. ”Riski ei siis ole kovin suuri, eikä siitä ole mitään hirveän vaarallisia jälkiseurauksiakaan!”

”Teet minusta pilkkaa!” sanoin tuohtuneena. ”Isäsi tuskin suhtautuisi asiaan noin kevyesti!”

”Hyvä on, en pilaile”, Janosha totesi vakavoituen. ”Mutta Petrus kertoi minulle, että saatat lähteä kotiseudullesi etsimään sisaruksiasi. Hän haluaisi lähteä mukaasi. Ja jos hän lähtee, olen kovin epätoivoinen, ellen minäkin voi lähteä! Mutta koska isäni ei varmasti anna minun lähteä teidän mukaanne, jään tänne yksin, eikä kukaan voi opettaa minulle niitä merkkejä. Ja sitten joudun elämään aivan samalla tavoin kuin kaikki muutkin naiset!”

”Etkö sitten halua samaa kuin muutkin neidot? Miksi sinun pitäisi elää erilainen elämä?” kysyin huvittuneena, mutta myös hämmentyneenä. Janosha hymyili kuin itsekseen, naurahti, katsoi minua ja osoitti jonnekin taivaanrantaan, sinne missä oli Jokikylä ja suuret vedet.

”Tuolla on jotakin, mitä kukaan kylämme asukkaista ei ole nähnyt! Vain sinä tiedät, mitä kaikkea on Autiometsän takana. Sinä opit Vaeltajaveljiltä tuhansittain asioita, joista kukaan täällä ei piittaa… Paitsi Petrus ja minä! Minä olen kyllästynyt paaluaitaan, Vanhimman sääntöihin ja naisväen hyssyttelyihin. Haluan jotakin uutta! Muuten kuihdun sisäisesti ja voin saman tien ryömiä tuhkakuoppaan elävänä!”

”Joutaisit kyllä Häpeäkuoppaan noitten ajatustesi kanssa, ainakin melkein kaikkien kyläläisten mielestä”, sanoin hiljaa, mutta hän tiesi minun pilailevan. Ymmärsin häntä paremmin kuin hän arvasikaan, tai sitten hän oli sen aavistanut, ja puhutteli minua juuri siksi. ”Jos isäsi tietäisi, mitä ajattelet, mitä hän sinulle sanoisi?”

”Kyllä hän tietää paljonkin ajatuksistani, mutten aio huolestuttaa häntä kertomalla aivan kaikkea, mitä satun ajattelemaan! Mutta autatko minua, Jokim? Ennen kuin lähdet pois, opetatko minulle merkkien salaisuuden?” hän pyysi, ja olisin ollut päästäni sekaisin, jos olisin kieltäytynyt hänen pyynnöstään. Vaikka olikin itsekästä haluta olla hänen seurassaan, oli toisaalta epäitsekästä auttaa häntä oppimaan jotakin, mikä olisi hänelle merkityksellistä. Mutta tietysti tekisin vastoin kylän perinteitä ja Vanhimman tahtoa, ja niin tekisi hänkin. Toisaalta, jos rangaistus kiinni jäämisestä olisi Häpeäkuoppa ja sen jälkeen Lupausmenot hänen kanssaan, minulla ei ainakaan olisi mitään hävittävää; hävettävää kylläkin.

”Hyvä on! Voin opettaa sinulle merkkejä, jos pystymme tapaamaan siten, ettei kukaan ala epäillä meillä olevan mitään tekemistä toistemme kanssa”, sanoin yrittäen kuulostaa rauhalliselta ja luotettavalta. ”Isäsi ei ainakaan halua kenenkään kuvittelevan, että minulla olisi jotakin pyyteitä sinun suhteesi, koska sellainen olisi sinua kohtaan häpeällistä.”

”Häpeällistäkö?” hän toisti naurahtaen. ”Siksikö, että olet muukalainen?”

”Ja koska olen häpäissyt itseni turhan usein käyttäytymällä eri tavoin kuin muut”, totesin hiljaa, katsellen häntä uhkarohkeasti silmiin. ”Minun seurassani saat osaksesi minun häpeäni!”

”Jonkun mielestä se voisi olla kunnia”, Janosha sanoi vakavoituen. Tunnelma muuttui vaikeasti määritettävällä tavalla, enkä osannutkaan sanoa siihen mitään. Katselin Viacaelumia, ja se oli muuttunut syvemmän punaruskeaksi. ”Jos tulen huomenna tilaamaan sinulta puutöitä, annatko minulle ensimmäiset merkit opeteltavaksi?”

”Teen mitä pystyn”, sanoin. Hän käännähti ja lähti astelemaan polkua pitkin takaisin kylää kohden. Seuratessani hänen loittonevaa hahmoaan ajattelin, ettei missään Autiometsän takana, ei taivaanrannan tuolla puolen eikä kaukaisten merien rannoilla voisi olla ketään, jonka puolesta olisin tehnyt saman mitä hänen puolestaan tekisin voittaakseni hänen rakkautensa; olipa se sitten kenenkään mielestä sopivaa tai ei.

Hän tuli seuraavana aamuna verstaalle. Koska Maunus palveli toista kyläläistä, menin tervehtimään Janoshaa. Hänellä oli mukanaan leveä tuohi, jonka hän ojensi minulle.

”Tässä on piirros siitä, millaisen kaiverruksen haluan oven yläkamanaan”, hän sanoi. Tuohessa oli pienenpieniä piirroksia. Hän oli piirtänyt taitavasti, ilmeisesti sinimarjan mehua käyttäen, tuohen pintaan pieniä kuvia, jotka esittivät asioita ja esineitä. ”Tee siihen parannuksia… Täydennyksiä, siis. Haen sen illalla.”

”Täydennyksiä?” toistin kysyvästi.

”Niitä merkkejä”, hän kuiskasi pälyillen ympärilleen. ”Kiitos!”

Kun muilta töiltäni ehdin, raapustin merkkejä, jotka muodostivat sanoja hänen piirtämiensä kuvien viereen. Se oli hyvä alku. Iltapäivällä myös Petrus kävi verstaalla, ja hän jopa puhutteli minua muutamalla sanalla, vaikka paikalla oli muitakin ihmisiä kuulemassa. Myöhemmin illalla Janosha tuli uudelleen. Hän viipyi vain hetken, ja annoin hänelle hänen tuohensa takaisin. Sama toistui seuraavana päivänä, ja illalla tapasin Petruksen metsäleirissäni. Hän oli tavallista hiljaisempi, ja yritin keksiä jotakin puhuttavaa, koska hänen hiljaisuutensa teki minut kärsimättömäksi.

”Et kuulemma voi enää tavata Janoshaa kahden”, sanoin hänelle saadakseni jotakin keskustelua aluilleen. ”Vaikka hän on sinulle kuin sisar.”

”Ei hän oikeastaan ole minulle kuin sisar”, Petrus sanoi huoahtaen. ”Ei ainakaan enää… Mutta vaikka en varsinaisesti tapaakaan häntä kahden, voimme silti silloin tällöin puhua keskenämme, koska hänen isänsä jättää minut joskus hänen seuraansa heidän tuvassaan, syystä tai toisesta.”

”Jättää teidät kahdestaan tupaan, niinkö?” kysyin hieman närkästyneenä.

”Niin. Oletko kademielinen?” Petrus naurahti.

”Sinulleko? Miksi olisin? Ajattelin vain, että yrittääkö Janoshan isä kenties saada sinut tekemään jotakin sellaista, että voi vaatia sinulta hyvitystä”, sanoin tuntien tarvetta esittää välinpitämätöntä.

”Luulenpa, että hän pitää meitä vieläkin kuin sisarena ja veljenä, eikä siksi välitä, vaikka puhelisimmekin toisinaan keskenämme. Ja se on hyvä, koska muuten en voisi auttaa Janoshaa merkkien opettelussa. Enemmänkin pelkään sitä, että Janos huomaa hänen opettelevan merkkejäsi.”

”Sanoit äsken, ettei Janosha oikeastaan ole sinulle enää kuin sisar. Mitä tarkoitit sillä?” kysyin hiljaa. Petrus epäröi.

”Ellen tietäisi, että ihailet häntä, olisin sanonut tämän aiemmin”, hän totesi sitten huoahtaen ja katsoi minua vakavana.

”Ihailen, koska hän ansaitsee kenen tahansa ihailun. En siksi, että minulla olisi jotakin pyyteitä häntä kohtaan”, sanoin, mutta tiesin kyllä itse, etten ollut aivan rehellinen.

”Olen alkanut nähdä hänet eri tavoin kuin ennen, ja ehkä kaikki johtuu siitä, että olen siinä iässä, jossa monilla on jo puoliso”, hän sanoi hivenen punehtuen.

”Mikä kaikki?” kysyin hivenen varautuneesti.

”No se, että minun on vaikeampi olla hänen seurassaan kuin ennen. Olen rauhaton, ja joskus melkein sekoan sanoissani, pudottelen esineitä ja kompuroin. Huomaan unohtuvani tuijottamaan häntä, ja hän vain hymyilee minulle, enkä kuule mitä hän sanoo, koska silmissäni hänen olemuksensa on muuttunut… Äh! Hulluutta! Et varmastikaan ymmärrä, mitä tarkoitan. En pelkästään näe häntä, vaan tunnen hänet, vaikka hän olisi käsivartta kauempana minusta. Tuskin kukaan tuntee sisartaan kohtaan sellaista?”

”Olet siis ihastunut häneen”, sanoin, ja minun oli pakotettava itseni olemaan irvistämättä. ”Ja hänen isänsä on tajunnut sen, ja haluaa sinun kosiskelevan tytärtään. Olethan sentään Vanhimman poika, ja Janos on isäsi lähin mies! Janoshaa ei voisi antaa vaimoksi paljoakaan alempiarvoiselle… Joten, saat onnentoivotukseni, sinusta on mitä ilmeisimmin tulossa Janoshan puoliso!”

”En ole siitä lainkaan varma, Jokim! En tiedä, mitä rakkaus on, ja tunnenko sellaista häntä kohtaan! En tiedä, haluanko viettää hänen kanssaan loppuelämäni, tai haluaako hän ottaa minut vaivoikseen”, Petrus totesi kiivastuneena.

”Kysy häneltä! Sitä paitsi hän sanoi minulle, että jos olet lähdössä joskus tästä kylästä minun mukanani, hänkin haluaa lähteä. Ehkä hän seuraisi sinua taivaanrannan taakse ja meren kaukaisille rannoille, ja olisitte molemmat onnellisia”, sanoin yrittäen hymyillä, mutta viileä kouraisu muljahti sydänalassani. Petrus oli ystäväni, ainoa sellainen. Mutta oliko hän Janoshan arvoinen? Itse en ainakaan ollut, joten kenties joku muu olisi. Kenties Petrus voisi tehdä Janoshan onnelliseksi ja huolehtia hänestä. Ehkä Petrus voisi antaa Janoshalle sellaisen elämän, jollaista tämä sisimmässään kaipasi.

”Hänellä on levoton mieli, enkä tiedä, pystyisinkö rauhoittamaan sen. Toisinaan pelkään, ettei hän aio elää kuten muut neidot, ja joutuu siksi vaikeuksiin. Mutta jos ajattelen, etten koskaan enää näkisi häntä tai kuulisi hänen puhelevan ajatuksistaan, olisin hyvin surullinen… Aivan kuin elämästäni puuttuisi suuri palanen; sellainen pala, joka valaisee päiväni”, Petrus selitti, ja hänen äänensä oli surullisen kiivas. Sisimmässäni tunsin jakautuvani kahteen osaan. Toinen oli Petruksen veli ja ystävä, toinen taas se Jokim, joka tavoitteli samaa kuin hän; jotakin sellaista, mikä ei ollut jaettavissa.

”Sinun on parasta kysyä häneltä, nyt, kun hän on vielä vapaa valitsemaan. Jossain vaiheessa hänen isänsä lupaa hänet jollekulle, ja katuisit sitäkin, jos se mies olisi sinua kurjempi”, sanoin.

”Totta! En ikinä haluaisi nähdä häntä onnettomassa liitossa”, Petrus totesi, mutta kääntyi sitten katsomaan minua vakavana. ”Jokim, hyväksyisitkö sinä sen, jos ottaisin hänet vaimokseni?”

”Jos hän huolii sinut, ei kellään kai ole valittamista hänen valinnastaan? Jos hän rakastaa sinua, ja sinä häntä, ansaitset hänet”, sanoin hiljaa.

”Mutta tiedän, että sinä olet aina ihaillut häntä, ja olen kiusoitellut sinua, ainakin ennen kuin aloin ymmärtää, millaisin silmin näet hänet. En tahtoisi, että oikeasti tuntisit kateutta minua kohtaan! Tahtoisin edelleen olla ystäväsi, vaikka pyytäisinkin Janoshaa vaimokseni”, Petrus sanoi yrittäen etsiä katsettani, mutta en kyennyt katsomaan häntä suoraan.

”En ole koskaan kuvitellut, että saisin tästä kylästä puolisoa itselleni”, sanoin katsellen käsiini, jotka katkoivat keloutuneesta oksasta pieniä palasia. ”Etenkään niin korkea-arvoista kuin Janosha. Minulle riittää, että olen sinun ystäväsi ja näen teidät onnellisena… Voin muistella teidän onneanne, kun matkaan etsimään omaa puolikastani jostakin Pohjanväylän takaa, tai ehkä jopa Ohdakemaasta saakka!”

”Jos noin sanot, olen helpottunut. Mutta voi olla, etten rohkene siltikään tehdä mitään, vielä”, Petrus totesi huokaisten. Heitin kelonoksan jonnekin selkäni taakse, katsahdin häntä ja nousin, jolloin hän tiesi, että hänen oli aika palata kylään ja minun jäädä omiin oloihini.

”Älä odota liian kauan… Sanotaanhan, että ihmisen elämä voi päättyä kuin muurahaisen, jonka päälle joku sattumalta astuu!”

En puhunut asiasta enää Petruksen kanssa. Kului muutama päivä, ja näin Janoshaa aamuin illoin, kun hän kävi milloin milläkin asialla verstaalla. Ihmiset alkoivat puhua, että hän teettää tavaraa uuteen kotiinsa, koska on ottamassa puolison. Hän tilasi minulta kapustoja ja lastoja, koristeltuja ovenpieliä, ovenkahvoja ja haarukoita. Joka kerta hän toi tuohenpalan ja otti vastaan edellisen täydennettäväkseni tuomansa arkin. Hän jäljensi sanat, joita olin raapustanut, ja opetteli merkit kaikille äänteille, joita osasi muodostaa. Tiesin, että myös Petrus opetti häntä puhein ja selityksin aina kun vain sai tilaisuuden, mutta tuohenpalojen avulla Janosha sai harjoitella oppimaansa.

Eräänä iltana Janosha toi minulle ylimääräisen tuohenpalan näyttäen tavallistakin jännittyneemmältä. Kun olin saanut työni päätökseen, katsoin tarkemmin hänen tuomaansa tuohenpalaa. Hän oli piirtänyt siihen itse sanoja, ja saatoin tulkita hänen raapustuksensa.

"Kiitos Jokim. Kuin lempeästi lämmittävä ilta-aurinko on ystävyytesi, ja sallikoon Luoja minun nauttia siitä niin kauan kuin elän."

Sen illan jälkeen hän ei enää käynyt verstaalla, ja kului pari päivää ennen kuin näin hänet uudelleen. Sitä ennen tapasin kuitenkin Petruksen. Hän tuli tapaamaan minua metsäleiriini aamupäivällä, kun valmistauduin tarkistamaan ansojani.

"Jokim, kutsun sinut Lupausmenoihini", hän sanoi vakavana ja suorastaan tuijottaen minua. Tiesin kyllä, että kasvoillani kävi ilme, jota en olisi halunnut näyttää hänelle; siksi käännyin hänen puoleensa vasta saatuani tunteeni hallituksi.

"Siinä tapauksessa tulen mielelläni", sanoin. "Milloin tämä onnellinen asia saatiin sovituksi?"

"No... rohkenin pyytää Janoshaa puolisokseni hänen isältään, ja Janos lupasi hänet minulle", Petrus selitti laskien katseensa.

"Miksi sitten näytät siltä kuin sydäntäsi vedettäisiin eri suuntiin?" kysyin, koska olin tunnistanut hänen kasvoillaan ristiriitaisen ilmeen. Hän huoahti nostaen katseensa minuun hämmentyneen kiihtyneenä.

"Jokim, minä en rohjennut kysyä häneltä itseltään silmätysten, huoliiko hän minut! Ehkä pelkäsin hänen sanovan, ettei hän tahdo minua miehekseen. Mutta luultavasti hänen isänsä olisi silti antanut hänet minulle, vastoin hänen toiveitaan, siis. Ja nyt en tiedä, tahtooko hän minut todella, vai myöntyykö hän vain isänsä tahtoon... Enkä mitenkään rohkene kysyä sitä! Pelkään hänen sanovan minulle ystävällisen lempeästi, että hän arvostaa ja kunnioittaa minua, kuten veljeä, ja tulee tekemään kaikkensa, jotta olisin onnellinen, kun kerta hänen on määrä minut ottaa. Mutta pitääkö minun tyytyä siihen, Jokim? Täytyykö minun tyytyä siihen, että hän ottaa minut, koska ei henno kieltäytyäkään?"

"Kunpa olisit kysynyt ensin häneltä itseltään!" huudahdin hiljaa. "Nyt hän tietää olevansa joka tapauksessa tuleva puolisosi, eikä hän varmasti tahdo sinua loukata, mitä sitten tunteekaan."

"Sitähän minä juuri tässä tuskailenkin, sinä onneton hölmö!" Petrus puuskahti kiivastuen. "Miksi en kysynyt häneltä ensin? Siksikö, että hän tekee oloni sekavaksi, ja pelkäsin sammaltavani hänen edessään? Vai siksikö, että pelkäsin hänen sanovan, ettei hän välitä minusta miehenä? Jos hän olisi sanonut niin, olisin luultavasti rojahtanut kalpeana maahan hänen edessään, hän olisi kumartunut hoivaamaan minua, ja sitten hänen isänsä olisi tullut ja vaatinut minua hyvittämään sopimattoman läheisyyteni tyttärensä kanssa... Ja sitten minun olisi pitänyt ottaa hänet tietäen, ettei hän välitä minusta sillä tavoin kuin tahtoisin!"

"Entä jos saat nyt tietää, ettei hän itse olisi valinnut sinua? Peruutatko Lupausmenot?" kysyin katsellen näennäisen viileästi hänen epätoivoaan.

"Ja menen Häpeäkuoppaan hänen vapautensa pantiksi? Kyllä, sen minä tekisin, jos se tekisi hänet onnelliseksi", Petrus huudahti.

"Mene siis hänen luokseen ja kysy häneltä!"

"En voi! Etkö ymmärrä, etten halua hänen valehtelevan minulle kasvotusten? Hän aivan varmasti valehtelee, että rakastaa minua, jos kysyn sitä häneltä suoraan. Hän on minulle liian lempeä puhuakseen totta!" Petrus totesi tuskastuneena.

"Mutta jos hän rakastaa sinua, hänen ei tarvitse valehdella! Petrus, rohkaise mielesi! Lupausmenoja ei vietetä kuin kerran elämässä, jos hyvin käy. Sinun on parempi selvittää totuus ennen kuin sidot itsesi häneen", sanoin yrittäen hillitä oman kiihtymykseni.

"Niin, ennen kuin sidon hänet itseeni! Jokim, ystävyytemme tähden, tee minulle palvelus!" Petrus huudahti ja tarttui minua olkapäistä. Hän oli minua pidempi, ja hänen vaaleat, pitkät hiuksensa oli sidottu kiinni päälaelta, niin että hänen kasvojensa piirteet olivat selkeästi nähtävillä. Hän oli komea nuorukainen, ja luultavasti kuka tahansa kylän vapaista neidoista olisi mielellään ryhtynyt Vanhimman pojan puolisoksi. Mutta hän oli päättänyt pyytää Janoshaa, ja Janosha hänelle oli luvattu. En halunnut ajatella, ettei Janosha haluaisi häntä, koska pelkäsin omia ajatuksiani; sitä, miten pitkälle ne etenisivät, jos antaisin niiden vaeltaa tunteitteni mukaan.

"En ole varma haluanko tehdä sitä mitä arvelen sinulla olevan mielessä", sanoin punehtuen. Hän tuijotti minua suoraan silmiin, ja aistin hänen epätoivonsa.

"Olen tehnyt tyhmästi, kun en kysynyt ensin häneltä, ja sitä tyhmyyttä olen valmis katumaan julkisesti Häpeäkuopassa. Mutta jos hän rakastaa minua, minun ei tarvitse katua mitään, ja meistä voi tulla onnellisia! Auta minua, Jokim! Puhu sinä Janoshan kanssa ja kerro minulle rehellisesti, mitä hän sanoo minusta!"

”Mutta en voi tavata häntä kahden”, sanoin kiivastuen.
”Voit kyllä, kuten silloin aiemmin Surunrotkolla! Minä järjestän tilaisuuden siihen, jos vain lupaat tehdä tämän palveluksen minulle”, Petrus sanoi kiivastuneena hänkin. ”Kyse on myös Janoshan onnesta! Jos hän ei rakasta minua tarpeeksi, hänen on parasta olla lupaamatta itseään minulle. Jos et tee sitä minun takiani, tee se Janoshan takia!”
”Voihan mätäinen sieni!” ärähdin. ”En pidä tästä lainkaan…”
”Hän sanoi menevänsä illalla Surunrotkolle muistelemaan äitiäni”, Petrus sanoi toiveikkaammalla äänellä. ”Mene sinne, siten ettei kukaan huomaa… Sanon ihmisille, että sinä olet veistämässä minulle Lupauslahjaa, niin kukaan ei epäile sinun menevän sinne tapaamaan häntä.”
Olin hetken hiljaa. Ymmärsin Petruksen hädän, ja toivoin, että hän olisi jollain muulla tavoin saanut selville Janoshan tunteet. Minä en ollut sopivin henkilö niitä kysymään, mutta kenties vaihtoehtoja ei ollut. Kenties Janosha olisi minulle rehellinen, jos hän piti minua ystävänään. Silti, en olisi halunnut tavata häntä kahden, koska pelkäsin omia tunteitani.
”Hyvä on. Teen sen sinun puolestasi”, sanoin huoahtaen. ”Toivottavasti en sotke asioita enempää.”
”Tee se niin, ettei hän tiedä minun lähettäneen sinut. Muuten hän ei kerro totuutta sinullekaan”, Petrus totesi vakavana. Teimme siis sopimuksen, ja hän palasi kylään. Itse kävin katsomassa kalapyydykseni ja menin sitten verstaalle tekemään työt, joita sille päivälle oli varattu.
Aurinko oli kääntynyt laskuun, kun näin Janoshan lähtevän kylästä, ja Petrus tuli verstaalle. Jonkin aikaa veistin puuhelmiä hänen seurassaan, mutta heti kun Maunus oli lähtenyt verstaalta, Petrus kehotti minua lähtemään verstaalta takakautta, niin että väki luulisi minun yhä olevan sisällä töissäni. Kaikki tuntui epämiellyttävän salamyhkäiseltä. Hiiviskelin ulos paaluaidan takaportista; sieltä, mistä neidot yleensä kulkivat hakemaan vettä purosta tai peseytymään. Onneksi purolla ei näkynyt ketään, ja pääsin kiertämään Surunrotkoon vievälle polulle rantapensaikon kautta ja paaluvarustuksen pohjoispuolta.
Lähestyessäni Surunrotkoa kuulin Janoshan laulavan. Hänen äänensä kaikui kalliosta. Sävel oli surumielinen, mutta sanat kauniit. En olisi halunnut keskeyttää hänen lauluaan, koska sen kuuleminen värähdytti minua sisuksista asti, mutta minun oli pakko kiirehtiä, ettei poissaoloamme kylästä huomattaisi.

”Janosha!” huudahdin hiljaa. Hän vaikeni ja kääntyi yllättyneenä. ”Anteeksi että pelästytin sinut.”

”En pelästynyt, kun tunsin äänesi. Yllätyin vain... Vaikka toisaalta toivoinkin, että sattuisit joskus tulemaan tänne samaan aikaan kuin minäkin, niin voisimme jutella”, hän sanoi ja hymyili epäröiden. Huomasin hänen olevan hämmentynyt, ja jännityin itsekin vielä enemmän. En tiennyt miten aloittaa. Hän ei saanut arvata, että Petrus oli lähettänyt minut. Minun olisi pitänyt sepittää jokin muu syy tulla Surunrotkolle, mutten olisi halunnut valehdellakaan.

”En ole moneen iltaan käynyt täällä. Eilen oli sen verran kostea ilma, ettei aurinko ollut näkyvissä... Öö... Kuulin, että olette lupautumassa toisillenne, sinä ja Petrus”, sanoin ilmaisematta äänelläni paljoakaan siitä, mitä tunteita asia itsessäni herätti.

”Niin... Jos tarkoin sanotaan, hän on lupaamassa itsensä minulle, ja minun isäni lupaa minut hänelle”, Janosha totesi ja naurahti, mutta naurahdus kätki taakseen jotakin surumielistä, ja sen toteaminen herätti minussa erinäisiä ajatuksia. ”Olisin tahtonut päättää itse, milloin lupaan itseni ja kenelle. En sano, ettenkö olisi voinut lupautua Petrukselle, jos hän itse olisi asiaa kysynyt... ehkä... ainakin jonkin ajan kuluttua. Mutta nyt minulle ei jäänyt vaihtoehtoa!”

”Epäröit siis?” totesin kysyvästi. Hän katsoi minua silmiin, eikä vastannut heti. Sitten hän kääntyi katsomaan alas rotkoon.

”Tiedätkö, että joskus haluaisin olla kuin mies... kuten sinä, tai Petrus. Enkä lupaisi itseäni kellekään, koska en haluaisi rinnalleni ketään sellaista neitoa, joka tyytyy osaansa keittäjänä ja pesijänä ja lastensynnyttäjänä. Lähtisin taivaanrannan taakse ja etsisin jonkun, joka haluaisi jakaa elämänsä kanssani. Ystävän, joka ymmärtäisi minua, eikä tuomitsisi minua Häpeäkuoppaan siksi että olen erilainen kuin muut!”

”Janosha”, sanoin hiljaa, ja kurkkuani puristi epämiellyttävä palanen, aivan kuin olisin nielaissut puukepin. Hän vilkaisi minua nopeasti.

”Pidät minua mielettömänä, niinhän? Ajattelet, että olen sopimaton vaimoksi ystävällesi, enkä tee häntä onnelliseksi, koska olen levoton sielu, enkä tyydy osaani? Pidät minua ylpeänä ja tuulentavoittelijana, niinkö?” hän kysyi hivenen viileästi.

”Ei, pidän sinua... Äh!” puuskahdin häkeltyneenä, yrittäen kuumeisesti miettiä, miten ilmaisisin hänelle riittävästi, mutten liikaa totuutta. ”Pidän sinua... Tarkoitan, pidän sinusta tuollaisena kuin olet! Kunnioitan ja ihailen sinua juuri tuollaisena, ja toivon, että tulet onnelliseksi ystäväni Petruksen kanssa. Toivon myös, että hän ansaitsee rakkautesi, ja rakastaa sinua vähintään yhtä paljon kuin… siis, kuten puolison kuuluu, ja että sinulle tuottaa onnea rakastaa häntä, ja öö…"

"Jokim, uskotko, että rakastan häntä?" Janosha kysyi keskeyttäen takeltelevan puheeni. Hän oli hymyillyt minulle vinosti ja ilmehtinyt kulmakarvoillaan hieman oudosti kuunnellessaan sekavaa puheenvuoroani, mutta nyt hän vakavoitui ja katsoi minua tuimasti kuin suuttunut ihminen.

"Kaipa sinä rakastat, kun kerta lupauduit hänelle, tai siis, et pannut vastaan, kun isäsi lupasi sinut", sanoin, ja poskiani kuumotti.

"Tietysti rakastan häntä!" Janosha huudahti. "Rakastan kuten ystävää ja veljeä! Rakastan enemmän kuin ketään muuta tässä kylässä syntynyttä miestä, ja siksi hänestä tulee puolisoni. Jokim, ystäväni, jos sallit minun niin itseäsi kutsua, minulla ei ole vaihtoehtoja!"

"Entä jos siirtäisitte Lupausmenoja, kunnes olet varma, ettei sinulla ole vaihtoehtoja?" kysyin jännittyneenä. Hän katsoi minua kiivastuneena, ja sisäinen tuska muutti hänen silmänsä miltei pelottaviksi, niin että minun oli vaikea kohdata hänen katsettaan.

"Mistä arvelet vaihtoehtoja ilmaantuvan? Tähän kylään tulee uusia ihmisiä kerran kymmenessä vuodessa. Sinä tulit viimeksi, ja ehkä parin vuoden päästä tänne eksyy joku toinen iältään sopiva, joka kenties on niin tyhmä, että omaksuu Vanhimman säännöt paremmin kuin sinä, eikä joudu yhtenään Häpeäkuoppaan siksi että rohkenee elää oman luontonsa mukaan!"

"Janosha, Petrus rakastaa sinua varmasti, ja luulen, ettei häntä parempaa miestä ilmaannu tänne kymmenen vuoden sisällä", sanoin rauhoittelevasti, tavoitellen samoja äänenpainoja, joilla hänen isänsä onnistui yleensä sammuttaa minun kiukkuni. "Te voitte elää luonteenne mukaista elämää, etenkin sitten, kun hänestä aikanaan tulee kylän Vanhin isänsä tilalle…"

"Minä en halua, että hän jää tänne jatkamaan isänsä viitoittamaa polkua. En halua että hänestä tulee samanlainen kuivunut lähde kuin isänsä!" Janosha puuskahti. "Siinä, jos vietän Lupausmenoja hänen kanssaan, on sentään yksi hyvä puoli! Jos sinä lähdet pois ja hän lähtee mukaasi, hänen on otettava minut mukaansa, jos olen hänen puolisonsa!"

"Älä sekoita minua tulevaisuudensuunnitelmiisi, Janosha", sanoin nieleskellen. Hän tuijotti eteensä ja hengitti kiivaasti, ja ymmärsin, miten erilainen hänen luontonsa oli verrattuna niihin neitoihin, jotka tyytyivät vähempään; siis siihen samaan, johon heidän äitinsä ja isoäitinsä ja näitten äidit olivat tyytyneet vuosikymmenien tai satojen vuosien ajan. Mutta ei ollut minun tehtäväni raahata Petrusta pois paikaltaan kylän Vanhimpana, eikä varsinkin vetää Janoshaa hänen mukanaan turvattomille seuduille, jossa hänelle voisi käydä kymmenen kertaa huonommin kuin Vaskikallion kylän turvallisessa tylsyydessä. ”Et kai sano, että huolit Petruksen vain siksi, että hänen vaimonaan voisit päästä pois tästä kylästä?”

”Ajatus näyttää olevan mielestäsi sellainen, että tyrkkäisit minut siitä hyvästä mielelläsi Häpeäkuoppaan”, Janosha mutisi vakavana.

”En tyrkkäisi! Ymmärrän sinua paremmin kuin ehkä uskotkaan”, sanoin tiedostaen, että hän oli liian samanlainen kuin itse olin tullakseen ikinä onnelliseksi perinteiden orjuuttamana kyläläisenä; etenkään vaimona, jonka käytöstä sidottaisiin vielä tiukemmin kuin miespuolisia, koska vaimot saattoivat pahimmillaan joutua miehensä voimankäytön armoille. ”Mutta ajattelen, että sinun tulee lupautua Petrukselle vain rakkaudesta. Älä petä häntä lupaamalla rakkautta, jos ajatuksesi ovat kiinnittyneet muuhun!”

”Tarkoitatko, että minun pitäisi sanoa isälleni, etten haluakaan Petrusta miehekseni? Ja mitä Petrus sanoisi siitä?” Janosha totesi kiihtyen uudelleen. ”Jos hän on toivonut saavansa minut, ja joudun sanomaan hänelle, etten rakasta häntä sillä tavoin kuin hän toivoo, aiheutan hänelle liikaa tuskaa… Eikä isä anna minun perua asiaa enää!”

”Entä jos Petrus peruisi aikeensa, vaatisitko häneltä hyvitystä?” kysyin.

”En! Mutta hän joutuisi kuitenkin Häpeäkuoppaan lupauksen perumisesta, ja se maksaisi hänelle paikan kylän Vanhimpana”, Janosha puuskahti. Hämmästyin; en ollut tullut ajatelleeksi moista asiaa lainkaan.

”Todellako? Onko siitä olemassa jokin ikiaikainen säädös, vai arveletko vain, ettei sellaista siedettäisi tässä kylässä?”

”En vain arvele, vaan niin on säädetty! Jos joku viisitoista kesää täyttänyt joutuu Häpeäkuoppaan, hän ei ole enää kelvollinen palvelemaan johtajana tai johtajan lähimpänä miehenä. Sitä nuorempien kolttoset ja typeryydet katsotaan vielä lapsellisuudesta johtuviksi, mutta viidentoista ikäisen pitää jo osata tavat ja säännöt”, Janosha selitti kiivastuneena elehtien. ”Niinpä tämä typeryys koituu Petrukselle vahingoksi tavalla tai toisella!”

”Mutta Petrushan olisi voinut joutua Häpeäkuoppaan kymmeniä kertoja, jos ihmiset tietäisivät, millaisia asioita hän harrastaa minun seurassani! Hän on ollut lukuisia kertoja paaluvarustuksen ulkopuolella ilman isänsä lupaa, uinut kielletyissä paikoissa ja puhunut asioita, joita tässä kylässä ei siedettäisi kuulla”, sanoin hämmentyen. ”En tiennyt, että hän on sillä tavoin laittanut alttiiksi tulevaisuutensa johtajana! Jos olisin tiennyt, olisin sentään vakavammin varoitellut häntä pysymästä poissa seurastani…”

”Niin, ja Häpeäkuoppaan joutuisin minäkin, jos tiedettäisiin, että olen näin läheinen sinulle! Itse asiassa Vanhin tuskin huolisi minua puolisoksi pojalleen, jos tietäisi, miten paljon minä olen ollut tekemisissä sinunlaisesi muukalaisen kanssa. Ehkä minun kannattaisi kertoa se hänelle!” Janosha totesi, ja hänen silmänsä olivat kaventeet viiruiksi kuin metsäkissalla. Huolestuin hänen kiivasmielisestä katkeruudestaan.

”Janosha, ajattele sentään isääsi! Et kai halua, että tuotat hänelle häpeää omalla käytökselläsi?”

”No en… Mutta jos lähden pois kylästä, hänen ei tarvitse kärsiä tekemisistäni”, Janosha mutisi laskien katseensa. Tuli hetkeksi hiljaista. Aloin olla melko turhautunut keskustelumme kulkuun, ja asiat alkoivat olla sekaisin päässäni.

”No, säädöstenne mukaan minullakaan ei siis enää ole mahdollisuuksia päästä johtoasemaan tässä kylässä, ja Petruksenkin asema on kiinni pelkällä hämähäkinseitillä”, naurahdin. Se ei ehkä ollut kovin järkevästi sanottu, mutten osannut sanoa mitään järkevämpääkään; en oikeastaan tiennyt enää lainkaan, mitä sanoisin. Janosha katsahti minua vakavana.

”Jos Petrus katuu aikeitaan ottaa minut, syy ei tule olemaan minun! En aio häpäistä isääni, enkä aio antaa Petrukselle aihetta häpäistä itseään. Hän on sentään minulle läheinen ja rakas.”

”Ei hän kadu, jos sinä rakastat häntä. Ja sinä itse asiassa vaarannat oman maineesi jo nyt, koko ajan! Mieti tarkoin, mitä haluat, ja ellet halua Petrusta, sinun on sanottava siitä isällesi”, sanoin hieman kiivastuneena, ja hän katsahti minua melkeinpä vihaisesti.

”Jokim, asia ei muutu kummemmaksi, vaikka toistaisimme samoja lauseita auringonlaskuun saakka! Enkä ole sanonut, ettenkö saattaisi tulla siedettävän onnelliseksi Petruksen rinnalla, jos hän ottaa toiveeni huomioon kaikessa, eikä käytä väärin ruumiinvoimiinsa perustuvaa miehistä valtaansa. Ja koska vaihtoehtoja ei ole, etenkään isäni mielestä, tämä lienee minulle merkitty polku! Siitä huolimatta, vaikka sisälläni tuntisinkin itseni ansaan jääneeksi eläimeksi", Janosha sanoi, ja hänen äänensä oli vaimentunut pelkäksi kuiskaukseksi.

"Luoja suokoon, että olet Petrukselle uskollinen", totesin. Samassa kauhistuin sanojani, koska ne olivat lipsahtaneet aivan ajattelematta, ja antoivat ymmärtää, että olisi muka aihetta ajatella jotakin muuta tuosta jalosta neidosta, joka seisoi edessäni. Hän katsoi minua häkeltyneenä, ja tunsin punehtuvani häpeästä. "Tarkoitan... Että kun asiat ovat miten ovat..."

"Ymmärrän kyllä, mitä tarkoitat, ja arvostan sitä, että olet ystäväsi puolesta huolissasi", hän totesi, ja hänen äänensä oli viilentynyt. "Mutta jos arvelet tunteeni kääntyvän toisaalle hänestä, mistä kuvittelet kohteen ilmestyvän? Kun vaihtoehtoja ei ole, ei liene myöskään syytä kuvitella, ettenkö olisi hänelle uskollinen!"

"Olen pahoillani, en oikeastaan tarkoittanut sillä mitään", sanoin, mutta hän oli jo kääntynyt ja lähtenyt astelemaan polkua pitkin kylää kohti. "Janosha! Anna minulle anteeksi typerät sanani! En tahdo että kannat minulle kaunaa sekavan mieleni takia! Se ajatus oli jotakin, mitä en olisi tohtinut päästää mieleeni, mutta se vain putkahti ulos suustani! Ja vielä sellaisessa muodossa, että se kuulosti sinua kohtaan kovin loukkaavalta!"

Janosha seisahtui ja kääntyi katsomaan minua.

"No, mitä sitten oikeastaan tarkoitat?"

"Itsestäni minä olen huolissani, en teistä tai teidän kahden uskollisuudesta", sanoin nopeasti, paljoakaan ajattelematta, mitä suustani päästin, ja hänen silmänsä laajenivat häkeltyneinä. "Se, että toivon sinun olevan uskollinen... Äh! Ajattelin kai, että se helpottaisi itseäni. Siis... etten joutuisi kiusaukseen ajatella mitään muuta kuin sitä, että te kaksi rakastatte toisianne, koska... Siis... On helpompi hillitä omia ajatuksiaan, ellei ole toivoa... Tarkoitan, että jos olisi toivoa... No, ehkä menisin liiaksi sekaisin, ja tekisin jotakin aivan epäsopivaa, enkä tiedä mitä sitten tapahtuisi..."

"Pitäisikö minun ymmärtää tuo sinun sekava selityksesi ja siksi antaa sinulle anteeksi se, että saatat epäillä kykyäni olla uskollinen vaimo?" Janosha kysyi tuohtuneena ja kääntyi taas jatkaakseen matkaa.

"Janosha!" huudahdin, juoksin hänen peräänsä ja tartuin häntä käsivarresta. Siitä olisin saanut ainakin kymmenen viikkoa Häpeäkuoppaa, koska se oli varsin törkeä teko, enkä silti olisi katunut sitä viikkokausiin. Hänen lähellään tunsin olevani kokonainen. Hän sekoittui minuun; hänen lämpönsä yhdistyi minun lämpööni, ja sydämeni täyttyi jollakin, joka elävöitti ja virkisti minua. Hän katsoi punehtuneena kättäni, joka puristi hänen käsivarttaan.

”Miksi haluat piinata minua?” hän kysyi karhealla äänellä. Luulin hänen tarkoittavan käteni kosketusta, ja päästin irti hänen käsivarrestaan. Mutta ilme hänen kasvoillaan ei muuttunut yhtään helpottuneemmaksi. ”Luuletko etten ole ajatellut sinua enemmän kuin olisi sopivaa? Luuletko etten ole tarkkaillut sinua, katsellut sinua, kysellyt sinusta Petrukselta, ja tuntenut alati voimistuvaa halua tietää, mitä ajattelet ja tunnet, ja kuvitellut seuraavani sinua, minne ikinä menetkin?”

”Mitä sinä oikein sanot?” huudahdin kavahtaen kauemmas hänestä.

”Etkö näe, että meissä virtaa samanlainen levoton veri? Etkö huomaa, että olemme kuin samaa puuta, ja kurkotamme oksamme samaan suuntaan?” hän kysyi alkaen kyynelehtiä.

”Mutta Janosha…” yritin aloittaa. Sanat juuttuivat kurkkuuni. Mieleni kiinnittyi häneen ja hänen sanoihinsa, ja hämmennys mykisti minut.

”Jokim, sinä sokea hölmö!” hän puuskahti. Kaipa tuijotin häntä typerästi, enkä ehkä nähnyt muuta kuin hänen kasvonsa, ja tavallaan olin kai sokea kaikelle muulle, ja ilmeisen hölmö, siis, kun en osannut puhua mitään. Mutta yritin kuitenkin, koska oli tapahtumassa jotakin, mitä en ollut uskaltanut kuvitellakaan.

”Janosha, en tarkoittanut… loukata… kun epäilin uskollisuuttasi”, sain vaivoin sanotuksi. Hänen silmissään oli kyyneliä, kun hän katsoi minuun.

”Täytyyhän sinun tajuta, että sinä itse olet ainoa syy, miksen voisi olla täysin uskollinen edes Petrukselle”, hän sanoi, ja hänen ruumiinsa oli jännittynyt, aivan kuin häntä olisi revitty kahteen suuntaan. Hän ei tiennyt, paetako vai jäädä; merkitsinhän hänelle sekä vaaraa että jotakin, jota hän halusi lähestyä. Olimme vaiti; oli liikaa sellaista, mitä ei ollut lupa sanoa, ja liikaa tunteita, joita ei ollut lupa osoittaa.

”Janosha, jos olisin rohjennut edes kuvitella, että saatat välittää minusta, en olisi rohkaissut Petrusta lähestymään sinua”, lausuin lopulta hiljaa. ”Mutta jos todella haluaisit seurata minua… Jos et halua erota minusta…”

”Älä puhu enempää, sanoin itsekin jo liikaa!” Janosha huudahti kyyneltyen. ”Sinä revit minut irti isästäni ja juuriltani! Ja jos ikinä kerrot tästä Petrukselle, häpäiset minut hänen silmissään!”

”Tekisin melkein mitä tahansa, että saisin rakkautesi, paitsi saattaisi sinua häpeään”, sanoin rohkenematta enää edes koskettaa häntä. Hän itki edessäni, enkä tiennyt mitä tehdä.

”Häpeä tulee silti olemaan osani”, hän sanoi, kääntyi kannoillaan ja lähti nopein askelin pois luotani. En voinut seurata häntä, ettei kukaan näkisi meitä kahden kesken kylän ulkopuolella. Vajosin maahan istumaan, eivätkä kyyneleet olleet kaukana minullakaan. Mitä kertoisin Petrukselle? Miten saattaisin kertoa hänelle totuuden?

LUKU III

Aurinko oli jo laskenut, kun palasin takaportin kautta kylään ja menin verstaalle. Petrus oli veistellyt aikansa kuluksi hieman veistä muistuttavia keppejä. Hän valpastui heti kun astuin hänen eteensä. Se hetki, kun valmistauduin puhumaan hänelle, mitä puhuttava oli, oli vaikeimpia elämässäni.

”Kertoiko hän sinulle?” hän kysyi kärsimättömänä.

”Hän kertoi, että olet paras vaihtoehto hänen miehekseen tässä kylässä, ja että hän arvostaa ja kunnioittaa sinua, ja rakastaa kuten veljeä ja ystävää, ja hän uskoo tulevansa onnelliseksi kanssasi, jos vain kuuntelet kaikessa hänen toiveitaan, etkä käytä väärin ruumiillista valtaasi häneen”, selitin hiljaa. Jokainen sana oli raskas ja kohtalokas kuin kirveenisku; syvälle ne tunkeutuivat ja nostattivat tuskanhien kirveen käyttäjän otsalle.

”Sanoiko hän kaiken tuon, noin vain?” Petrus kysyi hämmentyneenä.

”Onnittelin häntä, ja hän halusi itse kertoa, mitä ajattelee”, sanoin huoahtaen. ”Ja noin hän sanoi, pääpiirteittäin.”

”Sittenhän kaikki on hyvin... Tai ainakin paremmin kuin pelkäsin”, Petrus totesi hymyillen. ”Jos olen paras vaihtoehto, voisiko hän kaivata enemmän?”

”Mutta kenties hän ei halua kiirehtiä... Olin ymmärtävinäni, että olet silti hänelle enemmän veli kuin rakastettu”, sanoin. ”Hän ei kenties osaa rakastaa sinua vielä muutoin kuin veljenä.”

”Ehkä niin, mutta itse sanoit, että ihmisen kohtalo voi olla tulla tallotuksi maahan kuin muurahainen polulla, kesken kirkkaimman päivän... Ehkä en itse halua odottaa kauemmin!” Petrus huudahti hiljaa, ja hymyili lempeintä ja iloisinta hymyään. Hän nousi jakkaralta minua kohden, ja minun oli vaikea kohdata hänen katseensa, kun hän puristi olkapäitäni tunteikkaasti. Olisin kyllä kertonut hänelle totuuden, ellei se olisi saattanut Janoshaa häpeään hänen silmissään. Itseni puolesta olisin voinut olla rehellinen, sen voin vaikka vannoa, mutta Janosha oli valinnut toisin, enkä voinut pettää hänen toivettaan. ”Olen iäti kiitollinen sinulle, Jokim! Tulet aina olemaan rakas ystävämme!”

Kun Petrus lähti verstaalta, jäin yksin omatuntoni kanssa. Epätoivoissani olisin saattanut tehdä jotakin peruuttamatonta; kuten hakea Janoshan mukaani ja paeta kylästä hänen kanssaan. Kukaan muu tuskin olisi seurannut meitä, paitsi petetty ja loukattu Petrus. Olisiko hän antanut anteeksi ja olisiko meistä muutenkaan tullut onnellisia, kuka tietää? Varjelluin kuitenkin tuolta teolta, kun portinvartija antoi hälytyksen. Kylään saapui myöhäinen matkalainen; muukalainen, joka muutti melkein kaiken, minkä varaan kyläläiset olivat elämänsä rakentaneet.

Väki kokoontui aukiolle vastaanottamaan muukalaista, joka eteni portinvartijan saattelemana kohti Vanhimman taloa. Luulin ensin, että hän olisi yksi Vaeltavista Veljistä, mutta toivotun jälleennäkemisen riemu kuihtui pian. Hänellä oli kyllä kaapuvaate ja viitta, mutta ne olivat paljon parempaa tekoa kuin Vaeltajien yksinkertaiset asut. Hän oli harmaantunut, pitkähiuksinen ja parrakas, ja hänen ryhtinsä oli suora ja arvovaltainen. Kun Vanhin asteli häntä vastaan aukiolle, kaikki saivat todeta, että muukalainen oli melkein puoli päätä pidempi häntäkin.

Väen joukosta kuului mutinaa ja huoahduksia, ja muukalainen antoi katseensa kiertää ihmisissä kuin petolintu joka tähyilee saalistaan. Sitten hänen katseensa pysähtyi Vanhimpaan, ja hän nyökäytti arvostavaksi tarkoitetun tervehdyksen, joka minun mielestäni näytti ylenkatseelliselta.

”Oletko sinä kylän päällikkö?” hän kysyi, ja hänen äänessään oli johtajalle ominaista painokkuutta ja syvyyttä.

”Kyllä, olen kylän Vanhin”, Petruksen isä sanoi hyökkäävästi ja epäluuloisesti. Muukalainen alkoi hymyillä ja ojensi avointa kättään eteensä kuin harvinaislaatuista suosionosoitusta.

”Ole tervehditty, oi Vanhin!” hän huudahti ja nyökäytti uudelleen päätään. ”Ottanette minut vastaan kyläänne, sillä olen suurella asialla!”

”Asiasi suuruus punnitaan kyllä!” Vanhin tokaisi epäluuloisesti, ja olin vähällä naurahtaa ääneen, koska hän toden totta oli jopa sopimattoman epäkohtelias. "Et näytä suolakauppiaalta, etkä kanna mukanasi muutakaan vaihdettavaksi kelpaavaa, joten asiasi ei voi olla kovin suuri!"

"Se onkin piilossa täällä", muukalainen sanoi ja kosketti päätään ja sitten myös sydäntään. "Ja täällä!"

"Vai niin! No, mikä on nimesi ja asiasi?" Vanhin kysyi entistä epäluuloisempana.

"Minua sanotaan Tietäjäksi, Näkijäksi, ja Maan Valtiaan Lähettilääksi... Te voitte kutsua minua Tietäjäksi tai Näkijäksi, aivan kuten tahdotte. En pahastu, kumman nimityksen sitten valitsettekin", muukalainen sanoi, ja silloin naurahdin ääneen, vaikka sen seurauksena muutama kyläläinen vilkaisikin minua pahastuneena. Näennäisvaatimattomuutta mieheltä ei ainakaan puuttunut, ja armollisuudessaan hän antoi luvan valita kahdesta suureellisesta nimestä kumman tahansa.

"Ole sitten Tietäjä, ja sano asiasi!" Vanhin totesi vakavana. Myös Tietäjä vakavoitui.

"Olen tullut kaukaa etelästä kertomaan suuren asiani juuri teille! Asiani sopii kuultavaksi vain vastuullisille ja mitään pelkäämättömille korville. Löytyykö tästä kylästä sellaisia?"

"Minä olen vastuussa kylästäni, enkä näe mitään syytä, miksi minun pitäisi pelätä sinun puheitasi", Vanhin sanoi jokseenkin ylimielisesti. "Tule mukaani! Saat viipyä talossani, kunnes olet puhunut, mitä sydämelläsi on puhuttavaa."

Väki jäi tuijottamaan muukalaisen perään, kun tämä seurasi Vanhinta aukion poikki, Vanhimman taloon. Petrus ei seurannut isäänsä; hän näytti etsivän katseellaan Janoshaa väen joukosta, mutta Janosha ei ollut paikalla. Kuulin mitä ihmiset puhelivat katsellessaan, miten muukalainen astui Vanhimman tupaan, ja uteliaisuuteni sai lisäruokaa heidän puheistaan.

"Muukalainen näytti kuin tarinoitten kuninkaalta! Mahtaako hän olla joku ruhtinas, joku lähettiläs eteläisistä maista? Viitta oli erityisen hieno, jotakin sileää ja kiiltävää kangasta... Mistä hän on mahtanut tänne eksyä? Partakin oli pidempi ja harmaampi kuin Vanhimmalla. Vanhin näytti poikaselta muukalaiseen verrattuna!"

En rohjennut mennä puhuttelemaan Petrusta, vaan vetäydyin majapaikkaani. Illalla ei enää näkynyt eikä kuulunut mitään tavallisuudesta poikkeavaa. Valvoin kauan, ja mieleni oli levoton; ei vain Janoshan takia, vaan myös tuon merkillisen muukalaisen vuoksi. Miksi hän oli tullut? Mitä hän halusi Vaskikallion kylästä? Maan päällä oli varmasti tärkeämpiäkin paikkoja kuin mitätön ja syrjäinen kylä, jolla ei ollut edes mitään ainutlaatuista vaihtotavaraa. Miten hän oli edes osannut tulla kylään? Oliko hän sittenkin Vaeltavien Veljien tuttava? Olisiko Daniyeel voinut lähettää hänet etsimään minua, syystä tai toisesta?

Olin nukahtanut viimein, ja nähtyäni levottomia, ahdistuneisiin tunnelmiin päättyneitä unia heräsin aamulla auringon ollessa jo korkealla. Maunus huuteli minua töihini.

”Kiirehdi! Tänään vietetään Lupausmenoja, ja kaikki osallistuvat juhlintaan”, hän sanoi. Jalkani seisahtuivat lattialle.

”Tänään jo? En olisi uskonut, että näin pian!” sanoin puoliääneen.

”Mitä höpiset? Paulus ja Neria ovat suunnitelleet lupausjuhlia jo kuunkierron ajan”, Maunus tuhahti, ja silloin kykenin jatkamaan aamutoimiani. Olin hölmöyksissäni kuvitellut, että Petrus olisi muka yön aikana ehtinyt sopia Lupausjuhlista Janoshan kanssa. Osapuolet olivat tietysti myllärin tytär Neria ja Maunuksen poika Paulus, jolle olin jo aikoja sitten veistänyt Lupauslahjankin. Pääni tuntui sekavalta, ja meni kauan ennen kuin pystyin suuntautumaan päivän töihini.

Muukalaisesta ei ollut näkynyt eikä kuulunut mitään koko päivänä. Ihmiset sanoivat, ettei hän ollut tullut ulos Vanhimman talosta mentyään sinne illalla, ei edes tarpeilleen. Piikatytön oli kuulemma pitänyt käydä tyhjentämässä joku ämpäri jätenurkkaan, joten ehkei Tietäjä pitänyt arvolleen sopivana käydä itsekseen kykkimässä jätenurkassa. Janos seisoskeli Vanhimman talon ulkopuolella sen näköisenä kuin olisi valvonut koko yön. Rohkaisin mieleni ja menin puhuttelemaan häntä.

”Taitaa mennä kauan, että se muukalainen saa purettua lastin sydämeltään”, sanoin. Janos pudisteli päätään synkeän pohtivana.

”En oikein pidä siitä, että hän viipyy ja viipyy Vanhimman luona! Pelkäsin aamulla, että Vanhin makaa elottomana tuvassaan, kun oli niin hiljaista, mutta sitten hän lähetti vaivihkaa piikansa hakemaan ruokaa. Kun Aljuska vielä eli, hän ei olisi antanut tuollaisen epäilyttävän muukalaisen viipyä tuvassaan yön yli! Vanhin on muuttunut heikommaksi vaimonsa kuoltua. Aljuska olisi antanut muukalaisen puhua asiansa, ja lähettänyt hänet yöksi vierasmajaan”, hän sanoi tuhahtaen. ”Ei ole tapana majoittaa muukalaisia Vanhimman tuvassa!”

”No mutta eihän sellaista kauheutta tietysti tapahtuisi tällaisessa mitättömässä kylässä, siis että tänne tunkeutuisi hienonnäköinen muukalainen, joka onkin murhamies", sanoin hieman naurahtaen, ja Janos katsahti minua vakavana.

"Pilailetko sinä?" hän kysyi.

"No en, tai siis, pilailen vain. Mutta oletko kuullut mitään siitä, mitä hän on puhunut? Puhuuko hän Kaikkeuden Luojasta? Onko hän maininnut Vaeltavia Veljiä?"

"En oikein tohdi kertoa, mitä kaikkea se mies on puhunut, koska hän kielsi Vanhinta kertomasta tavalliselle väelle mitään... Enkä edes kuullut paljon", Janos totesi haukotellen.

"Vai kielsi hän Vanhinta!" naurahdin. "Nopeastipa hän on kohonnut johtajamme yläpuolelle!"

"Hänhän on Tietäjä", Janos hymähti. "Hänellä on salattua tietoa ja ymmärrystä, niinhän hän sanoo... Mutta ei hän puhunut Vaeltavista Veljistä, mainitsi vain monta kertaa Maan Valtiaan ja Suuren Salaisuuden, ja oman asemansa jossakin suuressa valtakunnassa ja Maan Valtiaan palveluksessa... Niin, sen hän kyllä mainitsi monta kertaa, että hän on ylhäinen mies!"

"Janos, luotatko sinä siihen muukalaiseen?" kysyin vakavoituneena.

"Miksi luottaisin? Tässä kylässä ei ole koskaan luotettu muukalaisiin, tiedäthän sinä sen itsekin!" Janos naurahti. "Varsinkaan sen jälkeen kun Aljuska kuoli siihen tautiin, joka tarttui siitä yhdestä kulkijasta."

"No, tässä tapauksessa on parempikin, ettette luota. Ukko tuo mieleeni jotakin, mistä en pidä", huoahdin. "Mutta missähän Vanhimman poika on? Onkohan hän kuunnellut Tietäjän puhetta läpi yön?"

"Petrus on Janoshan luona. Tiedät varmaankin, että he ovat lupautumassa toisilleen? Olen huomannut sinun olevan tekemisissä Vanhimman pojan kanssa kylän ulkopuolella, ja voisit olla vähän varovaisempi, ettet joudu taas Häpeäkuopan pohjalle", Janos totesi vilkaisten minua tutkivasti, ja punehduin.

"Jos eilen illalla saapunut muukalainen saa viettää yön ja puoli päivää kylän Vanhimman seurassa, on aika kummallista, ettei vuosia sitten kylään saapunut ihminen saisi viettää silloin tällöin pieniä hetkiä Vanhimman pojan kanssa", totesin, ja Janos naurahti taas.

"Kummallista, niinpä! Mutta säännöt ovat erilaiset niille, jotka niitä laativat, ja erilaiset niille, joita niillä hallitaan."

Palasin töihini, kunnes oli aika kokoontua Alapurolle viettämään Lupausjuhlia. Väki odotti Vanhinta saattelemaan paria, mutta kaikki ehtivät kerääntyä purolle ja seistä ilmeisen kärsimättöminä auringonpaisteessa jonkin aikaa ennen kuin Janos tuli ilmoittamaan, että Vanhimman poika toimisi saattelijana isänsä sijasta.

Petrus oli pukeutunut juhlapaitaan ja isänsä viittaan. Hän talutti toisella puolellaan tyttöä, joka oli puettu puhtaan valkeaan mekkoon. Tytön hiukset olivat vapaina olkapäillä, ja hän näytti lapsenomaisen raikkaalta ja viattomalta. Petruksen toisella puolen oli nuorukainen, Maunuksen poika Paulus, joka oli pukeutunut juhlapaitaan ja päähineeseen. Väki väistyi heidän tieltään, ja he asettuivat seisomaan vastatusten toisiaan puron äärelle.

Nerian sisar ojensi heille ruukun. Ruukku laskettiin kivelle, ja sitten Paulus otti puunuijan, tähtäsi tarkoin, ja kolautti ruukkua niin, että se halkesi. Väen joukosta kuului harmistunut huoahdus, kun yhden pienen palan nähtiin lentävän puroon. Pariskunta tarttui isoihin palasiin ja puristi ne mahdollisimman tiiviisti yhteen. He pitelivät ruukkua välissään niin että toinen yritti samalla paikata pohjassa olevan reiän kädellään, ja Nerian sisar kaatoi toisella astialla ruukkuun vettä niin paljon kuin siihen mahtui.

”Laskekaa!” hän huudahti sitten, ja tyttöjen joukko alkoi laskea ääneen. Kimeä ääni, joka luetteli lukuja alati kiihtyvällä nopeudella, ei ollut minusta mitenkään mieltäylentävää kuunneltavaa, mutta toivoin silti, että he pääsisivät luvussaan ainakin kolmeen tusinaan, ennen kuin vesi valuisi pohjassa olevasta reiästä tyhjiin.

”Kaksikymmentä kahdeksan!” joku huusi, ja väki taputti käsiään. Sellainen yhdessä eletty vuosimäärä olisi kunnioitettava saavutus puolisoilta. Kaikki näyttivät innostuneilta ja iloisilta, kun pariskunta valmistautui seuraavaan näytökseen. Heille tuotiin säkkikangas, ja toiselle puolelle kokoontuivat tytön suvun edustajat ja toiselle pojan suvun edustajat. Seurasi kilpakiskonta, jonka väitettiin osoittavan, kumpi suku saisi enemmän määräysvaltaa nuorten yhteiselämässä.

Kun säkkikangas repesi ja suurempi pala jäi tytön suvun käsiin, kaikki osoittivat joka tapauksessa suosiotaan. Sen jälkeen lupausta antavan tytön oli ommeltava määrätyssä ajassa säkkikangas ehjäksi, ja puolisoksi lupautuvat kiskoivat parsittua kangasta kilpaa, yrittäen samalla tasapainoilla tukin päällä. Tämä osuus näytöksestä oli usein hauskin, koska siitä saattoi päätellä pariskunnan alttiuden riitaisuuteen. Usein olin nähnyt tyttöpuolisten suorastaan tulistuvan tulevalle puolisolleen tässä kilvassa, jossa voittoa ei vienyt vahvin, vaan tasapainoltaan parhain. Jos parsittu kangas repesi kilvoittelussa, sen arveltiin ennustavan niin pahaa riitaisuutta liitossa, että liitto tulisi purkautumaan. Siksi lupaustaan antavat nuoret eivät yleensä kiskoneet kangaskaistaletta voimiensa takaa, vaan yrittivät pysyä tasapainossa ja muulla keinoin heilauttaa kumppaninsa pois tukilta.

Väki nauroi ja huudahteli, ja lopulta myllärin tyttären jalka lipesi tukilta. Hänen tuleva kumppaninsa ryhtyi heti lepyttelemään hieman nyrpeän näköistä tyttöä, joka oli vertauskuvallisesti hävinnyt valta-asemansa tulevassa liitossa. Mutta näytös jatkui, ja tyttö leppyi parahiksi viimeiseen esitykseen, jota sanottiin Ilonkoitokseksi. Se oli julkinen suudelma, josta väki enemmän tai vähemmän asiantuntevana päätteli, toiko tuleva liitto riittävästi iloa kummallekin lupausta antavalle. Parit suorittivat tuon osuuden yleensä jopa nolostuttavalla antaumuksella, enkä aivan luottanut siihen, että julkisuudessa esitetty hurmaantuneisuus välttämättä tarkoitti todellista iloa kumppanin läheisyydestä. Väki kuitenkin piti näytöksestä, eikä siitä haluttu luopua sen enempää kuin muistakaan vanhoista tavoista.

Suudelman jälkeen neidot lauloivat lupauksen antaneelle miehelle erinäisiä varoituksia ja lupauksia, ja sitten nuorukaiset lauloivat neidolle samanlaiset uhkaukset ja lupaukset. Ja kaiken tuon päätteeksi pari seisahtui Vanhimman, tai tässä tapauksessa Vanhimman pojan eteen, ja antoi toisilleen Lupauslahjat, jotka olivat yleensä rannekoruja tai kaulakoruja. Sitten Petrus lausui jokseenkin juhlavasti sanat, jotka päättivät Lupausmenot.

”Sinä Paulus ja sinä Neria, olette valinneet toisenne, yhdistäneet sukunne, ja näin, tämän väen todistaessa, olette lupautuneet elämään yhdessä, kunnes elämä päättyy tai rakkaus kuolee.”

Petrus katsoi jonnekin taakseni, ja kun vilkaisin olkani yli, näin Janoshan. Hän kääntyi toisaalle ja katosi muun väen sekaan. Lupauksensa antanut pari lähti väkijoukon saattelemana astelemaan kohti paikkaa, jossa heidän oli tarkoitus ryhtyä elämään yhdessä. Tajusin vasta sitten, kun näin parin kävelevän kohti verstasta, että Maunuksen poika toi nuorikkonsa verstaan takaiseen tupaan, ja saisin niin ollen seurata heidän yhteiselämäänsä vähän turhankin läheltä. Seisahduin portin viereen, koska jos vain olisin ollut vapaana töistäni, olisin mielelläni lähtenyt metsäleiriini. Väki kokoontui verstaan lähettyville juhlistamaan Lupausmenoja mallasjuomalla ja kakuilla. En halunnut mennä sinne, ja toisaalta olisi ollut vaikea mennä jatkamaan töitään, kun väkeä tulvehti työnurkkaustani myöten. Seisoin siinä mietteissäni, ihmisten kulkiessa ohitseni suuntaan ja toiseen, ja äkkiä tunsin oloni kovin unenomaiseksi, ikään kuin en olisi ollut oikeasti siinä, missä olin. Tunne oli pelottava. Sitten tunsin jonkun koskettavan käsivarttani. Se oli Janosha. Hän työnsi käteeni pienen palan tuohta ja katosi saman tien.

Koska Maunus ei tuntunut kaipaavan minua verstaalle, lähdin ulos portista ja kävelin metsäleiriini. Janosha oli raapustanut minulle viestin, joka kuului: *"Auringon laskiessa, Surunrotkolla."* Tunsin oloni sairaaksi; ristiriita sisälläni oli sellainen, että se tuntui miltei vellovan vatsassani. Jos Janosha halusi tavata minut, en voisi tuottaa hänelle pettymystä. Tapaisin hänet siitäkin huolimatta, että Petrus loukkaantuisi minulle. Tiesin kylän väen jatkavan juhlaa iltaan saakka, niin ettei monikaan ehkä huomaisi minun poissaoloani kylästä. Petrus luultavasti joutuisi edustamaan isäänsä juhlassa, ellei Vanhin sitten olisi vapautunut sen muukalaisen seurasta. Mutta päästäisikö Janos tyttärensä kylän paaluaidoituksen ulkopuolelle? Millaisia riskejä Janosha ottikaan! Päätin jo mielessäni puhua hänelle järkeä, kun kohtaisin hänet, sillä hän oli saattamassa itsensä vaikeuksiin, joista ei selviäisi Häpeäkuopassakaan istumalla.

Kun aurinko alkoi laskea, lähdin leiristäni tavatakseni Janoshan. Lähestyin Surunrotkoa varovaisin askelin. Hän istui kivellä rotkon laidalla, nojaten päätään käsiinsä. Kun tulin hänen viereensä, hän kohotti kasvonsa minua kohti. Hänen silmänsä paljastivat hänen itkeneen.

”Jokim, en voikaan tehdä sitä”, hän sanoi hiljaa. ”En voi pettää Petrusta lupautumalla hänelle… En voi viettää Lupausmenoja hänen kanssaan ja valehdella kaiken kansan edessä, että olen sydämestäni mukana siinä kaikessa, kuten ne ihmiset tänään!”

”Tänäänkö olet muuttanut mielesi?” kysyin jännittyneenä.

”Niin… Kun katselin niitä menoja, joilla Paulus ja Neria lupautuivat toisilleen. Saatoin nähdä heidän intonsa ja ilonsa, jossa ei ollut mitään teeskenneltyä, eikä yhtään epäröintiä”, hän totesi huoahtaen raskaasti. ”En pysty siihen… En pysty tuntemaan kuin he!”

”Joko puhuit isällesi?” kysyin. Hän oli kovin lähellä, ja jollain tavalla aavistin, että hän olisi halunnut tarttua käteeni tai koskettaa minua muulla tavoin, ja siksi tunsin tarvetta peräänytyä. En kuitenkaan perääntynyt, koska yhtä paljon kuin pelkäsin hänen läheisyyttään, sitä myös kaipasin.

”Kun kävelimme väkijoukon mukana aukiolle, sanoin isälleni, etten halua sitoa Petrusta itseeni tuolla tavoin. Hän sanoi, ettemme voi loukata Vanhinta perumalla sitä, mikä on jo sovittu. Silloin menin kotiini ja tein sen viestin sinulle. En tiedä kuka muukaan minua voisi auttaa kuin sinä, joka ymmärrät minua!” hän huudahti tunteikkaasti ja tarttui äkkiä kaksin käsin minun käteeni. Polvistuin hänen viereensä, ja hän painoi kasvonsa käsiinsä, jotka pitelivät minun kättäni. En voinut paeta hänen luotaan enkä hylätä häntä, kun hän sillä tavoin turvautui minuun ja etsi lohtua minusta.

”Petrus auttaa sinua! Kerro hänelle, ettet ole valmis lupaamaan hänelle uskollisuutta. Jos hän rakastaa sinua, hän ymmärtää”, sanoin hiljaa. Janosha pudisti päätään, ja tunsin hänen kyyneleensä kättäni vasten.

Hyvin varoen ja niin lempeästi kuin osasin vedin käteni pois hänen käsistään, koska hänen kyyneleensä tuntuivat polttavan minua. Tiesin, ettei hänen isänsä olisi hyväksynyt sellaista läheisyyttä välillemme, ja luultavasti myös Petrus olisi loukkaantunut minulle, jos olisi nähnyt meidät; siitä huolimatta, että yritin toimia myös hänen hyväkseen.

”En usko että hän ymmärtää! Olimme yhdessä tänään, ja hän katseli minua niin kuin olisin ainoa ruoka, jota hän pystyy nälkäänsä syömään. Hän oli kuin unessa, eikä edes kuunnellut, mitä puhuin hänelle. Jokim, en halua, että Petrus joutuu Häpeäkuoppaan sopimuksen rikkomisesta! Isäni taas ei halua, että me joudumme häpeään... Tai että hän itse joutuu häpeään, jos ei annakaan tytärtään Vanhimman pojalle, kuten on tälle luvannut”, Janosha selitti hiljaa, mutta kiivaasti. ”Isä sanoi, että meidän pitää olla varovaisia, koska emme vielä tiedä, mitä asiaa sillä muukalaisella oli Vanhimmalle... Jos isä joutuu Häpeäkuoppaan, hän menettää asemansa Vanhimman lähimpänä miehenä, eikä hän pysty enää vaikuttamaan siihen, miten se muukalainen ehkä vaikuttaa johtajaamme...”

”Niin, ymmärrän kyllä, että isäsi pelkää kylän väen puolesta, enkä minäkään toivo isäsi vaarantavan asemaansa! Mutta sinun on nyt ajateltava itseäsi ja Petrusta! Vaeltajaveljet sanovat, että jos ihminen joutuu häpeään totuuden vuoksi, Kaikkeuden Luoja on hänen puolellaan. Ette te ole tehneet mitään väärää, Janosha! Petrus oli vain kärsimätön, ja sinä taas pelkäät kertoa totuutta siksi, koska välität hänestä... Ihmiset erehtyvät helposti, mutta pitäisikö erehdykset jättää korjaamatta siksi, että on häpeällistä myöntää, että erehtyi?” kysyin.

”Eikö tämä kaikki ole mielettömyyttä? Tiedän kyllä, että rakkaus poistaisi häpeän. Mutta jos ihmiset eivät rakasta, he vahvistavat häpeää, ja kuka voi sellaista kestää?” Janosha huudahti hiljaa.

”Kyllä tässäkin kylässä on ihmisiä, jotka rakastavat toisiaan”, sanoin. ”Ainakin lapsiaan ja puolisoitaan...”

”Mutta tässä kylässä ei ole kylliksi rakkautta! Nämä ihmiset eivät kohtele ymmärtävästi niitä, jotka ovat erehtyneet”, Janosha puuskahti kiivastuneena. ”Ne, jotka ovat kerrankin joutuneet Häpeäkuoppaan, kantavat iäti merkkiä otsassaan! He kyllä ovat edelleen osa kylää, koska säännökset vaativat antamaan kaikille, mitä he tarvitsevat. He saavat kyllä ruuan, vaatteet ja katon päälleen, koska niin säännökset vaativat, mutta entä kunnioitus? Eivätkö ihmiset muka katsele heitä karsaasti, puhu heidän selkänsä takana, tuhahtele ja hymähtele heidän ohi kulkiessaan? Ja sitten hymyile heille vain siksi, että se on hyvätapaista?”

”Niin… Ymmärrän, mitä tarkoitat, mutta teidän häpeänne ei edes olisi niin suuri! Tuskin teitä kumpaakaan laitettaisiin Häpeäkuoppaan siksi, että perutte Lupausmenot yhteisestä sopimuksesta”, sanoin.

”Jos asia olisikin vain minun ja Petruksen välinen, rohkenisin ehkä perua sopimuksen… Mutta nyt kyse on isäni ja Vanhimman välisestä sopimuksesta! Miksi Petrus ei puhutellut ensin minua, eikä isääni? Olisin vastannut kaikella rakkaudella, ja rakkautemme ja kunnioituksemme toisiamme kohtaan olisi säilynyt, vaikken olisikaan suostunut hänelle vaimoksi”, Janosha totesi huokaisten raskaasti.

Nähdessäni hänen kasvonsa niin läheltä erotin paremmin, mitkä piirteet hänen kasvoissaan olivat erilaisia kuin muilla kylän naisilla. Hänkin oli ulkonäkönsä puolesta muukalainen, kuten myös luonteeltaan. Ehkei kukaan muu voinutkaan ymmärtää häntä paremmin kuin minä, toinen korppi rastaitten yhdyskunnassa.

”Petrus ei ajatellut asiaa etukäteen, vaan toimi sen hetkisten tunteittensa pohjalta. Hän vain tunsi haluavansa kysyä sinua vaimokseen, eikä ajatellut, haluaako hän sinut, vaikket sinä haluaisikaan häntä. Ymmärrän hyvin, että tunnepuuskassa voi toimia niin”, totesin yrittäen itse pysyä rauhallisena.

”Tiedän kyllä varsin hyvin, että tunnepuuskassa voi tehdä typeryyksiä! Hän on siinä iässä, jossa monet nuorukaiset menevät hieman sekaisin päästään ja alkavat nähdä vaimoehdokkaita siellä ja täällä”, hän naurahti. ”Ehkä Petrus kuvitteli, että minusta tulisi hänelle hyvä vaimo, koska olen ollut hänelle lempeä sisar... Mutta ehkei hän tunne minua tarpeeksi hyvin tietääkseen, millainen sisimmässäni olen, ja millaisia tunteita mielessäni elää! Kenties hän kuvittelee minut jonkunlaiseksi ja luulee haluavansa sellaisen kuvittelemansa olennon. Miten olisin muka yhtäkkiä voinut muuttua sisaresta rakastetuksi?”

”Ehkä hän halusi varmistaa, että olisit aina jollain tapaa osa hänen elämäänsä, koska olet hänelle rakas”, sanoin hiljaa. ”Vaimon asemassa pysyisit aina hänen luonaan. Sisaresta tai ystävästä voi joutua luopumaan, mutta puolisona olisit aina hänen rinnallaan.”

”Jos hän olisi sanonut minulle noin, olisin voinut vakuuttaa hänelle, että pysyn aina hänen sisarenaan ja ystävänään, vaikken olisikaan hänen puolisonsa!” Janosha huudahti. ”Voisinpa palata ajassa taaksepäin! Kunpa olisin syntynyt pojaksi! Kunpa kotini olisi jossakin muualla kuin tässä ahdistavassa paaluaidoitetussa loukossa, jossa pelkkä ajatteleminenkin saa ihmisen tuntemaan itsensä vääränlaiseksi!”

”Ole kuitenkin rehellinen Petrukselle. Vaikkette voisikaan perua, mitä sovittu on, ole kuitenkin rehellinen hänelle ja kerro, että epäröit sitoutua häneen. Ei hän vihastu siitä, että epäröit! Jos hän rakastaa sinua, kuten ansaitset, hän vuodattaa sinulle ymmärtävää rakkauttaan, niin että epäröintisi hälvenee, ja voitte tulla onnellisiksi yhdessä”, sanoin hyvin hiljaa.

Hän vaikeni, mutta tiesin hänen olevan toista mieltä. Hän nousi hitaasti, huoahti ja katsoi minuun.

”Ehkä olet oikeassa, mutten ole varma, haluanko tehdä niin kuin minua neuvot... Ja toivotko sitä oikeasti itsekään”, Janosha totesi vakavana. ”Jos mielessäni on vain yksi asia, jonka uskon tekevän minut onnelliseksi, voinko pakottaa itseni haluamaan jotain muuta?”

”Luoja tietää, miten toivon, etten olisi onnesi tiellä!” sanoin. Hän asteli pois luotani, ja sydämeeni koski; hänen takiaan, ja Petruksen takia. Menin yöksi metsäleiriini, ja valvottuni kauan tähtien ilmestyessä taivaalle vaivuin lopulta unimaailmaan; painajaisiin, jotka aina silloin tällöin vainosivat minua.

Nyt painajaisessani oli muukalainen; se, joka sanoi itseään Maan Valtiaan Palvelijaksi. Hänen kasvonsa olivat vääristyneet pahasta tahdosta ja julmuudesta, ja hän lausui suuria sanoja tuulelle ja myrskylle, joka pyyhkäisi tieltään paaluaidan kylän ympäriltä ja sytytti tuleen Vanhimman talon. Näin Petruksen kuolemantuskassa ja Janoshan elävältä sidottuna lavalla, jota laskettiin Surunrotkoon. Pohjalla leimusi tuli, jonka hehkussa Viacaelum alkoi sulaa ja kallio murtui, ja sen sisältä valui hohtavaa ainetta, joka peitti kaiken alleen. Aine paisui valtavaksi virraksi, joka hautasi metsän, kylän ja puron, eikä jäljellä jäänyt muuta kuin pimeä kauhu; hiljaisuus, jonka taakse kätkeytyi pelottavia sanoja, joita en olisi halunnut koskaan kuulla.

Seuraava aamu valkeni, ja muukalainen, se, joka nimitti itseään suureellisilla nimillä ja käyttäytyi kuin kylän johtaja, astui Isolle Aukiolle. Väki kokoontui katselemaan, miten Vanhin asteli Tietäjän perässä, ja kun tämä kaksikko seisahtui aukion keskelle, nähtiin, miten paljon pidempi, arvokkaampi ja vahvempi oli muukalaisen hahmo kylän Vanhimman rinnalla. Janos kierteli aukiolla ja kehotti ihmisiä kuuntelemaan ja kutsumaan kuulolle myös ne, jotka eivät olleet vielä jalkeilla. Koko tämän ajan Tietäjä seisoi rauhallisena, katsellen ryhdikkäästi eteensä, ikään kuin piittaamatta typerästä väestä, joka hälisi hänen ympärillään, ja piittaamatta myöskään miehestä, joka seisoi hänen vierellään kalpeana ja väsyneenä.

Kaikki tuo herätti minussa pahaenteistä pelkoa. Tietäjä luultavasti aavisti ihmisten epäluulot, muttei näyttänyt välittävän niistä. Hän oli kovin varma itsestään, rauhallinen mieleltään ja arvovaltainen olemukseltaan; komea, iältään varttunut, viisautta uhkuva olento, joka näytti olevan varma siitä, että hänellä olisi jotakin annettavaa meille syrjäisen kylän moukille. Kun koko väki oli koolla, Vanhin astui askelen Tietäjän edelle ja näytti kädellään merkin, josta väki tiesi vaieta kuuntelemaan.

”Hyvä väki, olen nyt selvillä siitä, miksi tämä mies saapui kyläämme kaukaa eteläisistä valtakunnista, ja kehotan teitä kuulemaan häntä! Tehkää kaikessa hänen neuvonsa ja tahtonsa mukaan, sillä hänet on lähetetty pelastamaan kylämme tulevalta onnettomuudelta! Meille on annettu etuoikeus tulla pelastetuiksi ja jäädä henkiin tulevan Kauhun edessä, jos me vain kaikessa noudatamme Maan Valtiaan lähettilään ohjeita ja kunnioitamme Maan Valtiaan tahtoa, jonka Tietäjä, hänen palvelijansa, meille välittää!”

Sanoja seurannut hiljaisuus oli jotakin sellaista, mitä en koskaan ollut siinä kylässä kokenut. Kukaan ei tirskunut, ei yskinyt, siirrellyt jalkojaan tai huoahdellut kuuluvasti. Näin pelon ilmeen monien kasvoilla; sellaisen pelon, joka jähmetti. Ja mitä enemmän tuo ihmisten jähmeys minua ahdisti, sitä voimakkaammin tahdoin rikkoa tuon puistattavan, pahaa enteilevän hiljaisuuden. En kestänyt sitä tunnelmaa, ja siksi korotin ääneni ja julkenin puhutella Vanhinta, vaikka tiesin hänen loukkaantuvan, ja muiden loukkaantuvan hänen puolestaan.

”Mitä tämä Tietäjä tarkoittaa tulevalla kauhulla? Mistä hän tietää, että jokin paha uhkaa meitä?” huudahdin. Tuntui kuin väkijoukossa olisi kuulunut kohahdus, kun kaikki kääntyivät tuijottamaan minua. Tietäjä ei kääntynyt, ja siitä päättelin, ettei hän pitänyt kysymystäni vastaamisen arvoisena, tai minua sen arvoisena, että olisi ylipäätään kuullut minun mitään ääntelevän. Mutta Vanhin katsoi minua, ja hänen ilmeensä oli kauhistuneen närkästynyt.

”Mikä sinä olet epäilemään Maan Valtiaan lähettilästä tai hänen sanojaan?” hän huudahti. Tietäjän kasvoilla oli järkähtämätön ilme; hän ei pitänyt epäilyjäni mitenkään vaarallisina, joten hän antoi Vanhimman läksyttää minua aivan rauhassa.

”Tämä kylä on aiemmin pitänyt itsestään selvänä oikeutenaan esittää kysymyksiä muukalaisille. Mikä tekee tästä muukalaisesta erilaisen tapauksen, niin ettei hänelle saisi esittää kysymyksiä?” kysyin niin ärtyneenä, etten ymmärtänyt edes pelätä.

”Sinä hävytön poika! Mitä sinä luulet tietäväsi verrattuna mieheen, joka on elänyt korkea-arvoisten joukossa, suuressa valtakunnassa, ja nähnyt suuret vedet, seurannut kansojen sotia ja tavannut kaukaisten maitten viisaita? Et ole ennenkään osannut erottaa, kenelle voit puhua, ja mitä voit puhua! Sinun tulisi uskoa arvoltaan ylempääsi, luottaa hänen sanoihinsa ja arvostelukykyynsä, eikä esittää tuollaisia julkeita, oman typeryytesi paljastavia kysymyksiä!” Vanhin huusi minulle, mutta koska näin hänen kasvoillaan pelkoa, minusta tuntui, että hänen vihassaan oli enemmän pelokkuutta kuin inhoa minua kohtaan. Siksi en raivostunut täysin hillittömästi, mutta suutuin kyllä sen verran lisää, ettei minulla todellakaan huvittanut vaieta.

”Miksi Tietäjä ei puolusta itse itseään? Miksi muukalainen ei puhu omalla suullaan? Onko arvostettu johtajamme kahdessa päivässä muuttunut ajattelevasta ihmisestä pelkäksi muukalaisen puhetorveksi?” huudahdin, ja väen seasta kuului kauhistuneita huudahduksia; loukkasivathan sanani myös Vanhinta itseään.

Silloin Tietäjä kääntyi katsomaan minua. Hän punnitsi minua katseellaan, ja tunsin hetken aikaa kiusausta painaa pääni, mutten sitten kuitenkaan painanut. Hän oli sentään melko kaukana minusta, niin että hänen katseensa menetti paljonkin tehoaan välimatkan takia. Tuijotin suoraan eteeni, ikään kuin en olisi pelännyt, vaikka jollain tapaa hän kieltämättä puistatti minua.

”Tämä nuori mies puhuu viisaita sanoja!” Tietäjä huudahti, hymyili ikään kuin armollisesti ja viittasi ihmisjoukkoon. ”Katsokaa, millainen määrä viisautta näissä mielissä asuisikaan, jos kaikki puhuisivat yhtä viisaasti kuin tämä nuorukainen! Sillä paljon pahuutta on maan päällä, ja meidän on pysyttävä valppaina, jotta tunnistamme sen! Hän kysyy, ja minä vastaan, ja mielelläni vastaankin, koska väellä on oikeus kuulla siitä ihmeestä, joka on tullut heidän osakseen! Vastaan nälkäisille, pelokkaille mielille kaikkiin heidän kysymyksiinsä! Olen teidän turvanne ja tietonne, enkä käännä selkääni yhdellekään, joka minulle kysymyksen esittää!”

”Mutta hyvä Tietäjä, tämä nuorukainen rikkoi kylän sääntöä, kun puhutteli Teitä tuolla tavoin! Olettehan meille ylempiarvoinen kuin kukaan! Olette meille kuin kuningas!” Vanhin selitti Tietäjälle tuohtuneena. ”Hänen on mentävä Häpeäkuoppaan, niin hän oppii puhuttelemaan Teitä!”

”Minun ymmärrykseni ja hyväntahtoisuuteni riittää mitätöimään moisen rikkomuksen! Nuorukainen osoitti viisautensa, kun kysyi perusteluja, ja viisastuu kyllä yhä, myös siinä, että oppii vastedes kunnioittamaan minua! Säästäkää Häpeäkuoppa niille, jotka eivät opi, vaikka heitä ojennetaan!” Tietäjä sanoi arvovaltaisella äänellä, katsoi minua vielä pitkään, ja kääntyi sitten Vanhimman taloa kohden. ”Lupasit minulle hyvän aterian kaiken kuulustelusi päätteeksi, ja uskon sellaisen ansaitsevani tämän julkean kohtelun jälkeen!”

Vanhin nyökytteli päätään kuin kana, ja minua kylmäsi. Seurasin noiden miesten kulkua Vanhimman taloon, eikä mielessäni ollut epäilystäkään siitä, kuka kylää tästä lähtien johti. Väki hajaantui askareisiinsa, mutta tiesin, että kaikkein yksinkertaisimmissakin mielissä iti kysymys tulevasta Kauhusta, jolta tuo muukalainen, Tietäjä, oli luvannut kyläläiset pelastaa. Tuntui kuin olisin jatkanut jotakin yöllistä näkyä, vaikka olin valveilla; aivan kuin todellisuus olisi muuttunut uneni kaltaiseksi, eikä se uni ollut ainakaan hyvä.

Levottomuus vaivasi minua töissäni, ja saatoin nähdä muissakin samanlaisen muutoksen. Maunus oli hermostunut ja kärttyisä, eivätkä vastikään yhteen muuttaneet nuoret rakastavaisetkaan vaikuttaneet järin hilpeiltä. Päivä kului kuitenkin arkisissa askareissa, ja illemmalla Janos kuulutti väelle, että kaikkien tulisi kokoontua aukiolle kuulemaan Tietäjää, joka oli luvannut kertoa kaiken, mitä väki tahtoisi tietää tulevasta Kauhusta.

En halunnut olla eturivissä, kun väki kokoontui aukiolle Puhujanpaikan ympärille. Minua inhotti kohdata Tietäjä kasvoista kasvoihin, vaikken osannut tarkoin selittää itsellenikään, mikä kaikki hänessä tarkkaan ottaen inhotti minua. Jäin takariviin ja istuuduin maahan, mistä en oikeastaan edes nähnyt hänen korokkeella seisovaa hahmoaan. Kuuntelemisessa oli jo kylliksi sellaista, mikä sai niskavillani nousemaan pystyyn.

”Minä olen Maan Valtiaan lähettiläs, ja olen saanut tietooni, että Kauhu uhkaa niin eteläisiä maita kuin näitä pohjoisia erämaita; niin kuninkaita kuin vähintä mökin isäntää! Olen kulkenut pitkän matkan tuodakseni tämän sanan suoraan teille, ja teillä on poikkeuksellinen kunnia kuulla se suoraan minun suustani!" Tietäjä aloitti äänellä, joka vangitsi kuulijansa paremmin kuin jalkapuu ja köydet. Väki oli hiljaa; kaikki katselivat häntä odottavasti, paitsi minä. Minä kuuntelin hänen puhettaan ja katselin, miten se vaikuttaisi kuulijoihin.

"Te mietitte, mikä on se Kauhu, joka on tuleva. Te jatkatte arkisia töitänne, ja kuitenkin mielessänne mietitte, mikä on se Kauhu, josta Maan Valtias tahtoo teidät pelastaa. Ainoa asia, mikä voi tuoda teille rauhan tämän tulevan uhkan edessä, on se totuus, että te olette turvassa! Olette turvassa, koska minä olen saapunut luoksenne varmistamaan, että Maan Valtias säästää henkenne, kun Kauhun aika tulee!" Tietäjä julisti mahtipontisesti koventuvalla äänellä.

"Entä muut ihmiset? Selviävätkö kaikki ihmiset Pohjanväylän takana?" mylläri huudahti.

"Maan Valtias on valinnut juuri teidän kylänne, koska te olette viisaat ja arvolliset, te olette oikeamieliset, teillä on tieto ja viisaus ja säännöt, joilla olette opettaneet tulevat sukupolvet Oikealle tielle! Te olette ansainneet tulla valituksi, ja teistä kasvaa Tulevaan Maahan kansa, joka ei riko Maan Valtiaan tahtoa! Te olette tehneet työtä ja ponnistelleet, ja Maan Valtias on havainnut teidät kyvykkäiksi jatkamaan sukua ja lisääntymään Tulevassa Maassa. Olette vahva, kookaskasvuinen, uljas kansa, jonka naiset ovat reheviä ja hedelmällisiä, ja miehet vahvoja ja kyvykkäitä elättämään vaimonsa ja lapsensa. Te olette kruunu Maan Valtiaan päässä, ja siksi hän tahtoo säästää teidät!" Tietäjä huudahti elehtien käsillään niin suurieleisesti, että saatoin nähdä niiden liikkeen väkijoukon päittenkin yli.

"Kaikki muutko tuhoutuvat?" joku kysyi.

"Menestys vaatii uhreja! Näettehän, etteivät kaikki voi voittaa! Oletteko te voittajia, vai niitä, jotka joutuvat tuhoon? Enkä juuri sanonut, että teidät on valittu? Vieläkö te epäilette sanojani?" Tietäjä huudahti, ja hänen matala ja syvä äänensä oli arvovaltainen kuin tarujen jalopeuran karjaisu.

"Mutta mikä on se Kauhu, josta Te, Maan Valtiaan lähettiläs, meidät säästätte?" joku mies kysyi. Siinä vaiheessa nousin seisomaan, koska halusin nähdä, millä tavoin Tietäjä maalaisi ihmisten mieliin kuvan, jonka halusi näiden näkevän. Tietäjä seisahtui, tuijotti kysyjää pitkään, sulki sitten silmänsä ja kohotti kätensä kohti taivasta.

"Et tiedä mitä pyydät kuvailemaan! Te hellät äidit, laittakaa edes kädet lastenne korville, sillä tätä ei kestä kuulla urheimmatkaan miehet! Haluatko todella kuulla, mikä on se Kauhu?"

”Mitä tapahtuu muualla? Onko se tulva vai tuli? Palaako maailma, vai hukkuvatko ihmiset? Vai tuleeko kylmyys, joka tuhoaa kaiken?” joku kysyi. Tietäjä oli taas hiljaa; tietäen, että hiljaisuus lisäisi jännitystä ja tekisi kuulijan vastaanottavaisemmiksi hänen seuraaville sanoilleen. Sitten hän tuijotti pitkään eteensä, aivan kuin itsekin kauhistuneena ennustamastaan pahasta, kunnes viittasi kädellään laskevaan aurinkoon.

”Pimeys!” hän huusi sitten niin kovaa että ääni kaikui läheisistä kallioista, ja tuntui kuin koko väki olisi säpsähtänyt peloissaan.

”Pimeys?” ihmiset huudahtelivat. ”Miten pimeys pysyy poissa täältä, ja miten pimeys tuhoaa muun maailman?”

”Pimeys tulee kyllä kaikkialle, määrättynä hetkenä, ja koska aurinko ei anna valoaan, kaikki kasvava lakkaa kasvamasta ja kuihtuu”, Tietäjä julisti melkein huutaen. ”Ne eläimet, jota te elääksenne syötte, nääntyvät nälkään jäädessään ilman ruokaansa. Vain ruhoja syövät jäävät eloon, ja siksi pimeys kuhisee petoja, ja voi sitä ihmistä, joka etsii pimeässä ruokaa itselleen! Hän päätyy itse ruuaksi!”

”Mutta onhan ihmisillä tulta, joka valaisee ja karkottaa petoja”, joku sanoi hieman ylimielisesti. Tietäjä kääntyi miestä kohden ja naurahti kolkosti.

”Entä kun puut loppuvat? Entä kun pedot ovat syöneet saalineläintensä ruhot ja etsivät nälissään uutta saalista?” hän kysyi pehmeän lujalla äänellä, kuin säälitellen tuota typerystä, joka oli yrittänyt viisastella hänelle.

”Miten kauan pimeys kestää? Millä tavoin Te, oi Tietäjä, autatte meidät pimeyden läpi?” joku nainen kysyi lähestulkoon voivotellen.

”Teillä pimeys kestää vain hetken, jonka voitte sietää… Mutta niille, jotka eivät ole lunastaneet osuuttaan tarjoamastani pelastuksesta, pimeys jää lopulliseksi. Ja voin luvata, että loputtomassa pimeydessä odottavat kauhut, joita kokeva valitsee itse mieluummin Surunrotkon!” Tietäjä huudahti, ja väkijoukosta kuului pelokkaita huokauksia. Minua puistatti; ei kuitenkaan se, mitä Tietäjä sanoi, vaan se, että ihmiset näyttivät kadottaneen tavallisen järkevyytensä. Heistä oli tullut jotenkin puunukkemaisia. Ja se, joka näillä nukeilla leikki, seisoi ylväänä ja rauhallisena kaiken keskellä. Hän ei pelännyt, koska kaikki oli hänen käsissään. Tunsin vihani nousevan taas, niin että se voitti terveen harkinnan ja pelonkin tunteen.

”Sanoit jotakin lunastuksesta! Tarkoitatko, että tässäkin kylässä elävien on lunastettava osuutensa pelastuksesta? Miksi sanoit ensin, että meidät on valittu siksi, että olemme jotenkin erityisiä, ja sitten puhutkin lunastamisesta? Onko pelastumisella vielä jokin hintakin?" huusin kiivastuneena väkijoukon ylitse.

"Hän on muukalainen!" joku huusi. "Hän ei kuulu väkeemme syntyperältään!"

"Näyttää siltä, ettei sinua ole joidenkuiden mielestä valittu pelastettavien joukkoon, koska et ole syntyperäinen kyläläinen!" Tietäjä huudahti ankaralla äänellä, joka melkein lannisti rohkeuteni hänen edessään. "Lunastus ei ole kauppahinta, vaan merkki siitä, että te kuulutte Maan Valtiaalle. Se on pantti siitä, että teidät on valittu!"

"Mutta mikä se pantti on? Mitä odotat saavasi kyläläisiltä, heidän omaisuutensako?" huusin vihaisena.

"Jokim Vaeltaja, puhu kunnioittavammin!" Janos huudahti varoittavasti. Tietäjän kasvot näyttivät ankarilta, mutta ylimielisen rauhallisilta.

"Te pelastutte, ja toiset tuhoutuvat! Te olette kruunu Maan Valtiaan päässä! Hän antaa teille elämän, ja te julkenette vielä valittaa!" Tietäjä huudahti painokkaalla, halveksivalla äänellä. "Kuka olisi niin kiittämätön, ettei antaisi Maan Valtiaalle sitä mitä hän tarvitsee, jotta saisi itse elää? Ei hän vie teidän lampaitanne ja vuohianne! Annatte vain sen, mitä itse ette tarvitse! Hän ei vaadi teiltä mitään, mitä itse olisitte vailla!"

"Jokim Vaeltaja, sinä menet Häpeäkuoppaan!" Vanhin huudahti raivostuneena. "Janos, vie hänet Häpeäkuoppaan! Miettiköön siellä, haluaako viisastua vai pysyä itsepäisesti typeränä!"

"Päätöksesi olkoon hyväksi pojalle!" Tietäjä totesi ylimielisen armollisesti, ja Janos asteli luokseni. Hän näytti pahoittelevalta lähtiessään saattelemaan minua, mutta se ei minua paljoakaan lohduttanut. Olisin halunnut kuulla, mitä muuta Tietäjä puhuisi väelle, ja mitä ihmiset hänen puheistaan ajattelivat. Pelko kangisti jäseniäni; tunsin, että jokin todella uhkasi Vaskikallion kylää, mutta oliko se tuleva Kauhu ja Pimeys, vai kenties jokin, joka piiloutui luomansa kauhun taakse?

LUKU IV

Kun ilta pimeni, istuin yksin Häpeäkuopassa. Pelkäsin käydä nukkumaan, koska mielessäni häilyi jo valveillakin samat mielikuvat, joita painajaisissani olin katsellut. Tietäjän käytös ja puheet herättivät mieleni kauhut. Mitä hän oikein tahtoi? Mistä hän oli saanut tietonsa?

”Kaikkeuden Luoja, sinä kaiken kauniin ja hyvän lähde! Miksi sinä saattaisit ihmiset pimeyteen? Miksi sinä valitsisit vain Vaskikallion kylän ja tuhoaisit kaiken muun? Miksi tuhoaisit kaiken sen, mitä olet luonut? Salli minun epäillä, ja johdata, jos olen väärässä, mutta näytä sinä, Luoja, mikä on totuus!” puhuin hiljaa itsekseni. Yölintu lauloi jossakin kaukana, tähdet syttyivät pimentyvälle taivaalle, ja viileä ilma tasoitti tunteeni ja rauhoitti ruumistani. Sepitin mielessäni laulelmaa, joka kertoi metsästä ja linnuista, ja siitä voimasta, joka veti elolliset toistensa luo, ja saman lajin puoliskot yhteen. Ajatukseni virtasivat kuin puro, joka pian erkaantui useiksi haaroiksi. Seurasin sitä, mikä vei menneeseen. Muistelin kotiani ja perhettäni ennen sitä pahaa, mitä heille tapahtui. Miksi heille kävi niin kuin kävi? Mitä ne ihmiset tahtoivat, jotka tappoivat heidät? Miksi he eivät voineet pyytää, mitä tarvitsivat, vaan tappoivat ja ottivat väkisin?

Minä, joka tiesin enemmän pahasta kuin ne, joiden parissa asuin, pelkäsin enemmän ja olin epäluuloisempi. Vaskikallion kyläläiset olivat kovin herkkäuskoisia, kun heitä imarteli, koska he olivat taipuvaisia ajattelemaan itsestään parempaa kuin toisista. He pitivät itseään parempina kuin muukalaisia, mutta en todellakaan uskonut heidän olevan millään tavoin muita ihmisiä parempia. En ymmärtänyt, miksi jokin ylempi olento tai voima, jokin Maan Valtias, olisi valinnut juuri heidät, enkä ainakaan halunnut uskoa sitä. Olin aina uskonut, että Kaikkeuden Luoja oli tarkoittanut ihmiset tasavertaisiksi, niin ettei ketään voisi pitää toista parempana tai tärkeämpänä. Vaeltavat Veljet olivat opettaneet minulle asioita, joiden vuoksi en voinut, enkä halunnut uskoa Tietäjän puheita, vaikka hän olikin arvovaltainen ja vakuuttava. Mutta yhtä lailla Vaeltajaveljet olisivat voineet valehdella minulle.

Jos Tietäjä puhui totta, oliko Daniyeel valehdellut minulle? Mistä tiesin, kumpaan luottaa? Luottaisinko sokeasti siihen, josta pidin enemmän? Sillä Daniyeelia olin rakastanut; hän oli tullut minulle isäksi ja äidiksi, enkä voinut uskoa, että hän olisi tahtonut johtaa minua harhaan, valehdella ja saattaa turmioon...

Jokin rasahti ylhäällä. Soihdun valo ilmestyi kuopan laidalle, ja Petrus työnsi päänsä näkyville.

”Jokim? Valvotko yhä?”

”Valvon, mutta sinä vaarannat taas maineesi tulemalla tänne!” huoahdin.

”Pakko, koska tarvitsen sinun neuvoasi” Petrus huudahti. ”Sain Janoshalta viestin. Hän epäröi lupautumistaan ja haluaa minun odottavan vielä.”

”Miksi et odottaisi, jos hän sitä toivoo?” kysyin hiljaa.

”Koska en malttaisi! Ja jos se puhe tulevasta Kauhusta on totta, haluaisin hänen olevan rinnallani silloin, kun aurinko pimenee, ja kun joudumme kestämään pimeyttä niin kauan, kunnes Tietäjä saa kutsuttua valon takaisin”, Petrus selitti. ”Haluan olla Janoshan lähellä, jos sellainen koetus kohtaa meitä.”

”Petrus, et kai usko sitä kieroa muukalaista?” puuskahdin.

”Ai kieroa muukalaista? Et taida olla kiinnostunut pääsemään sieltä kuopasta viikkoihin!” Petrus naurahti, mutta ilottomasti.

”Miten saatat uskoa häntä? Miten kaikki voivat uskoa häntä sokeasti kuin pikkupenikat?” huudahdin kiivastuen.

”Hän on kovin vakuuttava, ja isäni näyttää todella uskovan häntä”, Petrus totesi. ”Ja hänhän sen päättää, miten kylän väki asiaan suhtautuu. Ja jos todella olemme valittuja...”

”Niin silloin minä en ole, Petrus! Minä olen muukalainen, ja kuolen pimeyteen petojen saaliina”, huudahdin. Hän vaikeni hetkeksi.

”Jokim, miksi sinä epäilet häntä?” hän kysyi sitten huoahtaen. ”Millä perusteella kyseenalaistat hänen tietonsa?”

”Koska hänen puheensa on erilaista kuin se, mitä opin Vaeltavilta Veljiltä. Vaeltajaveljet eivät puhuneet minulle mistään Maan Valtiaasta, vain Kaikkeuden Luojasta, joka on tehnyt kaiken hyväksi, ja joka ei varmasti tuhoaisi kaikkia muita ja säästäisi joitain himputin tolloja!"

"Jokim, loukkaat minuakin, kun sanot kylän väkeä tolloiksi! Ehkä olet itse vain peloissasi, koska Tietäjän puheitten mukaan sinua odottaa pimeys, ja meitä uusi elämä", Petrus totesi tuohtuneena.

"Etkö itse olisi minun housuissani melko katkera ja vihainen?" kysyin. Hän oli hetken hiljaa, ja kuulin hänen huoahtavan.

"Olisin tietysti, jos todella uskoisin häntä", hän sanoi sitten. "En haluaisi uskoa siihen, mitä hän sanoo... Mutta onko meillä varaa olla kuulematta häntä ja varautumatta pahimpaan? Tyhjästäkö hän olisi keksinyt jonkun suuren kauhun? Ehkä asiassa on sentään jokin perä. Ehkä jotakin tapahtuukin, oikeasti!"

"Mutta minä en usko hänen puheitaan lainkaan, enkä toivoisi kenenkään uskovan! En usko, että hän on pyyteetön. Voihan olla, että jokin vaara uhkaa ihmisiä, ja että hän lupaa auttaa, mutta en usko hänen apunsa olevan ilmaista ja epäitsekästä", sanoin kiihtyneenä. "Kuulithan itsekin hänen puhuvan lunastuksesta ja pantista! Jotakin hän varmasti haluaa apunsa vastineeksi!"

"Niin, totta. Tietäjä haluaa Viacaelumin pantiksi pelastuksestamme. Kyläläiset eivät pidä sitä suurenakaan hintana", Petrus totesi huoahtaen.

"Viacaelumin?" toistin kysyvästi, ja mieleeni nousi muistikuva ensimmäisestä muukalaisesta, joka oli tuijottanut himoiten tuota hohtavaa juovaa. "Onko hän nähnyt Viacaelumin?"

"En tiedä. Ehkä hän kävi Surunrotkolla ennen kuin tuli kylään. Tai sitten hän vain tietää, koska on Tietäjä! Sitähän hän toistelee, että tietää vaikka mitä, kun on Tietäjä", Petrus huoahti. "Tietää tuleviakin asioita, siis..."

"Ei hän silti voi olla mikään kaikkitietävä olento! Siihen täytyy olla jokin muu selitys, että hän tiesi tulla tänne autiometsien taakse vaatimaan itselleen Viacaelumia?" puuskahdin.

"No, jos hän on jonkun Maan Valtiaan palvelija, kuten hän väittää, kaipa sellainen olento saattaisi tietää yhtä jos toista", Petrus naurahti ilottomasti. "Helppoahan on ainakin väittää tietävänsä jotakin, kun toiset eivät tiedä riittävästi väittääkseen vastaan!"

"Vaeltavilla Veljillä on suurin tieto, eikä Tietäjä puhu heistä mitään! Eivätkä Vaeltajaveljet puhuneet minulle mistään Maan Valtiaasta!" selitin kiivastuneena. "Muistat kai sen ensimmäisen muukalaisen? Kaksi muukalaista yhden kuunkierron aikana on kummallisen paljon..."

”Mitä tarkoitat?” Petrus kysyi hämmentyen.

”Entäpä jos ensimmäinen tapaa toisen, kertoo, mitä on nähnyt, ja toinen tulee katsomaan, mistä on kyse?”

”Mutta Tietäjä sanoo tulleensa tuomaan meille pelastuksen tulevalta Kauhulta”, Petrus totesi. ”Valehtelisiko hän siis siitäkin, aivan tarkoituksella? Mutta miksi? Entä jos jokin kauhu todella uhkaa ihmisiä?”

”Meillä on vain hänen sanansa siitä, että mikään kauhu olisi tulossa! Ja vaikka jokin kauhu tulisikin, meillä on vain sen tärkeilevän ukon sana siitä, että hän voisi meidät pelastaa! Ja vaikka hän voisikin meidät pelastaa, meillä on vain hänen sanansa siitä, että pelastus vaatii Viacaelumin pantiksi!” huudahdin. ”Petrus, käytä nyt päätäsi ja sydäntäsi! Entä jos hän tahtookin Viacaelumin vain itselleen, ja on sepittänyt juonen huijatakseen sen meiltä?”

”No, onhan Viacaelum kaunis ja tärkeällä paikalla, mutta mitä se voisi merkitä hänelle, joka kehuu olevansa kuninkaittenkin suosiossa? Miksi hän pitäisi sitä tärkeämpänä kuin paria hyviä saappaita?” Petrus totesi epäröiden.

”Se meidän on otettava selville!” puuskahdin. ”Mutta jos sinä uskot sitä ukkoa sokeasti kuin viaton lapsukainen, sinä tuskin haluat asiaa selvittää!”

”Älä viitsi, Jokim! Ehkä en usko häntä muuten kuin isäni edessä, ja siksi, etten sentään joudu seuraksesi sinne kuopan pohjalle”, hän huoahti raskaasti. ”Tulin tänne epäilevin mielin, ja sinä lisäsit minun epäilyksiäni hänen suhteensa. Luotan sinun ajatuksiisi enemmän kuin isääni, ainakin tällä hetkellä, kun hän ei osaa muuta kuin nyökytellä Tietäjän puheille!”

”Hyvä! Toivon, että puhut myös Janoshalle niin, ettei hänkään uskoisi sitä muukalaista turhan herkästi.”

”En tiedä voinko enää puhua hänelle paljoakaan, jos meidän on siirrettävä Lupausmenoja. Joka kerta kun olen hänen kanssaan, tulen entistä kärsimättömämmäksi, ja haluaisin kiirehtiä liittoon”, Petrus sanoi hiljaa.

”Ihastuneisuutesi on siis kasvanut entisestään?” totesin kysyvästi, ja yritin olla huokaisematta tai naurahtamatta kiusoittelevasti.

”Ei, ei se sitäkään oikeastaan ole… Olen vain huolissani hänestä! Jostain syystä pelkään, että hänelle tapahtuu jotakin pahaa, ellen ota häntä vaimokseni, ja mahdollisimman pian”, Petrus totesi epäröiden.

”Mitä tarkoitat?” kysyin hämmentyen. ”Mitä pahaa hänelle voisi tapahtua?”

”Olen nähnyt painajaisia. Joskus tuntuu, että näen niitä valveillakin ollessani, ja toisinaan tapahtuu oikeasti jotakin sellaista, mitä olen nähnyt unessa, joskus aiemmin”, Petrus selitti epäröiden. ”Se on... hyvin pelottavaa!”
”Uskon sen kyllä”, totesin hämmentyneenä. ”Oletko nähnyt painajaista Tietäjästäkin?”
”Olen... ja näin unta siitä ensimmäisestäkin muukalaisesta, ennen kuin sinä tapasit hänet”, Petrus huoahti raskaasti. ”Tuskin uskallan puhua tällaista ääneen! Kaikki muuttuu todemman tuntuiseksi, jos puhun siitä. Ja nyt pelkään, että... En tiedä! Ehkä pelkoni johtuu siitä, miten Tietäjä katselee joitakin ihmisiä. No, toivottavasti olen vain kuvitellut... Tiedäthän mielikuvitukseni vilkkauden! Mutta en haluaisi Janoshan joutuvan yhtään läheisempiin tekemisiin sen Tietäjäukon kanssa.”
”No, raapusta hänelle sitten viesti ja varoita häntä sen ukon opetuksista”, sanoin kiihtyneenä.
”Niin, sen voisin ehkä tehdä”, Petrus totesi vakavana. ”Mutta jos jokin kauhu onkin tulossa... Jos Tietäjä puhuukin totta, miten meidän oikeasti käy, Jokim? Eikö meillä ole muka muuta tapaa pelastua kuin se, mitä Tietäjä tarjoaa? Miten saamme selville, valehteleeko hän vai ei?”
”Toivoisin, että täällä olisi Vaeltavia Veljiä, joiden puhe on lohduttavaa eikä pelottelevaa, mutta joilla olisi myös ymmärrystä ja tietoa väittää vastaan Tietäjälle”, sanoin kiivastuneena. ”Kunhan vain pääsen täältä kuopasta, saatan vaikka lähteä etsimään sellaisia!”
”Lähtisitkö ulkomaille? Nyt juuri, kun emme edes tiedä, säilyykö maailma, ja miten meidän käy?”
”Eihän sinulla ole hätää, koska voit lunastaa itsellesi Tietäjän lupaaman pelastuksen”, totesin synkeänä. ”Ja minulle on kai aivan sama, missä kohtaan loppuni, täällä, vai ulkomailla, jos loppu kerta on tulossa...”
”No, tulipa se kauhu tai ei, joutuisit joka tapauksessa vaaraan, emmekä ehkä enää tapaisikaan”, Petrus sanoi huoahtaen. ”Ja jos Tietäjä huiputtaa meitä, kaikki pelko ja huoli on turhaa, ja turhaksi käy sekin, jos vaarannat henkesi lähtemällä hakemaan apua, jota emme edes tarvitsisi!”
”Voit itse auttaa puhumalla ihmisille, olethan sentään kyläpäällikön poika! Auta heitä ymmärtämään, että Tietäjän puheet voivat olla valheellisia. Jos kukaan ei edes aseta kyseenalaisiksi hänen väitettään, hän voi pian tehdä mitä haluaa ja ottaa mitä haluaa, ja ihmiset

vain alistuvat, koska pelkäävät menettävänsä sen hänen lupaamansa pelastuksen!" huudahdin.

"Kaikki kuulostaa kovin inhottavalta", Petrus huoahti. "Jospa meidän pitäisi vain kiltisti olla uskovinamme häntä ja antaa hänelle se lunastus, mitä hän pyytää, vaikkei hänen puheissaan olisikaan mitään perää? Jospa hän on vain kovia kokenut mielipuoli, joku köyhä ukkoparka, joka on varastanut ylimyksen vaatteet ja hankkii elantonsa huiputtamalla herkkäuskoisia? Ehkä hän jättää meidät rauhaan, kun on saanut haluamansa pantin, ja sitten voimme unohtaa koko jutun!"

"Pelkään, ettei Viacaelum riitä hänelle. Jos hän on ahne, hän vaatii muutakin, jos huomaa saavansa helposti sen, mitä haluaa", sanoin synkeänä. "Häntä on vastustettava nyt, ennen kuin hän saa liian vahvan otteen ihmisten mielistä! Häneltä pitää vaatia todisteita ja perusteita!"

"Ehkä, mutta tällä menolla sinä pysyt siellä kuopassa", Petrus totesi vakavana. "Jospa sinun pitäisi olla nyt hivenen epärehellinen ja teeskennellä katumusta päästäksesi Häpeäkuopasta? Voisithan tekeytyä Tietäjän palvelijaksi ja ottaa selvää hänen asiastaan. Jos hän ei epäile sinua, saatat pystyä hankkimaan todisteita häntä vastaan."

"Inhoan teeskentelyä, koska joudun tekemään sitä päivästä toiseen tullakseni toimeen eräitten kyläläisten kanssa", sanoin.

"Mutta voithan sinä hyvässä tarkoituksessa teeskennellä hieman katumustakin ja mielenkiintoa Tietäjän opetuksia kohtaan?" Petrus naurahti.

"No, mietin sitä yön, ja aamulla näemme, mihin ratkaisuun päädyin. Hyvää yötä!"

Kun Petrus lähti, minä todella mietin hänen neuvoaan. Häpeäkuopassa istumalla en pystyisi auttamaan ketään. Ehkä minun olisi vain pidettävä suuni kiinni ja tarkkailtava Tietäjää ja hänen puheitaan, puhumatta julki omia epäluulojani. Kylässä olemalla voisin kenties vielä vaikuttaa joittenkin ihmisten mieliin. Häpeäkuopasta olisi myös vaikeampi päästä hakemaan apua, jos asiat menisivät niin pitkälle kuin pahaenteisissä mielikuvissani pelkäsin.

Aamu valkeni; olin nukahtanut pohdiskeluihini, nähnyt kummallisia unia ja heräillyt säpsähdellen milloin mistäkin syystä. Janos tuli tuomaan minulle leipää ja vettä, ja samalla hän kysyi, kuten tapa oli, olinko nöyrtynyt ja katuva. Sanoin olevani, ja pyysin häntä antamaan tikapuut. Kävellessämme kylään söin hänen tuomaansa leipää, ja huomasin hänen olevan hyvin vakavan mietteliäs.

”Onko sinulla jotakin tekemistä sen asian kanssa, että Janosha ja Petrus siirtävät Lupausmenojaan?” hän kysyi sitten katsahtaen minua. Kasvoilleni levisi hämmennyksen puna, enkä voinut katsoa häntä suoraan.

”En osaa sanoa... siis, olenko vaikuttanut asiaan...”

”Mahdollisesti siis olet?” hän totesi kysyvästi. ”Viime aikoina Janosha on käynyt kovin usein asioilla verstaalla.”

”Onhan hän”, sanoin epäröiden. Hän katsoi minua tutkivasti, hieman ankarastikin, ja huoahti sitten raskaasti.

”Et näköjään haluaisi valehdella minulle, ja arvostan sitä. Entäpä jos kysyn sinulta jotakin asiaa suoraan, lupaatko vastata yhtä suoraan?”

”Vastaan, ellei vastaukseni vahingoita ketään, jolle en halua vahinkoa aiheuttaa”.

”Senhän kohta näemme! Jokim Vaeltaja, sanohan, rakastaako tyttäreni sinua?” Janos kysyi. Pysähdyimme portille, ja oli jonkin aikaa kiusaantuneen hiljaista. Katselin ensin toisaalle hänestä, sitten maahan, sitten taivaaseen, ja vasta sitten suoraan tuon ryhdikkään, vielä parhaassa kunnossaan olevan miehen silmiin.

”En aio tuottaa tyttärellesi vahinkoa puhumalla hänen tunneasioistaan. Olethan sanonut, että olisi hänelle häpeäksi tulla yhdistetyksi minuun, edes kenenkään mielikuvissa!” sanoin hiljaa. Hän huokaisi, laski katseensa hetkeksi ja katsoi sitten minua uudelleen.

”Näen, että itse rakastat häntä, mutta katkerasti, koska olen luvannut hänet Petrukselle. Ja tiedät että sanasi paljastavat hänen puhuneen sinulle jotakin sellaista, mikä on rohkaissut sinua kuvittelemaan, että teistä voisi joskus tulla pari. Ja siksi Janosha siis epäröi... Jos hän saisi valita, hänestä tulisi orvon muukalaisen kumppani, ja häntä hyljeksittäisiin vielä enemmän kuin nyt!”

”Hyljeksitäänkö häntä?” kysyin hiljaa, hämmentyen.

”Kylän naiset katselevat häntä jo nyt karsaasti, eikä kukaan ole tähän päivään mennessä pyytänyt häntä Lupausmenoihinsa ruukkua ojentamaan. Hänellä ei ole ystäviä, hänelle ei tulla puhumaan päivän sattumuksista, hän vain istuu yksin ja tekee asioita, joista muut eivät ole kiinnostuneita. Eikä hän edes halua mennä muitten naisten pariin!”

”Hän siis on jo nyt kuin muukalainen muitten naisten joukossa”, sanoin hiljaa. ”Mutta miksi pidät sitä pahana?”

”Kuka auttaa häntä pahan päivän tullen? Kuka auttaa naisväen asioissa ja tarjoaa olkapäätä, kun hän suree ja väsyy? Hän tuntee, ettei hän kuulu muitten joukkoon, ja hänet on tuomittu olemaan yksin. Petruksen, kylän Vanhimman pojan puolisona hän sentään olisi kylän korkea-arvoisin nainen, eikä kukaan enää voisi hyljeksiä häntä!"

"Haluatko sinä, että hänelle tarjotaan ystävyyttä vain siksi, että hänen arvoasemansa on ylempi? Etkö halua, että joku välittää hänen seurastaan, olipa hän miten alhainen tahansa, siis vaikka hän olisi kuten minä, muukalainen muitten joukossa?" kysyin kiivastuneena.

Janos vaikeni. Hänen otsansa oli rypistynyt ja huulet kaventuneet, ja näin hänen käyvän sisimmässään taistelua. Tiesin hänen olevan viisas mies, mutta usein pelko sekoitti viisaankin mielen. Hän pelkäsi tyttärensä puolesta, ja vaikka hän minun mielestäsi pelkäsi turhaan, voisinko saada hänet uskomaan sitä? Ja oliko minulla oikeutta edes yrittää muuttaa hänen mieltään?

"Janos, minä rakastan tytärtäsi sellaisena ja siinä asemassa kuin hän on nyt. Rakastan hänen erilaista olemustaan, hänen ajatuksiaan ja tunteikkuuttaan, kaikkea hänessä; sitäkin siis, ettei hän välitä muun naisväen touhuista! Minulle hän on kuin harvinainen kukka runsaana kukkivien tähtikukkien joukossa, ja tekisin melkein mitä tahansa, jotta voisin itse olla hänelle se ystävä, jota hän tarvitsee, se, joka tarjoaa hänelle lohdun ja tuen, ja jakaa hänen päivänsä ilot ja murheet", sanoin vakavana, ja hänen ilmeestään näin, ettei hän voinut kuvitella minun pilailevan.

"Entä jos häntä pidetään ohdakkeena vehnäpellossa? Sinäkö häntä puolustat perkaajan kuokalta?" Janos kysyi hieman kiivastuen.

"Peltoon eksynyt vieras kasvi voi olla joskus harvinainen lääke… Luoja tietää, että puolustaisin Janoshaa kaikelta pahalta, jos minulle annettaisiin siihen oikeus!" huudahdin.

"Sanot rakastavasi häntä, mutta etkö sitten muka odota häneltä mitään?" Janos kysyi vakavana.

"En olisi sanonut mitään, ellet olisi arvannut, mitä sydämelläni kannan, enkä olisi myöskään puuttunut hänen ja Petruksen asiaan, ellen olisi nähnyt hänen olevan epävarma. Ja olen surullinen hänen puolestaan, jos hän ei löydä mielenrauhaa ja onnea Petruksen kanssa!"

"Ja lienet katkera myös itsesi puolesta", Janos totesi hiljaa.

"Niin, mutta katkeruuttani helpottaisi, jos näkisin heidän molempien olevan onnellisia. Petrus on ystäväni… minkä kai olet arvannutkin? En tahdo hänellekään surua ja pettymystä."

"Jokim, älä pidä minua itsesi vihollisena, mutta näin helpolla en saata itseäni ja tytärtäni vaikeuksiin Vanhimman kanssa! En voi noin vain perua sopimustamme. Sen voin kuitenkin sanoa sinulle, että taidan vähitellen ymmärtää, mitä tyttäreni sinusta haluaa", Janos totesi vakavana ja laski kätensä olkapäälleni. "Hän ei ole tyhjää nokkiva kana, muttei myöskään laiminlyöty lammas, joka määkii kenen tahansa ohikulkijan perään. Sanoit, että hän on kuin harvinainen kukka, ja niin hän onkin! Voisiko joku siis olettaa hänen löytävän puolikkaansa runsaina kukkivien tähtimöitten joukosta? Eikö ole niin, että vain tähtimöitten sekaan eksyneestä vieraasta siemenestä voi sattumalta kasvaa hänen kumppaninsa, samalla tavoin erilainen, jo kaukaa harvinaiseksi erottuva?"

Hän kääntyi ja lähti astelemaan edeltäni kylään. Olin mennyt sanattomaksi, ja siksi minun oli helppoa olla hiljaa vielä sittenkin, kun tapasin Maunuksen ja Pauluksen verstaalla ja kuulin heidän puhelevan "tulevasta Kauhusta" ja "Tietäjän viisaista sanoista".

Seuraavina päivinä tein työni hiljaisena ja mukisematta. Verstaalla oli hiljaista, koska jostain syystä ihmiset olivat lakanneet ostamasta tarve-esineitä. Yritin olla puuttumatta puheisiin, kun ohikulkijat supisivat "kauhusta" tai "tuhosta" ja "lunastuksesta". Tiesin kuitenkin, että kovin pitkään en kestäisi olla sanomatta omia näkemyksiäni; enhän todellakaan ollut kovin kärsivällinen luonne.

Kylän Vanhinta näkyi aukiolla vain harvoin, ja silloinkin, kun hän näkyi, oli hänen rinnallaan myös Tietäjän komea hahmo. Usein Tietäjä kutsui luokseen joitakin tapaamiaan ihmisiä ja vei heidät mukanaan Vanhimman taloon. Tuo puhutteluun valittu, enemmän tai vähemmän onneton kyläläinen saattoi tulla ulos talosta vasta illalla tai seuraavana aamuna, ja silloin hänen olemuksensa oli epämääräisellä tavalla muuttunut.

Olin huolissani, mutten voinut puhua kenellekään. Petrusta ei ollut näkynyt pitkään aikaan metsäleirissäni. Sitten kuulin kylän Vanhimman antaneen käskyn, että kylän ulkopuolelle meneminen oli kielletty auringonlaskun jälkeen. Portista ei päästettäisi ketään sisälle enää pimeällä, joten jos joku kuljeskeli illan tultua metsissä, hän saisi jäädä sinne yöksikin. Aamulla kylään pyrkijä pääsisi puhumaan tekosestaan Tietäjän kanssa, ja saatoin arvata, ettei sen puhuttelun jälkeen enää haluaisi tehdä samaa tyhmyyttä uudelleen.

Pari päivää myöhemmin Tietäjä alkoi käydä valitsemansa seurueen kanssa Surunrotkolla. Seurue lähti liikkeelle varhain aamulla ja palasi vasta hämärän tultua. Uskaltauduin kysymään yhdeltä seurueen jäseneltä, miksi Tietäjä vieraili siellä niin usein, ja hän kehotti minua pyytämään luvan Tietäjältä, jotta pääsisin mukaan menoihin. En kuitenkaan halunnut mennä mukaan sellaiseen, mistä en yhtään tiennyt etukäteen, joten kyselin asiasta yhdeltä toiselta seurueen jäseneltä.

”Mitä Surunrotkossa tapahtuu? Miksi Tietäjä käy siellä päivittäin?”

”Hän sanoo, että meidän on päivittäin annettava osa lunastuksesta Maan Valtiaalle.”

”Mitä se tarkoittaa?” kysyin turhautuneena hölmöltä kuulostavaan vastaukseen. Hän pälyili ympärilleen hermostuneena ja kumartui sitten puoleeni.

”No… Me kiipeämme Surunkallion laelle, laskeudumme köydellä Viacaelumin kohdalle, ja veistämme sitä kovertimella, kunnes aurinko alkaa laskea. Sitten viemme kaiken, mitä olemme saaneet irti sinä päivänä, Tietäjän käsiin, ja katselee ja punnitsee sitä, lausuu sanoja oudolla kielellä… ja… ja… ja sitten… Niin, hän laittaa aineen puuarkkuun.”

”Et kerro kaikkea!” totesin epäluuloisena. ”Mitä muuta hän tekee? Miksi et kerro, mitä hän tekee sitten kun on lausunut sanoja vieraalla kielellä?”

”Se… on niin… erikoista… En osaa kuvata sitä. Mutta ehkä Tietäjä ottaa sinut mukaan seurueeseen, jos nöyrästi pyydät!”

”Enpä taida pyytää”, sanoin ja palasin töihini, koska oli aamu, ja kaikkien oli tehtävä määrätty päivittäinen työnsä. Ehdin jatkaa työtäni muutaman tovin, kun kuulin aukiolta huutoa ja itkua. Ihmiset kokoontuivat katsomaan, kuka huusi ja miksi, ja muiden perässä hakeuduin sinne itsekin. Nainen, joka itki ja parkui, oli myllärin vaimo, Nerian äiti. Janos meni rauhoittelemaan naista ja yritti kysellä tältä, mitä oli tapahtunut.

”Ania on kuollut! Ania on hukkunut puroon!”

Ania oli Nerian sisar, se tyttö, joka oli ojentanut ruukun Lupausmenoissa sisarelleen ja tämän tulevalle puolisolle. Hän oli juuri ja juuri aikuiseksi kasvanut, iloinen, viaton nuori olento. Tunsin kauhun puristavan rintaani. Hetken aikaa kuvittelin jonkun hukuttaneen hänet, ja katseeni etsi murhamiestä kyläläisten joukosta. Mutta kuka olisi tahtonut tappaa tytön, joka oli ollut kaikille vain ilon lähde? Olisiko hän voinut liukastua, lyödä päänsä ja jäädä tiedottomana makaamaan veteen? Vai olisiko hän voinut haluta itse päättää elämänsä, kuten hullun Mathaltin kerrottiin tehneen vuosikausia sitten?

”Minä tulen katsomaan”, Janos sanoi vakavana. ”Näytä minulle, mistä löysit tytön, ja muistele, ketkä olivat hänen kanssaan.”

”Kukaan ei ollut! Hän lähti aamulla varhain, yksin purolle… Sanoi menevänsä peseytymään”, Nerian äiti selitti itkien. ”Hän kuoli yksin! Hän lojui siellä yksin, eikä kukaan osannut kaivata häntä, tyttörukkaa! Olisipa Tietäjä ollut täällä! Hän olisi ehkä voinut pelastaa tytön!”

Tunsin voivani pahoin, enkä halunnut mennä selvittelemään asiaa tarkemmin. Vetäydyin takaisin verstaalle, ja epäluuloiset ja huolestuttavat ajatukset kiusasivat minua, niin että oli vaikea keskittyä työhön. Työni keskeytyi kuitenkin pian, kun kuulin jonkun juoksevan verstaan ohi portille ja joittenkin juoksevan hänen peräänsä. Silloin nousin katsomaan, mitä oli tekeillä.

”Konja, tule takaisin!” ihmiset huusivat nuorukaiselle, joka juoksi ulos portista. ”Kukaan ei syytä sinua!”

”Mutta jos hän on murhaaja? Miksi hän pakenee, ellei ole murhaaja?” joku toinen huusi. Silloin tajusin, minne Konja oli menossa. Hän juoksi kohti Surmankalliota, josta oli suora pudotus syvään Kylmäjärveen, jonne kylän takaa kulkeva puro laski. Sinne kerrottiin hullun Mathaltin hypänneen sen jälkeen, kun häntä oli syytetty riidan lietsomisesta ja kiihkoilusta. Ohitin muutaman kyläläisen ja yritin tavoittaa Konjaa.

”Konja, pysähdy! Älä tee sitä mitä aiot!” huusin, mutten ehtinyt tavoittaa häntä, kun hän jo ylitti kielekkeen ja putosi kammottavasti huutaen alas. Seisahduin voimattomana, hengästyneenä kallion laelle. Muut saavuttivat minut ja jäivät tyhjä katse silmissään tuijottamaan alas veteen, jonne Konjan ruumis oli pudonnut. Kyläläiset eivät osanneet uida. He olivat arkoja veden suhteen, eivätkä kaikki edes käyneet järvellä, koska siinä oli petollisen syvät rannat, ja aikoinaan sinne oli hukkunut liian monta lasta ja lapsen äitiä, jotka olivat epätoivoissaan yrittäneet pelastaa jälkikasvuaan äkkisyvästä vedestä. Konjan ruumis saisi ilmeisesti pysyä järvessä, ja vaikka se nousisikin pintaan, sitä tuskin haettaisiin vedestä pois.

”Hän oli murhaaja! Hän tappoi Anian!” joku sanoi.

”Ei! Hän rakasti tyttöä! Hän juoksi surmaan, koska tyttö kuoli!”

Miehet alkoivat riidellä, ja seurattuani hetken aikaa heidän kiihkeää väittelyään tunsin olevani väsynyt; aivan kuin valmis vajoamaan maahan ja nukkumaan, kunnes heräisin parempaan todellisuuteen. Astelin takaisin kylään, liian järkyttyneenä edes puhumaan mitään. Ihmiset puhuivat ja hälisivät, töytäilivät ja vaikeroivat, ja kaikki tuo oli minulle kuin painajaista, josta olisin halunnut itseni ja muutkin ihmiset herättää.

Vetäydyin verstaan sisälle ja suljin oven. En halunnut nähdä enkä kuulla mitään. Tuntui kuin jokin pimeä voima olisi vaikuttanut ihmisten mielissä niin, etteivät he enää erottaneet hyvää pahasta tai oikeaa väärästä. He olivat vajonneet syvälle pelokkaaseen mieleensä, ja erottivat pelkonsa läpi vain sen, mitä odottivat näkevänsä; pahuutta ja uhkaa.

Myöhemmin, kun oli jo miltei hämärää, Janos tuli luokseni.

”Kerron tämän sinulle, Jokim, koska luotan sinuun”, hän sanoi hiljaa. ”Aniassa ei ollut merkkejä vammoista, joita voisi tulla, jos hän olisi kaatunut. Ei myöskään merkkejä lyönneistä tai kuristamisesta. Näyttää siltä, että hän olisi tahtonut hukuttaa itsensä. Mutta miksi? Miksi?”

”Et kai oleta, että minä tietäisin?” kysyin hiljaa. Janos näytti hyvin vakavalta.

”Jotkut väittävät, että hän olisi ollut Konjan kanssa, ja että Konja olisi jostain syystä käynyt tytön kimppuun. Mutta en usko sellaista siitä pojasta! Luulen, että Konja juoksi surmaan, koska koki niin suurta tuskaa tytön kuolemasta, eikä siksi, että hänellä olisi ollut jotain omatunnollaan.”

”Niin, en minäkään usko Konjaa syylliseksi. Mutta pelkään, että ihmiset haluavat tehdä hänestä syyllisen, kun eivät löydä parempaakaan selitystä. Kunpa tietäisimme, mitä sen tytön mielessä liikkui!”

”Hänen äitinsä sanoi, että tyttö oli ollut pari päivää oudon hiljainen.”

”Monetkin täällä ovat nykyään, ja se johtuu siitä ihmisestä, joka on vienyt Vanhimman paikan kylässämme”, sanoin kiivastuen. Janos katsahti minua varoittavasti.

”Harkitse sanojasi, Jokim! Sinusta on enemmän apua, jos pysyttelet poissa Häpeäkuopasta.”

”En tiedä onko minusta apua kenellekään, mutta sen tiedän, että ihmiset ovat alkaneet käyttäytyä eri tavoin kuin ennen. Tietäjän puheet tulevasta kauhusta ja pimeydestä saavat aikaan jotakin, mitä kukaan ei tunnu pystyvän hillitsemään. Pelko ajaa ihmiset mielettömyyteen ja tekoihin, joita ei muutoin tapahtuisi!”

”Me emme ole ennen kokeneet tällaista! Minun elinaikanani kukaan ei ole surmannut toista tai itseään tässä kylässä”, Janos totesi päätään pudistellen. ”Ne asiat kuuluvat pelottaviin tarinoihin aiemmin eläneistä ihmisistä... Niihin tarinoihin, joita kerrotaan, jotta osaisimme elää viisaammin. Ehkä Tietäjänkin tarkoitus on opettaa meille jotakin. Ehkä hänen luomansa pelon tarkoitus on auttaa meitä ymmärtämään, mikä viime kädessä on tärkeintä...”

”Minä luulen, ettei pelko auta ymmärtämään mitään! Minut se ainakin tekee sokeaksi!” huoahdin. ”Tai ehkä kaikki johtuu siitä, että olen muukalainen, eikä pelastus kuulu minulle. Ehkä Tietäjän puheet auttavat teitä, mutta jäävät minulta salatuksi, koska en ole osallinen hänen lupaamastaan pelastuksesta...”

”En tiedä, Jokim! En sanonut, että uskoisin aivan kaikkia hänen sanojaan... Mutta kukapa tietää? Voihan olla, että jään paitsi pelastuksesta minäkin, jos olen kovin epäileväinen hänen puheitaan kohtaan.”

Janos lähti, enkä nähnyt häntä sen jälkeen pariin päivään. Kuulin myöhemmin Maunukselta, että Tietäjä oli kironnut Konjan murhaajana ja neuvonut hävittämään Anian ruumiin ilman tavanomaisia saattomenoja. Koska tyttö oli surmatyön uhri, hänet tuli saatella tuntemattomaan ”yhteisen katumuksen ja häpeän vallassa”. En ymmärtänyt, mitä se tarkoitti, mutta käytännössä tapahtui niin, että Anian ruumis heitettiin rääsyihin käärittynä Surunrotkoon, päälle kaadettiin olkia ja risuja, ja hänen äitinsä ja Neria heittivät soihdut olkikasan päälle. Ei kaunista kuolinnaamiota, ei laulua, ei rakkaudellista surun tunnelmaa. Vain katkeruutta, pelkoa ja häpeää.

En ollut nähnyt Janoshaakaan moneen päivään, koska hän näytti pysyttelevän kotonaan. Huomasin ikävöiväni häntä, ja jos olisin ollut vielä kärsimättömämpi, olisin ehkä tunkeutunut hänen puheilleen. Sitten, aivan yllättäen, hän ilmestyikin verstaalle ja tuli puhuttelemaan minua.

”Isä lähetti tilaamaan sosenuijan, jossa on koristeltu kädensija”, hän sanoi. ”Voit tehdä siitä muuten mieleisesi, mutta piirsin tähän hieman mallia kuvioista...”

Hän ojensi minulle tuohenpalan, katsahti minua vakavana ja lähti. Odottelin, että Maunus väistyi hieman syrjemmälle töihinsä ennen kuin katsoin tuohenpalaan maalattuja merkkejä.

”Se ukko on kysynyt minua itselleen. Jos olisin jo Petruksen vaimo, hän ei voisi edes ehdottaa sellaista, mutta nyt Vanhin saattaa painostaa isää antamaan minut sille hirveälle ukolle! Karkaan kylästä, jos en keksi muutakaan!”

Sydämeni alkoi hakata kiivaasti, ja tunsin suurta kiusausta tarttua veistokirveeseen ja sännätä se kädessäni huutamaan Tietäjälle muutamia raivon nostattamia sanoja. Mikä hän luuli olevansa? Kuvitteliko hän olevansa sellainen mies, joka voisi olettaa saavan vastikään aikuiseksi varttuneen neidon omakseen? Kylässä oli tapana ottaa puoliso suunnilleen saman ikäisten joukosta, koska yhteen muuttavat ihmiset halusivat olla samanveroisia elämänkokemuksissa ja vanheta yhdessä. Tuskin Vanhinkaan haluaisi Tietäjän vievän neitoa oman poikansa nenän edestä. Tai sitten hänen mielensä oli seonnut, ja hän oli antanut päänsä, sydämensä ja arvovaltansa jonkin ahneen ja itsekkään olennon käyttöön.

LUKU V

Olin huolissani ja epätietoinen siitä, miten voisin auttaa Janoshaa. Olisin halunnut puhua asioista Petruksen ja Janoshan kanssa yhtä aikaa, mutta tuntui vaikealta järjestää sellaista tilannetta. Kuljeskelin kylässä, kuulostelin ihmisten puheita ja etsin tilaisuutta puhutella edes Petrusta. Kun lähestyin Janoshan kotitupaa, näin Petruksen seisovan hänen ovellaan. Petrus huomasi minut ja viittilöi minua luokseen.

”Tule mukaani! Minun on puhuttava Janoshan kanssa”, hän sanoi näyttäen vakavalta. Kun Janoksen piikatyttö avasi oven, menimme sisälle yhtä aikaa. Janosha istui tuvassa punoen käsissään kaislavasua. Hän hämmentyi selvästi kun astuimme tupaan, mutta lähetti silti piikatytön pois seurastamme. Huomasin, millaisella huolestuneen rakastavalla katseella Petrus katsoi häntä, ja sisimmässäni tunsin itseni petturiksi, kun Janosha kohtasi minun katseeni.

”Kuulin että Tietäjä on pyytänyt sinua vaimokseen”, Petrus totesi miltei pahoinvoivalla äänellä laskeutuessaan lattialle Janoshan jalkojen juureen. ”Isäni sanoi, että ellemme nyt heti vietä Lupausmenoja, hän tulkitsee sen niin, ettet halua vaimokseni, ja päättää perua sopimuksen meidän välillämme. Ja sitten sinä olet taas vapaa, ja isäni voi painostaa sinun isääsi antamaan sinut Tietäjälle.”

”Onko isäsi menettänyt viimeisenkin järkensä hivenen?” kysyin tuohtuneena. Janosha oli alkanut kyynelehtiä, ja Petrus katsoi minua neuvottomana.

”Pelkäänpä, että on! Tietäjällä on kummallinen ote häneen. Isä ei ole oma itsensä! Mitä tahansa kysynkin, hän käskee minun kysyä Tietäjältä. On kuin hänellä ei olisi enää omaa tahtoa lainkaan”, hän sanoi hiljaa.

”No sitten hän ei ole enää kelvollinen johtamaan kylää. Hänet pitäisi laittaa Häpeäkuoppaan miettimään, ja sillä välin sinä, joka olet hänen sijallaan johtajana, karkottaisit Tietäjän kylästä!" sanoin kiivastuneena. Petrus pudisteli päätään.

"Kuka uskaltaisi nousta isääni vastaan ja viedä hänet Häpeäkuoppaan? Kukaan ei uskalla vastustaa häntä, saati sitten muukalaista, joka pelottelee, että kaikki, minkä teemme vastoin hänen tahtoaan, vaarantaa meidän erityisoikeutemme pelastua tulevalta Kauhulta", hän totesi katkerana.

"Kyllä Tietäjää uskaltaisi vastustaa, ellei tietäisi joutuvansa Häpeäkuoppaan, ja sieltä taas ei pääse pakoon, jos kukaan ei ole enää auttamassa", Janosha sanoi kohottaen päätään. "Mutta minä olen päättänyt lähteä kylästä, jos isä pakotetaan antamaan minut Tietäjälle."

"Ei isäsi voi suostua sellaiseen, jos rakastaa sinua!" huudahdin kiivastuen. "Isäsi on viisas mies, eikä usko kaikkea, mitä Tietäjä sanoo."

"Shh, piikatyttö saattaa kuunnella", Janosha kuiskasi. "Pelkään että hän kielii Tietäjälle, että puhumme tällaista, ja joudumme kaikki vaikeuksiin."

"Onko meillä vaihtoehtoja? Haluatko sinä, Janosha, viettää Lupausmenoja huomenna Petruksen kanssa?" kysyin hiljaa. Janosha katseli lattiaan, eikä sanonut mitään.

"Ei, ei se olisi oikein!" Petrus huudahti. "Minä en tahdo, että otat minut pakosta!"

"Rakastan sinua kyllä, kuten aina olen tehnyt", Janosha sanoi nostaen katseensa Petrukseen. "Mutta koska en tiedä, onko minusta sinulle vaimoksi, en halua viettää Lupausmenoja kanssasi huomenna, ellei isäni minua pakota. Ja hän sanoi, ettei aio pakottaa minua, eikä hän myöskään aio luvata minua Tietäjälle. Mutta pelkään hänen joutuvan vaikeuksiin sinun isäsi kanssa, Petrus, ja jos Tietäjä on niin paha kuin pelkään hänen olevan, isä voi joutua luopumaan asemastaan!"

"Entä sinä itse, miten sinun käy, jos torjut Tietäjän kosinnan? Et oikeasti voi lähteä pois kylästä! Autiometsä on täynnä vaaroja, ja ulkomailla sinulle voi käydä vielä huonommin kuin täällä kävisi!" Petrus selitti kiihtyneenä. Janoshakin kiivastui ja heitti kaislavasun käsistään lattialle.

"Mikä voisi olla pahempi kohtalo kuin joutua sidotuksi irstaaseen vanhaan mieheen?" hän puuskahti, ja minä tunsin kasvojeni punehtuvan.

”Irstaaseen? Miksi sanot tuollaista? Vastenmielinen ja epäilyttävähän hän on, mutta ei kai sentään irstas?” totesin kysyvästi, ja Janoshakin punehtui.

”Olen nähnyt hänen katseensa… Olen aavistanut, mitä hän ajattelee, kun katselee neitoja ja joitakin nuoria poikiakin”, hän sanoi, ja hänen ilmeensä kuvasti vaivoin hillittyä tuskaa. ”Ja joitakin päiviä sitten hän pyysi luokseen erään tytön, vei hänet Vanhimman taloon, ja päästi pois vasta aamulla. Tyttö oli sen jälkeen puhumaton, kuin elävä kuollut, kauhun ja inhon naamio jähmettyneenä kasvoilleen. Yritin puhutella häntä, mutta hän pakeni luotani. Ja sitten… Sitten oli enää myöhäistä auttaa häntä.”

”Tarkoitatko Aniaa?” kysyin tuntien äkkiä voimakasta pahoinvointia. ”Oliko Ania joutunut olemaan yön Tietäjän kanssa?”

Janosha nyökkäsi hiljaa ja laski sitten katseena. Petrus jäykistyi, ja hänen kasvonsa vääristyivät vihasta ja inhosta tavalla, jollaista en koskaan aiemmin ollut nähnyt hänen kasvoillaan.

”Mikä saasta! Jos hän on koskenut siihen tyttöön, joka oli vielä melkein lapsi… Jos hän ajoi tytön kuolemaan ja vei tuhoon myös Konjan, hänellä ei ole oikeutta elää! Menen heti isäni puheille ja teen lopun tästä iljettävyydestä!” hän huudahti nousten äkisti lattialta. Janosha kuitenkin tarttui hänen käteensä.

”Ei Petrus, et voi tehdä mitään! On vain minun sanani Tietäjän sanaa vastaan, eikä minun sanani paljon paina, etenkin jos isäsi asettuu puolustamaan Tietäjää! Kukaan ei usko meitä!” hän sanoi kiivastuen. ”En anna sinun joutua Tietäjän vihan kohteeksi! Hän tuhoaa sinut, tavalla tai toisella, jos vastustat häntä avoimesti!”

”Mutta jonkun täytyy pysäyttää se hirviö!” Petrus huudahti päätään pudistellen. ”Jos mikään muu ei auta, tartun miekkaan ja surmaan hänet! Se olisi velvollisuuteni kyläpäällikön poikana!”

”Ei, Petrus! En halua, että kuolet murhamiehenä! Ne kaikki, jotka ovat Tietäjän puolella, asettuvat meitä vastaan, jos uhkaamme Tietäjää! Monet ovat nytkin niin kiihkoissaan, että pelkään joka päivä heidän ryhtyvän väkivaltaisiin tekoihin. En usko että saisimme Tietäjää nujerrettua väkivalloin! Hän pystyy kääntämään ihmisten mielissä meidän vihamme omaksi hyväkseen”, Janosha selitti vakavana. Petrus oli sulkenut silmänsä, ja pidätteli tunteitaan raskaasti hengittäen.

”Janosha on oikeassa, Petrus! Emme voi tarttua aseisiin, ne kääntyvät lopulta meitä vastaan”, sanoin hiljaa, vaikka Luoja tietää, miten vähällä oli, etten itse olisi tarttunut veistokirveeseen ja mennyt kovistelemaan sitä kammottavaa ukkoa. ”Liian moni on Tietäjän puolella, ja toisaalta, ei meillä ole oikeutta uhata hänenkään henkeään!”

”Mutta miten Janoshan käy?” Petrus äännähti hiljaa. ”Jos Tietäjä koskee häneen, en voi luvata, etten tarttuisi aseeseen ja surmaisi sitä inhottavaa oliota!”

”Älä hätäile minun takiani, Petrus! Isä voi viedä minut pois, jos joudumme vaikeuksiin. Etsimme jostakin jonkun muun paikan, jossa elää”, Janosha totesi huoahtaen. ”Ehkä meidän kaikkien olisi syytä lähteä pois, nyt kun vielä voimme.”

”Mutta entä ne, jotka eivät ymmärrä olevansa vaarassa? Voisimmeko jättää muut kyläläiset oman onnensa nojaan, Tietäjän armoille?” Petrus totesi vakavana.

”Emme voi enää auttaa niitä, jotka tekevät kaiken, mitä Tietäjä tahtoo. He ovat jo valinneet puolensa, eikä mikään, mitä sanomme tai teemme, saa heitä enää uskomaan, että Tietäjä on valheen lähettiläs!” Janosha puuskahti, ja jakaessani hetken aikaa hänen tunteensa olin itsekin luovuttaa. Miksi emme vain pakenisi, nyt kun vielä olimme hengissä ja voimissamme? Vai uskoimmeko itsekin Tietäjän uhkauksiin, että jokin Kauhu ja tuho todella tulisi ja kohtaisimme sen ulkomailla vailla pelastusta?

”En tiedä enää mitä ajatella!” Petrus huokaisi raskaasti. ”Jos sinä ja isäsi lähdette, haluaisin lähteä mukaanne, mutta miten minun isäni käy? Annanko hänen vajota säälittävään asemaan, pelkäksi nukeksi, jota ilkeämielinen lapsi vääntelee tahtomiinsa asentoihin, ja lopulta tuhoaa?”

”Yritä puhua isällesi, jos vielä voit. Sano hänelle, että hänen on valittava puolensa! Kehota häntä kuuntelemaan ensin muitakin vaihtoehtoja ennen kuin päättää tehdä kaiken mitä Tietäjä käskee. Käske hänen odottaa, että Vaeltavat Veljet tulevat ja ottavat Tietäjästä selvää!” huudahdin tuskastuneena.

”Miksi Vaeltajaveljet tulisivat nyt, kun eivät ole vuosikausiin käyneet kylässämme?” Petrus kysyi hiljaa.

”Kyllä he tulevat, jos lähden etsimään heitä, löydän heidät ja pyydän heitä tulemaan!” sanoin vakavana.

”Lähdet?” Janosha toisti kääntyen katsomaan minua pelästyneenä. ”Sinäkö lähtisit hakemaan Vaeltajaveljiä, ulkomaille, Pohjanväylän taakse?”

”Niin. Kuka muukaan sinne osaisi matkata, tai voisi jättää tämän kylän ja perheensä? Olenhan muutenkin aikonut matkustaa pois täältä jonakin päivänä, ja nyt minulla olisi syy lähteä", sanoin katsomatta häneen suoraan. Petrus sen sijaan katsoi häntä ja sitten minua. Ehkä eräs ajatus heräsi silloin hänen mielessään, ja jotakin tapahtui hänen sisällään. Hänen ilmeensä muuttui, ja hän jäi katsomaan minua aivan kuin olisi nähnyt minut erilaisin silmin kuin ennen.

"Jos Tietäjä puhuu totta, sinä et kuulu pelastukseen valittuihin, koska olet meille muukalainen", hän sanoi hitaasti. "Paitsi jos sinut on Lupauksen sitein otettu tähän heimoon. Niin Tietäjä sanoi eräälle miehelle, joka oli ottanut vaimon muukalaisperheestä, ja joka pelkäsi tämän joutuvan erilleen pelastuksesta."

"En usko, että Tietäjä puhuu totta siinäkään asiassa!" huudahdin.

"Mutta jos puhuukin? Entä jos osa hänen puheestaan on totta, ja osa valhetta?" Petrus totesi vakavana.

"Minä en usko hänen puheitaan lainkaan, ja siksi meidän on saatava tänne Vaeltavia Veljiä puhumaan järkeä kyläläisille, jotka on pian peloteltu hengiltä! Minä lähden etsimään Vaeltajia, ja jos Luoja suo, ehdimme tänne ennen kuin loputkin ihmiset kuolevat sisältään ja muuttuvat Tietäjän puunukeiksi", sanoin kiivastuneena.

"Mutta Jokim, sinä olet ainoa, joka kykenee vastustamaan häntä", Janosha sanoi hiljaa, mutta kiihtyneenä. "Sinua hän ei pysty pelottelemaan sillä, ettet pelastu, koska jos hän puhuu totta, et pelastuisi muutenkaan. Ja jos hän valehtelee, hänellä ei ole senkään vertaa valtaa päättää sinun kohtalostasi. Koska olet muukalainen, sinä olet hänen valheittensa tavoittamattomissa!"

"Entä jos hän saa minut muulla tavoin peloteltua tai houkuteltua puolelleen?" kysyin.

"Silloin hän saisi minutkin, ja Petruksen, ja isäni, eikä kukaan muukaan voisi meitä auttaa!" Janosha huudahti katsoen minua suoraan. Tiesin, että hän yritti vedota minuun, koska hän ei halunnut, että lähtisin. Mutta Petruksen takia tunsin, että juuri minun pitäisi lähteä; se olisi oikein Petrusta kohtaan, koska hänellehän Janosha oli luvattu, ja minun olisi itsenikin takia parasta vetäytyä syrjään ja hakeutua omieni pariin. Mutta Petrus katsoi taas Janoshaa, ja jollain tapaa aavistin, että hän oli käynyt sisällään taistelun, jonka lopputuloksen hän oli hyväksynyt. Hän astui eteeni ja katsoi vakavana silmiini.

"Janosha on oikeassa! Sinä olet ainoa, jonka ei tarvitse välittää Tietäjän uhkauksista", Petrus sanoi laskien hetkeksi kätensä olkapäilleni. ”Sinä olet selvinnyt Häpeäkuopastakin monet kerrat, etkä menetä mitään, jos sinut todetaan hulluksi ja typeräksi ihmisten silmissä. Sinulla ei ole asemaa, jonka voisit menettää, eikä omaisuutta tai vaimoa, eikä ihmisten kunnioitusta! Jokim, sinun täytyy jäädä tänne ja vastustaa Tietäjää niin kauan kuin voit, niin kauan kuin olet itse mieleltäsi vapaa ja säilytät oman uskosi!”

”Mutta kuka sitten lähtee etsimään apua?” kysyin häkeltyneenä. Oli hetken aikaa aivan hiljaista; sitten Petrus kääntyi toisaalle, katsahti Janoshaa ja sitten taas minua.

”Minä lähden! Olen viisastunut sinun seurassasi, Jokim, niissä taidoissa, joita ulkomailla tulen tarvitsemaan. Voit piirtää minulle kuvan reitistä, jolle lähden. Olen valmis lähtemään, ja nyt tiedän, että se on myös velvollisuuteni omaa heimoani kohtaan. Isäni on hylännyt vastuunsa tästä väestä, ja minä otan sen hänen puolestaan.”

”Mutta entä Janosha?” kysyin häkeltyneenä. Petrus polvistui uudelleen Janoshan eteen, otti tämän kädet käsiinsä ja suuteli niitä. Hän viipyi kauan siinä, Janoshan polvia vasten, eikä hetkeen saanut sanotuksi mitään.

”Sanoit itse… että joskus on luovuttava jostakin, mitä olisi mielessään halunnut, jotta voi tehdä sellaista, jonka sydämestään tietää oikeaksi”, hän sanoi sitten hiljaa. Janosha oli sulkenut silmänsä, mutta kyyneleitä valui hänen poskilleen ja kaulaansa.

”Mutta jos luovut hänestä, hän voi joutua Tietäjälle!” huudahdin.

”Ei, sitä ei tapahdu!” Petrus huudahti, kohottautui ja ympäröi Janoshan kasvot käsillään. ”Rakas Janosha, sisareni ja ystäväni! Lupaa minulle, ettet ikinä mene Tietäjän vaimoksi! Luovun sinusta vain siksi, että voisit olla onnellinen ja vapaa mieleltäsi! Huolehtikoon Janos sinut pois kylästä, tai ota vaikka turvaksesi joku mies, jonka voit huolia, ellen palaa takaisin… Mutta älä ikinä uhraa itseäsi sille valheita täynnä olevalle irstailijalle!”

”Ole huoleti, en ikinä alistuisi hänen orjakseen”, Janosha äännähti kyynelehtien. ”Mutta älä sano, ettet muka palaisi takaisin!”

”Voi olla, että yritykseni on tuulen tavoittelua, mutta se jääköön Luojan päätettäväksi. Jää siis hyvästi, Janosha!” Petrus suuteli Janoshan otsaa, perääntyi loitommalle tästä ja kääntyi minun puoleeni. ”Menen valmistelemaan lähtöäni. Pysyköön se salassa kaikilta muilta, jos mahdollista!”

En voinut jäädä Janoshan seuraan kahden, joten minunkin oli lähdettävä samalla kun Petrus. Tuvan ulkopuolella hän pysäytti minut vielä hetkeksi.

”Jos kaikki sujuu, kuten suunnittelen, tapaamme aamulla verstaalla”, hän sanoi vakavana. ”Piirrä minulle valmiiksi kartta ja merkitse siihen, mistä voisin löytää Vaeltajaveljiä.”

Sisimmässäni kiihtyneenä, mutta ulkopuolisen silmin rauhallisena astelin majapaikkaani, työni ääreen. Jotakin oli tapahtunut Petruksen mielessä, mutta saattoiko se olla sitä mitä luulin? Hänellä oli taipumusta kiivailuun, kuten itsellänikin, mutta koskaan aiemmin hän ei ollut näyttänyt yhtä kiihtyneen määrätietoiselta.

Mietin asiaa pitkälle iltaan; vielä silloinkin, kun raapustin Petrukselle karttaa seuduista, joilla olin Vaeltajaveljien mukana kulkenut, ja sitä etelämpänä sijaitsevista maista Vaeltajien kuvausten mukaisesti. Yöllä nukuin katkonaisesti, painajaisiini heräillen, ja aamulla olin yhtä väsynyt kuin yöllä valvoessani. Petrus tuli verstaalle, kuten oli aikonut, mutta hän näytti turhautuneelta, vaikka olikin tyytyväinen piirtämääni karttaan.

”Tietäjä kuulemma antaa tänään määräyksen, ettei kukaan saa poistua kylästä ilman hänen lupaansa. Lupa on häneltä pyydettävä ja perusteltava, ja hän päättää, salliiko hän poistumisen”, hän selitti hiljaa. ”Hän olettaa kyllä, ettei kukaan haluakaan enää poistua kylästä, koska se, joka on Kauhun tullessa kylän ulkopuolella, ei kuulemma pelastu.”

”Onko hän vieläkään sanonut tarkemmin, milloin se Kauhu tulee?” kysyin hymähtäen.

”Sanoo ilmoittavansa sitten, kun on aika”, Petrus hymähti silmiään pyöräyttäen. ”Mokoma kitsastelija! Hänellä on ehkä tietoa ja viisautta, mutta sangen mielellään hän sitä pihistelee itsellään!”

”Niin, hän tietää siten pitävänsä ihmisten mielet otteessaan. Hän ei anna tietoa, jota toiset kaipaisivat, ja siksi toisten on alistuttava hänen orjikseen, jotta saisivat pieniä tiedon nokareita silloin tällöin, armollisesti viskattuna sontaiselle lattialle!” totesin hiljaa, mutta kiivastuneena. ”Mutta sinun olisi lähdettävä kylästä, ja mitä teet, jos hän ei anna lupaa?”

”Lähden silti”, Petrus naurahti ja hymyili minulle leveintä hymyään, vaikka hänen silmänsä olivatkin surulliset.

”Mutta hänellä on nykyään paljon palvelusväkeä, ja hän voi estää lähtösi voimakeinoin!”

”Ei estä, vaan taputtaa käsiään vahingonilosta! Lähden sillä tavoin, ettei kukaan arvaa minun lähtevän etsimään todisteita Tietäjää vastaan”, Petrus totesi, virnisti, taputti minua olalle ja jätti sitten minut ihmettelemään sanojaan.

Päivällä Tietäjä kutsui väen kuuntelemaan puhettaan aukiolle. Sydäntäni kylmäsi, kun näin, millaiseksi ihmiset olivat muuttuneet. Ilo oli kadonnut heidän kasvoiltaan ja voima heidän jäsenistään. He olivat kuin sairaita eläimiä, tyhjä katse silmissään ja tuska ruumiissaan. Mutta kun Tietäjä nousi heidän eteensä, heidän silmiinsä syttyi kiihkeä katse ja heidän ruumiinsa ojentautui ikään kuin Tietäjän voima olisi nostattanut heidät kuolemansairaasta tilasta uuteen elämään.

Janos oli tullut vierelleni aukiolle. Seisoimme taka-alalla, koska halusin edelleen vältellä suoraa katseyhteyttä Tietäjään. Arkailin hänen voimaansa; hänen ylimielistä, lamaannuttavaa katsettaan, joka herätti tunteen omasta avuttomuudesta, huonoudesta ja häpeällisyydestä. Kun Tietäjä puhui, ihmiset huokailivat tai vaikenivat, huudahtelivat tai vaikersivat. Tietäjä ohjasi heitä tahtonsa mukaan, ja pelkäsin, että jos hän olisi sillä hetkellä käskenyt heidän juosta ulos kylästä ja hypätä Surmankalliolta Kylmäjärveen, suuri osa ihmisistä olisi tehnyt niin.

”Minä ilmoitan teille, että se päivä, joka äkkiä muuttui yöksi, on yhä lähempänä. Sen tähden sen, joka tahtoo pelastua, ei pidä lähteä kylästä edes laitumille, ei kalaan, eikä riistaa etsimään. Jos hän eksyy eikä palaakaan ajoissa, miten hänen käy, kun Pimeys kauhuineen tulee?” Tietäjä huusi ja kohotteli sauvaansa.

”Miksi et sano tarkkaa päivää ja kuunvaihetta, oi Tietäjä?” joku kysyi.

”Kuka kysyy syitä ja perusteita siltä, jolla on Salattu Tieto? Oletko sinä sen arvoinen, että sinun kuuluisi saada sama tieto, joka on annettu sille, joka on valittu palvelemaan Maan Valtiasta?” Tietäjä jyrähti. ”Kun aika tulee, te kyllä saatte tiedon! Te voitte luottaa siihen, että minä, luotettavaksi katsottu palvelija, huolehdin teistä, niin että te olette valmiit, kun aika tulee! Sen sanon teille, että aika on lähellä, ja siksi teidän on pian varmistettava osuutenne! Maan Valtiaalle annettava pantti on vielä vajaa, ja teidän, miehet, on tehtävä työnne ahkerasti, jotta ehditte saattaa loppuun Via Caelumin puhdistuksen. Olette laiskotelleet jo liian kauan ja saattaneet vaaraan perheenne pelastuksen. Nyt ei mikään joutava ajatus saa enää pitkittää työtänne, sillä meillä on kiire! Maan Valtias odottaa panttiaan…”

”Eikö kylästä saa siis lähteä, vaikka haluaisi?” huusin keskeyttäen hänen puheensa. Kaikki muuttuivat hiljaisiksi kuin pelosta seisahtunut eläin.

”Kuka haluaa tuhoon? Kuka haluaa pedon saaliiksi? Kuka on niin mieletön, että altistaisi itsensä kauhuille ja hirveyksille, joita pimeydessä kohtaa, ilman toivoa pelastuksesta?" Tietäjä huudahti ja nauroi kolkosti typerälle kysymykselleni. Ihmiset alkoivat nauraa, ja minusta tuntui, että edessäni ja sivuillani oli joukko järkensä menettäneitä lapsia.

"Mitä sillä on väliä, jos ei muutenkaan pelastu?" kysyin huutaen.

"Sinä oletkin muukalainen, ja tuomittu tuhoon joka tapauksessa! Sen kun lähdet pois! Kuka sinua kaipaa?" joku huusi.

"Mutta sinäkin pelastuisit, jos nyt ottaisit vaimon kyläläisistä. Ehkä Justus antaa sinulle tyttärensä!" joku toinen huusi, ja väki nauroi taas. Kaikki tiesivät, että Justuksen tytär oli rampa, ruma ja mieleltään kuin lapsi. Janos tarttui minua käsivarresta rauhoittavasti, niin että maltoin mieleni, enkä vastannut siihen mitään ilkeää.

Tietäjä jatkoi puhettaan, mutta eräs mies, joka tunnettiin muutenkin hieman riidanhaluisena, väitti hänelle vastaan. Seurasin, miten Tietäjä otti hänen erityisen huomion kohteeksi. Terävin, pilkallisin sanoin hän nujersi miehen vastarinnan ja saattoi tämän häpeään muun väen silmissä. Kun Tietäjän mahtipontinen, eri sanoin samaa asiaa toistava puhe lopulta loppui, oli tullut selväksi, ettei Petrus todellakaan saisi häneltä lupaa lähteä kylästä. Ja mitä siitä seuraisi, jos Tietäjä saisi tietää Petruksen lähteneen salaa?

Olin jo käymässä levolle, kun kuulin jonkun hiipivän luokseni makuusijani viereen.

"Älä pelkää, se olen minä!" Petrus kuiskasi. "Tarvitsen apuasi, jotta pääsen lähtemään huomenna."

"Mutta miten aiot lähteä?" kysyin nousten istumaan vuoteeni reunalle.

"Se tulee olemaan näytös, jota väki muistelee niin kauan kuin elää!" Petrus naurahti. "Kaiken on näytettävä mahdollisimman aidolta, ja siksi en kerro tätä juonta edes Janoshalle. Mutta sinulle minun on kerrottava edes jotakin, jotta voit jälkeenpäin kertoa hänelle, että tein kaiken tarkoituksella."

"Mitä aiot? Vaarannatko henkesi? Aiotko saattaa itsesi häpeään?" kysyin huolestuen. Hämärän lävitse Petruksen kasvot näyttivät vahvoilta, aikuisen miehen kasvoilta. Hän oli tehnyt valintansa, ja hän oli valmis siihen, mitä oli päättänyt. Arvostin häntä vielä enemmän kuin aiemmin olin ymmärtänyt arvostaa, ja se, etten voinut olla täysin rehellinen hänelle, tuntui entistäkin pahemmalta.

"Sinun pitäisi toimittaa tämä matkasäkkini kylän ulkopuolelle, leiriisi, jotta saan sen huomenna sieltä mukaani. Varaa sinne minulle myös jousesi ja tekemäsi veitsi. Kun lähden kylästä, en voi ottaa kantamuksia mukaani. Ymmärrät sen, kun näet, mitä tapahtuu", Petrus selitti hiljaa.

"Mutta mitä aiot? Miten luulet pääseväsi kylästä keskellä päivää, ja vielä niin, ettei sinua etsitä?" kyselin, ja Petrus alkoi näyttää hieman tuskastuneelta.

"Jokim, nyt sinun on vain luotettava minuun! Haluan, että sinäkin näytät huomenna yllättyneeltä, jottei kukaan arvaa meidän suunnitelleen kaikkea yhdessä, ymmärrätkö?"

"Hyvä on, yritän malttaa mieleni", huoahdin. "Mutta nyt yölläkö minun pitäisi viedä matkasäkkisi? Entä jos minut saadaan kiinni, ja minulta löydetään sinun tavaroitasi?"

"No, jos et halua paljastaa minua, valehtele että varastit ne tavarat minulta, ja että olet lähdössä etsimään omaisiasi. Sitähän kukaan ei ihmettelisi", Petrus sanoi rauhallisesti.

"Niin, eipä kai, ja tuskin siitä kukaan välittäisikään! Jätä siis säkkisi minulle, niin lähden viemään sen, kunhan yö on pimeimmillään. Mutta tapaammeko me vielä huomenna?"

"Tuskin voimme enää puhua kahden", Petrus totesi hiljaa. "Jokim, sinä olet minulle kuin veli. Jos minulle sattuu jotakin, enkä palaakaan, lupaatko huolehtia Janoshasta?"

"Hänellähän on isänsä, ehkei hän tarvitse ketään muuta huolehtijaa", sanoin epäröiden. Hän katsoi minua suoraan, ja vaikka oli pimeää, tunsin, että hänen katseensa pyrki viestimään minulle jotakin.

"Kyllä hän tarvitsee", hän sanoi vakavana. "Tiedät, että hän tarvitsee jonkun, joka ymmärtää häntä. Ja etenkin, jos hänen isälleen sattuu jotakin. Jokim, haluan, että ymmärrät, että lähtemällä pois… minä samalla luovun hänestä. Jos palaan takaisin, en voi enää vaatia häneltä mitään, koska olen hylännyt hänet. Mikään ei velvoita häntä olemaan minulle uskollinen, tai hänen isäänsä antamaan häntä enää minulle. Ymmärrätkö?"

"Ymmärrän", sanoin hiljaa, ja minusta tuntui, että hänkin oli ymmärtänyt enemmän kuin mitä saatoimme puhua. "En aikonutkaan jättää häntä ilman apuani, jos hän apua tarvitsee."

"Kiitos. Ja suokoon Luojasi, että tapaamme vielä, ja että ihmisten mieli on silloin vapautunut pelon vallasta!"

Petrus syleili minua nopeasti ja poistui sitten, yhtä hiljaa kuin oli tullutkin. Hänen matkasäkkinsä jäi lattialle odottamaan sopivaa hetkeä, jolloin voisin itse lähteä kylän ulkopuolelle. Ymmärsin, että vaikka itse jäisin kiinni yrittäessäni lähteä kylästä ilman lupaa, minulla olisi hyvä selitys käytökseeni. Minulle kiinnijääminen matkasäkin kanssa keskellä yötä ei merkitsisi muuta kuin keskustelua

Tietäjän kanssa ja Häpeäkuoppaa. Tai sitten minut päästettäisiin pakoon, koska kaikkihan uskoivat, että tuhoutuisin tulevan Kauhun myötä joka tapauksessa. Mutta jos Petrus jäisi kiinni juonittelusta Tietäjää vastaan, hän menettäisi myös asemansa tulevana kylän Vanhimpana ja kenties myös isänsä hyväksynnän. Sen lisäksi, että hän oli menettämässä myös Janoshan...

Kun yö oli pimeimmillään, tartuin säkkiin ja lähdin nukkumahuoneestani, verstaan takaoven kautta ulos. Jouduin ohittamaan sen huoneen ikkunan, jossa Paulus nukkui nuorikkonsa kanssa. Hän oli ilmeisesti hereillä, koska nousi kurkistamaan ikkunasta.

”Kuka siellä?” hän kuiskasi epäluuloisena. Pysähdyin piilotellen säkkiä selkäni takana.

”Minä, Jokim, vain... Mahani on ihan sekaisin! Menen Jätenurkkaan istumaan, jos kiinnostaa tietää”, sanoin teeskennellen vaivalloista puhetta. Hän kuului tuhahtavan ja vetäytyi pois ikkunasta.

”Ei tarvitse tiedottaa, milloin tulet takaisin. Yritämme nukkua!”

”En aikonutkaan tiedottaa mitään. Voi olla, että istun siellä aamuun saakka, jos tämä kouristelu ei helpota...”

Mitään ei kuulunut, joten jatkoin matkaa paaluvarustuksen takaporttia kohden. Seisahduin kuitenkin äkisti, kun huomasin takaportille asettuneen miehen. Tietäjä oli siis asettanut vartijan sinnekin. Minun oli pakko vielä parannella mahavaivaisen esitystäni, joten aloin hieman tuskaisesti huohottaa, puristin säkin vatsaani vasten, ja kumarassa, vatsaani pidellen etenin vaivalloisen näköisesti kohti Jätenurkkaa.

”Menen tuonne istumaan, kunnes helpottaa!” vaikersin, kun vartija liikahti minua kohti.

”Kovatpa ovat vaivasi!” hän totesi. ”Herätänkö Tietäjän auttamaan?”

”Ei tarvitse, tiedän kyllä, mikä tähän helpottaa. Helpotus on itse asiassa jo lähellä...”

Vartija hymähti ja asteli loitommalle, aivan takaportin viereen. Astelin Jätenurkkaan ja suljin oven perässäni. Teeskennelty mahavaivani katosi, mutta todellinen pahoinvointi olisi vielä edessä. Ainoa mahdollisuus päästä Jätenurkasta ulos oli luukku, josta jätteet aika ajoin tyhjennettiin paaluaidan ulkopuolelle. Luukusta pääsi sisään ja ulos, mutta sitä ei vartioitu, koska kenenkään ei arveltu tekevän mitään niin iljettävää ja saastaista, että ryömisi ihmisten jätöksissä.

Huoahdin syvään, nostin paitani kauluksen kasvojeni eteen ja laskeuduin kontalleni jätekasan ja luukun viereen. Sitten aloin työntää sitä kaikkea moskaa käsilläni pois, niin että mahduin työntämään luukun auki. Kun luukku oli riittävästi raollaan, laskeuduin vatsalleni ja ryömin ulos. Sitten vedin matkasäkin perässäni ulkopuolelle ja työnsin luukun kiinni. Minulla oli kiire, joten lähdin mahdollisimman vähäisin äänin ja kevein askelin juoksemaan kohti metsäleiriäni, yrittäen olla välittämättä epämukavista hajuista ja kosteista tahroista vaatteissani. Vartija saattaisi tietysti ihmetellä hiljaisuuttani Jätenurkassa, mutta tuskin hän vaivautuisi murtamaan säppiä tarkistaakseen, olinko todella siellä missä hän oletti minun olevan.

Hengästyneenä saavuin metsäleiriini. Jätin Petruksen säkin hänellekin tuttuun paikkaan ja laitoin säkin viereen jouseni ja nuoliviinen, sekä veitsen ja siihen kuuluvan tuppivyön. Sitten lähdin kolealle ja epämukavalle paluumatkalle. Lähellä kylää päätin antaa vartijalle hieman muuta mietittävää, joten hiivin ensin kylän toiselle puolelle ja ulvahtelin siellä petomaisesti muutaman kerran. Sitten juoksin kevein askelin Jätenurkan puolelle.

En olisi kovin mielelläni mennyt takaisin samaa tietä mistä olin tullut ulos, mutta vaihtoehtoja ei ollut. Pidätellen hengitystäni ryömin sisälle. Vedettyäni luukun kiinni perässäni rohkenin vetää henkeä, mutta olin edelleen niin lähellä sontakasaa, että etova haju sai minut yökkäämään. Oksentamisen ääni ilmeisesti havahdutti vartijan, ja hän tuli koputtelemaan oven taakse.

”Oletko kunnossa? Olit hiljaa niin kauan, että arvelin sinun jo olevan eloton, ja meinasin lähteä hakemaan apua!”

”Nukahdin riu’ulle ja putosin sontakasaan… Enkä päässyt heti ylös”, huudahdin aidosti pahoinvoivalla äänellä. Sontaisena ja huonovointisena astelin ovelle, avasin sen ja kohtasin vartijan katseen. Hän peräántyi inhon ilme kasvoillaan. Soihdun valossa näytin hyvin uskottavasti sonnassa piehtaroineelta vatsatautiselta.

”Huh, mikä löyhkä! Minun on kai päästettävä sinut peseytymään purossa. Toivottavasti Tietäjä ei vaadi meitä siitä tilille!” hän sanoi osaksi myötätuntoisella, osaksi tuskastuneella äänellä.

”Uikoon sonnassa koko ukko”, mutisin itsekseni, kun kävelin takaportista puronvarteen puhdistautumaan. Loppuyön olinkin sitten kylmissäni, koska en omistanut toista vaatekertaa. Minun oli nukuttava paidatta märissä housuissani, ja inhosin kutittavan, villakankaisen peitteen kosketusta paljaalla ihollani. Yöllä näin unta, jossa minun oli yritettävä uida sontajärvessä Tietäjää pakoon, ja jalkani takertuivat kiinni ruumiiseen, joka oli hukkunut sontaan. Yritin epätoivoisesti irrottaa itseäni limaisesta ruumiista. Heräsin kauhun ja pahoinvoinnin tunteeseen, ja ensimmäistä kertaa vuosiin itkin pelosta.

Kun aamu valkeni, tunsin itseni viluiseksi ja väsyneeksi kylmän ja epämukavan yön jäljiltä. Paitani ei ollut edes kunnolla kuivunut, kun vedin sen päälleni. Ehdin häthätää aloittaa työni verstaalla, kun väki kutsuttiin tuohitorven soitolla aukiolle. Tietäjä oli kuulemma kokoamassa lisää väkeä saattueeseen, jonka oli määrä mennä päiväksi Surunrotkolle. Monet tuntuivat pitävän kunniana päästä tuohon seurueeseen, ja Tietäjän osoittaessa heitä sauvallaan he suorastaan vapisivat innostuksesta. Minua ei valittu, mutta Tietäjä kyllä katsoi minua pitkään ohittaessaan minut, kenties ihmetellen, miksi vaatteeni näyttivät niin kosteilta ja epämääräisesti rypistyneiltä.

Aavistelin, että Tietäjä aikoi vielä jonakin päivänä nujertaa tahtoni, koska hän ei voinut sietää niitä, jotka eivät uskoneet hänen puheitaan ja ihailleet hänen viisauttaan. Tunsin oloni hyvin epämukavaksi, ja kaikki mitä havaitsin, enteili jotakin pahaa tapahtuvaksi. Janosha seisoi isänsä vierellä, ja Tietäjä pysähtyi hänen kohdalleen puhuttelemaan häntä. En kuullut mitä hän sanoi, mutta saatoin nähdä sen olevan jotakin, mikä tuotti inhon värähdyksiä Janoshan kasvoille.

Aukion toisella laidalla seisoi Petrus. Äkkiä hän käveli suoraan aukion yli Tietäjän taakse, tarttui tätä toisesta olkapäästä ja käänsi itsensä puoleen rivakalla eleellä.

”Minulla olisi pari sanaa sinulle, Tietäjä!”

Väkijoukosta kuului kauhistunut huudahdus. Miten Petrus rohkeni tarttua Tietäjään kuin alempiarvoiseen ja puhutella tätä kuin väärintehnyttä naapurintuvan ipanaa? Tietäjä tuijotti Petrusta halveksivan vihaisena ja pyyhkäisi tämän käden olkapäältään kuin inhottavan hyönteisen.

”Nuorukainen, puhun kanssasi myöhemmin! Nyt minulla on tehtävä, joka ei anna odottaa!” hän huudahti ylimielisellä äänellä.

”Senkin iljettävä saasta!” Petrus huusi tuijottaen Tietäjää suoraan ja perääntymättä askeltakaan tämän edestä. ”Lasten viettelijä! Valehtelija! Irstailija! Luuletko saavasi jalon ja viattoman neidon oman iljettävän olemuksesi orjaksi?”

”Poikasi on seonnut, Vanhin! Laita tämä nulikka Häpeäkuoppaan ennen kuin on liian myöhäistä hänelle pelastua!” Tietäjä lausahti pilkallisesti ja kääntyi poispäin Petruksesta. Mutta Petrus siirtyi uudelleen hänen eteensä ja tönäisi häntä rintaan.

”Valehtelija! Pahuuden ja pimeyden lähettiläs! Ahne irstailija!” hän huudahti harkitun kovalla äänellä. Silloin Tietäjä ojentautui täyteen pituuteensa ja kohotti sauvansa poikittain Petruksen ja itsensä väliin.

”Sinä kurja olet ansainnut tuhon ja hirvittävän kuoleman!” Tietäjä huudahti äänellä, joka sai väkijoukon kohahtamaan pelästyksestä. Hän tönäisi Petrusta sauvansa lappeella, niin että tämän oli peräännyttävä askel taaksepäin. Silloin Janosha liikahti kohti Petrusta, mutta hänen isänsä tarttui häntä tiukasti käsivarresta.

”Malta mielesi, Janosha! Älä puutu!”

Tietäjä kohotti sauvansa Petruksen edessä, niin että sauvan kärki osoitti tuomitsevasti tätä kohden. Hänen hahmoaan oli pelottavaa katsella; hän oli kookkaampi kuin Petrus, ja hänen ilmeensä oli vihainen ja julma. Hän olisi voinut murskata sauvallaan Petruksen pään tai rintakehän, koska tällä ei ollut mitään, millä puolustaa itseään. Vaistomaisesti olin jo syöksähtää puolustamaan Petrusta, mutta onneksi muistin, mitä hän oli minulle sanonut. En saisi puuttua hänen suunnitelmaansa. Minun oli yritettävä luottaa siihen, että hän tiesi täysin, mitä oli tekemässä.

”Olet menettänyt osasi pelastuksesta, kun käyt Maan Valtiaan palvelijaa vastaan anteeksiantamattomilla valheillasi! Häpeä! Häpeä ja kuole! Te, viisas väki, tietäkää, että tämä heittiö kohtaa pimeyden Häpeäkuopassa! Jääköön Häpeäkuoppaan, kunnes Pimeys ja Kauhu tulevat, ja pedot syövät hänen mädänneen ruumiinsa!” Tietäjä huusi. Ihmiset huudahtelivat kauhistuneina ja pälyilivät toisiinsa. Kukaan ei rohjennut liikahtaakaan. Petrus seisoi Tietäjän edessä odottaen, mitä tapahtuisi. Tietäjä antoi katseensa pyyhkiä yli väkijoukon ja heilautti sauvaansa.

”Te, jotka palvelette minua, tarttukaa häneen ja heittäkää hänet Häpeäkuoppaan! Olkoon siellä syömättä ja juomatta, kunnes Pimeys korjaa hänet!”

”Ei! Petrus, pyydä häneltä anteeksi!” Janosha huusi järkyttyneellä äänellä. ”Hyvät ihmiset, ette voi nostaa kättänne Vanhimman poikaa vastaan!”

Väkijoukko epäröi. Osa katseli Vanhinta, jonka kasvoilla oli kylmä, tunteeton ilme; osa Petrusta, joka seisoi edelleen Tietäjän edessä tuntematta pelkoa tai katumusta. Hän toimi sellaisella varmuudella, joka näkyi hänen katseessaan ja asennossaan. Petruksen olemuksen voima vetosi osaan väestä, niin että he epäröivät totella Tietäjää. He aavistelivat, että Petrus saattoi olla ainakin osaksi oikeassa, ja Tietäjä väärässä.

”Petrus! Et voi mennä Häpeäkuoppaan!” Janosha huusi uudelleen, ja hänen ahdistuksensa tuntui repivän minut kappaleiksi; olisin halunnut syöksyä hänen viereensä lohduttamaan häntä. ”Pyydä häneltä anteeksi!”

”Vaikene, tyttö!” Tietäjä huudahti Janoshalle. ”Et voi puolustaa ihmistä, joka asettuu Maan Valtiaan palvelijaa vastaan! Hän ansaitsee kuoleman, sinä ansaitset elämän! Et voi mennä kuolemaan tuomitun puolelle!”

Siinä vaiheessa Vanhin astui askeleen eteenpäin ja viittasi kädellään pyytäen puheenvuoroa.

”Tässä kylässä ei ketään ole koskaan tuomittu kuolemaan, tai vuodatettu vihan verta!” hän huudahti ääni väristen ja kääntyi poikansa puoleen. ”Sinä mieletön poika olet häpeäksi isällesi ja koko väelle! Kadu nyt, tai joudut Häpeäkuoppaan! Voit vielä pelastua tulevalta tuholta, jos kadut!”

”Ei! Hänelle ei enää ole pelastusta! Minä, Tietäjä, Maan Valtiaan palvelija, määrään, että tuo luopio, hävytön kurja olento on hävitettävä heimostaan, ja hänen tekonsa on hyvitettävä kuolemalla! Se olkoon varoitus niille, jotka alhaisissa mielissään elättävät samanlaisia valheen ajatuksia! Valhe leviää kuin kulovalkea, jos hän saa jäädä väen pariin!” Tietäjä huusi heilauttaen kättään väheksyvästi Vanhimman nenän edessä. ”Viekää hänet Häpeäkuoppaan loppuiäkseen!”

”No, tappakaa minut, jos uskotte Tietäjää ennemmin kuin minua! Jos isänikin hylkää minut, mitä syytä minulla on elää?” Petrus huudahti. ”Kaikkeuden Luojan edessä voin vannoa, että Tietäjä valehtelee, minä en!”

”Kuolema luopiolle ja valehtelijalle!” joku kyläläinen huusi, ja Vanhin liikahti aivan kuin tuska olisi värähdyttänyt häntä. Väen katseissa oli kiihkoa ja murhanhimoa, ja äkkiä joku poimi maasta kiven ja heitti sen Petrusta kohti. Se osui Petruksen reiteen, ja hän äännähti kivusta. Silloin Janosha riistäytyi irti isänsä otteesta, juoksi Petruksen luo ja kietoi kätensä tämän ympärille.

”Kivittäkää samalla minutkin, te mielettömät, te säälimättömät ja sokeat typerykset!” hän huusi itkien. Väkijoukko alkoi liikehtiä; osa näytti olevan valmis heittämään kivillä Janoshaakin, mutta toiset estelivät heitä. Minun oli vaikea niellä; olin melkein lamaantunut aloilleni, mutta silti valmis syöksymään väliin, jos joku mielipuoli alkaisi heitellä kiviä Janoshaa kohti.

”Hyvä väki, älkää tahratko verellä asuinsijaanne!” Tietäjä huusi ja nosteli sauvaansa väkijoukkoa kohti. Väki seisahtui ja alkoi epäröidä. ”Armahtakaa lempeämielistä tyttöä, mutta viekää vihamielinen luopio yksinäiseen kuolemaan!”

Kaikki katsoivat itkevää Janoshaa, joka oli tarrautunut Petrukseen, ja Petrusta, joka tuijotti Tietäjää pää pystyssä. En ymmärtänyt, mitä Petrus aikoi, ennen kuin hän irrotti Janoshan kädet vyötäisiltään, tuuppasi tämän varovasti kauemmas ja kääntyi kannoillaan.

”Jää hyvästi! Olen tuhon oma! Antakoon Luoja minulle anteeksi tämän!” hän huusi ja lähti juoksemaan pois aukiolta, kylän etuporttia kohti.

”Älkää antako hänen paeta rangaistustaan!” Tietäjä huudahti, ja silloin väki ryntäsi Petruksen perään. Vimmoissaan he poimivat kiviä maasta ja yrittivät osua juoksevaan Petrukseen. Mutta Petrus pääsi etuportista ulos ja jatkoi metsään, kohti Surmankalliota. Juoksin muun väen mukana hänen perässään, vain hämärästi aavistellen, mitä hänellä on mielessään. Kun Petrus oli Surmankallion laella, ihmiset pysähtyivät äkisti. Janosha saavutti minut ja tarrautui järkyttyneenä käsivarteeni. Petrus seisoi jyrkänteen äärellä ja kohotti kätensä kohti taivasta.

”Kaikkeuden Luoja, sinun käsiisi annan henkeni!” hän huusi, yhdisti kätensä päänsä päälle ja hyppäsi. Ihmiset huusivat järkyttyneinä tai kiihkosta riemuissaan, kuka mitenkin tilanteen koki, ja Janosha syöksyi ohitseni kohti jyrkänteen lakea.

”Petrus! Petrus!” hän huusi kauhuissaan. Juoksin hänen peräänsä ja tartuin häneen kiinni ennen kuin hän ehti reunalle. Ääneen nyyhkyttäen hän vajosi polvilleen kanervikkoon. Odotin, että Janos ehti hänen luokseen, ja vetäydyin itse loitommalle. Sitten astelin varovasti lähemmäs jyrkänteen reunaa, katsomaan alas Kylmäjärven pintaa. Vedessä näkyi vielä aaltoja, joita Petruksen putoaminen oli aiheuttanut. Ihmiset eivät rohjenneet liikahtaakaan. Ehkä osa heistä katui kiihkoaan, ehkä osa ei tajunnut tai halunnut katua. Kun Tietäjä lähestyi, he väistyivät mykkinä tämän tieltä. Tietäjä asteli lähemmäs minua, katsahti ylimielisesti Janoshaa, joka nyyhkytti isänsä olkapäätä vasten, ja jäi sitten katselemaan alas järveen.

”Mielettömälle mielettömän kuolema”, hän sanoi tyytyväisellä äänellä. Siirryin itsekin lähemmäs reunaa, ja olin katselevinani alas.

”Mikä hirvittävä kuolema… Tämä väki pelkää vettä enemmän kuin pimeyttä! Kukaan ei jättäydy veden varaan, saati sitten vajoa sen alle, ellei halua kuolla”, mutisin teeskennellen järkyttynyttä niin hyvin kuin kykenin, ja oikeastaan se oli helppoa, koska olin oikeasti pelästynyt sitä mitä Petrus oli tehnyt.

”Olkoon varoittava esimerkki!” Tietäjä huudahti ja kääntyi väkijoukon puoleen. ”Katsokaa, miten ihminen päättää itse elämänsä, kun tajuaa asettuneensa vastustamaan Maan Valtiasta! Katsokaa ja kauhistukaa, ja olkaa itse kuuliaiset!”

”Minä säälin häntä!” joku huudahti. ”Hän oli hyvä nuorukainen!”

”Tietäkää siis tämä! Jos kuka vielä joutuu epäilysten ja valheen valtaan, sille on parempi katua ja ymmärtää rikkeensä ja syöstä itsensä surmaan, kuin jäädä eloon ja kohdata Pimeys ja Kauhu, katumatta ja uppiniskaisena! Tuo poika valitsi itse tiensä; hän teki mitä enää kykeni tehdä pelastuakseen, kun surmasi itse itsensä! Muistakaa tämä!” Tietäjä huusi.

”Tarkoitatko, että hän pelastuu, vaikka surmasi itsensä?” joku kysyi.

”Hän tajusi hulluutensa, katui, ja rankaisi itseään, osoittaen, että oli ollut väärässä käydessään ylempäänsä vastaan! Hän ymmärsi olleensa väärässä ja rankaisi itseään parhaalla mahdollisella tavalla! Nyt hänen on mahdollista vielä päästä Uuteen Elämään!” Tietäjä huudahti.

”Mutta miten? Hän on kuollut!” Vanhin huudahti. Tietäjä kohottautui ja nosti sauvaansa.

”Via Caelum on suuri pelastus niillekin, jotka ovat kuolleet! Sinä saat lunastaa poikasi uuteen elämään, kun annat hänenkin osuutensa Maan Valtiaalle. Voit pitää poikaasi sankarina! Hän, joka ymmärsi valheensa ja hulluutensa ja otti rangaistuksen päälleen, olkoon Maan Valtiaan armahtama!” hän totesi vakuuttavalla ja varmalla äänellä, ja monet huoahtelivat ääneen helpotuksesta.

”Miten suuri onkaan Tietäjän oikeudenmukaisuus!” joku sanoi huokaillen. ”Hän armahtaa luopion ja valehtelijan!”

”Koska poika osoitti kunniallisuutensa valitsemalla oikeudenmukaisen rangaistuksen, järjestettäköön hänelle saattomenot, kunhan ruumis tulee pintaan!” Tietäjä sanoi ja lähti astelemaan pois kalliolta. ”Kaksi miestä odottakoon rannassa, kunnes ruumis nousee järven pinnalle, ja onkikoon sen ylös saattomenoja varten!”

Väki seurasi Tietäjää kylään, mutta Janos piteli edelleen itkevää Janoshaa sylissään, ja itse seisoin tovin heidän luonaan miettien, voisinko uskoutua heille. Jokin sisälläni varoitti minua puhumasta vielä; olihan Petrus toivonut, etten paljastaisi hänen suunnitelmaansa ennen kuin olisi aivan varmaa, että hän oli päässyt pakoon.

En voinut olla varma siitä vielä itsekään, joten jätin Janoksen ja hänen tyttärensä kahden ja palasin kylään pohtien asiaa vain omassa mielessäni.

Kukaan kyläläisistä ei tiennyt, miten paljon Petrus oli viettänyt aikaansa minun kanssani, eikä kukaan tiennyt sitäkään, että minä, muukalainen, olin jo lapsena oppinut selviytymään vedessä ja veden alla, enkä pelännyt edes hypätä korkealta syvyyksiin, koska tiesin pääseväni pinnalle. Kukaan ei tiennyt, että olin opettanut Petruksen uimaan ja sukeltamaan. Jos Petrus oli oppinut yhtä paljon kuin itse osasin, hän oli todella tiennyt, mitä teki. Mutta jos hän oli hypännyt omaan kuolemaansa, minä en tiennyt, kuka muukaan meille voisi enää hakea apua, niin että pelastuisimme valheen ja pelon ansasta.

LUKU VI

En rohjennut puhutella Janoshaa toisten nähden, jottei läheinen suhteeni häneen paljastuisi Tietäjälle. En myöskään uskaltanut tehdä hänelle viestiä, koska vääriin käsiin joutuessaan sellainen olisi voinut saattaa meidät molemmat vaikeuksiin. Halusin myös saada selville, miten Petruksen oli käynyt ennen kuin kertoisin Janoshalle mitään hänen kohtalostaan. Rannassa olevat miehet eivät olleet vielä sen päivän kuluessa havainneet ruumista järvessä, ja yön ajaksi he tulivat paaluvarustuksen sisäpuolelle. Jos Petruksen ruumista ei näkyisi, alkaisiko Tietäjä epäillä, että hän oli selvinnyt hengissä? Toisaalta, joskus hukkuneitten ruumiit olivat saattaneet ajautua järven keskellä olevien virtausten mukana Kylmäjokeen, joka virtasi järvestä etelän suuntaan. Myöskään Konjan ruumista ei ollut näkynyt, joten ehkei Tietäjä alkaisi ihmetellä, vaikkei Petruksenkaan ruumis nousisi enää pintaan. Ehkä hän keskittyisi varsinaiseen tehtäväänsä, eli haalimaan Viacaelumin hohtavaa ainetta arkkuunsa ja myrkyttämään ihmisten mieliä, ja nauttimaan siitä kaikesta, mitä pelottelemalla sai hankituksi itselleen. Ainakin toivoin, että hänellä olisi muuta ajateltavaa kuin selvittää ja epäillä Petruksen kohtaloa.

Olisin halunnut päästä käymään metsäleirissäni, jotta olisin voinut nähdä, olivatko Petrukselle varaamani varusteet hävinneet. En kuitenkaan edes kuvitellut saavani lupaa poistua päiväsaikaan kylästä, enkä liioin halunnut tehdä toista yöaikaista retkeä Jätenurkan kautta, joten minun oli yritettävä malttaa mieleni ja pysyä toiveikkaana. Sitten Janosha kävi verstaalla, ja hänen kalpeat, riutuneet kasvonsa saivat minut ahdistumaan. En voinut torjua hänen aiettaan puhutella minua, vaikka pelkäsin koko ajan ihmisten alkavan puhua meistä kahdesta.

”Jokim, en tiedä jaksanko tätä enää”, hän kuiskasi hiljaa, kumartuen puoleeni. ”Isäni ei ole vielä luvannut minua Tietäjälle, mutta nyt Vanhin uhkaa häntä Häpeäkuopalla! Ja tuskin se jäisi siihenkään… Jos isä menee kuoppaan ja pysyy siellä, koska ei kadu, hän lopulta kuolee, ja silloin ainakin olen voimaton vastustamaan Tietäjän ja Vanhimman tahtoa! Pitääkö meidän kaikkien kuolla yhden ihmisen ahneuden ja itsekkyyden tähden?”

”Tai sen pahuuden tähden, jota se ihminen palvelee, ja joka herättää ihmisissä mielettömyyttä”, totesin huoahtaen.

”Enkä saa mielestäni Petruksen kohtaloa”, hän äännähti. ”Onko mitään toivoa, että hän olisi voinut selviytyä? Jokim, mitä hänelle tapahtui?”

”Ymmärrät kai, että hän on nyt kuollut kaikkien kyläläisten silmissä”, sanoin katsoen häntä suoraan. Hän näytti vakavan hämmentyneeltä, mutta sitten hänen silmissään tapahtui varovaista oivallusta merkitsevä muutos. ”Mutta… meidän ei ole syytä menettää toivoamme.”

”Tarkoitatko, että…”

Hän keskeytti kysymyksensä, ja kun nyökkäsin, hän sulki hetkeksi silmänsä, ja kun hän avasi ne, niissä näkyi kyyneliä.

”Haluaisin olla asiasta varma… Siis saada selville, onko hän käynyt matkavarusteensa metsäleiristäni. Mutta kukaan ei voi poistua täältä ilman Tietäjän lupaa, ja pelkäänpä, että hän pitää silmällä minua vielä tarkemmin kuin muita”, totesin hiljaa ja vakavana. ”Kuten sinuakin, etenkin nyt.”

”Onko mitään keinoa päästä huomaamatta lähtemään kylästä? Tietäjä tuskin antaa meille lupaa lähteä”, Janosha huoahti. ”Hän varmasti usuttaa ihmiset meitä vastaan, jos yritämme paeta.”

”No, on yksi tie, mutta sitä en oikein voi suositella sinulle”, sanoin naurahtaen.

”Mikä? Ja miksi et suosittelisi sitä minulle?” Janosha kysyi rypistäen otsaansa. ”Onko reilua olla kertomatta minulle ainoasta pakotiestä?”

”No kun se kulkee Jätenurkasta… Se luukku, josta kaikki moska vedetään paaluaidan ulkopuolelle”, selitin hiljaa. ”Sitä paitsi, ette te voisi mennä Jätenurkkaan yhtä aikaa isäsi kanssa, se herättäisi epäilyksiä…”

”Mutta olet ilmeisesti käyttänyt sitä luukkua, vai?”

”Olen, mutten ehkä tekisi sitä toista kertaa, ellei olisi aivan pakko”, naurahdin. Hän katseli maahan mietteliään näköisenä.

”Petrus on kertonut minulle leiristäsi”, hän totesi sitten. ”Missä päin se on?”

”Voin piirtää sinulle kartan. Tule hakemaan se huomenna, mutta yritä olla herättämättä kenenkään huomiota”, sanoin vakavana. ”Ja kerro minulle, jos aiot jotakin! Lupasin Petrukselle, että huolehdin sinusta.”

”Kerron kyllä”, Janosha sanoi hiljaa. Sitten hän kääntyi valitsemaan verstaan seinustalla esillä olevista kapustoista ja muista esineistä yhden, juuri kun ohitse käveli muutama kylän puheliaimmista naisista. Kun hän poistui, hänen olemuksessaan oli erilaista voimaa kuin hänen tullessaan. Mutta itse pelkäsin hänen ryhtyvän johonkin liian uhkarohkeaan, ja olin melkeinpä enemmän huolissani hänestä kuin ennen hänen vierailuaan.

Kylässä oli hiljaista, koska suuri osa miesväestä teki töitä Surunrotkolla, ja naiset pysyttelivät tuvissaan toistensa seurassa. Lapset olivat vetäytyneet aukiolta; sieltä ei kuulunut naurua eikä iloisia huutoja ja kiljahduksia, kuten ennen.

Tietäjä oli kylässä viipyessään käskenyt teurastaa itselleen ruuaksi jo useampia karitsoita, ja se verotti katrasta, jota paimennettiin metsäniityllä. Eläimetkin olivat hiljaa; aivan kuin ne olisivat aavistaneet, ettei Tietäjä välittäisi, vaikka ne määkisivätkin menetettyjen jälkeläistensä perään. Hiljaisuus tuntui enteilevän pahaa. Toisinaan mieleni petkutti minua kuvittelemaan, että ehkä Tietäjä puhuikin totta; ehkä jokin kauhu todella uhkasi meitä, ja pahaenteinen tunnelma oli todenmukainen. Mutta sitten palautin mieleeni Vaeltajaveljien opetukset, enkä saattanut uskoa, että tahallinen pelon ja kauhun levittäminen olisi ainakaan hyvästä.

Koska kukaan ei ollut aikoihin tilannut puuesineitä, minulla oli aikaa raapustaa tuohenpalalle karttakuvaa kylää ympäröivistä metsistä. Kartassa näkyi kylän paaluvarustus, Surmankallio ja Kylmäjärvi, Alapuro ja Kylmäjoki, Surunrotko kallioineen, länteen lähtevä vähän käytetty polku, josta muukalaiset satunnaisesti tulivat kylään, Häpeäkuoppa ja oma metsäleirini, joka sijaitsi polun eteläpuolella. Janosha tuskin ymmärtäisi karttaa kovin helposti, ellen pystyisi selittämään sitä hänelle, joten minun oli kirjoitettava muutamia selittäviä sanoja kartan reunoille. Sitten jäin odottamaan, että Janosha tulisi hakemaan kartan.

Häntä ei kuitenkaan näkynyt verstaalla pariin päivään. Tietäjä oli pyytänyt väen koolle aukiolle, ja menin muiden mukana kuuntelemaan häntä. Saatoin huomata muutoksen Vanhimman olemuksessa. Hän oli vanhentunut ja kuihtunut sen jälkeen, kun Petrus lähti. Hän ei edes puhunut mitään; seisoi vain surkeaksi muuttuneena hahmona Tietäjän vierellä, hieman takaviistossa, ja kaikki tuo kuvasti sitä, millaiseksi hänen asemansa Vaskikallion kylässä oli muuttunut. Hänellä tuskin oli enää sananvaltaa mihinkään. Janos oli myös jäänyt taaemmalle, eikä hänen tyttärensä ollut paikalla lainkaan.

”Ilmoitan teille, että Via Caelum on nyt puhdistettu, ja lunastuksenne on nyt koottu talteen! Kaikki on valmista sitä päivää varten, jolloin Pimeys peittää maan, ja Kauhu hävittää kaiken sen, mitä ei ole määrä säästää. Teidän on nyt lopullisesti valittava, haluatteko palvella Maan Valtiasta Uudessa maassa, jonka hän valmistaa teille, jotka pelastutte Pimeydestä ja Kauhusta!”

”Olemme valinneet jo, oi Tietäjä!” monet huusivat. ”Olemme tehneet, mitä käskitte!”

”Vielä on jäljellä tehtävä, joka erottaa ne, jotka pelastuvat, niistä, jotka kohtaavat Kauhun ja Tuhon!” Tietäjä julisti kohotellen sauvaansa jo tutuksi tulleella eleellä, jonka tarkoitus oli kai osoittaa hänen voimaansa ja valta-asemaansa sekä pelästyttää niitä, jotka eivät hänen mielestään vielä pelänneet tarpeeksi.

”Mikä tehtävä? Sanoit, ettei muuta tehtävää ole!” huusi Paulus Maunuksenpoika.

”En sanonut, että pelastuminen olisi helppoa! Teidän on todistettava kyvykkyytenne ja kestävyytenne! Teidän on todistettava, että polveudutte jalosta kansasta, jonka miehet ovat rohkeita ja järkähtämättömiä, ja naiset hedelmällisiä ja alttiita ja väsymättömiä palvelemaan!” Tietäjä huusi.

”Mutta sanoit ensin, että lunastus riittää! Väitit, että Viacaelumin puhdistus riittää! Eikö se nyt riitäkään?” Paulus huudahti katkeralla äänellä. Hänen nuorikkonsa Neria, joka oli menettänyt sisarensa Anian, seisoi hänen vierellään kokoon lysähtäneenä ja tyhjä katse silmissään. ”Kun olemme tehneet yhden asian, vaadit meiltä toista! Mitä meidän nyt vielä olisi tehtävä? Hajotettava Surunkallio kokonaan, vai ammennettava Kylmäjärvi tyhjäksi? Vai purettava paaluvarustus ja rakennettava uudelleen? Mitä järjettömyyttä se Maan Valtias meiltä vielä vaatii?”

”Luopio, vaikene!” joku huusi. ”Paulus on menettänyt järkensä!”

”Laita hänet Häpeäkuoppaan, Tietäjä! Hän rienaa sinua ja Valtiasta!”

”Itse olette järjettömiä, kun teette kaiken, mitä tuo suuruudenhullu ukko teiltä vaatii! Hän on syönyt jo enemmän lampaita kuin väki syö vuodenkierron aikana! Kohta hän vie teiltä naisenne, ja te vain kumartelette ja kiittelette häntä! Herätkää, typerykset!” Paulus huusi vihaisena elehtien. ”Minä olen saanut hänestä tarpeekseni! Painukoon sinne mistä tuli! Petrus oli ihan oikeassa, mutta minä en aio tappaa itseäni tuon valehtelijan takia! Tapan ennemmin tuon ukon!”

”Hyi häpeä! Vaikene heti!” Maunus huusi järkyttyneenä. ”Mitä sinä puhutkaan, mieletön? Olet menettänyt järkesi, poika!”

”Niin, vaikene, typerys! Kuinka saatat solvata ja uhkailla Tietäjää tuolla tavoin!” joku huusi kimeästi ja kiihtyneenä. Tietäjä kääntyi Paulusta kohden ja osoitti häntä sauvallaan.

”Viekää hänet Häpeäkuoppaan! Olkoon hän siellä yön yli ja miettiköön puheitaan! Vastaan hänen kysymyksiinsä pian, jo ennen kuin hän pääsee levolle tänä iltana!” Tietäjä sanoi lujalla äänellä, jossa saatoin kuulla vahingoniloa. ”Teille, jotka pysytte uskollisina, kerron huomenna sen, mitä meidän vielä on tehtävä, jotta kaikki on valmista, kun Pimeys ja Kauhu tulevat!”

Neria ei hievahtanutkaan, kun hänen miestään lähdettiin viemään kylästä. Paulus huusi ja karjui, kunnes joku peitti hänen suunsa, ja hänet kuljetettiin vähemmän hellävaraisesti portista ulos kohti Häpeäkuoppaa. Tuntui pahalta kuulla, miten hänen huutonsa tukahdutettiin väkivalloin; miten häntä estettiin ilmaisemasta totuuksia, jotka hän oli ymmärtänyt, eikä hänen annettu purkaa ahdistustaan kaikesta siitä, mitä hän näki olevan meneillään. Olisin itse voinut olla hänen asemassaan; tehdä saman, minkä hän teki, mutta silloin olisin joutunut Häpeäkuoppaan, enkä olisi voinut tehdä enää mitään muitten hyväksi… Mutta olisiko se silti ollut enemmän oikein kuin se, että itse vain katselin hiljaisena sivusta, miten Paulus kuljetettiin häpeään ja piinaan?

Päivä oli kääntymässä iltaan, enkä muista yhdenkään kyläläisen viettäneen vapaaehtoisesti ja levollisella mielin yötä kylän paaluaidoituksen ulkopuolella. Mitkä kauhut Paulusta siellä odottivatkaan! Hänen mielensä tuskin pysyisi rauhallisena, ja ehkä hän olisi halunnut katua puheitaan jo ennen yön pimeyttä. Mutta kyläläiset puhuivat hänestä pahaa, kukaan ei puolustanut häntä, ja Tietäjä vetäytyi ylimielisen tyytyväisenä Vanhimman taloon aterialle, jonka hänen palvelukseensa päätyneet naiset hänelle valmistivat.

Yritin turhaan miettiä, miten voisin lähteä paaluaidoituksen sisältä ja mennä puhuttelemaan Paulusta. Tietäjä oli kieltänyt puhumasta

”luopion” kanssa, ja molemmilla porteilla oli nyt kaksi vartijaa. Luulin, että Paulukselle annettaisiin katumisen mahdollisuus auringon laskettua, kun Tietäjä itse lähti käymään Häpeäkuopalla ilman saattajaa, kantaen juomaleiliä ja leipää. Hän kuitenkin palasi keskiyöllä ilman Paulusta. Ymmärsin tapahtuneen merkityksen vasta myöhemmin, seuraavana aamuna. Menin keneltäkään lupaa pyytelemättä Janoksen mukaan Häpeäkuopalle katsomaan, oliko Paulus jo valmis katumaan puheitaan.

Löysimme Pauluksen Häpeäkuopasta pelosta vapisevana, korisevana olentona, ja päätimme auttaa hänet ylös sieltä, vaikkei hän saanut yhtäkään katumuksen sanaa lausutuksi. Janos laskeutui tikkaita alas kuoppaan, koska Paulus ei ymmärtänyt itse edes nousta tikkaille, ja minun oli vedettävä hänet puoliväkisin kuopan reunalle. Paulus oli kuin järjetön eläin; hän liikehti kuin ilman mieltä, ääntelì ja ulisi, eikä hänen suustaan kuultu enää ihmiskielen sanaa. Pimeyden kauhut olivat vallanneet hänen mielensä, ja hän oli kadottanut sen, mikä hänessä oli ollut ihmisolentoa.

Kun Neria näki miehensä tulevan portista Janoksen raahaamana, hän oli ensin juosta tätä vastaan. Mutta kun hän näki, että Paulus reuhtoi itseään Janoksen otteesta ja ulisi kuin sairas eläin, hän päästi tuskaisan huudon ja pakeni äitinsä luo. Maunus vajosi polvilleen maahan ja alkoi itkeä ääneen nähdessään, millaiseksi hänen poikansa oli muuttunut.

”Poikani! Mitä pojalleni tapahtui? Mitä hänelle tapahtui?”

Ihmiset tuijottivat mykkänä hänen tuskaansa ja Paulusta, joka ei ymmärtänyt mitään vaimostaan eikä isästään; piehtaroi vain maassa ja riuhtoi itseään irti Janoksen otteesta. Tietäjä asteli esiin Vanhimman tuvasta. Kun hän pääsi Pauluksen eteen, tämä alkoi ulista ja käpertyi kyyryyn kuin piesty koira.

”Te jalot ihmiset! Tämä nuorimies on valinnut tiensä! Hän kieltäytyi ottamasta vastaan pelastusta, ja hänen on kohdattava tuleva Kauhu tuollaisena järjettömänä eläimenä, jollaisena hänet nyt näette!” Tietäjä sanoi osoittaen Paulusta sauvallaan.

”Ei! Armahtakaa häntä, Tietäjä! Älkää antako hänen jäädä tuollaiseksi! Kuolemakin olisi armeliaampi kuin elämä tuollaisena!” Maunus huusi epätoivoissaan. Tietäjä kääntyi katsomaan häntä.

”Toivotko pojallesi ennemmin kuolemaa kuin tätä?” hän kysyi pilkallisesti.

”Jos hän vain voi sitä kautta pelastua Uuteen elämään!” Maunus huusi. Tietäjä alkoi nauraa.

”Te olette kovin ahneita vaatimaan pelastusta niillekin, jotka kapinoivat! Entä jos tämän miehen pelastuminen vie paikan joltakulta toiselta? Joltakin lapsistanne, kenties?” hän kysyi kääntyen väkijoukon puoleen.

”Ei! Ei minun lapsiltani ainakaan!” joku nainen huusi. ”Tuo hullu ei saa viedä paikkaa minun lapsiltani!”

”Voitko pelastaa hänet, Tietäjä, jos hän valitsee katumuksen ja kuoleman, kuten Petrus?” Maunus huusi epätoivoissaan.

”Voin, jos hänellä on enää järkeä katua ja valita kuolema hyvityksenä kapinoinnistaan!” Tietäjä huudahti ja heilautti sauvaansa maassa kyyristelevän Pauluksen edessä. Paulus ulvahti ja murisi.

”Voitko antaa hänelle takaisin hänen järkensä?” Maunus pyysi itkien.

”Hän menetti sen, kun kapinoi Maan Valtiaan palvelijaa vastaan!” Tietäjä huusi. Maunus heittäytyi maahan hänen eteensä ja tarrautui hänen jalkoihinsa.

”Armahtakaa, hyvä Tietäjä! Antakaa hänelle hänen järkensä takaisin! Auttakaa!”

Tietäjä sysäsi Maunuksen loitommalle itsestään ja kääntyi pois.

”Meidän on oltava valmiita uhrauksiin, jotta edes ne pelastuvat, jotka ovat sen arvoisia!”

Hän jätti epätoivoisen Maunuksen maahan makaamaan, ja Janos meni auttamaan tätä jalkeille. Näin miten Maunus tönäisi Janoksen pois luotaan, tarttui poikaansa ja lähti kiivastuksen antamin voimin raahaamaan tätä ulos portista, tönäisten vartijana seisoskelleen miehen pois tieltään.

”Maunus! Pysähdy!” Janos huusi kiirehtien hänen peräänsä. Maunus raahasi poikaansa kohti Surmankalliota, ja kiihtynyt väkijoukko seurasi heitä. Joku näytti tarttuvan Janokseen estääkseen tätä seuraamasta Maunusta. Silloin havahduin itsekin järkyttyneisyyden aikaansaamasta lamaannuksesta ja juoksin heidän peräänsä. En kuitenkaan päässyt väkijoukon lävitse, enkä tavoittanut Janosta tai Maunusta. Väki tungeksi edelläni, enkä nähnyt, mitä kallion laella oli meneillään. Kuulin vain huutoa ja ääniä, joista päättelin joittenkin kamppailevan.

”Miksi estät häntä, Janos? Anna hänen tehdä pojalleen mitä tahtoo!” joku huusi.

”Miksi antaisin hänen surmata poikansa? Oletteko te kaikki menettäneet järkenne?” Janos huusi kiivastuneena. Tönäisin edelläni seisovaa miestä kylkeen ja etenin sen verran, että saatoin nähdä Janoksen ja Maunuksen kamppailevan, ja heidän välissään oli Paulus, joka vaikeroi ja kiemurteli maassa ymmärtämättä paljoakaan muuta kuin pelon ja uhkan, joka oli koitumassa hänen tuhokseen. Janos piteli kiinni Pauluksen käsivarresta, ja Maunus yritti vetää poikaansa kohti kallion reunaa.

”Anna hänen tehdä se, Janos!” miehet huusivat. ”Miksi tuon elukan pitäisi elää?”

”Niin! Hän on luopio! Ja helpompi hänen on kuolla Kylmäjärveen kuin tulla petojen raatelemaksi!!

”Lopettakaa! Päästäkää hänet!” huusin ja työnnyin minua pidempien miesten välistä Pauluksen luo. Samalla hetkellä Maunus syöksyi Janoksen kimppuun, ja Janoksen oli päästettävä otteensa Pauluksesta. Yritin tarttua Paulukseen, mutta hän pelästyi minua ja irvisteli ja murisi minulle kuin peto, ja kavahdin säikähtäneenä kauemmas. Tajusin Maunuksen työntävän Janosta kohti jyrkänteen reunaa, ja syöksyin heitä kohti. Silloin minuun tartuttiin, ja vahvemmat miehet vetivät minut Maunuksen luota ja tönäisivät kanervikkoon, niin että kierin jonkin matkaa alas rinnettä.

Kun pääsin uudelleen jaloilleni, oli jo myöhäistä mennä väliin. Näin vain, miten Maunus tönäisi poikansa alas kalliolta. Pauluksen pudotessa kuulin hänen eläimellisen kauhunhuutonsa. Kylän miehet pitelivät välissään Janosta, jonka huulesta ja silmäkulmasta valui verta. Maunus huusi ja itki, ja joku lähti taluttamaan häntä pois kalliolta. Siinä vaiheessa miehet päästivät Janoksen otteestaan. Tämä vajosi voimattomana polvilleen maahan. Nousin rinnettä ylös hänen luokseen; järkyttyneenä ja avuttomuutta tuntien. Tuntui kuin kaikki olisi ollut mieletöntä, pahaa unta, josta en saanut itseäni hereille…

”Mielettömyys on saanut vallan… Kun isä surmaa poikansa sokeana omassa pelossaan, onko mitään toivoa enää jäljellä? Kuka voisi pysäyttää tämän järjettömyyden? Pitääkö minun elää, kunnes itsekin kadotan ihmisen olemukseni, tai näen tyttäreni vajoavan samaan pimeyteen?” Janos huudahti karhealla äänellä.

”Janos, meillä on vielä toivoa”, sanoin kumartuessani hänen puoleensa. En tiennyt itsekään, valehtelinko; sisimmässäni pelkäsin kadottavani uskoni siihen, että toivoa ylipäätään oli, etenkään kaikille meistä. ”Jos Petrus on selvinnyt surmanhypystään, hän on ehkä tuomassa meille apua.”

”Miten hän olisi voinut selvitä?” Janos kysyi hiljaa. Hänen katseensa oli epäilevä ja väsynyt.

”Olen opettanut häntä selviytymään vedessä. Hän on ehkä selvinnytkin hengissä ja päässyt etsimään Vaeltajaveljiä. Ja Vaeltajilla on tietoa, jolla vastustaa Tietäjän puheita”, selitin auttaen hänet jalkeille.

”Jos noin vakuutat, saatan ehkä vielä jaksaa toivoa. Luoja auttakoon häntä ja meitä”, Janos sanoi huoahtaen. ”Mutta minun on saatava Janosha turvaan! En voi enää odottaa. Koska yritin pelastaa Pauluksen, jonka Tietäjä oli jo tuominnut, Vanhin ei enää kunnioita tahtoani! Hän vaatii minua antamaan Janoshan Tietäjälle. Kunpa edes Janosha pääsisi pakoon!”

”Ehkä hän pääsisikin”, sanoin hiljaa. ”Tule käymään verstaalla, niin näytän sinulle jotakin.”

Palasimme kylään yhtä matkaa, ja väki katseli karsaasti Janosta, joka oli asettunut Maunusta vastaan. Tietäjä varmasti saisi tiedon Janoksen käytöksestä pian, enkä osannut kuvitella mitään hyvää siitä, mitä hän tekisi Janosta ojentaakseen. Tietäjä oli arvaamaton ja ovela. Mutta kenties hän sotkeutuisi omaan kierouteensa, niin että joku saisi tilaisuuden saada hänet pussiin sanoistaan.

Annoin Janokselle Janoshaa varten tekemäni karttakuvan, ja sitten erosimme. Väki palasi töihinsä, mutta heti hämärän laskeutuessa Tietäjä kokosi ihmiset aukiolle kuulemaan opetustaan. Hämäryys, jota vastaan vain soihtujen lepattavat liekit taistelivat, lisäsi tunnelman pelottavuutta. Varjot liikehtivät Tietäjän kasvoilla tehden hänen ankaran päättäväisistä kasvoistaan vielä oudommat, aivan kuin hän ei olisi ollut samasta maailmasta kuin me muut.

”Te, jotka olette uskollisia, älkää antako minkään valheellisen puheen viedä osuuttanne pelastuksesta! Te, jotka olette ansainneet osuutenne, älkää luopuko siitä niitten vuoksi, jotka kapinoivat ja yrittävät säälintunteisiinne vetoamalla viedä paikkanne! Säälivä mieli on heikkous, joka jättää teidät pimeyden kauhujen valtaan! Sääli vie voimanne, se tekee teidät pehmeiksi ja pelokkaiksi, niin ettette rohkeasti taistele itsenne puolesta, kun Kauhu saavuttaa teidät! Älkää siis säälikö niitä, jotka vastustavat totuutta! He ansaitsevat kuoleman ja kauhun, kun taas te ansaitsette Uuden Elämän ja pelastuksen! Te olette jalo kansa, voimakas ja rohkea! Te teette mitä Maan Valtias vaatii, ettekä suvaitse luopioita!”

”Mitä Maan Valtias meiltä pyytää, sen me teemme!” joku huusi kiihkoissaan. ”Sano meille, oi Tietäjä, mitä meidän on vielä tehtävä!”

”Kauhun tulemisen hetkellä teidän on pysyttävä yhdessä! Kylä ei ole turvallinen, koska Pimeys ulottuu sinne, ja pimeydessä elää petoja, joilla ei ole ruumista, ja ne pääsevät paaluaitanne läpi aivan kuin se olisi vain usvaa! Teidän on etsittävä suojaa Via Caelumin varjosta! Via Caelum pelastaa teidät!”

”Sekö, mitä siitä on jäljellä?” mutisin itsekseni.

”Teette leposijan itsellenne Surunrotkon pohjalle, suojaudutte olkivuoteille yhdessä perheenne kanssa. Siellä olette turvassa, kun Pimeys alkaa hiipiä taivaalle… Kun aurinko katoaa! Se päivä on tulossa, se päivä, jona aurinko katoaa kesken kirkkaimman loisteensa!” Tietäjä huudahti viitaten sauvallaan taivaalle.

”Mutta rotko on täynnä vainajien tuhkaa!” joku huudahti kauhuissaan.

”Vainajienko? Hehän ovat ystäviänne, rakkaitanne! Kauhun hetkellä kohtalo yhdistää teidät kaikki, nykyiset ja edesmenneet, niin että kohtaatte tulevan yhdessä!” Tietäjä julisti. ”Muistakaa edesmenneitä rakkaitanne! Via Caelumin varjossa hekin pelastuvat, kun tekin olette siellä heidän kanssaan! Mutta vain, jos olette kaikki yhdessä, elävät ja kuolleet! Muuten he jäävät kuolon uneen, ja pedot vievät heidän luunsa!”

Aloin voida pahoin, ja siksi vetäydyin pois aukiolta, omaan majapaikkaani. Kuulin Tietäjän jatkavan puhettaan, mutta sen kuulemista oli helpompi sietää, kun ääni tuli kauempaa. Mitä Tietäjä suunnittelikaan tekevänsä, kun ihmiset kokoontuisivat Surunrotkon pohjalle olkivuoteineen? Menisikö hän muka itsekin sinne? Ja miten hän saattoi väittää auringon katoavan keskellä päivää? Mistä hän saattoi tietää sellaisesta etukäteen? Tukahdutin kiusauksen ajatella, että hänen tietonsa olisi peräisin jostakin ihmismieltä suuremmasta lähteestä, koska hänen tekojensa perusteella hänen tietojensa lähde ei voinut olla hyväntahtoinen. Ja jos hänen tietonsa ja aikeensa olivat lähtöisin ihmismieltä suuremmasta pahasta, voisiko kukaan kuolevainen häntä vastustaa?

Kun Tietäjän puhe oli ohitse, hän näytti valikoivan itselleen lisää palvelusväkeä. Seurasin sivummalta, miten hän käski yhden nuoren pojan luokseen. Hänen kasvoiltaan paistoi salattu mielihyvä; aivan kuin hän olisi nähnyt mielessään jotakin, mitä muut eivät voineet nähdä, ja nauttinut salaisuudestaan. Janoshaa ei näkynyt, ja olin siitä hieman huolissani. Hänen isänsä oli seisoskellut jonkin aikaa aukion laidalla, mutta poistunut jo ennen minua. Arvelin hänen suunnittelevan pakoa, mutten rohjennut mennä puhuttelemaan häntä. Huoleni kuitenkin pakotti minut tekemään jotakin, ja siksi menin takaisin väkijoukkoon, tarkkailin ihmisiä, ja päätin lopulta puhutella heitä.

Pysäytin erään vanhemman naisen, joka oli yleensä suhtautunut minuun melko ystävällisesti. Nyt hänenkin katseessaan oli pelkoa ja epäluuloa, kun puhuttelin häntä.

”Oletko sinä jo lunastanut osasi pelastuksesta?” kysyin. Hän silmäili arkaillen ympärilleen ennen kuin vastasi.

”Olen… Poikani on tehnyt osansa Viacaelumin puhdistuksessa, ja minulle on luvattu osa Uudessa Elämässä.”

”Mitä uusi elämä tarkoittaa? Mitä Tietäjä on siitä opettanut?”

”Miksi minä sinulle kertoisin? Sinä olet mies, ja eikä miehille uskota salaisuutta.”

”Mutta minä olen muukalainen, enkä pelastu muutenkaan! Mitä Tietäjä lupaa uudesta elämästä?” kysyin tuskastuneena. Ehkä hän hieman sääli minua, koska kumartui puoleeni ja vilkaisi taas nopeasti ympärilleen.

”Tietäjä lupaa naisille elämän, jossa jokaisessa liitossa nainen on se, joka hallitsee miestä. Ei tarvita enää Lupausmenoja, vaan nainen päättää, kenet ottaa, ja mies alistuu.”

”Mutta miksi miehen pitäisi alistua sen enempää kuin naisenkaan?” kysyin kummastuneena.

”Koska kuriton mies saa aikaan paljon pahaa”, nainen ärähti, ja hänen silmänsä kaventuivat viiruiksi. ”Tietäjä lupaa, että Uudessa Elämässä yksikään mies ei enää huuda eikä lyö vaimoaan, eikä hylkää tätä sitten, kun vaimosta on nuoruuden kukkeus kadonnut.”

”Milloin Vaskikallion kylässä on muka lyöty naisia ilman rangaistusta? Eikö sellaisesta olisi joutunut Häpeäkuoppaan?” kysyin hämmentyneenä.

”Tietäjä sanoo, että sellainen pahuus elää miesten mielissä, ja on vain ajan kysymys, milloin se puhkeaa valloilleen! Niinpä Maan Valtias on päättänyt luvata naiselle kurinpitovallan miehen ylitse, ettei tuo paha pääse puhkeamaan”, nainen selitti vilkuillen taas epäluuloisena ympärilleen.

”Eikö sellaista pahaa sitten elä naisten mielissä?” kysyin vakavana. Tuo jo hedelmällisen ikänsä ohittanut nainen katsoi minua vihastuneena.

”Tietäjä sanoo, että nainen on viisaampi ja parempi olento!”

”Mutta eikö kumpikin ole viisas omalla tavallaan? Tai onko edes tarpeen ajatella, että olisimme olentoina naisia tai miehiä?”

”Sinä, muukalainen ja miehenpuoli, ethän sinä sitä ymmärrä, etkä halua uskoa! Lakkaa kiusaamasta minua typerillä kysymyksilläsi!” nainen puuskahti äkäisesti ja jatkoi matkaansa. Hämmentyneenä ja levottomana menin puhuttelemaan erästä miestä, jonka tiesin hieman äkeäluontoiseksi.

”Oletko sinä jo lunastanut itsellesi pelastuksen?” kysyin. Hän mulkaisi minua epäluuloisena.

”Mitä se sinulle kuuluu, muukalainen?”

”Mitä Tietäjä on luvannut sinulle Uudessa Elämässä?” kysyin haluamatta antaa heti periksi, vaikka hän ärsyttikin minua tahallaan.

”No, kerronpa sinulle, jos haluat lisätä kateuttasi, kun itse et sinne pääse!” mies naurahti pilkallisesti. ”Tietäjä lupaa, että Uudessa Elämässä mies on naistansa ylempänä, ja mies voi valita kenet tahtoo, jopa useamman naisen, ja naisen paikka on olla orja, vailla omaa tahtoa.”

”Miksi naisella ei saisi olla omaa tahtoa?” kysyin hymähtäen.

”Koska naisessa elää pahuus, joka vie häntä kurittomuuteen ja uhmamieleen, ja saa hänet tarjoamaan itsensä kelle tahansa. Nainen ei ole paljoa eläintä kummempi olento… Hänen tarkoituksensa on tuottaa hupia, palvella ja synnyttää lapsia”, mies selitti nauraen karkeasti. ”Jotta nainen eläisi sillä tavalla kuin hänen osakseen on määrätty, miehellä täytyy olla valta kurittaa häntä!”

”Kuulostaa omituiselta”, sanoin hiljaa.

”Omituiselta, niinkö? Minusta se kuulostaa siltä niin kuin olisi pitänyt olla jo aikojen alusta! Mutta sinäpä jäät paitsi siitä ilosta, muukalainen! Ja uskallapas vihjaista tästä kylän neidoille! He vielä päättävät luopua Uuden Elämän mahdollisuudesta, eikä meille miehille jääkään sitten tarpeeksi naisia, joista valita!” mies huudahti irvistäen. ”Naiset eivät saa tietää etukäteen, mikä heidän osansa tulee olemaan. Tämä tieto on Suuri Salaisuus, jonka Tietäjä uskoi vain miehille!”

Käännyin toisaalle ja astelin hiljaa kylän toiselle laidalle. Kaikkialla näin ihmisiä, jotka katselivat kyräillen toisiaan, mitään puhumatta, aivan kuin olisivat kantaneet salaisuutta, jonka paljastaminen toisille aiheuttaisi heille itselleen vahinkoa. Järjettömyys oli saanut vallan; ihmisiä ei enää ohjannut hyväntahtoisuus ja ystävyys, vaan pelko ja kateus. Tietäjä oli saanut heidät suhtautumaan toisiinsa kuin kilpailijoihin kamppailussa, jossa vain harvat saattoivat saada mitä luulivat tarvitsevansa.

Nähtyäni tarpeeksi ja ymmärrettyäni, ettei hyödyttäisi edes yrittää puhua järkeä kenellekään, palasin verstaalle. En tiennyt mitä olisin voinut tehdä, muuta kuin kenties auttaa pakoon niitä, jotka vielä ymmärsivät paeta. Silloin Janos ilmaantui verstaalle. Hänen kasvoillaan oli hätä ja huoli, ja ymmärsin heti, että kyse oli Janoshasta.

”Jokim, Vanhin on käskenyt Janoshan taloonsa, ja Tietäjä aikoo kuulustella häntä! Piikatyttö oli kertonut Vanhimmalle, että Janoshalla on hallussaan tuohenpala, jossa on erikoisia merkkejä, ja Vanhin epäilee jotakin juonta Tietäjää vastaan”, hän selitti kiihtyneenä. ”Jos sinä tiedät tästä jotakin, tee mitä pystyt, sillä mikään ei enää pelasta tytärtäni, jos hänet katsotaan syylliseksi juonitteluun Tietäjää vastaan!”

Seurasin häntä Vanhimman talolle, mutta ovella seisovat miehet eivät ensin meinanneet päästää sisään kumpaakaan meistä.

”Minä olen Vanhimman lähin mies, ja sinä olet pitkään ollut minulle alamainen! Väisty edestäni!” Janos huudahti.

”Mutta Tietäjä kielsi päästämästä ketään sisälle!” vartiossa seissyt mies huudahti.

”Minä olen Janoshan isä! Väisty, tai joudun käymään sinuun käsiksi!”

Vartiossa olevan miehet katsoivat toisiaan epäröiden.

”Tietäjä sanoi, että hän kuulustelee tyttöä Vanhimman kanssa. Jos tyttö on syyllistynyt juoneen häntä vastaan, hän päättää, miten tytön käy!”

”Mutta Janosha on syytön, koska minä olen syyllinen!” huudahdin ärtyneenä. ”Päästä minut kertomaan se Tietäjälle ja Vanhimmalle!”

Silloin miehet väistyivät edestämme, ja kiirehdimme tupaan. Janosha istui maalattialla pää painoksissa. Tietäjä seisoi hänen edessään ja Vanhin istui tuolissaan hänen takanaan. Kun Tietäjä huomasi meidät, hän heilautti sauvaansa vihaisesti.

”Poistukaa! Älkää häiritkö minua, kun luen totuuden tämän neidon kasvoilta!”

”Näyttäkää minulle se tuohenpala! Se voi olla minun!” huudahdin kiihtyneenä. Hieman epäröiden Vanhin ojensi Janokselle tuohenpalan, ja Janos toi sen minulle. Näin heti, että Janosha oli piirtänyt siihen lyhyen viestin, joka kuului: *”Lähden ensi yönä. Luoja meitä auttakoon, ja saakoon paha palkkansa.”*

”Mitä sinä siitä tiedät?” Tietäjä kysyi kääntäen tuijottavan katseensa minuun.

”Minä olen sen tehnyt”, sanoin vakavana. ”Halusin ilmoittaa Janoshalle, että olen lähdössä pois.”

”Miksi Janoshalle? Mitä tekemistä sinulla on Janoksen tyttären kanssa?” Vanhin huudahti närkästyneenä.

”No, ei meillä olekaan mitään tekemistä toistemme kanssa hänen tai hänen isänsä mielestä! Mutta koska halusin hänen muistavan minut, lähetin hänelle tuon viestin. Olen aina kiusannut häntä huomiollani, kuten hänen isänsä tietää. Halusin Janoshalta huomiota, ja siksi toimitin hänelle tuon viestin”, selitin kiivastuneena.

”Mutta miksi luulet, että Janosha ymmärtäisi noita merkkejäsi? Kuka tässä kylässä muka osaa tulkita muukalaisten raapustuksia?” Vanhin kysyi kireällä äänellä.

”Jokim opetti ne minulle!” Janosha huudahti. ”Ja halusin hänen opettavan ne! Ei ole totta, ettei meillä ole mitään tekemistä keskenämme, sillä minä pyysin häntä opettamaan minulle nuo merkit!”

”Vaikene, tyttö! Älä häpäise itseäsi ja isääsi puhumalla ääneen yhteydestäsi tuohon muukalaiseen!” Janos huudahti vihaisesti, ja Janosha vaikeni. Tietäjä katsoi häneen ja sitten minuun.

”Anna tänne se viestisi, niin kerron Vanhimmalle ja Janokselle, mitä olet hänen tyttärelleen kirjoittanut”, hän sanoi ylimielisellä ja vaativalla äänellä. Ojensin tuohenpalan hänelle, ja hän luki siinä olevan viestin ääneen. ”Lähden ensi yönä… Luoja meitä auttakoon, ja saakoon paha palkkansa!”

”Mikä paha?” Vanhin huudahti. ”Ja kuka sinulle on muka antanut luvan lähteä?”

”Niin, vastaahan kylän päällikölle, minne luulit lähteväsi, kurja muukalaispoika?” Tietäjä kysyi sitten, katsellen minua väheksyvästi kuin rujoa ja rampaa ihmisparkaa. ”Ja kuvittelitko, että tämä neito muka surisi lähtöäsi?”

”Aioin lähteä etsimään omaisiani ennen kuin se sinun lupaamasi Kauhu tulee. Olisi mukava nähdä heidät, ja kenties keksiä jokin keino, jolla heidät voisi pelastaa Pimeydeltä”, selitin kuin lapsenmielinen nuorukainen, katsellen häntä ainakin näennäisen rauhallisesti. Tietäjä alkoi nauraa nostaen leukaansa pilkallisesti.

”Sinun väkesi ei pelastu! Sinä kenties itse voisit vielä pelastua, jos ottaisit vaimon tämän kylän neidoista, mutta se neito ei tule olemaan ihailemasi Janosha”, Tietäjä lausahti nauraen edelleen kolkkoa ja ivallista nauruaan. Mutta kukaan muu ei nauranut hänen kanssaan.

”Miten olet saattanut tavoitella neitoa, joka on ollut luvattu minun pojalleni, senkin julkea nulikka?” Vanhin huudahti, muttei jaksanut edes nousta istuimeltaan.

”Mutta Petrushan on kuollut!” puuskahdin. ”Miksi en voisi tavoitella Janoshan rakkautta siinä missä muutkin? Nythän hän on vapaa valitsemaan! Miksi en saisi laittaa hänelle rakkaudellisia viestejä, lähdinpä kylästä tai en?"

"Jokim, älä loukkaa tytärtäni väittämällä, että hän odottaisi sinun viestejäsi!" Janos totesi vakavana. Mutta ymmärsin, että hänen sanoillaan olisi toisenlainen merkitys Tietäjän ja Vanhimman korviin, kuin se, mitä hän oli minulle viestivinään. "Saati sitten että kuvittelisit hänen ikinä vastaavan niihin!"

"En kuvitellutkaan, että hän vastaisi, mutta halusin silti jättää hänelle hyvästit!" puuskahdin olevinaan kiivastuneena Janokselle. Tietäjä alkoi taas naurahdella, ojenteli ylimielisen teatraalisesti käsiään ja pyöräytteli silmiään ennen kuin jäi tuijottamaan minua.

"Olkoot hyvästisi nyt kuultu! Koska niin sanot, että olet itse tuon viestin kirjoittanut ja yrittänyt sillä houkutella arvoisaa neitoa ajattelemaan sinun mitätöntä olemustasi, tiedämme ja toteamme, että kyseinen neito on viaton, kuten uskoinkin jo alun pitäen!" hän julisti. "Sinä et kuitenkaan ansaitse Janoshan huomiota! Hänelle on varattu parempi tulevaisuus, Uusi Elämä, ja sinä taas joko tyydyt osaasi ja otat toisen neidon kylän tyttöjen joukosta, tai kuolet yksinäsi Kauhun päivänä!"

"Kadun kyllä sitä, että julkenin tavoitella tyttäresi huomiota, Janos!" lausahdin katsahtaen Janosta. Tämä nyökkäsi, mutta Tietäjä heilautti kättään ja vaati huomiotani.

"Mitä tulee siihen, että toivot viestissäsi, että paha saisi palkkansa, niin mikä on tämä paha, jonka noin haluat tuomita?" hän kysyi vähättelevästi naurahtaen.

"Olipa paha mikä hyvänsä, eikö sinunkin mielestäsi olisi oikein, että se saa ansionsa mukaan?" kysyin jännittyneenä. Tiesin, että hän halusi nujertaa minut yhtä paljon kuin minä toivoin saavani hänet tunnustamaan valheellisuutensa. Pelkäsin häntä kyllä, mutta hänkin luultavasti pelkäsi minua, koska halusi päästä minusta eroon.

"Totta, paha tulee saamaan palkkansa, siinä olet oikeassa!" Tietäjä sanoi matalasti nauraen. "Mutta mistä muukalaispoika on oppinut puhumaan jostakin Luojasta?"

"Vaeltavilta Veljiltä", sanoin. "Kuljin heidän mukanaan vuosia ennen kuin tulin tänne kylään."

"Ja mitä muuta Vaeltavat Veljet ovat kuin mieleltään löyhiä harmaapartoja tai kaljupäitä, jotka kuvittelevat olevansa onnellisia rääsyissään ja puun alla nukkuessaan?" Tietäjä kysyi itsetyytyväisellä äänellä. "Suurissa valtakunnissa heidän hulluutensa kyllä tunnetaan! Kukaan ei usko heitä sielläkään, miksi siis sinä uskot?"

”Heillä on viisautta elää sovussa kaiken luodun kanssa, ja heillä on hyväntahtoisuutta ja rauhaa rakentava mieli. He eivät puhu mistään kauhuista, vaan kauneudesta! He puhuvat ilosta ja hyvyydestä, eivätkä pelosta ja tuhosta. Heille sääli on elämää varjeleva tunne, ystävällisyyden perusta, eikä heikkous!” sanoin katsellen häntä niin suoraan kuin rohkenin. Janos kuunteli minua, mutta Vanhin katseli vain lattiaa edessään, ja Tietäjä nauroi minulle päin naamaa.

”Ja tässäpä heillä on kelpo oppipoika, jonka kauniit sanat ovat pelkkää harhaa, kuin utua, joka auringon noustua haihtuu olemattomiin, eikä anna turvaa kenellekään!” hän sanoi viitaten minuun päin liioitellun kunnioittavalla eleellä, ivallisesti hymyillen ja kumarrellen.

”Vaeltajaveljet eivät pelottele ketään, koska pelko sumentaa ihmisen järjen!” huudahdin. ”He haluavat ihmisten ajattelevan hyviä asioita, eikä mitään kauhuja… He puhuvat rakkaudesta, joka ei vahingoita ketään. Rakkaudesta, joka voi kesyttää julmimman pedonkin!”

”Mutta milloin pelkät kauniit lupaukset ovat ketään pelastaneet? Ruokitko sinä nälkäiset lapsesi kauniilla puheillasi? Annatko yksinäiselle miehelle naisen vierelleen maalaamalla hänelle sanoillasi kauneutta ja ihanuutta?” Tietäjä kysyi vähättelevästi naurahdellen ja päätään pudistellen. ”Poikaparka, kovinpa olet eksyksissä! Antavatko rakkauden sanat turvaa sille, joka pakenee henkensä kaupalla verenhimoista petoa?”

”En puhukaan asioista, joita ei ole olemassa! Puhun asioista, jotka ovat totta ja nähtävissä, tai jopa käsin kosketettavissa! En lupaa sellaista, mistä en tiedä, enkä väitä tietäväni muuta kuin mitä luulen näkeväni tai kokevani”, sanoin kiivastuneena. ”Kysyit minulta, mitä Vaeltavat Veljet ovat. Minulle he ovat Totuuden ja Viisauden palvelijoita, rauhaa rakentavia mieliä, jotka eivät vaadi ehtoja, pantteja tai lunastusmaksua siitä, mitä ihmisille haluavat antaa!”

”On olemassa valheita, jotka kuulostavat kauniilta kuulla!” Tietäjä huudahti. ”Olet imenyt itseesi höyrypäisten, oikeasta elämästä vieraantuneitten vanhojen ukkojen tai sinisilmäisten, lapsellisen intomielisten nuorukaisten haavekuvia, ja yrität opettaa niitä minulle, jolla on oikea tieto! Ellet olisi niin mitätön ja typerä, että vähät välitän levittämästäsi hulluudesta, saattaisin antaa sinut kylän väen käsiin, niin he kyllä opettaisivat sinulle, mikä on totuutta ja mikä valhetta!”

”Vaeltaja Daniyeel kertoi, että suurissakin valtakunnissa on niitä, jotka kuuntelevat Vaeltajia ja haluavat elää heidän opetustensa mukaan", huudahdin. "Ainakin Ohdakemaassa ja sen eteläpuolella, susikansan parissa... Monet Vaeltajat ovat syntyjään Warginmaasta! Ja jos sinä vastustat Vaeltajaveljiä, sinua ei uskottaisi ainakaan niitten kansojen parissa!"

"Mitä sinä muka tiedät Ohdakemaasta ja susikansasta?" Tietäjä huudahti ikään kuin närkästyneenä. "Jos tunnustat Ohdakemaan olevan edes olemassa, olet luopio niitten silmissä, joilta minä olen saanut valtani! Ohdakemaa on surkean nimensä mukaisesti pelkkä hylätty pelto, jossa kasvaa tuholaiskasveja! Sen maan kirotut ohdakkeet vievät voiman suuren Molcavarathian maaperästä, ja sen kansa kaipaa toden totta viikatemiestä ja kuokkaa tekemään harvennusta joukkoonsa! Vain oikeamieliset ansaitsevat asua rikkaassa maaperässä!"

"Oletko siis itse Molcavarathiasta? Vihaatko Ohdakemaata siksi, että se kapinoi vahvempaa vastaan, eikä usko ahneen ja vallanhimoisen kuninkaan valheita?" huudahdin.

"Sinun ei kuulu tietää, mistä minä olen, etkä tiedä yleensäkään mitään, sinä kurja penikka!" Tietäjä hymähti kaventaen silmiään. Nyt hän todella tuijotti minua, aivan kuin yrittäen porautua minun mieleeni. "Onko kapinamielesi ehkä Ohdakemaan kapinallisen kansan perua, vai peräti susikansasta lähtöisin? Miten tämän kylän väki on koskaan voinut luottaa sinuun, perivihollliseensa? Kaikkihan tietävät, ettei lampaista elantonsa saava luota petoihin!"

"Nälkäänsä metsästävä olento ei ole peto... Se ei ole tarkoituksella julma, ja jos se hyökkää, se hyökkää puolustaakseen itseään tai perhettään", sanoin jännittyneenä. "Pahin peto ihmiselle on toinen ihminen, ahne ja myötätunnoton! Sellainen olento siis, joka ei rakasta, hoivaa, eikä sääli edes omaa laumaansa!"

"Kas siinäpä meillä on petojen puolustaja! Taidat todella olla Warginmaasta lähtöisin mustine karvoinesi ja rumine naamoinesi!" Tietäjä huudahti. "Katsokaa, te paikalla olijat, millainen on peto, joka on luikerrellut kyläänne! Hän on tarujen susikansaa... Hämäävästi ihmistä muistuttava, mutta sisältä julma peto!"

"Julmin peto on se, joka ei rakasta! Minä sen sijaan rakastan", puuskahdin. "Kuinka monia sinä rakastat, oi suuri Tietäjä? Osoita minulle rakkaudelliset tekosi, niin tiedän, ettet itse ole pahimpien ihmispetojen sukua!"

"Lakkaa ärsyttämästä häntä, Jokim!" Janos huudahti. "Sinun puheesi eivät auta sinua yhtään siinä, pelastutko vai et!"

”Eivätpä auta, siinä olet oikeassa, Janos!” Tietäjä huudahti ivallisesti naurahtaen. ”Mutta armollisuudessani annan hänen kyllä puhua vielä puolestaan, jos se hänen oloaan helpottaa väistämättömän rangaistuksen edessä!”

”Mitä sitten minulle määräät rangaistukseksi siitä, että olin lähdössä tästä mielipuolisten hallitsemasta kylästä ja halusin ilmoittaa sen neidolle, jonka huomiota tavoittelen?” kysyin viileästi. Huomasin Janoshan olevan vaiti vain siksi, että hänen isänsä piti kättään varoittavasti hänen olkapäällään.

”Koska olet noin kovin eksyksissä, annan armon käydä oikeudesta ja puhuttelen sinua, jotta saat vielä mahdollisuuden katua typeryyttäsi! Jos viisastut seurassani, otat huomenna vaimoksesi yhden kylän tytöistä, ja sillä tavoin voin antaa sinulle osuuden pelastuksesta. Mutta ellet viisastu, kohtalonasi on jäädä Häpeäkuoppaan ja Pimeyden kohtaaminen siellä, ilman toivoakaan pelastuksesta!” Tietäjä huudahti ja kääntyi muitten puoleen. ”Vie tyttö kotiisi, Janos! Huomenna saattelet hänet luokseni, sillä olen valinnut hänet rinnalleni, hallitsijan paikalle Uudessa Elämässä. Sinulla ei ole vaihtoehtoja, sillä ellet tee kuten olen Vanhimman kanssa sopinut, sinä ja hän menetätte kumpikin osanne pelastuksesta! Ja nyt, jättäkää minut kahden tämän muukalaispojan kanssa!”

LUKU VII

Janos talutti tyttärensä pois, ja Vanhin siirtyi pois istuimeltaan kuin mitätön käskyläinen. Jäin kahden kesken Tietäjän kanssa, ja hän käveli ympärilläni aivan kuin arvioiden ja arvostellen minua. Pitkään aikaan hän ei sanonut mitään, ja tunsin, miten levottomuus ja pelko pakottivat minua avaamaan suuni tai tekemään jotakin, jotta hänen hiljaisuutensa ja liikehdintänsä lakkaisi. Tiesin kuitenkin, että hänen tarkoituksensa oli hermostuttaa minut puhumaan harkitsemattomasti. Hän ilmeisesti epäili minun olleen tekemisissä Petruksenkin kanssa. Ja jos hän epäili, että myös Petrus osasi merkkien salaisuuden ja oli päässyt pakenemaan kylästä, hänellä oli syytäkin olla enemmän huolissaan asemastaan. Jos hän pelkäsi, että tiesin enemmänkin eteläisistä valtakunnista, joissa hänet ehkä tunnettiin, hän saattaisi kokea minut vaaralliseksi maineelleen. Hän ei varmasti päästäisi minua lähtemään Vaskikallion kylästä. Ennemmin hän luultavasti tappaisi minut kuin päästäisi minut pakoon…

”Mitä väliä sinulle on eteläisillä valtakunnilla, jos ne kuitenkin tuhoutuvat tulevassa Kauhussa? Miksi välität edes Molcavarathian kohtalosta?” kysyin lopulta. ”Oletko valehdellut kaikesta? Tulitko tänne pelkästään hakemaan Viacaelumin ja tuhoamaan kylämme?”

Hän vaikeni; jatkoi vain kävelyään ja katselemistani. Tunsin miten pelko oli saada otteen minusta; se sai otsani hikoilemaan ja selkäni väreilemään. Miksi hän ei sanonut mitään? Siksikö, että tiesi vaikenemisensa tekevän minut pian mielipuoleksi?

”Luuletko olevasi oikeassa, kun epäilet minua?” Tietäjä kysyi viimein ja pysähtyi selkäni taakse. Inhosin sitä tunnetta, että joku vaanii niskani takana, ja mieleni olisi tehnyt kääntyä pois. Toisaalta en olisi halunnut kohdata hänen katsettaan, koska pelkäsin hänen silmiään. Minusta tuntui, että vangitsemalla katseeni hän saisi väylän vaikuttaa mieleeni, niin että oma tahtoni katoaisi tai murentuisi...

”En tiedä, olenko itse oikeassa, tai oletko sinä oikeassa. Mutta en pidä siitä, mitä teet, ja siksi haluan ajatella, ettet ole oikeassa”, sanoin yrittäen pitää hengitykseni rauhallisena.

”Kukapa pitäisi tuhosta ja pelosta, mutta niistä minun on määrä opettaa, jotta edes ne pelastuisivat, jotka sen ansaitsevat”, Tietäjä sanoi pehmentäen ääntään. Äkkiä hän oli aivan selkäni takana ja kumartui korvani viereen, niin että hänen suunsa melkein kosketti korvaani. Värähdin inhosta. ”Entä jos sanon, että sinäkin voisit pelastua? Voisit olla minun henkilökohtainen palvelijani, jos haluaisit olla minulle mieliksi... Uskoisitko sitten sen, että tulevana päivänä aurinko katoaa, ja pimeydessä kaikki tuhoutuvat, elleivät tottele minua?”

”Kovinpa kevyesti tarjoat pelastusta toisille ja epäät sen toisilta! Vaikka aurinko katoaisikin, kuka tietää, onko sen jälkeen Uutta Elämää vai ei? Mistä sinä tietosi saat, Tietäjä? Kuka on se, jota sanot Maan Valtiaaksi? Onko hän muka ylempänä Kaikkeuden Luojaa? Miksi Luoja ei ole varoittanut omiaan siitä, että aurinko katoaa?” kysyin kiivastuen ja vetäytyen kauemmas hänestä, koska hänen läheisyytensä puistatti minua.

”Ei ole olemassa ketään ylempää! Ei ole olemassa vahvempaa kuin Maan Valtias!” Tietäjä huudahti ja alkoi nauraa. ”Sinä mitätön olento! Maan Valtias on tehnyt kaiken mitä maan päällä on, ja hän myös ottaa sen pois, milloin haluaa! Mikä sinä luulet olevasi, kun arvostelet hänen tekojaan?”

”Typerys, jos niin haluat ajatella!” huudahdin. ”Mutta minun silmissäni sinä olet valehtelija! Minulle on opetettu, että Kaikkeuden Luoja on tehnyt kaiken sen, mikä on maan päällä, mutta myös sen, mitä on taivaissa, ja Luojan teoissa on paljon sellaista, mitä ihmismieli ei edes voi käsittää! Kaikkeuden Luojan olemus on rakkaus ja rauha, eikä rakkaudessa ole pelkoa! Sinä et muuta teekään kuin levität pelkoa ja ajat ihmiset toisiaan vastaan!”

”Minä en levitä pelkoa, minä vain kerron totuuden siitä, mitä on tulossa!” Tietäjä nauroi. ”Jos ihmiset pelkäävät, se johtuu siitä, etteivät he usko olevansa turvassa! Vaikka sitähän minä heille vakuutan, että he ovat turvassa, kun toimivat, kuten minä neuvon!”

”Mutta kukaan ei tiedä, puhutko totta! Ja sinun tarjoamasi turva on ehdollinen, eikä se ole kaikkien saavutettavissa. Sinä asetat ihmiset eriarvoiseen asemaan, mutta minä en saata uskoa, että mikään Luojan luoma olisi arvokkaampi toistaan!" sanoin kiivastuneena.

"Pitäisikö pelastuksen olla ilmainen? Pitäisikö tuollaisten surkimusten ja typerysten päästä nauttimaan Uudesta Elämästä, ja vieläpä ilman mitään vastalahjaa Maan Valtiaalle?" Tietäjä kysyi katsellen minua ivallisesti. "Surkeat ja huonot ihmisparat kovin mielellään väittävät, että kaikki ovat samanarvoisia! Mutta kuka oikeasti haluaisi olla tuollainen kuin sinä?"

"Minä en ole valinnut sitä, mitä syntyperältäni olen! En ehkä ole sinun silmissäsi jaloa kansaa, mutta uskon, että Luoja on tehnyt minutkin, ja koska hänen olemuksensa on rakentava, eikä tuhoava, en usko, että hän haluaa hävittää omia luomuksiaan!" huudahdin vihaisena. Tietäjä alkoi taas nauraa.

"Mitään tuollaista luojaa ei ole olemassakaan! Olet niin eksyksissä, että melkein säälin sinua, enkä halua sinun saastuttavan säälittävyydelläsi parempaa väkeä! Saat mennä Häpeäkuoppaan, ja puhuttelen sinua uudelleen siellä, ettei järkevän väen tarvitse kärsiä mielettömistä puheistasi. He saattaisivat jopa innostua vahingoittamaan sinua, ja koska en halua nähdä verenvuodatusta, pidän sinut mieluummin poissa toisten silmistä!"

"Pelkäätkö, että saan muun väen uskomaan itseäni eikä sinua?" huudahdin. Tietäjä ei vastannut. Hän käänsi minulle selkänsä, asteli ovelle ja huusi palvelijoitaan.

Siinä hetkessä tuntui, etten pystyisi enää tekemään mitään; olisin täysin avuton, enkä voisi auttaa enää edes itseäni, saati sitten muita kyläläisiä. Voimani valuivat minusta kuin vesi kalliota pitkin varvikkoon, imeytyen tavoittamattomiin kuivan maan sisään. Ja jäljelle ruumiiseeni jäi vain painavan metallin raskaus, joka veti minua maanpintaa kohti, niin etten olisi jaksanut enää edes hievahtaa paikaltani.

"Viekää tämä poika Häpeäkuoppaan. Ei vettä eikä leipää mukaan! Antakaa hänelle vain lääkejuomaani!" Tietäjä huusi ja nauroi matalasti. Hänen katseensa pyyhkäisi minua vielä kerran, ja näin siinä voitonriemua.

Kaksi miestä tarttui minuun ja lähti taluttamaan minua ulos Vanhimman talosta, aukion poikki ja ulos portista. Väki katseli, kun minua vietiin. Jos minussa olisi ollut vielä jäljellä rohkeutta, olisin huutanut heille totuuksia asioista, joissa uskoin Tietäjän valehdelleen heille. Mutta rohkeuteni oli kadonnut; jäsenissäni oli vain väsymystä ja heikkoutta, enkä uskonut kestäväni sitä, että väkijoukko alkaisi kivittää minua tai raastaa minut kiihkoissaan mukaansa heittääkseen minut alas Surmankalliolta. En jaksaisi enää taistella vastaan.

Kuopan laidalla toinen miehistä tarttui leukaani ja yritti pakottaa minua juomaan leilistä jotakin iljettävän makeaa juomaa. Yökkäilin, enkä olisi halunnut niellä sitä lainkaan, mutta kun sitä tulvi suuhuni, nielaisin tahtomattani pari kulausta, etten olisi vetänyt sitä henkeeni. Tahmea neste valui inhottavasti suupielistäni kaulalleni, ja sen vastenmielisen imelänkarvas maku tuntui takertuvan kieleni päälle. Yskiskelin ja lopulta oksensin. Miehet huudahtelivat inhosta ja työnsivät minut polvilleni, ja siitä he tuuppivat minua yhä alemmas Häpeäkuopan reunalta, niin että putosin jonkin matkaa ennen kuin jalkani kohtasivat pohjan ja kaaduin selälleni. Olin vaiti, vaikka jäseniini sattui pudotuksen jäljiltä. Vajosin pohjalle makaamaan väsyneenä, peloissani ja pettyneenä itseeni. Minusta ei ollut vastustamaan Tietäjää ja puolustamaan omaa uskoani muiden edessä; olin pettänyt itseni ja ne kaikki, jotka olivat luottaneet minuun.

Aurinko oli laskemassa, kun Tietäjä tuli luokseni. Oloni oli pahoinvoiva ja tajuntani oli kummallisen sekava; aivan kuin ruumiini olisi ollut irrallaan päästäni ja näköaistimukseni hajaantuneet kahtaalle. En halunnut enää puhua Tietäjälle, mutta hän kyllä puhui minulle. Tukin korvani hänen ääneltään, mutta hän kovensi sitä, enkä voinut paeta hänen sanojaan minnekään. Hän puhui pilkallisesti, sitten vihaisesti, sitten taas pilkallisesti, sitten kylmästi, ja vaikka yritin olla kuuntelematta ja uskomatta hänen sanojaan, ne jäivät kaikumaan mieleeni, ja osa niistä saavutti ymmärrykseni, niin että tunsin vihaa, itseinhoa ja syyllisyyttä.

”Ymmärrät kai, että oli sinun vikasi, että Maunus menetti poikansa? Sinun takiasi Ania surmasi itsensä… Jos et olisi kapinoinut, minun ei olisi tarvinnut koventaa otteitani! Sinä levität valhetta ja kapinamieltä, ja niin viaton nuori tyttö päätyi hirveään kuolemaan! Mikä sinun mieltäsi saastuttaa? Onko se ylpeys? Yritätkö olla parempi kuin muut, kun haluat esittää näkemyksiä, joita toiset eivät siedä kuulla? Luuletko todella tietäväsi asioista enemmän kuin Tietäjä? Luuletko olevasi parempi ja viisaampi, koska olet erilainen ja muukalainen?”

”Näe nyt, miten monta kuolemaa olet aiheuttanut epäuskollasi! Ilman sinun kapinointiasi myös Vanhimman poika olisi vielä elossa! Veit sulhasen jalolta neidolta! Havittelit tyttöä itsellesi, sinä kurja, saastainen olento! Houkuttelit Petruksen kapinoimaan, jotta hän saisi surmansa, niin että voisit liehitellä hänelle luvattua neitoa! Sinä olet murhaaja! Sinä levität valhetta! Mikset anna ihmisten pitää yllä toivoa, jonka minä olen heille luvannut? Olet todellakin iljettävä rikkakasvi Maan Valtiaan pellossa! Sinulla on kateellinen, ilkeä mieli, ja tahdot viedä toisilta sen, mitä et itsellesi saa!"

"Eikä sinulle kelpaa kuka tahansa kylän tyttö vaimoksi, koska luulet olevasi niin suurenmoinen ja kyvykäs, että totta kai himoitset kauneinta ja korkea-arvoisinta! Häpeä! Häpeä! Mitätön surkimus! Saastamieli! Valehtelija! Jos et olisi kapinoinut, he kaikki olisivat vielä elossa! Jos et kuvittelisi olevasi oikeassa, Maunuksella olisi vielä poikansa! Olet murhaaja! Sinä et ansaitse elää! Olet saastaa! Viikate katkaiskoon vartesi, niin ettei siemenesi pääse kypsymään ja leviämään, ja kuokka repiköön juuresi, niin että kuihdut ja mätänet..."

Hän puhui niin kauan, etten enää muistanut, olivatko hänen syytöksensä olleet alkujaan totta vai eivät. Ahdistava häpeäntunne ei kadonnut; se sai vain lisää voimaa, kun hän toisteli halveksivia, vihaisia sanojaan. Kuin sepän vasara se moukaroi minua, niin että aloin väistämättä taipua siihen suuntaan, mihin hän minua halusi taivuttaa.

Mutta jokin minussa yritti pitää puolensa; jokin huusi vielä sisälläni, että hän valehtelee, ja että hän on itse pahuuden vallassa ja tekee minulle vääryyttä. Mielessäni häilyi kuva Daniyeelin kasvoista. Daniyeel sanoi minulle, että Kaikkeuden Luojan tahto on rakastava ja rakentava, ja että olen ihme Hänen silmissään. Oli kuin pääni sisällä toinen ihminen olisi huutanut, että olen ihme, ja toinen väittänyt, että olen typerys, surkimus, valehtelija ja haitaksi toisille, ja ansaitsin kuolla...

"Luojani! Hyvä Luoja! Kaikkeuden Luoja! Auta minua!" huusin ääneen, mutta Tietäjän pilkallinen nauru peitti huutoni alleen. Tunsin tarvetta jatkaa huutoani, kauhun ja epätoivon huutoa, etten olisi enää kuullut hänen pahaa ja ilkeää ääntään, ja mielessäni näin muuttuvani ulisevan Pauluksen kaltaiseksi eläimeksi.

En muista, missä vaiheessa olin alkanut vaikertaa ääneen. Yhtäkkiä havahduin siihen, että olin käpertynyt kuopan pohjalle, keinutin itseäni ja itkin ja vaikersin, ja yö oli pimentynyt, eikä Häpeäkuopan laidalla ollutkaan enää ketään. Kukaan ei puhunut minulle, mutta äänet kaikuivat yhä pääni sisällä. Ne jatkoivat ja jatkoivat ilkeää puhettaan; ne syyttivät ja moittivat, ja tuskissani puristin päätäni saadakseni sen hiljaiseksi, mutta äänet eivät kadonneet. Jos suljin silmäni, näin Tietäjän kylmän katseen ja solvauksia syytävän suun. Jos avasin silmäni, oli pimeää, ja pimeydessä saatoin nähdä mitä tahansa kammottavaa.

"Kaikkeuden Luoja! Luojani, auta minua!" huusin ääneen, ja käteni etsiytyi multaan, jonka seassa saatoin tuntea muutamia kasvien juuria. Niissä oli vielä elämää, ja ne lohduttivat minua kosketuksellaan, kun vajosin pimeään unimaailmaan, vailla tietoa seuraavasta päivästä.

Uneni olivat päivän muistikuvieni toisintoa, kunnes jostakin ilmestyi uneeni lohdullinen näky Petruksen kasvoista; Petruksen, jolle en ollut kertonut totuutta Janoshan tunteista, mutta jota rakastin kuin veljeä. Jos hän olisi tiennyt ahdistuksestani, hän olisi pelastanut minut. Unessa hän lohdutti minua puheillaan ja toi luokseni Daniyeelin, joka toisteli minulle lohdullisia sanojaan.

"Kaikkeuden Luoja on Rakkaus ja Korkein Totuus. Sinä olet ihme. Sinä olet Luojasi kuva, ja elämälläsi on tarkoitus." Noiden unikuvien turvin nukuin aamuun.

Heräsin, kun oli jo valoisaa. Olin kylmissäni ja nälissäni, ja mielessäni kaikui edelleen Tietäjän ääni. Kukaan ei tullut kuopalle tarjoamaan minulle ruokaa tai juotavaa, tai kysymään, olinko valmis katumaan. Ehkä Tietäjä aavisti, etten ollut vielä täysin nujerrettu. Aika kului verkalleen; katselin taivaalle ja seurasin pilvien liikettä. Kun mieleni alkoi olla tyhjentynyt edellisen illan kauhuista, muistin mitä Tietäjä oli suunnitellut Janoshan varalle. Silloin aloin kiivastuksissani etsiä keinoa päästä ylös kuopasta omin avuin.

Pohdin ja suunnittelin, mutta vain todetakseni, etten voisi kiivetä ylös ilman minkäänlaisia rakenteita, ja että portaitten tai yläviistoon nousevan käytävän kaivaminen juurakkoiseen maahan kestäisi liian kauan ilman lapiota tai mitään sen tapaistakaan. Silti tutkin maan laatua ja arvioin, voisinko kaivaa seinämiä käsilläni. Jos saisin kaavituksi soraa seinämistä kuopan pohjalle, ennen pitkää pohja nousisi, ja joskus, ehkä päiväkausien kaapimisen jälkeen ylettyisin kuopan reunalle. Mutta olisiko silloin jo myöhäistä? Olisivatko käteni verillä, voimani kadonneet, ja odottaisiko minua ylhäällä pelkkä pimeys? Janoshaa en ainakaan ehtisi auttamaan, ja sen tosiasian ymmärtäminen miltei lamaannutti minut.

Makasin jonkin aikaa kuopan pohjalla, kunnes päätin yrittää edes jotakin. Aloin kaapia seinämästä soraa ja multaa. Melko pian huomasin, että ilman työvälineitä käteni rikkoutuisivat siihen kuntoon, etten voisi kaivaa päiväkausiin. Etsin kiveä, oksanpalaa tai mitä tahansa ihoa kovempaa, jolla raaputtaa soraseinämää. En löytänyt mitään, ja silloin lannistuin taas. Makasin viileää maata vasten ahdistuneena ja väsyneenä, ja tunsin ruumiissani kuumeen ensimerkit.

Sairaus voisi murtaa minut helposti; ilman vettä ja hoitoa saattaisin kuolla kuoppaan nopeammin kuin edes Tietäjä osaisi arvata. Pureskelin puunjuurta, jota kiskoin esiin kuopan toiselta laidalta. Se auttoi jollain tapaa sietämään nälkää ja tuntui muutenkin lohduttavalta. Mutta yhtä kaikki, pelko hiipi uudelleen mieleeni ja jäseniini, ja aloin hiljaisen kauhun vallassa odottaa, milloin hämärä ympäröisi minut ja Tietäjä palaisi Häpeäkuopalle piinaamaan minua.

Kun hän palasi, olin kyyristynyt olkien ja riepujen sekaan ja toivoin olevani tainnoksissa. Yritin kuvitella unitilaa; vetäytyä edes mieleni sisällä pois hänen ulottuviltaan, kun en muuten päässyt pakoon. Aloin mutista itsekseni ja lopulta äännähdellä kuin lampaat, jotta hänen äänensä peittyisi. Erotin silti hänen naurunsa omien äännähdysteni takaa. Oli kuin tahtoni olisi murtunut, ja niin aloin itsekin nauraa kuin mieletön.

”Jokim Valehtelija, Jokim Muukalainen, Jokim Mieletön, pässi, kurja koira! Kapinen susi, Warginmaan saastaa!”

Hämärästi tajusin nauruni muuttuneen hiljaiseksi ulinaksi ja tunsin heijaavani itseäni edestakaisin.

”Noh, haluaako koira ylös kuopasta? Pystyykö koira vielä kiipeämään tikapuut ylös, vai?”

Tietäjällä oli joku muukin mukanaan; joku, joka myös näki kurjan tilani ja nauroi sille. Tunsin jonkin kovan osuvan kylkeeni, ja parahdin tuskasta.

”No, vastaa, koira! Oletko valmis siihen, mitä Tietäjä on varannut sinun osallesi? Tulehan näyttämään väelle, miten käy kapinoijan ja valehtelijan, kun Tietäjä armahtaa hänet!”

Kipu oli havahduttanut minut tokkurastani. Koettelin kädelläni kylkeäni. Sitä aristi, ja ymmärsin, että se, mikä siihen oli osunut, lojui vieressäni. Sen täytyi olla kivi; nyrkin kokoinen, litteähkö kivi. Se merkitsi minulle jotakin sellaista, mitä he eivät voineet ymmärtää, ja aivan yllättäen toivo palasi mieleeni.

”En ole sinun koirasi! Enkä ole valehtelija!” huusin karhealla äänellä.

”Koira ja valehtelija sinä olet, ja ensi yönä ymmärrät lopullisesti, ettei sinulle ole enää pelastusta! Tuskallinen kuolema korjaa sinut! Kuole tietäen, että ihailemasi neito on valinnut Uuden Elämän, ja minä saan hänestä sen ilon, mitä sinä surkimus typerissä haaveissasi kuvittelit!" Tietäjä huusi minulle, ja hänen äänessään oli raivoa. Hänen raivonsa oli merkki siitä, että hän oli hermostunut; hän ei pystynytkään täysin säilyttämään kylmää itsevarmuuttaan, vaan tuotin hänelle epävarmuutta. Ja siksi hänen raivonsa teki hänestä silmissäni haavoittuvamman. Joku olisi voinut päihittää hänet; hän ei ollutkaan haavoittumaton. Joku, joka oli rohkeampi ja vahvempi kuin minä. Hänet olisi voinut voittaa, mutta minä en pystynyt siihen; minä olin epäonnistunut. Minä olin saattanut itseni ansaan; olin ollut varomaton typerys, ja menetin rohkeuteni juuri silloin, kun olisi pitänyt toimia…

"Valehtelija!" huusin, mutta ääneni oli lannistunut. Silloin Tietäjän mukana ollut mies heitti toisen kiven. Se osui reiteeni, ja kipua pelästyen vetäydyin seinämän suojaan ulvahtaen kuin susi. Ja mielleyhtymä sai minut jatkamaan ulvomista, ja ääneni saadessa voimaa sain sitä myös mieleeni; oli kuin olisin huutanut apua ystävältä, toiselta kaltoin kohdellulta luodulta. Eikä mennyt kauaakaan, kun huutoni vastattiin. Surunkallion suunnasta alkoi kuulua ulvontaa, ja kuopan reunalla seisova mies kirosi äänekkäästi. Hän heitti uuden kiven kuin hätääntyneenä, mutta se ei edes osunut minuun.

"Hän kutsuu petoja! Se on muuttunut pedoksi ja kutsuu niitä meidän kimppuumme!"

"Kauhusta hän vain ulisee, ja typerät elukat uikuttavat vastaukseksi! Jos hän kutsuu tänne petoja, niin se on hänen oma vahinkonsa", Tietäjä hymähti kiven heittäneelle miehelle. "Sudet pitävät hänet sitä varmemmin kuopan pohjalla!"

"Jospa kivitän hänet kuoliaaksi?" mies kysyi pelokkaalla äänellä.

"Älä suotta tuhlaa voimiasi häneen! Hän kuolee joka tapauksessa, mutta hitaasti, ja unohtamatta sanaakaan siitä, mitä olen hänelle sanonut", Tietäjä nauroi. "Hän kuolee silmissään kuva neidosta, joka antautuu sille, jota hän pitää valehtelijana. Kärsiköön elämänsä viimeisistä hetkistä, koska nopea kuolema olisi hänelle liian armollinen!"

He lähtivät pois, mutta susi jatkoi vielä jonkin aikaa ulvomistaan Surunkalliolta, kunnes sekin vaikeni, aivan kuin olisi odottanut turhaan minun vastaustani. Mutta en jaksanut enää edes ulvoa. Puristin päätäni viileää multaa vasten ja itkin. Itkin kipua ja tuskaa, pelkoa ja vihaa, mutta eniten itkin sitä avuttomuutta, joka jätti minut siihen lamaannuksen tilaan, vailla toivoa pelastuksesta.

Itkin, kunnes väsyin siihenkin, ja jäin makaamaan turtana aloilleni. Tietäjän kasvot ja ääni kummittelivat edelleen mielessäni. Hän toisti samoja lauseita kuin aiemminkin, enkä päässyt hänen sanojaan pakoon, koska ne olivat minussa, mieleni sisällä. Ne väittivät, että olin syyllinen monien kuolemaan. Olin itsekäs ja ylpeä. Ansaitsin kuolla. Enkä todellakaan ansainnut uutta elämää; olin ollut ilkeämielinen ja yrittänyt estää muitakin sitä saavuttamasta. Olin ollut inhottava rikkakasvi; vaarallinen peto... Kärsisin ja kuolisin; kuolisin toivoen nopeampaa kuolemaa, ja aika kuluisi hyvin hitaasti, niin hitaasti, että mieleni ehtisi hajota, niin että kuollessani muistuttaisin enemmän eläintä kuin ihmistä.

Luulin näkeväni unta, jossa Janosha seisoi Viacaelumin edessä ja lauloi. Sitten ymmärsin mielikuvan olevan houretta, mutta ääni oli todellinen. Se nujersi Tietäjän puheitten kaiut; työnsi ne syrjään, tunkeutui mieleeni ja sai minut kohottamaan päätäni ja raottamaan silmiäni. En kuitenkaan nähnyt mitään; oli aivan pimeää.

”Jokim! Jokim! Hyvä Luoja, anna hänen elää! Jokim!”

Se oli Janoshan ääni. Hän oli ylhäällä; jotenkin hän oli ilmestynyt pimeään metsään, kuopan laidalle, ja hän oli laulanut minulle hiljaa samaa laulua kuin silloin Surunrotkolla.

”Näenkö unta?” kysyin, ja ääneni tuntui leijuvan usvassa; se oli heiveröinen kuin tuulen kuljettama horsmansiemen.

”Pelkäsin jo, että olet kuollut”, Janoshan ääni sanoi surullisen lempeänä. Se tuntui tulevan kaukaa, mutta siitä muistin hänen kasvonsa ja kaiken hänen olemuksessaan, ja sitä mielikuvassani katsellen aloin hiljaa kyynelehtiä ja nauraa.

”Janosha... Janosha, sinä laskevan auringon punerrus ja loiste, lämpö jonka haluan viereeni, kun hämärä yllättää!” sanoin aivan kuin olisin lausunut runoa haaveissani; unikuvassani, jossa tapaan hänet Surunkalliolla ja saan pitää häntä sylissäni, koska hänet on luvattu minulle. En ehkä edes tajunnut, mitä puhuin ja että ylipäätään puhuin ääneen; olin edelleen kuin unessa, vaikka jollain tasolla ymmärsinkin, että hän oli todellinen; hän oli tullut luokseni jostakin ja laulanut minulle lohduttavasti.

”Jokim, mitä oikein puhut? Ymmärrätkö puhettani?” Janosha äännähti hiljaa. ”Pudotan sinne vesileilin... Olet ehkä kylmettynyt, mutta minulla ei ole sinulle mitään lämmittävää...”

Jotakin tipahti viereeni, mutten heti ymmärtänyt, mitä se oli.

”Siinä on vettä! Saat kohta hieman leipää... Paljoa minulla ei ole, koska tarvitsen sitä itsekin, mutta annan sen verran, että selviät huomiseen. Huomenna keksin jotakin! Heti aamun koittaessa tulen takaisin...”

”Tikapuut, Janosha! Missä tikapuut ovat?” huudahdin, koska äkkiä ymmärsinkin olevani Häpeäkuopassa, ja sen, että hän oli ylhäällä kuopan laidalla. Ja tietysti halusin kuopasta pois, hänen luokseen, vaikka Tietäjän ääni sisälläni väittikin, etten ansainnut päästä ylös, enkä varsinkaan Janoshan luo.

”He ovat vieneet tikapuut pois, ettei kukaan auttaisi sinua”, Janosha sanoi. ”Pudotan sinne leipää...”

Jotakin putosi taas viereeni. Kuulin äkkiä suden ulvovan, nyt lähempänä kuin aiemmin, ja Janosha liikahti ylhäällä. Silloin tajusin, että hän oli yksin, ilman suojaa, metsässä, jossa hän ei koskaan aiemmin ollut viettänyt yötä. Pelkäsikö hän petoja? Voisinko vakuuttaa hänet siitä, etteivät sudet vahingoittaisi häntä? Mutta ajatukseni tuntuivat sekavilta; en jaksanut kysyä häneltä mitään, enkä selittää mitään. Tartuin vesileiliin haparoivalla otteella, ja sain voimiani pinnistellen avatuksi sen ja juotua kulauksen. Sitten vaivuin takaisin maahan. Kuume oli noussut, eikä ruumiini totellut minua enää.

”Jokim?” Janoshan ääni kysyi. ”Minun on lähdettävä leiriisi, puumajaan nukkumaan... Otin lankakerän, solmin sen pään puuhun, ja tulin sitä auki käärien tänne, jotta löydän takaisin hämärässä.”

”Janosha, en anna itselleni anteeksi, jos kuolet”, sanoin vaikeasti hengittäen. ”En jaksa enää mitään... Ehkä kuolen tänne... Janosha, ei minulla ole oikeutta siihen, mutta rakastan sinua silti... Rakastan vielä kuollessanikin... Rakastan vielä kuoltuanikin, jos Luoja sallii!”

”Et sinä kuole vielä, Jokim”, Janosha sanoi hiljaa, ja hänen äänensä kuulosti siltä kuin hän olisi itkenyt. ”Muistele sitä, kun tapasimme Surunrotkolla. Sanoit, että siellä on paljon surua, mutta myös rakkautta. Muistatko? Rakkaus on vahvempi. Rakkaus on vahvempi kuin suru! Se on vahvempi kuin epätoivo, ja se on vahvempi kuin pelko... Siksi tulin tänne, vaikka pelkäsinkin tulla!”

En kyennyt sanomaan enää mitään; tajuntani häilyi valon ja harmauden välimailla, ja siellä kuulin Janoshan laulun. Hän lauloi siitä, mikä on kaunista, mikä on hyvää, ja mikä ei katoa. Vielä unessanikin hän lauloi, enkä tiedä milloin hän lähti luotani.

Hämärästi ymmärsin, että oli aamu, kun jostakin yläpuoleltani kuului ääniä. Raotin silmiäni, mutten kyennyt liikuttamaan päätäni; se oli jollain tapaa niin puutunut ja väsynyt. Näin pelkästään multaa edessäni, koska makasin syvennyksessä kuopan pohjalla, kasvot vasten seinämää. Mutta ymmärsin, että muualla oli valoisaa, ja olisin halunnut nousta ja yrittää jollain keinoin päästä ylös. Mutta en pystynyt siirtämään edes kättäni. Makasin siinä kuin kuollut, ja kun askeleet pysähtyivät kuopan laidalle, en voinut muuta kuin maata hiljaa ja odottaa pelolla, mitä tapahtuisi.

”Se makaa kuin raato”, joku sanoi yläpuolellani. ”Onkohan se kuollut?”

”Luultavasti tämän päivän aikana kuolee, jos nyt on jo noin näännyksissä!”

”Sitten hän ei joudukaan kärsimään Pimeydestä ja tulevasta Kauhusta. Ehkä Maan Valtias sitten kuitenkin armahti hänet ja säästää hänet pedoilta!”

”No, se ei meitä koske! Meidän on etsittävä sitä tyttöä. Tietäjä ei usko varmaksi hänen hypänneen Surmankalliolta, vaikka Janos niin väittääkin. En ymmärrä, mikä sitä itsepäistä tyttöä riivaa! Miksi hän ei haluaisi kunniaa astua Uuteen Elämään Tietäjän rinnalla? Hänestähän tulisi kuin ruhtinatar!”

”Se tyttö on aina ollut omapäinen ja outo, ei ollenkaan niin kuin muut”, toinen miehistä sanoi tuhahtaen. ”Minä luulen, että hän on Kylmäjärvessä! Tai sitten pedot veivät hänet yöllä. Sudethan ulvoivat lähempänä kylää kuin yleensä…”

”Kenetköhän Tietäjä ottaa hänen tilalleen? Kelpaisikohan minun tyttäreni?”

”No, Janos ainakin on mennyttä miestä! Tyttären häpeä ja surma tuhosi hänen asemansa lopullisesti, ja luulenpa, ettei Tietäjä halua hänen pelastuvan huomiselta tuholta!”

”Jätetään tuo tänne makaamaan ja mennään katsomaan, onko se tyttö Surunrotkolla. Minä en ainakaan uskalla mennä sitä kauemmas… Viime vuonnahan kontio raateli Maunuksen veljen Surunkallion laidalla. Ja se suden ulvonta kuului sieltä päin…”

”Niin… Minä en aio joutua pedon saaliiksi! Käydään Surunrotkolla ja kiirehditään sitten kylään. Meidänhän on teurastettava lampaita, että kaikille riittää paistia… Tuskin Tietäjä laittaa meitä enää takaisin asialle tänään. Hänhän odottaa sitä palvelijaansa, joka tulee härkävankkureilla, ja hän lupasi kunnon juhlat. Onhan sentään Kauhun aatto!”

”Niin. Turha säästää riemulientä huomiseksi! Ja Tietäjähän sanoi, että nyt voi ottaa tytön kuin tytön, ilman Lupausmenoja, ja jos joku jää yli, parhaimmat miehet saattaa saada toisenkin!”

Pidätin hengitystäni. Halusin heidän luulevan, että olen kuollut, jotta he jättäisivät minut rauhaan. Kun he lopulta lähtivät pois kuopalta, yritin saada itseeni voimaa liikahtaa. Kuopan pohjalla olisi nyt kiviä, joita voisin käyttää kaivamiseen. Jos vain jaksaisin nousta; jos jaksaisin kohottaa edes kättäni ja tarttua kiveen, niin voisin aloittaa kaivamisen. Yritykseni kuitenkin jäi sangen vaatimattomaksi. Pystyin vain hieman kääntämään itseäni, mutten jaksanut edes tarttua mihinkään.

Juomapullo oli jossakin ruumiini ja maaseinän välissä, enkä saanut sitä kohotettua huulilleni. Epätoivo valtasi minut uudelleen. Jos miehet löytäisivät Janoshan, tälle ei olisi enää muita vaihtoehtoja kuin kuolema tai elämä irstaan miehen orjana. Jos olisin tiennyt Janoshan pelastuvan Tietäjän käsistä, olisin voinut kuolla rauhassa, mutta pelko ja huoli hänen kohtalostaan piinasivat minua.

”Voi Petrus”, mutisin. ”Olisitko lähtenyt, jos olisit tiennyt, että rakastan häntä? Olisiko kaikki paremmin, jos minä olisin lähtenyt, etkä sinä? Ehkä sinun olisi pitänyt ottaa Janosha vaimoksesi! Ehkä olisitte molemmat vielä turvassa! Minulle ei ole pelastusta muutenkaan…”

En tiedä miten kauan makasin siinä, valveen ja unen rajalla. Ruumiini oli hiostunut kuin sepällä ahjon vieressä, ja mielikuvani näyttivät liekehtiviltä, levottomilta, sairaan mielen tuotteilta. Ehkä huusin jossain vaiheessa äitiä ja isää, ja sitten näin heidät; heidän tuskallisen kuolemansa, uudelleen ja uudelleen. Huusin Daniyeelia ja Kaikkeuden Luojaa; yritin pyyhkiä mieleni silmistä pois kuoleman ja kauhun, ja kuvitella sitä, mikä toisi lohtua ja rauhaa. Sitten huusin Janoshaa. Huutoni oli tuskin kuiskausta voimakkaampi, mutta hän vastasi siihen.

Ympäriltäni kuului ääniä; ne kaikuivat pelottavasti pääni sisällä, ja hetken kuvittelin, että pimeys oli tullut ja jokin peto valmistautui raatelemaan minua. Sitten jokin kosketti minua pehmeästi. Yritin kääntyä; yritin tunnistaa käsilläni tuota olentoa, joka oli kumartunut puoleeni ja jonka olemus sekoittui kuumehoureisiin mielikuviini. Luulin äitini tulleen takaisin, mutta pelkäsin, että he tappaisivat hänet, ja tarrauduin hänen käsiinsä. Hän ei perääntynyt. Hän kosketti kasvojani jollakin kylmällä; hän silitti päätäni ja puristi kättäni, kunnes aloin uskoa siihen, ettei hän ollut pelkkä harha. Hän oli verta ja lihaa; hän oli todellinen olento, joka kosketti minua ja rauhoitti sairasta ruumistani ja houreista mieltäni. Hänen kosketuksensa tuntui kokoavan minut taas ehjäksi, kun hetkeä aiemmin olin tuntenut olevani hajallani kuin pirstaleiksi rikkoutunut ruukku. Viileys tasoitti päätäni; saatoin erottaa selvemmin sen, mitä todella näin, siitä, mitä ehkä kuvittelin näkeväni. Ja kun erotin hänen auringon punerrusta heijastavat hiuksensa siinä kasvojeni vieressä, hätäni laantui, ja vaivuin rauhalliseen uneen.

Kun seuraavan kerran havahduin hereille, hän oli kohottanut vesileilin huulilleni.

”Sinun täytyy juoda”, hän sanoi hiljaa. Hänen kasvonsa olivat hieman likaiset, ja poskilla oli kyyneleitä. Hän oli aivan vieressäni, ja hänen toinen kätensä piteli edelleen kättäni. Yritin juoda. Olin edelleen hirvittävän väsynyt, mutten enää hourinut; Janosha oli oikeasti siinä. Olimme molemmat Häpeäkuopassa. Jos hänet löydettäisiin, Tietäjä varmasti haluaisi hänet ylös, mutta minä jäisin kuolemaan. Huolestuneena kohottauduin, mutta samassa heikotus sai minut laskeutumaan takaisin.

”Tietäjä etsii sinua... Olet vaarassa täällä”, sanoin hiljaa.

”Ei kukaan enää tule tänne! Ne luulivat sinun kuolleen, ja kaikki minua etsiskelleet palasivat peloissaan paaluvarustuksen sisään, koska sudet liikkuivat lähellä kylää. Minäkin näin ne, mutta ne eivät piitanneet minusta, vaikka huomasivat minut. Ja nyt väki on kylässä juhlimassa! Näin muukalaisen tulevan polkua pitkin härkävankkureilla, joitten kyydissä oli iso tynnyri juotavaa. Tuskin kukaan enää välittää meistä tai siitä, jäämmekö tänne vai emme”, Janosha selitti huoahtaen. Katselin häntä palan tunne kurkussani, ja tunsin silmieni kostuvan. Hän näytti väsyneeltä, mutta kiivasmieliseltä ja päättäväiseltä.

”Miten pääsit pois kylästä? Tietäjä väitti sinun lupautuneen hänelle”, sanoin karhealla äänellä. Hän kääntyi katsomaan minua tutkivasti.

”Lähdin heti sinä yönä, kun hän oli jättänyt sinut tänne. Arvasin, että hän halusi jättää sinut kuolemaan! Menin jätenurkasta ulos, yritin pestä itseäni ylempänä purolla, ja sitten suunnistin karttasi avulla leiriisi. Kuu antoi tarpeeksi valoa, ja metsä oli kuun valossa kaunis... Kovin kaunis, eikä lainkaan niin pelottava kuin kylän väki väittää! Leirissä huomasin puussa olevan majasi, ja kiipesin sinne turvaan siltä varalta, jos liikkeellä olevat sudet uhkaisivat minua. Mutta ne näyttivät vain kiertelevän kylää, ja katosivat sitten omille teilleen.”

”Luojalle kiitos sinun rohkeudestasi! Mutta entä Petruksen varustesäkki, oliko se yhä paikoillaan leirissäni? Oliko jouseni ja veitseni sen vieressä?” kysyin kiihtyneenä.

”Ei siellä ollut varustesäkkiä, eikä jousta tai veistä”, Janosha totesi hiljaa ja kosketti rauhoittavasti otsaani. ”Tutkin kyllä paikkoja sitten valoisaan aikaan, ja löysin vain sinun tekemiäsi muita esineitä, mutta en mitään matkavarusteita.”

”Petrus on siis selvinnyt hypystään Kylmäjärveen”, huoahdin helpottuneena. ”Kunpa hän olisi löytänyt apua! Kunpa hän olisi tulossa luoksemme!”

”Ehkä on jo myöhäistä auttaa ketään muita”, Janosha totesi vakavana. ”En tiedä edes miten isäni käy! Hän sanoi yrittävänsä suojella minua viimeiseen saakka. Hän lupasi vaikuttaa väkeen niin, ettei kukaan etsisi minua, jos lähden kylästä salaa. Mutta jos Tietäjä epäilee hänen osuuttaan paossani, hän on itse vaarassa!”

”En tiedä ehdimmekö ylös täältä ennen kuin se pimeys tulee, jos se todella tulee”, sanoin raskaasti huoahtaen. ”Jos Tietäjä on puhunut totta tulevasta kauhusta ja pimeydestä, mekään emme ole turvassa... Ja jos sekin on totta, etteivät muukalaiset ja luopiot pelastu Uuteen Elämään, sinäkään et pelastu!”

”Jokim, et kai usko sitä ilkeää ukkoa? Onko hän saanut vaikutettua mieleesi? Oletko alkanut uskoa hänen puheitaan?” Janosha kysyi kiihtyen. En kyennyt katsomaan häntä silmiin.

”En tiedä, Janosha! En haluaisi uskoa häntä, koska koen hänet pahantahtoiseksi ja inhoan häntä... Mutta entä jos hänen puheensa ovatkin totta? Mistä me tiedämme, että hän on valehtelija?” kysyin hiljaa, ja ahdistus sai minut jäykistymään kuin kivusta. Hän kosketti leukaani ja käänsi minut katsomaan itseään.

”Jokim, sinä itse olet sanonut, ettei Luoja halua tuhota kättensä tekoja! Haluatko sinä tuhota vuolemasi kauniin esineen? Haluatko tärvellä naamion, johon olet tavoittanut jotakin kaunista?”

”Ehkä haluaisinkin, jos joku olisi liannut ne! Ehkä meistä on tullut Kaikkeuden Luojan silmissä saastaisia, ja siksi meidät on hävitettävä”, sanoin nieleskellen, koska olin lähellä itkua kuin lohduton lapsi.

”Mutta surmaisitko sinä lapsesi, jos hän olisi tehnyt väärin?” Janosha huudahti. Silloin vaikenin, ja katseeni kääntyi maahan. Hän tarttui käteeni, puristi sitä ja silitti sitä peukalollaan. ”Jokim, jos olemme Kaikkeuden Luojalle kuin lapsia, syntyneitä hänen voimastaan, siitä voimasta, joka vaikuttaa taivaalla, kasveissa ja eläimissä, tahtoisiko hän meidät tuhota? Eikö ole valhetta väittää, että olisimme erotettuja hänen yhteydestään? Mikä voisi erottaa meidät siitä yhteydestä, joka on kuin lapsen side äitiin tai isään? Kuka voisi riistää meiltä siteen vanhempiimme, vaikka he eläisivät vain muistoissamme? Kuka voisi tuhota rakkauden? Eikö kaikessa tässä, mitä näemme ympärillämme, näy rakkauden kosketus?"

"En tiedä, Janosha, onko Tietäjän tahto murtanut minun mieleni, mutta minä pelkään! Vielä muutama päivä sitten olin varma siitä, että hän valehtelee. Nyt en enää tiedä! Toivon vain, että kaikki olisi ollut valhetta, ja että kaikki palaisi ennalleen, eivätkä kaikki ne ihmiset olisi kuolleet. Tunnen olevani syyllinen, tai ainakin osasyyllinen, ja nyt tuntuu, että minulle on oikein, etten pelastu!" huudahdin hiljaa, ja sisälläni tunsin jälleen saman tukehduttavan tuskan, jota Tietäjän syytökset olivat minussa herättäneet. Olisin voinut huutaa tai ulista kuin eläin, mutta Janoshan kosketus rauhoitti minua, vaikka tunsin kuristuvani syyllisyydestäni.

"Et sinä ole syyllinen sen enempää kuin minä, tai Paulus, tai Ania! Jokim, usko minua!" Janosha huudahti. Hänen kätensä piteli yhä kättäni, ja tunsin äkkiä voimakasta halua käpertyä hänen syliinsä itkemään. Mieleni ei kyennyt ottamaan vastaan hänen hyväntahtoisuuttaan, koska sisälläni kuulin edelleen Tietäjän säälimättömän äänen, joka väitti minua syylliseksi ja pahaksi. Mutta ruumiissani tunsin Janoshan rakkauden. Hänen kosketuksensa kautta saatoin ottaa häneltä vastaan rakkautta ja saada tunteen, ettei hän tuominnut minua; hänen edessään minä en ollut saastaa, vaan jotakin, mikä oli hänelle arvokasta.

"Häpeän itseäni... Häpeän avuttomuuttani... Ainoa asia, jota en häpeä, on se, että rakastan sinua, vaikkei minulla ole siihen edes oikeutta", sanoin hiljaa, ja liikutus tukahdutti ääneni karheaksi. Olin edelleen niin väsynyt, että vajosin makuulle viileää maata vasten. En pystyisi tekemään mitään auttaakseni Janoshaa tai itseäni ylös kuopasta, ja ahdistus lisäsi voimattomuuttani. Mutta Janosha oli siinä; olin saanut hänet rinnalleni, ansaitsinpa häntä tai en, ja pahaenteisten ajatusteni keskellä saatoin tuntea sentään jotakin, mikä sai epävarmuuden ja pelon tuntumaan mahdollisilta sietää.

"En minäkään häpeä sitä, että rakastan sinua! Päinvastoin se todistaa, että minussa on sentään jotakin hellämielistä ja hyväntahtoista, vaikka olenkin outo ja yksikseni viihtyvä", Janosha totesi naurahtaen hiljaa, ja laskeutui sitten viereeni. Hän painoi päänsä olkapäätäni vasten ja ympäröi minut käsivarrellaan. "Jokim, jos Luoja on olemassa, Hän ei meitä hylkää, vaikka aurinko katoaisikin. Ja Kaikkeuden Luoja on kyllä todellinen; hän on yhtä totta kuin kaikki se, mitä voimme aistia hänen luomuksistaan! Meillä ei ole hätää, kun pidämme kiinni siitä, minkä todeksi tiedämme. Niin kauan kuin uskomme siihen, mikä on totta, meillä ei ole hätää!”

LUKU VIII

Olin nukahtanut uupumukseeni. Kun seuraavan kerran heräsin, Janosha oli jalkeilla. Hän oli alkanut kaapia kivellä multaa kuopan seinustasta pohjalle, muotoillen siitä porrasta tai koroketta seinustan viereen. Kun hän huomasi minun heränneen, hän kumartui tarjoamaan minulle vettä.

”Leipää on enää tämä jaettavaksi, mutta keräsin eilen marjoja taskuuni... Syö sinä ne, niin voimistut!"

En rohjennut puhua mitään. Mieleni oli arka ja sekava. Kuume oli ehkä hellittänyt, mutta ajatuksissani häilyi edelleen pelottavia mielikuvia ja epätoivoisia sanoja. Pelkäsin Janoshan näkevän epätoivoisen tilani, enkä halunnut lannistaa häntä. Hän jatkoi seinämän kaapimista; rauhallisesti, aika ajoin pyyhkäisten hiuksia kasvoiltaan. Katsellessani häntä jonkin aikaa aloin tuntea voimieni palautuvan. Kohottauduin varovasti, etsin toisen kiven kuopan pohjalta ja siirryin hänen viereensä.

”Sinun vuorosi levätä”, sanoin ja kosketin varovasti hänen olkaansa. ”On parempi, ettemme kumpikin väsytä itseämme.”

Hän näytti väsyneeltä, eikä vastustellut, kun siirryin hänen työhönsä. Hiljaisena hän laskeutui olkien päälle lepäämään. Jaksoin kaivaa jonkin aikaa, mutta sitten minun oli taas hengähdettävä. Olin janoinen, mutta yritin unohtaa janoni, koska vettä ei ollut enää paljoa jäljellä. Kun seisahduin, erotin kylästä kuuluvia ääniä. Siellä juhlittiin. Äänet kantautuivat metsän ylitse ja kaikuivat Surunkalliosta; kovaäänistä naurua ja hälinää, juopuneelta kuulostavaa laulua, naisten kiljahduksia. Tuuli nostatti kuoppaan saakka myös paistuvan lihan tuoksua. Useampia lampaita oli ehkä laitettu tulille. Aurinko oli laskemassa, mutta juhlinta varmasti jatkuisi läpi yön. Jos seuraava päivä olisi Kauhun päivä, kukapa haluaisi nukkua, kun vielä saattoi juoda ja mässäillä?

Kun aurinko viimein laski niin alas, että alkoi hämärtää, emme enää erottaneet kyllin hyvin, mistä kohdasta maaseinämää kannattaisi kaapia. Maan seassa oli myös kiveä, ja mietin, löytyisikö seinämästä jalansijaa kiipeämiseen. Oloni oli kuitenkin liian hutera; en jaksanut yrittääkään kivuta seinämää ylös, edes käsivarren mittaa. Laskeuduin pohjalle istumaan Janoshan viereen ja huoahdin raskaasti.

”Taidan olla vieläkin aika heikossa kunnossa”, totesin, ja hän tarttui käteeni ja puristi sitä.

”Niin, älä rasita itseäsi liikaa! Ehkä olet aamulla terveempi ja paremmissa voimissa”, hän lausahti mietteliäänä. ”Jos saisimme sitten vielä jonkin verran maata raavituksi tuolle laidalle…”

”Sinä ehkä pääsisit nousemaan kuopan laidalle, jos kiipeäisit hartioilleni”, totesin hiljaa. ”Mutten tiedä, oletko sen enempää turvassa tuolla ylhäällä kuin täälläkään!”

”En minä täältä lähde, ellen tiedä sinunkin pääsevän pois”, Janosha huoahti. ”Mutta voisin ehkä etsiä metsästä isoja oksia, ja pudottaisin niitä tänne, ja sinä voisit ehkä asetella niitä siten, että pystyisit kiipeämään ylös niitten avulla.”

”Mutta oksien pitäisi olla melkein käsivartesi paksuisia ja lähes yhtä pitkiä kuin sinä, jotta saisin niistä aseteltua tikapuitten tapaiset vinopuut”, sanoin mietteliäänä. ”Ilman kirvestä et saisi sellaisia oksia katkotuksi…”

”Leirissäsihän on joitakin riukuja, siinä katoksessa ainakin”, Janosha totesi. ”Riittäisivätköhän ne?”

”En tiedä, ehkä riittäisivätkin! Mutta ehkä meidän on vain jatkettava korokkeen kasaamista, ja sitten kun sinä pääset ylös, voit pudottaa kuoppaan mitä vain sitten löydätkään lähettyviltä”, sanoin hiljaa. ”En tosin tiedä, mitä sitten tapahtuu… Vaikka pääsisimmekin pois täältä kuopasta, voimmeko enää pysäyttää Tietäjää? Voihan olla, että jo yön aikana kyläläisille tapahtuu jotakin pahaa. Ehkä Tietäjä tahtoo tuhota kaikki, syystä tai toisesta, ja vie vain Viacaelumin mukanaan. En tosin ymmärrä sen merkitystä hänelle! Onhan se aine kaunista, mutta miksi hän haluaisi sitä niin paljon? Mihin hän sitä tarvitsee?”

”Luultavasti Petrus otti mukaansa sen pienen palan, jonka hän löysi purosta”, Janosha sanoi. ”Hän ehkä kysyy joltakulta Pohjanväylän takana, mitä se aine on.”

”On aika epäuskottavaa, että se jokin Maan Valtias haluaisi sellaista ainetta, kun sitähän on varmasti joka paikassa maan päällä muutenkin! Miksi se pitäisi panna arkkuun ja viedä yhteen paikkaan? Mitä iloa siitä on arkussa?” totesin hiljaa. ”Ja mihin Tietäjä itse sitä tarvitsee, jos Maan Valtiasta ei ole olemassakaan?”

”Aivan kuin joku kasaisi läjä päin kärpännahkoja, niin etteivät ne koskaan loppuisi, ja hän saisi vaihdetuksi niihin kaikkea mitä haluaa, milloin vain... Ja sellaisen miehen vaimoksi menisi sellainen nainen, jonka silmät kiiluvat aina kun jotakin uutta esinettä, kangaspalaa tai turkista esitellään hänelle!” Janosha totesi naurahtaen hiljaa. Katsahdin häntä hämärän lävitse.

”Totta! Se yksi muukalainen, se, jonka tapasin ennen kuin Tietäjä tuli kylään, hän kyllä katseli Viacaelumia silmät kiiluen”, sanoin vakavana. ”Janosha, mitä jos se aine on jotakin sellaista, jota ihmiset Pohjanväylän takana käyttävät tavaroitten vaihtamiseen, niin kuin me käytämme käsitöitämme, tai nahkoja ja turkiksia? En kylläkään ole nähnyt muunlaisia kuin kuparisia kiekkoja, mutta jospa sitä ainetta pidettäisiin arvokkaampana...”

”No, se ainakin tekisi Tietäjästä vielä varmemmin ahneen ja kieron valehtelijan ja petturin!” Janosha puuskahti. ”Silloin hän on pelkkä varas ja huijari, ja vieläpä irstas sellainen...”

”Ja siinä tapauksessa se mies, joka tuli härkävankkureilla, aikoo varmaankin kuljettaa aineen pois kylästä, ja vie Tietäjän mukanaan. Silloinhan pääsemme hänestä eroon”, totesin hiljaa. ”Vieköön moisen aineen, ja pysyköön itse poissa...”

”Mutta jos se aine on jotakin, mitä kaikki ihmiset Pohjanväylän takana ja etelämpänä haluavat, tänne voi tulla muitakin!” Janosha huudahti. ”Jos se on jotakin, mitä ihmiset silmät kiiluen himoitsevat, tänne tulee ahneita ihmisiä, jotka eivät piittaa kenestäkään. Kylämme tuhoutuu, tulipa Kauhu tai ei!”

”Tuskin Tietäjä haluaa, että tänne tulee ketään muita. Ehkä hän palaa itse tänne uudelleen, jotta saa kaiken aineen omaan käyttöönsä. Hän ei varmastikaan halua, että kukaan kyläläisistä kertoo muualla, että täällä on sellaista ainetta”, sanoin.

”No siksi hän ehkä haluaisikin, että kaikki kyläläiset kuolisivat! Ketään ei jäisi kertomaan, mitä täällä tapahtui!” Janosha totesi vakavana.

”Niinpä... Ehkä hän aikookin surmata koko kylän väen, mutta miten? Eihän hänellä ole miekkaakaan... Onko hänellä jotakin myrkkyä? Vai käskeekö hän hulluimpien palvelijoittensa surmata muuta väkeä kirveillä ja seipäillä, tai pudottamalla kalliolta järveen?” totesin inhosta väristen.

”Vain tunteeton mielipuoli suostuisi tekemään sellaista”, Janosha äännähti. ”Mutta ehkä Tietäjä saisi sellaistakin aikaan...”

”He viettävät juhlaa tänään, eivätkä ymmärrä, että se on vain hämäystä, osa Tietäjän juonta! Luulevatko he todella pääsevänsä uuteen elämään?” mutisin ahdistuneena. ”Tai sitten todellakin tulee Kauhu ja Pimeys, eikä kukaan muu säästy kuin Tietäjä itse Viacaelumin kanssa!”

”Jokim, en usko että tulee mitään muuta kauhua kuin se, mitä Tietäjä itse aikoo tehdä ihmisille! Jos hän aikoo tappaa kaikki, eikö siinä ole riittävän suuri kauhu ja tuho?” Janosha huudahti tuskastuneella äänellä. ”Meidän on päästävä ylös täältä ja estettävä sen kieron ukon suunnitelmat!”

”Mutta miten pystymme estämään hänen aikeensa?” kysyin raskaasti huoahtaen. ”Ehtisimmekö edes tehdä mitään ennen kuin Tietäjä tekee sen mitä aikookaan?”

”Ainakin voimme yrittää, edes jotakin”, Janosha totesi kiihtyneenä. ”Meidän täytyy yrittää estää Tietäjän aikeet! Isänikin on vielä siellä. Ja Petruksen isä... Olemme sen velkaa Petrukselle, että edes yritämme pelastaa hänen isänsä!”

Katselin häntä hetken aikaa; hänen kasvojaan ja olemustaan, jossa oli pienen toivon nostattamaa rohkeutta. Jos hän halusi tehdä jotakin, voisinko itse luovuttaa? Eikö minun paikkani ollut hänen rinnallaan? Enkö tekisi häntä suojellakseni mitä vain ikinä kykenisin?

”No, ehkä saisimme aamuun mennessä kuopan pohjaa sen verran korotettua, että ylettyisit reunalle, kun kiipeät hartioilleni. Sitten voit auttaa minut jollain keinolla ylös, ja haemme leiristäni metsästysjouseni ja nuolia. Teemme siis mitä vain pystymme, ennen kuin kylän väki joutuu tuhoon”, sanoin puristaen hänen kättään. ”Mutta jotta jaksamme sen, mitä huomenna on odotettavissa, meidän on levättävä edes hieman. Jatkamme kaivamista heti kun aamu valkenee sen verran, että näemme taas, mistä maa irtoaa parhaiten.”

Kohentelin olkialustaa, ja nojauduimme mahdollisimman mukavasti seinämää vasten. Taivaalla loisti vain muutama tähti, ja ellei kylästä kuuluva juhlinnan ääni olisi tärvellyt tunnelmaa, olisi ollut seesteisen kaunista. Janosha etsi käteni ja tarttui siihen; luontevasti, aivan kuin hän olisi aina voinut tehdä niin. Ja se oli ihmeellistä.

Kaiken pelottavan ja pahaenteisen keskellä hänen kätensä kosketus ja tieto hänen rakkaudestaan koskettivat ja lohduttivat minua. Hänen rakkautensa antoi minulle toivoa ja auttoi uskomaan hyvyyden olemassaoloon. Tietäjän kasvot olivat hämärtyneet mielessäni ja hänen sanojensa kaiku oli enää vaimea, epäselvä hyminä jossakin kaukana. Sen sijaan saatoin kuulla kirkkaana mielessäni Janoshan äänen, ja mielikuvissani hänen hiuksensa loistivat lämmintä valoa, ja hänen kasvoiltaan saatoin lukea rakkauden, jota minun ei tarvinnut ansaita. Hän rakasti minua, koska olin sellainen kuin olin. Olin sellainen, jollaiseksi Kaikkeuden Luoja oli minut tehnyt.

”Jokim, isäni käski minun auttaa sinua, jos vain pystyn”, Janosha sanoi hiljaa. ”Hän toivoo sinulle hyvää, ja hyväksyy sen, mitä tunnen sinua kohtaan. Mutta luulen silti, että jos hän tietäisi meidän olevan täällä kahden, hän saattaisi olla hieman närkästynyt tai huolissaan!”

”Niin, emmehän ole toisten silmissä lupautuneet toisellemme, eikä isäsi ehkä kuitenkaan lupaisi sinua minulle, jos Petrus vielä palaakin”, sanoin huoahtaen. ”Mutta jos elämämme on pian lopussa, teemmekö kovin väärin, jos pysymme yhdessä? Jos maailmaa kohtaa tuho, onko sillä väliä, olemmeko lupautuneet toisillemme ihmisten edessä vai emme? Kuka siitä välittää? Kuka meidät laittaa tilille siitä, että olemme viettäneet aikaa keskenämme kuin toisilleen luvatut?”

”Ja vaikka laittaisikin, rangaistuksena olisi korkeintaan se, että joutuisit ottamaan minut puolisoksesi”, Janosha naurahti. ”Jokim, minä en välitä enää vähääkään siitä, mitä nämä kylän ihmiset ajattelevat! Tulipa huomenna pimeys tai ei, kuolemmepa tai emme, vain sillä on merkitystä, mikä on totta. Jos rakastat minua, voin luottaa siihen, että rakkautesi säilyy, tapahtuipa mitä tahansa.”

”Olisin kyllä mielelläni viettänyt Lupausmenoja kanssasi”, sanoin hiljaa. ”Siis, jos isäsi lupaisi sinut minulle, ja jos Pimeys ei tuhoa meitä…”

”Jokim, jos elämä jatkuu ennallaan, minulle riittää, että sinä olet luvannut itsesi minulle tässä ja nyt! En kaipaa töllisteleviä, uteliaita silmäpareja arvioimaan yhteiselämämme laatua tai kestoa, enkä liioin sitä, että jotkut kirkuvat ympärillämme, kun tönimme toisiamme tukin päältä ja kilpailemme siitä, kumpi saa määrätä toista!” Janosha sanoi naurahtaen taas.

”Jos me oikeasti viettäisimme Lupausmenoja, haluaisin, että paikalla olisivat vain ne, jotka oikeasti välittävät meistä. Haluaisin, että siellä olisivat äitini ja isäni, siskoni ja veljeni, jos he vain yhä eläisivät. Ja toivoisin, että Petrus olisi kanssamme, ja sinun isäsi. Ja jos äitisi olisi elossa, olisin kyllä halunnut tuntea hänetkin", sanoin silittäen hänen kättään. "En oikeastaan haluaisi ylimääräistä väkeä ympärillemme."

"En minäkään kaipaisi muuta väkeä", Janosha totesi hiljaa. "Sinun sisaresi voisi ojentaa meille ruukun. Ja sinä rikkoisit sen taitavasti, niin ettei yksikään pala joutuisi hukkaan! Kun ruukku täytettäisiin vedellä, pisaraakaan ei valuisi saumasta, ja kaikki kyllästyisivät laskemaan vuosia, kun tajuaisivat, ettei ruukku vuoda ollenkaan. Siitä hekin ymmärtäisivät, että Kaikkeuden Luoja on tarkoittanut meidät yhteen, ja että rakkaus kestää yli kuoleman!"

"Niin… Ehkä me olemme kuin yksi ruukku, jonka valaja on tehnyt omanlaisekseen, erilaiseksi kuin muut täällä. Mutta kun ruukku halkesi, kadotimme toisen osamme. Ja uudelleen yhteen liitettynä olemme taas ehjä kokonaisuus, jota kenenkään ei pidä enää rikkoa", sanoin. Oli jonkin aikaa hiljaista, kun kuvittelin, millaisina muut ihmiset meidät näkisivät, jos todella viettäisimme Lupausmenoja keskenämme. Voisivatko he ymmärtää, mitä koimme sisällämme? Halveksisivatko he meitä? Olimmeko liian erilaisia kuin he, vai voisivatko he jakaa meidän ilomme, vaikkeivat täysin ymmärtäisikään meitä?

"Niin, ehkä kaikki muutkin ymmärtäisivät, että olemme toistemme puolikkaita, muihin ruukkuihin verrattuna jonkin hieman kummallisen ja omituisen mallisen ruukun osia!" Janosha naurahti hiljaa. "Jospa he ymmärtäisivät iloita siitä, että jokin outo puolikas löytää toisen puolikkaansa, ja muodostaa jonkin mielekkään kokonaisuuden… Ehkä heidän sisimmässään on hyväntahtoisuutta, vaikka he alkuun vierastavatkin kaikkea, mitä eivät heti itse ymmärrä! Mutta kummankohan suvun yleisö toivoisi saavan enemmän valtaa liitossamme, jos kiskoisimme säkkiä Lupausmenoissa? Minulla on vain isä, eikä kukaan tunne sinun sukuasi… Sinua pidetään Vaeltajaveljien kasvattina."

"En haluaisi ollenkaan repiä säkkiä kilpaa kanssasi ja käyttäytyä hyökkäävästi… Enhän oikeastaan edes halua taistella isäsi päätösvaltaa vastaan! Lupausmenoissa voisimme leikata sopuisasti säkin puoliksi ja jättää raivokkaan kilpakiskonnan väliin, vaikka yleisö ehkä pettyisikin", sanoin naurahtaen.

"Ja minä ompelisin säkin taas huolellisesti yhteen, ettei sauma repeäisi koskaan. Enkä haluaisi taistella kanssasi tukin päällä siitä, kumpi saa vallan liitossamme! Voisimme tulla tukilta alas yhtä aikaa ja sopuisasti", Janosha nauroi hiljaa. "Tekisimme sinun tahtosi mukaan siinä, minkä sinä ymmärrät paremmin, ja minun tahtoni mukaan siinä, minkä minä ymmärrän paremmin! Voisimmehan kai luottaa siihen, ettemme tahallamme loukkaisi toisiamme, vaan toimisimme kaikessa yhteistä hyvää ajatellen."

"Se käy minulle hyvin! En usko, että sinä haluaisit ikinä päättää mitään, mikä vahingoittaisi minua, enkä minä ainakaan haluaisi tehdä sellaisia päätöksiä, jotka loukkaisivat sinua tai aiheuttaisivat sinulle hankaluuksia", totesin karhenneella äänellä. Hänen kätensä tuntui pieneltä minun kädessäni, joka oli veistotöitten vahvistama. Olisin halunnut suudella hänen kättään, mutta jollain tapaa ajatus nolostutti minua liikaa.

Oli jonkin aikaa aivan hiljaista. Mielikuvat elivät mielessäni; näin hänet juhlapukuunsa puettuna rinnallani, onnellisena ja toiveikkaana, ja luottavaisena rakkauteeni. Kostean kylmä maa muistutti kuitenkin siitä, missä todellisuudessa olimme. Hänen kätensä lepäsi käteni sisällä, ja tiesin, etten haluaisi enää erota hänestä, hyväksyisipä Janos minut tyttärensä puolisoksi tai ei. Ja vaikka maailma tuhoutuisi, kärsisin hänen rinnallaan kaiken sen, mitä oli tuleva osaksemme. Havahduin, kun hän puristi kättäni ja siirtyi vielä lähemmäs minua.

"Minusta tuntuu aivan siltä niin kuin olisimme oikeasti viettämässä Lupausmenoja. On helppoa kuvitella niitä mielessään, kun on niin pimeää, etten näe muuta kuin mielikuvani!" Janosha sanoi, ja saatoin kuvitella hänen hymyilevän. "Mutta minä en haluaisi kuunnella niitä uhkaus- ja varoituslauluja ollenkaan. Haluan kuulla lauluja onnesta ja ilosta, kärsivällisyydestä ja lempeydestä... Voisimmepa vain lupautua toisillemme ilman sitä kaikkea väen hälinää ja tavanomaisia leikkejä!"

"Niin... Miksi emme voisi viettää Lupausmenoja omalla tavallamme? Emme todellakaan kaipaa mitään pelotteluja ja uhkauksia tämän kaiken ahdistavan jälkeen", totesin naurahtaen. "Miksi emme voisi ajatella, että olisimme pelkästään onnellisia yhdessä? Onko pakko luoda mieleensä uhkakuvia kaikesta, mikä voi mennä huonosti?"

"Jokim, minä ainakin uskon, että meistä voisi tulla onnellinen pari. Jos tuleva Kauhu ei tuhoa meitä, tai vaikka tuhoaisikin, lupaatko itsesi minulle, tässä ja nyt?" Janosha kysyi hiljaa. Pimeässä käännyin häntä vasten ja tartuin hänen käsiinsä nyt molemmin käsin. Näin hänet vain hyvin hämärästi, mutta tunsin hänen läheisyytensä; hänen hengityksensä kasvoillani ja hänen ruumiistaan leviävän lämmön lähelläni.

”Lupaan, jos sinä niin tahdot, ja koska ihan varmasti tahdon itsekin!” sanoin naurahtaen hiljaa, mutta silmäni olivat kostuneet. Olin yhtä aikaa onnellinen ja surullinen, ja tilanteen ristiriitaisuus sai minut hieman pilailemaan, vaikka samalla olin kuolemanvakava. Mutta Janosha ymmärsi minua; saatoin kuvitella, että hän tunsi jotakin hyvin samanlaista, koska hänen luontonsa oli hyvin samankaltainen kuin omanikin. ”Ja kaikkien näiden hiljaisten ja näkymättömien, Luojan luomien elollisten läsnä ollessa sinetöin lupauksemme julkisella suudelmalla. Voin varsin elävästi kuvitella, miltä isäsi ilme näyttäisi, kun suutelen sinua!”

”Muitten läsnäolijoitten puuttuessa juurakot ja metsän puut osoittakoot myötäiloaan ja suosiotaan!” Janosha naurahti. Pimeydessä kumarruin lähemmäs suutelemaan häntä, ja hetkeksi unohdin, missä olimme, ja ettei meillä kenties olisi yhteistä tulevaisuutta. Oli vain se hetki; ei mennyttä, eikä tulevaa. Äkkiä aistin valoa silmäluomieni läpi; avasin silmäni ja näin, miten valonhohde värjäsi maaseinämän lämpimän kellertäväksi. Hätkähtäen loittonin Janoshasta. Valo tuli ylhäältä, ja kun kohotin katseeni aristellen valon kirkkautta, erotin kuopan reunalla soihdun ja sitä kädessään pitelevän miehen hahmon.

”Ja Kaikkeuden Luoja liittoanne siunatkoon!” hän sanoi hiljaa. Hän oli epäilemättä nähnyt meidän suutelevan ja kuullut viimeisimmät puheenvuorommekin. Sisälläni kuohahti monenlaisia tunteita, koska tunsin hänen äänensä…

”Petrus!” Janosha huudahti karheasti ja kohottautui nopeasti jaloilleen. ”Sinäkö se olet?”

”Niin, minä… Luojan kiitos, että olette kunnossa! Mutta oletteko olleet siellä jo kauan?” Petrus kysyi kumartuen laskemaan soihdun käsistään jonnekin maan tasalle, niin etten nähnyt ilmettä hänen kasvoillaan.

”Pari päivää… Tai siis Janosha tuli aamupäivällä, ja minä olin kaksi yötä”, sanoin häkeltyneenä, tietämättä mitä Petrus ajatteli näkemästään, tai olisiko minun pitänyt selittää hänelle enemmänkin. Mutta Petrus alkoi sen enempää kyselemättä laskea köyttä kuopan reunalta alas.

”Janosha, laita köysi kainaloittesi alle, niin että voin vetää sinut ylös. Jokim, auta häntä ylöspäin, kun vedän!” Petrus kehotti. Hänen äänensä oli vakava, mutta ystävällinen. Kun Petrus alkoi vetää Janoshaa köydellä ylöspäin, minä nostin Janoshaa, kunnes hän pystyi tukeutumaan jaloillaan hartioihini. Hän ylettyikin melkein reunalle saakka, kun seisoin korotetulla seinustalla. Petrus tarttui häntä kainaloista ja veti hänet ylös. Kun soihdun valo katosi hetkeksi, mielessäni käväisi se tosiasia, että olin ollut Petrukselle petollinen, ja jos hän kantaisi minulle kaunaa, hänellä olisi hyvä tilaisuus päästä minusta eroon jättämällä minut kuoppaan kuolemaan. Mutta hyvin pian hän ilmestyi uudelleen kuopan laidalle ja laski köyden minulle.

"Sidoin köyden läheiseen puunrunkoon. Laita se kainaloittesi alta ja heitä toinen pää tänne ylös! Koeta kiivetä jaloillasi seinämää ylös, niin lähelle reunaa kuin pääset, niin vedämme samalla köydestä", hän selitti rauhallisella ja varmalla äänellä. Köysi hiersi selkääni, kun kiipesin, ja lähellä reunaa jalkani luisuivat alaspäin. Petrus kuitenkin tarttui minuun, ja yhdessä Janoshan kanssa he kiskoivat minut ylös. Kun kohottauduin, näin Petruksen katsovan minua tutkivasti.

"Näytätpä kovin heikolta! Olet kai joutunut kokemaan kovia viime päivinä?" hän kysyi vakavan huolestuneena.

"Olen", sanoin hiljaa. "Jos Janosha ei olisi tullut, olisin ehkä jo kuollut tuonne, koska olin kuumeinen ja muutenkin lannistettu. Tietäjä yritti nujertaa minut, ja luuli minun jo alistuneen..."

Petrus kääntyi katsomaan Janoshaa, ja heidän katseensa kohtasivat. He tuntuivat käyvän keskustelua, jossa ei tarvittu ääntä eikä sanoja. Silti ymmärsin, mitä hekin ymmärsivät, ja kun oli aika lausua asiat julki, saatoin aistia vain ystävyyttä ja rakkautta; en epäluuloa tai katkeruutta.

"Petrus", Janosha sanoi hiljaa. "Olen pahoillani, etten voinut olla sinulle rehellinen silloin, kun olit kysynyt minua puolisoksesi. Ymmärräthän nyt?"

"Ymmärrän", Petrus lausahti hitaasti. "Näenhän, että rakastat häntä, mutta ellen minäkin rakastaisi, minun olisi vaikeampi antaa hänelle anteeksi sitä, ettei hänkään ollut minulle aivan rehellinen."

"En halunnut sotkeutua sinun asioihisi, Petrus! En ajatellut, että minulla olisi mitään mahdollisuutta Janoshan suhteen kuitenkaan", totesin vakavana.

"Tiesinhän minä, että sinä rakastat häntä! Mutta sitä sinä et kertonut minulle, että hänkin rakastaa sinua!" Petrus huoahti. "Huomasin sen vasta silloin, kun hän ei halunnut sinun lähtevän kylästä apua hakemaan. Silloin tajusin, että hän rakastaa sinua enemmän, tai ainakin eri tavalla kuin minua."

"Ja siksi tarjouduit itse lähtemään", sanoin hiljaa. "Olen pahoillani..."

"Älä ole! Muistathan, mitä sanoin sinulle, kun lähdin? Minä luovuin hänestä ja luotin siihen, että sinä pitäisit hänestä huolta!" Petrus huudahti. "Sinähän olet minulle kuin veli, ja hän on minulle kuin sisar, ja Luoja suokoon, etten koskaan menetä veljeäni ja sisartani!"

"Et sinä menetä, sinä vain lisäät heidän rakkauttaan sinua kohtaan", Janosha totesi liikuttuneena ja syleili Petrusta. Tämä kääntyi minun puoleeni ja tarttui olkapäähäni.

"No, meillä on paljon tehtävää! Kylässä on mielettömyys valloillaan... Isäni on Tietäjän otteessa, ja ilmeisesti koko väki on tuhon oma, jos he vielä päivän valjettua uskovat Tietäjän valheisiin!"

"Löysitkö Vaeltavia Veljiä?" kysyin.

"Löysin, ja he ovat tulossa perässäni, mutta minä tulin edeltä juosten. Ja minulla on tietoa, jota tarvitsemme! Tiedän, mitä ainetta Viacaelum on, ja miksi Tietäjä on halunnut koota sen talteen. Tiedän myös, miksi hän väittää auringon katoavan, ja mistä hän tietää, että se todella myös katoaa!" Petrus selitti naurahtaen.

"Katoaako aurinko?" Janosha huudahti. "Oikeastiko?"

"Katoaa, tai siis, häviää näkyvistämme! Kaukaisista maista tulleet tietäjät ovat kertoneet Vaeltajaveljille, että aurinko on aika ajoin ennenkin kadonnut, joskus osittain, joskus kokonaan, mutta tullut taas näkyviin. Se ei siis oikeasti katoa minnekään, vaan peittyy, niin ettemme näe sitä..."

Petrus nosti soihdun toisen käteensä ja laittoi toisen kätensä niin, että siitä muodostui varjo kuopan vieressä olevan kiven pintaan.

"Jos tämän soihdun eteen laitetaan jotakin tarpeeksi suurta, se peittyy näkyvistämme. Mitä kauempana soihtu on, sitä vähemmän siitä näkyy edes hohdetta meidän silmiimme", hän selitti.

"Mutta mikä on niin suuri, että voisi peittää auringon?" kysyin.

"Kuu! Taivaan merkkeihin perehtyneet tietäjät osaavat ennustaa, milloin kuu menee auringon eteen. Taivaankappaleet liikkuvat omia reittejään, ja toisinaan ne näyttävät kohtaavan taivaalla, mutta eivät törmää. Koska aurinko on kauempana meistä kuin kuu, me näemme, miten aurinko jää kuun taakse, ja silloin tulee pimeää", Petrus selitti, ja hänen selityksensä kuulosti järkeenkäyvältä, vaikka olikin jotakin sellaista, mitä en todellakaan ollut ennen kuullut.

"Mutta eihän se voi kestää kauan? Kuuhan jatkaa vaellustaan ja aurinko omaansa, eikä pimeys voi jäädä ikuiseksi, niin kuin Tietäjä väittää... Mokoma kiero, valehteleva ukko!" Janosha puuskahti päätään pudistellen.

"Niin, täydellinen pimeys kestää vain muutaman hetken. Mutta yhtä kaikki, viimeistään silloin kun aurinko alkaa kadota, ihmiset vakuuttuvat Tietäjän sanoista ja tekevät aivan mitä vain tämä tahtoo", Petrus totesi vakavana.

"Mutta miksi Tietäjä haluaa Viacaelumin?" kysyin.

"Se on ainetta, jota vaihtamalla ihminen voi saada loppuiäkseen tavaraa ja ruokaa, varusteita ja mukavuuksia. Sen takia jotkut ihmiset ovat valmiita jopa tappamaan, koska pienikin murunen sitä on arvokkaampi kuin suuren perheen kuukauden ruoka-annokset!"

"Eli Tietäjä on pelkkä ahne, juonikas ja häikäilemätön ukko", huoahdin raskaasti. "Kunpa kylän väki tajuaisi sen ajoissa!"

"Tänne saapui eilen mies härkävankkureilla", Janosha selitti Petrukselle. "Arvelimme, että hän olisi tullut hakemaan Tietäjää ja Viacaelumia. Hän toi tynnyrillisen väkijuomaa mukanaan, ja siksi kylän väki on sekaisin kuin pässit keväällä..."

"Niin, huomasin kyllä vankkureitten raskaat jäljet polulla! Hän on ehkä sopinut Tietäjän kanssa etukäteen, että tulee juuri parahiksi ennen pimeyden päivää", Petrus totesi. "Meidän on suunniteltava, missä vaiheessa puutumme tapahtumiin, ja miten!"

"Mutta väki on valmis vaikka tappamaan Tietäjän puolesta! Hehän heittivät sinuakin kivillä, ja joittenkin silmissä on verenhimoisen järjetön katse. Luultavasti he käyvät kimppuumme, jos vastustamme Tietäjää", huoahdin kiihtyneenä. "Kysyitkö Vaeltajilta Maan Valtiaasta?"

"Kysyin. He sanoivat, että Maan Valtias on itse valhe, ja hänen palvelijansa ovat valhetta täynnä. He ovat kääntäneet selkänsä Kaikkeuden Luojalle ja uhmaavat ja kapinoivat Luojan hyvää tahtoa vastaan. He eivät tunne rakkautta, he tuntevat vain vallanhimoa ja itsekästä mielihyvää", Petrus selitti vakavana, huoahti syvään ja katsoi minuun. "Meidän ei todellakaan tarvitse uskoa mihinkään Tietäjän ennustamaan Kauhuun! Tietäjä on valehdellut ja pelotellut, jotta saisi ihmiset tekemään tahtonsa mukaan, ja sitten kun hän ei enää tarvitse näitä ihmisiä, hän tuhoaa heidät. Ja vielä varmemmin hän tuhoaa Vaskikallion kyläläiset, ettei kukaan pääsisi kertomaan siitä, mitä täällä on tapahtunut."

"Hän on jo saanut pelotelluksi ihmisiä tuhoamaan itsensä ja käymään toistensa kimppuun", puuskahdin. "Mikä häijy huijari hän onkaan! Olisi helpointa surmata hänet... Mutta silloin väki raivostuisi ja surmaisi meidät. Meidän pitäisi saada ihmiset ensin huomaamaan Tietäjä petturiksi, mutta siihen tarvitsisimme Vaeltavia Veljiä..."

"Mutta väkihän voi käydä myös Vaeltajien kimppuun", Janosha totesi. "Kyläläisillä on varmasti ylivoima, ja eiväthän Vaeltajaveljet kai ole mitään taistelijoita? Ei kai heillä ole edes aseita?"

"Niin, siitä voisi tulla verilöyly, jossa kuolisi vain lisää viattomia, vieläpä ihan turhaan. Mitä Tietäjä puhuikaan väelle Surunrotkosta?" kysyin. "Kun hän selitti siitä, että kaikkien pitäisi mennä rotkon pohjalle odottamaan, että Pimeys tulee..."

"Väen pitää kokoontua rotkoon olkien ja oksien kanssa, lepäämään tuohivuoteille", Janosha selitti vakavana. "Oljet ja oksat kuulostavat todella epäilyttävältä!"

"Niin, kuulostaa siltä, että siinä vaiheessa, kun väki on rotkossa olkien ja oksien seassa, Tietäjä voi vaikka heittää soihdun rotkoon, ja silloin kaikki palavat kuoliaiksi, eikä surmatyöstä jää jälkiä", Petrus totesi pudistellen päätään. "Tiedän, että aurinko pimenee joskus iltapäivällä. Jos Vaeltajaveljet ehtivät kylään siihen mennessä, voimme ohjata heidät Surunkallion laelle. Sieltä he voivat puhua väelle järkeä ja totuuksia, niin ettei väki suostu menemään rotkon pohjalle, vaan vastustaa Tietäjää."

"Mutta jos Tietäjä näkee Vaeltajaveljiä, hän saattaa tehdä jotakin arvaamatonta ja julmaa", Janosha sanoi kiihtyen. "Olisi parempi, jos ihmiset tietäisivät totuuden jo aiemmin, siis, ennen kuin he menevät lähellekään Surunrotkoa! Minusta meidän pitää mennä kylään ja yrittää puhua ihmisille, yksi kerrallaan, niin ettei Tietäjä huomaa meitä..."

"Niin, ehkä meidän on vain mentävä salaa kylään ja yritettävä puhua ihmisille järkeä yksitellen", Petrus totesi. "Emme pysty vastustamaan heitä, kun he ovat suurena joukkona, emmekä eteenkään silloin, jos Tietäjä usuttaa heidät meitä vastaan. Mutta sekin auttaisi, jos tapaisimme kylässä edes muutamia, jotka olisivat valmiit yrittämään pakoon Tietäjän vaikutusvallan ulottuvilta."

"Ja kunhan Vaeltajat ehtivät tänne, he voivat huolehtia niistä, jotka eivät enää tiedä, mihin uskoa", sanoin hiljaa, ja Janoshan katseesta näin, että hän tiesi minun ymmärtävän omakohtaisestikin, miltä sellainen tuntuisi. Petrus jakoi meille eväitään, ja hiljaa puhellen mietimme, mitä voisimme tehdä auttaaksemme edes osaa kylän väestä. Meidän olisi ensin otettava selvää siitä, mitä kylässä oli tapahtunut. Niinpä heti syötyämme hiivimme yön pimeydessä kohti kylää, jossa juhlinnan äänet olivat hiljalleen vaimenneet.

Kun olimme lähellä takaporttia, totesimme, ettei ketään ollut vahdissa portilla. Petrus kävi ensin kurkistamassa sisälle portista. Hän tapasi vartiomiehen juopumukseensa nukahtaneena portin vierestä, ja hiipi sisälle. Odotin Janoshan kanssa ulkopuolella, kunnes Petrus palasi.

”Tämä paikka on kuin hävityksen jäljiltä! Kaikkialla on rikkoutuneita esineitä ja ihmisiä, jotka makaavat maassa taintuneina, joko väkivallan tai juopumuksen uhreina. Ja kaikkialla on juomakuppeja ja saastaa. Osa lienee tehnyt jätöksiään maahan, ja siellä täällä lojui tyttöjä tuskin vaatteen riekaleita yllään. Jokim, on parempi, ettei Janoshan tarvitse nähdä kaikkea! Yritän etsiä isäni, ja palaan sitten luoksenne”, hän selitti vakavan järkyttyneellä äänellä.

”Mutta minunkin isäni on siellä!” Janosha huudahti hiljaa. ”Haluan etsiä hänet!”

”Ei, Janosha! Tietäjä ei saa nähdä sinua! Minä etsin sinunkin isäsi. Jokim, vie Janosha metsäleiriin ja palaa sitten tänne hakemaan hänen isänsä, jos löydämme hänet! Mielettömyys on saanut täällä vallan, ja kuka sen uhriksi joutuu, siitä ei ole enää huomenna vastusta Tietäjälle!” Petrus sanoi synkkänä, ja tartuin Janoshaa kädestä haluamatta väittää vastaan Petrukselle.

Janosha oli alkanut kyynelehtiä, kun johdatin häntä kohti metsäleiriäni. Siellä vein hänet puumajani juurelle. Olisin halunnut erottaa hänen kasvonsa paremmin, mutta oli niin pimeää, etten nähnyt hänen ilmettään.

”En haluaisi olla sinusta erossa nyt... Jos joudut vaaraan, haluaisin olla kanssasi! Mistä tiedän, että palaat? Mistä tiedän, ettei Tietäjä saa sinua valtaansa, niin että jäät sinne kadulle makaamaan kuin teurastettu porsas?” hän kysyi kiihtyneenä kyynelehtien.

”Janosha, sinun rakkautesi on vahvempi! Ja niin kauan kuin on toivoa, sitä on yritettävä jakaa niille, jotka ovat sen kadottaneet! Menen etsimään isääsi, ja palaan heti luoksesi, jos saan hänet turvaan. Jos en tule aamuun mennessä, lähde polkua pitkin Vaeltajaveljiä vastaan, ja odota heidän apuaan, lupaatko niin?”

”Hyvä on”, Janosha huoahti hiljaa. Sitten hän kurottautui suutelemaan minua hyvästiksi.

Ahdistus kuristi minua erottuani hänestä, enkä tuntenut itseäni sankariksi, kun kuljin kylää kohti. Olin peloissani ja epätietoinen siitä, mitä tulisi tapahtumaan. Mieleeni oli noussut kiusaus ottaa Janosha mukaani ja paeta kylästä. Nyt kun tiesimme, ettei mitään todellista tuhoa ja kauhua ollut tulossa, voisimme olla turvassa Pohjanväylän takana. Voisimme elää yhdessä; etsiä oman paikkamme ja löytää onnen jostakin muualta kuin pahaisesta Vaskikallion kylästä, jossa meitä pidettiin outoina muukalaisina. Ainoat syyt, mitkä minua sitoivat siihen kylään sillä hetkellä, olivat Petrus ja Janoshan isä. Jos he kuolisivat, pidättelisikö minua siellä enää mikään muu? Miksi oikeastaan vaarantaisin henkeni ja Janoshan turvallisuuden niitten ihmisten takia, jotka olivat kääntäneet minulle selkänsä, laittaneet minun Häpeäkuoppaan ja jopa toivoneet, että kuolisin?

Seisahduin ennen paaluvarustusta. Kylässä oli hiljaista, eikä mistään loistanut enää valoja. Oli kuin kaikki olisivat jo kuolleet; aivan kuin kaikki toivo väen pelastamisesta olisi jo ollut mennyttä. Janosha sen sijaan odotti minua. Hänen vierellään voisin kokea onnea; kylässä minua odotti vain epävarmuus, pelko ja kaikki se saasta, mitä ihmiset mielettömyyden vallassa saivat aikaan. En halunnut mennä kylään. Halusin palata Janoshan luo, mutta jokin esti minua kääntymästä.

”Luoja, mitä oikein olen tekemässä? Olenko petturi, itsekäs ja muista piittaamaton julmuri? Antaisinko koskaan itselleni anteeksi, jos nyt jättäisin Petruksen, ja jos kaikki ne ihmiset palaisivat huomenna kuoliaaksi Surunrotkossa, paikassa, joka on minulle ollut aina rakkauden paikka? He ovat kuitenkin kuten minä, Luojan tekoa... Ja hekin kykenevät rakastamaan... Myös he ovat rakkauden aikaansaannosta, Luojan rakkaudesta syntyneitä...”

Otin askeleen eteenpäin, ja silloin kuulin jonkun lähestyvän takaportin suunnasta. Se oli Petrus, joka raahasi jotakuta mukanaan.

”Jokim?” hän totesi kysyvästi, tunnistamatta hahmoani heti.

”Tässä olen”, sanoin hiljaa ja astelin häntä vastaan. Petrus oli raahannut mukanaan miestä, joka näytti puolikuolleelta. Miehellä oli ruhje otsassaan, ja häntä oli ilmeisesti lyöty myös vartaloon. Mutta hän hengitti yhä, ja tunsin hänen katsovan minuun.

”Huolehdi sinä hänestä! Menen vielä takaisin”, Petrus sanoi hengästyneenä. ”Minun isäni on ehkä Tietäjän kanssa, mutten halua jättää häntä sinne. Jos pystyt tulemaan avukseni, tule takaisin, kun olet saanut Janoksen turvalliseen paikkaan.”

”Hyvä on”, huoahdin ja kumarruin maassa makaavan miehen puoleen. Petrus lähti takaisin kylään. Tunsin itseni heikoksi ja surkeaksi; olin ollut niin lähellä antaa periksi, että häpesin itseäni, ja häpeä teki minut voimattomaksi. Mutta kun katsoin Janoksen kärsiviä kasvoja, tiesin, etten enää horjuisi kahtaalle. Tekisin mitä pystyisin, jotta edes hän ja hänen tyttärensä pelastuisivat.

”Jokim... Onko Janosha turvassa?” Janos kysyi heikolla äänellä.

”On. Autan sinut hänen luokseen”, sanoin ja tartuin häneen auttaakseni hänet liikkeelle. Hän ei kuitenkaan pystynyt nousemaan jaloilleen; ilmeisesti hänellä oli katkenneita luita kyljissä, koska kipu veti hänet kyyryyn. Sitten aloin raahata häntä; mättäiden yli, oksien poikki, kiviä ja puita kiertäen. Välillä tuntui, että näin unta; loputonta painajaista, jossa oli pimeää ja hikistä, kipuun asti menevää väsymystä, janoa ja heikotusta. Käsivarteni ja jalkani väsyivät, ja vajosin maahan. Silmäni olivat sumenneet, ja pääni painui polviani vasten. Janos liikahti; hänen kätensä tunnusteli minun päätäni, ja käännyin katsomaan häntä.

”Janosha rakastaa sinua”, hän sanoi karheasti. ”Älä koskaan hylkää häntä, älä ikinä petä häntä tai valehtele hänelle. Jos sen lupaat, silloin hän olkoon sinun!”

”Minä lupaan. Lupaan sen Luojankin edessä!” sanoin ja kohottauduin jaloilleni. Janos ojensi minulle kättään.

”Auta minut ylös… Yritän sietää kipua ja kulkea omin jaloin”, hän sanoi tuskaisella äänellä ja kohottautui jalkeille, toista kylkeään arastellen, käsivarteni tuella. Talutin häntä, ja pystyimme etenemään hieman nopeammin. Hänen olonsa oli tuskallinen, mutta hän pysyi pystyssä, vaikka ottikin vähän väliä tukea maasta tai puista, ja kivut saivat hänet välillä haukkomaan henkeään. Itsekin hoipertelin väsymyksestä ja kompuroin risukkoihin. Lähellä leiriäni vihelsin kuin lintu, ja kuulin Janoshan liikahtavan puumajassani.

”Janosha! Isäsi on täällä! Petrus pelasti hänet kylästä. Minun on palattava auttamaan Petrusta!” huusin hiljaa. Janosha laskeutui isänsä luo. En viivytellyt enää, etten joutuisi kiusaukseen jäädä heidän luokseen. Palasin väsymyksestä kompuroiden ja hoiperrellen kylään. Siellä oli edelleen hiljaista, ja pääsin kenenkään huomaamatta takaportista sisälle.

Pysähdyin ensimmäisen rakennuksen viereen kuuntelemaan. Kuulin vaimeaa kuorsausta jostakin, ja toisaalta yninää ja vaikerrusta. Etenin seinän vierustaa pitkin lähemmäs aukiota ja Vanhimman taloa. Toisen talon vieressä makasi juopunut mies, jonka vieressä retkotti nuoren tytön hahmo. Tunnistin hänet portinvartijan tyttäreksi. Tyttö näytti elottomalta, mutta juopunut päästeli kevyttä tuhinaa. Olin antaa ylen. Pysähdyin taas kuuntelemaan, ja nyt erotin puheääniä rakennuksen sisältä. Tietäjä puhui jollekulle. Sydämeni alkoi jyskyttää kumeasti, ja jalkani tuntuivat heikoilta. Hiivin hitaasti lähemmäs, ikkunan luo, jotta näkisin, kelle Tietäjä puhui.

Sisällä oli pieni valo, ja erotin Tietäjän selän. Minun oli pakko sulkea silmäni. En olisi halunnut nähdä häntä enää, koska hänen hahmonsa muistutti minua hänen puheistaan ja niiden vaikutuksesta minuun. Mutta minun oli pakko katsoa uudelleen, ja silloin näin Vanhimman Tietäjän edessä. Hän kyhjötti lattialla, polvillaan huojuen, hartiat kumarassa.

”Pelastutte kaikki. Kaikki uskolliset pelastuvat! Johdat väkesi Surunrotkoon, ja auringon pimentyessä kokonaan syttyy uusi valo! Kun sytytän soihtuni, se on merkki Maan Valtiaalle, että hän antaa teille pelastuksen! Siitä hän tietää, ketkä on määrä säästää Kauhulta ja Tuholta. Oletko valmis, oi Vanhin? Oletko valmis Uuteen Elämään?”

”Kaipa olen, Valtiaani… Mitäpä on väliä sillä, mitä sanon, kun olet jo lyönyt minut”, Vanhin sanoi väsyneellä äänellä. Hätkähdin, kun Petrus tarttui käsivarteeni. Hänkin oli lymyillyt ikkunan lähellä, ja kuullut ja nähnyt saman mitä minä näin.

”Et voi viedä häntä tuolta! Jäät itse kiinni, ja silloin emme voi auttaa ketään muita”, sanoin hiljaa. Hän tuntui lannistuvan ja painoi päänsä.

”Niin… Jos kuuntelisin vihaani, voisin tappaa Tietäjän, mutten halua kenenkään kuolemaa tunnolleni! Meidän on jätettävä isäni tuonne. Tietäjä tuskin tappaa häntä, koska tarvitsee hänet huomista esitystään varten, jotta saa muun väen tottelemaan”, Petrus huokaisi raskaasti. ”Ehkä saamme isän pelastetuksi huomenna.”

”Voisimmeko pelastaa edes jonkun?”

”Kaikki ovat umpipäissään, tiedottomina ja velttoina. Yritin herätellä joitakuita, mutta kukaan ei tajua puhettani, saati sitten jaksa nousta. Tietäjä on juottanut heille väkevää ainetta! Mutta joitakin naisia piileskelee lasten kanssa eläinsuojassa. Luultavasti he ovat halunneet pysytellä syrjässä juhlinnalta, tai sitten heidät on peloteltu pysymään siellä.”

”Emme voi viedä heitä kaikkia pois salaa! Ja jos Tietäjä huomaa väkeä puuttuvan, hän voi tulla epäluuloiseksi. Silloin hän saattaa tehdä jotakin äkkinäistä ja väkivaltaista, tai käyttää siihen apuriaan. Missähän se härkävankkureilla tullut mies on?” kysyin hiljaa. Petrus veti minut rakennuksen toiselle seinustalle.

”Hän nukkuu Janoksen talossa.”

Hiivimme seinänviertä Janoshan kotituvalle. Katsoin ikkunaluukusta sisään ja näin muukalaisen, joka nukkui Janoshan makuusijalla. Oli niin pimeää, etten erottanut hänen piirteitään, mutta siitä huolimatta tunsin hänen olemuksensa. Hän oli se sama rujopiirteinen muukalainen, jonka olin kohdannut ennen kuin kaikki alkoi; se, joka oli tuijottanut Viacaelumia mielipuolisen ahnaasti.

Peräännyin vetäen Petrusta mukanani. Tuntui kuin syyllisyys olisi taas saanut otteen minusta, enkä tiennyt, miten voisin hyvittää aiheuttamani pahan.

”Mitä nyt?” Petrus kysyi huolestuneena.

”Se on se sama mies, se muukalainen, jonka kohtasin, ja jota autoin ja ruokin!” äännähdin ahdistuksesta karhenneella äänellä, raskaasti huoahtaen. ”Kaikki tapahtunut on siis minun syytäni! Ellen olisi auttanut tuota ensimmäistä muukalaista, vaan jättänyt hänet kuolemaan, Tietäjä ei olisi osannut tulla kylään!”

”Jokim, lopeta tuo! Hän olisi voinut löytää Viacaelumin muutenkin. Ja ennen pitkää, väistämättä, joku muu olisi tullut kylään, nähnyt Viacaelumin ja alkanut himoita sitä. Se oli vain ajan kysymys!” Petrus huudahti vakavana. ”Maan päällä ei ole paikkaa, jossa olisimme turvassa pahuudelta ja ahneilta ihmisiltä. Ei paaluvarustus tai ennakkoluuloisuus olisi meitä suojellut! Olemme turvassa vain kun uskomme, että vaikka ruumiimme tuhoutuisi, on olemassa Hyvyys, joka ottaa meidät luokseen. Meillä on mahdollisuus jakaa tuota uskoa muille, nyt kun vielä on aikaa!”

”Puhut kuin Vaeltajaveli”, sanoin hiljaa. Petruksen sanat olivat rauhoittaneet minua, ja hän laski kätensä olkapäälleni.

”Ja sellainen minusta tulee joskus, Jokim, jos Luoja suo!” hän kuiskasi.

Hiivimme takaportille, ja tunsin avuttomuutta, koska emme voineet tehdä muutakaan kuin odottaa seuraavan päivään. Kaikki nuo onnettomat ihmiset, jotka makasivat saastassaan, oli jätettävä siihen, mihin he olivat sammuneet. Äkkiä näimme portinvartijan nousseen jalkeille. Hän lähti hoiperrellen liikkeelle vartiopaikaltaan. Tarrasin pelästyneenä Petruksen käsivarteen.

”Jos hän huomaa meidät, jäämme kiinni!” kuiskasin. Petrus pidätteli minua, kun olin jo sännätä pakoon. Portinvartija oli lähtenyt kulkemaan ulos portista. Kun hän oli jo kauempana, Petrus veti minut mukaansa. Seurasimme varovaisin askelin portinvartijaa, joka hoiperteli mutkitellen eteenpäin. Hän suuntasi paaluvarustuksen toista laitaa myöten kohti Surmankalliota, ja kuulimme hänen vaikertavan mennessään.

”Tyttäreni! Viaton tyttäreni! He surmasivat tyttäreni!”

”Petrus, hän aikoo pudottautua järveen!” huudahdin, ja silloin ryntäsimme juoksuun tavoittaaksemme tuon onnettoman miehen. Hän oli päässyt jo rinteeseen, mutta hänen kulkunsa oli hidasta ja mutkittelevaa, eikä hän huomannut meitä ennen kuin olimme jo hänen takanaan. Jotta hän ei olisi herättänyt huudollaan kenenkään huomiota, Petrus tarrasi häneen nopeasti ja peitti hänen suunsa kädellään.

”Älä pelkää, me autamme sinua!” hän sanoi. ”Viemme sinut Häpeäkuoppaan! Kukaan ei uhkaa sinua siellä! Ja kaikki on paremmin, kunhan selviät...”

Portinvartija ilmeisesti tuupertui pelästyksestä, joten tartuimme häntä kainaloista ja lähdimme raahaamaan häntä pois kylästä. Hän havahtui jossakin vaiheessa, muttei jaksanut vastustella meitä; ynisi vain hiljaa. Veimme hänet Häpeäkuopalle ja laskimme hänet varovasti, käsistä roikottaen, alas kuoppaan.

”Siellä hän lienee turvassa Tietäjältä, kunnes selviää!” Petrus sanoi naurahtaen.

”Totta! Mutta on kovin outoa, että Häpeäkuopasta voi tulla Pelastuksen kuoppa...”

”Niin, tai Lupausmenojen viettopaikka!” Petrus sanoi, ja punehduin. ”No, surullisempaa on se, jos Surunrotkosta tulee Surmanrotko...”

”Sinulle Surmankallio oli Pelastuskallio!”

”Ja Viacaelum, jota sanoimme taivaan tieksi, oli itse asiassa jotakin, mikä herättää ihmisissä ahneutta ja itsekkyyttä”, Petrus totesi huoahtaen. ”Palataan leiriisi! Emme voi muuta kuin odottaa aamua ja Vaeltajaveljiä, ja elleivät he ehdi ajoissa, meidän on selviydyttävä ilman heitä. Kaikkeuden Luoja meitä auttakoon!”

LUKU IX

Kun palasimme metsäleiriini, Janosha juoksi minua vastaan. Häpeilemättä hän syleili minua, ja tervehti vasta sitten Petrusta. Janos oli nukahtanut kipuihinsa. Janosha oli sitonut hänen kylkensä niin, ettei Janos pystyisi taivuttamaan itseään, ja katkenneet luut saisivat kasvaa paikoilleen. Söimme, mitä Petruksen varusteista löysimme. Pidin itse ensin vahtia, ja toiset lepäsivät. Lähempänä aamua herätin Petruksen ja kävin itse levolle. Aamun valjetessa myös Janos heräsi, ja hän näytti jo virkeämmältä, muttei pystynyt paljoa liikkumaan. Olimme syöneet sen vähän, mitä meillä oli, mutta raikasta vettä oli aina saatavilla Yläpurosta, joka kulki leirini takana. Ellei meidän olisi tarvinnut huolehtia kylän väestä, olisimme voineet elellä leirissäni hyvinkin mukavasti vaikka päiväkausia.

Istuimme katoksen alla kuin outo perhe; Janos, joka vanhimpana meistä oli arvovaltainen, elämän viisastuttama ja hyväntahtoinen mies. Tytärtään hän rakasti ja varjeli silmäteränään, Petrusta piti melkein poikanaan, ja minä olin ehkä kasvanut hänelle toiseksi pojaksi, sellaiseksi, joka ehkä oli tuottanut hänelle kohtuuttoman paljon huolta kasvaessaan. Petrus ei enää katsellut Janoshaa löyhämielisesti, vaan hyväntahtoisesti ja huolehtivaisesti, kuin sisarta. Janosha oli siinä hetkessä meille kuin tytär, äiti ja sisar; samalla kertaa lempeä ja vahva mieleltään, mutta ruumiiltaan heikompi, ja siksi toisaalta suojelustamme tarvitseva.

”Voisi olettaa, että Vaeltavat Veljet alkaisivat olla jo lähellä kylää”, Petrus totesi. ”Mutta jos he eivät ehdi ajoissa luoksemme, meidän on yritettävä itse nousta Tietäjää vastaan ja estettävä jotenkin hänen suunnitelmansa. Mutta Janos, sinun on vielä levättävä vammoistasi täällä!"

"Muut vammani ovat vähäiset siihen verrattuna, millaista kipua sen aineen nauttimisen jälkiseuraukset tuottavat päässäni", Janos sanoi huokaisten raskaasti. "Minun oli juotava sitä kolpakollinen, koska Tietäjä piti minua silmällä. Käyttäydyin kuin murheen murtama mies, koska olin sanonut hänelle, että näin Janoshan hyppäävän Surmankalliolta. Hän tarjosi lohduksi sitä juomaa, ja minä join… Mutta heti kun hänen huomionsa siirtyi muualle, yritin oksentaa osan juomastani pois. Sitten jouduin kahden juopuneen miehen käsittelyyn, koska yritin estää heitä kajoamasta portinvartijan tyttäreen, joka on minusta vielä liian nuori kenenkään vaimoksi. He jättivät minut rauhaan ilmeisesti vasta kun olin menettänyt tajuntani."

"Mitähän Tietäjä siitä ajattelee, että olet kadonnut yön aikana?" Petrus totesi kysyvästi. Janos pudisti päätään mietteliäänä irvistäen.

"Enpä tiedä! Kunpa hän olisi unohtanut minut kokonaan, tai luulisi, että olen epätoivoissani surmannut itseni."

"Jouduimme viemään portinvartijan Häpeäkuoppaan, kun hän meinasi surmata itsensä", Petrus sanoi. "Mahtaako Tietäjä ihmetellä, miksi kaksi miestä on kadoksissa?"

"Tuskin hän uskoo heistä olevan enää vastusta itselleen, vaikka arvelisikin heidän paenneen. Ja sitä paitsi, Viacaelum on hänelle tärkein, ja sehän on tallessa hänen puuarkussaan", totesin. "Mutta se härkävankkurimies on vaarallinen! Hän näyttää tottuneelta väkivaltaan, ja varmasti käyttää aseitaan, jos joku uhkaa häntä tai Tietäjää."

"No, muu väki lienee juomisen jäljeltä helposti käsiteltävässä kunnossa, ja osa heistä on kiihkeästi Tietäjän puolelle. Osa naisista ja lapsista on varmasti niin kauhuissaan, ettei uskalla vastustaa Tietäjää. Meitä on vain neljä heitä vastaan", Petrus lausahti. "Janoksen on pysyttävä leirissä, koska hän tuskin pystyy liikkumaan tuossa kunnossa, ja Janoshan on pysyttävä hänen luonaan. Minä ja Jokim lähdemme katsomaan, mitä voimme tehdä!"

"Kun Vaeltajaveljet tulevat, lähettäkää joku Häpeäkuopalle portinvartijaa rauhoittelemaan. Muut tulkoot Surunkalliolle. Menemme sinne edeltä, jotta näemme, millaisia valmisteluja Tietäjä on tehnyt siellä", sanoin ja nousin jalkeille.

"Isä on kyllä turvassa täällä leirissäsi. Minä tulen sinun mukaasi, Jokim", Janosha sanoi vakavana. Katsoin hänen isäänsä, ja Janos nyökkäsi.

"Hyvä on", lausahdin. "Tule sitten, jos isäsi kerta lupaa."

”Minä voisin käydä katsomassa, mitä kylässä tapahtuu, ja tulla sitten väkijoukon edeltä Surunrotkolle”, Petrus sanoi. ”Janos, ota jouseni! Saatat tarvita sitä täällä yksin jäädessäsi.”

”Ei, en tarvitse. Sinä tarvitset sitä enemmän”, Janos totesi vakavana. ”Jos mikään muu ei estä väen tuhoa, sinun on käytettävä sitä Tietäjää vastaan!”

”No, Luoja suokoon, ettei minun tarvitse käyttää sitä”, Petrus huoahti hiljaa. ”Janosha, ota tämä Jokimin tekemä veitsi.”

”Jokim, ota sinäkin ase!” Janos kehotti. Hänen äänessään oli arvovaltaa, enkä muutenkaan halunnut häntä vastustella. ”Sinun velvollisuutesi on suojella ensisijaisesti tytärtäni, ja häntä suojellaksesi sinun on tarvittaessa vuodatettava verta!”

Tarkistimme vielä varusteemme. Petruksella oli pitkäjousi ja nuolia, sekä pieni puukko. Janoshalla oli veitsi, minulla lyhyen matkan jousi ja köysivyyhti, koska arvelin, että saattaisimme tarvita sitä Surunkalliolla. Sitten erosimme toisistamme; Petrus lähti kohti kylää, minä ja Janosha Surunrotkon suuntaan.

Paikka ei ollut enää entisellään. Sen kauneus oli mennyttä, ja sen harras, rauhoittava tunnelma oli kadonnut. Se oli kuin häväisty ja hylätty. Viacaelum ei enää loistanut auringossa, enkä voinut tuntea sitä rakkaudellista surun tunnelmaa, joka oli tehnyt oloni kaihomielisen rauhalliseksi. Hiljaisina ohitimme paikan, josta saattoväellä oli tapana laskea vainaja rotkoon. Kiersimme metsän suojissa Surunkallion puolelle ja lähdimme kiipeämään kallion lakea kohti. Pysähtyessämme näimme, että rotkoon oli kasattu paljon olkia ja oksia. Tietäjä selvästikin valmisteli polttajaisia; mutta nyt kyse ei olisi vainajista vaan elävistä ruumiista, joiden mieli kuvitteli pääsevänsä uuteen elämään.

Kallion laella valmistelimme itsellemme paikat, joista olisi hyvä näkyvyys alas rotkoon, mutta joissa olisimme itse suojassa katseilta.

”Tietäjä luultavasti jää seisomaan siihen, mistä vainaja yleensä lasketaan alas. Ehkä härkävankkurimies on myös siellä. Hän lienee aseistautunut, ja jos hän huomaa meidät, joudumme varomaan nuolia. Hän saattaa myös yrittää päästä luoksemme, ja silloin sinäkin olet vaarassa”, selitin Janoshalle hiljaa, katsellen alas rotkoon. ”Petruksen olisi hyvä jäädä väijyksiin tuonne toiselle puolen. Tarvittaessa meidän on osuttava Tietäjään ja hänen apuriinsa, ainakin haavoittaaksemme heitä, jotta saamme heidän suunnitelmansa estetyksi.”

”Luoja meitä auttakoon”, Janosha sanoi hiljaa. Jäimme odottamaan. Oli pitkän aikaa hiljaista. Päivä oli kirkas, lähes pilvetön, ja ellemme olisi tienneet, mitä oli vielä edessä, olisi ollut suorastaan autuaallista istua siellä kahden Janoshan kanssa. Mutta tulevan ennakointi teki minut levottomaksi, ja tiesin Janoshankin olevan peloissaan. Sitten ilmassa suhahti, ja näin jonkin vilahtavan ylitsemme puiden taakse.

”Se oli nuoli! Petrus ilmeisesti ampui merkiksi”, sanoin ja kiirehdin etsimään nuolta. Lopulta katseeni löysi sen; se törrötti puolilahon kelon rungossa, luultavasti juuri siinä, mihin Petrus oli tähdännytkin, koska hän oli taitava ampuja. Nuolenvarren ympärille oli kiedottu viesti. Se oli sellainen ohut arkki, jollaiseen Vaeltajaveljet kirjoittivat merkkejään, ja merkit oli tehty Vaeltajaveljien musteella.

”Väki on lähdössä kylästä. Isäni on mennyttä. Olen rotkon itäpuolella, siellä missä kasvaa katajia.”

”Petrus on tuolla, missä kasvaa katajia”, sanoin Janoshalle vakavana. ”Väki on tulossa rotkolle, eikä Vaeltajaveljiä vieläkään kuulu! Meidän olisi tehtävä, mitä pystymme, mutta mitä oikeastaan voimme tehdä? Kaikki nuo ihmiset ovat Tietäjän vallassa ja käyvät meidän kimppuumme, jos kohotamme kätemme häntä vastaan!”

”Sinun on puhuttava kansalle ennen kuin he laskeutuvat rotkoon”, Janosha totesi päättäväisellä äänellä. ”Ellei se auta, Tietäjä on tapettava ennen kuin hän sytyttää tulen!”

”Mutta jos väki uskoo häntä senkin jälkeen, kun minä olen puhunut heille, kaikki käyvät meidän kimppuumme, vaikka Tietäjä kuolisikin! Ja he ovat sitä suuremmalla syyllä raivoissaan meille, jos olemme surmanneet Tietäjän”, huoahdin. ”Sinun ainakin on paettava, ellei väki tule järkiinsä! Isäsi voi auttaa sinut turvaan Pohjanväylän taakse.”

”Sinä hölmö, luuletko todella että jättäisin sinut?” Janosha kysyi kiivastuen. ”Tappakoot sitten meidät molemmat, jos sanasi eivät saa heitä järkiintymään!”

”Ei, sinun on lähdettävä, jos meitä uhataan!” puuskahdin tajuten, että olin ajautumassa ensimmäiseen yhteiselomme aikaiseen riitaan. Silloin kuulimme äänen, joka kertoi siitä, että Tietäjä johdatti väkijoukkoa kohti Surunrotkoa. Se oli kammottavaa, vieraskielistä laulua; pimeää ja synkkää, pahaenteistä ja pelkoa herättävää. Janosha tarrasi kiinni käteeni.

”Katso! He kantavat lavaa! Ja lavalla on joku!” hän huudahti järkyttyneellä äänellä. ”Aivan kuin Vainajansaatossa...”

”Se on Petruksen isä! Häntä ei ole sidottu... Hänen täytyy olla tainnoksissa, tai kuollut!”

Jäimme seuraamaan näytelmää melkein lamaannuttavan pelon vallassa. Ihmiset laskivat lavan köysillä rotkon pohjalle. Sitten reunan yli laskettiin tikapuut tuhkakasan pohjalle saakka, ja Tietäjä asettui paikalleen puhumaan väelle, joka oli asettunut kuopan reunalle, Saattopaikalle. Härkävankkurimiestä ei näkynyt, mutta aavistelin hänen olevan jossakin lähettyvillä.

”Teidän uskollinen johtajanne antaa teille esimerkin tiestä, joka johtaa Uuteen Elämään! Kun hänen leposijansa syttyy valoksi hänen kansalleen, te saatte pelastuksen hänen mukanaan! Pian, aivan pian aurinko katoaa silmissänne! Kun näette varjon alkavan syödä elämänne lähdettä, tiedätte, että on aika asettua johtajanne ympärille ja viimeistellä pelastuksenne! Luopiot joutuvat kohtaamaan Kauhun, heidän ruumiinsa tulevat raadelluiksi ja joutuvat petojen suihin. Ikuinen Pimeys, tuska ja kipu on heidän kohtalonsa! Kun taas te, jotka olette jaloa kansaa, valittuja siksi, että olette muita kansoja ylempänä, rohkeita, vahvoja ja hedelmällisiä, viisaita, urheita ja kauniita, te pääsette Uuteen Elämään! Maan Valtias oli lahjoittanut teille merkin pelastuksestanne, ja rohkeasti te sen toimitatte hänelle takaisin! Via Caelum on pantti pelastuksestanne! Tämän päivän jälkeen ette enää tarvitse Surunrotkoa, koska elätte ikuisesti!”

”Oi Tietäjä, oi Tietäjä, Maan Valtiaan Palvelija!” väki huusi kiihkoissaan. Vain lapset olivat hiljaa. He eivät ymmärtäneet, mitä tapahtui, ja heidän hämmennystään ja pelkoaan oli kammottavaa katsella pystymättä auttamaan heitä.

”Jokim, katso aurinkoa!” Janosha kuiskasi. Oli liian kirkasta katsoa aurinkoa kohti suojaamatta silmiään käden varjolla, mutta sormieni välistä saatoin erottaa pienen, tumman häivähdyksen auringon yhdessä laidassa. Väkijoukko kohahti.

”Kauhu on tullut! Varjo syö auringon!” he huusivat. Ensimmäiset ihmiset ryntäsivät tikapuille ja alkoivat laskeutua rotkoon. Silloin ryömin niin lähelle Surunkallion laitaa kuin pystyin menemään tulematta nähdyksi alhaaltapäin, ja korotin ääntäni.

”Seis! Älkää menkö rotkoon! Pysähtykää!” huusin niin lujaa kuin pystyin. Ääneni kaikui vastakkaisesta suunnasta; sieltä, missä oli Surmankallio ja Kylmäjärvi, niin että kaiku sai sen kuulostamaan hämmentävän ylimaalliselta.

Ensimmäinen rotkoon laskeutuneista miehistä pysähtyi ja kääntyi hämmentyneenä katselemaan ympärilleen. Tietäjäkin katseli suuntaan ja toiseen etsien äänen lähdettä, ja näin härkävankkurimiehen juoksevan hänen luokseen jousi kädessään.

”Tietäjä aikoo polttaa teidät kaikki rotkon pohjalle! Hän on huijari! Älkää suostuko surmaamaan itseänne! Ei ole tulossa lopullista pimeyttä, eikä mitään tuhoa ja kauhua! Hän on itse se, joka teitä uhkaa!”

Huutoni kaikui taas kuin epäinhimillinen ääni, ja ihmisjoukossa syntyi hälinää. Näin joidenkin lasten tempautuvan irti äitiensä otteesta ja lähtevän juoksemaan Autiometsään, ja joku naisista lähti juoksemaan lasten perään.

”Ottakaa nuo kurjat luopiot kiinni! He vaarantavat teidän pelastuksenne!” Tietäjä huusi lujalla äänellä. Härkävankkurimies lähti juoksemaan Surunrotkon toista laitaa, kallion läntistä reunustaa kohti, ja samalla joitakuita ihmisiä lähti juoksemaan metsiin paenneitten lasten perään. Tiesin, että aikamme oli käymässä vähiin. Varjo oli ilmestynyt auringon reunaan, ja rujo muukalainen kiipesi kallion lakea kohti löytääkseen minut, eikä henkeni olisi hänelle minkään arvoinen.

”Janosha, sinun on paettava!” huudahdin. Kun hän katosi näkyvistäni, arvelin hänen totelleen minua. Sitten nousin jalkeille ja valmistauduin uuteen huutoon.

”Tietäjä valehtelee! Hän vie teiltä Viacaelumin, koska se on arvokasta ainetta Pohjanväylän takana! Hän on ahne valehtelija, joka haluaa tappaa teidät, ettette paljastaisi hänen salaisuuttaan kenellekään! Paetkaa kun vielä voitte! Etsikää Vaeltajaveljien apua! Antakaa lasten mennä turvaan!”

Härkävankkurimies lähestyi minua, enkä ehtinyt nähdä, mitä väkijoukossa tapahtui, kun minun oli valmistauduttava kohtaamaan hänet. En ehtinyt edes jännittää omaa joustani, kun näin hänen syöksyvän miekka kädessään minua kohti. Silloin kuului suhahdus, ja kauempaa ammuttu nuoli iskeytyi hänen kylkeensä. Hän kyyristyi, menetti tasapainonsa ja kaatui kallion laidalta alas rotkoon. Kuului huutoja ja hälinää, kun ruumis tipahti alas olkien ja puiden sekaan. Katsoi alas todetakseni, ettei mies ollut kuollut; hän pinnisteli ylös olkien seasta, kompuroi risujen ja oksien ohitse kohti tikapuita, ja katkaisi kylkeensä osuneen nuolen, aivan kuin se ei olisi vaivannut häntä vähääkään.

”Älkää päästäkö häntä ylös!” huusin väelle.

Väki oli sekaisin ja peloissaan. Osa yritti kiskoa tikapuita ylös, osa alas. Tietäjä töni miehiä sauvallaan ja huusi heille hirvittäviä uhkauksia. Suuri osa lapsista oli paennut metsään ja osa naisista heidän mukanaan, mutta osa pienimmistä lapsista kyyristeli yhä äitiensä helmoissa Surunrotkon pohjalla, ja monet miehet pitelivät väkisin vaimojaan aloillaan. Kaikki huusivat tai kirkuivat, mutta heidän ääntensä ylitse jylisi Tietäjän mahtipontinen ääni.

"Hakekaa luopio ja valehtelija tänne! Hän on kalliolla!" Tietäjä huusi. Kaksi miestä lähti nousemaan Surunrotkon laitaa ylös, ja tiesin, etten voisi enää kauaa pysytellä kallion laella. "Toinen petturi piileskelee tuolla! Ottakaa hänetkin kiinni!"

Myös Petruksen piilopaikka oli paljastunut hänen ammuttuaan härkävankkurimiestä. Toivoin että hän olisi lähtenyt pakoon jo aiemmin. Miten hän muka ehtisi enää paeta? En tiennyt, missä päin Janosha oli, mutta pelkäsin hänenkin törmäävän mielettömyyden vallassa oleviin miehiin. Tein nopean päätöksen. Laitoin nuolen jänteelle ja jännitin jouseni. Kylän miehet olivat jo näkyvissäni, mutta he pysähtyivät, kun huomasivat minun suuntaavan jouseni heitä kohti.

"Älkää tulko lähemmäs, muuten minun on ammuttava teitä!" huusin. "Ettekö te usko minua? Tietäjä petkuttaa teitä! Mitään pysyvää pimeyttä ei tule, vain hetkellinen pimeys, kun kuu peittää auringon taakseen! Hän on valehdellut teille koko ajan! Palatkaa takaisin ja pelastakaa vaimonne ja lapsenne! Muuten hän surmaa teidät kaikki rotkon pohjalle!"

"Emme usko sinua, muukalainen!" toinen miehistä huusi ja syöksyi minua kohti puukko kädessään. Minun oli pakko ampua häntä. Nuoli osui häntä reiteen, ja hän vajosi tuskissaan polvilleen. Toinen ärjäisi raivoissaan ja kiirehti minua kohti kirves koholla. Silloin Janosha syöksyi eteeni jostain sivultani ja asettui veitsineen minun ja kylän miehen väliin. Mies hämmästyi todella nähdessään Janoshan, joka oli kohottanut veitsensä häntä vastaan, ja hänen kirveensä pysähtyi ilmaan.

"Väisty, tyttö, tai saat saman kohtalon kuin muutkin luopiot!" mies huusi, mutta hänen äänessään oli epävarmuutta. Ja koska hän empi juuri tarvittavan hetken ajan, ehdin itse heittäytyä miehen kimppuun. Löin häntä käsivarteen jousellani, ja kivusta parahtaen hän pudotti kirveensä maahan. Janoshan avulla sain hänet selätetyksi varvikkoon. Hänen loukkaantunut toverinsa huohotti tuskissaan hieman kauempana, eikä edes yrittänyt auttaa toveriaan.

”Sidotaan heidät, nopeasti”, sanoin. Pitelin miestä paikoillaan, ja Janosha avasin köysivyyhden valmiiksi. Hän auttoi minua sitomaan ensin maata vasten pitämäni miehen kädet, ja sitten myös sen miehen, jonka reidessä törrötti ampumani nuoli. Mies ei edes yrittänyt vastustaa meitä, ja tuntui pahalta katsoa veristä läikkää hänen reidessään. Sidoimme sitten vielä miehet kiinni toisiinsa, ja kaiken varalta vielä puuhunkin. Janosha repi pukunsa helmasta kaksi kaistaletta, joilla laitoimme miehille suukapulat. Hetken epäröityäni pyysin vielä kolmannen kaistaleen ja sidoin haavoittamani miehen reiden, niin ettei hän menettäisi liiaksi verta ennen kuin joku pääsisi auttamaan häntä.

Miehet eivät enää vastustelleet; aivan kuin avuttomuus olisi tehnyt heistä täysin toimintakyvyttömiä. Kun he jäivät äänettöminä paikoilleen puunrunkoa vasten, minä ja Janosha lähdimme laskeutumaan mahdollisimman hiljaa alas kallion toista laitaa. Emme nähneet, mitä Surunrotkon äärellä tapahtui, mutta ilmeisesti Tietäjä oli saanut osan ihmisistä laskeutumaan rotkoon, ja osa yritti paeta, koska kuulimme sekä uhkauksia että avunhuutoja. Alempana rinteellä olimme törmätä Petrukseen, joka juoksi meitä vastaan. Seisahduimme hämmentyneinä, mutta Petrus viittilöi meitä kääntymään ja kiirehtimään toiseen suuntaan.

”Minua seurataan!” hän huusi, ja meidän kaikkien oli siis lähdettävä juoksemaan suuntaan, jonne hänkin yritti paeta. Johdatin meitä koilliseen, ja ylitimme kahlaten matalana virtaavan Alapuron. Jonkin matkan päästä tulimme vuolaamman joen äärelle. Joki oli Kylmäjoen yläuoma, jonka virta kulki Kylmäjärven poikki. Äänistä päätellen meitä seurattiin yhä. Seisahduin rannalle.

”Petrus, meidän on vietävä Janosha joen poikki, koska kylän miehet eivät ainakaan uskalla tulla veden yli! Pian, ennen kuin he tulevat rantaan!”

”Janosha, me kannattelemme sinua pinnalla! Makaa vain rauhassa… Älä liikahda, äläkä säikähdä, jos kasvosi välillä vajoavat alemmas. Älä vedä vettä henkeesi! Kuljetamme sinut turvallisesti veden yli!” Petrus sanoi Janoshalle, joka näytti hieman pelästyneeltä. Talutimme Janoshan veteen, hän asettui pelokkaan näköisenä veteen selälleen, ja lähdimme kuljettamaan häntä virran poikki, kannatellen hänen päätään pinnalla, ensin kahlaten itse, sitten uiden, kun joki oli syvimmillään. Virta kuljetti meitä jonkin verran mukanaan ennen kuin pääsimme vastarannalle. Kun takaa-ajajamme tulivat rantaan, he huusivat meille uhkaillen ja kiroten, mutta eivät seuranneet meitä jokeen.

”Katso, varjo on kasvanut! Meidän on kiirehdittävä takaisin Surunrotkolle ennen kuin Pimeys tulee! Muuten mekin kuolemme! Jätetään nuo oman onnensa nojaan, hehän tuhoutuvat kuitenkin!” toinen miehistä huudahti. Noustessamme vastarannalla ylös joesta he olivat jo kääntyneet takaisin, ja totesimme itsekin, että varjo auringon pinnassa oli taas suurentunut aavistuksen verran.

”Miten kauan kestää, että täydellinen pimeys tulee?” kysyin hengästyneenä.

”En tiedä tarkoin. Jos päivä jaetaan kahteentoista osaan, ilmeisesti siihen on yksi tai yksi ja puoli osaa”, Petrus sanoi. ”Miten pääsemme täältä metsäleiriisi? Vai mitä me teemme?”

”En tiedä! Ainakin meidän on varustauduttava paremmin kuin äsken. Tiedämme nyt, että vaikka surmaisimme Tietäjän, suuri osa väestä on yhä mielettömyyden vallassa ja saattaa toteuttaa oman tuhonsa, vaikka Tietäjäkin kuolisi. Luultavasti he vastustavat meitä niin kauan kunnes tajuavat itse, että heitä on petkutettu”, sanoin huoahtaen. ”Luoja suokoon, että edes osa ihmisistä on päässyt pakoon, ja ettei Tietäjä enää vainoa heitä, jos he piileskelevät metsässä. Ja se härkävankkurimies tappaa varmasti omin käsin niin monia kuin ehtii...”

”Kunpa he ottaisivat vain Viacaelumin ja häipyisivät!” Janosha puuskahti. Hänen huulensa sinersivät ja hän näytti sairaan kalpealta; hän paleli märissä vaatteissaan.

”Meidän on laskeuduttava alavirtaan, ylitettävä joki uudelleen lähempänä kylää ja haettava kylästä vaatteita. Sitten palaamme takaisin Surunrotkolle ja yritämme saada mahdollisimman monet pakenemaan, ennen kuin täydellinen pimeys tulee ja Tietäjä sytyttää tulen rotkon pohjalle. Ei Tietäjä voi mitenkään tavoittaa kaikkia, jotka pakenevat! Ehkä hän luovuttaa ja lähtee pakoon Viacaelum mukanaan, kun huomaa, ettei hänen onnistu surmata koko väkeä”, totesin.

”Hän voi silti onnistua surmaamaan monia, muitakin kuin isäni”, Petrus sanoi hiljaa. ”No, kiirehditään!”

Lähdimme juoksemaan joenrantaa alavirtaan, kunnes tulimme paikkaan, jossa joki mataloitui ja leveni lähestyessään Kylmäjärveä. Olimme kaikki todella kylmissämme, kun ylitimme virran uudelleen. Toisella rannalla jatkoimme juosten kylää kohti, kahlasimme Alapuron poikki ja pysähdyimme takaportille.

”On parempi, että sinä, Janosha, odotat tässä! Etsimme sinulle puvun, kun olemme vaihtaneet omat vaatteemme”, Petrus sanoi vakavana. Janosha jäi odottamaan meitä paaluaidan viereen. Talojen seinustalla makasi yhä joitakin ihmisiä. He olivat kuolleet joko Tietäjän tarjoamaan juomaan tai väkivallan ja nahistelun seurauksiin. Vaateriekaleitten keskellä makasi yhä myös nuori tyttö, portinvartijan kuollut tytär. Kiirehdin tuon näkymän ohitse lainaamaan vaatteita itselleni Maunuksen talosta. Kun tapasin Petruksen uudelleen, hänellä oli yllään juhlapukunsa ja kädessään pitkä villapuku Janoshalle.

Kiirehdimme Janoshan luo, ja hän kävi Jätenurkassa vaihtamassa kuivan puvun ylleen. Kiersimme kylän ulkopuolelta Surunrotkolle vievälle polulle. Päivä oli alkanut hämärtyä, mutta hämärrys ei ollut samanlaista kuin auringonlaskun aikaan. Siinä ei ollut lämmintä punerrusta; se oli vain harmaan valottomuuden lisääntymistä. Auringon toisella laidalla oleva varjo oli kasvanut edelleen. Ihmisten huudot ja kammottava, pahaenteinen laulu kaikuivat kauas Surunrotkolta. Ääni kantautui Surmankalliolle saakka. Se ympäröi meidät, niin että tunsimme olevamme keskellä epätodellista maailmaa; paikassa, jossa toivo oli katoamassa valon säteiden heikkenemisen myötä.

”Hei, vankkurit ovat tuolla, ja se toinen mies istuu ohjaksissa”, Petrus huudahti pysäyttäen meidät äkkinäisesti. Kyyristyimme puitten ja katajapensaitten suojaan. Haavoittunut muukalainen oli saanut nuolen tekemän vammansa sidotuksi, ja hän istui vankkureitten ohjaksissa pidellen kädessään viritettyä varsijousta. Muistin nähneeni sellaisen jousen silloinkin, kun murhamiehet olivat hyökänneet kotiini, ja myöhemmin, kulkiessani Vaeltajaveljien kanssa, olin nähnyt sellaisia jousia palkkasotureilla. Se oli tehokas ase lyhyillä matkoilla ja kätevä pitää valmiiksi viritettynä, mutta laukaisun jälkeen se oli hitaampi virittää kuin tavallinen jousi. Hänellä oli myös kaksiteräinen miekka ja luultavasti veitsiä niin paljon kuin varusteissaan pystyisi kantamaan.

”Vaarallinen ilmestys”, kuiskasin hiljaa. ”Mutta emme me häneltä aio hänen aarrettaan viedä, joten hän saa puolestamme olla rauhassa, ellei ala käyttää väkivaltaa ihmisiä kohtaan.”

”Jäättekö te pitämään häntä silmällä, jos minä menen lähemmäs katsomaan, ovatko kaikki jo rotkossa?” Petrus kysyi. ”Haluaisin nähdä senkin, onko isäni todella jo kuollut.”

”Menkää te molemmat, niin voitte suojata toisianne”, Janosha sanoi hiljaa. ”Odotan tässä ja huudan apua, jos jotain tapahtuu. En ole sen suuremmassa vaarassa kuin muutkaan ihmiset, ja voin aina juosta pakoon, jos näen jotakin tapahtuvan.”

”Mutta jos tuo mies käy kimppuusi...” aloitin kiivastuen.

”Pidän häntä koko ajan silmällä, ja jos hän kääntyy tännepäin, minulla on hyvä etumatka juosta leiriisi isän luo. Ja tuskin hän minun takiani jättäisi aarrettaan!” Janosha totesi vakavana.

”Minä jättäisin, jos pitäisi valita sen ja sinun välillä”, sanoin tuohtuneena, mutta Petrus laittoi kätensä rauhoittavasti olkapäälleni.

”Janosha on oikeassa! Ei rikkauksia ahnehtiva mies jättäisi aarrettaan vartioimatta, vaikka näkisi miten kauniin olennon tahansa”, hän totesi. ”Ja sinun puolisollasi on myös oma tahto ja ajatteleva mieli! Aiotko heti ruveta komentelemaan häntä, vaikka näkisitkin, että hän on oikeassa?”

”Te olette kumpikin minua vastaan”, huoahdin ärtyneenä. ”Lupasin Janokselle suojella hänen tytärtään!”

”Minä otan kyllä itse vastuun itsestäni”, Janosha sanoi kiivastuneena. ”Eikä kyse ole vain minusta! Tuolla on kymmeniä viattomia ihmisiä, jotka saavat surmansa, ellette auta heitä! Usko nyt, Jokim, minä olen enemmän turvassa kuin yksikään noista rotkossa olevista! Olisi itsekästä haluta pelastaa vain minut ja antaa niiden ihmisten kuolla!”

Oli hetken aikaa hiljaista, kun katselin jalkoihini hämmentyneenä. Tietysti hän oli oikeassa. Olin ajatellut vain sitä, mikä itselleni oli tärkeintä. Pelkäsin jättää Janoshan suojatta sen väkivaltaisen muukalaisen armoille, ja olisin halunnut itse varmistaa, ettei hänellä ole vaaraa. En ollut yhtä paljon kiinnostunut suojelemaan niitä ihmisiä, jotka eivät piitanneet minusta, tai jotka suorastaan inhosivat minua. Ainoastaan kylän lapsiin minulla oli kiintymyksen siteitä, ja heitä tunsin haluavani suojella ja varjella. Ja jos yksikin lapsi oli joutumassa rotkon pohjalle poltettavaksi, sen eteen voisin vaarantaa oman ja jopa Janoshankin turvallisuuden. Nostin katseeni Janoshaan ja astuin lähemmäs suudellakseni häntä hyvästiksi. Petrus tarttui hänen käteensä ja puristi sitä.

”Luoja meitä varjelkoon! Kun pimeys tulee, luota siihen, että olet turvassa, koska Luoja ei tahdo sinulle pahaa! Ja vaikka tulisikin lopullinen tuho, olemme ainakin yrittäneet tehdä oikein, viime hetkeen saakka!” Petrus sanoi, ja mielessäni näin hänet Daniyeelin kaltaisena Vaeltavana Veljenä; hyväntahtoisena ja rauhoittavana, rohkeana ja viisaana miehenä.

Janosha laskeutui istumaan katajikon taakse mättäälle, ja minä ja Petrus lähdimme hiipimään ensin takaisin kylää kohti, jottemme liikkeellämme paljastaisi Janoshan olinpaikkaa härkävankkurimiehelle. Kiersimme riittävän kaukaa takaisin Surunrotkoa kohti; nyt siltä suunnalta, joka oli lähempänä metsäleiriäni ja lännenpuoleista kalliorinnettä. Härkävankkurit jäivät meidän ja Janoshan väliin.

Tietäjä seisoi yhä sillä paikalla, josta vainajat laskettiin, ja tikapuut olivat yhä paikoillaan rotkon laidalla. Reunalla seisoi enää muutamia ihmisiä, ilmeisesti ikään kuin vartioimassa, ettei kukaan yrittäisi välttää Tietäjän heille varaamaa kohtaloa. Kaikki muut olivat laskeutuneet rotkon pohjalle. Sieltä kuului pelokkaita huudahduksia ja voihkintaa, mutta myös kammottavaa, paatoksellista laulua, jota Tietäjän ylimaallisen voimakas ääni säesti. Hän puhui yhä Pimeydestä, Kauhusta ja Lunastuksesta, Ansaitusta Pelastuksesta ja Uudesta Elämästä. Puheensa välissä hän puhalsi pitkään torveen, ja sen ääni oli kuin jättikokoisen ihmisen tuskaista vaikerrusta.

”Aika on pian! Pimeys lisääntyy! Aurinko katoaa! Katsokaa, miten aurinko katoaa varjon ja pimeyden taakse! Kun Pimeys on täydellinen, minä, Maan Valtiaan Palvelija, sytytän Uuden Valon, ja se johdattaa teidät, jalon ja rohkean kansan, Uuteen Elämään! Se hetki on pian! Laulakaa Maan Valtiaalle, te jalot ihmiset! Jalo ja ylpeä kansa, laulakaa hänelle, joka teidät pelastaa!”

Kun torvi vaikersi, suljimme korvamme käsillämme. Sen ääni oli synkkä ja paha; se värähdytti luita myöten, ja tunsin pakokauhun nousevan sisälläni, kun ajattelin, ettei se ääni kenties koskaan loppuisi. Hyvin nopeasti mieleeni nousivat kaikki ne Tietäjän sanat, joilla hän oli murtanut ihmisyyttäni, ja aloin vajota samanlaiseen tilaan, johon hän oli minut saanut Häpeäkuopassa. Onneksi Petrus oli kanssani; hän huomasi tilani ja tarttui minua olkapäistä.

”Jokim! Jokim! Ei ole hätää! Se on vain torven ääni! Älä anna sen vaikuttaa!” hän ravisteli minua ja sai minut katsomaan itseensä. ”Jokim, näytät melkein mielipuolelta! Älä tuijota minua tuolla tavalla, alan muuten pelätä sinua!”

Se havahdutti minut, ja suljin silmäni raskaasti huoahtaen. Sitten tartuin jouseeni ja katsoin häneen uudelleen. Hän näytti helpottuneelta huomatessaan, että järkeni oli palautunut.

”Hyvä että olet siinä, Petrus”, sanoin huokaisten. ”Jos alan uudelleen näyttää mielipuolelta, lyö minulta taju pois, etten käy sinun kimppuusi!”

”No, toivottavasti minun ei tarvitse turvautua sellaiseen keinoon. Muistele vain rakkaintasi! Sellainen tyhjäpäinen ilme ei näytä niin kammottavalta kuin äskeinen kuolemanpelkoinen ontto katseesi!” Petrus totesi, ja hänen surumielinen, vino hymynsä tyynnytti mieltäni.

Kun hiivimme lähemmäs Surunrotkon reunaa, oli jo selvästi hämärämpää, ja tuntui kuin luonto olisi hiljentynyt. Vain ihmisten laulu ja vaikerrus oli merkkinä elollisten olentojen olemassaolosta. Pelkäsimme silti Tietäjän huomaavan meidät, jos astuisimme risuihin, kahisuttaisimme varvikkoa tai heiluttaisimme puidenoksia liikaa. Liikuimme aina silloin, kun hän keskittyi puhaltamaan torveensa. Varovaisuudestani huolimatta seuraavan liikahduksemme jälkeen huomasin Tietäjän jäävän tuijottamaan meidän suuntaamme, ja jähmetyin maata vasten. Myös Petrus jähmettyi. Kun Tietäjä lopetti torvensoiton eikä jatkanutkaan puhettaan, myös väki hiljeni. Tuli äkkiä aivan äänetöntä. Se oli hirvittävä, tyhjä, pahaenteinen hiljaisuus.

”Te miehet, laskeutukaa nyt alas toisten luo. Hetki on pian käsillä!” Tietäjä huudahti sitten, ja hänen äänensä kantautui varmasti metsäleiriin ja kylään saakka. Reunalla odotelleet miehet laskeutuivat tikkaita pitkin kuoppaan. Yksi kyläläinen mies jäi vielä ylös. Hän tuntui odottavan Tietäjän seuraavaa ohjetta.

”Sinä nostat tikapuut ylös!”

”Kyllä, oi Valtias, mutta miten minä pääsen omieni pariin alas?” mies kuului kysyvän.

”Älä siitä huoli, sinä jalomielinen olento!” Tietäjä totesi. ”Nosta tikapuut pois!”

Mies alkoi vetää tikapuita ylös. Silloin jotkut rotkon pohjalla olevista havahtuivat tilanteeseen ja yrittivät kiskoa tikkaita alas. Pakokauhu sai heistä vallan.

”Me emme pääse enää ylös! Auttakaa! Antakaa tikapuut takaisin!” he kirkuivat. Tietäjä kohotti sauvaansa.

”Luopiot kuriin! Älkää antako heidän estää pelastustanne! Jos joku nousee pois rotkon pohjalta, olette kaikki mennyttä!” hän huusi. Tikapuihin tarttuneet heitettiin väkivalloin syrjään, ja heidän hätähuutonsa oli riipaisevaa kuultavaa. Hitaasti Petrus kohottautui jalkeille ja tarttui jouseensa.

”Ojenna nyt hiiliastia valmiiksi!” Tietäjä huusi. Mies käveli hiiliastian luo ja veti nahkasuojukset käsiinsä. Niillä hän kantoi hiiliastian Tietäjän jalkojen juureen. Silloin tunnistin hänet kylän sepäksi, jonka oppipoikana olin jonkin aikaa ollut. Miesparka! Hän joutui avustamaan surmatyössä, eikä edes ymmärtänyt tekonsa todellista merkitystä. Petrus otti nuolen, asetti sen paikoilleen ja suuntasi jousensa kohti Tietäjää.

”Minun on pakko surmata hänet, jos hän meinaa sytyttää tulen, eikä kukaan muu ehdi väliin!” hän sanoi minulle hiljaa. Näimme, miten Tietäjä tarttui soihtuun, laski sen hetkeksi hiiliastiaan ja nosti sitten ylös liekehtivänä.

”Tässä on Uusi Valo! Tässä on Pelastuksenne välikappale!” hän huusi. Ja äkkiä, juuri ennen kuin Petrus ehti vapauttaa jänteen, hän oli jo ojentanut soihdun sepän käteen. Raskaasti huokaisten Petrus laski jousensa.

”Ukko tietää meidän olevan täällä!” hän puuskahti. ”Siksi hän ojensi soihdun sepälle! Hän olettaa, ettemme kohota asetta omaa väkeämme vastaan, ja teettää siksi surmatyön tuon onnettoman miehen kautta!”

”Meidän on silti pakko ampua seppää, Petrus! Kaikkien muiden puolesta meidän on haavoitettava häntä!” sanoin hiljaa.

”Mutta hän on isäni ystävä! Minä tunnen hänet, Jokim. Hän on hyvä, sydämellinen mies! En voi kohottaa asetta häntä vastaan, koska tältä etäisyydeltä saatan vahingossa haavoittaa häntä kuolettavasti! Täytyy olla muu keino!” Petrus huudahti. Seisahduimme epätietoisina, osaamatta päättää, mitä tekisimme; tietämättä edes mahdollisia vaihtoehtoja, joita saattaisimme harkita.

Ihmiset lauloivat ja kirkuivat. Jo pelkästään äänten sekamelskakin oli kammottavaa, ja kun samanaikaisesti pimeys vain lisääntyi ja auringosta oli jo suurempi osa pimeyttä kuin valoa, kaikki oleva tuntui todella lähenevän loppuaan.

”Hetki lähenee! Kun näette enää vain kehän, jossa yksi reuna loistaa kuin jalokivi Ruhtinaan kruunussa, se on merkki siitä, että Maan Valtias, teidän Ruhtinaanne, odottaa teitä! Tämä jalo mies heittää Valon luoksenne ja heittäytyy sitten itsekin osalliseksi pelastuksesta! Hetki on lähellä!”

Tietäjän ääni alkoi huutaa outoja, karkealta kuulostavia sanoja. Hän kohotteli torveaan ja sauvaansa, huusi, puhalsi torveen, huusi uudelleen ja heilautteli sauvaansa katoavalle auringolle. Hän näytti itsekin kiihkomieliseltä ja järkensä menettäneeltä. Seppä seisoi soihtu kädessään rotkon reunalla, ja ihmiset lauloivat tai kirkuivat vailla järkeä.

Kaikki tuo repi ja raastoi minua; tunsin jäsenissäni, miten Tietäjän pahantahtoinen voima, tuo pahaenteinen ääni, ihmisten hätä ja pelko, kaikki tuo vastenmielinen paatos valheen edessä sai minut menettämään oman harkintakykyni. Se oli kuin kipua, joka vain paheni ja paheni; en voinut olla tekemättä mitään. Sen oli loputtava, tai lopettaisin sen itse tuhoamalla itse itseni…

”En kestä tätä enää, Petrus! Sekoan itsekin, ellen voi tehdä mitään! En voi odottaa enää hetkeäkään!” huudahdin ja hypähdin jaloilleni.

Lähdin juoksemaan alas loivaa rinnettä rotkon vierustalla, kohti Tietäjää ja seppää.

”Jokim!” Petrus huusi perääni, mutten voinut pysähtyä. En pystynyt pysähtymään. En halunnut malttaa mieltäni, harkita ja olla järkevä, koska sisäinen tuska, kärsimättömyys ja mielettömyyden pelko pakottivat minut toimimaan. En ole koskaan ollut kärsivällinen luonne. Levoton mieleni ei soveltunut vain odottamaan ja katsomaan vierestä, kun muut tekivät jotakin. Minun oli pakko purkaa tuskani; pakko toimia, vaikka järkeni ei toimisi; pakko tehdä jotakin, vaikka mitään ei näyttänyt olevan tehtävissä...

Kompuroin oksiin ja varpuihin, hypin kivien ylitse ja törmäilin puiden oksiin, mutten saattanut ajatella muuta kuin hirvittävää sisäistä tuskaani, vihaani ja epätoivoani. Syöksähdin Tietäjän näkyviin kesken hänen torvensoittonsa, ja kaikki vaikenivat. Tietäjä seisahtui tuijottamaan minua, kun seisoin hänen edessään hengästyneenä, vastaten hänen katseeseensa kuin vauhkoontunut eläin.

”Luopio!” hän huusi minulle, ja kääntyi sitten vankkureitten suuntaan. ”Mora, heitä hänet kuoppaan!”

Hämärästi tajusin, että härkävankkurimies hypähti vankkureilta alas ja lähti juoksemaan minua kohti kaikkine aseineen. Odottamatta hänen saapumistaan syöksyin sepän kimppuun ja tempaisin soihdun hänen kädestään. Hän yritti tavoittaa minua, mutta huitaisin soihdulla häntä kohti. Syrjäsilmällä näin härkävankkurimiehen miekan lähestyvän kylkeäni, mutta samassa jokin osui häneen, ja hän lyyhistyikin melkein päälleni. Häntä väistäessäni aloin kaatua Tietäjää kohden, ja soihtuni osui hänen viittaansa. Tietäjä tuuppasi minut kiivaasti päältään, ja kompuroiden yritin päästä kauemmas, mutta silloin seppä hyökkäsi kimppuuni ja riisti soihdun minulta väkivalloin. Tietäjä kohotti sauvaansa ja löi kohti päätäni. Täpärästi väistin ensimmäisen iskun. Hän karjui ja kohotti sauvaansa uudelleen, mutta silloin Petruksen ampuma nuoli läpäisi hänen käsivartensa, ja sauva putosi hänen kädestään.

”Te petturit ja luopiot! Yritätte riistää pelastuksen niiltä, jotka sen ansaitsevat!” Tietäjä karjui, perääntyi luotani ja kääntyi sepän puoleen pidellen haavoittunutta käsivarttaan. ”Sinä siinä, heitä soihtu alas!”

”Mutta ei ole vielä aika! Ruhtinaan kruunu ei ole vielä valmis!” seppä huusi hätääntyneenä. Silloin Tietäjä syöksähti häntä kohti kohottaen vasemman kätensä ja siinä olevan torvensa lyöntiin, ja torvellaan hän löi seppää kaiken raivonsa voimalla. Lyönnin voimasta seppä horjahti rotkon reunaa kohti. Kaikki tapahtui oudon hitaasti, aivan kuin aikaa olisi venytetty. Tuo kookas, vahva mies kaatui soihtu kädessään kohti rotkoa. Hän kallistui ja kallistui; hetki hetkeltä lähestyen pistettä, jossa saavuttaisi vaakatason ja alkaisi pudota. Yritin syöksyä hänen peräänsä ja sainkin tarrattua kiinni hänen jalastaan. Mutta hän oli painava mies, ja otteestani huolimatta hän alkoi luisua alaspäin rotkon reunalta.

”Älä irrota soihtua! Ihmiset kuolevat, jos rotkossa syttyy tuli!” huusin. Tietäjä käytti kaiken voimansa työntääkseen seppää reunan yli ja saadakseen minut irti sepän jalasta. Mutta hänen toinen kätensä oli haavoittunut, eikä hän pystynyt käsittelemään kahta miestä yhtä aikaa, yhdellä kädellään. Hän löi ja töni vuoroin minua, vuoroin seppää. Pelästynyt ja sekava seppäparka ei tiennyt mitä tehdä; soihtu roikkui alaspäin hänen kädestään, ja liekit, jotka nousevat aina ylöspäin, alkoivat nuolla hänen nahkaista käsisuojustaan, niin että se mustui ja alkoi kärventyä. Mutta suojuksen sisällä oli sepän käsi; ei niin herkkä kuumuudelle kuin kenen tahansa muun hipiä olisi ollut.

”Varo kättäsi! Nosta soihtu ylös! Anna se tänne!” huusin.

Tietäjä alkoi huitoa minua haavoittuneella kädellään huutaen samalla tuskaansa ja vihaansa, ja yritti samanaikaisesti työntää toisella kädellään seppää alas. Kivun ja kuoleman edessä seppä tuntui palaavan järkiinsä; tuskan hetkellä hän muisti jotakin todellisuudesta, ja näin hänen soihtua pitelevän kätensä kohoavan lähemmäs minun käsiäni. Jouduin päästämään irti sepän jalasta tavoitellakseni soihtua, ja samalla hetkellä, kun Tietäjä sai sepän työnnetyksi rotkon laidalta alas, sain itse otteen soihdusta.

Seppä putosi huudahtaen alas olkien päälle, minä kohottauduin soihdun kanssa ylös, ja Tietäjä nousi hurjistuneena seisomaan eteeni. Silloin Janosha juoksi rotkolle, tarttui voimiaan pinnistellen tikapuihin ja alkoi työntää niitä rotkoon. Myös Petrus syöksähti paikalle, heitti jousensa maahan ja meni auttamaan Janoshaa.

Monet rotkon pohjalla olevista kohottautuivat ottamaan tikapuita vastaan, kauhuissaan ja pelokkaina, mutta edelleen jotkut yrittivät myös pidätellä heitä. Sekasorto oli hirvittävä. Luulin Tietäjän syöksyvän kimppuuni riistääkseen minulta soihdun, mutta hän harhautti minua ja ryntäsikin hiiliastialle. Petrus oli lähempänä Tietäjää. Hän yritti ehtiä väliin, mutta Tietäjä tarttui paljain käsin hiiliastiaan ja syöksähti sen kanssa rotkon laidalle. Hän oli aivan Janoshan vieressä. Janosha ehti vain huudahtaa, kun Tietäjä sinkautti hiiliastian alas rotkoon ja tarrasi samassa kiinni hänen vyötäisiinsä.

”Kärsikää, kurjat typerykset! Pimeys voittaa silti!” Tietäjä huusi voitonriemuisella äänellä.

Hetkeen en tiennyt mitä tehdä. Hämmennys oli saada minut epätoivoon. Näin silmissäni, miten ihmiset paloivat rotkoon, musta savu nousi mustalle taivaalle, ja Tietäjä vei Janoshan häväistykseen ja orjuuteen. Mutta se oli vain mieleni sisäinen kuva. Todellisuus sen sijaan antoi meille vielä mahdollisuuden. Kun ensimmäiset liekit leimahtivat Surunrotkon pohjalla, ihmisiä alkoi jo nousta tikapuita ylös kauhuissaan ja hädissään huutaen. Tietäjä alkoi raahata Janoshaa kohti vankkureita, ja vain hetken ajan kohtasin Petruksen katseen tuon oudon hämäryyden läpi. Se oli kuin hiljainen neuvonpito ja sopimus; valitsimme paikkamme, sinetöimme tehtävämme. Hän jäi rotkon reunalle auttamaan ihmisiä ylös.

”Sammuttakaa tuli miten vain voitte! Päästäkää lapset ja naiset ensin tikkaille! Suojautukaa liekeiltä ja savulta!”

”Se on Petrus! Se on Petrus, Vanhimman poika!” ihmiset huusivat kiihdyksissään. ”Petrus on tullut pelastamaan meidät!”

Näin mielessäni kuvan, joka antoi minulle toivon, rohkeuden ja voiman. Se oli kuva Petruksesta Vaeltajaveljenä, joka istui kanssani metsässä puron ääressä. Vierelläni oli Janosha, ja hänen hiuksensa sädehtivät metsän ihmeellistä vihreyttä vasten. Ja kaikkialla oli valoa; se oli kirkasta, elämää antavaa valoa. Ja tunne, mitä tunsin, oli rakkaus. Siellä missä on rakkautta, ei koskaan ole epätoivoa. Siellä ei ole pelkoa, ei hätää, ei tuskaa, ei mielettömyyttä. Siellä on rauha ja ilo, ja sen saavuttaakseni voisin kärsiä hetken aikaa kipua ja epävarmuutta. Ja vaikka elämäni päättyisi tuskaan ja huoleen, Hyvyys ottaisi minut luokseen, ja sen jälkeen unohtaisin kokemani tuskan.

Väistellen ihmisiä, joita juoksi sekavina ja hoipertelevina ohitseni ja edessäni, juoksin Tietäjän ja Janoshan perään. Tietäjä yritti vetää Janoshaa mukaansa vankkureihin. Äkkiä, ennen kuin ehdin juosta heidän luokseen, näin Janoshan saavan otetuksi veitsen vyöltään, ja hän heilautti sen kaikella voimallaan Tietäjän reiteen. Tuskasta huutaen Tietäjä irrotti otteensa hänestä, ja Janosha vajosi maahan vankkureitten viereen.

Pienen hetken ajan luulin Tietäjän viimein luovuttavan ja anovan meiltä armoa ja apua kipuunsa, mutta aivan kuin kipu olisi vaivannut häntä vain hetken, hän käännähti vankkureitten puoleen, nousi reittään pidellen ohjaksiin ja alkoi piiskata härkiä liikkeelle. Vankkurit nytkähtivät eteenpäin, ja karjuen ja raivokkaasti härkiä piiskaten Tietäjä lähti pakoon, Viacaelum mukanaan. Ja minä annoin hänen mennä; en yrittänytkään estää häntä. Sen sijaan juoksin nostamaan Janoshan maasta ja vedin hänet syliini. Ja sillä hetkellä tuli aivan pimeää. Kaikki muu valo katosi; taivaalla loisti vain valokehä, jossa oli aivan kuin yksi kaikkea kirkkaampi jalokivi.

Pimeyden ajan pitelin Janoshaa sylissäni. Kaikki äänet olivat hiljenneet; oli kuin koko luomakunta olisi pidätellyt hengitystään odottaessaan, olisiko pimeys lopullinen, vai vieläkö valo tulisi esiin ja elämä jatkuisi.

Kun hehkuva kruunu tuli esiin uudelleen, mutta vastakkaiselta suunnalta aurinkoa, tiesin, että pelko oli voitettu. Kuu väistyisi jatkaen matkaansa taivaankannessa, aurinko tulisi hetki hetkeltä uudelleen esiin, ja päivänvalo palaisi ympärillemme.

Hiljalleen alkoi kuulua ääniä. Ihmiset olivat kokoontuneet Surunrotkon laidalle. Taivaalle piirtyi joitakin savupilviä, mutta sitä mukaa kun valo lisääntyi, savukin kaikkosi, linnut alkoivat laulaa, ja hiljalleen myös mielettömyys väistyi ihmisten sieluista. He näkivät rujon muukalaisen ruumiin rotkon partaalla, totesivat härkävankkurien kadonneen ja lukivat kauhun jäljelle jättämän hämmennyksen toistensa kasvoilta.

Väki kerääntyi Petruksen ympärille. Petrus oli kumartunut kuolleen muukalaisen viereen. Hän itki; nyyhkyttäen hän sulki ruman muukalaisen jähmettyneet silmät ja kyyristyi tämän ruumiin päälle painaen kasvonsa vasten rujon miehen rintaa. Kuulin hänen pyytävän anteeksi sitä, että hän oli joutunut riistämään tämän hengen.

Kylän miehiä laskeutui Surunrotkon pohjalle, ja he nostivat ylös sen lavan, jossa Vanhin makasi. Kylän päällikkö oli kuollut. Hänen poikansa itki yhä kuolleen muukalaisen vieressä, ja väki katseli tuota kohtausta hämmentyneenä. Kukaan ei rohjennut sanoa Petrukselle mitään. He ymmärsivät ehkä vain osittain, miksi Petrus itki muukalaisen vierellä, siirtymättä isänsä ruumiin luo.

Talutin Janoshan kauemmas väkijoukosta ja katselin kaikkea sieltä, hieman loitommalla muista. Olin ehkä muukalainen heille, mutta he olivat silti huolehtineet minusta, ja olin maksanut heille velkani. Enkä ollut enää välinpitämätön heitä kohtaan, vaan tunsin myötätuntoa heitä kärsimyksestään. Toivoin heille hyvää; halusin heidän saavan nauttia elämästään omalla tavallaan, omine tapoineen ja uskomuksineen. Vaikka olinkin erilainen kuin he, ei minunkaan tarvinnut enää olla yksin. Olin saanut puolikkaani, eikä minulla ollut enää syytä olla katkera kenellekään.

Hetkeä myöhemmin näin, miten sauvaan tukeutuen kulkeva Janos johdatti joukon Vaeltavia Veljiä Surunrotkolle. Näin miten lapset palasivat Autiometsän piiloista rotkolle; pelokkaat, aikuisiin tarrautuvat olennot tulivat takaisin muitten pariin ja saivat sitä lohdutusta, jota olivat päiväkausia pelon vallassa kaivanneet. Oli kaunista ja surullista. Surullista, mutta kaunista, ja rakkaus oli aistittavissa jälleen. Valo oli palannut. Ja sinä päivänä ymmärsin, että Kaikkeuden Luoja säilytti pimeyden siksi, että sen nähdessämme muistaisimme, miten hyvä onkaan elää valossa, ja kiittäisimme siitä.

LUKU X

Vaskikallion kylässä oli hiljaista. Ne, jotka olivat viimeiseen saakka uskoneet Tietäjää ja käyneet omaa väkeään vastaan peläten muutoin menettävänsä pelastuksen ja uuden elämän, olivat eniten häpeissään, ja vaitonaisia. Ne, jotka olivat liian myöhään tajunneet, millaiseen mielettömyyteen olivat ajautumassa, olivat järkyttyneitä ja katuvia. He antoivat anteeksi niille, joiden mielettömyys oli mennyt väkivaltaan asti, koska myös he itse tunsivat olevansa syyllisiä. Heidän täytyi antaa anteeksi itselleen, ja jos he saattoivat antaa anteeksi itselleen, heidän tulisi armahtaa myös toisia. Oli myös niitä, jotka olivat koko ajan epäilleet ja pelänneet Tietäjää, mutta jotka olivat liian alistetussa asemassa tai muutoin arkoja noustakseen vastarintaan. Myös minä kaduin ja tunsin syyllisyyttä. Olin ollut vähällä hylätä muut oman onnensa nojaan, koska en ollut koskaan välittänyt heistä tarpeeksi. Edelleenkään en pitänyt kovin monista kyläläisistä, ja rehellinen ollakseni olisin toivonut, että jotkut heistä olisivat kuolleet Pauluksen, Konjan tai Anian sijasta. Mutta en ollut ylpeä noista ajatuksistani. Olisin kyllä halunnut olla rakastavampi, mutta kykenin vain myötätuntoon, en pitämiseen.

Vaeltavat Veljet olivat auttaneet etsimään kylän ympäristöön paenneita ihmisiä, hoitamaan haavoittuneita ja valmistelemaan kuolleita siihen kuntoon, että heidät voitiin antaa omaistensa haltuun. He hoitivat myös rikkoutuneita mieliä, jotka kärsivät syyllisyyden ja häpeän tuskasta. He lohduttivat puheillaan ja rauhoittivat olemuksellaan surevia ja järkyttyneitä mieliä. Ihmiset ottivat heidän tukensa vastaan nöyrtyneinä, vailla sitä epäluuloa, jolla he yleensä muukalaisiin suhtautuivat. Mutta Vaeltajaveljet eivät pitäneetkään suurta ääntä itsestään, eivät vaatineet itselleen erityisasemaa tai mukavuuksia, eivätkä luokitelleet ihmisiä, joita kohtasivat. Heille kaikki olivat samanarvoisia. Kaikkia kohtaan he osoittivat samaa rakkautta ja kunnioitusta, kärsivällisyyttä ja hyvää tahtoa, mutta itselleen he eivät vaatineet mitään. Nuo nöyrät sielut opettivat nöyryyttä kaikille, joita he pyyteettömästi hoitivat. Heidän seurassaan aloin itsekin taas tuntea olevani Kaikkeuden Luojalle arvokas ihminen, ja Tietäjän puheitten kaiut vaimenivat sisälläni hiljaiseksi, epäselväksi ääneksi, jolla ei enää ollut valtaa minuun.

Maunus pyysi minua valmistamaan kuolinnaamioita. Koska aikaa oli rajallisesti ja vainajia paljon, tarvitsin apua, ja vierelleni verstaalle sain miellyttävän, innostuneen apurin. Janoshalla oli taitavat kädet, ja hän oppi nopeasti veistämisen periaatteet. Yhdessä me veistimme kuolinnaamioita ja koristeita, ja Janos toimitti meille puuta. Petrus oli myös usein verstaalla kanssani, eikä kukaan enää kysellyt, mitä tekemistä minulla oli Vanhimman pojan tai Janoksen kanssa. Sen jälkeen kun Tietäjä oli lähtenyt, kylässä ei ollut lausuttu ilkeämielisiä sanoja kenestäkään.

Toisena päivänä sen päivän jälkeen, kun aurinko oli kadonnut, saimme eteemme rujon, rumapiirteisen miehen ruumiin. Vaeltajaveljet olivat pukeneet hänet valkoiseen pellavapukuun, ja hänen hiuksensa ja partansa oli pesty ja kammattu. Hänen arpiset kasvonsa olivat silti piirteiltään rumat, ja hänen näkemisensä palautti mieleeni monia asioita, joita en olisi halunnut muistaa. Mutta Petrus oli laittanut hänen ruumiinsa niin kauniiksi kuin oli pystynyt.

”Luoja antakoon minulle anteeksi, että surmasin hänet”, hän sanoi minulle hiljaa. ”En halua enää ikinä tappaa ketään ihmiseksi luotua!”

”Et voinut muutakaan”, sanoin. ”Jos et olisi ampunut häntä, miten moni olisikaan voinut kuolla? Koko kylän väki olisi saattanut palaa rotkon pohjalle…”

”Onko oikein uhrata toisen ihmisen henki monien puolesta? Ei ollut minun asiani päättää siitä… Mutta sillä hetkellä olin kuulevinani äänen sisältäni, aivan kuin joku olisi käskenyt minun vapauttaa se miesparka hänen kärsimyksistään”, Petrus totesi ja pyyhkäisi silmiään. ”Ehkä kuvittelen niin, selittääkseni tekoni itselleni…”

”Luoja puhui Daniyeelille sillä tavoin”, sanoin hiljaa. ”Aivan kuin ääni olisi tullut hänen päänsä sisältä. Ja eikö riitä, että pyysit anteeksi, olipa tekosi sitten välttämätön paha, tai aivan turha? Minä en sinua ainakaan soimaa, eikä varmasti kukaan kyläläisistä, eikä kai kukaan Vaeltajaveljistäkään!”

”Niin, ei… Vaeltajaveljet sanoivat, että oli tarkoitettu, että hänen kärsimyksensä päättyisi sinä päivänä ja sinä hetkenä”, Petrus sanoi huoahtaen. ”Ehkä on hyvä, että säälin häntä, ja että ymmärrän nyt, miltä tuntuu riistää toisen ihmisen henki. Se tuntuu omassatunnossa, vaikka se olisi ihmisten mielestä miten perusteltua hyvänsä…”

”Minun oli vaikea edes sääliä häntä”, totesin.

”Mutta Jokim, katso häntä aivan kuin hän olisi nukkuva lapsi; lapsi, joka ei vielä tiedä hyvästä eikä pahasta, ja jonka sisimmässä on edelleen kyky kiintyä ja rakastaa”, Petrus kehotti hiljaa. Ja niin minä katsoin tuota rumaa miestä uudelleen, ja näin lapsen, joka nukkui, tietämättä muusta kuin hoivasta, hellyydestä ja rakkaudesta, lämmöstä ja kauneudesta. Pelko ei hänen kasvojaan vääristänyt, ei myöskään viha tai kateus. Hänellä oli kaikki se, mitä hän tarvitsi; elämisen edellytykset ja rakkaus, joka antoi hänelle voiman kasvaa.

Veistin tuolle muukalaiselle kuolinnaamion; tunteella, jota kuvaa parhaiten se, että pala puristi kurkkuani ja silmiini kihosi tuon tuosta jotakin, mitä jouduin kädelläni pyyhkimään. Toisinaan Janosha katsoi työtäni, katsahti silmiini ja puristi kättäni myötäeläen minun tunnettani. Ja kun naamio oli valmis, tulos oli hämmästyttävä.

Väki oli kokoontunut Surunrotkolle saattelemaan kaikki vainajat matkalle Luojansa luo. Se tyhjä kolo, joka oli kuin rujo haava kalliossa, siinä missä Viacaelum oli ollut, oli täytetty sammalella ja kukilla. Rotkon pohjalla oli valmiiksi niin paljon olkia ja oksia, ettei enempää tarvittu. Naamiot aseteltiin vainajien kasvoille ja koristeita laskettiin heidän leposijoilleen.

Kun tuli muukalaisen vuoro, kaikki katsoivat minuun. Otin veistämäni naamion ja laskin sen hänen kasvojensa peitoksi. Väki hiljeni. Näytti kuin vuoteella olisi maannut suurikokoinen lapsi; kaunis, nukkuva lapsi, jonka viattomuutta kukaan ei voinut epäillä. Hiljaisuuden vallitessa laskimme ruumiit Surunrotkon pohjalle. Yksi Vaeltajaveljistä astui esiin, kohotti kätensä kohti taivasta ja lausui Kaikkeuden Luojalle kiitoksen siitä rakkaudesta, jota olimme vainajilta saaneet heidän eläessään, ja mikä jäisi elämään, vaikka he olivatkin poistuneet keskuudestamme. Kaksi miestä tarttui hiiliastiaan ja kaatoi sen sisällön rotkon pohjalle. Hiilet putosivat oljille, oljet syttyivät, ja pian liekit kohosivat taivasta kohti ja savu nousi taivaalle merkkinä siitä, että vainajien sielut palasivat Luojansa luokse.

Surun ja rakkauden vallitessa ihmisten mieli puhdistui kauhusta, jota he vain muutama päivä aiemmin olivat kokeneet samassa paikassa. He hyvästelivät läheisensä, muukalaisen ja kylänsä Vanhimman. Kun väki palasi saattomenojen jälkeen kylään Aukiolle, kaikki muistutti Vanhimman poissaolosta. Ilman johtajaa ihmiset kokivat olevansa vielä neuvottomampia kaiken tapahtuneen jälkeen, ja he pyysivät Petrusta ottamaan isänsä paikan. Mutta Petrus oli valinnut toisin.

”Hyvät ihmiset, näettehän, miten nuori ja kokematon olen asettumaan sellaiseen asemaan? Sitä paitsi te itse olisitte olleet valmiit viemään minut Häpeäkuoppaan käytökseni takia! Säädöksissä sanotaan, ettei johtajaksi kelpaa kukaan viisitoista kesää täyttänyt, joka on häpäissyt itsensä käytöksellään. Sitä paitsi olen koko ajan ollut Jokim Vaeltajan ystävä ja tehnyt hänen kanssaan asioita, joita te katsoisitte paheksuen! Olen opetellut hänen merkkikieltään, viipynyt luvattomina aikoina paaluvarustuksen ulkopuolella, opetellut selviytymään vedessä, ja arvostellut omaa isääni, kylän Vanhinta”, Petrus selitti väelle, joka suorastaan vaati hänen myöntymistään.

”Ei tuommoisilla ole enää merkitystä!” joku huusi. ”Kaikki me joutaisimme Häpeäkuoppaan sen tähden, mitä annoimme täällä tapahtua! Sinulla on riittävästi viisautta johtamaan meitä. Ota paikkasi, Petrus!”

”Ei, minä tiedän itse olevani liian nuori astumaan sellaiseen asemaan! Enkä ole vain nuori, vaan olen myös levoton, ja koen, ettei paikkani ole yhdessä paikassa, vaan siellä minne Luoja minut johdattaa. Olen päättänyt lähteä kylästä Vaeltavien Veljien mukaan. Valitkaa itsellenne johtaja, mutta valitkaa viisaasti! Valitkaa rehellinen, nöyrä ihminen, sellainen, joka on valmis palvelemaan teitä! Ei johtajaa aseteta sitä varten, että häntä pitäisi palvella, vaan siksi, että hän palvelisi ja huolehtisi teistä. Valitkaa riittävästi kokenut, rauhantahtoinen ja viisas ihminen, johon luotatte!” Petrus huudahti. Katseet kääntyivät punapartaiseen mieheen, joka seisoi syrjemmällä, rauhallisena, mutta tarkkaavaisena.

”Janos! Janos, ystävämme, ryhdy sinä meidän johtajaksemme!” seppä huusi. ”Sinulla oli viisautta toimia hyväksemme ja vastustaa sitä pahaa, mikä meitä uhkasi!”

”Niin, Janos, ole sinä meidän johtajamme! Me luotamme sinuun!” huusi Maunus. Monet äänet yhtyivät heidän huutoihinsa. Janos nousi puhujankorokkeelle, hitaasti, koska hänen vammansa vaikeutti vieläkin hänen liikkumistaan, ja hieman surumielisenä, eikä lainkaan ylpeänä.

”En tiedä mitä minulta odotatte, mutta olkoon kotini ovi avoin seuraavina päivinä, niin puhumme yhdessä siitä, mitä toivotte. Olen valmis kuuntelemaan toiveitanne, ja uskon, että yhdessä avoimesti puhumalla löydämme ratkaisun, joka vie meitä eteenpäin kaiken tapahtuneen jälkeen", hän lausui, ja laskeutui sitten alas korokkeelta.

Monet halusivat puhua Janoksen kanssa heti; etenkin ne, jotka olivat ehkä käyneet hänen kimppuunsa Kauhun aattona. Ensimmäistä kertaa viikkokausiin muutama lapsi juoksi Aukion poikki, eikä kukaan torunut heitä heidän riehakkuudestaan, ja kuulimme vapautunutta naurua, jollainen herää aina sellaisella hetkellä, kun pelko väistyy ja luottamus tulevaan on itsestäänselvyys.

Saattomenojen jälkeen ryhdyin valmistamaan tupaa metsäleiriini. Maunus tuli auttamaan minua muutaman kyläläisen kanssa, ja hyvin pian saimme talven kylmyyttä kestävän asumuksen valmiiksi. He eivät pyytäneet minulta palkkaa. Noiden yhteisten aherruksen päivien jälkeen aloin tuntea jonkinlaista yhteyttä heidän kanssaan. Vahvat, hiljaiset miehet, jotka tuskin tunteistaan tulivat puhuneeksi, olivat ilmaisseet minulle hyväntahtoisuutensa työnsä kautta. He antoivat minulle oman kodin, ja sitä tehdessään he antoivat myös hyväksyntänsä sille, että joku heidän parissaan asuva eläisi paaluaidoituksen ulkopuolella.

Kun tuvan seinät ja katto valmistuivat, naisväki toi meille lampaantaljoja, käsiliinoja ja peitteitä, ja saatoin nähdä, miten ystävällisesti ja lempeästi he nyt kohtelivat Janoshaa, jota aiemmin olivat hieman kummeksuneet. Yhteisvoimin asumuksestani tuli hyvin varustettu ja mukava pesä, jossa pärjäisimme säässä kuin säässä. Mökissäni oli vain pieni eteinen, tupa ja parvi piisin yläpuolella, mutta se riittäisi varsin hyvin yhteiseksi asumukseksi sopuisalle parille.

Minä ja Janosha vietimme Lupausmenoja, kun syksyn ensimmäiset lehdet putoilivat maahan. Se tilaisuus oli vain kalpea esitys siihen verrattuna, mitä välillämme oli tapahtunut Häpeäkuopassa. Mutta teimme sen muiden takia; saadaksemme kylän ihmisten hyväksynnän yhteiselle elämällemme. Kylän väki oli kokoontunut Alapurolle. Minun sukulaisenani toimi yksi Vaeltavista Veljistä, ja Janoshalla oli vain isänsä. Hämmästyin, miten innoissaan ihmiset silti olivat, ja miten paljon he iloitsivat puolestamme.

Neria ojensi ruukun Janoshalle, Janosha minulle. En onnistunut rikkomaan sitä aivan kahteen osaan, mutta tulos oli silti lähes vedenpitävä, kun puristimme palat tiukasti yhteen. Muistimme kumpikin, mitä olimme puhuneet Häpeäkuopassa, ja olimme niin onnellisia, ettei edes tyttöjen kimeä ääni häirinnyt liikaa, kun he laskivat yhteisiksi vuosiksemme kahdeksankymmentä kahdeksan. Sitten minä ja Vaeltajaveli aloimme kiskoa säkkiä toisesta reunasta, Janosha isänsä kanssa toisesta. Vedimme ja vedimme, kunnes yleisö alkoi kyllästyä.

”Lopettakaa jo! Sopikaamme, ettei teidän sukujenne välillä ole minkäänlaista valtataistelua! Olette kumpikin samaa, rauhanomaista sukua”, Petrus huudahti lopulta. Väki osoitti suosiotaan hänen ehdotukselleen. Koska säkkikangasta ei revitty rikki lainkaan, sitä ei tarvinnut myöskään ommella. Ja kuten Janosha oli luvannut, hän ei edes yrittänyt pudottaa minua alas tukilta. En hennonut tuupata häntä alas, joten tartuin vain häntä kädestä ja pyysin laskeutumaan sopuisasti, samalla kuin itsekin astuin alas.

Miehet ja naiset tietysti jäivät riitelemään siitä, kumman jalka kosketti ensin maata. Mutta se unohtui pian, kun suutelimme toisiamme. Joku oli huolehtinut siitä, että uhkaus- ja varoituslaulut oli jätetty ohjelmasta pois, ja pääsimme heti suudelman jälkeen kuulemaan julistussanat. Juhlavista sanoista huolehti yksi Vaeltavista Veljistä.

”Minkä Kaikkeuden Luoja on yhdeksi tarkoittanut, sitä älköön ihminen erottako”, hän sanoi, minkä jälkeen annoimme toisillemme Lupauslahjat. Sain Janoshalta vaskiketjun, jossa roikkui hänen itse veistämänsä katajainen laatta. Se oli samanmuotoinen kuin ne riipukset, joita Vaeltajaveljet kantoivat. Annoin Janoshalle ranneketjun, joka oli vaskea, ja siihen oli taottu auringonmuotoinen puolipallo, jonka olin päällystänyt sillä aineella, jota Viacaelum oli ollut. Petrus oli antanut joesta löytämänsä murusen minulle, jotta antaisin sen Janoshalle. Se olisi samalla myös muisto heidän kiintymyksestään. Tulisimme molemmat kantamaan muistoissamme Petrusta, joka oli valinnut erilaisen tien kuin kukaan olisi voinut arvata hänen syntyessään kyläpäällikön pojaksi.

Vaeltavat Veljet viipyivät Vaskikallion kylässä, kunnes elämä palautui uomiinsa, järkytys ja suru hälvenivät, ja elämää alkoivat virkistää uudet tapahtumat; lasten syntymät, uudet Lupausmenot, pienet kahnaukset ja arkiset ongelmat. Yksi Vaeltajaveljistä jäi asumaan kylään, kun taas Petrus lähti Vaeltajien mukaan.

”Me tulemme joka vuosi, Jokim! Ehkä ensi vuonna teidän tuvassanne asuukin jo kolme, ja se käy pian turhan ahtaaksi”, hän sanoi minua hyvästellessään. Tiesin ikävöiväni häntä, mutten silti olisi vaihtanut häntä Janoshan tilalle. Ja ehkä joku kylän nuorukaisista rohkenisi etsiytyä seuraani ja pyytää minua opettamaan jousella ampumista tai merkkien kirjoittamista. Kenties löytäisin uusia veljiä kadottamieni tilalle, ja voisin lopulta kokea olevani muutakin kuin muukalainen heidän keskellään.

Vaikka elimmekin Janoshan kanssa hieman kylän yleisten tapojen vastaisesti, kukaan ei vihjannutkaan vievänsä meitä Häpeäkuoppaan käytöksemme ja tapojemme takia. Auringonpimennyksestä lähtien Häpeäkuopassa on ollut tikapuut koko ajan, ja sinne voi kuka tahansa mennä katumaan ja rauhoittumaan, niin pitkäksi aikaa kuin haluaa. Ja sen nimi on muuttunut ihmisten puheissa; nykyään sitä sanotaan Viisaudenkuopaksi. Rakensin sinne tukevat tikapuut sen jälkeen, kun eräs viisastunut katkaisi käsivartensa kuopasta noustessaan, vanhojen tikkaiden päästyä liian lahoiksi.

Minulla ja Petruksella on salaisuus, jota emme aio paljastaa kenellekään, ellei maailma muutu niin, että suurimmassa hädässä tiedostamme saattaisi olla jotakin hyötyä. Ennen kuin Petrus lähti Vaeltajaveljien mukaan, me kävimme vanhan tapamme mukaan sukeltelemassa Kylmäjärvessä. Kauempana Surmankalliosta, Kylmäjärven eteläisellä puolella, näimme vedenpohjassa suuren esineen. Ne olivat ylösalaisin lojuvat, rikkoutuneet härkävankkurit. Kenties eräät tienoilla liikuskelleet härät pillastuivat pimeässä metsässä, tai ehkei ajaja pystynyt hallitsemaan niitä vaikeassa maastossa. Härkien ruumiita ei pohjassa näy, ei myöskään minkäänlaisia inhimillisiä jäänteitä. Kenties kuljettaja ja härät ovat selviytyneet järven pohjasta ja päässeet rantaan. Mutta pimeydessähän vaanii nälkäisiä petoja, ja Autiometsään on kovin helppo eksyä...

Se, mikä kerran oli ollut meille merkityksellistä, mutta josta oli tullut joillekuille tuhoisa ansa, makaa nykyään Kylmäjärven pohjassa. Olemme antaneet sille uuden nimen: se on Ahneuden ja Tuhon Tie.

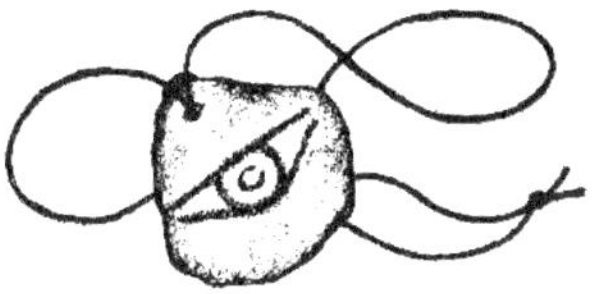

OSA ii: VAELTAJA

Auringonpimennyksen jälkeen eli Petruksen tarina

LUKU I

Sinä vuonna, kun aurinko katosi, elämäni muuttui pysyvästi. Luovuin kohtalosta, jota minulle oli pedattu koko nuoruusikäni Vaskikallion kyläpäällikön poikana. Vaikka olinkin aina epäillyt haluani toimia johtajana ja pysyä kotikylässäni, minulla ei olisi ollut rohkeutta tehdä vastoin isäni tahtoa ilman Vaeltajaveljien kylään tuomaa poikaa, ystävääni Jokimia. Ja ellei kylään olisi tullut se muukalainen, joka nimitti itseään Tietäjäksi ja joka järkytti monien elämää, en ehkä olisi saanut koskaan riittävän suurta yllykettä poistua kotikyläni alueelta. Mutta sen kaiken Tietäjän aiheuttaman hämmennyksen ja tuhon seurauksena päätin lähteä kotiseudultani kokonaan ja liittyä Luojan johdattamina kulkevien Vaeltajaveljien seuraan. Jokim oli jo aiemmin kertonut minulle Kaikkeuden Luojasta, ja hän oli opettanut minut myös lukemaan ja kirjoittamaan. Veljet kertoivat minulle lisää, ja he opettivat myös omaa tapaansa elää ilman pysyvää kotia ja majapaikkaa, ilman muuta omaisuutta kuin se, minkä he jaksoivat kantaa mukanaan, ja ilman pysyvää toimeentuloa.

En osaisi ehkä edes selittää, miksi tuo elämäntapa veti minua puoleensa niin vahvasti. Helpointa on tarjota siihen selitykseksi toteamus, että tunsin, että minua kutsuttiin, ja siksi lähdin. Toisaalta lähdin irrottautuakseni menneestä; vapautuakseni muistoista, jotka olisivat saattaneet herättää katkeruutta. Ja toisaalta, olin aina haaveillut lähteväni jonnekin muualle, jopa kaukaisiin valtakuntiin, jos se vain olisi minulle mahdollista; siis, jos vapautuisin velvollisuuksistani kylän johtajan poikana, enkä loukkaisi isääni sillä, että jätän hänet ja synnyinseutuni. Ja kun isäni olikin kuollut ja Janoshan isä oli suostunut ottamaan kyläpäällikön velvollisuuden hartioilleen, olin vapaa tekemään mitä itse halusin.

Kun auringonpimennyksestä oli kulunut vuosi, Jokim ja Janosha saivat ensimmäisen lapsensa. He antoivat pojalle nimeksi Jaechim.

Kävin Vaskikallion kylässä sinä kesänä, kun Jaechim syntyi, ja iloitsin heidän onnestaan. Kun katselin heitä ja heidän pienokaistaan, kävin mielessäni läpi myös ajatuksia siitä, millaista elämäni olisi ollut, jos Janosha olisikin päätynyt minun vaimokseni, ja lapsi olisi ollut minun. Saatoin kuitenkin tarkastella asiaa ilman menettämisen tuskaa tai katkeruutta.

Olin kyllä ehtinyt kokea jonkinlaista ihastusta ja kiintymystä Janoshaa kohtaan, mutta ymmärsin sen olleen jotakin sellaista, joka ehkä syntyi enemmänkin olosuhteitten myötä kuin henkilökohtaisena valintana. Jos olisin ylipäätään ottanut vaimon siinä kylässä, olisi ollut luonnollista valita Janosha, johon olin kiintynyt kuin sisareen, ja jonka kanssa tulin toimeen. Mutta se ihastuksentapainen mieltymys oli laantunut. Ihailin, arvostin ja rakastin häntä kyllä edelleen, mutta sisarena ja ystävänä.

Rakastin yhtä lailla myös ystävääni Jokimia; Jokim ja Janosha olivat kuin veljeni ja sisareni, ja elin heidän kauttaan heidän yhteistä onneaan. Ja kun näin sen, miten lapsi sitoi heidät pysymään mökissään ja turvallisessa ympäristössä, ymmärsin myös, etten oikeastaan olisi edes halunnut itselleni sellaista sidosta. Perheen perustaminen ja oman kodin rakentaminen ei enää kiehtonut minua. Uskoin, että minun oli määrä pysyä liikkeellä, kunnes löytäisin paikan, jossa tuntisin olevani siellä missä minun pitikin olla. Niinpä jonkin aikaa heidän luonaan viivyttyäni lähdin taas talveksi vaeltamaan Veljien kanssa.

Osan talvesta vietin yksikseni etelämpänä, lumisten rinteitten kupeessa, lumiluolassa. Elin metsästämällä, kalastamalla ja sillä kaikella syömiskelpoisella, mitä metsästä löysin. Enkä ollut enää pitkiin aikoihin pelännyt petoeläimiä. Olimme kohdanneet pahemman pedon kuin mikään eläin voisi koskaan ihmiselle olla; säälimättömän ja ahneen ihmisen.

En ollut varma siitä, oliko tuo Tietäjäksi itseään nimittänyt mies vielä elossa, vai oliko hän vajonnut kyläläisiltä huiputtamansa kullan kanssa Kylmäjärven pohjaan. Ruumista ei ollut löytynyt. Vain minä ja Jokim tiesimme, että härkävankkurien lasti oli vajonnut Kylmäjärveen. Kyläläiset eivät osanneet uida tai sukeltaa, eivätkä siis välttämättä koskaan törmäisi siihen. Pidimme salaisuuden omana tietonamme, koska emme halunneet ihmisten joutuvan uudelleen ahneuden ja itsekkään nautinnonhalun valtaan. Niinpä Surunkalliosta koverrettu raakakulta makasi järvenpohjassa, mutta mies, joka oli havitellut sitä omakseen, oli kenties pelastautunut ja saattoi odottaa oikeaa hetkeä palata hakemaan ryöstösaalistaan.

Vaskikallion kylässä oli talvisin lumista ja kylmää, eikä kauppiaista tai muista matkalaisista ollut liiaksi haittaa kyläläisille. Mutta kesäisin satunnaisia kaupustelijoita saattoi vaeltaa kylään, ja Jokim oli ottanut asiakseen pitää silmällä kylään saapuvia oman mökkinsä katolta. Hän oli valmistanut torven, jolla varoittaisi kylän paaluaidoituksen sisällä asuvaa väkeä, jos joku epäilyttävä matkalainen lähestyisi kylää. Hän puhalsi torveen kyllä aina silloinkin, kun minä saavuin Vaeltajaveljien kanssa vierailulle, vaikken ehkä ollutkaan enää mikään epäilyttävä kulkija.

Vaeltajaveljien seurassa opettelin kuuntelemaan ihmisten murheita ja lohduttamaan heitä puheillani. Parissa vuodessa olin jo muuttunut jonkin verran siitä, millainen olin ollut ennen auringonpimennystä. En usko että olin sen vakavampi kuin ennenkään, mutta olin ehkä hivenen rauhallisempi ja kykenin aiempaa paremmin malttamaan mieleni, vaikka hieman kiivastuinkin. Veljet opettivat minulle Kaikkeuden Luojasta kaiken, mitä itse olivat kokeneet ja ymmärtäneet. Opettelin myös lukemaan heidän kääröjään ja jäljentämään tekstiä niistä. Pohdin monenlaisia asioita itsekseni kaikkina noina yksinäisinä hetkinä, jolloin tunsin Luojan läsnäolon, ja kirjoitin ajatuksiani ja kokemuksiani uusiin kääröihin.

Veljet osasivat valmistaa paperia monenlaisista raaka-aineista, ja opin myös sen taidon heiltä. Opin pikkuhiljaa myös kielen, jota puhuttiin etelämpänä, suurissa kuningaskunnissa. Joka vuosi vaelsimme pitkin teitä ja polkuja, puhutimme ohikulkijoita, yövyimme eläinkatoksissa tai puitten suojissa, ja toisinaan joku ystävällinen perhe saattoi kutsua meidät vieraiksi majaansa tai tupaansa. Ja aina kesäisin, kun vaelsin Vaskikallion kylään tervehtimään Jokimia ja Janoshaa, kerroin heille tapaamistani ihmisistä ja seuduista, joilla olin kulkenut.

Kun Jaechim oli muutaman vuoden ikäinen, vanttera pojannassikka, ja hänelle oli syntynyt pikkusisarkin, Jokim alkoi puhua minulle omista sisaruksistaan. Hän oli usein miettinyt, mitä hänen sisaruksilleen oli tapahtunut, kun rosvojoukko oli hyökännyt hänen kotitaloonsa ja surmannut hänen vanhempansa. Hänellä oli ollut vanhempi veli ja pieni sisar. Kun Vaeltajaveljet olivat poimineet Jokimin mukaansa, kukaan ei ollut tiennyt kertoa hänen sisarustensa kohtalosta. Eikä hän ollut ikinä palannut synnyinseuduilleen, vaikka puhui siitä usein silloin, kun olimme vielä nuoria poikia. Hänen kotikylänsä sijaitsi päiväkausien taivalluksen päässä, Pohjanväylän alkulähteillä.

”Ajattelen usein, miten hyvä olisi, jos lapsillamme olisi sukua minun puoleltani. Janoshallakaan ei ole sisaruksia, joten meillä ei oikeastaan ole täällä muita sukulaisia kuin hänen isänsä”, Jokim totesi katsellessamme, miten Jaechim opetteli veistämään puuta pienellä veistoterällä. ”Muistan hämärästi isoveljeni ulkonäön. Minusta Jaechim muistuttaa häntä! Tumma ja vanttera, ja vahvapiirteinen...”

”Niin, eipä hän taida paljoakaan muistuttaa kaunista ja siropiirteistä äitiään”, naurahdin. ”Muistatko mitään sisarestasi?”

”Hän oli silloin vasta pieni lapsi… Mutta ainakin muistoissani hän on ruskeasilmäinen ja suloisesti hymyilevä lapsukainen”, Jokim huoahti hiljaa. ”Luoja suokoon, että hän eläisi jossakin! Aika ajoin mietin, voisimmeko lähteä käymään siellä kylässä, jossa synnyin, mutta matka on niin pitkä, ja lasten kanssa voisi olla hankala vaeltaa viikkoja. Ja minulla on aavistus, ettei Janosha taitaisi haluta lähteä, juuri nyt…”

”Onko hän taas siunatussa tilassa?” kysyin hymyillen, ja Jokim naurahti.

”Ehkäpä onkin…”

”Ajattelitteko perustaa ihan oman kylän?” kysyin. ”Tupanne käy kohta pieneksi, jos lapsia siunaantuu tuota tahtia, ja joudutte rakentamaan uuden huoneen!”

”No… Luulenpa, että kolmessa lapsessa olisi ihan tarpeeksi toistaiseksi! Mutta Janosha suorastaan loistaa ollessaan lasten kanssa… Hänen kasvonsa säteilevät, ja hän on niin eläväinen ja leikkisä itsekin! Ja täytyy myöntää, että olen itsekin mielelläni lasten kanssa. Jaechimista on jo apuakin puuhissani, mutta myös seuraa, vaikkei hän mikään suupaltti olekaan”, Jokin selitti virnistäen.

”Tullut äitinsä isään, ilmeisesti”, totesin. ”Janos on edelleen vaatimaton ja nöyrä johtaja, eikä turhia höpöttele…”

”Niin, hän ei ainakaan yritä puhua ihmisiä pyörryksiin, niin kuin se Tietäjäukko!” Jokim naurahti.

”Totta… Mutta kuulehan, olen hieman miettinyt, että kun sinulla on nyt täällä parempaakin puuhaa, mutta minä olen joutava vaeltelemaan, niin mitäpä jos minä suuntaisin syksyllä pohjoiseen? Voisin kysellä kotikyläsi ihmisiltä, josko he muistaisivat sisaruksesi. Ehkäpä joku tietäisikin, mitä heille on tapahtunut”, ehdotin vakavoituneena.

”Tekisitkö todella sellaisen palveluksen?” Jokim kysyi yllättyneenä.

”Miksipä en tekisi? Sitä paitsi vaeltelen joka tapauksessa jonnekin… Miksi en voisi vaeltaa vaihteeksi pohjoiseen?”

Emme puhelleet asiasta enempää, mutta pidin sitä jo sovittuna päätöksenä, ja loppukesästä valmistauduin hyvästelemään ystäväni. Janosha syleili minua kaikella ystävyytensä lämmöllä, ja saatoin kyllä havaita hänen vatsanseutunsa pyöristyneen kauniisti. Hän ojensi minulle nahkanyöriin kiinnitetyn kiviriipuksen, johon hän oli kovertanut kapean, silmää muistuttavan kuvion. Kuvio oli samanlainen kuin Vaeltajaveljien puisissa tai lyijyisissä riipuksissa.

”Muista meitä, kun katsot tuota riipusta, ja muista, että Luoja varjelee meitä kaikkia”, Janosha totesi hymyillen. Laitoin riipuksen kaulaani, ja sitten syleilin myös Jokimia.

”Luoja varjelkoon sinua matkoillasi!” Jokim sanoi hiljaa. Saatoin vain aavistella, miltä hänestä tuntui se, että minä olin lähdössä toteuttamaan asian, jota hän oli vuosia suunnitellut. Mutta ehkä olimme kumpikin saaneet juuri sen tehtävän kuin oli tarkoitettukin. Hän oli vaeltanut jo lapsena, ja minä pysynyt paikoillani Vaskikallion kylässä. Olin kadehtinut häntä, kun hän kertoi tarinoita matkoistaan. Mutta sitten hän oli saanut perheen ja asettunut aloilleen; minä taas jatkaisin vaellustani, itsekseni…

Jaechim ojensi minulle vakavan näköisenä pientä kättään, ja kumarruin taputtamaan häntä olkapäälle.

”Pidähän pikkusiskostasi huolta, niinhän?”

Hän nyökkäsi vakavana ja toivotti minulle hyvää matkaa. Kun astelin vähän käytettyä metsäpolkua pois Vaskikallion kylästä, kauemmas ystävistäni, en arvannut, etten näkisi heitä seuraavana kesänä, enkä itse asiassa vuosikausiin. Kaikkeuden Luoja johdattaisi minut eri teitä, ja osittain myös eri asialle.

Taivalsin joitakin viikkoja Pohjanväylää pohjoiseen, kunnes saavuin kylään, jonka arvelin olleen Jokimin kotikylä. Hän oli kertonut minulle vanhempiensa nimet ja kuvaillut heidän asuinpaikkansa ja naapurinsa. Muutamilta tapaamiltani ihmisiltä kysellen löysin lopulta Jokimin kotitalon, syrjäisen kärrypolun päästä, keskeltä melko synkkää metsää. Talossa asui vanhempi pariskunta, joka kertoi asettuneensa taloon, kun se oli ollut osittain tulipalon tuhoama ja hylätty. He eivät tienneet mitään Jokimin perheestä, koska olivat tulleet kylään muualta. Lähimmästä naapurituvasta sen sijaan sain tietää enemmän.

”Ai seppä-Jakim? Kyllä minä hänet muistan… Roteva, tumma mies, ja vaimo oli pienikokoinen, mutta kaunis kuin kukka… Mutta rosvojoukko murhasi heidät, ja ilmeisesti ne veivät toisen pojista, heidän keskimmäisen lapsensa mukaansa, tai sitten tappoivat sen poikaparan", hampaaton, lyhyenläntä mies huoahti irvistäen.

"Keskimmäisen lapsensa?" toistin. "Missä muut lapset sitten olivat?"

"No, olen kuullut tarinan, että se vanhempi poika olisi ollut käyttämässä siskoaan riu'ulla, kun se rosvojoukko oli tunkeutunut taloon. Lapset olivat paenneet syvemmälle metsään ja piileskelleet siellä, kunnes joku kyläläisistä oli heidät löytänyt sitten myöhemmin. Eikä lapsia tietysti päästetty kotiinsa enää, ennen kuin paikka oli siivottu ja ruumiit laitettu kauniisti lepäämään..."

"Mutta ne toiset lapset säilyivät siis elossa, niinkö?" huudahdin innostuneena. "Missä he nyt ovat?"

"No, kellään kyläläisellä ei ollut varaa ottaa heitä kumpaakin elätikseen... Ei minullakaan, ja emäntäkin jo sairasteli! Yksi perhe otti pojan, koska tämä oli jo riuska työmies ikäisekseen, mutta tyttö taidettiin antaa kiertolaisten matkaan..."

"Kiertolaisten? Millaisten kiertolaisten?" kysyin.

"No, joitakin kaupustelijoita tai kerjäläisiäkö lie olleet. Pienen tytön kanssahan on tuottavampaa kerjätä kuin yksikseen! Luulisin, että ne ovat matkanneet etelään, jonnekin isompaan kylään, ehkä ison veden äärelle, jossa väkeä on kuin ötököitä kesäyönä", ukko naurahti, pyyhkäisi nenäänsä ja jäi katsomaan minua uteliaana. "Mitäs sinä siitä kyselet, nuorimies? Oletko sitä outoa väkeä, joka mutisee kääröilleen?"

"Kuljen Vaeltajien joukossa, ja uskon Kaikkeuden Luojaan", sanoin huvittuneena hänen käsityksestään Vaeltajaveljistä. "Tiedätkö, mikä perhe otti sen pojan? Onko se kaukana täältä?"

"Ehkä naapurikylässä, etelään päin. Muistelisin, että perheen isäntä taisi olla puunhakkaaja. Mutta johan siitä on vuosikausia. Poikahan on jo ihan aikuinen!" ukko nauroi niin että paljaat ikenet näkyivät; vain yksi hammas törrötti alaleuassa ja kaksi ylhäällä. "Siitä on jo niin pitkä aika, että hampaitakin oli vielä silloin tallella!"

"No, hänen veljensä haluaisi kyllä löytää hänet, vaikka poika olisikin jo aikuinen", selitin huoahtaen. Annoin ukolle palan kuivattua hirvenlihaa. "Kiitos sinulle tiedoistasi, ja Luojan siunausta!"

Jätin ukon jyrsimään lihapalaa jäljellä olevilla hampaillaan, ja astelin takaisin päätielle. Parin päivän matkan päästä tulin naapurikylään, joka sijaitsi joenvarrella. Kyselin sieltä puunhakkaajaa, ja minut neuvottiin polulle, joka johti pienen mökin pihaan. Portailla istuskeli vanhempi, mutta rotevaharteinen mies, joka katseli minua kyräillen, kun lähestyin häntä.

”Rauhaa talollenne”, sanoin. ”Onko perheessäsi ollut kasvattina eräs sepänpoika pohjoisesta naapurikylästä?”

”Onpa kyllä ollut, hyvinkin, mutta lähti vuosi sitten palkkasotu-riksi, kiittämätön nulikka! Söi kyllä ruokamme, muttei kelvannut jäädä töitä tekemään”, mies murahti. ”Jos olet sen luihun petturin ystävä, niin parasta kadota pihastani ennen kuin haen kirveen!”

”Kyselen hänestä vain yhden tuttavani puolesta”, totesin nopeasti, ja hän nousi jalkeille ojentautuen täyteen mittaansa. Lähdin kaiken varalta jo perääntymään hänen luotaan. ”Yrittäkää antaa anteeksi... Katkeruus vanhentaa ennenaikaisesti!”

Mies poimi maasta kiven ja heitti sillä minua kohti. Se osui sääreeni, ja kiirehdin pois pihasta ennen kuin hän ehti poimia toista kiveä. Astellessani takaisin päätien varteen olin jonkin aikaa hämmentynyt ja neuvoton. Jokimin sisarukset olivat kyllä selvinneet hengissä ryöstäjien hyökkäyksestä, mutta miten muka voisin löytää jonkun nuorenmiehen, joka oli lyöttäytynyt palkkasoturijoukon mukaan? Ja miten jäljittäisin kiertolaisjoukon, joka oli poiminut vuosikausia sitten mukaansa pienen tytön?

Koska en tiennyt, mitä muutakaan olisin voinut tehdä, kyselin kyläläisiltä ja tiellä matkaajilta havaintoja niin palkkasotureitten värvääjistä kuin kiertolaisista. Värväreitä oli viimeksi tavattu vuosi sitten, ja viimeisimmät kiertolaiset oli jo paljon sitäkin aiemmin ajettu kylästä seipäin ja jäteämpärein. Kumpikin joukko oli todennäköisesti suunnannut etelään, koska pohjoisen asutus loppui niille main, jossa olin jo käynyt.

Vaeltelin koko syksyn Pohjanväylän sivuteillä ja jopa metsäpoluilla, kysellen ihmisiltä tietoja joko palkkasoturijoukosta tai kiertolaisista. Tiedot olivat hajanaisia ja epämääräisiä, enkä oikeastaan saanut selville muuta varmaa kuin sen, ettei asutuksen liepeillä ollut juuri sillä hetkellä näkynyt kyselemäni kaltaisia ihmisiä. Leiriydyin pariksi kuukaudeksi erään kylän liepeille ja yritin haalia ruokavarastoa metsästämällä ja kalastamalla. Kävin auttamassa kylän väkeä erilaisissa töissä, ja sain palkakseni joskus leipää, joskus joitain kasviksia tai juustonpalan.

Heti pahimpien pakkasten laannuttua jatkoin kiertelyäni, pikku hiljaa etelämmäs edeten. Muutaman viikon päästä olin Neljäntienristeyksessä, ja seisahduin. Itäistä tietä pääsisin takaisin Vaskikallion kylään johtavalle kärrypolulle. Olin ajatellut, että menisin joksikin aikaa Jokimin perheen luo ja kertoisin heille, mitä olin saanut selville Jokimin sisaruksista. Mutta syystä tai toisesta epäröin jatkaa matkaa heti, ja meninkin käymään pienessä kievarissa, joka sijaitsi Neljäntienristeyksessä.

Nautin vaatimatonta eväsleipääni penkillä, kievarin oven vieressä, ja kuuntelin muitten matkaajien jutustelua kievarin isännän kanssa. Olin jo omat kyselyni kysellyt; niin palkkasotureitten värvääjistä kuin kerjäläisistä, ja suunnittelin vain nukahtaa tovin majapaikassa ja lähteä sitten patikoimaan itään, Vaskikallion kylää kohti. Mutta silloin kuulin jotakin, mikä sai minut muuttamaan suunnitelmiani.

”Suurisuinen ja pahansisuinen ukko! Muistan kyllä elävästi, miten hän kumautti seipäällään sitä yhtä nuortamiestä, joka yritti asettua hänen tielleen… Suuret puheet ja lupaukset, mutta päästään oli vialla, mikä lie huru-ukko!” kievarin isäntä selitti. ”Kirosi koko kylän, mutta jos jokaista kirousta säikkyisin, mitä olen elämäni aikana rähinöitsijöiltä kuullut, olisin jo muuttunut russakaksi kolmatta kymmentä vuotta sitten!”

Siirryin lähemmäs kuuntelemaan, kun matkalaiset selittivät jotakin siitä, että olivat vuosia sitten törmänneet samanlaiseen kulkijaan siellä, mistä olivat itse kotoisin; jossakin etelämpänä. Pitkä ja suoraryhtinen, harmaantunut, mutta vielä komeapartainen mies, joka oli luvannut suuria, muttei pystynyt antamaan takeita lupauksilleen…

”Saanko kysyä, millaisesta miehestä oikein puhutte? Saatan jopa tietää tuosta kulkijasta enemmänkin”, totesin isännälle. ”Ja onko siitä montakin vuotta, kun se mies oli täällä?”

”Olisiko muuta vuosi… Viisi tai kuusi korkeintaan”, isäntä naurahti. ”Ukko ilmestyi tänne nälkiintyneen ja rähjäisen näköisenä, ihan kuin olisi rymynnyt metsissä viikkokausia, ja hänellä oli vammoja reidessä ja käsivarressa, mutta silti hän käyttäytyi kuin maan valtias! Sellainen pitkä, suoraryhtinen mies, ja yritti vielä emännälleni leperrellä saadakseen ilmaisen aterian… Annoinhan minä sille ruokaa ja yösijan, kun säälin sitä ensin, mutta kun se alkoi seuraavana päivänä häiritä muita matkalaisia ja kyläläisiäkin, niin rähinähän siitä tuli, ja se ajettiin lopulta matkoihinsa!”

”Millä tavalla se ukko häiritsi muita?” kysyin jännittyneenä.

”No se väitti että siltä oli viety kulta-aarre, ja että se maksaisi hyvän palkan, jos ainakin tusina vahvaa miestä lähtisi sen matkaan, hyökkäisi jonnekin kylään ja anastaisi aarteen takaisin”, isäntä selitti väheksyvästi nauraen. ”Kuka hullu sellaista edes uskoisi? Ei täälläpäin ole mitään kulta-aarteita nähtykään… Eikä kylän vähistä vahvoista nuorukaisista kukaan jouda minnekään ryöstöretkille! Täällä riittää töitä, jos meinaa perheensä elättää. Jos joku tahtoo seikkailla, sehän lähtee etelään palkkasoturiksi, eikä Autiometsiin minkään sekopäisen ukon komennettavaksi!"

"Puhuiko se ukko muuta? Pelotteliko se ihmisiä puheillaan?"

"Jotainhan se horisi jonkun maan valtiaan rangaistuksesta, mutta itsehän tuo rehenteli niin kuin maan valtias, enkä minä semmoisen ukon rangaistuksia säiky!" isäntä nauroi. "Ukolta taisi loppua kärsivällisyys, kun ei kukaan täällä ottanut sitä tosissaan. Niinpä se kirosi ja uhosi, mutta lähti lopulta matkoihinsa... Vannoi tulevansa ison sotajoukon kanssa takaisin polttamaan koko kylän, mutta eipä tuota ole näkynyt!"

"No mutta missä kylässä se ukko väitti jonkun kulta-aarteen olevan?" kysyin kärsimättömästi.

"Eipä tuo sanonut, arvatenkin siksi ettei kukaan menisi omin päin hänen aarrettaan viemään!" isäntä nauroi pilkallisesti, ja myös vieraat puhkesivat nauruun.

Hengittelin siinä hetken rauhoittuakseni. Jos se ukko oli ollut Tietäjä, hän ehkä yrittäisi vielä joskus mennä takaisin Vaskikallion kylään, jos vain olisi vielä elossa. Vaikka oli kulunutkin jo vuosia siitä, kun hän oli joutunut luopumaan anastamastaan omaisuudesta, lasti raakakultaa polttelisi hänen mieltään, ja jos hän saisi jostakin houkuteltua mukaansa väkivaltaisia ja ahneita miehiä, se voisi koitua Vaskikallion kylän tuhoksi. Mutta jos kyläläisten käskisi varustautua mahdolliseen rosvojoukkoon, heillekin kävisi ilmi, että kulta-aarre oli vielä kylän alueella. Sitten jotkut kyläläiset haluaisivat ehkä päästä siihen käsiksi, kun ymmärtäisivät, että kulta oli arvokasta tavaraa muualla maailmassa... Syntyisi kateutta ja eripuraa, ahneutta ja sen aikaansaamaa muuta pahaa. Mutta ellen varoittaisi heitä ollenkaan, he saattaisivat olla liian suojattomia, jos joku joukkio tulisikin kylään hakemaan aarretta Kylmäjärven pohjasta...

Vetäydyin takaisin omiin oloihini. En osannut päättää heti, mitä tekisin. Olihan mahdollista, että Tietäjä oli kuollut matkallaan etelämmäs. Ehkei kukaan ollut uskonut häntä sielläkään, eikä hän välttämättä saisi ikinä kootuksi riittävän isoa joukkoa tuekseen. Tai ehkä joku oli hermostunut hänen suureelliseen käytökseensä ja surmannut hänet säälittä. Jos tietäisin varmaksi, että Tietäjä oli kuollut eikä kukaan muukaan ahne ihminen tietäisi kulta-aarteesta, ei olisi syytä hätääntyä. Mutta jos jotkut olivat ottaneet ukon puheet tosissaan, Vaskikallion kylään saattaisi eksyä muutakin väkeä aarretta haeskelemaan...

Vietin yön eläinsuojassa, ja aamulla tein päätökseni. Jatkaisin vaellustani etelään. Jos tapaisin matkalla Vaeltajaveljiä, lähettäisin heidän mukanaan sanan Jokimille, että olin saanut kuulla Tietäjän selvinneen hengissä välikohtauksesta Vaskikallion kylässä vuosia sitten. Samalla voisin kertoa hänelle, mitä olin kuullut hänen sisaruksistaan. Jatkoin siis Pohjanväylää etelään, mutta poikkesin tuon tuosta sivuteille ja syrjäisimpiin mökkeihin saadakseni tietoja kolmesta etsintöjeni kohteesta.

Viikot kuluivat, muuttuivat kuukausiksi, ja kohta olin viettänyt jo toista vuotta näkemättä Jokimin perhettä. Jaechim oli täyttänyt kuusi vuotta. Itse olin viisi kolmatta. Olin edennyt jo niin kauas etelään, että maasto oli muuttumassa vuoristoisemmaksi ja metsät tiheämmiksi ja paikoin kosteammiksi kuin pohjoisessa. Lopulta törmäsin Vaeltajavelijoukkoon, joka matkasi pohjoiseen. Heidän joukossaan oli yksi minullekin aiemmin tuttu Vaeltaja, joka oli ollut siinä joukossa, joka oli majaillut jonkin aikaa myös Vaskikallion kylässä. Kirjoitin kirjeen Jokimille ja pyysin Vaeltajaveljiä toimittamaan sen ystävälleni, jos he joskus päätyisivät Vaskikallion kylään. Siihen voisi tosin mennä kuukausia, jopa vuosia, mutta parempi Jokimin olisi saada tieto vaikka sitten myöhemmin kuin ei ollenkaan.

Vietin muutaman päivän Veljien seurassa ja heiltä sain kuulla, että jos jatkaisin vielä etelämmäs, olisin jo lähellä suuren valtakunnan, Molcavarathian pohjoisrajaa. Siihen valtakuntaan ei otettu vastaan Vaeltajaveljiä sen enempää kuin muitakaan arvottomana pidettyjä kiertolaisia. Heitä oli väkivaltaisesti käännytetty pois valtakunnan rajoilta, tai jos joku Vaeltaja oli päässyt tai vahingossa ajautunut rajan yli, hän oli saattanut tulla piestyksi, ja jotkut olivat luultavasti päässeet hengestään.

Jatkoin matkaani yhä etelämmäs, ja eräästä pienestä majatalosta sain lopultakin myös tarkempia tietoja liittyen etsimiini ihmisiin. Majatalon isäntä oli kestinnyt palkkasotureitten värvääjiä ja tiesi, että nämä olivat Molcavarathiasta. Molcavarathialla oli muutenkin iso armeija, mutta syntyperäisen väkensä lisäksi se haali sotureita niiltäkin seuduilta, joilla ihmisillä ei ollut omaa kuningasta, vaan väki eli kyläpäällikköjensä käskynalaisina tai kokonaan ilman käskyvaltaa.

Majatalon isänsä selitti samalla siitä, millaista ihmisten elämä oli noissa kuninkaitten hallitsemissa valtakunnissa. Koska olin elänyt lapsuuteni syrjäisessä pikkukylässä, jossa kuninkaista ei mitään tiedettykään, minulla oli yhä paljon opittavaa. Jokim oli kyllä kertonut minulle tarinoita, joita hän oli itse kuullut Vaeltajaveljiltä, mutten ollut aina tiennyt varmaksi, mitä uskoa ja mitä ei. Kuuntelin siis tarkoin isännän kertomuksia, selontekoja ja tarinoita menneiltä ajoilta. Koska majatalossa oli siihen aikaan hiljaista, isänsä istui kanssani pöydän ääressä ja nautti muuttaman kolpakollisen olutta minulle tarinoidessaan.

”Millainen maa Ohdakemaa on?” kysyin. ”Kulkeeko täällä koskaan sen maan väkeä?”

”Vaeltajaveljet ovat usein Ohdakemaasta, tai etelämpää”, isäntä totesi. ”Ohdakemaa on ollut itsenäinen kuningaskunta vasta reilun parikymmentä vuotta, eikä se taida olla vieläkään päässyt irti Molcavarathian otteesta... Seuraava sota saattaa tulla milloin vain! Molcavarathian uusi kuningas, Melchior Mormesinpoika, on isäänsäkin innokkaampi valtaamaan uusia maita, ja pitää Ohdakemaata omana vasallialueenaan!”

”Entä millainen Ohdakemaan kuningas on?”

”Willef on vasta nuorukainen, eikä hänestä kuulemma ota selvää, onko hän lintu vai kala”, isäntä naurahti. ”Neuvostohan siellä asioista päättää... Neuvosto, jossa on Melchiorin kätyreitä, sano minun sanoneen! Mutta Ohdakemaan etu on siinä, että aluetta rajaa vuoristo... Miwoshinvuoret. Vain yhden laakson kohdalta on helpompi hyökätä, siis lännestä tullen. Idässä rajat ovat melkein mahdottomat ylittää, kun siellä on niin vuoristoista.”

”Entä eteläpuolelta? Eikö Ohdakemaan eteläpuolella ole myös joku itsenäinen valtakunta?” totesin kysyvästi, ja isäntä hieraisi leukaansa.

”Ohdakemaan ja sen eteläpuolella sijaitsevan Savimaan välissä virtaa vuolas ja leveä joki, eikä Molcavarathia ole koskaan yrittänyt Ohdakemaahan Savimaan kautta!” hän naurahti. ”Savimaan luoteisosa on kuulemma niin soistakin, ettei sieltä kautta saa sotakoneita kuljetetuksi... Mutta tiedä häntä, minä päivänä yrittävät sitäkin! Ja tännehän ne myös pyrkivät... Rauta alkaa kai käydä vähiin, ja arvokkaampia aineitahan kannattaa hakea kauempaakin. Mutta tuskin sitä pohjoisen erämaametsistä löytyy, kultaa siis!”

”Mitä se Molcavarathian kuningas tekee kullalla?” kysyin hiljaa. Isäntä alkoi nauraa niin että hänen isohko vatsansa hytkyi.

”Ai mitäkö kullalla tehdään?” hän nauroi, eikä vastannut minulle lopulta lainkaan. Tupaan astui vieras, ja isäntä nousi palvelemaan tätä.

Itsekseni mietin, mikä oli saanut Jokimin veljen lähtemään palkkasotureitten värväreitten mukaan. Ehkä se johtui paljonkin siitä, että se hänen kasvatti-isänsä oli sellainen ilkimys, joka heitteli kivillä pihalleen ilmaantuneita kulkijoita. Tai ehkä hän halusi olla soturi ja seikkailla saavuttaakseen jotakin. Mutta jos hän olisi yhtään veljensä kaltainen, hän ei olisi ahne eikä kunnianhimoinen mies. Oli kuitenkin surullista, jos Jokimin veli oli päätynyt sotajoukkoon, jonka tarkoitus oli vallata jokin vaatimaton, pieni valtakunta jonkin yli äyräittensä pullistelevan, ahneen kuningaskunnan haltuun...

Jos Jokimin veli olisi päätynyt Molcavarathiaan, en ehkä voisi seurata häntä sinne. Jos minua pidettiin Vaeltajaveljenä, en pääsisi edes rajan yli kyselemään hänestä, vaan minut ehkä vangittaisiin tai piestäisiin jo rajalla. Ulkoisesti olin ehkä muuttunut jossain määrin Vaeltajien näköiseksi, koska käytin samanlaista hupullista kaapua, jollainen Veljillä oli. En kuitenkaan ollut leikannut pitkiä hiuksiani, kuten jotkut elämäntapaan sitoutuneet Veljet saattoivat tehdä. Lisäksi kannoin yhä asetta, koska metsästin jousella, ja minulla oli lisäksi pieni miekka, sekä veitsiä ja kirves, joita tarvitsin ruuanvalmistukseen ja polttopuitten katkomiseen.

Arvelin, ettei minua ehkä ulkonäköni takia välttämättä pidettäisi heti Vaeltajaveljenä, jos pyrkisin Molcavarathiaan, mutta toisaalta, koska olin aseistautunut, saattaisin hyvinkin joutua palkkasotureitten värväreitten kynsiin. Enkä todellakaan halunnut harjoitella sotataitoja; en halunnut enää koskaan taistella kenenkään kanssa. En haluaisi tappaa enää ainuttakaan ihmissielua enkä aiheuttaa tuskallisia vammoja kenellekään, joten en voisi ottaa riskiä, että minut pakotettaisiin sotaväkeen ja mukaan taisteluihin.

Koska en osannut päättää asiaa heti, pysyin paikoillani. Se oli tullut minulle vuosien mittaan tavaksi. Tein pienen katoksen suojakseni ja vetäydyin istumaan sen alle. Istuin siinä hiljaa, hengittelin, ja annoin ajatusteni kulkea omia polkujaan, tarttumatta mihinkään, pohtimatta mitään. Koin Kaikkeuden voiman värähtelevän ruumiissani; koin vahvana elämän jäsenissäni, ja tunsin olevani olemassa samalla tavoin kuin maa, jota kosketin, ja ilma, jota hengitin.

Noissa hetkissä tunsin vahvana Kaikkeuden Luojan läsnäolon, ja tiesin olevani yhtä kaiken luodun kanssa. Annoin Luojan pyörittää ja tutkailla mieltäni niin kauan kuin oli tarpeen. Lopulta, kun Hän olisi puhdistanut tietoisuudestani kaiken turhan ja kaiken epäilyn, saisin ajatuksen, johon tietäisin tarttua. Samalla pysyin itse rauhallisena ja levollisena. Minulla ei ollut hätää, vaikken itse tiennytkään, mitä tekisin. Polkuni selviäisi kyllä aikanaan; minun tarvitsi vain odottaa, ja odottaminen olisi tietysti helpompaa, jos pysyisin kärsivällisenä.

Olin lähtenyt matkalleni siksi, että välitin ystävästäni Jokimista ja hänen perheestään. Halusin heille hyvää; siksi toivoin löytäväni Jokimin sisarukset, ja siksi toivoin myös saavani tietää, oliko Tietäjä vielä elossa vai ei. Tarkoitukseni oli hyvä, joten toivoin Kaikkeuden Luojan johdattavana ja auttavan minua hyvissä aikeissani. En halunnut pahaa Tietäjällekään, vaikka aika ajoin, edelleen, tunsin inhoavani häntä, tai suorastaan vihasin häntä. En kuitenkaan pelännyt sitä, mitä hän voisi tehdä minulle itselleni. Pelkäsin ystäväni perheen puolesta. Pelkäsin, että jonakin päivänä Tietäjä palaisi Vaskikallion kylään kostamaan Jokimille omien aikeittensa epäonnistumisen.

"En aio tappaa häntä", sanoin puoliääneen, tarkoittaen sanani Luojalle. "Tiedän, että Sinä voit muuttaa hänet, jos tahdot! Mutta vaikket tahtoisikaan, ja vaikka vihaisinkin häntä sellaisena kuin hän on ollut, en tahdo missään tilanteessa tappaa häntä, vaikka vielä löytäisinkin hänet."

Jossain vaiheessa tunsin haluavani lähteä liikkeelle, joten kohottauduin ulos suojastani ja söin hieman kuivalihaa ja leipää. Päivä oli kirkas ja lämmin, koska oli vielä kesäistä, ja etelämpänä kesä tuntui kestävän pidempään, vaikkakin ilta pimeni aikaisemmin kuin pohjoisilla seuduilla. Kuljin edelleen etelään päin, kunnes tulin risteykseen, jossa tie näytti haarautuvan itään, kaakkoon ja lounaaseen. Risteyksessä oli suurin majatalo, mitä koskaan olin nähnyt.

Majatalon vieressä oli valtava eläinsuoja, ja tallin edessä kuljeskeli useampi tallipoika, hienojen ratsujen kanssa. En ollut koskaan nähnyt niin hienoja hevosia. Olin nähnyt lähinnä raskastekoisia työhevosia tai sitten kuormamuuleja. Enkä ollut ikinä aiemmin tavannut edes ratsastavia sotureita, joita kutsuttiin ritareiksi. Menin istumaan kivelle risteyksen pohjoispuolelle, ja puoli päivää vain istuin ja katselin kaikkea oppiakseni, millainen oli tuo uusi maailma, jonne olin saapunut.

Vasta illan jo pimetessä menin kysymään tallipojalta, saisinko yöpyä ylisillä. Siellä näytti olevan muitakin matkaajia. Juttelin erään nuorukaisen kanssa, ja hän kertoi minulle olevansa kotoisin Cardusiasta. Ymmärsin vasta hetken aikaa häntä kuunneltuani, että hän tarkoitti juuri sitä valtakuntaa, jota pohjoisempana kutsuttiin Ohdakemaaksi.

"Nuorelle kuningas Willefille tuotiin morsian etelämpää", nuorukainen selitti. "Hänen isänsä kuoli jokin aika sitten, ja kuningas on vasta seitsemäntoista. Hänen neuvonantajansa haluavat tehdä hänestä vahvan kuninkaan, joka vastustaisi Molcavarathian vallankaappausyrityksiä, mutta osa taas haluaisi hänen mielistelevän Molcavarathiaa..."

"Ai morsian on tuotu jostain etelämpää? Tarkoitatko Savimaata?" kysyin kiinnostuneena.

"Mitä ihmeen Savimaata? Tarkoitat varmaan Argillan valtakuntaa", poika naurahti. "Ei kuningatar ole Argillasta! Siellä ei ole kuninkaallisia neitoja, koska kuningassuvussa on vain poikapuolisia perijöitä, toisin kuin Molcavarathiassa. Willefin puoliso, nuori kuningatar Jelizia, on Argillan itänaapurista, Warginmaasta."

"Warginmaasta?" toistin yllättyneenä. "Mitä tiedät siitä valtakunnasta?"

"Sepä vasta onkin erikoinen valtakunta! Metsät ovat melkein läpipääsemättömiä, ja rajat ovat niin vuoristoiset tai soiset, että sinne on kyllä turha yrittää minkään sotajoukon kanssa!" nuorukainen selitti innostuneena. "Kuningas Hrodwulf haluaa pitää yllä hyviä suhteita Cardusian kanssa. Cardusia on hänelle mieleinen maa, koska hänen kerrotaan nuorempana vaellelleen siellä ja mieltyneen sen vuoriin ja laaksoihin. Hän jopa nimesi erään laakson oman valtakuntansa mukaan Warginlaaksoksi!"

"Eli onko Cardusian nuori kuningatar siis sen Warginmaan kuninkaan, Hrodwulfin tytär?"

"Niin, on... Erikoisen kaunis neito, kuulemma! En ole kyllä itse nähnyt, tietenkään, mutta niin sanoivat kuninkaanlinnassa... Oletko kuullut niitä muinaisia taruja susikansasta? Kerrotaan, että Warginmaan vuoristokorvessa eli muinoin ihminen, joka rakasti niin paljon susia, että muuttui sellaiseksi itsekin, ja hänen jälkeläistensä verta virtaa vielä Hrodwulfin kansassa..."

"Olen kyllä kuullut siitä", totesin lähestulkoon hengästyneenä. Tuo sama tarina oli koskettanut minua syvästi jo silloin, kun olin kuullut sen ensimmäistä kertaa Jokimilta. Mikä oli sen merkitys minulle? Miksi se kosketti minua niin syvältä? Miksi tunsin, että ilma ympärilläni väreili? Ehkä jonakin päivänä ymmärtäisin merkityksen paremmin, mutta tuossa hetkessä olin vain hämmentynyt.

"Se Warginmaan väki on kuulemma kyllä erikoisen näköistä! Sanotaan, että kuningatar Jelizian serkku, warginmaalainen ylimysmies, joka on kutsuttu Molcavarathian hoviin pitämään yllä suhteita valtakuntien välillä, on ruma kuin susi!"

"Minusta sudet eivät edes ole rumia", naurahdin. "Mutta millainen Cardusian nuori kuningas on? Mahtaako hän rakastaa neitoa, joka on tuotu hänelle vaimoksi kaukaisesta maasta, ja jota hän ei ole edes tuntenut aiemmin?"

"No, kuningas Willef on kuulemma sellainen metsissä kuljeskelija ja haaveilija... Enpä tiedä, mahtaako hän olla kovin innostunut morsiamestaan, vaikka kruununperijä pitäisi saada aikaiseksi", nuorukainen naureskeli. "Mitähän siitäkin tulee? No, Neuvosto varmaan alkaa toden teolla patistella häntä, jos se nuori Willef meinaa pysytellä liian etäisenä vaimostaan ja karkailla metsiin seikkailemaan ikätoveriensa kanssa. Jos hän ei tottele neuvonantajiaan järkipuheella, niin sitten piiskalla!"

"Annetaanko kuninkaillekin piiskaa?" kysyin naureskellen mielikuvalleni asiasta.

"Kuulemma annetaan, muttei tietystikään kaiken kansan nähden! Toivoisin kyllä, että joku antaisi kunnolla piiskaa Molcavarathian kuninkaalle! Se ahne miekkonen haalii kuulemma kauniita neitoja hoviinsa ja tekee heistä sivuvaimojaan, niin ettei muille ylimysmiehille riitä kuin rumia vaimoja..."

En osannut aavistaa tuon pienen juttuhetkemme seurauksia. Seuraavana aamuna nuorukainen oli hävinnyt makuusijani vierestä. Kun laskeuduin tallin ylisiltä alas pihaan, näin kahden soturin raahaavan häntä tien sivuun, risteyksen vastakkaiselle puolelle. Hänet oli piesty pahanpäiväisesti. Kiirehdin heidän luokseen kiihtyneenä.

"Miksi tuo poika on piesty?" kysyin tuohtuneena.

"Häivy siitä! Saat kohta saman kohtelun, jos olet hänen kanssaan samaa mieltä kuningas Melchiorista!" toinen soturi ärjäisi minulle.

"Siksikö siis pieksitte hänet, että hän sanoi jotakin Molcavarathian kuninkaasta?" kysyin järkyttyneenä. "Onko tämä majatalo Molcavarathian valtakuntaa?"

"Kuulehan, hölmö, majatalon alue on kuningas Melchiorin valtakuntaa, eikä siellä puhuta pahaa kuninkaasta. Pysy tällä puolen tietä, jos aiot soittaa suutasi kuninkaastamme!" soturi karjui ja tönäisi minua loitommalle. Sisuni kuohahti, mutta hengähdin syvään ja astuin sitten askelen taaksepäin.

"Tämä puoli tietä ei siis ole enää Molcavarathiaa?" kysyin vakavana.

"No jos haluat olla täsmällinen, niin ei! Tuo jolppi on karkotettu Molcavarathiasta, ja jos hän näyttää kirjavaa naamaansa vielä meidän puolellamme, niin hänet hirtetään tai lyödään kuoliaaksi", toinen soturi selitti naureskellen. "Teemme vain työtämme!"

”Ja aiotte jättää hänet tuohon lojumaan, vai? Hänhän nääntyy helteeseen ja kuolee, kun ei pääse kipuinensa suojaan auringolta”, sanoin.

”Me palvelemme kuningas Melchioria. Rankaisimme ihmistä, joka puhui hänestä halveksien, ja karkotimme hänet valtakunnasta”, toinen sotureista tuhahti. ”Se, miten hänelle käy valtakuntamme rajojen ulkopuolella, ei kuulu meille!”

”Mutta Luojan tähden!” huudahdin. Soturi astui suoraan eteeni ja tarttui minua kaapuvaatteesta.

”Kuulehan, huppupää, jos olisimme tuolla puolen tietä, pääsisit hengestäsi! Molcavarathiassa ei kuunnella noita juttuja, niin että varo kieltäsi, jos meinaat vielä käydä majatalossa!”

Ravistin itseni irti hänen otteestaan ja kumarruin maassa lojuvan nuorukaisen viereen. Soturit astelivat rehvakkain askelin toiselle puolen tietä. Nuorukainen oli tajuissaan, mutta niin kivulloinen, ettei saanut oikein edes puhutuksi mitään. Kohotin hänen päätään ja annoin hänen juoda vesileilistäni. Sitten nostin hänet syliini ja lähdin kantamaan häntä tienreunaa itään päin, varoen todellakin astumassa lähellekään Molcavarathian puoleista tien reunaa. Kun olin päässyt kauemmas majatalosta, vein hänet metsän puolelle ja kyhäsin hänen suojakseen katoksen. Jätin hänelle vesileilin ja hieman ruokaa, ja palasin sitten majataloon. En onnekseni nähnyt niitä samoja sotureita enää, mutta majatalon kulmalla seisoskeli kyllä muita sotureita, joilla oli samanlaiset vaatteet ja varusteet.

Majatalon pihalla olin siis Molcavarathian valtakunnan puolella ja vaarassa tulla piestyksi heti jos joku arvelisi minua Vaeltajaveljeksi. Siksi laskin hupun niskaani ja annoin pitkien hiusteni levitä selkääni pitkin. En peittänyt joustani näkyvistä, vaikka pidinkin sitä osittain muitten varusteitteni suojassa. Muistuttamatta siis sen enempää Vaeltajaveljeä kuin muutakaan kulkijaa astelin sisälle majataloon. Väkeä oli enemmän kuin olin aiemmin nähnyt minkään rakennuksen sisällä. Tupa oli laaja, ja myös tiski, jonka takana isäntä näytti puuhastelevan, oli niin pitkä, että sen ääreen mahtui varmasti toistakymmentä ihmistä samalla kertaa. Tiskin ääressä oli myös naisihmisiä, jotka olivat nolostuttavan vajavaisesti pukeutuneita ja työnsivät itseään tunkeilevan lähelle palvelua odottavia miehiä. Vaikken ollut moista nähnytkään aiemmin, osasin kyllä arvata, millaisesta kaupanteosta siinä oli kyse. Kaikesta tuosta huolimatta astelin tiskin ääreen puhuttamaan isäntää.

”No, mitä otat?” mies kysyi ensin ylimielisesti, mutta sitten hänen katseensa pysähtyi minuun ja hän näytti valpastuvan.

”Kyselisin vain, milloin tästä on viimeksi kulkenut ohi värvääjiä tai palkkasotureita”, sanoin. Isäntä tarkasteli minua pitkään ja alkoi pian hymyillä suorastaan maireasti.

”Kuulehan, pääset kyllä Molcavarathian joukkoihin, kun menet vain ilmoittautumaan sotureille, jotka ovat vartiossa pihalla”, hän sanoi muikistellen suutaan. ”Mutta minulla olisi sinulla parempaa työtä... Sisätyötä! Eihän noin komeaa miestä sovi hukata taistelukentälle...”

”Ai, mitä tarkoitat?” kysyin häkeltyen. Isäntä kumartui lähemmäs, kunnes oli niin lähellä korvaani, että tunsin hänen hengityksensä ja haistoin siitä leviävän hajun.

”Saisimme hyvät rahat, jos majailisit kattoni alla... Voimme panna palkkion puoliksi!”

”Minkä ihmeen palkkion?” kysyin närkästyneenä. Hän nauroi hiljaa, ja haju levisi hänen naurunsa mukana syvemmälle sieraimiini.

”No, tiedäthän... Olisit vieraitten seurana, ja lämmikkeenä niille yöpyjille, jotka eivät piittaa naisväestä”, hän sanoi, ja silloin peräännyin loitommalle.

”Kiitos vain työtarjouksesta, mutta en tee sellaista palkkatyötä”, sanoin vakavana, yrittäen hengittää rauhallisesti, etten kiivastuisi liikaa. ”Enkä tarvitse ruokaa enkä majoitusta...”

”Jospa harkitset vielä?” isäntä naurahteli, ojensi kätensä ja kosketti hiuksiani. ”Niin kauniit hiukset, että kuningattaretkin kadehtisivat! Kuin kultavehnää...”

Kiskaisin hiukseni irti hänen käsistään ja peräännyin nopeasti tiskin ääresta. Ihmisten läheisyys, kaikki äänet, hajut ja se, mitä näin heidän tekevän, iljetti minua niin että olin lähestulkoon oksentaa. Kuulin ihmisten nauravan, kun kiirehdin heidän pöytiensä ohitse. Kun pääsin ulos, melkein törmäsin soturiin, joka oli astunut eteeni.

”Mihinkäs kiirehdit? Varastitko jotain?” hän ärjäisi minulle. Väistin häntä ja yritin päästä hänen ohitseen, mutta hän tarttui napakasti käsivarteeni. ”No? Kakista ulos! Varastitko majatalosta jotakin?”

”En varastanut! Halusin ulos, koska voin pahoin!” huudahdin. Hän päästi minut irti, ja silloin nostin katseeni hänen kasvoihinsa. Samassa henkäisin järkytyksestä. Tuntui kuin olisin katsonut silmiin tuttavaani; erilaista, varttuneempaa versiota ystävästäni...

”Mitä tuijotat? Olen rajavartija, ja minulla on oikeus tarttua kiinni, jos joku aiheuttaa häiriötä!” hän puuskahti.

”Tuota... Muistutat yhtä tuttavaani, pohjoisesta”, sanoin häkeltyneenä, ja hänen ilmeensä muuttui hämmentyneeksi.

”Pohjoisestako? Ei minulla ole siellä sellaisia tuttavia, joita haluaisin enää tuntea”, hän naurahti katkerasti. ”Miten kaukaa olet itse tullut?”

”Pohjanväylän alkutienoilta”, sanoin. ”Oletko itse ihan pohjoisista erämaakylistä saakka?”

”Jotakuinkin. Asuin kasvattina yhdessä perheessä, mutta lähdin sieltä joku aika sitten värväreitten matkaan, ja olen nyt soturikoulutuksessa”, mies selitti, ja silloin tiedostin hänen äänensäkin kuulostavan tutulta. Mutta hän oli synkeä hahmo; mitä ilmeisemmin kovia kokenut, eikä välttämättä lainkaan sen ystävällisempi kuin ne soturit, jotka olivat piesseet sen poikaparan pelkän vitsailun takia...

”Muistatko vielä synnyinperheesi?” kysyin. Hän katsahti minua epäluuloisena.

”Tietenkin muistan! Paha unohtaa, kun vanhemmat kuulemma teurastettiin kuin siat, ja pikkuveli ryövättiin, ja sisko pistettiin kiertolaisten matkaan...”

”Todellako? Siinä tapauksessa luulen, että saatan tuntea veljesi”, lausahdin nopeasti, ja hänen kasvonsa kalpenivat. ”Jos muistat veljesi nimen olleen Jokim!”

”Jokim? Onko hän muka elossa? Missä hän on?” hän kysyi häkeltyneenä, ja hänen äänensä oli karhentunut.

”Luojan... äh! On hän elossa, toivon mukaan edelleen. Hän asuu vaimonsa kanssa kylässä, josta itse olen lähtöisin, ja heillä on jo lapsiakin”, selitin.

Hän tuijotti eteensä, minun lävitseni, ja oli pitkän aikaa hiljaa. Sitten hänen kasvonsa painuivat alas ja hartiansa laskeutuivat lysyyn. Oli taas hetken hiljaista, kun hän pidätteli tunteitaan; sitten hän peitti kasvonsa, ja hänen olkapäänsä alkoivat täristä. Samassa paikalle tuli toinen rajavartiosoturi.

”Mitä teit hänelle? Ala häipyä siitä, muukalainen!” hän ärähti ja tönäisi minut loitommalle.

”Nimesihän on Jakin, eikö olekin? Isänne oli Jakim, kotoisin täältä etelämpää”, sanoin, mutta Jokimin veli ei nostanut enää katsettaan, ja toinen soturi töniskeli minua niin kauan, että lopulta annoin periksi ja käännyin pois.

Kiirehdin leiriini, jonne olin jättänyt se piestyn poikaparan. Hän oli tajuissaan ja pystyi jopa syömään muutaman suupalan lihaa. Lähdin etsimään vettä juomaleiliini, mutta minun oli palattava majatalon pihaan päästäkseni kaivolle. Rajavartijoita seisoskeli tai kierteli pihalla. En nähnyt Jakinia missään, ja pelkäsin törmääväni vielä niihin toisiin, vihamielisempiin sotureihin. Pääsin kuitenkin astelemaan rauhassa kaivolle, ja sain juoda ja täyttää leilini. Äkkiä vieressäni seisoi kuitenkin epäsiistin näköinen ihmisparka; toinen käsi ojossa kämmen ylöspäin, toisessa kädessä veitsi.

”Maksu vedestä!” hän huudahti kohottaen veistään rintaani kohti.

”Ei minulla ole mitään maksua sinulle”, sanoin tuskastuneesti huoahtaen. ”Etkä sinä taida omistaa tätä kaivoa!”

”Onhan sinulla vaikka mitä! Anna tuo viittasi! Äkkiä, tai pistän sinua!” tuo miesparka huusi ja teki veitsellään uhkaavia eleitä silmiäni kohti. Peräännyin leilini kanssa mahdollisimman rauhallisesti.

”Teetkö töitä Molcavarathian kuninkaalle, vai oletko ihan omassa hommassasi?” kysyin sen verran kaukaa, ettei hän yltäisi pistää minua suutuksissaan.

”Jos meinaat karata maksamatta minulle, niin huudan vartijoille, että varastit jotain majatalosta!” hän huusi kimeästi, ja silloin kärsivällisyyteni petti.

”Ja minä huudan heille, että sanoit kuningas Melchioria sontaläjäksi!” puuskahdin.

”Et uskaltaisi! Meidät piestäisiin molemmat!” mies huusi kauhusta irvistäen.

”Ihan sama minulle, piestäänkö minut vai pistätkö minua veitsellä, mutta tarvitsen viittaani ja tätä vettä, joten juokse perässä jos jaksat!” huudahdin ja käännyin kannoillani. Juoksin kauemmas majatalosta ja samaa vauhtia tien toiselle puolelle, ja kuulin miesparan huutelevan vartijoita perääni. Vartijat eivät kuitenkaan lähteneet kauemmas majatalon pihasta, joten pääsin rauhassa palaamaan leiriini täyden vesileilin kanssa.

Kului muutama tunti, ja olin mietteissäni. Molcavarathian valtakunta vaikutti näkemäni ja kuulemani perusteella varsin vastenmieliseltä paikalta. Ihmiset joutuivat hankkimaan elantonsa varsin epämiellyttävillä tavoilla, kuten väkivallalla, pelottelemalla, tai tarjoamalla ruumiinsa toisten hyväksikäytettäväksi. Aikoiko Jakin todella asettua elämään sellaiseen valtakuntaan? Sellaiseen elämäntapaanko hän oli mieltynyt? Eikö kukaan ollut kertonut hänelle paremmasta tiestä?

Hoivaamani nuorukainen alkoi jo hieman virkistyä, mutta hänellä oli kipuja, ja hänen toinen poskensa ja silmänsä olivat rumasti turvonneet. Epäilin, että häneltä oli myös katkennut kylkiluita. Yritin sitoa hänen vammojaan. Hän puheli hiljakseen jotakin, sadatellen varomattomuuttaan. Hän oli aikonut lähteä kuljeskelemaan jonnekin pohjoiseen päin, jossa saattoi vallata itselleen pienen metsikön tai niityn, koska siellä oli paljon maita, joita kukaan kuningas ei hallinnut. Samalla hän kertoi ihastuneensa erääseen naiseen, joka oli jo häntä itseään vanhempi, mutta jonka hän halusi viedä sinne vaimokseen. Nainen oli töissä majatalossa. En hennonut edes kysyä, millaisessa työssä. Nuorukainen halusi pitää haaveensa, enkä halunnut niitä säälimättömästi rikkoa, vaikka aavistelinkin, ettei hänen ihailemansa nainen pääsisi noin vain vapautumaan työstään.

Illan hämärtyessä tein itselleni nukkumasijan hoidokkini viereen, ja nukahdin väsyneenä. Heräsin keskellä yötä siihen, että käsi peitti suuni ja joku painoi kättäni maata vasten estäen minua tarttumasta aseisiini. Kun avasin silmäni, erotin hämärän lävitse tutut kasvot.

”Älä pelästy, en aio tehdä teille pahaa”, Jakin sanoi hiljaa. Hänen hengityksensä tuoksahti väkijuomalta, ehkä oluelta. ”Olen vapaavuorossa, enkä halua, että muu vartioväki tietää minun puhelleen kanssasi.”

”Uskot siis, että tunnen veljesi Jokimin?”

”Uskonhan minä! Miksi ihmeessä edes puhuisit hänestä minulle, ellet tietäisi hänestä jotain?” hän totesi naurahtaen hieman humaltuneesti. ”No, haluan tietää kaiken hänen elämästään, joten kerrohan minulle, mitä tiedät.”

Kohottauduin sijaltani, ja hän perääntyi loitommalle ja istahti maahan kuuntelemaan tarinaani. Kerroin hänelle siitä, miten Jokim oli tullut kotikylääni, miten olimme ystävystyneet, ja mitä vuosien mittaan oli tapahtunut. Hän kuunteli hiljaa, keskeyttäen minut aika ajoin kysymyksillään ja tuon tuosta pyyhkäisten nenänalustaansa.

”Koska olemme nyt Molcavarathian ulkopuolella, saanen sanoa, että Kaikkeuden Luojalle kiitos, että löysin sinut”, totesin lopuksi. Hän naurahti hiljaa, veti syvään henkeä, ja nosti katseensa minuun hämärän lävitse.

”En tiedä sinun Luojastasi, mutta sen tiedän, ettei Molcavarathiassa kuunnella Vaeltajien opetuksia”, Jakin huoahti ja ryysti taas nenäänsä. ”Sinulla ei ole sinne asiaa, jos aiot mennä puhumaan jotakin Luojasta!”

”En aiokaan, mutta haluaisin saada selville, onko se Tietäjä, joka teki tuhojaan kotikylässäni, yhä elossa”, selitin. ”Tästä etelämmäs ei kai voi mennä, jos ei pääse Molcavarathian rajavartioitten ohi? Estättekö te myös Ohdakemaahan kulkijoita pääsemästä sen valtakunnan puolelle?”

”Tarkoitatko Ohdakemaalla Cardusiaa? Niin, meille on annettu määräys, ettemme saa päästää mitä tahansa väkeä Cardusiankaan puolelle”, Jakin naurahti. ”Ja jos rajan yli on pyrkimässä rikkaita kauppiaita, meidän pitää periä tullia kuningas Melchiorille niiltäkin, jotka menevät Cardusiaan.”

”Enkö siis pääse Cardusiaan mistään muualta, joutumatta teidän molcavarathialaisten rajavartioitten kynsiin?” kysyin hieman tuskastuen.

”No, sinulle voin kertoa, että voihan sitä kuulemma kiertää idästä, asumattomilta seuduilta, vuoristoista reittiä, jos haluaa Cardusiaan joutumatta tekemisiin Molcavarathian rajavartioitten kanssa. Idässä on vuoristo, jonka yli kuningas Melchiorin lähettämät tarkkailijat eivät ole edenneet”, Jakin selitti. ”Vuoret jatkuvat kuulemma johonkin isompaan vesialueeseen saakka, ja vesialueen eteläpuolella lienee jo Warginmaa. Mutta vuoristoista reittiä pääsisit Cardusian ja Argillan välisten rajavuorten pohjoispuolelle…”

”Siis Cardusian itäosassa on vuoristoa, ja voisin vaeltaa sinne asumattomien seutujen vuoristoisen reitin kautta?” kysyin yrittäen kuvitella reittiä mielessäni. ”Onko Cardusian itäosa siis pelkkää vuoristoseutua?”

”No, Argillan rajaseutujen vuorten ja pohjoisten rajavuorten välissä on laakso, jonka pohjalla virtaa joki, joka laskee sinne suurelle vesialueelle. Cardusialaiset sanovat sitä jokea Wolnoshajoeksi. Mutta miksi ylipäätään menisit Cardusiaan?” Jakin kysyi.

”Etsimään teidän sisartanne”, sanoin hiljaa. ”Jos hän ei ole päätynyt Molcavarathiaan, hän lienee jossakin tuolla idässä, ehkä Valloittamattomilla mailla, tai Cardusian puolella, ellei sitten ole päässyt sen Itäisen Vuoriston yli jonnekin, kenties jopa Warginmaan puolelle… Jokim sanoi, että isänne suku olisi ehkä Warginmaasta lähtöisin.”

”Höh, taidat olla hieman seonnut, jos luulet todella löytäväsi sisaremme! Pelkäänpä, että hän on kuollut, tai sellaisessa kunnossa, ettei toivoisi kenenkään sukulaisen häntä enää löytävänkään”, Jakin hymähti ja huoahti. ”Naisen osa on kova… Etenkin tällaisen väen keskuudessa! Olisiko hän muka selvinnyt hengissä nämäkään vuodet, jonkun kiertolaisjoukon kanssa?”

”Mutta jos sisarenne on pysynyt hengissä, hän on todennäköisesti kulkeutunut joko Molcavarathiaan, Cardusiaan, tai itään, syrjäisille seuduille. Olen kysellyt hänestä matkan varrelta kaikkialta, jossa vain on ollut asutusta, ja tiedän, että kiertolaiset ovat edenneet aina vain etelämmäs”, selitin huoahtaen. ”Etkö itse haluaisi tietää, elääkö sisaresi vielä?”

”No, silloin kun lähdin sen väkivaltaisen kasvattiukon luota, ajattelin, että voisin ehkä etsiskellä siskoani”, Jakin totesi hiljaa. ”Kun kuljin tänne värväreitten ja kaltaisteni soturioppilaitten joukossa, kyselin sisartani matkan varrelta erilaisista paikoista, mutta eihän kukaan osannut sanoa mitään jostain naisesta, jota en edes osannut kuvailla sen tarkemmin! Lopulta en viitsinyt enää vaivautua edes kyselemään. Enkä toisaalta ole edes varma, haluaisinko enää tavata häntä! Ehkä hän on jo mennyttä... En tiedä kestäisinkö edes kohdata häntä kasvoista kasvoihin. Eikä hän välttämättä edes muistaisi mitään lapsuudestaan, minuakaan siis. Hänhän oli pelkkä pienokainen! Hädin tuskin tallusti omilla jaloillaan, tyttöparka...”

Kuulin, miten hän puhkesi kyyneliin, ja sillä hetkellä hän muistutti kaikkein eniten ystävääni Jokimia. Kurottauduin tarttumaan hänen käteensä, puristin sitä hetken jakaen hänen liikuttuneisuutensa, ja peräännyin sitten taas loitommalle.

”Minä toivoisin silti, että löytäisin hänet vielä joskus ja voisin lähettää hänet veljensä luo”, totesin vakavana. ”Myös Jokim toivoisi tapaavansa sisarensa. Oletko itse varma siitä, että haluat pysyä Molcavarathian joukoissa?”

”En tiedä! Tulin tänne, koska muuallakaan ei ollut minulle mitään”, Jakin sanoi huoahtaen raskaasti, ryysti nenäänsä ja vaihtoi asentoaan. Arvelin hänen olevan jossain määrin juopunut. Ehkä hän oli oppinut tavan niiltä, joitten mukana oli oleskellut viime aikoina. Ehkä juopumus auttoi häntä sietämään paremmin epämukavaa seuraansa. ”Enhän tiennyt, että pikkuveljeni on ollut elossa kaikki nämä vuodet! Mitä minulle olisi ollut tarjolla muuallakaan, kun luulin, että olen sukuni ainoa jälkeläinen? Sotiminen on tapa ansaita elantonsa, ja olen hyvä siinä! Näkisitpä minut miekan varressa! Mutta taidat itsekin osata käyttää jousta, jos olet tullut toimeen metsästämällä...”

”No, en kuitenkaan pidä ihmisten vahingoittamisesta”, totesin hiljaa. ”Ymmärrän, että palkkasoturin pesti on tuleva leipätyösi, mutta voisitko silti auttaa minua etsimään sisartasi?”

”En tiedä... Kuten sanoin, en ole varma, tuottaako hänen löytämisensä iloa kenellekään”, Jakin hymähti. ”Olen edennyt nopeasti soturin koulutuksessani ja päässyt jo sellaiseen asemaan, että luultavasti minut huolittaisiin sotaankin, jos Melchior päättäisi hyökätä Cardusiaan. Pitäisikö minun luopua palkkatyöstäni etsiäkseni naista, joka ei edes tuntisi minua?”

”Kukapa tietää... Voihan hänen asemansa olla onnellinenkin, mutta tottahan se on, että kiertolaisten matkassa kulkeva tyttölapsi olisi todennäköisemmin kulkeutunut aika onnettomaan asemaan”, huoahdin. ”Mutta entä jos sisaresi elää jossakin ja toivoo, että jonakin päivänä joku tulisi ja pelastaisi hänet hänen kurjuudestaan?”

”Tai sitten hän on jo päättänyt päivänsä vuosia sitten”, Jakin totesi synkeänä. ”Voi olla mahdotonta löytää häntä kaikkien näitten vuosien jälkeen!”

”Mahdotontako? Mutta löysinhän minä sinutkin!” sanoin naurahtaen. ”Onko mikään mahdotonta? Selvisihän veljesikin elossa, vaikka luulit hänen kuolleen! Etkö usko, että ihmeitä tapahtuu?”

”Ehkä tapahtuukin, muttei minun elämässäni”, Jakin naurahti päätään pudistellen. ”Ja sisareni on kulkenut vuosikausia, missä lie paikoissa. Hän on voinut päätyä minne vain!”

”On vain yksi päätie pohjoisesta etelään, eli Pohjanväylä, ja sen varrella olevista kylistä olen jo kysellyt. Ellei hän ole kadonnut erämaihin, hän on jatkanut kiertolaisten mukana aina vain etelämmäs. Ja kuten itsekin sain todeta, etelään matkaavien kulku pysähtyy tähän, juuri tänne, missä nyt olemme!” totesin hieman kiihtyen. ”Ellei hän ole täällä, rajakylässä, hän on voinut jatkaa matkaa vain joko Molcavarathiaan, tai itään, elleivät molcavarathialaiset rajavartijat ole päästäneet häntä suoraan Ohdakemaahan… Tuskin hän on erämaahankaan päätynyt harhailemaan!”

”Totta… Meillä on määräys pysäyttää epämääräiset, yksin vaeltavat naisihmiset, ja ottaa heidät haltuumme, jos he yrittävät Cardusiaan. Etenkin kauniit yksilöt kelpaavat Melchiorin palvelukseen! Ja Molcavarathia nielee kyllä kaikki, jotka sinne eksyvät”, Jakin naurahti ilottomasti. ”Sieltä häntä ei enää löytyisi!”

”Oletko varma, ettei hän ole töissä täällä, siis majatalossa?” kysyin vakavana. ”Kaipa saattaisit tuntea sisaresi, jos näkisit hänet kasvotusten?”

”En ole tehnyt lähempää tuttavuutta niitten majatalon naisten kanssa, mutta ei siellä ketään sen näköistä ole, joka voisi olla minulle sukua! Sisareni muistuttaa ehkä äitiämme, joten luultavasti hän on tummahiuksinen, eikä kovin isokokoinen”, Jakin totesi huoahtaen. ”Molcavarathialaiset ovat vaaleampia ja kookkaampia. Cardusialaisia en ole tavannut vielä, mutta se väki lienee sekalaisemman näköistä.”

”Teidän sukunne, siis isänne perhe, on kuulemma asunut Ohdakemaassa, ennen kuin isäsi vaelsi pohjoiseen”, totesin mietteliäänä.

”Sinäkin kutsut Cardusiaa Ohdakemaaksi, niin kuin Warginmaasta lähtöisin olevat kulkijat”, Jakin totesi hiljaa. ”Ja Melchior itse, pilkallisesti…”

”Niin, olen kuullut Ohdakemaan tarinoita sillä nimellä, sinun pikkuveljeltäsi, joka kuuli ne tarinat Vaeltajaveljiltä”, selitin hiljaa. ”Ja Tietäjäkin ehkä tunsi sen nimityksen. Jokim kertoi Tietäjän sanoneen halveksivasti, että tuo pieni, Molcavarathiasta erottautunut valtakunta on kuin pelto, joka kasvaa rikkakasveja… Ehkä nimitys tuleekin juuri siitä!”

Samassa tajusin sanojen merkityksen toisestakin näkökulmasta. Jos Molcavarathian kuningas piti Cardusiaa peltona, johon hän olisi halunnut kylvää omaa viljaansa, jokainen rikkakasvi vastustaisi ahneen kuninkaan tahtoa, hänen kylvämäänsä kasvua. Jos taas haluaisi kylvää hyvää viljaa, rikkakasvit olisivat pahasta. Mutta nimen oli alkujaan antanut ahne kuningas, joka nimitti itselleen haitallista asiaa pahalla nimellä, vaikka asia olisi todellisuudessa ollutkin hyvä. Olihan olemassa ohdakkeita, joilla Vaeltajaveljet lääkitsivät sairauksia. Ja jos jokin maa kasvaisi täytenään sellaista ohdaketta, se voisi tuottaa lääkettä muillekin valtakunnille…

”Mitäpä mietit?” Jakin kysyi, kun unohduin ajatuksiini. ”Tiedät kai, että Cardusian eteläpuolella on valtakunta, jota pohjoisessa kutsuttiin Savimaaksi, mutta täällä sitä nimitetään Argillaksi. Siellä on hyviä viljelysmaita, ja kuningas Melchior yrittää valloittaa senkin.”

”Ovatko Argilla ja Cardusia olleet keskenään vihollisia?” kysyin. Jakin näytti pudistavan päätään.

”Eivät, vaan jonkinlaisia liittolaisia, mikä suututtaa kuningas Melchioria. Hän tietysti toivoisi, että pienemmät valtakunnat olisivat sodassa keskenään, eivätkä ainakaan liittoutuisi häntä vastaan. Hänen on helpompi vallata yksi kerrallaan pieniä kuningaskuntia, totta kai…”

”Ja miksi hän haluaa valloittaa niitä?” kysyin, ja Jakin naurahti.

”No, milläköhän nimellä kotiseudullasi kutsuttiin sellaista miestä, joka haluaa aina vain isomman pellon, ja aina vain isomman aitan, ja aina vain rehevämmän vaimon, ja on valmis vaikka tappamaan saadakseen, mitä haluaa?”

”Minun kotikylässäni yhteiset säännöt pitivät huolta siitä, ettei kukaan saanut enempää kuin oli kohtuullista”, totesin. ”Mutta sellaista miestä olisi kutsuttu ahneeksi paskiaiseksi!”

”Jos olisimme nyt Molcavarathian puolella, puheistamme pääsisi pyövelin seuraan!” Jakin naurahti. ”Mutta sehän se selittää kuninkaittenkin kohtuuttomat pyrkimykset… Ahneus!”

”No, haluatko itse sotia ahneen kuninkaan puolesta?” kysyin, ja hän oli pitkän aikaa hiljaa.

”Mutta mitä muutakaan tekisin työkseni?” hän kysyi sitten raskaasti huoahtaen. ”Minulla on nyt ammatti, jossa saan leveämmän leivän kuin maata kuokkimalla, puita hakkaamalla tai sepän pajalla huhkimalla...”

”Mutta kestääkö omatuntosi sitä, että palvelet ahnetta isäntää?” kysyin kiihtyen. ”Tapat ihmisiä, jotta joku saa enemmän kuin on kohtuus? Autat ahnetta ja vallanhaluista ihmistä ottamaan toisilta kaiken, jotta hän saa aina vain lisää?”

”Jos et olisi veljeni ystävä, saattaisin käydä kiinni kurkkuusi noitten puheittesi takia!” Jakin huudahti. ”Väitätkö, että olen itsekin ahne paskiainen, jos autan toista sellaista?”

”Sinä niin sanoit, en minä”, naurahdin ja huokaisin sitten syvään, rauhoittuakseni. ”Jos palvelet ahneutta, olet sen puolella! Mutta en usko, että sinä haluat olla mikään ahne paskiainen... Tiedän, ettet ole sellainen! Olet ystäväni veli, ja Jokim on ollut minulle kuin veli, koska minulla ei ole ollut omaakaan veljeä. Jos sinussa on pisaraakaan samaa verta, uskon, ettet halua elää elämääsi vastoin sitä, mitä Jokim pitää oikeana!”

”No, mitä sitten toivot minulle? Mitä arvelet, että Jokim minulle toivoisi?” Jakin kysyi vakavana.

”Palvele kaikin mokomin niillä taidoilla, joita olet saanut, mutta tee hyvää, älä pahaa! Etkö voisi pysyä täällä rajavartijana ja olla lähtemättä Melchiorin valloitussotiin?” kysyin hiljaa.

”Ehkäpä voisinkin”, Jakin lausahti. ”Mikäpä pakko minun olisi työntää itseäni etulinjaan, jos tulen toimeen nykyiselläkin palkkiollani?”

”Ja minä jatkan itään, vuoristoseudulle, ja kyselen sisartasi kaikista kylistä ja tuvista. Ties vaikka joku tietäisi jotakin kiertolaisten matkassa kulkeneesta naisesta”, sanoin alkaen vähitellen muuttua yhä toiveikkaammaksi. ”Minkä ikäinen hän olisi nyt?”

”Muutama vuosi kolmattakymmenettään”, Jakin totesi. ”Hänellä saattaisi olla jo liuta lapsiakin siis, jos hän olisi päätynyt jonkun vaimoksi.”

”Niin, Luoja tietää”, huoahdin. ”Entä jos sinä kyselisit häntä Molcavarathiaan matkaavilta?”

”No, samahan se on, jos kyselen häntä, ja etenkin jos siirryn jossain vaiheessa lähemmäs kuningas Melchiorin linnankylää”, Jakin totesi vakavana.

”Jokim ei muistanut sisarenne nimeä”, totesin. ”Muistatko sinä?”

”Jaelika”, Jakin äännähti, ja hänen äänensä karhentui surusta. ”Miten oikeastaan edes voisin unohtaa sen? Huusin sitä monta kertaa, kun meidät erotettiin toisistamme. Mahtaako hän itse muistaa sitä enää, vain onkohan hänelle annettu jokin toinen nimi?”

Hän kiirehti pois puristaen nopeasti kättäni. Valvoin kauan; kuunnellen öisen luonnon ääniä ja seuralaiseni hengitystä. En ole varma mistä sen tiesin, mutta tiesin, että minun oli jatkettava itään. En uskonut, että Jaelika olisi Molcavarathiassa. Oli kummallista olla niin varma jostakin asiasta tietämättä, miksi oli niin varma, mutta sellaista oli alkanut tapahtua minulle yhä enemmän, mitä kauemmin olin kulkenut Vaeltajaveljien mukana.

LUKU II

Seuraavana aamuna hyvästelin nuorukaisen, josta olin huolehtinut. Hän aikoi jatkaa vaellustaan pohjoiseen. Kaiken varalta kirjoitin hänen mukaansa viestin Jokimille, jos hän sattuisi matkallaan päätymään sille suunnalle tai tapaamaan pohjoiseen kulkevia Vaeltajaveljiä. Kirjoitin Jokimille hänen veljensä löytymisestä ja siitä, että aioin jatkaa etsintöjäni. Sitten kävelin vielä kerran majatalon pihaan, Molcavarathian puolelle, ja jututin muutamia tapaamiani ihmisiä. Löysin sepän pajan majatalon takaa, ja seppä oli hapannaamainen, mutta puhelias mies, ja iältään sitä luokkaa, että oli ehkä ollut työssään jo toistakymmentä vuotta.

”Onko tätä kautta koskaan kulkenut mies, joka nimittää itseään Tietäjäksi?” kysyin.

”Moniakin kyllä, jotka ovat väittäneet olevansa sellaisia”, mies murahti. ”Laidasta laitaan...”

”No entä sellaista, joka näyttääkin Tietäjältä... Arvovaltaista, komeaa ja pitkää vanhusta, jolla on hyvät puhelahjat?” kysyin valpastuneena. ”Siitä saattaa olla jo useampi vuosi, kun hän on ehkä kulkenut tästä.”

”Miksi kyselet?” seppä tivasi epäluuloisena.

”No... hänen apuaan ehkä tarvittaisiin... tai paremminkin, hänellä on asioita selvitettävänään toisaalla”, selitin ympäripyöreästi. Seppä naurahti tympeästi.

”Onhan noita vuosien mittaan monenlaisia ukonpahaisia ohi kulkenut, mutta muistan kyllä yhden, jonka puheet jäivät mieleen”, hän totesi. ”Lupasi ison läjän kultaa kaikille, jotka lähtisivät mukaan... Yritti teettää minulla aseita velaksi, mokoma!”

”Onko siitä pitkäkin aika?”

”Jokunen vuosi ehkä”, seppä hymähti. ”Huijari se oli... Lupaili vaikka mitä, ja sitten kun en antanut velkaa, alkoi räyhätä! Rajavartijat ottivat sen kiinni ja meinasivat pieksää, mutta se ukkopa puhui ne vartijat ympäri! Kuninkaan soturit ottivat lopulta sen ukon mukaan vaunukyytiin, ja väki puhui sen jälkeen, että se oli muka kuninkaanlinnaan menossa!"

"Siis veivätkö ne sen ukon kuningas Melchiorin linnaan? Millä avuilla hän sinne olisi päässyt?" kysyin hämmästyneenä.

"No ukko kuulemma väitti olevansa kuninkaan sukulainen!" seppä naurahti. "En tiedä miksi joku sitä sitten uskoi... Ja liekö oikeasti päätynyt sinne, vai tapettu matkalla. Ihmiset nyt aina puhuvat jotain, kuka mitäkin... Ota niistä selvää! Joskus oli liikkeellä huhu, että kuningas olisi ottanut uuden neuvonantajan, joka oli edellisen kuninkaan äpäräpoika... Mutta kuka tietää!"

"Tarkoitatko, että huhujen mukaan se ukko olisi voinut ollakin joku kuninkaallinen äpärä, ja saanut sillä verukkeella neuvonantajan aseman?"

"Omien puheittensa mukaan se varmaan on oikea maailman valtias ja ansaitsisi kruunun!" seppä nauroi ivallisesti. "En tiedä niistä puheista, kun en ole ikinä omin silmin nähnyt ketään kuninkaan sukulaista. Käsittääkseni ovat ihan hyvässä lihassa olevia... Mutta se ukko oli pitkä ja pelkkää luuta ja nahkaa!"

"Tunnetko ketään, joka olisi töissä kuninkaanlinnassa?"

"Enpä tunne sen paremmin. Kuulen vain kaikkea, mitä sieltä tulevat soturit tai kauppiaat puhuvat", seppä selitti edelleen tympeän näköisenä. "Hoviin otetaan kuulemma aika paljon naisia... Ja nuoria poikia... Mutta nyt saat kyllä lopettaa utelusi ennen kuin joku kuvittelee minun puhuvan pahaa kuninkaasta!"

"No, kiitos kalliista ajastasi", sanoin mietteliäänä ja jätin hänet jatkamaan töitään. Vaikutti hyvinkin mahdolliselta, että Tietäjä olisi päätynyt Molcavarathiaan, ja jopa kuninkaan lähipiiriin. Oliko hän mahdollisesti ollut siellä jo aiemminkin, jo ennen matkaansa pohjoiseen? Ja miten paljon hän mahtaisikaan pystyä vaikuttamaan sellaisesta asemasta kuninkaan lähipiirissä? Saisiko hän koottua mukaansa sotilaallista väkeä ja lähtisikö hän jonakin päivänä hakemaan kultalastia Vaskikallion kylästä?

En nähnyt enää Jakinia majatalon liepeillä. Kun kaksi vihamielisen näköistä rajavartijaa käveli minua kohti, siirryin nopeasti tien toiselle laidalle ja lähdin kävelemään itään. Pitkä matka ei minua pelottanut; olinhan jo tottunut taivaltaja. Osasin myös korjata itse kenkäni, jos ne kuluivat rikki, ja kuljetin aina nahkapaloja mukanani. Tien varrella oli sopivasti vesipaikkoja, ja pystyin jopa pari kertaa kalastamaan itselleni päivällisen pienistä lammista tai joenpahaisista.

Yövyin mukavasti ja tottuneesti peitteen alla metsän puolella. Pari kertaa vastaantulijat meinasivat pysäyttää minut kepillä ja nuijilla uhaten, mutta jousen esille ottaminen sai heidät luopumaan aikeistaan melko pian. Harvemmin matkalaisilla oli sen kummempia aseita kuin keppejä. Miekat näyttivät olevan harvinaisia tavallisella väellä, koska metalli ja sepän työ oli arvokasta. Kovin monilla kulkijoilla ei ollut hyviä jousiakaan. Olin siis jopa tavallista paremmin aseistautunut matkaaja, eikä minulla toisaalta ollut paljoa muuta ryöstettävääkään kuin aseeni, joten sain taivaltaa melko rauhassa.

Päivä päivältä lähestyin itäisten vuorien jonoa, joitten rinteet ilmeisesti jatkuisivat Cardusian pienen valtakunnan puolelle. Vuorten länsipuolen rinteitä taivaltaen pääsisin kiertämään Cardusian puolelle ilman että joutuisin rajavartijoitten pysäyttämäksi. En kovin hyvin ymmärtänyt, millä perustein Molcavarathian valtakunta oli levittänyt sotaväkeään yhä idemmäs ei-kenenkään-maalle, niin että Melchiorin varustamaa aseistautunutta väkeä saattoi kuulemma partioida Cardusian pohjoisrajojen tuntumassakin, vaikkeivat ne alueet varsinaisesti olleet sen enempää Molcavarathiankaan hallinnassa.

Itään johtava tie muuttui aina vain kapeammaksi, vähemmän käytetyksi ja huonommaksi, ja asutus harveni entisestään, mitä ylänköisemmäksi maasto muuttui. Olin käynyt jokaisen tuvan ovella; jokaisessa karjasuojassa, jokaisen asumuksen pihassa kyselemässä sopivan ikäistä naista, joka kenties muistaisi nimensä olevan Jaelika ja eläneensä kiertolaisten mukana. Muutaman kerran satuin tapaamaan iältään sopivan naisen, mutta heti kun näin kasvot tarkemmin, tiesin, ettei edes kannattaisi kysellä enempää. Olin varma, että tuntisin Jokimin sisaren kasvot ja olemuksen, kun tapaisin hänet.

Lopulta olin jo niin korkealla vuoristossa, että asumuksia oli enää todella harvassa. Käännyin kärrytieltä polulle, joka nousi rinnettä ylöspäin kiemurrellen. Erotin jo kaukaa rinteellä laiduntavan lammaslauman. Se muistutti kotikyläni laumoista, ja huomasin kiirehtiväni askeleitani. Sitten katseeni osui vanhaan, harmaapartaiseen, laihaan mieheen, joka istui kivellä, niityn laidalla, paimensauva kädessään.

"Onko tulija hyvissä aikeissa vai pahoissa?" hän kysyi, ja koska hänen silmänsä kiertelivät löytämättä minua, tajusin hänen olevan sokea.

"Tulen hyvissä aikeissa, arvoisa vanhus", sanoin hiljaa ja pysähdyin hänen eteensä. "Tulin vain kyselemään, onko väkesi ehkä kuullut eräästä ihmisestä, jota etsin."

”Tapaan aika vähän ihmisiä nykyään, ja toisista on vain riesaa”, mies sanoi huoahtaen. ”Mutta kerro asiasi, nuorimies!”

”Minulla on ystävä kaukana pohjoisessa. Hän ja hänen sisaruksensa jäivät orvoiksi, kun heidän vanhempansa surmattiin. Ystävälläni oli pikkusisar, joka kuulemma annettiin kiertolaisten matkaan jo melko pienenä tyttönä”, selitin rauhallisesti, vaikka sisälläni myllersi. Tunsin sen yhtä selvästi kuin saatoin nähdä edessäni olevan maiseman; tunsin, että olin löytämässä etsimäni, juuri sieltä, minne olin kulkeutunut.

”Minkä ikäinen tuo tyttö nyt olisi?” vanhus kysyi mietteliäänä.

”Nyt hän lienee muutama vuosi kolmannella kymmenennellään. Olen kysellyt häntä mistä vain olen osannut, koko ajan matkallani pohjoisesta tänne…”

”Miksi etsit häntä yhä, vaikka hän tuskin edes muistaisi sisaruksiaan?” mies kysyi hiljaa.

”Hänen veljillään ei ole enää muita sukulaisia. Ystäväni on miettinyt vuosia, olisivatko hänen veljensä ja sisarensa vielä elossa”, totesin. ”Ja veljen minä jo löysin, Luojan johdatuksesta!”

”Kas, uskallat puhua Luojasta, vaikka olemme melkein Molcavarathian naapurissa!” mies naurahti. ”Etkö tiedä, että vain Vaeltajaveljet puhuvat tuollaisia?”

”Olen itsekin kulkenut joitakin vuosia Vaeltajaveljien kanssa”, selitin. ”Ja uskon, että Kaikkeuden Luoja on johdattanut minut tänne.”

”Cardusian puolella, Wolnoshajoen eteläpuolella, Itäisen Vuoriston metsissä elää sellaisia veljiä”, sokea mies totesi, ja hänen ilmeensä kirkastui. ”Aika ajoin joku vaeltaa tännekin päin… Joten tiedän kyllä, mistä puhut, jos puhut Luojasta!”

”Olen siitä hyvin iloinen”, sanoin liikuttuneena. ”En ole pitkään aikaan tavannut ihmistä, joka uskoo Kaikkeuden Luojaan! Jos sallit, istun jonkin aikaa tässä seurassasi…”

Jäin puhelemaan hänen kanssaan, ja hetkeksi unohdin, mitä olin tullut häneltä kysymään. Vasta kun hän nousi jalkeille ja osoitti sauvallaan viistosti alarinteelle päin, muistin asiani, ja jännittyneisyys nousi taas epämukavaksi, sisuksissani vellovaksi tunteeksi.

”Kuulehan… Minun luonani asuu tyttö… tai nainenhan hän jo on”, vanhus totesi. ”Hän ei ole kertonut sen tarkemmin, mistä hän on luokseni päätynyt, mutta kun hän tuli, joitakin aikoja sitten, hän selitti vain paenneensa jostakin, missä hänen oli ollut paha olla, ja hän aneli, että saisi elää kattoni alla ja palvella minua. Hän on auttanut minua kotini askareissa ja lampaitteni hoidossa… Näköni oli huono jo silloin, kun hän tuli, ja kun kokonaan sokeuduin, hänestä on ollut minulle korvaamaton apu. Jos hän sattuisikin olemaan etsimäsi nainen, en voisi olla siitä omasta puolestani onnellinen, jos se tarkoittaisi sitä, että joutuisin luopumaan hänestä. Mutta Luoja ratkaiskoon asian!"

"Ei ole minun asiani päättää, mikä on hänen polkunsa. Mutta voinko auttaa sinut majaasi?" kysyin jännittyneenä.

"Ojenna käsivartesi ja taluta minua", hän sanoi. "Yleensä soitan pilliini, niin Jael tulee hakemaan minut... Mutta jos menen sinne kanssasi, hänen ei tarvitse keskeyttää töitään."

Oloni oli kovin epätodellinen, kun astelin vanhusta taluttaen kohti pientä mökkiä muutaman vanhan puun katveessa, alempana rinteessä. Pihassa oli aitaus ja katos lampaille. Lähettyviltä kuului myös pienen puron solinaa. Paikka oli ihmeellisen kaunis ja rauhoittava. Kun lähestyimme mökkiä, sen avoimesta ovesta asteli ulos melko pienikokoinen, siro nainen. Hänen tummat hiuksensa oli kääräisty niskaan, ja hänen yllään oli yksinkertainen puku ja jonkinlainen liina vyötäisillä. Hänen kädessään oli sanko, ja hän laski sen viereensä maahan ja asteli meitä vastaan epäröiden. Jo silloin tunsin jopa pelottavaa varmuutta; aivan kuin olisin ennalta tiennyt, että hän todella oli etsimäni nainen, vaikka alun perin oli ollut kovin epätodennäköistä löytää häntä. Kuukausien turhauttavan kyselemisen jälkeen hän asteli eteeni, eikä minun tarvinnut enää jäljittää häntä...

"Onko jotakin vialla, isäntäni?" nainen kysyi, katsahti minuun tummilla silmillään hieman epäluuloisesti ja tarttui ikään kuin suojelevasti sokean miehen käteen.

"Ei mitään, tyttöhyvä, mutta tämä vieras tahtoisi varmaan istahtaa ja syödä jotakin kattomme alla", vanhus selitti. "Hän on Vaeltajaveljien ystävä pohjoisesta."

"Vaeltajaveljienkö?" nainen toisti ja katsahti minua uudelleen, toinen kulma edelleen kummeksuvasti rypyssä. Ehkä en näyttänyt riittävästi Vaeltajalta. Ehkä hän epäili aikeitani, koska olin aseistautunut. Näytin hänelle avoimia käsiäni tervehtien tavalla, jonka olin omaksunut Vaeltajaveljiltä.

"Niin. Nimeni on Petrus, Vaskikallion kylästä", sanoin hiljaa, katsellen vaivihkaa tuota naista. Henkeni oli salpautua, vaikka yritin olla rauhallinen ja välttää tuijottamatta häntä. Näin hänen sydämenmuotoisissa kasvoissaan ystäväni Jokimin nenän, samanlaiset tummat silmät, ja samanlaiset ilmeikkäät kulmat... Hänen suunsa oli kaunis, kuin hymyilemään luotu, ja hänen poskensa kohosivat ilmeikkäästi, kun hän katsoi minua terävästi ja älykkäästi.

”Minua kutsutaan Jaeliksi. Olet kaiketi tervetullut kattomme alle, jos kerta olet Vaeltajaveljien ystävä”, hän sanoi, muttei hymyillyt. Hän vaikutti jännittyneeltä, aivan kuin olisi pelännyt minua; ja jos hän pelkäsikin, mikä ihme se olisi? Hän tuskin oli viettänyt kovin turvallista elämää. En rohjennut puhua hänelle vielä mitään Jokimista tai Jakinista, koska aavistelin, ettei se sokea vanhus haluaisi ottaa asiaa vielä esille.

Astelin sisälle tupaan heidän perässään, ja istuin vaatimattoman pöydän ääreen vanhan miehen kehotuksesta. Jael tarjoili meille leipää, juustoa ja jotakin marjamehua. Katselin häntä vaivihkaa. Hän oli pienikokoisempi kuin oman kotikyläni naiset, ja hänen siroutensa oli kaunista. Jos hänen hiuksensa olisivat laskeutuneet kehystämään hänen kasvojaan ja hänelle olisi laitettu kauniisti laskeutuva puku, hän olisi kelvannut kenen tahansa kyläpäällikön rinnalle, jopa kuninkaan hoviin. Ei yksikään kuningatar voisi olla sen kauniimpi! Mutta hänen kasvoillaan näkyi vuosien kurjan elämän aikaansaama suru, ja kertyneet murheet painoivat hänen hartioitaan. Vaikka hän näytti vielä miltei lapsenomaisen nuorelta, hänen ilmeensä oli vakava kuin kärsineellä vanhuksella…

”Onko teillä täällä ketään muita auttamassa lampaitten kanssa?” kysyin, kun olimme lopettelemassa ateriaamme.

”On meillä Wolmar”, vanhus vastasi. ”Nuorimies, joka on nytkin vartioimassa laumaa. Hän on orpo.”

”Miten pärjäätte täällä talven tullen? Onko täällä paljon lunta talvisin?”

”Jonkin verran, joinakin talvina vähemmän. Keräämme lampaille talveksi heinää ja lehtiä, ja teurastamme pari lammasta kuivalihaksi itsellemme. Myyn taljoja ja villaa, tai vaihdan suolaan tai muuhun tarpeelliseen”, vanhus selitti naurahtaen. ”Kauppa ei ole kovin vilkasta, koska ei täällä useita kauppiaita vaella, mutta hengissä olen vieläkin.”

”Seutu on ainakin kaunista! Olen itse elänyt kaukana pohjoisessa, eräässä syrjäisessä kylässä. Siellä päin ei ole tällaisia vuoristoja, ja metsät ovat erilaisia. Kaikki on täällä jotenkin suurempaa kuin siellä”, selitin. ”Pohjoisessa on enemmän mäntyjä, täällä taas kuusia…”

”Totta… Pohjoisissa metsissä puut ovat kitukasvuisia ja käyriä, ja mäet ovat vain kukkuloita”, Jael sanoi hiljaa, kääntyen katsomaan minua vähemmän varautuneesti. ”Saanko kysyä, miksi lähdit sieltä, kotikonnuiltasi?”

”Alun perin lähdin hakemaan kyläni väelle apua, ja sitten lähdin kuljeskelemaan Vaeltajaveljien mukaan… Ja nyt olen liikkeellä etsimässä ystäväni sisarta, josta hän joutui erilleen jo lapsena”, selitin jännittyen. Jael katsahti minua tutkivasti.

”Täältäkö, missä ihmisiä on vähemmän kuin petoja, vain yksi siellä täällä?” hän kysyi naurahtaen.

”Olen kyllä etsinyt häntä jo kuukausia, kaikkialta, missä vain olen kulkenut”, totesin hiljaa.

”Monia muitakin tyttölapsia kuin ystäväsi sisar lienee kadonnut kotoaan ryöstäjien matkaan, hylätty kuolemaan, tai jäänyt orvoksi”, Jael totesi kääntyen katselemaan toisaalle. ”Minäkin olen orpo, ja jouduin aikoinaan, ihan pienenä tyttönä, kiertolaisten mukaan. En muista siitä oikein mitään.”

”Todellako? Kuulehan… Kun sinua kerta kutsutaan Jaeliksi, oliko nimesi alkujaan ehkä Jaelika?” kysyin. Hän kohautti hartioitaan.

”Ehkä olikin… En todellakaan muista! Minulla on vain hyvin hämäriä muistoja siltä ajalta, kun olin pieni, enkä muista, millä nimellä isoveljeni minua kutsuivat. Enkä muista vanhempiani oikeastaan lainkaan! Minua kasvatti eräs eukko, jota luulin pitkään äidikseni, koska hän väitti niin, kun kerjäsimme ruokaa. Hän kertoi vasta myöhemmin, että olen orpo”, Jael selitti hymyillen surumielisesti, mutta katsomatta minuun, niin ettei hän varmaankaan tarkoittanut hymyillä minulle. ”Hän elätti itseään ja minua kerjäämällä… vuosikausia! Vaelsimme sekalaisen ihmisjoukon turvin aina vain etelämmäs, kunnes minut vietiin häneltä muualle… ja sitten taas jonnekin toisaalle, ja siellä olin, kunnes pääsin pakenemaan ja löysin kodin täältä.”

”Wolmar kuuluu tulleen pihaan”, vanhus sanoi keskeyttäen keskustelumme. ”Autatko minut ovelle, nuorimies, niin Wolmar saa viedä minut takaisin niitylle. Sinulla lienee enemmänkin puhuttavaa Jaelin kanssa!”

Nousin pöydästä ja talutin vanhuksen ulos. Pihassa seisoi nuori, hinteläkasvuinen mies, joka tervehti minua hämmentyneenä. Totesin jo muutaman sanan hänen kanssaan vaihdettuani, että hän oli yksinkertainen ja rauhallinen mieleltään, ja näytti pitävän vanhusta melkein kuin isänään.

”Voit jäädä kattomme alle, jos haluat, ainakin joksikin aikaa”, vanhus sanoi minulle. ”Luotan siihen, ettet katoa minnekään Jaelin kanssa sillä välin kun istun laitumella.”

”En todellakaan aio kadota minnekään luotanne, noin vain”, sanoin hämilläni, ja palasin sitten verkkain askelin majaan. Jael oli pesemässä puukippoja saavissa. Hän katsahti minua, kun astuin sisälle, muttei sanonut heti mitään. Tuntui hieman kiusalliselta jäädä seisoskelemaan hänen selkänsä taakse, joten istuin takaisin pöydän ääreen. Oli jonkin aikaa hiljaista; sitten hän nosti kipot seinän viereen kuivumaan, kuivasi kätensä esiliinaansa ja asteli epäröiden pöydän viereen.

”Luuletko että olen ystäväsi sisar… se, jota etsit?” hän kysyi sitten ja istui alas, minua vastapäätä.

”Uskon niin. Olet piirteiltäsi hyvin paljon veljesi näköinen… Tosin sirompi ja kauniimpi”, sanoin hitaasti. ”Sinulla on toinenkin veli, jonka löysin Molcavarathian rajalta, vartioasemalta. Hänkään ei tiennyt pikkuveljensä olevan elossa pohjoisessa.”

”Kerro minulle siitä ystävästäsi, jonka arvelet olevan veljeni”, Jael pyysi vakavana, ja kerroin hänelle kotikylästäni ja Jokimista, saman tarinan kuin olin kertonut myös Jakinille. Hän kuunteli minua hiljaisena ja haki minulle välillä juotavaa vesisaavista. Sitten hän istahti pöydän ääreen, nojasi jonkin aikaa kyynärpäillään pöytään, tuijotti sen pintaa ja huoahti.

”Minulla on siis kaksi veljeä! Toisella on vaimo ja lapsia, ja toinen on Molcavarathian sotaväessä”, hän totesi sitten hitaasti ja mietteliäästi. ”Joskus haaveilin, että minulla olisi joku oikea perheenjäsen, sisar tai veli, jossakin… Mutta olen jo tottunut elämään sukuni ainoana, ilman perhettä. Pärjäisin ehkä aivan yksinkin, ellen joutuisi pelkäämään pahantahtoisia, ruumiinvoimiaan väärinkäyttäviä ihmisiä!”

”Niin, ihminen on joskus toiselle ihmiselle vaarallisempi kuin mikään metsien pedoista”, totesin katsellen häntä. ”Pahuuden valtaan joutunut ihminen voi saada aikaan moninkertaisesti enemmän pahaa kuin raivotautinenkaan peto!”

”Totta”, Jael sanoi hiljaa, vilkaisten nopeasti kasvojani. ”Minä en oikeastaan edes pelkää eläimiä. Rakastan niitä enemmän kuin yhtäkään ihmistä olen rakastanut! Kiertolaisten mukana kulki aina koiria. Ne suojelivat meitä muulta väeltä, ja minusta tuli niitten ystävä. Yksi koirista synnytti pentuja sudelle… Olisin halunnut pitää ne, mutta väki piti niitä liian vaarallisina, ja ne hukutettiin säkissä lampeen…”

”Mikä hirvittävä vääryys”, sanoin palantunne kurkussani. Jael katsahti minua hämmentyneenä.

”Ehkä niin, mutta väki piti sitä oikeana tekona, koska teko suojeli joukkoamme, siis, heidän mielestään, koska he luulivat, ettei koirasutta voisi kasvattaa kesyksi”, hän totesi, naurahti surumielisesti ja vilkaisi taas minua. ”Kerroit äsken siitä Tietäjästä, joka uhkasi kotikyläsi väkeä... Olisiko sinusta oikein tappaa hänet, jotta voisit suojella omaa väkeäsi?”

”Ei se olisi oikein! Hän on kyllä vastenmielinen mies, ovela, ahne ja häijy... Mutta en halunnut tappaa häntä silloinkaan, kun siihen olisi ollut tilaisuus, enkä tappaisi nytkään, vaikka löytäisinkin hänet”, selitin katsellen miettiväisenä käsiini. ”Toivoisin, että hän muuttuisi, eikä enää ikinä tekisi pahaa kenellekään!”

”Niin... Vihollisen voi tuhota muuttamalla hänet ystäväksi”, Jael sanoi hitaasti ja hymyili kuin itsekseen. ”Pedot eivät yleensä ole uhanneet minua. Minä en tahdo niille pahaa, ja ajattelen niistä hyvää... Ihailen niitä ja puhun niille siitä, miten kauniita ne ovat! Ne saattavat tarkkailla minua hetken, ja lähtevät sitten pois. Ja jossakin sisälläni tunnen, että luontoni on kuin niitten luonto... Ne ovat varovaisia ja epäluuloisia, eivätkä halua elää isoissa joukoissa. Mutta ne pitävät huolta perheestään, omasta laumastaan. Sitä ne suojelevat ja sitä ne rakastavat, ja kun sen ymmärtää, ei tahallaan astu niitten reviirille!”

Katselin häntä ihmeissäni, liikuttuneena. Hän tuskin tiesi perheensä olleen syntyjään Warginmaasta; valtakunnasta, jossa ihmisen oli pakko elää sovussa petojen kanssa, ellei halunnut tuhota niitä kokonaan. Hänen sukunsa oli ehkä jo vuosituhansia elänyt metsän petojen keskuudessa, ja hänkin varmasti pystyisi elämään sillä tavoin. Mutta ihmisten keskellä hän ei viihtyisi. Hän kelpuuttaisi lähelleen vain oman laumansa jäsenet, tai jonkun riittävän paljon samankaltaisen. Ehkä jonkun, joka olisi syntyjään samaa kansaa kuin hänkin.

”Toivoisin todella, että ystäväni Jokim ja hänen vaimonsa Janosha saisivat kokea sen ilon, että tapaisivat sinut”, totesin sitten hymyillen. Olisi ollut vaikea hillitä kokonaan näyttämästä myönteisiä tunteita, joita hänen kohtaamisensa minussa herätti, vaikka hän itse olikin varuillaan. ”Olet hyvin paljon veljesi kaltainen, ja hänen vaimonsakin varmasti pitäisi sinusta!”

”Sanot noin, vaikket edes tunne minua”, Jael sanoi vakavana, nostaen katseensa minuun. ”Etkä tiedä, millä tavoin olen elänyt nämä vuodet, ja mitä kaikkea olen kokenut! En tiedä onko minussa enää sellaista iloa, että kukaan minun tapaamisestani erityisesti ilahtuisi.”

”Olet silti ystäväni sisar, ja tiedän, että olisit tervetullut heidän luokseen”, sanoin huoahtaen. Hänen surumielisyytensä uhkasi tarttua minuun. Olisin halunnut pyyhkiä sen pois hänestä; ottaa sen omaksi taakakseni, jos se vain olisi helpottanut häntä. Mutta hän tuskin päästäisi minua niin lähelle, että jakaisi minulle surunsa.

”Mutta olisin kiittämätön tuota isäntääni kohtaan, jos nyt jättäisin hänet”, Jael totesi, rypisti otsaansa ja huokaisi hiljaa. ”En tiedä... Ehkei ole tarkoitettu, että palaisin pohjoiseen! Ehkä minun on määrä elää täällä, syrjässä kaikesta. Olen ollut melkein onnellinen näinä kuukausina, kun olen asunut täällä. En halua olla ihmisten keskellä, enkä välitä rikkauksista tai hienoista asumuksista...”

”Haluaisin tietää, miten olet selvinnyt kaikki ne vuodet ennen kuin päädyit tänne”, sanoin katsellen häntä mietteliäänä ja toivoen, että hän voisi tuntea hyvän tahtoni häntä kohtaan. Hän pudisteli hiljaa päätään.

”Enpä usko, että oikeasti haluat! Se ei olisi mitenkään viihdyttävää kuultavaa”, hän naurahti sitten. ”Kukaan ei ylipäätään ole halunnut puhella kanssani. Vain tuo vanhus ja tapaamani Vaeltajaveljet ovat jututtaneet minua, muut eivät ole välittäneet...”

”Kohdeltiinko sinua huonosti niitten kiertolaisten joukossa?”

”Ei huonosti eikä hyvin... Enpä tiennyt paremmastakaan kohtelusta! Mutta sitten kun se eukko, joka opetti minut kerjäämään, alkoi olla liian huonokuntoinen matkaamaan, hän myi minut vaimoksi eräälle nuorelle puusepälle, joka oli menettänyt toisen jalkansa onnettomuudessa, eikä siksi kelvannut mieheksi kylän neidoille”, Jael selitti hiljaa, eikä katsonut minuun; näytti siltä aivan kuin hän olisi puhunut vain itselleen. ”Elin sen puusepän kanssa jonkun aikaa, ja hän oli ihan hyväntahtoinen mies, ja kohteli minua lempeästi... Mutta sitten yksi kylään tullut, palkkasoturina rikastunut mies iski silmänsä minuun, tappoi ramman mieheni ja vei minut mukanaan Rajakylään. Järkytys teki minusta melkein mykän, ja elin jonkin aikaa kuin usvassa...”

”Luoja varjelkoon! Mitä sitten tapahtui?” kysyin hitaasti. Hän katseli jonnekin alaviistoon, huoahti raskaasti ja vilkaisi minua kuin todetakseen, millaisella ilmeellä mahdoin katsella häntä. Toivoin näyttäväni edelleen myötätuntoiselta ja arvostavalta.

”No, se palkkasoturi elätti minua ehkä muutaman kuukauden, kunnes hän kyllästyi minuun, löysi uuden naisen, ja myi minut työntekijäksi Molcavarathian rajalla olevaan majataloon. Siellä olin jonkin aikaa, tein siivoushommia ja ruokaa, ja yritin vältellä joutumasta viihdyttäjäksi. Mutta sitten isäntä pakotti minut tuvan puolelle tarjoilijaksi, jonka olisi pitänyt tarjoilla samalla itseäänkin... Hän uhkasi ajaa minut pois talosta, ellen suostuisi siihen. Mutta en sietänyt sellaista työtä yhtä iltaa kauemmin, joten päätin paeta omille teilleni", Jael totesi vakavana. "Sain yhdeltä ystävälliseltä apupojalta vaatteita, pukeuduin pojaksi ja lähdin taivaltamaan itään, pyrkien mahdollisimman kauas Molcavarathiasta. Tapasin matkallani Vaeltajaveljiä, ja he antoivat minulle ruokaa ja neuvoivat menemään yhä kauemmas itään, koska siellä olisi rauhallisempaa ja mahdollisuus elättää itsensä luonnon antimilla. Ja päädyin tänne..."

"Kaikkeuden Luoja on varmasti varjellut sinua", sanoin hiljaa, syvästi liikuttuneena. "Olet sentään selvinnyt elossa tuosta kaikesta!"

"Elossa ehkä, mutten puhtaana, enkä haavoittumattomana", Jael lausahti. "Kun tapasin vanhuksen, hän puheli minulle kuin olisin viaton lapsi... Ja ne Vaeltajaveljet, joita täällä silloin tällöin on kulkenut, ovat opettaneet minua. Heihin minä luotan, mutta muihin ihmisiin en enää. En ehkä sinuunkaan, vaikka kerrotkin olevasi veljeni ystävä!"

"Ihmekö se, kun olet joutunut kokemaan niin paljon pahaa, ja oppinut, ettei kehen tahansa olekaan luottamista", totesin katsellen häntä vain varovasti, etten mitenkään uhkaisi häntä.

"No, olen kyllä oppinut yhtä jos toista muutakin... Opin tarkkailemalla ihmisiä, ja kuuntelen ja katselen paljon, ja teen päätelmiä siitä, mitä havaitsen. Ja opin melko nopeasti lukemaankin. Eräs Molcavarathian puolelta tullut Vaeltajaveli jätti minulle kääröjä, ja luen niitä tekstejä vanhukselle", Jael selitti alkaen hymyillä itsekseen, ja hänen hymynsä muutti hänen kasvonsa aivan toisenlaisiksi; nuoremmiksi ja viattomammiksi. "Vanhus sanoo, että on harvinainen taito osata lukea. Haluaisin myös oppia kirjoittamaan itse, mutta täällä ei ole mitään, mille kirjoittaa... Meillä ei ole sitä ainetta, mistä kääröt on tehty."

"Veljesi Jokim opetti minut kirjoittamaan tuohelle, ja osaan myös valmistaa paperia niin kuin Vaeltajaveljet", sanoin tuntien innostuvani. "Opetan sinua mielelläni, jos saan majailla täällä luonanne jonkin aikaa!"

Hän ei edelleenkään hymyillyt suoraan minulle, mutta hän lähti kyllä kanssani ulos etsimään tuohta, jolle voisi piirtää kirjoitusmerkkejä. Selitin hänelle myös, mistä kaikesta voisi valmistaa paperiarkkeja. Aikamme kului kuin huomaamatta, ja nautin hänen rauhallisesta seurastaan. Muutaman kerran hän oli hymyillyt ajatuksissaan, ja lopulta, kun hän oli saanut ensimmäiset sanansa raaputettua tuohialustalle, hän hymyili katsoen minua suoraan silmiin. Olisin halunnut kyynelehtiä liikutuksesta, mutta vastasin vain hiljaisena hänen hymyynsä ja salasin liikutukseni.

Kun aurinko laski ja Wolmar toi vanhuksen ja lammaslauman mökin pihaan, istuimme yhä ulkona raapustellen Jokimin kehittämiä kirjoitusmerkkejä tuohialustoillemme. Katselin ja kuuntelin, mitä Jael kertoi vanhukselle meidän keskustelustamme. Vanhus oli hyväntuulinen, mutta väsynyt, ja halusi heti syötyään vetäytyä levolle. Minä sain mukavan yösijan eläinsuojasta. En halunnut tunkeutua mökin katon alle. Koin jollain tapaa liian kiusalliseksi majailla samassa huoneessa Jaelin kanssa. En halunnut, että hän kokisi olonsa epämiellyttäväksi minun takiani, ja siksi päätin pysytellä soveliaan välimatkan päässä hänestä, etenkin jos hän vähänkin vihjaisisi, ettei halunnut minun oleilevan seurassaan sen tuttavallisemmin.

Vietin seuraavan päivän vanhuksen seurassa vuoristoniityllä. Oli hengästyttävän kaunista, emmekä edes puhuneet paljoakaan. Illalla nautimme Jaelin valmistamaa keittoa. En puhellut hänen kanssaan kahden, vaan vetäydyin jo varhain itsekseni eläinsuojaan.

Seuraavana päivänä kävin etsimässä heille riistaa. Sain ammutuksi kaksi kanalintua. Vanhus puheli minulle elämästään, ja kuuntelin häntä iloiten hänen seurastaan ja kunnioittaen hänen elämänkokemustaan. Myös Wolmar vietti aikaansa seurassani mielellään. Hän oli kuin isokokoinen lapsi; hyväntahtoinen, mutta hieman arka. Vain Jael pysytteli hieman etäisempänä minusta. Hän ojensi minulle kyllä ruokakulhon, kuten isännällekin, muttei katsonut minua silmiin. Toivotin hänelle hyvää yötä, ja hän kyllä vastasi toivotukseeni, mutta hieman surumielisesti.

Kolmantena päivänä heidän luonaan huomasin mieleni olevan liian levoton. En pystynyt keskittymään pelkästään kuuntelemaan vanhuksen tarinoita; mieleni kaipasi jotakin muuta, ja tuntui kuin jalkani olisivat väkisinkin halunneet lähteä liikkeelle, vaikken edes tiennyt, minne menisin. Jos Jael ei haluaisi lähteä veljensä luo pohjoiseen, lähtisinkö kuitenkin itse takaisin synnyinseudulleni? Etsisinkö ensin Jakinin käsiini ja kertoisin hänelle hänen sisarestaan? Toivoin saavani tilaisuuden puhutella Jaelia kahden, mutta hän tuntui välttelevän minua.

”Olet kai aikonut pyytää häntä mukaasi”, vanhus sanoi minulle, kun jäin hänen seuraansa ilta-aterian jälkeen.

”En tiedä, lähtisikö hän mukaani, vaikka pyytäisinkin”, sanoin hiljaa. ”En oikeastaan haluaisi viedä häntä pois luotasi… Mutta minun itseni on ainakin lähdettävä! Jos jään vielä pidemmäksi aikaa, tulee olemaan vielä vaikeampi lähteä."

"Niinpä! Huomaan kyllä, että voisit kiintyä häneen... Onhan hän ystäväsi sisar", vanhus totesi hiljaa, ja hämmennyin. Mitä hän tarkoittikaan? Eihän hän ollut voinut nähdä, että olisin katsellut Jaelia mitenkään ihailevasti tai mielenkiinnolla... En ollut aikonut katsella, enkä ollut edes ajatellut, että saattaisin nähdä hänet sellaisella tavalla, jollaiseen liittyisi ihastusta ja läheisyydenkaipuuta.

"Pidän hänestä kyllä, mutten ole etsimässä itselleni vaimoa", sanoin hämmentyneenä.

"Mitäs sitten? Jalkavaimoa vai orjatartako haeskelet?" vanhus naurahti. "Mikset voisi ottaa häntä vaimoksesi ja jäädä tänne?"

"Olen jo kerran luopunut neidosta, jota luulin rakastavani kuin morsianta rakastetaan", sanoin hiljaa, vakavana. "En halua enää kokea sellaista. Enkä usko, että osani on ottaa vaimoa!"

"Mutta sinä voisit huolehtia hänestä, kun minusta aika jättää", vanhus totesi. "En halua, että hän joutuu enää kärsimään muitten miesten käsissä. Eikö hän kelpaa sinulle siksi, että hän on joutunut elämään sillä tavoin?"

"Ei ole kyse siitä, että vieroksuisin sitä, miten hän on elänyt... En vain... En edelleenkään usko, että osani on ottaa häntä tai ketään muutakaan vaimokseni", sanoin hieman kiihtyen.

"Älä kuitenkaan pakene luotamme yön selkään", vanhus mutisi, kun olin juuri ajatellut, että olisi helpointa vain lähteä; kadota yön turvin ja kääntää selkänsä niille ristiriitaisille tunteille, joita Jael minussa herätti tietämättään ja tahtomattaan.

En paennut yön selkään, vaan vietin heidän kanssaan taas uuden päivän. Metsästin riistaa, keräsin heille polttopuita talveksi, ja kunnostin majan kattoa. Ja sitten tuli taas uusi päivä, ja taas uusi, enkä edelleenkään ollut lähtenyt pois, mutten myöskään saanut puhutelluksi Jaelia kahden. Ymmärsin kyllä, miksi vanhus halusi Jaelin jäävän luokseen, ja minun jäävän myös asumaan heidän kanssaan. Ja tiedostin, että Jael kyllä herätti minussa sekä myötätuntoa, kiintymystä että sellaisiakin tunteita, jotka olisivat olleet asiallisia ja tarpeen, jos olisin ollut ottamassa hänet vaimokseni.

Vuosia sitten olin ihaillut kasvattisisartani Janoshaa ja kärsinyt ihastuneisuuden aikaansaamia hämmentäviä tunteita. Mutta se oli ollut niin kovin erilaista; paljon kevyempää. Se tunnekokemus oli helposti palautunut veljelliseksi kiintymykseksi ja ystävän rakkaudeksi. Mutta Jael herätti minussa jotakin niin syvää ja raastavaa tunnetta, että olisin toisaalta halunnut paeta; ja toisaalta, jos olisin ollut varma siitä, että se olisi oikein, olisin tehnyt kaiken vallassani olevan päästäkseni hänen lähelleen ja saadakseni hänet lupautumaan vaimokseni.

Lopulta huomasin viettäneeni heidän luonaan jo viikkoja. Ja sitten eräänä aamuna vanhus jätti meidät aivan tarkoituksella kahden kesken tupaan. Jael näytti ymmärtävän, että hänen varalleen suunniteltiin jotakin, ja keksi itselleen puuhailtavaa. Hän siis kehräsi lankaa. Otin tulisijan edestä palan veistopuuta ja aloin veistellä sitä, sen tarkemmin suunnittelematta, mitä siitä syntyisi; puukapusta vai lasta, vai voiteluveitsi. Työskentelimme jonkin aikaa hiljaisuudessa, kunnes hän huoahti ja katsahti minuun.

”Tiedän kyllä, miksi vanhus jätti meidät kahden. Kaipa sinäkin tiedät, että hän toivoisi, että jäisit asumaan luoksemme”, hän sanoi pidättyväisellä äänellä. ”Mutta minä ajattelen, että sinun olisi parempi lähteä, etenkin jos olet niin levoton kuin arvelen sinun olevan!”

”Etkö siis tulisikaan mukaani pohjoiseen, tapaamaan veljeäsi?” kysyin hämmentyneenä.

”En voi lähteä täältä minnekään niin kauan kuin isäntäni tarvitsee minua”, Jael huoahti vakavana.

”Entä jos minä jäisinkin tänne?” kysyin hiljaa, tietäen, miksi kysyin sitä, vaikken oikeastaan halunnut kysyä. Se oli kuin vastakkaiseen suuntaan vetävä voima; jokin paine, joka sai minut ajattelemaan sellaista elämää, jota ihmiset yleensä elivät; elämää, jossa he saattoivat olla jollain tavalla onnellisia, mutta kuitenkin sidottuja tai aitauksessa, niin kuin kotieläimet. Ja samalla tiedostin, ettei sellainen elämä kuitenkaan ollut minua varten. Mutta jokin minussa eli vielä menneisyyteni tapoja ja ajatusmalleja; aikaa ennen auringonpimennystä, jolloin olin ollut huoleton nuorukainen ja haaveillut enemmän samanlaisista asioista kuin muutkin ikätoverini.

”Se olisi liian kiusallista”, Jael totesi. ”Et voisi nukkua talvella eläinsuojassa! Sinun pitäisi tulla sisälle, ja meillä on vain kaksi nukkumapaikkaa. Oletan, ettet nukkuisi ainakaan vanhuksen vieressä, joten sinun pitäisi tulla minun petiini, ja sitä en todellakaan toivoisi!”

”Etkö edes, vaikka olisit vaimoni?” kysyin tuntien kasvojeni punehtuneen hämmennyksestä. Sanoin sen ääneen kovin helposti ja melkeinpä kuin olisin laskenut leikkiä, mutta se oli vain menneisyyteni ajatusmaailman heijastuma. Tuo ajatus oli saanut liikaa voimaa yhdessä vietettyjen päivien aikana, ja muuttui sanoiksi, joita en voisi ottaa takaisin. Hetken aikaa tunsin pelkoa; pelkoa siitä, että olin tehnyt jotakin, mitä joutuisin katumaan, koska se veisi minut kauemmas siitä, minne oikeasti olin menossa. Jael olisi voinut vaatia minut tilille ehdotuksestani. Mutta hän nosti katseensa minuun ja näytti hieman kiivastuneelta.

”Onko tapanasi tehdä pilkkaa ihmisistä, joilla ei ole valinnanvaraa?” hän kysyi.

”Ei ole… Tein tuon kysymyksen, koska vanhus sanoi minulle toivovansa, että ottaisin sinut vaimokseni”, sanoin niin kiusaantuneena, etten muista koskaan sitä ennen tai sen jälkeen olleeni niin kiusaantunut.

”Etkä sinäkään siis oikeasti haluaisi sitä”, Jael totesi laskien katseensa. ”Joten on parempi, jos lähdet jo ennen talvea.”

”Et siis välitä siitä, vaikka lähtisin? Etkö ole viihtynyt seurassani lainkaan?” kysyin häkeltyneenä. En ymmärtänyt häntä; en tiennyt mitä hän toivoi minun sanovan, sen enempää kuin ymmärsin sitäkään, miksi olin itse sanonut jotakin, mitä en oikeastaan toivonut…

”Mitä minun välittämiselläni on väliä?” Jael kysyi. ”Kukaan ei ole ennenkään kysellyt minun välittämisistäni.”

”Toivoin, että välittäisit edes hieman siitä, olenko minä täällä vai en”, sanoin huoahtaen. ”Olen iloinnut niistä hetkistä, jolloin olet ollut minulle edes hieman läheisempi, siis, jopa puhutellut minua omasta halustasi. En osaa selittää sitä, mutta… kärsin siitä, jos olet onneton, ja jos olen saanut sinut näyttämään edes hieman onnellisemmalta, olen tuntenut syvää iloa. Haluaisin tehdä jotakin, mikä ehkä tekisi sinut onnelliseksi!”

”Mitä oikeastaan tarkoitat tuolla? Etkö ymmärrä, millaiselle ihmiselle puhut? Minun osani ei ole olla tämän onnellisempi! Jos toivoisin sellaista, altistaisin itseni jatkuville pettymyksille!” Jael totesi kiivastuen. Sillä hetkellä hän muistutti hyvin paljon Jokimia, ja ajatus alkoi hymyilyttää minua.

”Puhun sinulle sillä tavoin, minkä verran sinua tunnen”, sanoin hiljaa huoahtaen, ja aloin vähitellen rauhoittua. ”Olisin halunnut tutustua sinuun paremmin, mutta ehkä on viisaampaa, että lähden… Kun en tiedä itsekään enää, mitä teen seuraavaksi, jos et kerta aio tulla mukaani pohjoiseen!”

”Luulet kai, etten toivo elämääni enää mitään muuta kuin elää yksinäni sokean vanhuksen kanssa, tai sitten ihan yksin, kun hän kuolee”, Jael totesi alakuloisella äänellä. ”Kyllähän minä toivon kaikenlaista muutakin, mutta kiellän sellaiset toiveet itseltäni, koska en ansaitse muuta kuin tämän... Minullahan on syytä olla onnellinen ja kiitollinen siitä, että ylipäätään elän. Olisi ahneutta toivoa muuta!"

"En usko, että on ahneutta toivoa sellaista, mihin kaikilla elävillä olisi oikeus... Kuten kattoa päänsä päälle, leipää ja ihmisiä, jotka välittävät", sanoin hiljaa. "Nämä päivät täällä ovat olleet minulle jotakin aivan erilaista kuin mitä olen ennen kokenut! Luultavasti jään kaipaamaan tätä mökkiä ja niittyä, ja sinun seuraasi. Ja olisin kyllä toivonut, että lähtisit mukaani, ja voisin saatella sinut veljesi luo."

"Niin että kulkisimme kaksin, kuin pariskunta, ja jakaisimme saman telttakatoksen viikkokausia?" hän kysyi terävästi.

"En edes tullut ajatelleeksi, että sitähän se tarkoittaisi", mutisin hämmentyneenä. "Olen pahoillani, jos ajatus loukkasi sinua!"

"Luulet ehkä, etten ollenkaan välitä siitä, miten miespuoliset minua kohtelevat, kun olen jo tottunut huonoon kohteluun, piittaamattomuuteen ja säädyttömyyteen", Jael totesi katsahtaen minua. Hänen katseensa oli terävä, mutta sen terävyys oli murentuvaa. Hänen suojauksensa oli murentumassa, ja minä olin aiheuttanut sen.

"Luoja varjelkoon minua olemasta sinua kohtaan säädytön! Ymmärrän, ettet halua olla seurassani mitenkään liian läheisellä tavalla, etkä luota minuun... Mutta järjestäisin kyllä meille matkaseuraa, ettei meidän tarvitsisi kulkea kahden kesken. Voisimme etsiä toisen veljesi mukaamme ja matkata kolmisin", totesin hämilläni.

"Mutta minun pitäisi silti kyetä luottamaan sinuun", Jael sanoi hiljaa.

"Etkä siis luota?" kysyin karhentuneella äänellä.

"En! Vaikka toisaalta, olet itse niin hyveellinen, että sinua varmasti inhottaisi edes vahingossa koskea minua... Mutta toisaalta, jotkut miehet koskettavat, vaikka halveksivat itsekin!" hän hymähti laskien katseensa.

"Jael, sinussa on niin paljon katkeruutta", sanoin hiljaa ja tunsin kyynelten nousevan silmiini, kykenemättä hillitsemään salakavalasti sisälläni noussutta liikutusta. "Voisitko unohtaa hetkeksi, että olen ylipäätään mikään mies? Enkö voisi olla vain ystäväsi tai veljesi? Luottaisitko sitten minuun?"

"En osaa ajatella sinua veljenäni", Jael totesi huoahtaen. "Ja ehkä pelkäänkin enemmän itseäni kuin sinua. Ehkä pelkään, että alan haluta jotakin, mikä ei ole minua varten... Mitä tekisit, jos tarjoaisin itseäni sinulle vaimoksi?"

"Enpä tiedä", vastasin häkeltyneenä. "Riippuuhan se siitäkin, miksi niin tekisit!"

”No jos tekisin sen siksi, että haluaisin elää kanssasi”, Jael sanoi katsomatta minuun. ”Jostakin syystä... Vaikkapa lohdutusta ja hellyyttä saadakseni, tai siksi, että pidän sinusta...”

”No, en tiedä, mitä tekisin! En ole varma siitä, voisinko tehdä sinut onnelliseksi, ja koska en itsekään tiedä, mikä on osani, niin en oikeastaan tiedä, voisinko torjua ja hylätä sinut, vai tulisiko minun ottaa sinut vaimokseni”, mutisin hiljaa. Oli jonkin aikaa aivan hiljaista, enkä voinut edes katsoa häneen suoraan. ”Luoja sentään, miten kummallista keskustelua käymmekään!”

”Elämäni ei ole ollut tavallinen... Miten voisin puhua vain tavallisista asioista?” hän totesi terävästi, katsahti minua taas, ja hämmentyi nähdessään kyyneleeni. ”Mutta sinähän itket... Miksi itket?”

”En pysty estämään sitä”, sanoin karhealla äänellä. ”Näinä vuosina... mitä enemmän olen ollut yksin tai Luojan kanssa hiljaisuudessa, sitä enemmän olen alkanut kyynelehtiä, kun tunnen surua, tai vaikka tuntisin iloakin.”

Hän oli kauan aikaa hiljaa, katsomatta minuun. En hävennyt kyyneleitäni, mutta tunsin niiden hämmentävän häntä, ja se hämmensi minuakin.

”Elämä on vienyt minulta kyvyn itkeä”, hän totesi sitten. ”Ehkä itkin joskus silloin, kun jouduin erilleen perheestäni, ja sitten itkin, kun se eukko käski, jotta olisin ollut vetoavampi kerjäläinen. Sen jälkeen en varmaan olekaan itkenyt, ollenkaan...”

”Luoja suokoon sinulle taas sen kyvyn”, sanoin.

Jael näytti ikään kuin värähtävän; aivan kuin jokin olisi koskettanut häntä. Hän kääntyi katsomaan minua, ja hänen silmänsä alkoivat kimallella. Sitten hänen hartiansa alkoivat täristä, hän peitti kasvonsa ja puhkesi kyyneliin. Astuin hänen lähelleen ja vedin hänet itkemään syliäni vasten. En olisi voinut muutakaan. Olin aiheuttanut hänessä jotakin, tai ainakin toiminut välikappaleena jollekin, enkä voinut jättää häntä yksin.

Emme puhuneet sillä kertaa enää muuta. Kun hän oli itkenyt sylissäni pitkän tovin, annoin hänen olla itsekseen, ja sitten hän jatkoi tavallisia puuhiaan, ja minä menin pihalle tekemään polttopuita. Tuo tapahtuma kuitenkin muutti jotakin välillämme. Ruumiissani koin tunteita, joiden tiesin liittyvän rakastumiseen, mutta sisimmässäni tunsin, ettei hän ollut minua varten, enkä voinut luvata hänelle, että voisin ottaa hänet vaimokseni. Seuraavana päivänä vanhus puhutteli minua taas, ja kyseli, enkö voisi sittenkin asettua aloilleni heidän luokseen. Hän pelkäsi, että talvesta tulisi rankka ja heillä olisi vaikeaa ilman apuani. En kuitenkaan voinut luvata, että jäisin.

Kului muutama päivä; sitten luoksemme tuli Vaeltajaveljiä Cardusiasta. Vanhus ilahtui heidän saapumisestaan, ja minä olin toiveikas siitä, mitä heidän saapumisensa saattaisi merkitä itselleni. Kun he olivat viipyneet pari päivää, kerroin yhdelle heistä, millainen tilanteeni oli. Selitin, etten voinut viedä Jaelia vanhuksen luota, ellei kukaan pitäisi vanhuksesta huolta, ja etten voisi itse jäädä enää talven yli. Vanhempi Vaeltajaveli kehotti minua miettimään asiaa jonkin aikaa yksinäisyydessä. Hän lupasi jäädä minun sijastani vanhuksen luo joksikin aikaa, niin että minä voisin vaeltaa muitten Veljien kanssa Cardusian Itäisen Vuoriston metsiin, joissa majaili Vaeltajia. Sitten voisin palata vanhuksen luo ja joko ottaa Jaelin vaimokseni ja jäädä, tai sitten lähteä yksin tai Jael mukanani pohjoiseen. Joku Vaeltajaveljistä jäisi vanhuksen turvaksi minun ja Jaelin puolesta, jos päättäisimme molemmat lähteä.

Ehdotus oli minulle helpottava, mutta kerroin sen varovasti vanhukselle. Hän ei kuitenkaan vaikuttanut asiasta liikaa hätääntyvän. Hän totesi vain, että minun kannattaisi puhutella Jaelia rauhassa ennen kuin lähtisin heidän luotaan. Jael oli jo kuullut suunnitelmastani, ja hän oli hiljainen, kun istuimme majan edustalla ja katselimme laskevan auringon värjäämää vuorenrinnettä.

”Miten kauan arvelet viipyväsi Cardusian puolella?” hän kysyi sitten.

”Ehkä viikkoja tai kuukausia”, sanoin hiljaa. ”Kunnes olen varma siitä, mitä Luoja haluaa minun tekevän. Mieti sinäkin täällä aivan rauhassa, haluatko sitten lähteä pohjoiseen tapaamaan veljiäsi, vai jäädä tänne.”

”Lähden kyllä, jos tiedän, että joku pitää tuosta vanhuksesta huolta”, Jael sanoi. ”Ja sitä varmemmin lähden, jos sinä sitä edelleen toivot. Mutta toivottavasti et katoa kokonaan sinne Cardusian vuoristometsiin!”

”En katoa… Lupaan kyllä tulla takaisin, jos se on minusta kiinni”, totesin naurahtaen, ja hän hymyili minulle pohtivaisena.

En suudellut häntä hyvästiksi, mutta hän kyllä syleili minua kuin ystävää, kun erosimme. Seuraavana päivänä olin jo aloittanut taivalluksen Vaeltajaveljien kanssa kohti itäistä Cardusiaa, ja jokainen askel kauemmas Jaelista tuntui toisaalta ahdistavalta, toisaalta helpottavalta; aivan kuin mielessäni olisi taistellut kaksi olentoa. Toinen olento oli vain haamu menneisyydestäni, mutta toinen oli se, joka todella oli olemassa ja eli tässä hetkessä.

Cardusian puolella Itäisten Vuorten välissä oli leveähkö jokilaakso, ja ylitimme matalan, mutta leveän ja kivikkoisen joen kahlaamalla sen yli sauvoihin tukeutuen. Nousimme sitten Wolnoshajoen etelän puoleisen vuoren rinnettä viistosti ja etenimme Cardusian itärajalta alkavaan laajaan vuoristometsään. Lopulta tulimme lähelle pientä vuoristokylää. Seuralaiseni saattelivat minut erään hyvin vanhan Vaeltajaveljen luolaan. Hän oli jo sen verran huonokuntoinen, ettei enää vaeltanut minnekään. Mutta hän kyllä jaksoi kuunnella tarinani. Kerroin hänelle, kuka olin ja mistä tulin, mitä kotikylässäni pohjoisessa oli tapahtunut, ja miksi olin vaeltanut sieltä Cardusiaan saakka.

”Tiedätkö, sinä Petrus, että olemme kyllä tavanneet ennenkin”, vanha Vaeltajaveli sanoi sitten, kun olin istunut hänen luonaan jo pitkän tovin ”Et ehkä muista, mutta kävin kotikylässäsi aikoinaan! Kerroit minulle äsken pojasta, josta tuli ystäväsi, ja jonka avulla kyläsi pelastui valheellisen Tietäjän vallasta... Ja millaista iloa kertomuksesi minulle tuottikaan! Kaikkeuden Luoja antoi minun vielä kokea tämän päivän ja sen riemun, että kuulen, millainen johdatus olikaan siinä, että saattelin sen pojan teidän kyläänne! Ja millainen Luojan ihme onkaan, että itse kyläpäällikön poika tulee viikkojen vaelluksien takaa siitä minulle kertomaan!”

”Oletko sinä se Vaeltaja, joka toi Jokimin kyläämme? Oletko sinä Daniyeel?” kysyin hämmästyneenä ja liikuttuneena.

”Niin, olen se sama ihminen, jonka suojelukseen hänet johdatettiin, ja jolla oli ilo opettaa hänet tuntemaan Kaikkeuden Luoja”, Daniyeel totesi nauraen hiljaa, ja hymy oli levinnyt hänen ryppyisille kasvoilleen. ”Toivoin kyllä, että jonakin päivänä kuulisin uutisia pohjoisesta, mutta mietin jo, olenko enää täällä kuulemassa. Mutta nyt tiedän, että sinut on lähetetty tänne muustakin syystä kuin etsimään Jokimin sisaruksia! Minulla on sinulle tehtävä, tai useampikin…”

”Täälläkö?” kysyin hämmentyneenä. ”Cardusiassa?”

”Ohdakemaa tarvitsee Luojan tuntemista, mutta kansassa on harvoja, jotka ovat kuulleet tai saaneet minkäänlaista oppia Vaeltajilta, koska Molcavarathian lähettämät virkamiehet ovat varoittaneet kansaa ja kuninkaan väkeä uskomasta Vaeltajien opetuksia”, Daniyeel selitti vakavoituneena. ”Cardusiaa hallitsee Neuvosto, joka pitää nuorta kuningas Willefiä otteessaan, eikä kuninkaanlinnassa oteta vastaan Vaeltajaveljiä. Molcavarathian kuningas Melchior on lähettänyt varoituksia muihinkin naapurivaltakuntiin, etteivät nämä ottaisi vastaan Vaeltajia…”

”Jos se Tietäjäksi itseään nimittänyt ukko on päässyt kuningas Melchiorin suosioon, saattaako hän vaikuttaa kuninkaaseen niin, että tämä vihaa Vaeltajaveljiä?” kysyin.

”Ehkäpä vaikuttaakin... Mutta ajatteletko, että Tietäjä on ainoa ahne ja juonikas ihminen siinä valtakunnassa, tai muuallakaan?” Daniyeel totesi. ”Ahneus on meissä kaikissa. Se ei koskaan kuole, jos ruokit sitä.”

”Totta”, sanoin hiljaa. ”En voi itsekään elää kahta elämää... Minulle riittää yksi elämä, joka tekee minut kylläiseksi. Jos ahnehdin siihen lisää, olen ylensyöjä, ja se on pois joltakulta toiselta!”

”Niin. Ahneudesta seuraa sairaus, aivan kuin ahmimisesta pahoinvointi”, Daniyeel sanoi alkaen taas hymyillä. ”Huomaan, miten paljon jo ymmärrät!”

”Jotakin ehkä, mutta mitä enemmän luulen oivaltavani, sitä enemmän näen sellaista, mitä en vielä ymmärrä... Näen valtavan syvyyden täynnä asioita, joista minulla ei ole aavistustakaan!” huudahdin hiljaa.

”Vain kyllin viisas ihminen tunnistaa oman typeryytensä”, hän totesi hymyillen edelleen.

”Tiedätkö sinä, miksi Molcavarathian kuningas on antanut Cardusian alueelle nimeksi Ohdakemaa?” kysyin. Daniyeel kohottautui ja otti hieman juotavaa kupista leposijansa vierestä, ja hänen kasvonsa kirkastuivat. ”Siksikö, että ohdakkeet ovat hänen tavoitteilleen pahaksi?”

”Niin... Meidän ei tule takertua sanojen merkityksiin, koska ne ovat suhteellisia, usein monimerkityksisiä. Ohdake on vain sana, joka viittaa tiettyyn kasviin. Se, onko kasvi hyväksi vai pahaksi, riippuu tilanteesta... Ohdake voi olla toiselle lääke, toiselle rikkakasvi”, Daniyeel totesi. ”Ihmiset sotkevat sanojen merkityksiä... He sanovat pedoksi olentoa, joka vie heiltä lampaan. Ja tuo peto on kuitenkin huolehtiva perheenisä, joka hakee ruokaa jälkeläisilleen, ja sille peto on se olento, joka vainoaa häntä keihäillään ja tulinuolillaan.”

”Totta”, sanoin hiljaa. ”Miten minun siis tulisi suhtautua molcavarathialaisiin?”

”Kerron sinulle tarinan”, Daniyeel sanoi katsahtaen minuun. Sitten hän sulki silmänsä ja huoahti syvään.

”Olipa kerran kuningas, joka rikastui, ja rikastuessaan hän kävi omistushaluiseksi ja tuli riippuvaiseksi niistä nautinnoista, joita rikkaudellaan sai hankituksi. Riippuvuus sekoitti hänen mielensä, ja hän halusi varmistaa, ettei häneltä enää koskaan puuttuisi sitä, mistä hän luuli onnensa olevan kiinni. Hän ahnehti aina vain lisää, koska mitä enemmän hän nautiskeli, sitä vähäisemmäksi kävi hänen nautintonsa. Hän kyllästyi ja etsi aina vain uutta, ja enemmän, ja enemmän...

Kuningas tuli yhä ovelammaksi siinä, miten lisäisi rikkauksiaan. Hän turrutti omatuntonsa pystyäkseen riistämään muita, jopa tappamaan, varmistaakseen, ettei hän vain koskaan menettäisi sitä, mistä oli tullut riippuvaiseksi! Niinpä kuningas rikastui ja rikastui, ja hänen valtansa laajeni, mutta hän tarvitsi aina vain lisää ja enemmän sitä, mihin hän mässäillessään kyllästyi. Hänen vatsansa kasvoi ja hänen ahnas suunsa kävi entistä suuremmaksi!

Hän alkoi vallata kyliä, jopa valtakuntia, aivan kuin uusia viljelysmaita, joissa kasvattaisi nautinnonlähteitään. Ja jos joku ei antautunut hänen pellokseen, hän halusi tuhota koko alueen. Hän yritti kylvää oman riippuvuutensa siemeniä muihin valtakuntiin, ja keräsi ympärilleen samaa tavoittelevia ihmisiä tukemaan häntä hänen pyrkimyksissään. Mutta nämäkin ruokkivat omaa ahneuttaan, hekin olivat nautinnonhaluisia, ja hekin tulivat riippuvaisiksi, ja riippuvuus teki heistäkin sairaalloisen itsekkäitä!

Kaikki alkoivat haluta itselleen samaa kuin kuningas. Niinpä kuningas alkoi pelätä heitä! Pelko sai hänet entistäkin kiivaammin varmistelemaan, ettei hän menettäisi sitä, mistä kuvitteli oman onnensa olevan kiinni. Hänestä tuli entistä röyhkeämpi ja tunnottomampi. Hän yritti kylvää riippuvuuksiensa siemeniä kaikkialle, jotta se kasvusto valtaisi koko maan, ja jotta hänellä riittäisi aina orjuutettavia ja palvelijoita... Mutta samalla hänen oma pelkonsa kasvoi. Hänen palvelijansakin olivat tulleet riippuvaisiksi, ahneiksi, ja röyhkeiksi. Tämä ristiriita teki kuninkaan entistä hullummaksi nautinnoissaan! Hän hautasi pelkonsa huumaaviin nautintoihin...

Sitten kuningas sai kuulla, että hänen kylvämässään pellossa kasvoikin ohdakkeita; sitkeäjuurisia, piikikkäitä kasveja. Hän yritti tuhota ne. Hän lähetti palvelijoitaan silpomaan niitä, kiskomaan ne juuriltaan, myrkyttämään niitä, polttamaan ne tulella... Mutta aina jostakin ilmaantui uusi ohdake, ja kasvit levisivät ja levisivät, ja lopulta ne alkoivat tukahduttaa kuninkaan kylvämää ahneuden ja itsekkyyden kasvustoa.

Jotkut kuninkaan palvelijat huomasivat, että ohdakkeesta saikin lääkettä, joka lievitti riippuvuudesta ja erilaisista nautinnoista johtuvia vaivoja. Mutta kuninkaalle tämä tieto tuli myöhässä! Hänen jälkeläisensä, jonka hän oli ehtinyt kasvattaa omaan elämäntapaansa, oli jo surmannut hänet. Ja tuo jälkeläinen hyökkäsi yhä kiivaammin ohdakkeita vastaan ja tappoi ne palvelijansa, jotka väittivät ohdakkeitten olevan lääkkeitä. Ja sama taistelu jatkuu edelleen..."

"Tarkoitatko jälkeläisellä kuningas Melchioria?"

"Kukapa tietää? En tiedä, onko Melchior kenties surmannut isänsä, vai onko tarinassa kyse ennustuksesta", Daniyeel totesi hiljaa, avasi taas silmänsä ja katsoi minuun. "Mutta ymmärrätkö nyt, miksi tämän valtakunnan nimi on Ohdakemaa?"

"Ymmärrän... Ja minusta Cardusian kuningas ja kansa voisivat itsekin nimittää valtakuntaansa tuolla nimellä", sanoin jännittyneenä, ja tuntui kuin lävitseni olisi virrannut jotakin, mikä jätti ihoni kihelmöimään. "Kunpa olisin itsekin ohdake tässä maaperässä, johon on kylvetty itsekkyyden ja ahneuden viljaa!"

"Mutta ennen tarinaani kysyit, miten sinun tulisi suhtautua Molcavarathiaan", Daniyeel lausahti hymyillen. "Joten sanohan, mitä itse antaisit tuolle kuninkaalle, josta kerroin?"

Olin hiljaa. Kyyneleitä valui silmistäni, ja tiesin, mikä olisi oikein, muttet ollut varma, pystyisinkö siihen koskaan.

"Antaisin hänelle sitä mitä häneltä puuttuu... Mitä häneltä puuttui silloin, kun hän alkoi ahnehtia nautintoja", sanoin karhenneella äänellä. "Antaisin hänelle rakkautta, jos vain pystyisin siihen!"

"Hyvä, Petrus! Rakkaus on lääke", Daniyeel sanoi hiljaa. "Sinullakin on sisäinen peltosi. Siellä voi olla ohdakkeita, jotka ovatkin rikkakasveja siinä pellossa... Mutta kun puhutaan Ohdakemaasta, muista, mistä sen nimi on peräisin! Sillä on siis kahtalainen merkitys. Se muistuttaa kyllä myös oman peltosi ohdakkeista, joita sinun tulee kitkeä, jotta hyvä kasvu tuottaa aikanaan hedelmää. Mutta tässä valtakunnassa, niin kauan kuin Molcavarathia pitää sitä paheittensa viljelysmaana, jokainen ohdake on taistelija hyvän puolesta, ja lääke niille, jotka ovat sairastuneet paheisiinsa!"

"Minkä tehtävän annat minulle täällä? Mitä siis tahdot minun tekevän?" kysyin tuntien, miten elämä virtasi kehossani; aivan kuin jotakin olisi kasvanut minussa, puhdistanut minua ja antanut minulle lisää voimaa.

"Vaikka saattelisitkin Jokimin sisaren kotiseuduilleen, älä kokonaan hylkää tätä pientä valtakuntaa", Daniyeel sanoi. "Muistan, mitä ajattelin nähdessäni sinut isäsi rinnalla Vaskikallion kylässä... Näin, miten erilainen olit kuin isäsi, ja miten muistutit enemmän lempeää ja vahvaa äitiäsi. Henki sanoi minulle silloin, että sinulla on erilainen kohtalo kuin isäsi sinulle suunnitteli!"

”Pitääkö minun siis luopua kokonaan tavallisesta elämästä ja liittyä Vaeltajiin?” kysyin. ”Enhän voi ahnehtia kahdenlaista elämää... Minun on valittava vain toinen niistä, tai tulen sairaaksi ja elän jatkuvasti kahtaalla!”

”En minä sitä päätä, nuorimies! Sinä sen valitset, itse”, Daniyeel totesi hymyillen. ”Sanoin vain, että minulla on sinulle tehtäviä. Sinä itse päätät, teetkö niitä, ja miten ne teet, jos haluat!”

”Mutta tarkoitat siis, että minun pitäisi tulla Cardusiaan uudelleen? Jäädä tänne loppuiäkseni?”

”Ehkä ei ihan loppuiäksesi, mutta joksikin aikaa! Niin pitkäksi aikaa kuin sinua tarvitaan.”

”Mitä sitten tekisin täällä? Vaeltaisinko pitkin maata ja kertoisin ihmisille Kaikkeuden Luojasta?” kysyin.

”Ehkä, tai sitten juurtuisit jonnekin, missä sinua tarvitaan”, Daniyeel lausahti ja jäi hetkeksi tuijottamaan luolan seinää. ”En näe sitä vielä tarkoin, mutta kun tulit luokseni, olin juuri kuullut uutisia perheestä, joka asui täällä, Cardusian itäisessä kolkassa. Silloin kun tulin Cardusiaan, erään ritarin perhe otti minut ystävällisesti vastaan. Perheessä oli tytär, joka meni vaimoksi eräälle ritarille Cardusian länsirajalle, Warginlaaksoon. Tuo tytär on saanut esikoispoikansa. Kun puhelin tuon neidon kanssa hänen vielä ollessaan lapsuudenkodissaan, hän sanoi, että haluaisi kertoa lapsilleen Luojasta, jos joskus saisi lapsia. Hän oli teräväpäinen ja tunteikas neito, ja jos elämä ei häntä lannista, hänestä voi vielä tulla työkalu Luojan käteen, ja kuka tietää, mitä hänen lapsistaan voi vielä kehittyä?”

”Tahdotko ehkä, että menen sinne Warginlaaksoon tapaamaan tuota ritarin vaimoa ja hänen lastaan?” kysyin.

”Menisin itse, mutta Henki sanoo, että kuolisin matkalla”, Daniyeel naurahti. ”Olen matkani vaeltanut, ja kohta on aika jäädä lepoon.”

”Mutta mitä toivot minun tekevän, jos tapaan heidät?”

”Tiedät kyllä sitten itse, kun tapaat heidät”, Daniyeel totesi hymyillen. ”Tiedän, että saat varmuuden siitä, aikanaan.”

”Entä se toinen tehtävä?”

”Vaikka tiedän, ettet ole halunnut johtajaksi etkä valta-asemaa, niin näen, että sinusta voi tulla paimen monelle. Sinun tulee kerätä lauma yhteen, niin että se vahvistuu yhteydessä”, Daniyeel sanoi hiljaa. ”Moni vaeltaa yksin tai kaksin, ja vaikka silläkin on aikansa ja tarkoituksensa, seuraavat vuodet elämme turvatonta aikaa, koska kuningas Melchior vainoaa Veljiämme yli valtakuntansa rajojen.

Ehkä jonakin päivänä Veljillä on paikka, jossa voi turvallisesti levähtää, ja jossa voimme työskennellä ja asettua hetkeksi aloillemme. Vanhimmat Vaeltajaveljien kääröt alkavat kulua puhki ja rapistua, ja tarvitsisimme paikan, jossa jäljentää niitä uusille arkeille ja kääröihin."

"Ymmärrän... Tarvitsemme siis jonkinlaisen asumuksen, jossa voi majailla ja työskennellä talvellakin", totesin. "Ja ehkä kasvattaa ruokaa omiksi tarpeiksi..."

"Niin... Mutta se ei tule olemaan helppoa, koska Molcavarathian vainot leviävät herkästi länsirajan ylitse Cardusiaan, ainakin kauppiaitten mukana. Etenkin ne kauppiaat, jotka tyrkyttävät turhuuksiaan, vihaavat Vaeltajien opetusta, joka kannustaa itsehillintään ja kohtuuteen..."

"Uskon sen kyllä", sanoin huoahtaen. "Mutta onko Vaeltajien henki vaarassa Cardusian puolella?"

"Toistaiseksi Cardusiassa ei ole tiettävästi tapettu yhtäkään Vaeltajaveljeä! Heitä on kyllä toisinaan piesty, tai ajettu väkivalloin pois, ja tavan takaa he joutuvat kärsimään pilkkaa ja väheksyntää... Mutta Molcavarathiassa Vaeltajat otetaan kiinni ja heitä kidutetaan, tai sitten heidät tapetaan saman tien", Daniyeel selitti. "Turhahan sellaiseen valtakuntaan on mennä avoimesti mitään julistamaan, mutta oveluus ei ole kiellettyä, jos asia on hyvä, ja sielläkin on kyllä Veljiämme... He elävät vaatimattomasti metsissä, tai sitten salaavat olemuksensa ja levittävät vaivihkaa asiaansa, kunnes paljastuvat. Mutta sinä, Petrus, sinun tiesi ei saa päättyä Molcavarathiaan, muista se! Mikä tahansa sinua sinne houkuttaisikin menemään, muista, että se ei ole sinun paikkasi, eikä sinun pidä jäädä sinne pidemmäksi aikaa!"

"Voitko olla siitä aivan varma?" kysyin hämmentyneenä. Daniyeel katsoi minua vakavana.

"Tiedän sen, koska Henki sanoo sen minulle", hän totesi. "Sinun vastuullasi on se, uskotko siihen vai et!"

"Tällä hetkellä minulla ei ole syytä kyseenalaistaa sanojasi, koska en erityisemmin edes haluaisi Molcavarathian puolelle", sanoin naurahtaen. "Olisin tosin halunnut tietää, mahtaako se Tietäjäksi itseään nimittänyt ukko vielä elää ja vaikuttaa siellä. Mutta kuten sanoit, ahneus asuu meissä kaikissa... Joten olipa hän siellä tai ei, joku vaikuttaa ihmisten mieliin samalla tavoin!"

"Haluaisit kai kuitenkin varmistaa sen, ettei Tietäjä enää koskaan palaa kotikylääsi?"

”Niin haluaisin, mutta ehkä hän on jo kuollut, ja pelkoni on turha”, totesin.

”Kaikkeuden Luoja on laittanut yhä enemmän Vaeltajia liikkeelle”, Daniyeel sanoi. ”Ja täällä on monia, jotka liittyvät heidän seuraansa.”

”Muistelen Jokimin kertoneen, että etelämpää, Warginmaasta, on lähtenyt aikoinaan liikkeelle paljon Vaeltajia...”

”Totta, itsekin olen sieltä kotoisin! Kuljin tänne aikoinaan nykyisen kuningas Hrodwulfin seurassa”, Daniyeel lausahti, ja katsoin häntä häkeltyneenä.

”Kuninkaan seurassa?”

”Ei hän silloin ollut kuningas, vain kruununprinssi. Olin hänen palvelijansa”, hän selitti naurahtaen. ”Hän nimesi Warginlaakson kotimaamme mukaan.”

”Pilailimme joskus Jokimin kanssa, että hänkin taitaa olla sitä susikansaa, josta olit hänelle kertonut”, sanoin hämmentyneenä.

”Niinhän hän onkin!” Daniyeel nauroi hiljaa. ”Hänen isänsä syntyi Ohdakemaassa, mutta isän perhe oli tullut Ohdakemaahan Warginmaasta...”

”Luojan ihme”, henkäisin. ”Miten voit tietää sen?”

”Koska olen tavannut sen perheen, siis Jokimin isän vanhemmat! Olin heidän vieraanaan täällä Cardusiassa, ja sain kuulla perheen pojan lähteneen pohjoiseen, koska hän ei viihtynyt heidän kanssaan, vaan eristäytyi muusta väestä, kartteli ihmisjoukkoja ja halusi asua paikassa, jossa näkisi vain oman heijastuksensa veden kalvosta”, Daniyeel selitti. ”Kun kuulin tuon nuorukaisen lähteneen vaeltamaan pohjoiseen, tiesin, että sinne minunkin pitäisi mennä joksikin aikaa! En vain ehtinyt tavata häntä elävänä. Törmäsin vain hänen pieneen poikaansa syrjäisellä tiellä, Pohjanväylän alkulähteillä, ja kylän väeltä kuulin, mitä oli tapahtunut. Niinpä otin Jokimin kuin kasvattipojakseni, ja kerroin hänelle tarinoita hänen isänsä kansasta, ja kansamme esi-isien myyttisestä menneisyydestä. Ja sitten kun Henki sanoi minulle, että minun pitäisi viedä hänet Vaskikallion kylään, mieleni kapinoi vastaan, koska en olisi halunnut erota tuosta pojasta. Mutta sitten saattelin hänet kyläänne, ja nyt viimeistään tiedän, että tein oikein!”

”Onko Jokimin isän lapsuudenperhe yhä elossa täällä?” kysyin.

”Ei ole, he palasivat Warginmaahan”, Daniyeel totesi. ”Warginmaalaisia on Cardusiassa enää muutamia. Kuningatar Jelizia on kotoisin sieltä. Ja eräs suku... se perhe, jonka tyttärestä sinulle puhuin, on myös syntyjään Warginmaasta, parin sukupolven takaa. Warginmaan kansan ihmiset eivät aina perusta perhettä, eikä heitä välttämättä nähdä ylhäisillä paikoilla, eikä väkijoukoissa. Monet Warginmaasta lähteneet ovat erakoita, eivätkä pidä ääntä itsestään."

"Kuulin, että kuningatar Jelizian serkku olisi lähettiläänä Molcavarathian hovissa", sanoin mietteliäänä. "Mahtaako warginmaalainen viihtyä siellä?"

"Tuskinpa viihtyy, mutta on hyvä, että hän on siellä! Hän olkoon ohdake pellossa, jossa kasvaa Melchiorin kylvämää pahaa siementä", Daniyeel totesi jääden katselemaan eteensä, aivan kuin vaipuen johonkin sisäiseen näkyynsä. Olin hetken hiljaa, hämmentyneenä.

"Mitä minun tulisi tehdä seuraavaksi? Vieläkö odotan lisää Johdatusta?" kysyin sitten.

"Ota yksi Veljistä mukaasi ja vaella jonkin matkaa länteen", Daniyeel sanoi. "Minulla on tunne, että tapaat jonkun, joka tarvitsee apuasi. Ja sen jälkeen, voi olla, että tiedätkin jo siinä vaiheessa, minkä valinnan teet! Et voi jakaantua kahtaalle, koska et elä silloin täydestä sydämestä kumpaakaan elämää, vaan kuljetat menneitten toiveittesi tyytymätöntä haamua mukanasi. Kaikkeuden Luoja antaa kyllä sinulle vastauksen, tuleeko sinun ottaa vaimo vai jatkaa kulkemista Veljiesi kanssa!"

Muutama päivä myöhemmin lähdinkin vaeltamaan länteen päin erään toisen Vaeltajaveljen kanssa, mutta emme ehtineet kulkea kuin päivän, kun tapahtui jo jotakin sellaista, mitä ymmärsin Daniyeelin tarkoittaneen. Vaeltajatoverini saatteli minut syrjään pääväylältä; paikkaan, jossa matkalaisilla oli tapana yöpyä. Se oli kummallinen, raunioitunut rakennus. Raunioitten sisälle pääsi suojaan sateelta ja paahteelta, koska osa kattoa ja seiniä oli vielä tukevasti paikallaan.

Sisälle päästyämme huomasin, että kattohirsiä kannattelevassa kiviseinässä oli kohokuva, joka esitti hymyilevää, kädet levitettyinä olevaa hahmoa. Tunsin Kaikkeuden Luojan Hengen läsnäolon niin voimakkaana, että olin melkein peloissani. Mutta sitten katseeni osui nuorukaiseen, joka makasi lattialla. Ensikatsomalta hän vaikutti elottomalta, mutta lähemmäs kumartuessani aistin hänestä lämpöä.

Hän oli parikymmenvuotias, hoikka ja hontelo, mutta komeapiirteinen nuorukainen. Hän oli ilmiselvästi näännyksissä; kenties kärsinyt nälkää ja kylmää jo jonkin aikaa. Herättelimme häntä varoen. Kun annoimme hänelle juotavaa, hän virkistyi sen verran, että jaksoi kertoa, että oli menettänyt matkavarusteensakin, eikä hänellä ollut enää mitään, millä elää. Kun hän voimistui siinä määrin, että sai nieltyä jotakin kiinteämpää, ruokimme hänet. Sitten peittelimme hänet taljan alle, ja hän nukkui koko seuraavan yön.

Seuraavana aamuna ruokimme nuorukaisen uudelleen, ja vähitellen hän alkoi virkistyä ruumiiltaan, mutta hänen mielensä oli murtunut. Karhealla, tuskaisella äänellä hän alkoi kertoa meille tarinansa. Hän kertoi juoneensa kaikki säästönsä, koska hänen rakastettunsa oli hylännyt hänet. Hänellä ei ollut enää elämänhalua, eikä hän voinut palata aiempaan työhönsä, koska hän oli niissä piireissä huonossa maineessa. Hän oli ottanut mukaansa neidon, joka oli kihlattu toiselle, ja katui katkerasti varomattomuuttaan. Muutaman päivän ajan hoidimme häntä ja kuuntelimme häntä, ja kun hänen voimansa olivat palautuneet, hän sanoi tahtovansa jäädä seuraamme ja tulla mukaamme sitten kun lähtisimme liikkeelle.

En ollut varma, minne päin jatkaisimme, joten pysyttelimme vielä raunioleirin lähimetsissä. Vietin jonkin aikaa hiljaisuudessa yksinäni sillä välin kun löytämämme nuorukainen metsästeli Vaeltajatoverini kanssa. Tunsin hyvin voimakkaasti, että Daniyeel tahtoi meidät luokseen. Ehdotin nuorukaiselle, että menisimme vuoristometsiin tapaamaan siellä olevia Vaeltajaveljiä. Hän suostui epäröimättä. Hän sanoi haluavansa vetäytyä ihmisten parista jonnekin, missä olisi vain luontoa ja eläimiä ja Kaikkeuden Luoja, jonka kanssa hän haluaisi viettää aikaansa.

Kun tulimme Daniyeelin luolalle, vanha Vaeltaja makasi olkivuoteella ja tuskin raotti silmiään. Nuorukainen, jonka toin mukanani, syöksähti vuoteen viereen ja tarttui vanhaa veljeä kädestä.

”Daniyeel! Antaako Luoja minulle anteeksi?” hän huudahti ja puhkesi kyyneliin. Silloin Daniyeel avasi silmänsä ja hymyili.

”Luoja antaa kyllä anteeksi, mitä sitten oletkaan tehnyt, sinä Luojalle rakas poika! Rakkaus on suurinta, ja se tulee vielä ilmi sinunkin silmissäsi, ja ymmärrät, ettei mikään virhe tai lankeemus voi jäädä kääntymättä siunaukseksi, kun sinnikkäästi uskot hyvään”, hän sanoi hiljaa. Häkeltyneenä siitä, että he näyttivät tuntevan toisensa, en ensin edes ymmärtänyt, että vanha Vaeltaja oli vetämässä viimeistä henkäystään. ”Nyt voin lähteä rauhassa, kun olen saattanut teidät yhteen!”

Hän sulki silmänsä ja huoahti viimeistä kertaa. Silloin aloin vapista ja kyynelehtiä liikutuksesta ja surusta, jota tuon vanhan Vaeltajaveljen lähtö minussa herätti. Nuorukainen laski päänsä Daniyeelin rintaa vasten ja itki ääneen nyyhkyttäen. Vasta myöhemmin, kun olimme rauhoittuneet ja haudanneet Daniyeelin paikallisen tavan mukaan kiviröykkiön alle, nuorukainen kertoi, että Daniyeel oli vieraillut hänen lapsuudenkodissaan ennen kuin hän oli lähtenyt etsimään elantoa itselleen.

Daniyeel siis saattoi minut yhteen tuon nuorukaisen kanssa. Nuorimies sanoi ottavansa itselleen uuden nimen, koska hän ei halunnut enää muistaa vanhaa persoonaansa eikä häpäistä sukuaan. Nimesin hänet Esaieliksi. Esaiel halusi leikata pitkät, vaaleanrusehtavat hiuksensa, ja pukea ylleen pelkän karkean kaavun. Ja kuten arvasin, hän halusi jäädä Daniyeelin luolaan asuakseen siellä niin kauan kuin olisi tarkoitettu.

Noitten tapahtumien jälkeen tiesin, että minun oli palattava Jaelin luo, ja mitä hän sitten päättäisikään tehdä, tulisin jossain vaiheessa vielä takaisin Cardusiaan. Hyvästelin siis uuden veljeni Esaielin ja vaelsin vuoristopolkuja paikkaan, jossa olin viettänyt toisaalta rauhoittavia, toisaalta hyvin tunteikkaita viikkoja.

Kun näin Jaelin, sydämeeni koski, koska tunsin yhä menneen elämäni haamun odottavan jotakin sellaista, mikä sitoisi minut häneen ja hänet minuun. Tiesin osan minusta rakastavan häntä tavalla, jollaista ei voisi kokea kuin kerran elämässään, ja jollaista rakkautta voisi tuntea vain yhtä persoonaa kohtaan. Mutta sellainen rakkaus oli vain yhdenlainen rakkauden ilmentymä. Sellainen rakkaus olisi kyllä tarpeen, jos aikoisimme elää tavalla, jollaista elämää menneen elämäni haamuolento oli joskus halunnut elää.

En kuitenkaan ollut enää se haamu, jonka tarpeet kummittelivat yhä mielessäni. Rakkaus, joka kiinnittyi yhteen ihmiseen ja sai aikaan halun omistaa ruumiinsa tälle ja omistaa tämän ruumiin, oli tarpeen, jos halusi elää ruumiissaan ja mielessään sitoutuneena yhteen kohteeseen, puolikkaaseensa, ja kasvattaa yhdessä Luojan lahjoittamia jälkeläisiä. Se oli kyllä ihmeellistä, tarpeellista ja Kaikkeuden Luojan siunaamaa kiintymystä, mutta vain yksi puoli rakkaudesta.

Luoja oli näyttänyt minulle jotakin erilaista; jotakin sellaista, mikä ei sitonut kummankaan ruumista eikä kahlinnut mieltä tavalla, joka tuottaisi kärsimystä. Ei minun tarvinnut luopua rakkaudesta, vaikka luovuinkin menneisyyteen kuuluvan haamuolennon toiveista ja tuntemuksista. Se, mitä jäisi jäljelle, olisi täysin tyydyttävää sille olennolle, joka olin, ja joka eli juuri nyt.

En osannut selittää sitä yhtään paremmin kuin sen tarinan kautta, jonka olin kuullut Jokimilta; rakkaudesta, joka sai rakastavan muuttumaan rakkautensa kohteen kaltaiseksi, tai ikään kuin samaksi olennoksi hänen kanssaan. Sellainen rakkaus ei tarkoittanut, että toivoisin päätyväni rakkauteni kohteen rakastetuksi tai puolisoksi. Sellaisella läheisyydellä ei olisi mitään merkitystä. Se, mitä välillämme oli, olisi jotakin muuta; jotakin erilaista, jotakin, joka oli vapaata ja silti side. Olisin yhtä hyvin voinut elää hänen elämänsä ja hän minun, aivan kuin sillä ei olisi ollut mitään merkitystä, kumpi meistä oli mies, kumpi nainen, tai olimmeko ylipäätään mitään, mitä ruumiimme viesti meidän olevan. Olisin voinut olla eläin ja hän ihminen; tai hän eläin, ja minä ihminen.

Side Jaeliin ei olisi minulle mikään kahle. Se olisi side, joka syntyy, kun pieni puro kohtaa toisen puron ja alkaa virrata yhdessä. Puro voi jakautua uudelleen toiseksi puroksi, jolloin virtaamme edelleen yhdessä, toisimme sekoittuneina, moniin eri suuntiin. Joku voi ammentaa siitä juotavaa, jolloin virkistämme yhdessä janoisen. Joku voi heittäytyä sen virran kannettavaksi, ja olemme yhdessä se, joka kannattelee. Yhdessä olemme se virta, joka päätyy lopulta suuriin vesiin, haihtuu taivaalle, muuttuu pilviksi, ja sataa taas jossakin muualla, tuoden apua niille, jotka kärsivät kuivuudesta...

Jael asteli minua vastaan ja syleili minua kuin ystävää. Kaikki mitä koin siinä hetkessä, oli mieleni yläpuolella. Vaikka ruumiini tunsi hänen lämpönsä ja mieleni eli kuvitelmiaan siitä, mitä hän olisi voinut olla minulle, jossakin kaiken tuon yläpuolella tunsin rakkauteni virtana, joka oli ja olisi edelleen vapaa ruumiin kahleista ja pyyteistä, ja hän vastasi siihen samalla tavalla.

”Lähden mukaasi pohjoiseen”, hän sanoi. Katsoin häntä, kun loittonimme toisistamme, ja samassa sain ensimmäisen valvenäkyni. Näin hänet aivan erilaisena; näin hänet ylellisesti puettuna, kaunistettuna tavalla, jollaista en ollut oikeasti edes koskaan nähnyt. Luulin hetken, että kyse oli menneen elämäni haavekuvasta, joka kertoi jotakin tavanomaisista ihastuneen mielen toiveista, mutta kun näky meni ohitse ja näin hänet taas sellaisena kuin hän oli, harmaassa mekossaan ja hiukset sekaisina päähineen alla, tajusin nähneeni ennekuvan.

Kokemus pelotti minua, mutta ääni sisälläni sanoi, etten saisi epäröidä. Tartuin Jaelin käteen, ja kuljimme yhdessä mökkiä kohti. Vanhus kuuli askeleemme ja nousi tervehtimään minua. Hän tiesi jo, mikä olisi Jaelin päätös, ja hän oli jo arvannut, etten minäkään jäisi hänen luokseen.

Ilmat olivat jo kylmenneet, kun lähdin Jaelin kanssa matkaan. Olimme varustaneet vanhuksen hyvin talven varalle, ja Wolmar ja yksi Vaeltajaveli jäisivät hänen luokseen. Vanhus antoi meille lampaantaljat ja hyvät nahkavarusteet mukaan, enkä häpeä myöntää, että kyynelehdin surusta hänestä erotessani. Myös Jael itki vielä jonkin aikaa astellessamme alas vuoristopolkua. Sitten, taivallettuamme puolisen päivää, hän lopulta katsahti minua ja hymyili vapautuneemmin kuin koskaan aiemmin olin nähnyt hänen hymyilevän. Tuo hetki lohdutti minua tulevina vuosina ja auttoi minua uskomaan siihen, että oli ollut oikein ottaa hänet mukaansa, vaikkeivat asiat sujuneetkaan siten kuin sillä hetkellä luulimme, tai ainakin toivoimme niiden sujuvan.

Matkasimme kuin toverukset. En kokenut enää minkäänlaista kiusaantuneisuutta hänen seurassaan. Jael antoi minulle luottamuksensa, ja Luoja tietää, että halusin olla hänen luottamuksensa arvoinen, enkä millään tavoin tahtonut häntä loukata tai kohdella kaltoin. Se, mitä kaikkea haamuolento minussa saattoi nähdä hänessä, auttoi ymmärtämään, että hän oli myös ruumiiltaan kaunis ja viehättävä olento, mutta se ei enää kiusannut minua, joka olin siinä hetkessä. Hänkin tiesi sen. Hän puki itsensä asuun, jossa näytti nuorelta pojalta, etteivät ohikulkijat häntä ahdistelisi hänen naisellisten ominaisuuksiensa takia. Minua hän ei enää ujostellut, eikä ollut yhtään varuillaan seurassani. Saatoimme kyllä koskettaa toisiamme olkapäälle tai tarttua toisiamme lohduttavasti kädestä, mutta ajatus ihastuksen vallassa tapahtuvasta syleilystä oli yhtä kaukainen kuin jokin lapsuudenmuisto.

Jael oli minulle yhtä paljon sisar kuin Jokim oli veljeni, ja yhtä lailla ystävä kuin veljensä, vaikka sainkin viettää hänen kanssaan paljon vähemmän aikaa kuin Jokimin kanssa. Se, miten syvästi tunsin hänet, ei ollut yhdessä vietetyn ajan tulosta. Se oli jotakin sellaista yhteyttä, johon ei tarvinnut aina sanojakaan. Ja vaikkei hän sanonut mitään siitä, mitä hän ajatteli minusta, tiesin, että hänkin tunsi minua kohtaan samanlaista yhteyttä kuin minä häntä kohtaan.

Nukuimme saman telttakatoksen alla, välissämme vain lampaantaljamytty. Joinakin iltoina hän ojensi minulle kätensä ja pitelin sitä, kunnes hän nukahti. Ja pyysin hänelle Luojan varjelusta, minne hän sitten päätyisikään; pyysin, että Kaikkeuden Luoja häntä johdattaisi ja varjelisi, ja korvaisi hänelle hänen siihenastiset kärsimyksensä.

Kun lähestyimme Molcavarathian rajalla sijaitsevaa majataloa, olin jo hetkittäin alkanut toivoa, että voisimme vain jatkaa matkaamme, turvallisesti ja rauhallisesti, ilman että meidän tarvitsisi enää kohdata minkäänlaisia vaaroja. Mutta mieleni täyttyi pahaenteisestä aavistuksesta; etenkin kun olin edellisenä yönä nähnyt pahaa unta, jossa olin taas Vaskikallion kylässä ja Tietäjä vei Jaelin näköisen pikkutytön mukanaan isäni tupaan.

Minua kiusasi edelleen myös se saamani valvenäky Jaelista. En ollut vielä kertonut siitä hänelle, mutta silloin, leiriytyessämme lähelle rajanylityspaikan majataloa, rohkaisin mieleni ja selitin, millaisena olin nähnyt hänet valvenäyssäni, ja että tunsin sen olevan jollain tapaa enteellistä.

”Näetkö enemmänkin tuollaisia näkyjä, muttet vain kerro niistä minulle?” Jael kysyi mietteliäänä.

”En ole nähnyt ikinä aikaisemmin sellaista valvenäkyä... Vain unia, jotka johdattavat minua tai varoittavat tulevasta”, sanoin hiljaa. ”En tiedä, mitä näkyni tarkoittaa. Onko se varoitus? Onko se kuva, jota tulisi seurata? Luoja ei ole kertonut minulle.”

”Ehkä Hän tietää, että epäröisit, jos tietäisit enemmän”, Jael totesi katsellen minua silmiin. ”Mielessäsi on muutenkin liikaa pelkoa tulevasta! Luulen, että näkysi merkitys johdattaa sinua vasta oikealla hetkellä, ei yhtään sitä aiemmin. Jollakin hetkellä tiedät, mitä se näky merkitsi... Älä pohdi sitä nyt enempää! Antakoon se sinulle rauhan sitten, kun on sen aika.”

”Etkö itse pelkää?” kysyin. Jael naurahti ja pudisti päätään.

”Jos olisin pelännyt etukäteen kaikkia niitä asioita, mitä minulle tapahtui, olisin jo kuollut kauhusta”, hän totesi nauraen, mutta jäi sitten katselemaan minua mietteliäänä. ”Annahan kun katson tuota ystäväsi antamaa riipusta...”

Ojensin hänelle Janoshalta saamani riipuksen. Hän katseli sitä hiljaisena ja huoahti syvään.

”Haluatko sen itsellesi?” kysyin, mutta hän pudisti päätään.

”Luulenpa, että saan joskus oman tällaisen”, hän totesi ja ojensi riipuksen takaisin minulle. ”Ja muistan kyllä kuvion muutenkin. Se on kaunis kuin suden silmä! Se pysäyttää minut tähän hetkeen, ja samalla siinä on syvyyden alku... Voit upota ja sukeltaa syvemmälle, ja kun palaat, tiedät mitä tehdä seuraavassa hetkessä, joka on nyt.”

”Jael”, sanoin hiljaa, ja mielessäni pyörineet ajatukset ja tunteet etsivät muotoa, jossa voisin ne hänelle välittää. ”Minusta tuntuu, että olemme puroja, jotka ovat kohdanneet ja jatkavat virtausta sekoittuen toisiinsa...”

”Tiedän”, hän sanoi katsellen minua silmiin. ”Ja tiedän senkin, ettei sitä virtaa voi kahlita yhteen uomaan, eikä liioin voi kieltää ohikulkijaa nauttimasta sen vettä, eikä estää sitä haihtumasta taivaan tuuliin… Eikä ole tarkoitus, että se virta estää toisia yhtymästä sen kulkuun!”

”Niin, tiedän sen itsekin”, äännähdin. Kovin paljon jäi sanomatta, mutta sekin vähä, mitä puhuimme, riitti siihen, että ymmärsimme toisiamme. ”Menen kysymään Jakinia majatalosta!”

”Luoja suokoon, että löydät hänet”, Jael sanoi, puristi kättäni vielä kerran, ja asettui taljan päälle istumaan. Jätin hänelle huppuviittani, jouseni ja veitseni, koska minulla oli turvanani sentään lyhyt miekka. Astelin sitten leiristämme tielle mennäkseni kyselemään Jakinia majatalon lähellä seisovilta vartiosotureilta.

”Ai soturi Jakin? Hän lähti pari viikkoa sitten kuninkaanlinnan vartiostoon”, toinen vartijoista tokaisi naurahtaen. Ensin en halunnut uskoa hänen sanojaan. Miksi Jakin oli lähtenyt, vaikka olimme puhuneet muuta? Oliko hän lähtenyt vastentahtoisesti? Mitä hänelle oli tapahtunut?

”No, enpä sitten voikaan puhutella häntä”, totesin hiljaa. Soturit katselivat minua epäluuloisina.

”Oliko hän sitten joku sukulaisesi, vai?”

”Ystäväni veli”, mutisin huoahtaen.

Oli vaikea salata pettymyksensä. Jael ei siis tapaisikaan vanhempaa veljeään, enkä saisi tätä mukaani Jokimin luo. Emme voisi mennä Molcavarathian puolelle etsimään Jakinia, vaan meidän olisi jatkettava pohjoiseen kahden. Tilanne tuntui liian hankalalta, ja mieleni alkoi luoda uusia huolenaiheita. Mitä Jakinille oli tapahtunut? Pitäisikö minun etsiä hänet? Samassa tunsin, että vartiosoturit tuijottivat minua, ja olin jo kääntymässä poispäin palatakseni Jaelin luo, kun toinen heistä astui lähemmäs ja tarrasi kaulassani roikkuvaan riipukseen.

”Miksi sinulla on tämmöinen riipus?” hän tivasi ja vilkaisi toveriinsa. ”Eikö tämä ole samanlainen silmä kuin sillä huppupäällä, joka päätyi rajasuohon?”

”Taitaapa ollakin!” toinen huudahti. ”Miksi sinulla on Melchiorin vihollisten riipus?”

”En tiennyt, että tällainen riipus tarkoittaa, että olen Melchiorin vihollinen”, vastasin jännittyneenä. ”Olen saanut tämän ystävältä, joka ei edes tunne mitään Melchioria!”

”Älä esitä typerää! Kaikkihan tietävät, että ne juonikkaat huppupäät kantavat tuollaisia, ja niissä on kirous Melchioria vastaan”, soturi ärähti. ”Jos olet niitten huppupäisten vaeltajien ystävä, niin päällikkömme haluaa varmasti tavata sinut!”

”En aikonut tulla Molcavarathian puolelle”, huudahdin. ”En ole nytkään valtakuntanne puolella, enkä itse pidä itseäni kenenkään vihollisena!”

”Kyllä Melchior vihollisensa tuntee, emmekä me ole niin tarkkoja siitä, kummalta puolelta rajaa nappaamme niitten hourupäitten ystäviä! Lähdet siis mukaamme”, vartija naurahti ja tempaisi minua rajusti olkapäästä.

Silloin vedin lyhyen miekan esille vyöltäni. En voisi jäädä heidän vangikseen. Minun oli pakko puolustaa itseäni, että voisin paeta heidän käsistään ja palata Jaelin turvaksi. Soturi irrotti otteensa minusta, kun miekanterä lähestulkoon kosketti hänen kylkeään. En kuitenkaan ehtinyt kääntyä pakoon, koska samassa toinen vartija veti miekkansa esiin ja hyökkäsi minua kohti estäen pakoaikeeni.

En ollut taistellut pitkään aikaan, ja tuskin koskaan edes tosissani. En halunnut hyökätä tai lyödä heitä kohti; olisin halunnut vain päästä itse pakoon. Mutta he ahdistivat minua kahdelta suunnalta, enkä päässyt heti perääntymään heidän välistään. Saatoin arvata, että he tappaisivat minut, ellen antautuisi. Enkä halunnut kuolla vielä, koska kuolleena en ainakaan voisi auttaa Jaelia. Niinpä heitin miekan kädestäni, nostin käteni ylös ja vajosin polvilleni.

”Antaudut siis?” toinen soturi nauroi pilkallisesti. ”No, näemme kyllä nyt, ettet ole sellainen vaeltajaukko, joka taistelee pelkällä kepillä... Mikä siis olet miehiäsi? Palkkasoturiko?”

”En ole palkkasoturi, mutten myöskään niin hullu, että haluaisin jäädä kenenkään vangiksi! Jos joku tarttuu minua olkapäästä vangitakseen minut, taistelen kyllä vapaudestani”, sanoin hengästyneenä.

”Mutta miksi kannat silmäriipusta, ellet ole niitten vaeltajaukkojen ystävä?” vartija tivasi. ”Ja jos olisit hipaissutkaan miekallasi minua, olisin kyllä nylkenyt sinut...”

”Anna olla! Viedään hänet päällikön luo. Jospa hän ryhtyisi palkkasoturiksi, kun osaa kerta taistellakin!”

He tarttuivat minuun molemmin puolin käsivarsistani ja kuljettivat minut majatalon takana olevaan rakennukseen, jossa oli enemmänkin molcavarathialaisia sotureita. Heidän päällikkönsä istuskeli varsin mukavasti jonkinlaisella vuoteentapaisella istuimella ja valpastui vain hieman, kun minut tuotiin hänen eteensä. Soturit esittelivät minut epämääräisenä riidanlietsojana, joka osasi käyttää miekkaa.

Komentaja nousi jalkeille, katseli minua valpastuneena, kierteli ympärilläni, ja lopulta käski riisua minulta tunikani. Siinä vaiheessa aloin aavistella, mitä hänellä oli mielessään. Hän asteli lähemmäs silmäillen minua tarkkaavaisesti, ja kosketti sitten hiuksiani, jotka laskeutuivat vapaina selkääni vasten.

"Kunhan hovihankkija tulee käymään, voimme esitellä tämän miehen hänelle. Voi olla, että saamme hänestä hyvät rahat, joten emme valitettavasti voi pieksää tai ruoskia häntä!" komentaja totesi naurahdellen. "Hän on liian kaunis haaskattavaksi taistelutantereelle... Laittakaa hänet kahleisiin takahuoneeseen, mutta antakaa sentään vettä ja ruokaa! Hänen pitää olla mahdollisimman hyvässä kunnossa, kun hovihankkija tulee."

En halunnut edes ajatella sitä mitä hänen sanansa tarkoittivat. Rukoilin Luojaa pelastamaan minut sellaiselta kohtalolta, mutta samalla rukoilin, että Jael selviytyisi pakoon aina Vaskikallion kylään saakka, veljensä perheen luo. Jos vain olisin saanut hänelle sanan, että hän ymmärtäisi jatkaa matkaa ilman minua. Pääsisinpä itse pakenemaan tai en, hänen olisi parasta kiirehtiä niin kauas Molcavarathian rajalta kuin mahdollista.

Sain ruokaa ja juomaa, ja yritin syödä, vaikka olinkin niin ahdistunut, että minun oli vaikea niellä. Mutta halusin pysyä voimissani. En ollut vielä Melchiorin hovissa. Oli vielä mahdollisuus, että tilanne muuttuisi. Hetki hetkeltä voisin yrittää löytää rauhan, vaikka olosuhteet ennustivat pahaa. Murehtiminen veisi voimani; niinpä kuvittelin olevani vain hieman erikoisessa, haasteellisessa tilanteessa yksinäni, mutta Luojan edessä. Yhtä lailla olisin voinut olla missä tahansa paikassa, jossa olin pysähtynyt mietiskelemään ja kuuntelemaan Luojan johdatusta. Vain kahleet muistuttivat siitä, että olin ulkoisesti vanki. Mutta sisäisesti olin vapaa vaeltamaan, minne vain Henki kuljettaisi.

Niinpä olin hiljaa, seurasin hengitystäni ja annoin ruumiini olla sellainen kuin se oli, siinä hetkessä. Tunsin voiman virtaavan ruumiissani; tunsin olevani vahvasti elossa siinä hetkessä. Sillä tavoin pysyin toimintakykyisenä ja pystyin jopa nukkumaan jonkin aikaa, kun minulle oli tuotu talja, jolle saatoin käydä pitkäkseni.

Seuraavana aamuna joku piikatyttö toi minulle taas juotavaa ja hieman leipää.

"Onko täällä ollut ennenkin vankeja?" kysyin häneltä. Hän näytti ensin arkailevan minua, mutta kun katselin häntä jonkin aikaa silmiin, hän alkoi epäröiden hymyillä.

"Joskus oli yksi tyttö, ja häntä hoidettiin vielä paremmin kuin sinua, ja sitten hovihankkija vei hänen kuninkaanhoviin", hän selitti kaivaen nenäänsä. "Ja yksi poika kanssa... Se oli kaunis poika."

Tyttö vaikutti aika yksinkertaiselta, mutta tiesi ehkä enemmän kuin osaisi selittää minulle.

”Miksi se tyttö vangittiin?”

”En minä tiedä. Sotilaat toi sen jostain. En minä tiedä…”

”Entä se poika?”

”No se oli yksi kyläläinen, joka vain otettiin kiinni. En minä tiedä oliko se mitään tehnyt”, tyttö selitti. ”Enkä minä saisi sinulle puhella, mutta minusta on mukavampi puhua kun olla vaan hiljaa.”

”Tiedätkö milloin se hovihankkija tulee?”

”Kai se tulee, kun laittavat jonkun viemään sille sanan, että täällä on sille vanki”, tyttö selitti. ”Kai se tulee tänä iltana tai huomenna, en minä tiedä. Nyt pitää mennä, ettei ne sotilaat suutu kun puhelen tyhjänpäiväisiä…”

Söin haluttomasti aamiaiseni. Missä Jael mahtoi olla, ja mitä hän tekisi? Hän oli varmasti arvannut minun jääneen kiinni. Kunpa hän vain jatkaisi matkaa pohjoiseen! Kaduin, etten ollut opettanut häntä ampumaan jousella. Saisiko hän edes nuolta jänteelle, jos joku uhkaisi häntä? Ajatukseni vaivasivat minua. Kerta toisensa jälkeen yritin nähdä ne vain pilvinä, jotka vaelsivat taivaalla ja joitten takana paistaisi aurinko. Mutta mieleni oli sekaisin uhkakuvista; niitä tulvahteli sellaista tahtia, etten ehtinyt päästä eroon edellisestä, kun uusi jo nousi täyttämään mieleni.

Lopulta annoin mielikuvien virrata ja tulvia, ja keskityin tuntemaan Kaikkeuden Luojan voiman joka puolella ruumistani. Elämän voima ulottui jokaiseen jäseneeni, jokaiseen pieneen osaseen, pieneen hiukkaseenkin minussa. Olin edelleen olemassa, ja elossa. Kun tunsin sen yhtä varmaksi kuin saatoin tuntea lattian allani, mieleni selkeni ja tunteeni rauhoittuivat.

Päivemmällä yksi sotilaista toi minulle paidan, joka oli sileää ja hienoa kangasta. Sitten hän kutsui piikatyttöä ja käski tämän avata hiukseni ja kammata ne. Tyttö kampasi hiukseni vähemmän hellävaraisesti, mutta kesken hänen työnsä huoneeseen tuli se rajavartijoitten komentaja ja vastenmielisen näköinen, kirkkaisiin vaatteisiin ja koruihin sonnustautunut lihava mies. Hän katseli minua pitkään, asteli luokseni ja tarttui leukaani käännellen kasvojani edessään.

”No, kaipa kuningas jotain maksaa miehistäkin, mutta olisin toivonut, että olisitte löytäneet jonkun naispuolisen… Tiedätte kyllä, että kuningas havittelee perillisiä, ja mielellään poikapuolisia! Hänellä ei ole onnea vaimojensa tai sivuvaimojensa kanssa. Osa on mahoja, ja viimeisinkin poikapuolinen kuoli lapsivuoteeseen…”

”Mutta tämä on harvinaisen kaunis mies... Pitkä ja hoikka, ja katsohan hiuksia, kuin kultaheinää!” komentaja totesi lipevästi naurahdellen. ”Kaunistaisi varmasti kuninkaan hovia ja palvelisi hyvin hänen iltapidoissaan! Ja ketteräkin varmasti on, sopisi tanssiinkin...”

”Muttei ole nainen, eikä kelpaa perillistä synnyttämään!” hovihankkija tuhahti. ”Ei tästä voi kyllä maksaa kuin kaksitoista kolikkoa... Viihdyttäjämiehistä on melkeinpä ylitarjontaa nykyään! Monet jopa maksavat itse päästäkseen Melchiorin henkilökohtaiseen palvelukseen!”

”Kaksitoista kolikkoako? Naurettava pilkkahinta! Siinä tapauksessa pidämme hänet itse”, komentaja puuskahti.

”No, viisitoista... Muttei yhtään enempää! Se olisi kohtuuhinta tytöstäkin...”

”Viet hänet kyllä puoli-ilmaiseksi!” komentaja huudahti hymähtäen, mutta näytti tyytyväiseltä. ”Mutta jos et kerta enempää muka pysty tarjoamaan, niin maksa ainakin ylläpito ja hänen paitansa minulle ennen kuin otat hänet mukaasi!”

Hovihankkija antoi komentajalle pussillisen kolikoita ja kutsui sitten sisään pari miestä, jotka olivat pukeutuneet vartalonmyötäisiin housuihin ja lyhythihaiseen paitaan. He astelivat luokseni ja tarttuivat minua molemmin puolin käsivarsista. En tiennyt mitä tehdä tai sanoa. Yrittäisinkö riistäytyä irti ja paeta? Vai pitikö minun vain alistua kohtalooni; olisiko tarkoituskin, että matkustaisin Melchiorin linnaan heidän mukanaan?

Muistin, että Daniyeel oli sanonut, ettei minun pitäisi jäädä Molcavarathiaan. Minun pitäisi päästä pois heidän käsistään, mutta miten? Anelin Johdatusta; pyysin näkyä, joka rauhoittaisi minua, mutta ainoa näky, jonka sain, oli muistikuva Jaelista sellaisena kuin olin nähnyt hänet valvenäyssäni, enkä vieläkään ymmärtänyt sitä.

Minut siirrettiin avovaunuihin, jotka odottivat rakennuksen ulkopuolella. Käteni olivat edelleen sidotut, mutta palvelusmiehet kohtelivat minua melkeinpä hellävaraisesti. He istuivat vankkureihin molemmin puolin viereeni, ja hovihankkija siirsi painavan vartensa kuskinpukille, tarttuen itse ohjaksiin. Vaunut lähtivät liikkeelle tietä myöten etelään päin, mutta jonkin matkan päässä niitten eteneminen pysähtyi äkisti.

”Mitä nyt? Mitä oikein tahdot?” hovihankkija huusi pienikokoiselle, viittaan ja huppuun verhoutuneelle hahmolle, joka oli ilmaantunut vaunujen eteen tielle, veitsi kohotetussa kädessään.

”Tehdä kauppaa”, ääni vastasi, ja kun tunsin tuon äänen, veri pakeni kasvoiltani ja mieleeni nousi taas se näky, jonka olin saanut

Jaelista. En halunnut katsella sitä sisäistä näkyäni; sen sijaan katsoin herkeämättä tuota pienikokoista, rohkeaa olentoa, joka seisoi minua uhkaavan kohtalon tiellä.

”Mitä myytävää sinulla muka on?” hovihankkija kysyi tuhahtaen pilkallisesti. Jael veti hupun päästään paljastaen kasvonsa ja kauniit, tummat hiuksensa.

”Kuulin, että kuningas maksaa enemmän naisista, joten, päästä tuo mies vapaaksi, niin tulen mukaasi itse, niin et häviä kolikkoakaan”, Jael huudahti lujalla, rohkealla äänellä. ”Mutta jos et päästä häntä, ehdin hyvin hypätä kuskinpukille viereesi ja tökätä tämän veitsen ihraiseen kaulaasi!”

”Vapauttakaa se mies!” hovihankkija huusi hätääntyneellä äänellä. Olin lamaantunut; en voinut liikahtaakaan. Vieressäni istuvat palvelusmiehet avasivat nopeasti siteet käsistäni ja tyrkkivät minut ylös istuimelta, mutten voinut liikkua. En halunnut nousta jaloilleni; en voinut, jos se tarkoitti sitä, että Jael joutuisi paikalleni…

”Kiirehtikää, tai puhkaisen isäntänne kurkun!” Jael huusi astuen nopeasti pari askelta lähemmäs vaunuja. Hovihankkija alkoi huutaa kauhuissaan.

”No, tyrkätkää se mies pois vaunuista, äkkiä! Äkkiä! Totelkaa häntä! Joutukaa nyt!”

Jos Jael hyökkäisi miehen kimppuun ja tappaisi tämän, hänen tunnolleen jäisi surmatyö, ja ne toiset miehet taltuttaisivat hänet väkivalloin, tai tappaisivat hänet heti, säälittä… Hän voisi siis joka tapauksessa kuolla, tai jäädä vangiksi ja kärsiä vangitsijoittensa käsissä.

”Luoja varjelkoon, en anna sinun tehdä tätä, Jael!” huusin, mutta samassa toinen miehistä tyrkkäsi minut alas vaunuista niin että rojahdin maahan kyljelleni, ja ohimoni osui kipeästi kovaan tienpintaan.

”Auta hänet jaloilleen, senkin sika!” Jael huusi. Toinen miehistä kiskoi minua ylös, mutten voinut kävellä; en pysynyt edes jaloillani, vaan vajosin uudelleen maahan aivan kuin voimani olisivat valuneet pois minusta. Samassa Jael oli juossut viereeni. Hän uhkasi veitsellään miestä, joka perääntyi loitommalle hätääntyneenä.

”Mitä teemme?” mies huusi hovihankkijalle.

”Naiseen ei saa tulla naarmuakaan! Hän on meille omaisuuden arvoinen, jos saamme hänet vahingoitta mukaamme!” hovihankkija huusi. Hän kääntyi tuijottamaan Jaelia. ”Mies saa mennä vapaasti, jos tulet kyytiimme sovinnolla! Jos et tule, käsken omien miesteni tappaa hänet!”

”Petrus”, Jael äännähti hengästyneenä ja kumartui koskettamaan otsaani. ”Minun takiani, nouse jaloillesi ja mene! Älä anna minun tehdä tätä turhaan!”

”En voi, Jael!” yritin sanoa, mutta ääneni oli pelkkää itkua. ”En voi jättää sinua tänne!”

”Sinun täytyy! Minä tiedän, että sinun täytyy, rakas ystäväni”, Jael huudahti karhentuneella äänellä. ”Äläkä kysy, mistä tiedän, mutta tiedän sen…”

Hän kääntyi nopeasti ja hypähti sitten ketterästi kuskinpukille.

”Jatka nopeasti matkaa, ja jos miehesi yrittävät vielä saada hänet kiinni, pistän sinua!” hän komensi hovihankkijaa.

”Liikkeelle!” hovihankkija huusi kimeällä äänellä. Vankkurit nytkähtivät liikkeelle. En voinut nousta jalkeille, vaikka kuulin ja näin vaunujen etenevän yhä kauemmas minusta, vieden Jaelin mukanaan tuntemattomaan kohtaloon. En tiedä miten kauan makasin siinä tiellä ja itkin hiljaa, ja kyyneleeni valuivat käteni kautta maahan saakka.

Samassa sain näyn, jossa kyyneleeni kastelivat kuivan ja kovan pyöränuran, löysivät tiensä kovettuneen hiekan läpi, maan alle jääneen siemenen luo. Kun kyyneleeni kostuttivat siemenen, se alkoi itää. Itu halkaisi kuivan maan, ja pintaan nousi vihreä taimi, josta nousi piikkikarvainen varsi, särmikkäät lehdet, ja viimein nuppu, josta puhkesi sinipunerva ohdake. Ja ohdakkeenkukka kypsyi ja muuttui hahtuvaisiksi siemeniksi, ja tuuli tarttui siemeniin levittäen ne joka suuntaan. Ja yksi siemenistä lensi itään ja laskeutui linnaan, jollaista en ollut ikinä ennen nähnyt…

Vasta kun kuulin askeleita tieltä, majatalon suunnalta, sain voimani takaisin. Ponnahdin jaloilleni ja lähdin juoksemaan pois Molcavarathiasta. En pysähtynyt ennen kuin olin ohittanut majatalon ja päässyt sinne, minne olin jättänyt Jaelin odottamaan minua, turhaan.

LUKU III

Kului päivä ja yö, enkä syönyt tai juonut mitään. Tunsin niin suurta tuskaa, että olisin halunnut kuolla, mutta samalla tiesin, ettei minun pitänyt kuolla vielä. Olin saanut vastuulleni tehtäviä, enkä saisi jättää niitä tekemättä. Mutta juuri sillä hetkellä minulla ei ollut minkäänlaista tahtoa tai voimaa tehdä niitä. Isku oli ollut kova ja vienyt voimani. Ne tunteet, joita olin kokenut osana sellaista kiintymystä, joka halusi omistaa, tuottivat minulle hirvittävää tuskaa. Menneisyyteni haamuolento oli halunnut omistaa Jaelin, ja sitten menetin hänet; menetin sen, mitä olisin halunnut varata itselleni. Meni tuntikausia, kun vain murehdin sitä, mitä olin menettänyt lopullisesti. Nuokuin puolitietoisessa tilassa, ja Kaikkeuden Luoja lähetti minulle kuvia virtaavasta purosta. Itsekkyyteni soti noita näkyjä vastaan; menneisyyteni haamuolento vihasi niitä, koska ne tarkoittivat luopumista sen pyyteistä.

Kun nukahdin syvempään uneen, näin taas puroja, kauniita vuoristovirtoja ja putouksia; näin suuren virran, johon purot yhtyivät; näin miten monia tuo virta palveli, miten moni sai juodakseen sen vedestä, ja miten monia se kuljetti ja kannatteli. Näin auringon nostattavan höyryä taivaalle; näin kuivan pellon, jonka pilvistä putoava vesi kasteli. Sitten näin ohdakkeen, joka oli kuivumassa. Se ohdake kasvoi Melchiorin linnan pihalla. Jostakin ajelehti pieni pilvi, joka satoi tuolle ohdakkeelle, ja se virkosi kasvuun. Ja ohdakkeen viereen, kuivaan maahan, puhkaisi tiensä uusi ohdake…

Kun heräsin tuosta unesta, tunsin olevani nälkäinen. En ollut syönyt pariin päivään, mutten halunnutkaan syödä ennen kuin olisin tehnyt tietoisen päätöksen siitä, millaisen elämän valitsin; minkä kasvua itsessäni ruokkisin. Haamuolento saisi jäädä menneisyyteen; en enää ruokkisi sen pyyteitä ja haaveita.

Etsin Jaelin jättämistä varusteista pienemmän veitsen. Suortuva kerrallaan leikkasin pitkät hiukseni ja hautasin ne paikkaan, jossa

Jael oli levännyt. Hän oli jättänyt jouseni leiriin; Jokimin tekemän jousen, aivan kuin olisi tiennyt, että minä palaisin sinne vielä. Hiljaa kyynelehtien heitin hienon paidan yltäni ja puin päälleni säkin, jossa oli vain reiät hihoina. Ompelin nahkahihnoilla yhteen pari lampaantaljaa ja tein siitä itselleni viitan. Sitten söin eväitä, joita olimme varanneet yhteistä pitkää taivallustamme varten, pakkasin jäljellä olleet tavarat nahkasäkkiin, ja käännyin taas itään, kohti Cardusian itäisiä rajavuoristoja.

Ei kulunut päivääkään, etten olisi itkenyt Jaelin kohtaloa. En enää itkenyt hänen menettämistään, mutta itkin hänen kärsimystään. Aivan kuin olisin elänyt hänen kauttaan, hänen tunteitaan, tunsin päiväkausia olevani vanki ja monella tapaa nöyryytetty. Hetkittäin kuulin pääni sisällä hänen äänensä, joka sanoi minulle, että tapahtui niin kuin oli tarkoitettu, ja se oli kerrottu minun näyssäni hänestä. En vain olisi halunnut uskoa sitä, koska olisin halunnut suojella Jaelia siltä kaikelta. Mutta enhän olisi voinut kiinnittää häntä itseeni; se ei olisi ollut oikein sen enempää kuin padota virtaa, jolle oli syntymässä uusi uoma. Minun oli päästettävä hänestä irti ja silti rakastettava häntä kuin omaa ruumistani, ja se tarkoitti, että tunsin hänen kärsimyksensä aivan kuin ne olisivat tapahtuneet minulle.

Vaelsin vuoristopolkua vanhuksen talolle, ja hänen surunsa Jaelin kohtalosta oli melkein liian tuskallista kestää. Viivyin hänen luonaan sen talven yli, toivomatta mitään itselleni. Jossain vaiheessa tuskani Jaelin elämästä rauhoittui, ja näin paljon unia puroista, ohdakkeista ja vuoristometsien susista, jotka elivät perhelaumassaan. Ja seuraavana kesänä lähdin taas vaeltamaan. Matkasin yksikseni vuoristopolkuja pitkin Cardusian puolelle, Wolnoshajoen yli, Itäisen Vuoriston metsiin. En ollut vielä valmis kohtaamaan muita ihmisiä, enkä aloittamaan Daniyeelin minulle jättämiä tehtäviä. Halusin vielä kasvaa ja kypsyä; halusin tyhjentyä menneestä, jotta saisin tilaa kaikelle uudelle.

Jäin Itäiseen Vuoristoon seuraavaksi talveksi, viettäen yöni Veljeni Esaielin luolassa. Emme niinkään puhuneet keskenämme, vaan vietimme pitkiä aikoja hiljentyneinä Kaikkeuden Luojan kuuntelemiseen. Välillä metsästin ruokaa hänelle ja muille metsässä asuville Veljille, ja autoin heitä keräämään polttopuita ja tekemään kangasta vuoristoniittyjen kasveista.

Heti uuden kevään lämmetessä varustauduin Vaeltajien hupullisella kaapuviitalla, ajelin taas pääni kaljuksi ja lähdin matkaan vain sauva aseenani. Jousi olisi metsästystä varten; en enää ikinä kohottaisi sitä toista ihmistä kohti. Vaelsin jalkaisin, pikku hiljaa edeten kohti Cardusian länsirajaa, Eteläistä Ruhtinaskuntaa, ja sen läntisintä vasallialuetta, Warginlaaksoa, joka sijaitsi Miwoshinvuorten eteläpuolella.

Matkalla tapaamiltani ihmisiltä kuulin valtakunnan kuulumisia. Cardusian kruununperillinen oli syntynyt pari vuotta aiemmin. Hän oli tyttöpuolinen, ja valtakuntaan toivottiin myös poikapuolista perillistä, koska perinteisen tavan mukaan kuninkaan asema annettiin vain miespuoliselle jälkeläiselle, mitä en itse lainkaan ymmärtänyt. Cardusiassa arveltiin, että kruunu saatettaisiin antaa Eteläisen Ruhtinaskunnan ruhtinaan pojalle. Tämä oli syntynyt samana kesänä kuin prinsessakin, ja jos hänet naitettaisiin kruununprinsessalle, hänestä tulisi seuraava kuningas. Nämä asiat eivät minua sillä hetkellä kiinnostaneet. Koin velvollisuudekseni mennä lopultakin tapaamaan naista, jonka Daniyeel oli tuntenut vuosia sitten, ja tutustua hänen poikaansa, jossa virtaisi Warginmaan kansan verta.

Sydämeni oli raskas, ja pelkäsin uutisia, joita kantautui Molcavarathian puolelta. Kuningas Melchiorin huhuttiin murhauttaneen vaimonsa, jotta hän voisi ottaa uuden kuningattaren. Myös Molcavarathiaan kaivattiin miespuolista kruununperijää, vaikka Melchiorillakin oli jo tytär tai ehkä useampikin äpärälapsi. Vietin matkallani idästä länteen kuukausia, ikään kuin en olisi halunnut lainkaan tulla perille, koska arkailin sitä, mitä saattaisin sieltä löytää. Sisäiset aavistukseni tulevista tapahtumista olivat voimakkaita, enkä tiennyt, olisinko vieläkään valmis kohtaamaan niitä tunteita, joita tapahtumat saattaisivat minussa herättää.

Lopulta, eräänä aurinkoisena päivänä astelin Warginlaakson linnan portille surumielisen rauhallisena. Ystävällisen näköinen portinvartija kysyi asiaani, ja sanoin tulleeni tapaamaan linnassa asuvan ritarin perhettä. Hän katseli minua jonkin aikaa uteliaana; pukuani, sauvaani ja joustani, ja sitten hänen katseensa pysähtyi kaljuun päähäni.

”Mistä päin tulet, muukalainen? Minkä nimen voin ilmoittaa heille?” hän kysyi.

”Tulen Itäisestä Vuoristosta, ja nimeni on… Jooel”, sanoin, enkä tiedä mistä se nimi mieleeni tuli. Ehkä se kuvasti sitä, että hengessäni olisin voinut olla Jael, koska hän eli minussa. Enkä olisi voinut esitellä itseäni enää Vaskikallion Petruksena. Se nuorimies, joka joskus oli ollut Vaskikallion kyläpäällikön poika ja kylän väen sankari, oli jäänyt menneisyyteen. Hän oli monelta osin vain haamua. Jokin hänessä oli kuollut lopullisesti, kun toinen ihminen uhrautui hänen puolestaan antaakseen hänen jatkaa elämäänsä.

”Jooel Itäisestä Vuoristosta?” portinvartija toisti.

”Niin. Tuon ritarin vaimolle terveiset eräältä Daniyeelilta, jonka hän on tuntenut isänsä kodissa”, selitin.

”No, annahan kun käsken apupojan viedä sinut ritari Joshuan asuinhuoneisiin...”

Portinvartija huhuili hyväntuulisesti jotakin poikaa nimeltä, ja paikalle juoksi ehkä toisella kymmenellään oleva, lyhyttukkainen poika. Poika kumarsi minulle epäröiden tervehdyksensä ja lähti sitten johdattamaan minua linnan ulomman pihan poikki. Menimme sisemmän muurin portista keskuslinnan alueelle, ja käännyimme jonkinlaista puutarhaa kohden. Sellaista en ollut ennen nähnytkään. Sinne oli istutettu erilaisia kasveja riveihin ja muihin muodostelmiin. Kotiseuduillani ei todellakaan tehty moista. Samassa pysähdyin äkisti, kun olin melkein astua runsaana kasvavan pensaan takaa pilkottavien pienten jalkojen päälle. Joku lapsi makasi vatsallaan maassa, ja hänen säärensä ja paljaat jalkansa olivat polun puolella.

”Hän on ritari Joshuan poika”, palveluspoika sanoi. ”Hänellä on tapana oleilla täällä, kasvien seassa... En tiedä, missä lapsenpiika on, muttei ritarinpoika yleensä hankkiudu ikävyyksiin, vaikka onkin vahtimatta. Hän vain haluaa olla tuolla tapaa!”

”Odotahan hetki”, sanoin palveluspojalle ja kyykistyin lapsen puoleen.

Tunsin jotakin hyvin erikoista; aivan kuin rinnastani olisi lähtenyt köysi, joka kiinnittyi tuohon lapseen, jota en vielä edes nähnyt kunnolla. Maassa makaavan pojan ylävartalo oli melkein kokonaan pensaan peitossa, mutta hän oli kyllä huomannut minut. Kosketin hyvin varovasti hänen jalkaansa. ”Sinäkö olet ritari Joshuan ja Joceline Ethanintyttären poika?”

Jalka vetäytyi ulottuviltani, ja samalla lapsen hento varsi kääntyi, ja kasvuston seasta nousi esiin siro, tummahiuksinen pää. Kun näin nuo lapsenkasvot, joiden olisi voinut luulla kuuluvan yhtä lailla tytölle kuin pojalle, Henki sanoi minulle jotakin sellaista, että aloin kyynelehtiä. Lapsi kömpi kokonaan esille pensaasta tuijottaen minua silmillä, joille on vaikea tehdä oikeutta kuvailemalla niitä. Ne olivat kaunismuotoiset ja niissä oli viaton, avoin, ja kuitenkin niin ymmärtävä katse, ettei pelkistä silmistä olisi voinut mitenkään arvata katselevansa vain muutaman vuoden ikäistä lasta.

”Miksi olet surullinen ja iloinen yhtä aikaa?” lapsi kysyi otsaansa rypistäen ja tarttui minua kädestä, aivan kuin vaistomaisesta halusta lohduttaa kosketuksellaan. Kyyneleitä valui edelleen silmistäni, vaikka hymyilin.

”Olen surullinen ystävieni vuoksi, mutta iloinen, kun tapasin sinut”, sanoin hiljaa. Lapsi nousi seisomaan viereeni, käteeni tukeutuen. Hän oli varreltaan sopusuhtainen, mutta hento. Hänen mustanruskeat hiuksensa olivat saaneet kasvaa vapaasti ja reunustivat hieman sekaisina hänen kasvojaan, jotka olivat puhdaspiirteiset ja kauniit; vielä lapsen kasvot, mutta niistä saattoi jo nähdä, miten kaunispiirteisiksi ne varttuessaan rakentuisivat.

”Katselin, miten ruusunvarresta roikkuvasta kotelosta alkoi kuoriutua perhonen”, hän selitti minulle. ”Ja tunsin itse olevani se perhonen. Se lähti lentoon juuri, kun sinä tulit, aivan kuin olisit antanut sille voimaasi! Mutta sitä ennen ehdin pitkään kuvitella olevani se kotelo. Se on melkein kuin kuollut, ulkoapäin, niinhän?”

”Niin... Kuori kuolee, ja sisältä tulee esiin uusi elämä”, sanoin palantunteen kuristaessa kurkkuani. Palveluspoika oli odottanut vieressämme hieman kärsimättömänä.

”Missä lapsenpiika on?” hän kysyi tuolta erikoiselta lapselta, joka piteni yhä kättäni ja tutkiskeli sitä keskittyneesti, vakava ilme kasvoillaan.

”En tiedä. Hän sanoi käyvänsä tervehtimässä ystäväänsä”, lapsi vastasi havahtuen. Kun hän käänsi katseensa palveluspoikaan, tämän kasvoille levisi hymy. ”Minä voin viedä vieraan äitini luokse. Kerron samalla äidille siitä perhosesta!”

Palveluspoika palasi hyväntuulisena muihin töihinsä, ja tuo ihmeellinen lapsi lähti taluttamaan minua kädestä puutarhan läpi, kohti linnan takaosaa.

”Minun nimeni on Josia”, hän sanoi. ”Millä nimellä sinua kutsutaan?”

”Olen Jooel... Ja olen Vaeltaja”, sanoin.

”Äitini sanoo, että Vaeltajien pitää kaikkialla pelätä kuningas Melchiorin kätyreitä, mutta sinä et näytä pelkäävän”, Josia totesi katsahtaen minua. ”Miksi et pelkää?”

”Koska uskon Kaikkeuden Luojaan, ja Luoja on moninkertaisesti vahvempi kuin kukaan ihminen. Kuningas Melchior on vain ihminen”, sanoin.

”Niin, tiedän! Äitini sanoo, että ehkä Melchior on vain pieni, surkea ihminen, joka on sairas ja peloissaan, ja yrittää siksi tuhota kaikki, joita hän pelkää.”

”Ehkäpä äitisi on oikeassa”, sanoin hiljaa. Samassa jostakin juoksi paikalle ruskeatukkainen poika, jolla oli kädessään keppi. Hän pysähtyi Josian eteen ja sanaakaan sanomatta tökkäsi tätä kepillä olkapäähän. Josian kasvot kiristyivät tuskasta, ja samassa nappasin kiinni tuon toisen pojan kepistä ja puserosta.

”Miksi teit noin?” kysyin vakavana. Poika yritti kiemurrella irti otteestani, mutta Josia perääntyi varuillaan.

”Älä tee hänelle pahasti, hän on vain onneton”, hän sanoi hiljaa. ”Hänellä ei ole äitiä.”

”Päästä irti tai huudan vartijaa!” pitelemäni poika huusi kimeästi. ”Vartija pieksää sinut!”

”Päästän, jos lupaat, ettet enää lyö kepilläsi mitään elävää!” sanoin. Pojan katse käväisi silmissäni; se oli haavoittunut ja pelokas, mutta myös uhmakas.

”Sinä et minua komenna, kaljupää!”

”Haluatko, että joku lyö ja tökkii sinua itseäsi?” kysyin hellittäen hieman otettani pojan olkapäästä, kun hän näytti olevan valmis luopumaan kepistään. ”Toisia ei saa lyödä, ellei kyse ole taistelusta.”

”No miksi sitten piika saa lyödä minua vitsalla?” poika hymähti.

”Mutta tämä Josia ei kai lyö sinua koskaan?” kysyin.

”Josia onkin lellikki! Piika ei lyö häntä, vaikka hän on hidasälyinen, kömpelö, ja pudottelee astioita!”

”Ehkä Josia ei anna syytä suuttua”, sanoin huoahtaen. ”Ehkei hän tee vahinkoa tahallaan…”

”Ei Didrik tarkoita pahaa”, Josia totesi katsoen minua. ”Hänellä vain tulee riitaa piian kanssa, kun hän yrittää väkisin piian syliin. Didrikillä ei ole äitiä, eikä hän pidä isästään, niin kukaan ei ota häntä syliin…”

”Minä en tarvitse mitään äitiä, senkin lellipentu!” Didrikiksi kutsuttu poika huusi, riuhtaisi itsensä irti otteestani ja juoksi pois. Josia katsoi hänen peräänsä jonkun aikaa, huokaisten syvään. Kosketin hänen olkaansa varovasti. Hän oli alkanut kyynelehtiä, muttei päästänyt ääntäkään.

”Satuttiko se keppi sinua?” kysyin, mutta hän pudisti päätään vakavana.

”Ei se keppi satuttanut, vaan Didrik. Se sattuu, että hän on niin vihainen”, Josia sanoi hiljaa, ja näin mielessäni, miten Henki sitoi minut tueksi hänen hennon vartensa viereen; aivan kuin olisin toinen kasvi, jota tuo taimi tarvitsisi tuekseen, suojakseen ja ohjaamaan kasvuaan oikeaan suuntaan. Hiljaisina jatkoimme matkaa hänen perheensä asumukseen, joka sijaitsi keskuslinnan takana. Se oli erillinen siipi, ja näytti että siinä olisi oma keittotupa ja useampi huone.

Josia talutti minut suoraan sisälle, ja tulimme melko vauraalta näyttävään tupaan, jonka perällä istui nainen ompelutyön ääressä. Nainen nosti valpastuneena katseensa, kun Josia juoksi hänen luokseen. Jäin kynnykselle katselemaan heitä. Nainen oli hyvin paljon poikansa näköinen, ja hänen kasvonsa muuttuivat iloisiksi ja helliksi, kun hän tarttui Josian käteen ja nousi itse seisomaan tervehtiäkseen minua.

"Tämä on Jooel, ja hän on Vaeltaja", Josia sanoi äidilleen. Nainen asteli minua vastaan, ja minä otin muutaman askelen lähemmäs häntä painaen hieman päätäni, mutta kumartamatta.

"Ole tervehditty, Jooel Vaeltaja!" hän sanoi hämmentyneellä, melkein liikuttuneella äänellä. "Mistä päin olet saapunut Warginlaaksoon? En ole nähnyt kaltaisiasi vuosiin..."

"Viivyin jonkin aikaa Itäisessä Vuoristossa. Jokunen vuosi sitten tapasin siellä erään vanhan Vaeltajan, Daniyeelin, joka toivoi minun tuovan sinulle terveiseni... Jos siis olet Joceline Ethanintytär, kotoisin Ristikallion linnasta?" totesin hiljaa. Nainen alkoi räpytellä silmiään.

"Olen kiitollinen terveisistä, mutta miksi Daniyeel ei itse tullut? Estikö joku hänen aikeensa?"

"Hän oli jo niin huonokuntoinen... Ja hän lähti Luojan luo jo silloin", sanoin hengähtäen. Josia tarttui äitinsä käteen ja puristi sitä, kun tämä alkoi kyynelehtiä.

"Olkoon hänellä rauha Luojansa luona! Hän oli hyvä mies..."

Olimme hetken hiljaa; sitten Joceline kehotti minut istumaan pöydän ääreen ja huhuili palvelustyttöä tuomaan minulle jotakin tarjottavaa. Join hieman jotakin, mikä oli ilmeisesti viiniä, ja söin leipää ja juustopalan. Joceline katseli minua tutkivasti ja pyyhkäisi tuon tuosta silmiään. Hän oli vielä melko nuori; ehkä vasta pari vuotta kolmannella kymmenennellään. Huoneeseen taapersi tummahiuksinen pikkutyttö, ehkä vuoden tai toista vuotta Josiaakin nuorempi. Hän oli äitinsä näköinen, kuten Josiakin, mutta hänellä oli tuimemmat silmät kuin veljellään. Hän asteli melkein suoraan minun luokseni ja tarttui kiinni kaapuvaatteeseeni.

"Se on paakumies", tyttönen sanoi silmät pyöristyneinä ihmetyksestä.

"Kaapu, Melosina rakkaani", Joceline korjasi. "Hän on Jooel Vaeltaja, ja hän on meille tervetullut vieras. Jooel, toivon että viivyt meillä niin kauan kuin tahdot!"

”Kiitos, rouva”, sanoin hieman epäröiden, koska en oikeastaan tiennyt, miten Cardusiassa oli tapana puhutella naimisissa olevia naisia. ”Mutta eikö isännältäkin pidä kysyä, haluaako hän majoittaa tällaista vierasta kattonsa alla?”

”Kyllä Joshua siihen suostuu! Olen kertonut miehelleni Vaeltaja Daniyeelista, ja hän varmasti kuuntelee mielellään, mitä kerrottavaa sinulla on”, Joceline totesi hymyillen minulle rauhallista, mietteliästä hymyä.

Kun sitten tapasin hänen puolisonsa, ritari Joshuan, mieleni rauhoittui. Vaikka hän vaikuttikin sellaiselta mieheltä, joka saattoi suuttuessaan olla kovasanainenkin, hän oli älykäs ja kiinnostunut kuulemaan, mistä olin tullut, ja miksi. Kerroin heille kotiseudustani, ystävistäni ja matkastani pohjoisesta etelään, mutta vain jotakin; oli liian tuskallista muistella aivan kaikkea sitä, mitä oli tapahtunut Cardusian ja Molcavarathian raja-alueilla.

”Asumme täällä linnanherra Didrikin palkollisen asemassa. Hän on hyvä isäntä, mutta sairastelee aika ajoin. Linnanrouva kuoli poikansa synnytykseen, ja Didrik nuorempi on levoton poika... Etsiytyy helposti pahantekoon ja nujakoi palvelusväen lasten kanssa”, ritari Joshua selitti. ”Minun poikani on rauhallisempi ja viihtyy yksikseen. Mutta linnanherra on sanonut, että Josia saa lähteä Didrikin mukana ruhtinas Reuelin linnaan, kunhan he täyttävät seitsemän ja aloittavat aseenkantajakoulutuksensa. Poikani Josia ei kuitenkaan kovin mielellään harjoittele miekan kanssa... Mutta sinulla, Jooel, näyttää olevan hyvätekoinen jousi! Oletko taitavakin metsällä?”

”No, metsästän ruokani, ja yritän osua saaliiseen niin, etten tuota sille tarpeetonta kärsimystä”, selitin. ”Jotkut pitävät minua taitavana, mutta en todellakaan ole soturi...”

”Jos jäät kattoni alle, opetatko poikaani ampumaan jousella? Minulla ei ole kärsivällisyyttä opettaa häntä, ja taidan hermostuttaa hänet pahanpäiväisesti, niin ettei hän pysty pitämään jousta vakaana”, ritari Joshua selitti vilkaisten poikaansa.

”Ei se haittaa, isä... En vain haluaisi tähdätä sitä olkinukkea. Se muistuttaa liikaa ihmistä”, Josia totesi katsellen isäänsä arvostavasti ja rauhallisesti.

”Mutta olenhan sanonut monta kertaa, että sinun on opittava ampumaan tarkoin ihmistäkin, haluatpa tappaa tai et! On tärkeä osua tarkkaan myös, ellei halua tappaa! Sinun on osuttava käsivarteen tai jalkaan, ja siinä tarvitaan tarkkaa silmää!” Joshua selitti pojalleen selvästi kiivastuen, muttei vihaisena. Hänen vaimonsa kosketti rauhoittavasti hänen kättään, ja Josia näytti vetävän syvään henkeä.

”Hyvä on, isä, ymmärrän sen. Mutten siltikään halua mennä sotaan”, hän sanoi.

”Mutta kyllä sinun on sodittava, jos kotiasi ja perhettäsi uhataan! Et voi suojella kaikkien ihmisten henkeä! Eivät kaikki jätä sinua rauhaan, vaikka itse tahtoisitkin olla kaikille ystävällinen!” Joshua huoahti kiivastuneena, ja Josia alkoi räpytellä silmiään.

”No niin, ehkä puhe tuosta aiheesta riittää tältä erää, rakas puolisoni. Puhumme asiasta joskus toiste enemmän Josian kanssa”, Joceline totesi ja silitti pehmeästi poikansa päätä. ”Ehkä haluat, Joshua, että Melosinakin oppii ampumaan jousella? Hän on ainakin usein ottanut jousen käteensä ja varmasti haluaisi oppia, kunhan hieman varttuu…”

”Siinä on jo kylliksi, että sinä ammut jousella, rakas vaimoni! Jos Melosinakin alkaa tähtäillä jousella, kaikki saavat kulkea niskat kyyryssä lymyillen”, ritari Joshua huoahti. ”Mutta voinko pyytää, Jooel Vaeltaja, että opetat poikaani?”

”Hyvä on, opetan häntä ampumaan tarkasti, jos niin toivotte”, sanoin. Jos jousiammunnan opettaminen oli Luojan järjestämä keino päästä osaksi heidän perhettään, tekisin sen mielelläni. Ja niin jäin asumaan heidän luokseen, Warginlaakson linnaan, seuraaviksi vuosiksi. He laittoivat minulle pienen huoneen omien huoneittensa oheen, ja päiväni täyttyivät pian puuhalla, joka ei antanut minulle mahdollisuutta miettiä liikaa menneitä.

Linnassa asuvalla ritarilla näytti olevan paljon velvollisuuksia. Ritari Joshua oli ilmeisesti vastuussa linnan vartioinnista ja nuoremman väen opettamisesta taistelutaidoissa. Hänen vaimonsa Joceline taas vietti paljon aikaa linnan pääsalissa ja piti välillä seuraa linnanherran vieraillekin. Lapset taas hakeutuivat minun seuraani. Melkein jokaisena päivänä kuljin puutarhassa ja linnan lähimetsissä noita kahta lasta mukanani taluttaen.

Melosina oli hieman levoton, helposti tulistuva tyttönen. Mutta Josia oli rauhallinen, pohdiskeleva ja herkkä poika. Keskustelimme pitkiä aikoja kuin kaksi aikuista, sillä välin kun Melosina leikki puueläimillään ja rakenteli kepeistä asumuksia niille. Nuo päivät opettivat minulle paljon; ne opettivat minulle itsestäni. Olinhan joskus nuorena ajatellut, että haluaisin perheen. Olin luullut saavani sellaisen, kun kysyin Janoshaa vaimokseni. Mutta hautasin toiveeni, kun ymmärsin, ettei Janosha ollut minua varten. Useamman vuoden olin ollut tyytyväinen olotilaani ja onnellinen ystäväni perheonnesta. Sitten olin tavannut Jaelin, ja hän oli saanut minut ajattelemaan uudelleen puolison ottamista ja perhettä. Vaikka olinkin tiennyt, ettei se olisi Luojan tarkoitus, menneisyyden haamuolento oli silti ehtinyt leikitellä ajatuksella mielessään.

Kun katselin noita kahta tummatukkaista, mutta kalpeaihoista lasta, oli kuin olisin katsellut Jokimin ja Jaelin suvun lapsia. Jos Jael olisi saanut lapsen, tällä olisi myös mustat hiukset ja kalpea iho. Jos olisin ottanut hänet vaimokseni, olisimme ehkä saaneet sellaisen lapsen. Mutta Luoja oli sanonut minulle, että Josia olisi minun lapseni. Josia olisi minun silmäteräni; minun suojattini, johon minulla olisi niin henkinen kuin käytännöllinenkin side. En saisi koskaan omia lapsia, mutta Josia olisi lapseni tavalla, joka olisi joltain osin syvällisempi kuin olla samaa verta ja lihaa.

Melosina oli läheinen äidilleen ja isälleen, ja Josialla oli myös läheiset välit äitiinsä, mutta isäänsä kohtaan hän oli varautuneempi. Ritari Joshua saattoi aika ajoin hermostua ja käyttää kovaakin kieltä, vaikkei hän ollutkaan sinänsä ankara, eikä pitkävihainen. Huomasin kyllä, miten Josia jännittyi aina kun hänen isänsä tuli katsomaan jousella ampumisen harjoitteluamme. Mutta muulloin Josia oli harvinaisen rauhallinen lapsi, ja hänen taitonsa jousiammunnassa edistyivät viikko viikolta niin että hän oli pian taitavampi kuin jotkut ritarinkoulutusta saaneet nuorukaiset. Miekan käyttöä Josia arasteli edelleen, mutta kun kehotin häntä kokeilemaan sauvataistelua, hän rohkeni jopa kolauttaa minua muutaman kerran niin lujaa, että sain joitakin mustelmia.

Noina aikoina olin onnellinen tavalla, jollaiseen en ollut osannut varautua, enkä ollut edes uskaltanut toivoa, että saattaisin vielä joskus kokea sellaista onnea. Vietimme lähestulkoon kaikki päivät yhdessä. Joskus Melosina oli seurassamme, joskus myös Joceline, mutta useimmiten olimme kahden, ja silloin puhuimme asioista, jotka sytyttivät Josian lempeät ja kauniit silmät loistamaan kuin kastepisarat aamun sarastaessa. Hänen uskonsa Kaikkeuden Luojaan oli vielä lapsenuskoa, mutta tiesin sen vahvistuvan ja lujittuvan joka päivä, kun hän ihmetteli kaikkea löytämäänsä ja havaitsemaansa. Ja se, miten avoimesti hän osoitti minulle luottamuksensa ja lapsenmielisen rakkautensa, oli koskettavaa. Noina aikoina hymyilin ja nauroin paljon, ja kyynelehdin myös, mutta yleensä ilosta.

Jossain vaiheessa ymmärsin, että vaikka Josia kehittyi ulkoisesti varreltaan kuin poikapuolinen, hän ei oikeastaan ollut sen enempää miehinen kuin naisellinenkaan olento. Ellei yhteisö olisi pukenut ja kasvattanut häntä poikana, hän olisi ollut jotakin määrittelemätöntä.

Tiesin, että jossain vaiheessa se asia saattaisi tuottaa hänelle vaikeuksia. Hänelle etsittäisiin morsian, jotta hän jatkaisi isänsä sukua. Mutta tuo ihmeellinen lapsi ei halunnut ajatella itseään miehenä ja lasten isänä. Hän sanoi toisinaan haluavansa olla kuin kasvi; tai hän halusi olla kuin eläin, jonka ei tarvitsisi välittää siitä, mitä ihmisyhteisö häneltä vaati ja odotti. Josia olisi halunnut vaeltaa vapaasti ja etsiä olentoja, joiden kanssa hän tuntisi olevansa oikealla paikalla; hyväksytty sellaisena jollaiseksi Luoja oli hänet tehnyt. Ritarin poikana hän koki olevansa kahleissa; kahlehdittuna itselleen vääränlaiseen, ahdistavaan rooliin.

”Isäni ei tahtoisi minun olevan näin hento ja arka”, Josia sanoi eräänä päivänä, kun olin tuntenut hänet jo kaksi vuotta, ja hän oli varttunut edelleen hentokasvuisena. ”Hän ei ole tyytyväinen siihen, kun en halua harjoitella ampumaan jäniksiä tai lintuja. Olen yrittänyt, mutta en vain pysty!”

”Ei kaikkien ihmisten tarvitse olla samanlaisia”, sanoin. ”Sillä on tarkoituksensa, ettet halua tappaa. Isäsi ei vielä ymmärrä sitä, mutta jonakin päivänä hän ymmärtää ja arvostaa asennettasi.”

”Didrik tappaa joskus aivan huvikseen kovakuoriaisia”, Josia selitti. ”Sanoin hänelle, ettei hänen pitäisi, mutta hän tönäisi minut kumoon… Ja isä sanoo, ettei minun pidä arvostella ylemmässä asemassa olevaa poikaa. Mutta jos ylemmässä asemassa olevia ei saa arvostella, mistä he sitten tietävät tekevänsä väärin? Didrik ei ainakaan tiedä sitä, että on väärin tappaa niitä viattomia olentoja, ellei aio edes syödä niitä. Ja kuka hänelle voi sanoa siitä, ellei hänen isänsä opeta häntä?”

”Minä voin joskus puhua Didrikille, ellei hänen isänsä kiellä minua puhuttelemasta poikaansa”, totesin. Didrik oli joskus harvoin tullut seuraamme, kun olin Josian kanssa, mutta yleensä hän pyrki jollain tavoin häiritsemään tekemisiämme, kunnes komensin häntä. Useimmiten hän uhmasi ensin minuakin, mutta totteli sitten kuitenkin, kun komensin toisen kerran. Eräänä päivänä näin hänet pihalla Melosinan kanssa. Melosina leikki puueläimillään, ja Didrik otti häneltä yhden eläimen.

”Et saa tätä takaisin, jos et anna suukkoa!” Didrik julisti. Melosina tarttui eläimeensä ja yritti kiskoa sitä Didrikin kädestä. Mutta Didrik oli sen verran isompi, että sai eläimen niin korkealle, ettei Melosina ylettynyt siihen. ”Anna suukko, niin saat tämän!”

Astelin tuohtuneena heidän luokseen, ja Melosina kääntyi minun puoleeni.

”Se käskee antaa suukon! En halua! Se on inhottava!” hän huudahti närkästyneenä. Tartuin varmaotteisesti Didrikin käteen ja otin eläimen hänen sormiensa otteesta, antamatta hänen irvistävän ilmeensä pelottaa.

”Ei sinun tarvitse antaa suukkoa Didrikille”, sanoin Melosinalle rauhoittelevasti. ”Otahan hirvesi ja vie se muiden joukkoon... Minä juttelen Didrikille!”

Melosina näytti Didrikille kieltään ja pyrähti pois eläintensä kanssa. Talutin vastentahtoisen Didrikin puutarhaan ja istutin hänet kivipenkille.

”No niin, nuorimies... Olisit kai halunnut Melosinalta suukon? Mutta tiedät kyllä, että hän on vasta pikkutyttö, ja hänen ikäisensä tytöt suukottavat vain vanhempiaan.”

”Minun ei tarvitse totella sinua! Olet pelkkä ritarinpojan opettaja, ja surkea sellainen!” Didrik puuskahti.

”Didrik, et ole tainnut saada suukkoja keltään, vai?” totesin kysyvästi. ”Jos sinulla olisi ollut äiti tai hyvä hoitaja, hän olisi varmasti suukotellut sinua... Joten, sinulla on ymmärrettävä puute, muttet silti saa ottaa väkisin sitä mitä tarvitset!”

”En minä mitään suukkoja tarvitse!” Didrik ärähti. ”Halusin vain kiusata Melosinaa, koska hän on kiukkukakara!”

”Enpä usko, että puhut aivan totta! Melosina on suloinen pieni olento, ja haluaisit ehkä olla hänen ystävänsä. Mutta olemalla ilkeä et saa hänen ystävyyttään, vaan saat hänen vihansa! Ystävällinen suukko tuntuu paremmalta kuin vihalla riistetty... Toivottavasti opit sen joskus”, sanoin vakavana. Didrik kohautti olkapäitään. ”Melosina ei pidä siitä, että sinä tapat kovakuoriaisia, eikä hän pidä siitäkään, että nimittelet hänen veljeään, eikä siitä, että käyt rikkomassa hänen leikkimajansa. Mietihän, mitä sellaista voisit tehdä, mistä hän pitäisi, jos jonakin päivänä haluat häneltä ystävällisen suukon!”

”Ei se kuulu sinulle”, Didrik murahti. ”Mutta isä sanoo, että Melosinasta saattaisi tulla minulle morsian, sitten kun ollaan isompia. Se on siis minun tyttö jo nyt, ja minä saan pyytää siltä suukkoja, jos haluan!”

”No, jos teidät on kihlattu, niin se tarkoittaa, ettet sitten vaadi suukkoja muilta kuin häneltä, et siis myöskään palvelustytöiltä”, totesin huoahtaen. ”Ja usko pois, Didrik, vaikka sinulle on ehkä tullut tavaksi ottaa väkisin, mitä haluat, ellet malta odottaa, niin silti, usein on parempi odottaa sitä, että saa lahjaksi sen mitä tahtoo...”

”En usko sinun puheitasi, hourupää! Molcavarathiassa tuommoiset teurastetaan!” Didrik totesi nauraen pilkallisesti, nousi penkiltä ja lähti kävelemään pois luotani. ”Minä saan mitä haluan, etkä sinä sitä kyllä estä!”

Muutaman päivän kuluttua näin hänen kuitenkin astelevan Melosinan luo kädessään jokin nukennäköinen lelu. Hän tyrkkäsi sen Melosinan käteen, tarttui tätä olkapäästä ja painoi sitten suunsa Melosinan huulille. Melosina perääntyi ja tyrkkäsi hänet loitommalle.

”Et saa!” hän huusi kiukustuneena, ja Didrik perääntyi.

”Saat pitää sen”, hän huudahti melkein pahoittelevalla äänellä. ”Ja sinä olet minun kihlattu, ja suutelen sinua sitten isompanakin!”

Sitten Didrik juoksi punehtuneena pois, ja Melosina alkoi selvitellä uuden nukkensa hiuksia. Puhuin tapahtuneesta Jocelinen kanssa, ja hän vahvisti asian. Linnanherra oli puhunut siitä, että voisi ehkä kihlata poikansa ritari Joshuan tyttärelle. Tytölle ei siis etsittäisi muutakaan sulhasta ennen kuin Didrik tulisi naimaikään.

Kun Josia ja Didrik täyttivät seitsemän vuotta, heidän oli aika lähteä ruhtinas Reuelin linnaan opettelemaan ylhäisen väen tapoja, käymään ruhtinaan pojan kanssa koulua ja oppimassa myös aseitten käyttöä ja voimailua ylhäisten poikien tapaan. Tiesin, että se merkitsisi eroa minun ja Josian välille. Cardusian tilanne oli levoton. Kuningas Willef oli vieläkin melko kokematon hallitsija, ja hänen neuvonantajansa painostivat häntä ylläpitämään hyviä välejä kuningas Melchioriin, ettei syttyisi sotaa. Niin ollen Cardusian Neuvoston jäsenten ja muitten ylhäisten ei suvaittu majoittavan Melchiorin vihaamia Vaeltajia linnoissaan.

Ruhtinas Reuel oli arvoltaan kuninkaasta seuraava, eikä hän varmastikaan halunnut vaarantaa asemaansa tekemällä mitään, mitä Neuvosto ei hyväksyisi. En siis olisi tervetullut Eteläisen Ruhtinaskunnan linnaan Josian mukana. Kysyin ritari Joshualta, pitäisikö minun poistua heidän kotoaan, etteivät he joutuisi epäilyttävään maineeseen Neuvoston silmissä. Mutta Joshua vakuutteli minulle, ettei hän todellakaan aikonut hylätä ystäviään vain siksi, että Molcavarathian kuningasta mielistelevät virkamiehet saisivat lisää lahjuksia naapurivaltakunnan lähettiläiltä.

Kun poikien oli aika lähteä Warginlaaksosta, minun oli jätettävä Josia Luojan käsiin. Hän vakuutteli minulle aidon luottavaisena, että selviäisi kyllä. Hän sanoi tulevansa toimeen Didrikin kanssa jotenkuten, kun ei ärsyttäisi tätä, ja että yrittäisi sietää ruhtinaan linnassa asuvia ihmisiä, jos nämä eivät häntä tahallaan kiusaisi. Ja uskoin kyllä, että hänen rauhallinen ja kaunis luonteensa tekisi hänestä pidetyn myös ylhäisen väen seurassa, mutta olin huolissani Didrikin kateellisesta ja kaunaisesta luonnosta. Saatoin heidät matkaan kyynelehtien. Didrikin hyvästelin surullisena hänen vihastaan, ja Josian sellaisella rakkaudella, jollaista jotkut ehkä tuntevat omia lapsiaan kohtaan.

Joceline toivoi minun majailevan edelleen Warginlaaksossa, mutta mieleni veti minua liikkeelle. Lupasin palata usein takaisin heidän perheensä luo, jos vain olisin edelleen tervetullut, mutta tunsin Kaikkeuden Luojan johdattavan minua käymään Cardusian kuninkaanlinnassa. Niinpä lähdin pitkästä aikaa vaeltamaan, ja matkasin Pohjoisen Ruhtinaskunnan alueelle, Wolnoshajoen pohjoispuolelle, kuningas Willefin linnaan saakka.

Linnankylässä minua katsottiin outona ja puhuteltiin joko uteliaasti tai vihamielisesti. Portinvartija kysyi, olenko "niitä vaeltavia veljiä". Sanoin olevani, ja hän sanoi, etten pääsisi kuninkaanlinnaan, koska Neuvosto oli antanut sellaisen määräyksen, ettei Vaeltajia saa ottaa vastaan. Kysyin, pääsisinkö linnaan, jos vaihtaisin muunlaiset vaatteet. Vartija sanoi naurahtaen, että sitä kannattaisi kokeilla seuraavan vartiomiehen kanssa.

Niinpä palasin kuninkaanlinnan portille uudelleen illalla, kaapuvaate piilotettuna matkasäkkiini, jousi olalla, ja sanoin portinvartijalle tulleeni kysymään, tarvittaisiinko palveluksiani kuninkaanlinnassa. Hän ei edes kysynyt, mitä teen työkseni, vaan päästi minut sisälle pitkästyneen oloisena ja kehotti menemään jonkun ulkotyöntekijöistä määräävän virkamiehen puheille. Ja sitten astelin tuohon uudenlaiseen maailmaan; ihmisiä kuhisevaan, levottomaan paikkaan, jollaisessa en koskaan aiemmin ollut oleskellut.

Sain töitä vankityrmän palvelijana. Työni oli kantaa ruokaa ja vettä vangeille, sekä käydä tyhjentämässä heidän jäteastiansa. Samalla kun hoidin työtäni, puhuin vangeille, ja moni heistä otti ystävällisyyteni vastaan samanlaisella paatoksella kuin janoinen ottaa vastaan tilkan vettä. Vanginvartija tykästyi minuun, ja vietin yöni hänen tarjoamassaan majapaikassa kohtuullisen mukavasti. Mutta sitten joku uutta vankia tyrmään saatellut vartiomies kuuli minun puhuvan Kaikkeuden Luojasta. Pari päivää myöhemmin joku Neuvoston virkamiehen käskyläinen tuli ajamaan minut pois kuninkaanlinnasta, kun kerta olin niitä "hourupäitä", joita Neuvosto on käskenyt varoa.

Pyysin saada tavata kuningas Willefin, mutta pyynnölleni naurettiin. Yksi vartioista kuitenkin lupasi saatella minut ulos kuninkaanlinnasta ihan sovinnollisesti, ja sain loppujen lopuksi jopa palkkaa siihen asti tekemästäni työstä, ja vanginvartijalta tuoreen juustopalan matkaevääksi, ystävällisen kädenpuristuksen myötä tarjottuna.

Kun minua saateltiin ulos linnanportista, satuin näkemään kuningas Willefin linnan ulkopuolella tyttärensä kanssa. He kävelivät linnan muurin viereistä tietä, ja heidän kannoillaan kulki kaksi vartijaa. Kuningas oli todellakin vielä nuori, komeapiirteinen, ruskeatukkainen ja parrakas mies. Ja tyttönen – Cardusian kruununprinsessa - roikkui hänen kädessään kasvot loistaen rakkautta ja iloa. Tyttönen huitoi isänsä säärtä puunoksalla ilkikurisesti nauraen, ja ylpeä isä tukisti lempeästi tyttärensä sotkuisia hiuksia.

He olivat onnellinen ja ilmiselvästi toisiaan rakastava kaksikko. Kun katsoin prinsessa Jelisepaa, näin mielessäni toisen pikkutytön; hieman erinäköisen, punertavahiuksisen, minulle rakkaan kasvattisisareni kaukana pohjoisessa. Mieleni tunnisti heissä saman luonnon, saman levottoman sielun. Samassa Henki sanoi minulle, että minun olisi puhuteltava heitä. Irrottauduin saattelijani otteesta ja astelin nopeasti kohti kuningasta. En kumartanut, mutta laskeuduin kyykylleni heidän eteensä, jotta näkisi prinsessan paremmin.

”Olkaa tervehdityt, Cardusian kuningas ja prinsessa! Minulla on Teille sana Kaikkeuden Luojalta”, sanoin rauhallisella äänellä. Kuningas Willef seisahtui, katsoi minua vakavan hämmentyneenä, ja nyökkäsi hitaasti.

”No, sano asiasi, muukalainen, mutta jos olet niitä vaeltavia miehiä, joita kuningas Melchior pelkää, niin en voi kuunnella sinua pitkään, koska luultavasti henkivartijani tulevat ajamaan sinut matkoihisi”, hän sanoi ironisesti naurahtaen.

Pieni prinsessa oli takertunut hänen reiteensä ja piti puunoksaa ikään kuin suojana edessään. Ja silti hän rohkeni katsella minua, ja hänen silmänsä olivat kuin aikuisen silmät. Tunsin ilman väreilevän ympärilläni, kun näkyjä alkoi nousta mieleeni ilman että pystyin niitä lainkaan pidättelemään.

”Cardusian tulevan kuninkaan suonissa virtaa kyllä sama veri kuin prinsessalla, ja häntä luullaan viholliseksi, mutta hän on Luojan lähettämä mies… Ja tyttärenne on vahva ase Molcavarathian pahuutta vastaan, ja hän tulee näkemään pimeitä päiviä, mutta niin suurta on häntä rakastavien rakkaus, että se kantaa hänet kaiken läpi! Ja hänestä sikiää lääke pahuuden sairastuttamille sieluille”, lausuin, enkä tiennyt itsekään, miksi sanoin sen kaiken. Sanat tulivat jostakin muualta kuin omasta mielestäni. Kuningas rypisti otsaansa ja kumartui nopeasti puoleeni.

”Älä mainitse mitään nimeltä mainitsemattoman valtakunnan pahuudesta, ellet halua sen väen kätyreitä kimppuusi, miesparka!” hän huudahti hiljaa. ”Minulla ei ole mitään teidänlaisianne vastaan, ellette aiheuta vahinkoa kellekään… Mutta kuninkaanlinnassa ei suvaita Vaeltajia niin kauan kuin nimeltä mainitsemattoman kannattajia on Neuvostossa enemmistönä!”

”Tulkoon se päivä pian, jolloin Ohdakemaan hallinto on puhdas ja täynnä oikeudenmukaisuutta, valoa ja rakkautta! Teidän rakkautenne palkitaan myös, mutta… Teidänkin on käytävä läpi oma pimeä tunnelinne, hyvä Willef… Mutta älkää koskaan menettäkö toivoanne!” lausahdin itsekin pelästyen sitä, mitä suustani tuli ulos. Puheeni oli kummallista ja julkeaa, ja saatoin kuvitella, että jossakin muualla minut olisi piesty tuollaisten sanojen takia. Kuninkaan kasvot vakavoituivat entisestään, ja hän vilkaisi tytärtään, joka tuijotti minua yhtä vakavana, mutta toisaalta myös uteliaana. Samassa viereeni asteli kaksi soturia.

”Häiritseekö hän Teitä, kuningas?” toinen kysyi huolestuneena.

”Ei häiritse, hyvä Rikard!” kuningas Willef vastasi, ojensi minulle kätensä ja veti minut jalkeille. En silloin edes vielä ymmärtänyt, millainen suosionosoitus tuli osakseni siinä, kun itse kuningas tarttui käteeni ja auttoi minut ylös maasta. ”Mies jatkanee matkaansa pois kuninkaanlinnasta… Kuninkaan hyvä tahto mukanaan!”

Rikardiksi mainittu kuninkaan henkivartija katsahti minua, muttei uhkaavasti, vaan uteliaana. Hänellä oli ystävälliset, avoimet silmät, ja hänen kasvonsa olivat piirteiltään hyvin miellyttävät.

”Sinun poikasi on myös Kaikkeuden Luojalle rakas”, sanoin hänelle, nähden mielessäni nuoremmat kasvot, joissa oli samanlaiset viattomat silmät. ”Saakoon hän niin paljon avointa mieltä ja lempeyttä, että tulee kestämään eteensä tulevat koettelemukset ja löytämään lopulta todellisen rakkauden! Tämä maailma tarvitsee enemmän hänen kaltaisiaan!”

”Onko sinulla poika, Rikard?” kuningas kysyi soturilta, joka oli hämmentynyt sanoistani.

”On, ainokaiseni. Hänen äitinsä kuoli synnytykseen”, mies vastasi räpytellen hämmentyneenä silmiään. ”Hän on silmäteräni, ainoa sukuani…”

”Poikasi tulee kyllä löytämään ystäviä ja oikean polun”, sanoin hänelle, ja voimakas liikutus puristi rintaani. ”Ja antakoon Luoja hänelle sen lahjan, että hän tulee aina löytämään valoisan puolen kärsimyksessään!”

”Onko tämä mies niitä vaeltajia?” toinen sotureista kysyi tylyllä äänellä. ”Alahan mennä matkoihisi, huurupää!”

Peräännyin, kun hän hätisteli minua loitommalle kuninkaasta. Mutta silloin pieni kruununprinsessa irrottautui isänsä kädestä, asteli hieman lähemmäs minua ja kurottautui ojentamaan minulle oksaansa. Otin sen ja kiitin häntä hymyillen, ja hän palasi nopeasti isänsä suojiin, mutta hänen toinen suupielensä oli kohonnut varovaiseen hymyyn. Käännyin ja lähdin astelemaan kauemmas heistä, syvä liikutus rinnassani ja jonkinlainen vakava hämmennys mielessäni. Oli kuin olisin nähnyt tulevia tapahtumia; näkymiä prinsessasta aikuisena ja mielikuvia Cardusian kuninkaasta, joka ei ollut enää Willef, vaan joku toinen...

”Sinä pieni hupsu, miksi annoit erikoisen oksasi tuolle kulkijalle?” kuulin kuninkaan kysyvän tyttäreltään ihmettelevällä, mutta rakastavalla äänellä.

”Jos joku on hänelle ilkeä, hän voi lyödä sillä”, tyttönen vastasi nauraen hiljaa. ”Ja pidin hänestä... Hänellä on hassu paljas pää, mutta kauniit kasvot. Ja minun oksassani on erikoista voimaa... Kyllä hän muistaa sen, kun käyttää sitä!”

Prinsessa Jelisepa oli oikeassa. Hänen antamastaan oksasta veistin itselleni ritsan; samanlaisen, jollaisella olin lapsena harjoitellut tarkkuusammuntaa ja kiusoitellut kylän ihmisiä ampumalla heitä pikkukivillä jalkaan tai selkään kesken heidän touhujensa. Muistellessani sitä muistin myös Janoshan, ja mietin taas, että jokin kruununprinsessassa oli samanlaista kuin hänessä.

Prinsessa Jelisepan hiukset olivat aavistuksen punertavan ruskeat, mutta tummemmat kuin Janoshalla. Mutta kasvot olivat samalla tavoin erikoiset, ja etenkin luonne muistutti minua Janoshasta. Tiesin, ettei sellainen neito löytäisi rauhaa helposti, etenkään maailmassa, jossa häikäilemättömät miehet olivat ottaneet ruumiilliseen voimaansa ja vähäisempään herkkyyteensä perustuvan ylivallan. Hän ei olisi alistuvaa tyyppiä; hän kapinoisi ja joutuisi siksi vaikeuksiin. Jos hänet yritettäisiin kihlata jollekulle, jota hän ei sietäisi, hän taistelisi vastaan, ja se voisi rikkoa hänen ja hänen isänsä välit... Mutta rohkenisiko kuningas Willef olla järjestämättä tyttärelleen aviomiestä, tai tehdä mitään muutakaan vastoin Neuvoston suosituksia?

Vaelsin mietteissäni ja verkkaista tahtia jonnekin Eteläiseen Ruhtinaskuntaan päin, ja puhutin ihmisiä kylissä ja syrjäisissä tuvissa. Kuninkaanlinnassa viipyessäni olin saanut kuulla, ettei kuningas Melchiorilla ollut edelleenkään poikapuolista perillistä. Väki arveli, että Melchior olisi kenties aikeissa ottaa jonkun korkea-arvoisen ja sopivaa syntyperää olevan pojan kasvatikseen. Halusin myös saada tietää, miten Josia oli selviytynyt ajastaan ruhtinas Reuelin linnassa. Siksi vaelsin talveksi takaisin Warginlaaksoon.

Josia ja Didrik olivat kotonaan Warginlaaksossa keskitalvella yhden kuukauden. Sitten he lähtivät taas ruhtinaan linnaan seuraavaan kesään saakka. Pysyttelin lähitienoilla, autoin Warginlaakson linnankylän ihmisiä, miten pystyin, ja tapasin silloin tällöin myös muita Vaeltajia. Toisinaan yksi tai kaksi Vaeltajaa sai majapaikan Warginlaakson linnasta minun seurassani, mutten rohjennut tuoda sinne enempää kaltaistani väkeä, ettei Warginlaakson linnanherra joutuisi Neuvoston silmätikuksi majoittamiensa "hourupäitten" takia.

Seuraavina vuosina Josia ja Didrik kävivät kotonaan kesäisin ja keskitalvella, ja yritin olla aina silloin Warginlaaksossa, kun Josiakin oli siellä. Seurasin hänen varttumistaan, ja hän kasvoi edelleen kauniina kasvoiltaan ja hentona varreltaan. Myös Didrik varttui, mutta hän oli Josiaa selvästi vantterampi ja käytti mielellään ruumiinvoimiaan. Yritin joskus puhutella häntä, mutta hän vältteli seuraani ja puhui minusta "lainsuojattomana". Hän yritti saada isänsä karkottamaan minut linnasta, mutta koska linnanherra Didrik oli ritari Joshuan ystävä, hän antoi minun edelleen majailla linnassaan, puuttumatta millään tavoin oleskeluuni ritarin perheen kanssa.

Kun tapasin Josiaa, hän näytti minulle taitojaan jousiammunnassa, ja sain todeta hänen ylittäneen minun taitoni jo aikapäiviä sitten, vaikka hän oli vasta hieman toisella kymmenennellään. Vain hermostuneena hän epäonnistui; muuten hän osui maaliinsa kuin näkymätöntä lankaa pitkin. Josia oli edelleen mietteliäs, pohtivainen ja lempeäsydäminen poika. Mietin, oliko hän ehkä tavannut jonkun nuoren neidon, joka olisi kenties herättänyt hänessä orastavaa ihastusta tai ajatuksia läheisyydestä, mutten halunnut udella häneltä sellaisista asioista. Hän kertoi kyllä siitä, että Didrikin käytös häiritsi häntä, mutta ruhtinas Reuelin esikoispoika Nathanael oli hänelle ystävällinen ja puolusti häntä Didrikiä vastaan, milloin vain pystyi. Josia tuntui pitävän Nathanaelia erityisessä arvossa.

"Hän saa minut hymyilemään puheillaan, ja päiväni tuntuvat valoisimmilta, jos hän on ollut enemmän seurassani", Josia selitti minulle. "Hän soittaa taitavasti luuttua, ja hän osaa tasapainoilla paremmin kuin minä tai Didrik. Hän keikkuu tuoleilla ja heittelee hedelmiä, ja vaikka se onkin ehkä huonotapaista, hän ei tee sitä ilkeyttään... Luulen, ettei hän viihdy sen kaiken väen kanssa ja yrittää vain keksiä jotakin hauskaa, itseään viihdyttääkseen. Ja hän pitää eläimistä... Hänellä on koirasusi kasvattinaan! Sain kerran viedä sille ruokaa, ja se otti sitä minun kädestäni, vaikka yleensä se kuulemma pelkää muita ihmisiä kuin Nathanaelia itseään..."

"Ai, ruhtinaan pojallako on koirasusi? Mistä hän lienee saanut sellaisen?" kysyin kiinnostuneena.

"Joku metsästyskoirista olin lähtenyt ruhtinaan linnan lähettyvillä kuljeskelleen suden mukaan, ja Nathanael oli etsiskellyt sitä, ja lopulta, viikkojen kuluttua, löytänyt niitten perustaman perheen", Josia selitti, ja hänen silmänsä loistivat, kun hän katseli muistikuvaansa. "Olisinpa voinut nähdä saman kuin hän! Mutta sitten metsästäjäväki yritti saada koiran takaisin, ja he savustivat suden ja koiran pesäluolastaan... He ampuivat suden ja vangitsivat koiran, ja pennut jäivät luolaan. Nathanael sai tietää asiasta vasta kun metsästäjät toivat koiran takaisin linnaan, ja silloin hän kiirehti pesälle. Kaikki muut pennut olivat kuolleet savuun, paitsi yksi, joka oli päässyt ryömimään lähemmäs suuaukkoa, raittiiseen ilmaan. Sen silmät olivat vielä sokeat, mutta se hakeutui Nathanaelin käsiin. Ja Nathanael otti pennun ja vei sen emokoiran luo, ja emokoira sai ehkä lohtua siitä, että sillä oli edes se yksi pentu, vaikka se menetti muut ja puolisonsa..."

Josian silmistä oli alkanut valua kyyneleitä, mutta hän hymyili jatkaessaan kertomustaan.

"Nathanael meni vihaisena puhumaan asiasta niille metsästäjille, ja käski näitten jättää emokoiran ja sen pennun rauhaan, tai hän kehottaisi ruhtinasta ajamaan metsästäjät linnastaan", Josia jatkoi huoahtaen. "Hän rakensi omin käsin aitauksen koirasudelleen ja sen emolle, ja nyt se koirasusi on jo kasvanut aikuiseksi. Nathanael vie sen mukanaan metsiin ja ulvoo siellä sen kanssa, ja toivoo, että jonakin päivänä joku villeistä susista vastaisi hänelle."

"Pidät siis tästä Nathanaelista?" kysyin hiljaa, tarkkaillen hänen ilmettään. "Eikä hän kiusaa sinua niin kuin Didrik?"

"Niin, pidän kyllä hänestä, eikä hän todellakaan kiusaa minua! Mutta hänhän on niin ylhäinen, kuin prinssi, eikä hän saa aina olla minun ja Didrikin seurassa, koska olemme alempiarvoisia... Etenkin minä, kun olen vain ritarin poika sen väen silmissä", Josia selitti huoahtaen. "Mutta minusta tuntuu, ettei Nathanael välitä siitä, mikä minä olen arvoltani ihmisten silmissä."

"Hän kuulostaa hyvältä ystävältä", sanoin. "Tiedätkö, mistä hänen sukunsa on kotoisin? Millainen hänen perheensä on? Minkä näköisiä he ovat?"

”En tiedä heidän suvustaan enempää kuin sen, että ruhtinaan sukua on elänyt satoja vuosia Cardusian mailla, ja hänen äitinsä suku taas on tiettävästi tullut jostakin Molcavarathian puolelta jo vuosikymmeniä sitten, siis ennen kuin Cardusia irrottautui omaksi valtakunnakseen. Se suku on vaaleahiuksista. Ruhtinaalla on melko pehmeät piirteet ja ruskeat hiukset… Reuel nuorempi on melko vaaleahiuksinen, ja hänessä on piirteitä sekä isästään että äidistään, ja hänen pikkusisarensa on vaalea, aika paljon äitinsä näköinen… Mutten oikein pidä hänen luonteestaan! Ruhtinattarella on kauniit piirteet, mutta hän on peittänyt ne teeskentelyn taakse”, Josia totesi, ja hänen kasvoillaan kävi vakava ilme. Hän vilkaisi minua epäröiden. ”En oikeastaan haluaisi olla kovin paljon tekemisissä heidän kanssaan, mutta minun pakko olla iltaisin salissa, jotta opin ylhäisten tapoja.”

”Entä Nathanael? Millainen hän on näöltään?” kysyin mietteliäänä.

”Hänellä on ristiveriset, tai oikeastaan vaaleanruskeat hiukset, ja hänen piirteensä ovat terävämmät kuin muulla perheellä, vaikka kyllä hänessä on äitinsäkin kauniita piirteitä”, Josia selitti ja alkoi taas hymyillä. ”Hän sanoo itse olevansa vaihdokas, koska kokee muistuttavansa enemmän jopa jänistä kuin ruhtinas Reuelia!”

”Hän taitaa olla luonteeltaan ilkikurisuuteen taipuvainen”, sanoin naurahtaen.

”Niin, muttei ilkeä… Ainakaan minulle”, Josia sanoi hiljaa, katsoen minua noilla mietteliään kauniilla silmillään. ”Jos saisin joskus ystävän, toivoisin, että ystäväni olisi hänen kaltaisensa! Eikä hänen tarvitsisi olla ylhäinen. Hän voisi olla miten köyhä tahansa, haluaisin silti olla hänen toverinsa ja kulkea hänen kanssaan. Vaeltaisimme kaikkialle niin kuin sinäkin olet vaeltanut, ja opettaisimme ihmisille sitä hyvää, mitä sinä opetat!”

”Mutta ruhtinaan pojasta saattaa tulla kruununprinsessa Jelisepan sulhanen, ja sitä kautta jopa kruununperijä! Siinä asemassa hän tuskin pystyy lähtemään vaeltelemaan ympäri valtakuntia”, totesin hiljaa, ja Josia katseli minua yhä, suruntunteen käydessä hänen kasvoillaan.

”En usko, että se tekisi häntä onnelliseksi”, hän sanoi hiljaa. ”En usko, että Nathanael haluaisi olla kuningas, tai tulla kahlituksi jonnekin ihmisten keskelle. Hän on niin kuin se hänen koirasutensa, vain puoliksi ihmisten ystävä…”

”Ehkäpä olet oikeassa, ja haluaisin joskus tavata sen pojan, jos hän kerta on ollut sinulle ystävällinen! Niin, Luoja tietää, kenestä tulee vielä kerran Cardusian kuningas… Toivon vain, ettei se ole kuningas Melchior tai kukaan hänen sukuaan”, lausahdin.

Kului taas pari vuotta, ja tapasin Josiaa kuukauden talvisin ja kuukauden kesäisin, ja muina aikoina vaeltelin Cardusian alueella, välillä idässä, välillä lännessä, ja viettäen toisinaan pitkiäkin aikoja yksinäisyydessä, Miwoshinvuorten rinteillä, joilta Wolnoshajoki sai alkunsa. Joka vuosi yritin vähintään kerran tai kaksi päästä kuninkaanlinnaan saadakseni puhutella kuningas Willefiä ja hänen tytärtään. Joskus minua ei päästetty edes sisälle linnaan; jonkun kerran pääsin sentään sisälle ja tapaamaan tuttua vanginvartijaa ja vankeja.

Yritin puhuttaa kuninkaan virkamiehiä, mutta minua uhattiin häpeäpaalulla, jos edes tervehdin heitä. Enkä voisi jäädä häpeäpaaluun lojumaan, koska minulla oli muitakin tehtäviä. Kun sitten Josia Joshuanpoika oli toiseksi viimeistä kevättään ruhtinas Reuelin linnassa, vaelsin Itäiseen Vuoristoon, ja siellä tapasin uudelleen muita Vaeltavia Veljiä. Yksi Vaeltajajoukko oli tullut pohjoisesta, ja kun puhelin heidän kanssaan, tapahtui jotakin, mikä sai minut joksikin aikaa häkellyksiin.

”Mahdatko olla koskaan matkoillasi tavannut Vaeltajaa nimeltä Petrus, Vaskikallion kylästä? Saimme vuosia sitten Molcavarathian rajalla eräältä palkkasoturilta paperikäärön... Hän sanoi, että jos joskus löydämme kyseisen Petruksen, joka on kuulemma kotoisin pohjoisesta, niin kirjekäärö pitäisi antaa hänelle. Mutta siitä on tosiaan jo vuosia! Käärö on ollut mukanamme, emmekä ole löytäneet kyseistä Vaeltajaa vieläkään.”

”Antakaa käärö minulle... Minun nimeni oli vuosia sitten Petrus, ja olen kotoisin Vaskikallion kylästä”, sanoin alkaen kyynelehtiä. Vaeltajaveli antoi minulle kuluneen, rypistyneen käärön. Vetäydyin Daniyeelin luolaan, tulen ääreen lukemaan noita sanoja, joita katsellessani tunsin palaavani vuosientakaisiin hetkiin; silloiseen kärsimykseeni ja hämmennykseeni.

”Petrus, ystäväni, missä sitten lienetkään, kun luet tätä!
Toivon että Kaikkeuden Luoja on varjellut sinut hengissä, kuten haluan uskoa, koska sinulla on tehtäväsi, kuten minullakin. En tiedä miten saan tämän kirjeen sinulle toimitetuksi, mutta sinua varmasti ilahduttaa tietää, että olen tavannut veljeni Jakinin. Minut vietiin M:n kuninkaanlinnaan, ja Jakin näki minut ollessaan vartiossa, kun minua talutettiin vaunuista sisälle. Se oli ihmeellinen kohtaaminen! Näet jonkun, ja tiedät heti, kuka hän on, vaikka hän näyttää vain vähän siltä millainen hän oli lapsen silmissä, vuosikymmeniä aiemmin. Hänen näkemisensä lohdutti minua surussani, koska tiesin, että

oli tarkoitettu, että tapaisin hänet siellä. Luojalle kiitos, että sinä etsit häntä ja löysit hänet, ja että minäkin saatoin kokea ilon kohdata ihmisen, joka on vuosia sitten minua hellästi rakastanut ja paimentanut! Mutta tämä paikka on täynnä vaaroja, ja olemme kohdanneet vain salaa ja katseilta piilossa, mutta hän auttaa minua, jos vain voi, jotta saan tämän kirjeeni matkaan.

Olen edistynyt kirjoittamisessa, näethän? Äläkä hetkeäkään soimaa itseäsi siitä, että tottelit minua, kun käskin sinun jättää minut ja paeta. Se oli – niin uskon – Luojan tahto! Muistathan sen näyn, josta kerroit minulle? Sinun tehtäväsi on Cardusiassa, minun taas täällä pahuuden pesässä, jossa kuitenkin on myös hyvää ja hyviä ihmisiä. Monet ovat minua auttaneet ja lohduttaneet. Lakkasin myös pian suremasta sitä, etten voinut lähteä pohjoiseen toisen veljeni luo. Uskon, että tapaan hänet kyllä vielä joskus, jos niin on tarkoitettu.

Olen myös ikävöinyt sinua ja sinun seuraasi, mutta koska tiedän, että olemme toisissamme, en ole kuitenkaan koskaan sinusta oikeasti erossa. Uskotko, Petrus, että kun olen surrut, olen surrut sinun hätääsi siitä, ettet tiedä, kärsinkö minä liikaa, vai selviydynkö ja löydän lohdutusta? Surin sitä, etten saisi sinulle kerrotuksi, ettei sinun tarvitse hätäillä puolestani. Toivoin, että jossakin vaiheessa kokisit sen ja voisit ajatella minua Korkeimman Rauhan vallassa.

Minut siis vietiin Melchiorin hoviin, hovineidoksi, ja minut kaunistettiin ja puettiin koreaksi, ja sain opetusta ylhäisten tavoista ja muusta, ja kunnolliset kirjoitusvälineet. Olen oppinutkin paljon. Tämä todella on paheellinen paikka, mutta on niitäkin, jotka pysyvät syrjässä kaikesta ja jaksavat toivoa... Se mies, jota kerroit kutsuttavan Tietäjäksi, saattaa hyvinkin olla eräs vanhus, jota kuningas pitää neuvonantajanaan. Pitkä, laiha, luihukatseinen mies, jolla on valkea parta ja ohenneet, valkeat hiukset. Hän imee ahkerasti huumaavia huuruja ja palveluttaa itseään tytöillä ja pojilla... Mutta olen pysynyt kaukana hänestä, enkä tiedä enempää hänen puuhistaan.

Minut esiteltiin kuningas Melchiorille, mutta Luojan kiitos, hän oli juuri silloin enemmän kiinnostunut sivuvaimoistaan. Hän on aikeissa nostaa kuningattaren asemaan sen sivuvaimon, joka synnyttää hänelle pojan. Mutta epäilen, että alituinen huurujen hengittely ja heidän juomansa ja sairaat huvinsa ovat heikentäneet niin kuninkaan kuin hänen väkensäkin hedelmällisyyttä. En kuitenkaan edes tahtoisi sanoa epäilyistäni kellekään täällä elävistä. En edes toivoisi sellaisen kuninkaan saavan jälkeläistä. Hänen virallinen lapsensa, prinsessa Mormessakin on, pahoin pelkään, ilkeämielinen tyttönen, enkä saata uskoa, että hänestä kehittyisi ainakaan isäänsä parempaa hallitsijaa...

Mutta, olen iloinen voidessani kertoa sinulle, että itse olen olosuhteisiin nähden turvassa, ja jopa onnellinen, jollain tapaa, koska minulle kävi paremmin kuin pelkäsin, tai sinä pelkäsit. Hovissa on eräs vieraan maan lähettiläs, jonka serkku on Cardusian kuninkaan vaimo. Koska Melchior halusi kohentaa suhteitaan Warginmaahan, hän halusi järjestää tälle nuorelle miehelle vaimon omasta hovistaan. Mies – prinssi Rowen, Warginmaan kuninkaan veljenpoika – on ollut syntymästään saakka hieman kampurajalkainen ja piirteiltään romuluinen, eikä siksi täkäläisten neitojen suosiossa, mutta hän on hyväluontoinen nuorimies; hiljainen, älykäs, ja puhdasmielinen. Ja kun kuningas esitti hänelle tarjouksen ottaa vaimo tuoreitten hovineitojensa joukosta, prinssi Rowen valitsi minut. Me vain katsoimme toisiimme ja tunnistimme toisissamme jotakin samaa. Uskon, että voit iloita puolestani, kun sanon, että olen kiintynyt häneen, kunnioitan häntä, ja pidän häntä ystävänäni.

Rowen on ollut minua kohtaan kunnioittava, vaikka olen kertonut hänelle kaikesta siitä, miten olen joutunut elämään. Hän sanoo rakastavansa minua sitä enemmän, mitä suuremmat ovat olleet kärsimykseni, ja nyt odotan jo lasta hänelle. En siis joutunut kauan kärsimään naimattomana ja turvattomana hovipalvelijana täällä irstauden pesässä; toivon siis, että voit olla onnellinen puolestani, jos edelleen tahdot minulle hyvää! Minulla on nyt ystävä ja puoliso, joka suojelee minua tämän hovin paheellisilta huveilta, eikä itsekään ryve niissä. Uskon, että jos tapaisit hänet, voisit arvostaa häntä, jopa rakastaa häntä, kuten minäkin rakastan hengessäni.

Olen kertonut sinusta Rowenille. Hän on kertonut, että hänen kotimaassaan on paljon Vaeltajaveljiä. Ja hän sanoo ajatelleensa, että hän on täällä valtakunnassa kuin krituliaana kasvava lääkeyrtti maaperässä, joka saastuu ihmisten tuottamasta saastasta; ja minä olen nyt hänelle kuin virvoittava sade; olen sade, jossa sinäkin olet mukana, koska olemme samaa vettä... Itken kirjoittaessani tätä, mutta itken onnesta. Tiedän, että sinä virvoitat ja kastelet jossakin muualla, ja minä olen mukana siellä. Usko sinäkin niin!

Jos jonakin päivänä voisinkin lähteä täältä pois hänen kanssaan... Joko hänen synnyinseudulleen Warginmaahan, tai Cardusiaan, tai pohjoiseen, veljeni luo. Mutta Rowen sanoo, että jos hän lähtee pois Molcavarathiasta, kuningas Melchior voi ottaa sen poliittisena loukkauksena ja käyttää sitä tekosyynä julistaa sota hänen kotimaalleen. Silloin Melchiorin joukko marssisi Cardusian ja Argillan läpi Warginmaata kohti, eikä varmasti jättäisi levittämättä tuhoaan myös matkansa varrella.

Jakin kertoi minulle joutuneensa pois rajavartijan työstä, koska hän päästi liikaa epäilyttävää väkeä rajan yli. Sinunkin kaltaisiasi vaeltajia, Petrus! Elämme varjojen keskellä, mutta siellä täällä loistaa valopilkkuja. Sinun olemassaolosi on minulle edelleen sellainen, siunattu ystäväni ja veljeni! Ja nyt, kun siitä on jo enemmän kuin vuosi, kun erosimme, haluan toivottaa sinulle Luojamme varjelusta ja rohkeutta siihen tehtävään, johon hän on sinut valinnut! Kun luet tätä kirjettä, milloin se sitten onkaan, pyydä siunausta perheelleni. Kunpa voisin joskus saada vastauksesi, mutta pahoin pelkään, että vääriin käsiin joutuessaan vastaus voisi viedä meiltä hengen. Jää siis hyvästi, Petrus, mutta ole edelleen hengessä kanssani. Rakkaudella, Jael."

Olin itkenyt jo kirjettä lukiessani, ja itkin läpi yön, nähden unia, joissa erosin Jaelista, ja painajaisia Tietäjästä ja hänen irstaista tavoistaan, ja sitten erikoisia unia, joissa oli tummahiuksinen, erikoisen näköinen poika. Jael oli itsekin Warginmaasta lähteneitten sukua, isänsä suvun kautta, ja hänen puolisonsa oli Warginmaasta; sen maan kuninkaallisia. Heidät oli saatettu yhteen, vaikka Jael oli syntynyt ja elänyt kaukana pohjoisessa. Heidän lapsestaan tulisi syntyperältään kaksin verroin warginmaalainen; muinaisen, tarunomaisen susikansan jälkeläinen. Ajatus kiehtoi minua ja tuntui merkitykselliseltä. Myös Josia oli äitinsä perheen kautta samaa kansaa, ja prinsessa Jelisepakin oli äitinsä puolelta warginmaalainen. Vaeltaja Daniyeel oli ollut myös syntyjään Warginmaasta. Monet niistä ihmisistä, joita olin tavannut ja joilla oli minulle syvempi merkitys, olivat syntyjään samaa kansaa.

Mikä merkitys oli tuolla kaukaisella vuoristometsien valtakunnalla, jossa petoja asui tarinoitten mukaan enemmän kuin ihmisiä? Mikä oli heidän kansansa merkitys toisille kansoille, kun heidän joukostaan lähti liikkeelle lukuisia Vaeltajia ja ihmisiä, jotka eivät tuntuneet sopeutuvan muiden joukkoon? Daniyeel oli sanonut, että Warginmaan kuninkaan lähettiläs olisi Molcavarathian hovissa kuin ohdake Melchiorin kylvämässä pahuuden pellossa. Ja koko se maa, jota Melchior nimitti Ohdakemaaksi, kasvoi molcavarathialaisten vihaamaa ohdaketta. Mutta Cardusian väelle kaikki ohdakkeet pitivät maata puhtaana Melchiorin kylvämältä pahuudelta, ymmärsipä väki sitä tai ei. Mielikuvani häilyivät ja etsivät selkeää näkyä. Tunsin kyllä kaiken merkityksellisyyden, mutten vielä ymmärtänyt sitä niin selkeästi, että olisin osannut pukea sen sanoiksi.

Siitä oli todella kulunut jo vuosia, kun Jael oli kirjoittanut kirjeensä; ehkä jopa kymmenen vuotta. Mahtoiko hän enää olla Molcavarathiassa? Olisiko hänellä useampiakin lapsia? Olisiko hän saanut elää rauhassa ja kohtalaisen turmeltumattomana? Ja missä Jakin olisi? En ollut vuosikausiin edes yrittänyt lähettää viestiä pohjoiseen, kotikylääni. Ehkä Jokim ja Janosha olivat turhaan odotelleet minulta viestiä. Ja Jaechim olisi jo varttunut aikuiseksi, ja hänen sisarensa myös, ja kolmaskin lapsi; se, jota Janosha oli odottanut lähtiessäni heidän luotaan, olisi myös jo varttunut.

Ikävä ystävääni ja hänen perhettään kohtaan iski miltei lamauttavan voimakkaana. Voisiko joku vielä viedä viestiä minulta niin kauas pohjoiseen? Voisinko enää koskaan palata sinne itse? Olin lähtenyt etsimään Jokimin sisaruksia ja löytänyt heidät, mutten ollut saanut heitä Jokimin luo. Halusin ainakin saada selville, oliko Jakin vielä Molcavarathian sotajoukoissa. Voisin lähettää viestiä pohjoiseen, jos tietäisin, mitä Jokimin sisaruksille juuri nyt kuului.

Arvelin olevani jo kohta neljänkymmenen iältäni, vaikken ollutkaan kirjannut vuosia ylös minnekään. Jaelin kirjeen myötä menneisyyden kuvitelmat ja haaveet perheestä ja omista lapsista nousivat joksikin aikaa mieleeni, mutteivat ne vaivanneet minua enää. Saatoin tarkastella niitä tuntematta enää edes surua tai pettymystä. Ymmärsin, että minulla oli perhe, vaikkei se ollutkaan omani. Ja Jael, jonka olin tuntenut sielunkumppanikseni, koki onnea omalla tahollaan, eikä se vähentänyt minun onneani. Se rakkaus, jota hän saisi osakseen puolisoltaan, ei olisi minulta pois; se olisi minunkin iloni ja onneni. Kiitin siis Luojaa hänen puolisostaan ja lapsensa isästä. Sitten vaelsin taas kerran länteen, Warginlaaksoon, tapaamaan omaa hengellistä lastani.

Tuon kesän jälkeen Josia lähtisi viimeiseksi koulutusvuodekseen ruhtinas Reuelin linnaan. Hän oli kolmentoista, ja kaunis nuorukainen. Hän oli jo kasvanut pituutta ja harteikkuuttakin, ja arvelin, että monet neidot katselisivat häntä ihaillen hänen kauneuttaan. Mutta hänen oma mielensä oli edelleen viaton ja turmeltumaton, eikä hän halunnut edes ajatella naimisiinmenoa.

Vietimme sen kesän vaellellen yhdessä Warginlaakson metsissä. Vaikka olimme usein hiljaa, tiesimme suunnilleen, mitä toinen ajatteli. Katselimme yhdessä laakson metsien ja jokiniittyjen maisemia, laakson laidoilla nousevia vuorenrinteitä; taivaita, joilla pilvet vuoroin tummuivat, vuoroin haihtuivat olemattomiin. Kerroin hänelle Jaelista, kuten olin aiemmin kertonut ystävästäni Jokimista ja hänen kotikylästään. Kerroin myös siitä, että heidänkin sukunsa oli kotoisin Warginmaasta. Josia pohti kauan sitä, mitä muistelin Jokimin kertoneen susikansan synnystä.

”Onhan mahdollista, että kauan sitten, kun Kaikkeuden Luoja teki maailman näkymättömästä Voimastaan ja synnytti ensimmäiset elävät olennot vedestä voimallisella sanallaan, hän alkoi muovata olentoja kuin savea muovataan. Kaikissa olennoissa on tuota samaa ainesta! Ne ovat vain rakentuneet eri tavoin. Savestahan voit muovata loputtomiin erilaisia hahmoja… Osasta otetaan jotakin pois, osaan laitetaan jotakin lisää, venytetään tai litistetään, ja siitä tulee aivan erinäköinen olento”, hän sanoi sitten hiljaa. ”Ihmisetkin ovat kovin erilaisia luonnoltaan ja näöltään! Ehkä osassa ihmisistä on enemmän samaa ainesta ja samanlaisia rakenteita kuin vaikkapa susissa, ja siksi joku voi tuntea enemmän yhteyttä niiden kanssa kuin jonkun toisen ihmisen.”

”Niin, ja etenkin, jos jotkut toiset ihmiset muistuttavat enemmän vaikkapa hirviä”, totesin naurahtaen, ja Josia hymyili.

”Mitä kansaa sinä mahdatkaan olla, ellet ole jotakin kautta syntyjäsi meidän kaltaisiamme?” hän kysyi katsellen minua. ”Ehkä sinun pitäisi osata lentää, kun olet niin paljon liikkeellä. Ehkä sinulla tulisi olla tuulihaukan siivet! Tai sitten olet pohjoisen valkoisten lumikenttien valkoturkkisten petojen sukua…”

”Kuka tietää? Mutta lopultahan olemme kaikki samaa. Olemme samasta aineesta ja samasta voimasta syntyneitä, ja erilaisia vain tämän ajan, jonka vaellamme näissä olemuksissamme”, totesin katsellen alas laaksoon. ”Kunpa osaisimme elää tietoisina siitä, että tämä on vain välivaihe loppumattomassa olemassaolossa!”

”Niin. Joskus siitä olisi todella iso lohtu”, Josia totesi hiljaa. Hän oli kertonut minulle sinä kesänä vain vähän siitä, millä kaikilla tavoin Didrik hankaloitti hänen elämäänsä, mutta saatoin kyllä arvata siitä paljonkin. Josiaan oli tullut surullisuutta ja piilotettua kärsimystä, enkä olisi halunnut sen muuttuvan katkeruudeksi ja katkeruudesta vihaksi.

”Onko ruhtinas Reuelin poika ollut edelleen sinulle ystävällinen?” kysyin, ja hän vilkaisi minua hymyillen hieman.

”On… Hän on kyllä ystävällinen aina kun olemme tekemisissä toistemme kanssa. Mutta… en oikeastaan koskaan ole hänen kanssaan kahden, paitsi lyhyitä aikoja. Ehkei hänen haluta seurustelevan näin alhaisen pojan kanssa sen läheisemmin. Ja joskus Didrik pilkkasi minua... Hän sanoi, että katselen Nathanaelia aivan kuin hän olisi nainen. En edes ymmärtänyt, mitä hän tarkoitti, koska en katsele naisia sen erikoisemmalla tavalla kuin miehiäkään, ja Didrik sanoi minun olevan jälkeenjäänyt", Josia selitti vakavoituen. "En ehkä edes halua ymmärtää hänen sanojensa tarkoitusta, jos se oli pahantahtoinen Nathanaelia kohtaan!"

"Hän on ehkä kateellinen siitä, että ruhtinaan poika on sinulle ystävällinen", totesin. "Didrik on surullinen olento. Häntä on kovin vaikea rakastaa!"

"Niin. Hän on kuin laiminlyöty ja silloin tällöin pieksetty koira... Vaarallinen, muttei omaa syytään", Josia sanoi hiljaa. "Olen kyllä yrittänyt olla häntä kohtaan kärsivällinen ja toivonut hänen muuttuvan ystävällisemmäksi, mutta hän ei taida osata muuttua. Pelkään, että alan pelätä häntä liikaa..."

"Älä pelkää, Josia", sanoin karhenneella äänellä ja kosketin lempeästi hänen kättään. "Sinun ymmärtävä sydämesi voi vielä joskus kesyttää pedonkin!"

Kun palasimme vaellukseltamme, hänen oli valmistauduttava palaamaan ruhtinaan linnaan vielä syksyksi ja kevääksi. Eroaminen hänestä tuntui sillä kertaa vaikeammalta kuin aiemmin. Jokin hänen surullisessa tunteikkuudessaan huolestutti minua enemmän kuin ennen. Hänen tunne-elämänsä oli kypsymässä; hän alkoi olla iässä, jossa jotkut kokivat jo ensimmäiset ihastuksensa, ja saattoivat jopa solmia tuttavallisia suhteita, joista jotkut johtivat avioliittoon, jotkut vaikeuksiin.

En pelännyt Josian tekevän mitään sellaista, mitä ehkä jotkut nuorukaiset saattoivat mielensä kuohuessa harrastaa. Mutta hänen tunteikkuutensa saattaisi silti tehdä hänet levottomaksi ja aiheuttaa hänelle tarpeita ilmaista itseään ja ajatuksiaan. En voinut olla varma siitä, mitä sellaisessa tilanteessa voisi tapahtua. Olisin todellakin toivonut voivani mennä hänen mukaansa ruhtinaan linnaan, mutta olin kuullut, että kaikki sinne pyrkineet Vaeltajaveljet oli käännytetty portilta. Minun oli vain yritettävä luottaa siihen, että Luoja pitäisi Josiasta huolta, mitä hän sitten joutuisikaan kokemaan.

"Kunhan vartun, lähden ehkä vaeltelemaan, kuten sinä", hän sanoi minulle, kun olimme jättämässä hyvästejä linnanpihalla. "Isä tietysti haluaa, että jatkan ritarikoulutusta, mutta ehkä hän muuttaa mieltään, jos äiti saa hänet ymmärtämään, etten ole samanlainen kuin hän. Minusta voi ehkä tulla ulkomuodoltani kuin ritari, mutta sisältä olen kuin perhonen, ja miten perhosen käy taisteluissa?"

"No, perhosena et ainakaan surmaisi ainuttakaan sielua! Luoja varjelkoon, ettei Cardusia joudu sotaan lähivuosina", totesin siihen vakavana. "Isäsi joutuu varmasti johtamaan joukkoja, ja voi olla, että viidentoista täyttäneitäkin kutsutaan taisteluihin. Cardusia on joka tapauksessa alivoimainen miesluvussa etenkin Molcavarathiaa vastaan. Puolustus on sen varassa, miten hyvin länsirajaa saadaan puolustettua. Ja Warginlaakso on luultavasti paikka, josta vihollinen yrittää läpi."

"Niin... Isä sanoo, että linna on ennenkin kestänyt, eikä vihollinen osaa taistella laakson tiheissä metsissä. Mutta itsekin menen tietysti sotaan, jos kuningas niin määrää. Isä ottanee minut aseenkantajakseen, enkä tietenkään voi kieltäytyä palvelemasta häntä", Josia sanoi hiljaa. Syrjäsilmällä näin Didrikin astelevan rehvakkaan oloisesti ratsulleen, ja Melosina käveli hänen vierellään. Melosina ojensi Didrikille jotakin, ehkä pienen korun tai nauhan, ja Didrik varasti häneltä suukon. Josia ei huomannut tapahtumaa, mutta Didrik huomasi, että minä näin sen, ja nosteli minulle leukaansa ylimielisesti. Säälin häntä ja surin hänen kovan luontonsa takia. Josia syleili minua hyvästiksi.

"Olet minulle läheisempi kuin isäni, syvemmällä tavalla", hän sanoi hiljaa. "Luojalle kiitos sinusta, Jooel! Toivoisin, että olet täällä, kun palaan, ennen kesää."

"Yritän olla, jos vain Luoja suo", sanoin liikuttuneena. En voinut kuitenkaan luvata sitä varmaksi, koska olin päättänyt lähteä käymään pohjoisella rajanylityspaikalla, ja Josia tiesi aikeistani. Emme ehkä tapaisi toisiamme keskitalvella, kuten useimpina yhteisinä vuosinamme olimme tavanneet. Tunsin kuitenkin, etten saisi omantunnonrauhaa ennen kuin olisin ottanut selville, olivatko Jael ja Jakin vielä Molcavarathiassa, ja lähettänyt tiedon heidän kohtalostaan Jokimille pohjoiseen. Hyvästelin siis myös Josian muun perheen ja vaelsin taas kerran kuninkaanlinnaan, jonka ohitse jatkuisi tie Cardusian pohjoisrajalle.

Kuninkaanlinnan portilla oli ratsuvartiosto, ja tunnistin ratsailla olevan miehen siksi samaksi soturiksi, jonka kanssa olin vaihtanut muutaman sanan tavatessani kuningas Willefin.

"Voinko puhutella sinua?" kysyin häneltä. Hän laskeutui ratsailta ja asteli luokseni.

"Oletko se sama mies, joka silloin kerran puhutteli kuningasta, ja jolle pikku prinsessa antoi oksan?" hän totesi kysyvästi.

”Olenhan minä”, totesin yllättyneenä siitä, että hän muisti minut niinkin hyvin.
”Onko sinulla nyt sanaa kuninkaalle? Hän on allapäin, koska kuningatar Jelizia sairastelee paljon, ja prinsessakin on ollut alakuloinen”, ritari selitti.
”Hei Rikard, mitä varten puhuttelet sitä miestä? Hän on selvästikin Neuvoston vihollinen!” toinen ritareista huudahti taaempaa.
”Odota vähän, käsken hänen kyllä mennä kohta matkoihinsa”, ritari Rikard huudahti toverilleen ja kääntyi sitten taas minun puoleeni. ”Olisiko sinulla siis sanaa kuninkaalle?”
”En tullut tänne sitä varten... Haluaisin kyllä puhutella kuningasta, mutta ei minulla ole sellaista sanaa... Ei oman järkeni sepittämää viisautta hänen suruunsa”, sanoin hämmentyneenä, ja siinä samassa näkyjä suorastaan tulvahti mieleeni. Mielessäni häivähtivät prinsessa Jelisepan kasvot; varttuneet, omalaatuisen kauniit kasvot, ja samassa näin myös aikuistuneen Josian, joka oli saanut haavan sydämeensä, ja sitten nuoren, ristiverisen pojan, joka itki kuolleen eläimen vierellä. Näin mustan virran, jonka pyörteet vetivät ja houkuttivat; sitten näin näkymän korkean tornihuoneen ikkunasta, aivan kuin joku olisi katsellut kiviseen maahan ja kuvitellut putoavansa. Näyt pelottivat minua, enkä tiennyt, mitä se kaikki tarkoittaisi.
”Katsot tyhjyyteen... Näetkö jotakin uhkaavaa?” ritari Rikard kysyi huolestuneena. ”Ei kai mikään uhkaa kuningasta? Kerro minulle, jos tiedät jotakin!”
”En ole mikään ennustajaukko tai Tietäjä”, sanoin hiljaa, epäröiden, ja tunsin miten kehoni vapisi siitä voimasta, joka nostatti mieleeni nuo kuvat. ”Joskus Luojan Henki puhuu minulle, ja joskus näen kuvia, mutta nyt en tiedä, mitä sanoa sinulle tai kuninkaalle... etten johtaisi teitä harhaan epäselvillä sanoilla!”
”Pyhä mies, sano edes jotakin! Minun tehtäväni on suojella kuningasta ja hänen perhettään... Jos jokin vaara uhkaa heitä, minun on saatava tietää siitä!” ritari Rikard aneli.
”En ole pyhä mies, olen vain lääkeohdake, joka kasvaa sairaan kuninkaan pellossa”, sanoin kiihtyneenä. ”Uskotko sanojani, jos sanon olevani tuollainen ohdake?”
”Isäni palveli joukoissa, joiden taistelutahdon ansiosta valtakuntaamme kutsutaan Ohdakemaaksi! Minä uskon sinua, mitä sitten sanotkin Luojasi Hengessä ja viisaudessa”, ritari Rikard huoahti, mutta vakavana ja hiljaa, koska hänen toverinsa tarkkaili meitä taaempaa.

”En voi tietää ennalta, mitä tulee tapahtumaan, mutta sen tiedän hengessäni, että kuningas Willefin on oltava luja, jos hän tahtoo säilyttää kansansa puhtaana! Hän joutuu kestämään paljon surua ja kokemaan myös nöyrtymistä”, sanoin, ja kyyneleitä alkoi valua silmistäni. ”Mutta hän saa kyllä kruunulleen perijän, josta tulee vahva kuningas tälle kansalle!”

”Mutta kuningatar Jelizia ei pysty enää synnyttämään lapsia”, ritari Rikard totesi hiljaa. ”Tarkoitatko, että prinsessan puolisosta tulee kuningas?”

”En minä mitään tarkoita! En tiedä, mitä tarkoitan…Taidan puhua omiani… Luoja, en tiedä enää mitä puhun!” huudahdin ja tunsin epätietoisuuden tuskan poltteena luissani. En tiennyt mitä oli tapahtumassa, mutta päässäni pyöri niin pelottavia näkyjä, etten hetkeen voinut edes liikahtaa. Vaikka silmäni olivat kiinni, näin kaiken yhtä selvästi kuin olisin katsellut oikeaa näkymää edessäni. Nuori Josia keskellä taistelukenttää, verinen miekka kädessään. Sitten Josia makaa rähjäisessä telttakatoksessa, ja kaikkialta kuuluu vaikerointia. Ja samassa näen nuorukaisen kaatuvan useamman nuolen lävistämänä, ja hänen kasvonsa ovat kuin edessäni seisovan ritarin kasvot…

”Ala tulla, Rikard! Vai haluatko että arvoasi alennetaan vielä enemmän?” toinen vartioritareista huusi kärsimättömänä. ”Eikö riitä, että jouduit jo pois kuninkaan henkivartijan pestistä? Haluatko päätyä kerjäläiseksi tienvarteen, vai ehkä häpeäpaaluun tuon hourupääkaverisi kanssa?”

”No, parasta että jatkat matkaasi ennen kuin toverini käyttää keihästään”, ritari sanoi minulle huoahtaen, hämmentyneenä vaikenemisestani. En olisi halunnut puhua hänen pojastaan, mutta kun avasin suuni, sanat karkasivat kieleltäni.

”Poikasi tarvitsee paljon rakkautta, mutta hän myös antaa sitä paljon… Antaa kärsimyksensä ja harhailujensakin läpi”, sanoin kyynelehtien edelleen. Tiesin että minun olisi joskus kohdattava hänen poikansa ja rakastettava tuota nuorukaista, koska vain rakkaus auttaisi tätä voittamaan epävarmuutensa ja häpeänsä… Tunsin murentuvani, jos saisin vielä yhdenkin näyn kärsivistä ihmisistä; ikään kuin joku olisi syövyttänyt kehoni tukirakennelmaa pala palalta. En kestäisi sitä enempää. Noiden kaikkien ihmisten hätä olisi suunnaton, eikä minussa olisi voimaa lohduttaa heitä ja rakastaa heitä kaikkia… En pystyisi siihen yksin, enkä ainakaan siinä hetkessä.

Käännyin ja kiirehdin pois kuninkaanlinnan etuportilta, vartijoitten luota. Kuljin linnanmuurin viertä, ja kulkiessani ohitin linnan takaosan tornin, jonka kerrottiin kuuluvan prinsessa Jelisepan huoneistoon. Prinsessa seisoikin tornihuoneensa ikkunan ääressä, kurottautuen osittain ulos ikkunasta. Hänkin oli varttunut, eikä näyttänyt enää lapselta. Tuuli pyöritti hänen pitkiä hiuksiaan niin että ne takertuivat ikkunanpieliin. Hän heitteli pieniä paperinpaloja ulos ikkunastaan, katsellen, miten sama tuuli tarttui niihin ja kuljetti niitä sinne tänne, kunnes ne laskeutuivat maahan. Yksi paperinpaloista leijaili eteeni tielle. Kumarruin poimimaan sen. Siinä oli kirjoitusta; ikään kuin revittyä kirjettä. Paperisiivussa luki: *"Ollapa vapaa..."*

Silloin kyynelehdin hänenkin puolestaan. Tunsin vahvasti, miten tornihuoneen seinät puristivat häntä, ja miten hän olisi halunnut leijailla tuulen mukana ulos tornistaan. Synkeä näkymä tornihuoneen ikkunasta ja kivetystä maasta kummitteli mielessäni.

"Luoja, varjele häntä ja anna hänen joskus kokea todellista vapautta!" pyysin ääneen, ja sitten jatkoin matkaani kuninkaanlinnan ohitse, kohti pohjoista rajanylityspaikkaa; Molcavarathian ja Valloittamattomien Maitten kohtaamispaikkaa, jossa olin tavannut Jakinin ja joutunut eroon Jaelista.

LUKU IV

Rajanylityspaikan majatalo oli laajentunut entisestään. Ihmisiä suorastaan kuhisi sen pihalla, ja vartijoita oli vielä enemmän kuin aiemmin. Cardusian puolelta tulevat pysäytettiin jo pidemmän matkan päässä majatalosta. Ensin kohtaamani rajavartijat olivat siis cardusialaisia, toisin kuin majatalon pihassa partioivat miehet, jotka kantoivat Molcavarathian värejä.

”Yritätkö Molcavarathiaan, muukalainen?” toinen vartijoista tivasi minulta tiukkaan sävyyn, mutta pureskeli samalla kuivalihaa, eikä onnistunut näyttämään kovin uhkaavalta.

”En. Olen menossa pohjoiseen, erämaihin”, sanoin. ”Aion leiriytyä tien pohjoisemmalle laidalle, en majataloon.”

”Mitä kannat mukanasi? Näytähän tavarasi”, vartija käski. Avasin säkkini, jossa minulla oli ruokailuvälineitä ja eväät, sekä muutama paperikäärö. Sitten näytin heille joustani ja sauvaani, sekä veistä, jota käytin lähinnä ruuan paloitteluun. Vartija näki riipukseni ja osoitti sitä.

”Olet niitä Vaeltajia... Onko sinut karkotettu Cardusiasta?”

”Niinpä kai pitäisi olla”, sanoin. ”Eikös se olisi Molcavarathian kuninkaan tahto ja toive?”

”Älähän soita suutasi!” vartija sanoi, mutta naurahti. ”Totta kyllä, ettei kuningas Melchior sietäisi teidänlaisianne sen enempää omassa valtakunnassaan kuin naapurissakaan, mutta kummallisen paljon teitä silti liikkuu nykyään täällä päin... No, meidän asiamme ei ole, jos menet pohjoiseen! Kävele suoraan majatalon ohi tien toiselle puolelle, niin saat meidän puolestamme mennä minne oletkin menossa! Mutta jos pysähdyt majatalolle, Molcavarathian vartijat ottavat sinut kiinni!”

”Tiedän kyllä”, totesin naurahtaen. Vartija melkeinpä hymyili minulle päästäessään minut ohitseen. Astelin kiirehtimättä majatalon ohitse, ja kun lopulta olin tien pohjoispuolella, etsin entisen leiripaikkani. Siellä vietin ainakin päivän, kaksi hiljaisuudessa. Olisin voinut lähteä pohjoiseen ja palata Vaskikallion kylään yksikseni, jos olisin halunnut vetäytyä siitä, minkä tiesin velvollisuudekseni tehdä. Mutta toisaalta tiesin, että Josia odotti minun olevan Warginlaaksossa, kun hän palaisi sinne kesällä. Ja tiesin, että tehtäväni olisi etsiä Cardusiassa eläville Veljille paikka, jossa kokoontua turvallisesti ja rauhassa; paikka, jossa voisimme jäljentää vanhimpien kääröjen tekstit ennen kuin ne olisivat liian lahoja luettavaksi.

Itäisessä Vuoristossa Veljiä asui luolissa ja metsämajoissa, mutta heilläkään ei ollut yhteistä kokoontumispaikkaa; ei sopivan lämmintä tilaa, jossa talvellakin voisi työskennellä kirjoitusvälineitten kanssa. Jos joku luovuttaisi Vaeltajaveljille kodin, vaikkapa pienen maatilan tai asumattomaksi jääneen linnan, jonka alueella voisi viljellä ravintoa, voisin kokea saaneeni tehtäväni suoritetuksi. Mutta siihen kuluisi vielä ehkä vuosia. Ja jos olisi Luojan tarkoitus, että minä sen tehtävän saisin tehdyksi, Hän kyllä pitäisi minut elossa siihen saakka.

Jos vaeltaisin pohjoiseen, kuluisi liian monta vuotta, ja osa Vaeltajien kääröistä ehtisi tuhoutua lukukelvottomiksi. Ja Josia tarvitsi minua, sen tiesin. Jos lähtisin pois Cardusiasta, tekisin sen pelosta; siitä pelosta, etten kestäisi kohdata kaikkia niitä kärsimyksiä, joissa minun odotettiin olevan lohtuna ihmisille, joille merkitsin jotakin. Rukoilin siis lisää rakkautta; Totuudellista rakkautta, sitä suurinta voimaa, joka voittaisi pelon.

Olin nukkunut ja mietiskellyt paastoten jo toisenkin päivän. Sitten söin loput evääni ja aloin vähitellen valmistautua lähtemään liikkeelle. Minun oli vielä kerran tekeydyttävä joksikin muuksi mitä nykyisin olin. Sitä varten tarvitsin tavallisemmat vaatteet; sellaiset siis, joissa minua ei heti katsottaisi Vaeltajaksi. Kannoin mukanani neulaa ja nyöriä, ja niiden avulla sain tehtyä kaapuni yläosasta tavallisen paidan ja alaosasta housut. Mukanani oli myös nahkapaloja kenkien korjaamista varten. Tein niistä itselleni vahvemmat jalkineet. Kesäisin olin liikkunut paljon paljasjaloin, kuten monet Vaeltajat tekivät, mutta nyt tarvitsin sellaisen ulkomuodon, että muistuttaisin enemmän metsästäjää.

Odottelin vielä päivän tienvarressa, ja Luojan kiitos siitä kulki ohi turkisten ja nahkojen myyjä apupoikansa kanssa. Lupasin tehdä heille työtä päivän ajan, jos saisin palkaksi reilun palan nahkaa, josta saisin itselleni nahkaisen liivin. He ilahtuivat tarjoamastani avusta, ja työskentelin heidän kanssaan päivän ja toistakin, kertoillen heille tarinoita pohjoisista maista. He olivat isä ja poika; metsästäjiä ja nahankäsittelijöitä, Itäisestä Vuoristosta. Nahat ja turkikset menivät hyvin kaupaksi majatalolla. Molcavarathiasta turkiseläimet olivat nimittäin jo käyneet vähiin ylhäisen väen huvimetsästyksen vuoksi, joten Valloittamattomien Maitten erämaista tuoduilla nahoilla oli paljon kysyntää.

Kun olin saanut oman asuni valmiiksi, he kysyivät, enkö jäisi heille töihin joksikin aikaa. Pääsisin heidän mukanaan Molcavarathian puolelle tekemään kauppaa, ja voisin auttaa jalkineitten valmistuksessa. Tiesin, että se olisi Kaikkeuden Luojan järjestämä tilaisuus, joten lyöttäydyin epäröimättä heidän seuraansa. Heidän mukanaan pääsin ongelmitta rajan yli Molcavarathian puolelle. Kukaan ei epäillyt minua Vaeltajaveljeksi, kun pidin riipukseni paidankauluksen alla ja turkislakkia kaljussa päässäni. Nahkurin kauppa kävi hyvin, ja sain jakaa heidän ateriansa ja telttansa. Etenimme päivä päivältä eri markkinapaikkojen ja kylien kautta kohti kuningas Melchiorin linnaa. Olimme jo linnankylän naapurissa, kun viimein kuulin puheita, jotka järkyttivät mieltäni.

”Kyllähän väki epäilee, ettei se mikään metsästysonnettomuus ollut... Warginmaan prinssin kallo oli murskattu kivellä. Taitava ratsastajako olisi muka tipahtanut ratsunsa selästä tasaisella maalla? Ja mistä siihen niitylle olisi sellainen kivenmurikka tipahtanut?” torikauppias selitti nahkurille. ”Siitäpä ei vain sopisi puhua, mutta kyllä minä sanon, että se on ollut murha... Näkeehän sen seurauksistakin! Kun puoliso kuolee, on eräs heti ottamassa lesken itselleen... Ja tietäähän kaikki, minkä vuoksi!”

”Mistä puhut?” kysyin hiljaa. Torikauppias heilutteli sormeaan ja pyöritteli päätään naurahdellen tuohtuneena.

”Tämänhetkinen kuningatar Jagelonica... Hän jäi prinssi Rowenin murhan takia leskeksi, mutta ehti olla leskenä vain kuukauden, kun se nimeltä mainitsematon läskikasa otti hänet kuningattareksi... Ihan vain sen pojan takia!”

”Minkä pojan?” kysyin jäykästi. Kaulaani kuristi, pääni tuntui musertuvan paineesta, ja näyt alkoivat villisti pyöriä mielessäni. Tummahiuksinen, outokasvoinen poika opetteli kirjoittamaan... Vaaleahiuksinen, kookas tyttö huitoi poikaa köydenpätkällä ilkeästi nauraen, mutta tämä ei päästänyt äännähdystäkään, vaan juoksi hiljaisena pakoon... Näin Tietäjän ilkkuvasti nauravat kasvot, kun hän tarttui tuohon julmaan tyttöön ja veti tämän luokseen. Aivan kuin menneisyys olisi sekoittunut mielessäni; en tiennyt, mikä oli näkyä, mikä oman mieleni sepitelmää tai muistoa, mutta kaikki nuo mieleni sisäiset kuvat kauhistuttivat minua.

”No kun sillä surkealla ihrakasalla ei ole vieläkään omaa poikaa, niin se otti vaimon, jolla on jo valmiiksi poika! Sen Warginmaan lähettilään, Rowenin poika”, torikauppias lausahti. ”Ja vaikka olen vain kauppias ja sanotaan, ettei minulla ole älyä ylempien asioita käsittämään, mutta sen verran on, että tajuan kyllä, miksi se juonikas läski halusi juuri Rowenin pojan kruununperijäkseen!”

”No miksi?” kysyin tuskin kuuluvalla äänellä, ja tunsin miten kasvoni olivat kalvenneet, ja toisaalta rinnassani paloi tuli. Näin Jaelin kärsivät kasvot, kun hän itki kuollutta puolisoaan. Tuska vei minulta miltei näön; näin vain sisäisiä kuviani, ja torikauppiaan kiihtyneen pilkallisesti naurahteleva olemus oli sumentunut ja häilyvä silmissäni.

”No etkö sinä muukalainen tiedä mitään? Warginmaan prinssi Rowen oli Cardusian kuningattaren serkku. Samaa kuninkaallista sukujuurta siis”, torikauppias tokaisi hyökkäävästi. ”Jos Cardusian kuningattaren serkun poika on korkeassa arvossa Molcavarathiassa, hölmöpä olet, jos et tajua tarkoitusta!”

”En ymmärrä”, sanoin hiljaa, eikä järkeni halunnut ottaa asiaa vastaan. Mutta mielikuvat pyörivät edelleen sisälläni. Vapauteen kaipaava prinsessa Jelisepa tornissaan. Sairasteleva kuningatar Jelizia… Oliko kuningatar kuullut serkkunsa kuolemasta, jota epäiltiin murhaksi? Ymmärsikö kuningas Willef, mitä Molcavarathian puolella tapahtui; millainen oli Melchiorin suunnitelma valloittaa Cardusia takaisin alaisuuteensa?

”Sano minun sanoneen, että sellaisen kruununperijän kautta nimeltä mainitsematon saa kyllä jalansijan Cardusian kuningashuoneessa! Hän saa työnnetyksi kuningatar Jelizian serkun pojan sinne lähettilääksi, ja tekee tämän kautta Cardusian hallinnossa mitä tahtoo! Ja mikäpä olisi somempaa kuin naittaa kuningatar Jelizian serkun poika Jelizian tyttärelle? Ovela veto, minä sanon, siltä ihra-aivolta…”

”Miten uskallat haukkua kuningasta?” nahkuri kysyi kummastuneena. ”Vartijat pieksävät rajalla jokaisen, joka puhuu pahaa Melchiorista…”

”Minäpä en sanokaan sen ukon nimeä ääneen”, torikauppias hekotteli. ”Sitä paitsi, kaikki tietävät, ettei prinsessa Mormessa tyydy jäämään kakkoseksi. Se neito tuskin haluaa jonkun Warginmaan lähettilään pojan vievän omaa asemaansa Molcavarathian kruununperijänä!”

”Eihän hänen tarvitse sitä pelätäkään... Ehkä Melchior haluaa Rowenin pojasta Cardusian kuninkaan, ja Mormessa jatkaa täällä isänsä viitoittamaa tietä”, nahkuri hymähti. Minun oli laskeuduttava istumaan. Olisin halunnut vetäytyä pimeään luolaan ja itkeä tuskaani. Jos Jaelilla oli poika, jota Melchior käyttäisi omiin vallanhaluisiin juoniinsa, miten hän kestäisi katsoa, kun poika vedettiin noitten ahneitten ja itsekkäitten juonien välikappaleeksi?

”Miten kauan Rowenin leski on ollut kuningattarena?” kysyin raskaasti huoahtaen.

”No oletpa todella tietämätön mies! Siitä on jo puolisen vuotta... Eikä se ihrakasa ole tyytyväinen vaimoonsa! Kuningatar on vetäytynyt sairastamaan omiin huoneisiinsa, eikä esiinny väen keskellä kuin pakollisissa kuninkaanistunnoissa”, kauppias naurahti, pudisteli päätään ja tuhahti. ”Sano minun sanoneen, Melchior hankkiutuu hänestä pian eroon ja pitää vain pojan, koska kuningatar ei suostu viihdyttämään häntä...”

”Luoja varjelkoon”, huudahdin hiljaa, ja kaikki kääntyivät katsomaan minua. Kauhu ja päättäväisyys yhdistyivät sisälläni, enkä voinut enää jäädä siihen, missä olin. ”Olen pahoillani, mutta lähden teidän seurastanne nyt. Minun on etsittävä eräs tuttavani kuninkaanlinnasta!”

Nousin nopeasti ja keräsin tavarani nahkurin kärryistä. He antoivat minulle palkaksi pussillisen nahkoja, ja hyvästelin heidät lyhytsanaisesti. Sitten lähdin vain kävelemään. Kävelin ripeää vauhtia pois kylästä, jatkaen leveää tietä kohti kuningas Melchiorin linnaa. Tuskin erotin maisemaa edessäni; sisäiset näkyni olivat niin voimakkaita. Tiesin, että Jael kuolisi, ellen edes yrittäisi mennä hänen luokseen. Ahne ja mielipuoli ihmisparka murhaisi hänet ja saastuttaisi hänen lapsensa; tekisi Jaelin lapsesta ahneutensa välikappaleen...

Kuninkaanlinnan portilla oli vartijoita, ja he pysäyttivät minut kovakouraisesti.

”Mihin luulet meneväsi?” he kysyivät. ”Millä asialla yrität linnaan?”

Hetken aikaa tunsin halua tönäistä heidät tieltäni; sitten havahduin ja ymmärsin, mitä minulta odotettiin. Näytin heille nahkapussiani vetäen syvään henkeä ja yrittäen hymyillä kuin miellyttävä kaupparatsu.

”Käyn kauppaa näillä nahoilla”, sanoin rauhallisesti. ”Olen ollut nahkurin työssä, ja metsästän myös!”

”No, mene sitten, mutta oleskelulupa on vain kolmeksi päiväksi. Mene ilmoittautumaan linnantorin valvojalle, niin saat häneltä lupapaperin!”

Pääsin joutuisasti portilta eteenpäin. Molcavarathian kuninkaanlinna oli moninkertaisesti suurempi ja vilkkaampi kuin Cardusian kuninkaanlinna. Siellä oli paljon koristeita ja räikeästi pukeutuneita ihmisiä, mutta toisaalta myös enemmän saastaa ja juopuneita kulkijoita, kerjäläisiä ja epämääräisiä naisparkoja. Etenin väentungoksessa, mutta henkeäni alkoi salvata, ja minun oli vetäydyttävä syrjäiseen muurinsyvennykseen. Suljin silmäni ja nojauduin kylmää kiveä vasten. Luoja tietää, miten inhosinkaan sitä paikkaa ja sitä, että jouduin menemään sinne! Samassa joku tarttui minua käsivarresta lujalla otteella, ja hillitsin vaivoin pelästyneen äännähdyksen.

”Tämä on vartioväen käytävä! Mene matkoihisi ennen kuin joudut jonkun intomielisen vartijan pieksämäksi!” joku ärähti, mutta kun tunsin äänen, avasin silmäni, katsoin häneen ja tartuin häntä olkapäästä, ja liikutus teki ääneni karheaksi.

”Jakin? Olethan se sinä, Jokimin veli?”

Hän tuijotti minua kauan, eikä löysännyt otettaan käsivarrestani. Vuodet olivat ahavoittaneet hänen kasvojaan, ja niiden ilme oli kovettunut kärsimyksestä. Mutta hän oli mies jonka tunsin; edelleen ystäväni veli, ja kun hänkin lopulta tunnisti minut, hän tarttui minua toisellakin kädellään ja lähti vetämään minua mukaansa syvemmälle käytävää pitkin.

”Tule nopeasti… Vapaavuoroni loppuu pian, ja minun on mentävä takaportille vartioon”, hän selitti kiihtyneenä. ”Miten ihmeessä pääsit Molcavarathiaan, ja missä olet ollut nämä vuodet? Saitko sen kirjeen, jonka sisarparkani kirjoitti?”

”Sain, mutta vasta jokin aikaa sitten… Tulin tänne saadakseni selville, oletteko yhä elossa, ja vasta täällä kuulin, mitä sisarellesi on tapahtunut!”

”Niin… Se ovela iljetys otti Jaelin pojan kasvatikseen ja tekee tälle mitä tahtoo, ja Jael pääsee pian hengestään!” Jakin äännähti. Tulimme vartijoitten taukotupaan. Penkillä huoneen perällä kuorsasi mies, ja Jakin istutti minut pöydän ääreen.

”Oletko syönyt? Syö nyt, koska tarvitset voimia ja vanhoja taitojasi, jos aiot auttaa minua!”

”Hyvä on… Mutta kerro, mitä aiot!” totesin hämmentyneenä. Jakin istahti minua vastapäätä, työnsi eteeni juuston ja leivän, ja kurottautui sitten pöydän yli lähelle korvaani.

”Jael kuljetetaan tänään yhden iljettävän hovimiehen metsästysmajalle, joka on oikea irstailupesä... Se ukko käy siellä aika ajoin valitsemiensa hovineitojen tai poikien kanssa. Kuningas aikoo joko jättää vaimonsa sinne ukon käsiin, kunnes tämä kuolee huuruihin tai tappaa itsensä, tai sitten murhauttaa tämän jo matkalla... Mutta pahoin pelkään, että se ukko haluaa ensin nöyryyttää Jaelia”, Jakin kuiskasi tuskasta karhenneella äänellä. ”Enkä aio sallia sitä, vaan kuolen mieluummin yrittäessäni estää sisareni häväistyksen ja murhan!”

”Luoja varjelkoon”, äännähdin. ”Ethän vain puhu sellaisesta vanhasta ukosta, jolla on valkea parta ja hiukset? Sellainen laiha, pitkä ja komeapiirteinen vanhus? Ymmärrätkö, että kyse voi olla siitä Tietäjästä, joka teki tuhojaan kotikylässäni?”

”Niin Jaelkin uskoo... Ja hän pelkää, että se ukko on jollain tapaa tunnistanut hänet Jokimin sisareksi ja haluaa sitä suuremmalla syyllä nöyryyttää häntä”, Jakin puuskahti. ”Minua se ukko ei liene tunnistanut, ja olen yrittänyt olla tottelevainen ja kuninkaan toiveille uskollinen, jos olen sattunut näkemään häntä, niin ettei hän mitään minusta epäilisikään. Mutta jos hän on tunnistanut Jaelissa jotakin samaa kuin veljessämme, ja senkin vuoksi, mitä olet kertonut Jokimin tehneen, ukolla on varmasti paljon kostonhalua!”

”Luoja varjelkoon”, toistin, enkä meinannut saada nieltyä palastakaan. Mutta Jakin tönäisi käsivarttani.

”Syö! Sinä todella tarvitse voimia... Olet heiveröisempi kuin vuosia sitten tavatessamme, etkä ehkä jaksa edes jännittää joustasi!” hän tokaisi. ”Mutta tarvitsen todella apuasi! Ehkä meillä on vielä toivoa, kun en joudukaan tekemään tätä yksin.”

”Onko sinulla siis jo suunnitelma?”

”Kun seurue lähtee viemään kuningatarta, seuraan heitä, jollain keinolla. Karkaan vartiosta ja seuraan heitä metsän puolella, ellen sitten sattuisi pääsemään mukaan saattoseurueeseen”, Jakin selitti huoahtaen. ”Mutta voi olla, ettei minua huolita mukaan, jos joku epäilee minusta jotain, eikä minua pidetä luotettavana. Jotkut ovat ehkä nähneet minun puhuvan joskus Jaelin kanssa. Ehkä minun on annettava lahjuksia päällikölle!”

”Murhattiinko hänen miehensä, oikeasti?” kysyin hiljaa.

”En epäile sitä yhtään”, Jakin sanoi vakavana. ”Rowenin kallo oli murskattu nuijalla tai sopivalla kivellä. Ei se ollut mikään onnettomuus! Hänet sitä paitsi vietiin puoliväkisin sinne metsästysretkelle. Ei hän enää viime vuosina edes metsästänyt! Hän halusi kunnioittaa kaikkea elävää, eikä halunnut metsästää, ellei edes söisi saalista. Täällä nimittäin jahdataan eläimiä ihan vain huviksi, ja raadot mätänevät sinne missä ne kaadettiin, tai viskataan vallihautaan…"

"Piditkö sinä siitä miehestä… siitä Warginmaan prinssistä?" kysyin. Jakin katsoi minua ja huoahti raskaasti.

"En tuntenut häntä sen lähemmin, mutta hän oli hyvä Jaelille ja pojalleen. Kaikki se, mitä hänestä Jaelilta kuulin, on ollut hyvää, mutta Melchiorin hovissa häntä tietysti inhottiin ja karteltiin, ja siedettiin vain diplomaattisista syistä", hän totesi. "Mikä vääryys onkaan, että hyvä mies sillä tavoin tapetaan… Olen saanut tarpeekseni tästä paikasta! Ellei Jael olisi täällä, olisin lähtenyt jo vuosia sitten, kun oli tilaisuus palata pohjoiseen!"

"On hyvä, ettet lähtenyt aiemmin. Jael tarvitsee sinua juuri nyt eniten", lausahdin. "Jos Luoja suo, tämän jälkeen sinun ei tarvitse enää sietää tätä valtakuntaa!"

Yritin syödä voimistuakseni, ja kun Jakinin piti mennä vartiopaikalleen, minä menin torille myymään nahkojani. Sain ne melko nopeasti myytyä, ja minulle kertyi paikallista rahaa. Ne polttelivat käsissäni, koska en yleensä edes käyttänyt rahaa, mutta nyt ostin sillä helppoa matkaruokaa, jonka laitoin matkasäkkiini talteen. Ostin myös ylimääräisen viitan ja joitakin muita tarvikkeita. Muutama kolikko jäi vielä pussin pohjalle säästöön. Illemmalla, Jakinin vartiovuoron päätyttyä, hän tuli luokseni ja vei minut paikkaan linnan ulommalla pihalla, jossa kauppiaat ja muu kiertelevä väki majoittui tilapäisesti. Siellä oli lähinnä telttoja ja leiritulia. Löysimme syrjäisen nurkkauksen, jossa keskustella.

"Minua onnisti, kun olin vähän mielin kielin kuninkaan asiainhoitajalle… Saan lähteä seurueen mukaan yhtenä vartijana! Kuulin, että kuningatar viedään olevinaan vierailulle sen hovimiehen luo, ja hänellä on kyllä seuraneitojakin mukana. Luultavasti kuningas haluaa sen vanhan neuvonantajansa viihdyttävän kuningatarta luonaan niin kauan kuin tällä huvittaa", Jakin selitti vakavana. "Mutta pelkään, että Jael tappaa itsensä ennen yötä, ellei hänellä ole toivoa pelastua! Hän joutui jo muutama viikko sitten eroamaan pojastaan. Poika on siirretty hovimiesten kasvatettavaksi, ettei hänen äitinsä pilaisi häntä kasvattamalla hänet muuhun kuin mitä Melchior toivoo."

"Millainen poika on?" kysyin.

"En ole nähnyt häntä paljoakaan, koska ei minua ole yleensä päästetty keskuslinnaan. Se mitä Jaelin viesteissä on ollut, kertoo vain sen, että Jael rakastaa häntä ja on yrittänyt parhaansa, ettei poika turmeltuisi tässä turmeltuneessa paikassa. Mutta nyt kun tuo poika menettää molemmat vanhempansa, kuka tietää, mitä hänestä tulee? Melchiorilla on keinonsa opettaa väkensä mieleisekseen. Väkivalta, viettely ja kaikenlaiset höyryaineet..."

"Luoja sitä poikaa varjelkoon", sanoin. "Mutta mitä haluat minun tekevän?"

"Sinun pitäisi seurata kuningattaren seuruetta metsän puolella, tai ehkä mennä edeltä väijymään jonnekin sopivaan paikkaan. Jos saisimme jotenkin toimitetuksi Jaelille viestin, että hän tietäisi, että yritämme auttaa häntä. Silloin hän ei surmaisi itseään epätoivoissaan", Jakin huoahti. "Mutta hän tulee olemaan vaunuissa hovineitojen ja vartioitten ympäröimänä... En ole vielä keksinyt, miten voisimme puhutella häntä tai toimittaa hänelle viestiä, ilman että joku muukin sen huomaa!"

"Onko se hovimies jo valmiina siellä metsästysmajallaan, vai matkustaako hän mukana seurueessa?"

"En tiedä sitäkään varmaksi, mutten ole kyllä nähnyt sitä ukkoa tänään", Jakin sanoi. "Olisi parempi, jos saisimme vietyä Jaelin ennen kuin he ovat perillä... Mutta mahdollisuutemme kaapata hänet mukaamme ja päästä pakoon ovat vähäiset, etenkin ilman ratsuja. Sinä et kai ratsasta lainkaan?"

"En... en ole ikinä kavunnut hevosen selkään", huoahdin. "Eikä kai Jaelkaan ole..."

"On hän, hänet opetettiin kyllä ratsastamaan, kun hän tuli hoviin", Jakin totesi. "En vain tiedä, mistä saisimme hänelle ratsun pakoa varten! Voisin tietysti yrittää ottaa yhden ratsun seurueen saattoritareilta, mutta silti meitä seuraisi iso joukko ratsastajia, ja todennäköisesti minä ja sinä jäisimme kiinni."

"Odotahan... Ehkä voisimme tehdä jotakin muuta kuin yrittää ryöstää hänet! Entä jos väki luulisi hänen surmanneen itsensä? Kukaan ei etsisi häntä, jos hänen luultaisiin kuolleen..."

"Mutta miten?"

"Jos hän hyppäisi vallihautaan... Jos odottaisin jonkin matkan päässä linnan ulkopuolella kanssasi, ja sukeltaisin etsimään hänet, ja sinä auttaisit meidät sitten ylös vallihaudasta", ehdotin.

"Mutta ymmärrätkö, että vallihauta on täynnä jätteitä ja raatoja? Vesi on yököttävän likaista ja sameaa. Et välttämättä löytäisi häntä, jos hän uppoaisi syvälle, koska tuskinpa hän osaa edes uida", Jakin totesi huoahtaen. "En tiedä sitten, onnistuisiko hänen paeta Gorajokea pitkin? Tie ylittää joen jonkin matkan päässä kuninkaanlinnasta. Jos meillä olisi vene, voisimme ehkä paeta veneellä, koska virta on sillan kohdalla voimakas ja kuljettaisi veneen nopeasti alavirtaan. Gorajoki virtaa jotakuinkin pohjoiseen, tai koilliseen, joten sitä myöten pääsisi lähelle Miwoshinvuorten pohjoisosia."

"Totta, se voisi onnistuakin", sanoin mietteliäänä.

"Jos Jael tietäisi, että haluamme hänen lähtevän sillan kohdalla ulos vaunuista, ja jos hän ehtisi astua veneeseen ennen kuin vartijat ottaisivat hänet kiinni, voisimme ehkä ennättääkin pakoon ennen kuin jousiampujat saavat meidät tähtäimeensä", Jakin lausahti vakavana. "Mutta riski on silti suuri! Saatamme molemmat kuolla tai haavoittua, enkä tiedä, miten hyvin Jael selviäisi yksin Cardusian puolelle, vuoristojen läpi, tai pohjoiseenkaan. Osaisiko hän edes suunnistaa oikeaan suuntaan, ja selviäisikö hän asumattomilla seuduilla yksin..."

"Onko täällä yhtään Vaeltajaveljiä?" kysyin.

"Ei pitäisi olla, mutta ehkä onkin, siellä täällä pitkin metsiä... Jotkut syrjäseuduilla asuvat ihmiset piilottelevat heitä, mutten tiedä, olisiko heistä apua nyt", Jakin totesi. "Meidän pitää joka tapauksessa varautua siihen, ettemme saa apua keneltäkään..."

"No, tarvitsemme kuitenkin ainakin veneen, ja olisi saatava jotenkin Jaelille tieto siitä, että yritämme auttaa häntä sillan luona", sanoin. "Se jo antaisi hänelle toivoa!"

"Minä yritän saada hänelle viestin toimitettua, ja mene sinä edeltä sinne Gorajoelle, yritä löytää vene, ja odottele sillan tuntumassa. Teen itse mitä pystyn, ja tärkeintä on, että Jael pääsisi pakoon, kävipä minulle miten hyvänsä", Jakin sanoi, taputti minua olalle vakavana, ja lähti. Minä taas lähdin varusteitteni kanssa linnan ulkopuolelle, eivätkä vartijat edes kyselleet asiaani, kun poistuin kuninkaanlinnasta.

Katselin kauan tienviittoja tunnistaakseni tien, jota minun pitäisi lähteä kulkemaan. Vaelsin tietä eteenpäin, kunnes saavuin leveähkön, voimakasvirtaisen joen ylittävälle sillalle. Rannassa ei näkynyt veneitä, mutta jonkin matkan päässä sillasta oli mökki, ja astelin sen pihaan kyselläkseni, olisiko missään veneitä lainattavaksi. Pihalla oli mies, joka oli alkuun epäluuloinen kyselyistäni, mutta esitteli sitten minulle rannassa lojuvan, lahonnäköisen veneen. Epäilin, ettei sellainen vene kestäisi kauaakaan pinnalla kuohuvassa koskessa, mutta mies lupasi korjailla sitä, jos maksaisin veneestä. Onnekseni minulla oli vielä tallella ne muutamat eväsostoksestani jäljelle jääneet kolikot, ja mies paikkaili veneen kohtalaiseen kuntoon, kun näki kolikkoni.

Sidoin veneen keulaan sopivan pituisen kiinnitysköyden ja asettelin varusteeni veneen takaosaan. Sitten työnsin veneen jokeen ja hyppäsin sen kyytiin. Varovasti, koko ajan jarrutellen, annoin sen kulkea virran mukana sillan kohdalle, sille puolen Gorajokea, joka oli kuninkaanlinnan suunnalla. Onnistuin sitomaan veneen siten, että se jäi sillan alle näkymättömiin. Ja sitten jäin odottamaan. Istuin veneessä seuraten sen liikkeitä, kun se yritti tempautua kuohuvan virran mukaan. Kuuntelin ääniä ja katselin luonnon kauneutta, kunnes aurinko alkoi laskea, ja illan hämäryys häivytti värit metsämaisemasta.

Kuninkaanlinnan suunnasta alkoi kuulua hevosten askellusta ja vankkureitten pyörien kitinää ja rahinaa. Toiminnan hetki olisi pian käsillä. Jos Jakin olisi saanut tiedon suunnitelmastamme toimitetuksi Jaelille, seurue pysähtyisi sillalle. Otin jouseni ja laitoin nuolenkin valmiiksi jänteelle. En olisi halunnut ampua ketään, mutta jos Jaelin turvallisuus vaatisi sitä, ampuisin kyllä, tai ainakin uhkaisin ampua. En ainakaan jättäisi Jaelia toista kertaa vihamielisten ihmisten käsiin, enkä varsinkaan Tietäjän armoille, jos se ukko todella oli vielä elossa ja aikoi jatkaa iljettävyyksiään.

Odotin hiljaa, valppaana aloillani, myötäillen ruumiillani virran liikettä, joka keinutti venettä allani. Vankkurit todellakin pysähtyivät; ne seisahtuivat jo ennen siltaa. Kuulin vartijoitten ääniä ja sitten naisen äänen.

”Menen vain vilvoittelemaan rantaan”, Jaelin ääni sanoi. Se oli syventynyt ja vakavoitunut entisestään, mutta silti tuttu, ja nostatti minussa voimakkaan halun tehdä hänen puolestaan minkä vain Kaikkeuden Luoja sallisi. Sydäntäni kuristi ja pääni tuntui raskaalta. Pyysin Luojan voimaa; pyysin Luojan varjelusta meille kaikille. Jaelin askeleet lähestyivät rantaa pehmeästi, mutta kuulin toisiakin askeleita. Joku yritti seurata Jaelia. ”Antakaa minun mennä yksin!”

”Hyvä on, Teidän Korkeutenne!” joku toinen nainen sanoi arastellen.

”Mutta häntä täytyy vartioida! Kuningas antoi ohjeet, ettei kuningatarta saa jättää yksin! Ei edes pesulle tai käymälään”, joku vartijoista huudahti. Silloin kuulin Jakinin rauhallisen äänen.

”Minä menen hänen peräänsä!”

Samassa Jael ilmestyi rantaan, vain muutaman askelen päähän veneeni perästä, joka oli sillan alapuolella. Hän kumartui kuin kastaakseen kasvojaan vedessä, mutta hänen katseensa oli pysähtynyt minuun. Yhdessä hetkessä näin hänen kasvoissaan kaiken, mitä hän oli kärsinyt. Silloin laskin jousen kädestäni ja ojensin kättäni häntä kohti, ja hän astui nopeasti eteenpäin, tarttui käteeni ja nosti jalkansa veneen perälaitaan. Siitä vetäisin hänet veneeseen nopeasti, ja kuului loiskahdus, kun vene keikahti hieman. Silloin Jakin, joka näki ja kuuli mitä tapahtui, kääntyi kannoillaan ja kiirehti takaisin seurueen luo.

”Kuningatar kaatui veteen! Antakaa jokin hakakoukku tai seiväs! Hän juuttui puvustaan kiinni risukkoon! Kiireesti! Tälle puolen siltaa!” Jakin huusi, ja siitä tiesin, että meidän oli paettava ilman häntä. Hän tekisi mitä pystyisi, että me kaksi pääsisimme pakoon.

Jael vetäisi vyöltään veitsen ja katkaisi köyden, joka oli pitänyt venettä paikoillaan. Sitten hän heittäytyi veneen lattialle kyyryyn vetäen viittaansa suojaksi päälleen. Ymmärtäen, että hän halusi piiloutua, heitin hänen päälleen vielä varustesäkkinikin. Vene oli jo ampaissut liikkeelle virtauksen suuntaan, ja yritin parhaani mukaan ohjata sen heittelehtivää kulkua, ettei se osuisi kuohujen keskeltä pilkottaviin kiviin.

Kun vene oli tullut esiin sillan toiselta puolen ja ajelehtinut jo jonkin matkaa eteenpäin, sillalla liikkuvat ihmiset näkivät minut veneessä meloineni. Toivoin hartaasti, etteivät he olisi nähneet Jaelia, joka oli painautunut veneen pohjalle.

”Pysäyttäkää tuo venemies!” joku huusi sillalta. Näin jousimiesten kääntyvän tähtäämään minua, ja yritin painua matalaksi. Mutta silloin en pystynyt ohjaamaan, ja vene rysähti keskellä jokea olevaan kiveen. Laita murskautui osin rikki ja veneeseen tulvahti vettä, mutta vene myös kääntyi ja jatkoi matkaa kivien ohi. Yksi nuoli upposi viereeni veneen laitaan, yksi varustesäkkiin, ja yksi osui Jaeliin. Hän huudahti tuskasta, kun nuoli upposi hänen käsivarteensa. En kuitenkaan voinut tehdä vielä mitään; en voinut päästää irti melasta ja veneen laidasta, ettei vene kaatuisi ja paiskaisi meitä molempia syvien kuohujen keskelle.

Vene eteni poukkoillen ja kääntyillen virrassa, ja yritin saada sen hallintaani, samalla kun murtunut laita haukkoi vettä niin että sitä alkoi kertyä veneen pohjalle. Sillalta kuului yhä huutoja ja nuolia lenteli ympärillämme, mutta pyörteet heittelivät venettä niin, ettei kukaan voinut vakaasti tähdätä siihen.

Joki alkoi kaartua vasemmalle, eikä nuolenkantama enää ulottunut meihin. Mutta vene oli jo puolillaan vettä, Jael oli kastunut lähes kokonaan, ja hänen ilmeensä oli täynnä tuskaa. Nuoli oli miltei läpäissyt hänen käsivartensa, ja verta vuoti niin paljon, että se värjäsi veden hänen ympärillään.

Vene alkoi nopeasti vajota, ja yritin melalla vuoroin pohjaa tuuppien, vuoroin vettä kauhoen saada sen lähemmäs rantaa. Veneen pohja juuttui lopulta rantakiviin, ja silloin luovuin melasta ja tartuin Jaeliin. Yritin vetää hänet ylös veneen pohjalta, pois vedestä, kivien kautta rantaan. Hän pääsi vaivoin konttaamaan kivien päälle, ja ehdin kerätä varusteeni mukaan ennen kuin vene kellahti kyljelleen ja vajosi kokonaan pyörteisiin. Jael konttasi edeltäni rantakivikon yli. Hän vaipui voimattomana ja läpimärkänä maahan, keskelle pajupensaita ja karkeaa, tupaksittain kasvavaa heinää. Verta levisi hänen käsivarrestaan heiniin.

Kun pääsin hänen luokseen, tartuin nopeasti hänen käsivarteensa ja katkaisin nuolen muutaman sormen leveyden päästä ihoa. Sitten revin kangasriekaleen paitani helmasta ja pyöritin siitä tiiviin renkaan, jonka painoin nuolen juureen, sen varren ympärille, painamaan nuolen puhkaisemaa haavaa. Nopeasti revin uuden kangassuikaleen ja käärin sen Jaelin käsivarren ympäri, nuolentyngän juureen, niin että side painaisi nuolenreikää kiinni mahdollisimman tiukasti, ettei haava vuotaisi yhtään enempää.

”Jael, meidän on kiirehdittävä vielä eteenpäin, kauemmas sillasta, rantaa pitkin. He saattavat haluta etsiä meidät vielä, jos epäilevät sinun olleen veneessä”, sanoin sitten hengästyneenä. Hän kohottautui ja seurasi minua, käteeni tukeutuen. Kuljimme rantapusikon läpi kovemmalle maalle, jossa käveleminen oli helpompaa. Mutta Jael ei ollut voimissaan; hän hoiperteli ja laahusti, ja minun oli tuettava häntä. Kipu koetteli hänen voimiaan, ja märissä vaatteissaan hän alkoi palella, koska auringon laskettua metsä oli viileä ja kostea. Olisimme tarvinneet tulta ja suojaa, ja tarvitsisimme piilopaikan, jossa voisin hoitaa hänen haavansa paremmin. Emme jaksaneet edes puhua mitään; kuljimme vain eteenpäin, joki oikealla puolellamme. En tiennyt tarkoin, minne suuntaan Gorajoki laski; kuvittelin sen vievän viistosti Cardusian rajaa kohti.

En kuitenkaan voinut olla varma mistään. Aurinkoa ei näkynyt, joten en ollut kovin varma ilmansuunnista. Katselin metsää, jonka läpi kuljimme, ja puiden oksien pituudesta päättelin, missä etelä olisi, ja arvelin meidän etenevän koilliseen. Mutta Cardusian rajalla olisi vuoristoista, ja Miwoshinvuoria oli vaikea ylittää muualta kuin pohjoiselta rajanylityspaikalta tai selvästi etelämpää. Vain Warginlaakson kohdalla oli alavampaa. Joki ei tietenkään virtaisi vuoristoseudulle saakka; ehkä se laskisi johonkin järveen Molcavarathian puolella, ennen rajanylityspaikkaa.

”Petrus”, Jael kuiskasi hengästyneenä. ”Jalkani eivät enää kanna... Näköni on sumentumassa...”

Hän lysähti ensin polvilleen, sitten maahan vatsalleen. Autoin häntä kääntymään selälleen ja yritin laittaa hänelle varustesäkin pielukseksi, mutta sekin oli läpimärkä, samoin viitta sen sisällä. Eväänі olivat myös kastuneet kokonaan; leipä oli vettynyttä, mutta juustopala sentään vielä syötävissä. Jael ei kuitenkaan jaksanut syödä. Tarjosin hänelle leilistä juotavaa. Hän katseli käsivarttaan, josta nuolentynkä törrötti.

”Minun on otettava se nuoli pois”, sanoin hiljaa. ”Luoja suokoon, ettei kärjessä ole väkästä... Se tulee sattumaan kovasti, mutta ellen ota sitä pois, kipu ei helpota lainkaan, ja haava voi märkiä.”

”Kasvattieukko laittoi haavoihin aina haavankuorta”, Jael mutisi hiljaa. ”Hän laittoi myös ratamoa, mutta sitä täällä tuskin on... Ja valkoista, pyöreälehtistä, tuoksuvaa kukkaa, jota kasvoi niittyjen ja teitten varsilla...”

”Etsin sitä haavankuorta... Koeta jaksaa pidellä käsivarttasi koholla, niin se ei vuoda niin paljon”, sanoin karheasti. Kyynelehdin, kun jätin hänet odottamaan, ja kaiken aikaa rukoilin ja anoin, ettei hän heikkenisi liikaa. Rukoilin, että saisin hänet turvaan; ettei kukaan enää seuraisi meitä, vaan saisin viimein saatella hänet matkaan veljensä luo.

Tunnistin haapapuun helposti, vaikka olikin hämärää. Veistin kuoresta ohuita suikaleita. Sitten palasin Jaelin luo. Hän oli noussut istumaan ja nojasi puunrunkoon. Häkeltyneenä katselin hänen käsivarttaan, joka lepäsi koholla hänen rintaansa vasten. Nuolentynkä oli poissa; käsivarressa oli vain rauhallisesti verta vuotava aukko, ja nuolentynkä oli hänen toisessa, nyrkkiin puristuneessa kädessään. Hänen kasvonsa olivat jähmettyneet irvistykseen. Tartuin nopeasti hänen käsivarteensa, kohotin sen ylös, sidoin siihen tiukasti puunkuoria ja uuden kangasriekaleen. Kiinnitin hänen käsivartensa korkealle, hänen rintansa tasolle. Hän näytti voimattomalta ja kalvenneelta.

”Kaikkeuden Luoja, auta meitä edelleen! Auta myös Jakin turvaan!” pyysin ääneen. Sitten autoin Jaelin jaloilleen, mutta hänen polvensa pettivät. Hän oli pienikokoinen, joten sain nostetuksi hänet melko helposti käsivarsilleni, mutta tiesin, etteivät voimani riittäisi kantamaan häntä kovin pitkään; tuskin koko yötä ainakaan. Ja koko ajan meidän oli pelättävä, että Melchiorin miehet seuraisivat meitä. Jos he epäilivät minun vieneen kuningattaren, he varmasti halusivat rangaista minua, ja ainakin varmistaa, että kuningatar olisi kuollut, koska sitähän Melchior luultavasti toivoikin.

Lepäsin aika ajoin mättäillä tai kivien päällä, Jaelia sylissäni pidellen. Välillä hän avasi silmänsä ja vain katseli minua, ja näin taas kaiken hänen kokemansa lipuvan ohitseni kuin peräkkäisinä kuvina. Ehkä hän tunsi ja ymmärsi, että hänen mielensä oli avoin minun katseelleni. Ehkä hän tiesi, että näin hänen tuskansa ja ilonsa; näin miten hän oli kärsinyt, ja miten hän oli iloinnut. Hän oli kerran vaarantanut henkensä ja turvallisuutensa minun vuokseni, jotta minä voisin tehdä sen, mitä Kaikkeuden Luoja oli varalleni suunnitellut. Nyt oli ollut minun vuoroni vaarantaa henkeni hänen vuokseen.

En lainkaan tiennyt, miten selviäisimme turvallisesti pois Molcavarathiasta, mutta minun oli ainakin yritettävä, koska tiesin, että minulla oli vielä tehtäviä muuallakin. Oli sentään mahdollista, että selviäisimme, kun tekisimme minkä pystyisimme, jos se oli Kaikkeuden Luojan tahto. Nousin taas kerran jalkeille, ja jalat kipeinä väsymyksestä ja käsivarret miltei koukkuun puutuneina jatkoin taivallustani Jaelia kantaen.

Keskiyöllä taivas selkeni ja kuunsirppi tuli esiin. Puitten takaa näin ohuen, harmaan savujuovan, joka kohosi kohti taivasta. Se toi mieleeni savun, joka kohosi Surunrotkosta Vainajansaaton jälkeen. Keskellä metsää oli jokin asumus, ja tulisija, jollaista kaipasimmekin märissä, kylmenneissä vaatteissamme.

”Luoja, anna heidän olla ystävällisiä... Anna heidän olla meille armollisia”, sanoin ääneen. Mökki oli pieni metsätupa. Pihalla oli koira, joka alkoi haukkua ulisevasti, kun huomasi meidät, mutta puhelin sille hiljaa, ja se vaikeni. Mutta tuvasta tuli ulos poika, ehkä vasta kymmenvuotinen.

”Täti, täällä on joku mies, joka kantaa sairasta naista”, poika huudahti kääntyen katsomaan takaisin tupaan. Samassa ovelle ilmestyi nainen, joka vain katsahti meihin ja kiirehti saman tien luoksemme. Jalkani pettivät altani, kun tiesin, että saisimme apua. Vajosin polvilleni, ja Jael oli kierähtää maahan sylistäni, mutta nainen otti hänestä kiinni.

”Hyvä ihme, onko vaimosi kuolemankielissä?” hän kysyi minulta huolestuneena. ”Mikä häneen on mennyt?”

”Häneen osui harhanuoli, kun olimme veneessä, ja ajelehdimme ja kastuimme läpikotaisin, kun vene upposi. Hän tarvitsee kuivat vaatteet, ja hän on menettänyt paljon verta”, selitin hengästyneenä.

”Tulkaa sisälle tupaan tulen ääreen”, nainen sanoi ja auttoi Jaelin jaloilleen. Hän talutti tätä sisälle edeltäni, ja se poika tuli minun viereeni ja ojensi minulle kättään auttaakseen minut ylös.

”Kiitos. Mikä on nimesi, poika?” kysyin.

”Grigor”, poika vastasi.

”Ole siunattu, Grigor”, sanoin alkaen kyynelehtiä. Hän tuijotti silmiäni, ja näin, että hänellä oli ystävälliset, joskin varautuneen surulliset silmät.

”Keitä kulkijoita te olette? Et kai voi olla sellainen vaeltajaukko, kun sinulla on vaimo…”

”Ei hän ole vaimoni, hän on ystäväni sisar”, sanoin. Poika talutti minut kädestä pitäen sisälle mökkiin ja telkesi sitten oven perässämme. Tupa oli pieni, mutta uunin päällä oli tila, jonne nainen vei Jaelin. Kuulin hänen puhelevan ystävällisesti, kun hän vaihtoi Jaelin ylle kuivia vaatteita. Poika toi minulle pitkän paidan, ja vaihdoin sen osittain kastuneen pukuni tilalle. Sitten levitin varustesäkissä olleen viitan kuivumaan tulisijan viereen, ja nainen toi Jaelin märät vaatteet tulisijan luo.

”En tarkoita pahaa epäluuloillani, mutta olette outo pari”, hän sanoi. ”Vaimosi vaatteet ovat kuin kuninkaallisen puku, mutta sinä olet köyhän metsämiehen näköinen!”

”Hän ei ole vaimoni, vaan ystäväni sisar, ja tulin hakemaan hänet kotiin”, selitin. ”Sain tietää, että hän oli täällä kuolemanvaarassa, ja siksi minun on vietävä hänet pois.”

”Monet ovat vaarassa tässä valtakunnassa”, nainen totesi ja huoahti. ”Keitän teille lihalientä! Paljoa meillä ei ole, mutta saatte sen mitä pystyn antamaan.”

”Kaikkeuden Luoja sinua siunatkoon”, sanoin hiljaa, ja hän jäi yllättyneenä katsomaan minua.

”Oletko niitä vaeltajia? Ihme että olet hengissä, jos olet käynyt kuninkaanlinnan lähettyvillä!”

”Olen Vaeltajaveli, mutta olen kiitollinen, jos päästät meidät silti jatkamaan matkaa aamulla, etkä kantele meistä kuninkaan miehille”, sanoin katsellen hänen karkeapiirteisiä, mutta ystävällisiä kasvojaan.

”Minä en kantele yhdestäkään Veljestä, joka tuvastani hakee apua”, nainen sanoi. ”Minun veljentyttöni oli hukkua, ja yksi Vaeltajaveli pelasti hänet… Ja tuo poika oli joutua karhun kynsiin, mutta yksi Vaeltaja houkutteli karhun pois. Minä en tee Luojan miehille mitään vahinkoa!”

Katseeni osui tuvan seinustalla, peitteen alla nukkuvaan lapseen. Hän oli ehkä alle kymmenvuotias tyttö. Hän toi mieleeni Melosinan ja tämän veljen. Tiesin, että minua odotettaisiin Warginlaaksoon. Mutta minun oli saatava ensin saateltua Jael turvaan; mahdollisimman kauas Molcavarathian rajasta. Enkä tiennyt, mitä Jakinille oli tapahtunut tai tapahtuisi välikohtauksen jälkeen. Voisinko noin vain jättää hänet Melchiorin miesten joukkoon? Joutuisiko hän vastuuseen kuningattaren katoamisesta?

Kuulin Jaelin kutsuvan nimeäni, ja menin hänen makuusijansa viereen. Hän katseli minua tutkivasti, kyynelehtien, mutta hymyili aivan samalla tavoin kuin vuosia sitten, kun vaelsimme yhdessä kuin toverit.

”Mikä ilo onkaan katsoa sinua kasvoista kasvoihin, ystäväni! En ollut varma, suotaisiinko minulle enää koskaan sitä iloa. Jakin sai toimitetuksi minulle sanan, kun olimme lähdössä matkaan, ja kun hän kertoi sinusta, toivoni heräsi! Sitä ennen olin aikonut surmata itseni heti kun tilaisuus tulisi. En aikonut alistua sen irstaan vanhuksen häpäisemäksi”, hän selitti hiljaa. ”Petrus, jos se ukko on se sama Tietäjä, josta kerroit, vieläkö hän mahtaa haikailla Vaskikallion kylään aarteensa perään? Ja jos hän tunnistaa Jakinin veljeksemme, mitä hän tekeekään tälle?”

”Niin... Toivoisin kyllä voivani pelastaa Jakinin, mutta emmehän tiedä, miten hänen kävi”, totesin. ”Ehkäpä hän on selvinnyt, eikä häntä epäillä juonestamme...”

”Jakin halusi, että seurueessa luultaisiin, että olen hukuttautunut, eikä minua etsittäisi. Mutta ehkä joku näki minut veneessä, Luoja tietää! Sinäkin olet vaarassa, jos ne haluavat kuulustella sinua, ja etenkin, jos se ukko on se Tietäjä ja tuntee sinut... Ethän kai aikonut hankkiutua vastakkain hänen kanssaan?”

”En aikonut, mutta nyt minusta tuntuu, että minun pitäisi kyllä kohdata hänet kasvotusten”, sanoin, ja mielessäni vilisi taas näkyjä menneestä, ja näkyjä, joista en tiennyt, olivatko ne kuvitelmiani vai Luojan lähettämiä kuvia siitä, mitä voisi tapahtua, jos seuraisin Hänen johdatustaan. ”En haluaisi nähdä häntä enää koskaan, mutta tuntuu niin kuin minun pitäisi...”

Jael nukahti siihen, ja sain itse makuusijan penkiltä, tulisijan vierestä. Nukahdin uupumukseeni, ja nukuin syvää unta, näkemättä ainuttakaan painajaista.

Varhain aamulla vaihdoimme yllemme yön aikana kuivuneet vaatteemme, ja sidoin Jaelin haavan uudelleen. Nainen antoi Jaelille tummaa juomaa, joka vahvistaisi verta. Se tyttönen, joka oli nukkunut rauhassa läpi yön, ei puhellut meille paljoakaan. Näin mielessäni, miten hän tulisi kärsimään aikuisuutensa päivinä, ja pyysin hänelle Luojan varjelusta. Poikakin kärsisi, mutta jokin hänessä toi mieleeni kuvan prinsessa Jelisepasta, ja halusin sanoa pojalle jotakin, minkä hän ehkä muistaisi joskus aikuisena, minne hän sitten olisikaan ajautunut koettelemustensa myötä.

”Grigor, jos joskus kohtaat odottamatonta ystävällisyyttä, älä palkitse sitä pahalla. Ja jos annat ystävyytesi sellaiselle, joka luulee sinua vihollisekseen, hän on sinulle enemmän kuin ystävä! Hän voi olla sinun pelastajasi pahasta... Älä siis koskaan väheksy lempeyttä, älä varsinkaan, jos se tulee taholta, jolta et sitä edes odottaisi”, sanoin pojalle. Hän naurahti ja mutristi suutaan, muttei sanonut mitään. Jael antoi naiselle ranteessaan olleen korun. Siinä oli pieniä, hopeisia laattoja.

”Saat siitä pahan päivän varalle, millä maksaa ruuasta”, hän sanoi ja syleili naista kuin ystävää. Tämä toivotti meille Luojan varjelusta. Sitten lähdimme liikkeelle. Jael tukeutui käsivarteeni, ja etenimme verkkaisesti, voimiamme säästellen. Auringosta tiesin nyt oikean suunnan. Matkaisimme suorinta tietä pohjoiseen, ja kunhan saisin Jaelin turvaan Molcavarathian rajojen ulkopuolelle, minun olisi aika palata etsimään Jakin.

Muutaman päivän kuluttua tulimme rajanylityspaikalle, ja piileskelimme metsän suojissa, majatalon lähettyvillä, miettien keinoa ohittaa majatalo ilman että vartijat puuttuisivat kulkuumme. Vartijoita oli aivan liikaa, jotta olisimme voineet livahtaa salaa rajan yli. Minun olisi esitettävä nahkurin apulaista, mutta Jaelille olisi keksittävä rooli, jossa häntä ei mitenkään voisi tunnistaa ylhäiseksi naiseksi, eikä toisaalta luultaisi miksikään epämääräiseksi kulkijaksi, joka pitäisi pidättää.

”Entäpä jos leikkaan hiukseni”, Jael ehdotti mietteliäänä. ”Laitan tuon nahkalakin päähäni ja olen kuin poika...”

”Ei, olet silti liian kaunis, ja sinut saatetaan ottaa kiinni miehenäkin”, totesin vakavana.

”Kunpa voisin muuttua koiraksi”, Jael naurahti. ”Jos kertomasi tarinat pohjoisen väen uskomuksista olisivat totta, etsisin vain sopivan puunrungon ja ryömisin sen alta... Ja kas, olisin ruma, tummakarvainen koira!”

”Jael, sinä hupsu olento”, sanoin hymyillen hänelle. ”Joudumme ehkä ryömimäänkin risukoissa ja puitten alta, mutta rumaa olentoa sinusta ei mitenkään tulisi!”

”Ehkä meidän on tehtävä rynnäkkö ja juostava vartijoitten ohi”, Jael totesi. ”Harmi että käteni on tällainen… Voisin aivan hyvin heiluttaa miekkaa, jos minulla olisi sellainen!”

”Todennäköisesti meidän on naamioiduttava jotenkin. Tai jos rajan yli kulkisi jokin vankkurikuorma, voisimme yrittää piiloutua siihen…”

Emme ehtineet vielä keksiä riittävän turvallista keinoa yrittää rajan yli joutumatta vartijoitten käsiin, kun kuulimmekin ääniä tien suunnalta, etelästä. Hiivin lähemmäs tienlaitaa ja huomasin tutun kaksikon lähestyvän rajanylityspaikkaa kärryineen. He olivat nahkuri ja hänen poikansa.

”Hei, auttaisitteko minua taas?” huusin heille, ja he pysähtyivät yllättyneinä metsänlaitaan. Jael tuli rinnalleni, ja esittelin Jaelin heille ystävänäni. He eivät olleet koskaan nähneet kuningatar Jagelonicaa, joten he tyytyivät omaan oletukseensa, että kyse oli jostakin hovirouvasta, joka oli halunnut karata mukaani Melchiorin hovista. He ymmärsivät myös, että minun pitäisi kaiken varalta piilotella ”morsiantani” rajavartijoilta.

”Jos hän olisi tyhjien nahkasäkkien alla makuulla, ja taluttaisimme vain kärryt yli kolmisin”, nahkurin poika totesi. ”Ei kai ne vartijat jaksa alkaa kaivelemaan kuormaamme!”

”Mutta jos alkavat kaivella, mitäs sitten teemme?” nahkuri huoahti päätään pudistellen. ”Jäämme kaikki kiinni!”

”Entä jos lainaatte vain kärryjä minulle, ja tulette kaksin sitten vasta illemmalla perästämme”, ehdotin. ”Jos jään kiinni, voin sanoa varastaneeni kärryt teiltä, niin te ette joudu vaikeuksiin!”

He hyväksyivät ehdottamani suunnitelman, ja sovimme, minne jättäisin heidän kärrynsä, jos olisimme päässeet Jaelin kanssa turvallisesti rajan pohjoispuolelle. Sitten piilotin Jaelin kuorman alle ja lähdin nopeasti liikkeelle. Pelkäsin hänen tukehtuvan, jos hän joutuisi olemaan liian kauan säkkien, nahkojen ja turkisten alla. Onneksi suurin osa nahoista oli mennyt kaupaksi Molcavarathiassa, eikä kuormaa ollut enää paksuakaan kerrosta.

Rajalla vartijat kyllä pysäyttivät minut, mutta tutkivat kuormani vain pintapuolisesti ja antoivat minun mennä perittyään epämääräiseksi ”tullimaksuksi” yhden näädännahan. Vedin kärryt helpottuneena samaan paikkaan, jossa olin aiemminkin leiriytynyt. Kun purin kuormaa saadakseni Jaelin näkyviin, ehdin jo pelästyä hänen tukehtuneen, koska hän ei heti avannut silmiään. Mutta sitten hän avasi ne ja alkoi kyynelehtiä ja nauraa hiljaa helpotuksesta. En hävennyt syleillä häntä. Hän oli edelleen minun ystäväni, ystäväni sisar, kuin sisar minullekin, vaikka joskus olikin ollut hetki, jolloin hänestä olisi voinut tulla enemmän rakastetun kaltainen. Tuntui, että vuodet katosivat väliltämme ja olimme taas samalla matkalla, jolle olimme lähteneet Itäisestä Vuoristosta sen sokean vanhuksen luota.

Vietimme muutaman päivän vain puhellen kaikesta, mitä meille tahoillamme oli tapahtunut sen jälkeen, kun olimme joutuneet erillemme. Jael lepäsi, hoidin hänen vammaansa, metsästin ruokaa ja keittelin hänelle yrttijuomaa, jotta hänen verensä vahvistuisi. Kunhan hän olisi kerännyt riittävästi voimia, hän voisi matkata veljensä luo pohjoiseen. Hän voisi kertoa kaikesta kokemastamme Jokimille ja Janoshalle, kun pääsisi Vaskikallion kylään.

Piirsin Jaelille kartan, joka auttaisi häntä suunnistamaan perille, mutten halunnut hänen lähtevän matkaan yksin. Päiväkausia odotimme, että pohjoiseen matkaisi jokin ryhmä Vaeltajaveljiä, tai perhe, jonka mukaan hänen olisi turvallista lähteä. Odottaessani matkasin hänen kanssaan hieman pohjoisemmas, kauemmas Molcavarathian rajasta, jotta olisimme paremmassa turvassa Melchiorin väeltä. Sitten, jo jokunen viikko siitä, kun olimme tulleet rajan yli, näin tiellä joukon Vaeltajaveljiä, jotka olivat matkalla pohjoiseen.

Riemusta kyynelehtien juoksin heidän luokseen ja esitin asiani. He lupasivat ottaa Jaelin mukaansa, jos tämä pukeutuisi huomiota herättämättömästi Vaeltajakaapuun. Veljet olivat ystävällisiä ja lempeitä miehiä, ja luotin täysin siihen, että he auttaisivat Jaelin perille Vaskikallion kylään. Mutta minun oli hyvästeltävä Jael itse, ja siinä vaiheessa epäröin jonkin aikaa. Olisin itsekin halunnut palata Jokimin luo, mutta Henki sanoi minulle, ettei vielä ollut sen aika. Ja Jael muistutti minua ihmisistä, joista olin kertonut hänelle; heistä, jotka odottivat minua Cardusiassa.

”Kuka tietää, jos sinun elämälläsi on merkitystä muillekin kuin Warginlaakson väelle, tai sille veljellemme, joka elää siellä luolassa Itäisessä Vuoristossa”, Jael sanoi lempeästi. ”Se, mitä kerroit kruununprinsessasta, tuo mieleeni sen, mitä olet kertonut veljeni vaimosta, Janoshasta. Ehkä sinulla on osasi hänenkin elämässään! Ja, jos Luoja suo, tapaat ehkä jonakin päivänä myös minun poikani. Kaikkeuden Luoja johdattakoon sinua edelleen!”

”Rukoilen kyllä poikasi puolesta joka päivä, Jael”, sanoin liikuttuneena. ”Ettei sinun rakkautesi häntä kohtaan jäisi hedelmättä!”

”Kaikkeuden Luoja sallikoon minun olla nyt sisaresi kaikessa Rakkaudessa ja Totuudessa, sallikoon minun olla sinun ja Veljiemme kaltainen, ja antakoon minun vielä vaeltaa muuallekin, jos minulla on vielä voimia, kunhan olen vielä kerran katsonut silmiin veljeäni ja nähnyt hänen perheensä!"

Syleilimme toisiamme, ja sitten hän vetäytyi loitommalle, ja näin hänen hymyilevän ja kyynelehtivän.

"Iloitsin jokaisesta päivästä kanssasi, mutta nyt on aika antaa sen ilon levitä muillekin", sanoin, puristin vielä kerran hänen käsiään, ja päästin hänet sitten menemään. Jael kääntyi toisaalle, ja katselin, miten hän loittoni minusta Veljiemme suojassa; tuo pieni, kaapuviittaan pukeutunut huppupäinen hahmo, täynnä kärsimyksissä jalostunutta rakkautta.

Vietin vielä päivän hiljentyen leirissäni; sitten lähdin kulkemaan takaisin rajanylityspaikalle päin. Pukeuduin taas nahkuriksi ja turkistenmyyjäksi päästäkseni rajan yli, takaisin Molcavarathiaan. Rajavartijat muistivat minut nyt kauppiaana, mutta ihmettelivät, miksei minulla ollut mukanani mitään myytävää.

"Oletko eronnut kauppiastovereistasi? Hehän ovat nyt idässä hankkimassa lisää myytävää", vartija totesi. "Olisin voinut ostaa heiltä parin jalkineita."

"Niin, heillä oli kiire sinne suuntaan. Itse olen nyt menossa kuninkaanlinnaan, koska palveluksiani tarvitaan siellä", sanoin, eikä minun oikeastaan tarvinnut valehdella sanaakaan.

"Saatetaanhan niitä tarvitakin, jos joku alkaa nylkeä omia mahoja lehmiään", toinen vartijoista naurahti, ja toinen vilkaisi häntä ja hörähti.

"Niin, siltä ihrakasalta voi odottaa kohta mitä tahansa!"

"No, mene sitten yli, mutta omalla vastuullasi", toinen vartija sanoi minulle. "Sanonpa vain, ettei tässä tiedä, kuka seuraavaksi pääsee nahoistaan... Joten nautitaan asemastamme kun vielä voidaan!"

Heidän katkerat puheensa antoivat minulle toivoa siitä, että yksinvaltias Melchior oli ehkä menettämässä otettaan osasta kansalaisiaan; jopa osasta sotureitaan. Ja jo ensimmäisessä kylässä sain tiedon, että kuningatar Jagelonica oli julistettu kuolleeksi, ei vain kadonneeksi. Hänen oli ilmoitettu hukkuneen onnettomuudessa matkallaan kuninkaan hovimiehen luo.

Kukaan ei tiennyt tarkemmin, millaisesta onnettomuudesta oli ollut kyse. Ihmiset uskoivat, että tilanteella oli kuitenkin ollut silminnäkijöitä, ja kuningattarelle oli kuulemma pidetty maan tavan mukaiset saattomenotkin. Jos se piti paikkansa, mistä Melchior oli saanut ruumiin saattomenoja varten? Ketkä olivat muka nähneet kuningattaren hukkuvan? Oliko Jakin saanut muun saattoseurueen väen uskomaan niin?

Oli miten oli, Molcavarathian kansa uskoi kuningatar Jagelonican kuolleen, ja Melchior varmasti ainakin toivoi niin. Hän ei tarvinnut kapinoivaa vaimoa rinnalleen, vaan ottaisi siihen asemaan mielellään jonkun heikkoluontoisemman. Halusin asiasta kuitenkin varmempia tietoja kuin pelkkiä huhupuheita, mutten halunnut herättää epäluuloja liioilla kyselyillä ja puhuttelemalla aivan ketä tahansa ihmisiä. Puhuttelin siis vain sellaisia ihmisiä, jotka eivät vangitsisi minua heti, jos alkaisin kysellä kuningas Melchiorin asioista.

Kuulin kyllä lisää erilaisia huhuja sieltä täältä, ja hajanaisia tietoja, kunnes vasta lähempänä kuninkaanlinnaa sain varmuuden siitä, että kuningas oli viettänyt jo muutaman viikon suruaikaa. Kuningattaren saattomenot oli todella pidetty, ruumiineen kaikkineen, ja väki osasi kertoa jopa senkin, millaiseen pukuun ruumis oli ollut puettu ja millainen harso sen kasvoilla oli ollut, kun se oli kuljetettu kuninkaalliseen hautakumpuun. Joku oli epäilemättä päässyt hengestään esittääkseen kuollutta kuningatarta. Se oli uhraus, jota surin; Jaelin vapauttaminen oli maksanut ainakin tuon ihmishengen. Mutta suurin syypää oli joku, joka oli alun pitäen halunnut kuningattaren kuolevan. Melchior tuskin halusi vaimonsa enää palaavan kuolleista, uskoipa itse tämän kuolleen tai ei. Olihan mahdollista, että Melchior oli antanut jonkun tehtäväksi surmata kuningattaren, ja kun tämä oli epäonnistunut, hän oli rangaistuksen pelossa etsinyt toisen uhrin ja valehdellut tämän olevan kuollut kuningatar. Olisiko vale mennyt läpi Melchiorille? Vai pelkäsikö Melchior vaimonsa päässeen pakoon, ja halusi vain uskotella kansalle, ettei kuningatarta enää ollut?

Kuulin, että kuningattaren ja Warginmaan prinssin poika, jonka Melchior oli valinnut ja asettanut kruununperijäkseen, asui yhä kuninkaanlinnassa prinssin asemassa. Hänen sanottiin syrjäyttäneen prinsessa Mormessan kruununperijän paikalta. Toisaalta jotkut väittivät, että prinsessalla oli edelleen suurin oikeus Molcavarathian kruunuun. Prinsessa Mormessalle etsittiin sulhasta, ja jotkut tiesivät etsiskelyjen kohdistuneen Argillan valtakuntaan. Argillan kuninkaalla oli poika ja useampi veljenpoika. Toisaalta huhuttiin, että Argillan kruununprinssi, joka saattaisi piankin astua isänsä saappaisiin, kihlattaisiin todennäköisemmin Cardusian kruununprinsessalle, eikä Mormessalle. Tämä olisi täysin vastoin kuningas Melchiorin toiveita; hänhän varmasti halusi tyttärensä Argillan kuningattareksi ja ottopoikansa prinsessa Jelisepalle puolisoksi, joka perisi aikanaan

Cardusian kruunun. Ja siinä vaiheessa valtakunta olisi taas osa suurta Molcavarathiaa, ja Argilla samoin, jos sen kuningattarena olisi Melchiorin tytär.

Nuo juonittelut kyllä järkyttivät minua, mutten voinut tehdä niille mitään juuri siinä hetkessä. Halusin keskittyä löytämään Jakinin saatellakseni hänet pois Molcavarathiasta. Etsiskelin ja kyselin häntä, valeasu ulkoisena turvanani, kaikkialta kuninkaanlinnan alueelta, minne minut vain päästettiin. Sitten törmäsin soturiin, joka tunsi hänet entisenä vartiotoverinaan, ja hän muisti, että Jakin oli ollut mukana seurueessa, joka oli saatellut kuningatar Jagelonicaa. Hän tiesi kertoa, että Jakin oli sen tapauksen jälkeen otettu hoviin henkivartijaksi. Jakinista oli tullut erään kuninkaan neuvonantajan henkilökohtainen vartija.

Mieleeni nousi pahoja aavistuksia, kun kuulin tuon asian. Halusin entistä varmemmin tavata sen miehen, jota Jael oli epäillyt Tietäjäksi. Mutta minua ei päästetty sisälle keskuslinnaan. En ollut millään tavoin hovikelpoinen, eikä kaupustelijoita todellakaan päästetty kuninkaan puheille. Jos olisin yrittänyt väkisin tunkeutua keskuslinnaan, tuskin olisin päässyt edes hovimiesten eteen; minut olisi luultavasti piesty tai surmattu jo linnan ulkopihalla.

Lopulta päätin yksinkertaisesti lähettää viestin tuolle hovimiehelle, jota epäilin Tietäjäksi, ja pyytää häntä tapaamaan minua. Jaelin sanat kertautuivat mielessäni. Jos se hovimies oli tuntemani Tietäjä, mahtoiko hän yhä haikailla kulta-aarteensa perään? Jos hän suostuisi tapaamaan minut, voisin tehdä hänelle tarjouksen. Jos hän raivostuisi ja surmaisi minut saman tien, en voisi estää sitä, mutta toisaalta, jos hän olisi utelias, hän ei tappaisi minua ennen kuin olisi kuunnellut asiani. Ehkä hän nauttisi haasteesta, jos olisi se sama mies, joka edelleen uneksi kulta-aarteestaan Vaskikallion kylässä.

Kirjoitin siis viestin ja pyysin yhtä vartiomiehistä toimittamaan sen kyseiselle hoviherralle. Hänen nimeään en tosin tiennyt, mutta sanoin hänen olevan se, jonka huvimajalle matkustaessaan kuningatar oli hukkunut.

"Jos olette se Tietäjä, joka kerran osui erääseen kylään pohjoisessa ja joutui jättämään sinne kalleutensa, niin haluan tehdä kanssanne sopimuksen kyseisestä aarteesta. Tiedän, miten saatte sen haltuunne ilman väkivaltaa. Mutta Teidän on tavattava minut kahden; muuten muutkin kuulevat salaisuutenne ja löytävät aarteenne. Tulkaa siis tänä yönä Gorajoelle, sille sillalle, jonka kohdalla kuningattaren

kerrotaan hukkuneen. Vain yksi mies saa tulla mukaanne; muuten en näyttäydy Teille lainkaan, ettekä saa tietojani."

Illan lähestyessä taivalsin tapaamispaikalle. Minulla oli jousi ja nuolia, ja suojasin pääni hupulla. Lymyilin sillan poskessa, hämäryyteen piiloutuen. Kun lopulta kuulin ääniä kuninkaanlinnan suunnalta, kurottauduin tähystämään, mutten näyttäytynyt kokonaan. Vaunut pysähtyivät sillan lähelle. Vanha hovimies näytti istuvan vaunuissa, ja kuskinpukilla oli vartijan roteva hahmo.

"No niin, Jago, tervehditäänpä muukalaista", vanhan miehen väkijuomien ja höyryuutteiden karhentama, mutta yhä arvovaltainen ääni sanoi. Enkä voinut olla tunnistamatta hänen ääntään; hän todella oli se mies, jonka olin halunnutkin tavata. "Jos haluat olla minulle mieliksi, niin suostut vaikka kuolemaan puolestani... Ja tapat hänet ennen kuin hän tappaa minut!"

"En aio tappaa sinua", sanoin astellen esiin sillan laidan takaa, kuunvaloon, tien reunaan. Jagoksi kutsuttu mies oli Jakin. Hän oli kohottautunut ja tähtäsi minua varsijousella. En nähnyt hänen kasvojaan; en tiennyt, millä mielellä hän oli mukana, ja mitä hän ajatteli minusta ja asiastani. Tietäjän kookas hahmo kohottautui seisomaan vaunujen penkiltä. Hänellä oli sauva, johon hän nojasi, vaikka yrittikin olla ryhdikäs. Hän oli vanhuuttaan köyristynyt, mutta yhä pelottava, ja hänestä huokui pahantahtoisuutta, joka sai minut melkein perääntymään.

"Kautta Pimeyden Voiman, sehän onkin kirottu Vanhimman poika Vaskikallion kylästä! Ovatko vuodet vieneet kauniin kultatukkasi?" hän huudahti pilkallisesti naurahtaen. "Senkin pahainen nulikka, huiputit minua sillä surmanhypylläsi! Ja nyt yrität huiputtaa minut saaliiksesi, sinä kurja! Pimeys nielköön sinut! Palvelijani surmaa sinut ennen kuin ehdit virittää jousesi!"

"En usko sinun kirouksiasi", huudahdin. "Mutta tahdot kai sen kulta-aarteen vanhuudenpäiviesi varalle? Jos käsket palvelijasi surmata minut, et ehdi kuulla ehdotustani!"

"Miksi antaisit aarteen minulle, ellet haluaisi vastineeksi jotakin?" Tietäjä kysyi ärähtäen halveksivasti. "Tunnen kyllä luontosi, sinä juonikas poika! Yrität päästä jaolle, niinkö? Et oikeasti tiedä, missä aarre on, ja yrität vain saada minut paljastamaan sen!"

"Ei, en yritä huiputtaa sinua! Minä tiedän kyllä, että aarre makaa Kylmäjärven pohjassa, mutta sinä et saa sitä omin avuin nostetuksi sieltä! Tiedän, että olet yrittänyt haalia väkeä mukaasi, jotta saisit aarteen vietyä kylästämme, mutta kukaan ei ole uskonut puheitasi!"

sanoin vakavana. ”Kaipa olisit surmannut kylän väen, jos he olisivat vastustaneet sinua, ja jos olisit saanut houkuteltua väkivaltaista väkeä mukaasi. Mutta eihän kukaan usko sinua! Tarinasi kuulostaa liian hyvältä ollakseen totta, eikä kukaan luota sinuun muutenkaan!”

”Mitä yrität ehdottaa minulle?” Tietäjä ärähti epäluuloisena.

”Minä ehdotan sinulle, että tulet nyt mukaani pohjoiseen, Vaskikallion kylään saakka, ja viet aarteen mennessäsi. Emme halua antaa sitä muitten käsiin, etkä kai sinäkään antaisi?” totesin.

”Mitä juonittelet, sinä lurjus?” Tietäjä huusi raivostuen hämmennyksestään.

”Jos et tule hakemaan kultaasi, kerron siitä kyläläisille, ja se on pian mennyttä”, huudahdin. ”Joko tulet yksin, tai menetät sen ikiajoiksi!”

”Yrität huiputtaa minua!” Tietäjä huusi. ”Jago, tuo yrittää huiputtaa meitä! Ammu hänet!”

”Jos en palaa täältä viikon kuluessa rajanylityspaikan majataloon, ystäväni vie Vaskikallion kylään sanan, että valtaisa aarre lojuu Kylmäjärven pohjassa”, selitin rauhallisesti, joskin hätävalheeseen turvautuen. ”Eli, jos tapat minut nyt, aarteesi katoaa pian ahneitten kyläläisten ja vieraitten onnenonkijoitten käsiin!”

”Eivät ne typerykset uskalla edes uida, saati sitten sukeltaa!” Tietäjä ärjyi. ”Eivät ne raukat uskalla tutkia järvenpohjaa!”

”Uskaltavatpa, koska ystäväni Jokim on kyllä tähän mennessä opettanut heitä!” huudahdin. Jakin oli hiljaa. En voinut tietää, miksi hän oli Tietäjän seurassa; pakostako, vai vapaaehtoisesti. Oliko hän kääntynyt palvelemaan Tietäjää, vai peloteltu ja uhkailtu tämän alaiseksi, vai oliko hän onnistunut itse huiputtamaan tätä?

”Miten muka luulet kuljettavasi minut kenenkään tietämättä sinne kylääsi?” Tietäjä huusi. ”Ja minähän en matkusta niin kuin joku pahainen kerjäläinen...”

”Tietysti matkustat kuin kerjäläinen! Muutenhan kaikki näkevät sinun matkustavan kuin ahne paskiainen, joka matkaa rehvakkaasti ja uhoten noutamaan aarrettaan, ja silloin monet kaltaisesi ahneet onnenonkijat, kurjat sieluparat, lähtevät seuraamaan meitä!” puuskahdin kiivastuen. ”Matkustamme vaatimattomasti ja vailla huomiota. Muuten emme onnistu pitämään uteliaita loitolla! Tajuat kai, että ahneet ja väkivaltaiset seuralaiset varastaisivat sinulta koko aarteen? Olet heikko ja heiveröinen, etkä selviäisi yhdenkään pahantahtoisen seuralaisen kanssa hengissä... Näkisit ehkä vilauksen aarteestasi, kun paljastaisit sen kätköpaikan apureillesi, ja sitten sinut jo surmattaisiin, ukkoparka! Minä taas en muuta halua kuin päästä koko kirotusta kultakasasta eroon!"

"Mistä tiedän, ettet vain aio tappaa minua?" Tietäjä kysyi halveksivasti, mutta loppua kohden hänen äänensä alkoi täristä mielenliikutuksesta. "Haluat vain kostaa minulle isäsi kuoleman, vaikkei se ollut edes minun syytäni! Isäsi oli typerys, joka aiheutti itse kuolemansa! Hän alkoi viime hetkellä vastustaa minua!"

"Todellako?" totesin häkeltyen. Tietäjä alkoi nauraa; hän hohotti ja siristeli silmiään ilkkuvasti.

"Isäsi oli heikko! Hän alkoi sääliä toisia heikkoja!"

"Asettuiko hän lopulta sinua vastaan, vaikka oli jo ollut kuin tahdoton nukkesi? Huumasitko hänet lopulta kuoliaaksi?" kysyin anoen rauhaa, etten kiivastuisi; muisto isäni kuolemasta kuohutti tunteitani niin, että sellainen tunnetila saattaisi koitua jonkun kuolemaksi.

"Isäsi oli kuin säikky jänis, kun hänen olisi pitänyt lähteä viemään väkeään sinne iljettävään tuhkakuoppaanne! Minun piti lyödä hänet hiljaiseksi!" Tietäjä huusi. "Hän alkoi parkua, että aion tappaa heidät kaikki, ja kuka häntä olisi seurannut Surunrotkoon, jos olisi kuullut hänen parkumisensa? Typerys oli paljastaa juoneni, siksi hän pääsi hengestään!"

"Sinä ihmisparka, millainen mielipuoli oletkaan", sanoin syvään henkäisten. "Kaikkeuden Luoja antakoon sinulle anteeksi!"

"Minä en sinun luojaasi tarvitse, enkä aio olla typerys, joka uskoo naurettaviin ja typeriin juoniisi!" Tietäjä huusi ja alkoi huitoa kädellään minua kohti. "Jago, ammu hänet!"

"En ammu, vaan haluan kuulla, mistä kulta-aarteesta hän puhuu!" Jakin totesi viileällä äänellä. Tietäjä nosti sauvansa minua kohti kiivastuneena.

"En usko sanaakaan siitä, että muka antaisit minun viedä sen kullan!" hän huusi. "Miksi luopuisit sellaisesta aarteesta? Mikä mielipuoli oikein olet? Luuletko että olen typerys?"

"Sinun pitää nyt vain uskoa minua, eikä sinulla ole muuta mahdollisuutta! Jos yrität tappaa minut, kuulit kyllä jo, mitä siitä seuraa!" huudahdin. "Sitä paitsi, myös tuo palvelijasi kuuli kaiken. Hänkin tietää jo siitä aarteesta! Hänkin voisi tappaa sinut ja tulla minun mukaani hakemaan aarteen itselleen. Luovuttaisin sen ilomielin vaikka hänelle! Haluatko siis, että henkivartijasi tappaa sinut ja vie aarteen nenäsi edestä?"

”Sinä juonikas luopio!” Tietäjä huusi. ”Ole kirottu ja vie minut sitten sinne pohjoiseen! Mutta Pimeys nielköön sinut, jos tarkoituksesi oli vain tappaa minut!”

”En aio tappaa sinua, enkä pakota sinua mihinkään! Saat tehdä valintasi. Voit palata linnaan kuninkaasi palvelukseen, joko palvelijasi kanssa, tai ilman häntä. Tiedät kyllä, että siinä tapauksessa olet menettänyt aarteesi lopullisesti”, totesin. ”Tai, jos niin haluat, otamme sinut mukaasi, ja pääset hakemaan aarteesi!”

”Hyvä on, kirottu ääliö, lähden mukaasi”, Tietäjä jyrähti. ”Sinä, Jago, voit palata linnaan tai seurata minua, miten vain tahdot, mutta hae minulle ensin nassakallinen höyryjauhoja...”

”Ei sinun tarvitse hakea sitä, Jakin”, sanoin. ”Ei sinun tarvitse totella hänen käskyjään enää!”

”En aikonutkaan”, Jakin naurahti ja kääntyi sitten katsomaan Tietäjää, joka tuijotti häntä epäluuloisen häkeltyneenä. ”Hyvä herra, valitsitte henkivartijanne sangen huonolla arvostelukyvyllä... Jos olisitte katsonut tarkemmin, olisitte nähnyt minussa veljeni Jokimin kasvot!”

”Sinä kirottu!” Tietäjä huusi raivoissaan ja huitaisi sauvallaan Jakinia kohti. ”Sinut minä vielä tapan, vaikka tuota en voikaan teurastaa!”

Sauva osui Jakinia kevyesti silmäkulmaan, mutta samassa hän tarttui siihen ja väänsi sen pois Tietäjän käsistä.

”Jos surmaat hänet, kerron hänen veljelleen, mitä teit, eikä Jokim ehkä annakaan sinun viedä aarretta Kylmäjärvestä”, huudahdin kiivastuneena. ”Usko jo, vanhusparka, että nyt on se hetki, kun sinä luovut väkivaltaisista aikeistasi! Saat läjäpäin kultaa ja voit elää sen kanssa loppuelämäsi päivät, miten vain onnistut elämään! Saat kokea kuvittelemasi onnen ja autuuden, tai sitten kirouksen, joka kiduttaa sinua vanhoilla päivilläsi, Luoja tietää! Valitse, miten tahdot! Minä en sinua tapa. Jos nyt päätät luopua kullasta ja palata Melchiorin luo, saat tehdä sen vapaasti. Mutta jos päätät tulla mukaamme, niin tule! Me emme sinua tapa, mutta jos uhkaat meitä, emme pysty suojelemaan sinua muitten ihmisten kostolta!”

Tietäjä vapisi raivosta ja kenties myös neuvottomuuden aikaansaamasta hätäännyksestä. Hän kirosi ja huusi kaikki tuntemansa manaukset ja rienaukset. Lopulta hän käski minun tulla vaunuihin ja kuljettaa häntä vaunuissa koko matkan, koska hänen jalkansa eivät jaksaisi pitkää kävelymatkaa. Sitten hän asettui mukavaan asentoon penkilleen ja huoahti raskaasti. Jakin tarttui ohjaksiin ja kävi kääntämässä vaunut sillan toisella puolen, ja lähdimme matkaamaan yön hiljaisuudessa takaisin kuninkaanlinnaan.

Linnan ulkopuolella Tietäjä käski taas Jakinia hakemaan hänelle linnasta höyryjauhoja ja pienen viinitynnyrin. Jakin sanoi minulle, että ukko pysyisi rauhallisempana, jos saisi höyrynsä ja viininsä, joten lupasin, että seisahtuisimme siksi aikaa. Tietäjän käskystä vartijat päästivät Jakinin sisälle, ja odottelin Tietäjän seurassa sen ajan, mitä Jakinilla kesti asiallaan.

Mieleni oli hieman kärsimätön, mutta nuo odottelun hetket olivat syvemmällä tavalla merkityksellisiä. Kun näin Tietäjän käpertyneen vankkureitten penkkiä vasten ja jyrsivän sormeaan hampaattomilla ikenillään, inhosin häntä, mutta samalla säälin häntä enemmän kuin olin koskaan ennen kyennyt säälimään. Kun Jakin tuli vankkureitten luo, Tietäjä riisti viininassakan hänen käsistään. Hän joi ahnaasti ja vaikeroiden, kuin nälkään kuolemaisillaan ollut lapsi. Sitten hän käpertyi peitteen alle vankkureihin ja käski meidän jatkaa matkaa kohti pohjoista.

Me matkasimme arvon hoviherran suojeluksessa koko matkan, rajalle saakka, ja rajavartijat päästivät meidät rajan yli vastustelematta, kun Tietäjä ärähti heille nimensä, arvonsa ja asiansa. Majatalon pihalla Tietäjä käski meidän hakea hänelle naisseuraa, mutta sitä emme sallineet. Hän alkoi sitten keitellä höyryjauheitaan vesipiipussaan ja nukahti raskaaseen uneen. Jatkoimme matkaa pohjoiseen, kunnes tuli ilta. Silloin olin aikeissa hyvästellä Jakinin palatakseni itse Cardusiaan.

”Uskaltaisitko matkustaa hänen kanssaan kaksin?” kysyin häneltä hiljaa. ”Tiedän, että minua odotetaan Cardusiassa. Jael on matkustanut pohjoiseen edeltäsi, ja voin piirtää sinullekin kartan Vaskikallion kylään, niin löydät varmemmin perille.”

”Mutta aiotko oikeasti antaa tuolle ukolle sen kullan? Vai puhuitko hänelle palturia?” Jakin kysyi hämmentyneenä.

”Teen vain niin kuin minua johdatetaan tekemään, ainakin uskon niin”, sanoin. ”En halua tappaa häntä! Haluan, että hän saa rauhan kurjan elämänsä päätteeksi. Kulta ei sitä hänelle tule antamaan, mutta hän ei olisi lähtenyt mukaamme Molcavarathiasta, ellen olisi luvannut hänelle sitä. Ja luulen, että Jaelin pojalle on parempi, ettei Tietäjä enää oleskele siellä Melchiorin hovissa.”

”Totta, siinä olet varmasti oikeassa… En tosin ihan kaikessa ymmärrä sinua, mutta luotan sinuun”, Jakin totesi huoahtaen. Hän katseli minua silmiin, ja näin hänen silmissään ystäväni Jokimin ja hänen sisarensa Jaelin silmät, ja Henki sanoi minulle, että tapaisin hänetkin vielä uudelleen, vaikka nyt eroaisinkin hänestä. ”Mutta etkö pelkää, että saattaisin itse tappaa hänet ja vaatia aarretta itselleni?”

”Enpä usko! Eiköhän Tietäjä ole sinullekin tarpeeksi varoittava esimerkki siitä, miten käy, jos luulee onnensa olevan kiinni rikkauksista ja nautinnoista”, sanoin naurahtaen. ”Mutta ehkä löydät vielä jonkun, jonka kanssa haluat perheen, ja tarvitset joskus hieman ylimääräisiä varoja...”

”En ole lainkaan varma siitä, että haluan jäädä veljeni luo pohjoiseen”, Jakin totesi. ”Haluan kyllä tavata hänet ja tutustua häneen, mutta ehkä minussa on liiaksi vaeltajien verta, jotta voisin asettua aloilleni pidemmäksi aikaa. Jos vaellan joskus Cardusiaan, oletko siellä?”

”Jos Luoja suo, olen kyllä siellä! Joko Warginlaaksossa, kuninkaanlinnassa, tai Itäisen Vuoriston metsissä.”

Havahduin siihen, että Tietäjä oli noussut vankkureista ja kömpi alas tarpeilleen. Hän huojui niin kovasti, ettei päässyt omin avuin ylös rungolta, jolle oli vajonnut istumaan. Kun yritin auttaa häntä, hän huitoi käteni pois. Autoin hänet silti takaisin vankkureihin. Hän käski antaa piippunsa ja viininassakkansa. Sitten hän imi taas piippuaan kuin pienokainen, ja joi isoja kulauksia nassakastaan. Kun katselin häntä, päätin jatkaa vielä yön yli pohjoiseen päin Jakinin kanssa. En tiennyt, mitä aamulla tapahtuisi, mutta silloin aioin erota heistä ja lähteä paluumatkalle Cardusiaan.

Matkasimme läpi yön soihdun valossa, ja Tietäjä nukkui vankkureissa tuskin tajuamatta, mitä tapahtui. Aamun valjetessa tulimme erityisen kauniiseen paikkaan. Tie kulki kirkasvetisen järven rantoja myötäillen, ja moni kulkija oli varmasti halunnut pysähtyä juuri siihen katselemaan näkymää avoimelle vedelle, joka hohti taivaan sinisyyttä. Aurinko valaisi kaikki kastepisarat, joita lehtien pinnassa oli, ja tuo näkymä oli täytenään puhdasta valoa. Tietäjä havahtui hereille ja alkoi huitoa minua kädellään selkään.

”Haluan tuonne! Vie minut tuonne, senkin lurjus!” hän huusi ja kirosi. Pysähdyimme tien laitaan, ja jouduin lähestulkoon kiskomaan hänet ylös vankkureista, koska hänellä ei tuntunut olevan voimia nousta, vaikka tahtoa olikin. Hän nojasi minuun raskaasti, kun talutin häntä järven rantaan. Siellä hän vajosi maahan, vihreään heinikkoon. Hän heittäytyi selälleen ja alkoi nauraa. Näin miten hän laski alleen, ja hänen pukunsa kastui, mutta hän vain nauroi; nyyhkytti ja nauroi. Jakin, joka oli seurannut meitä, katseli häntä inhosta ja hämmennyksestä kertovin ilmein, mutta minä aloin kyynelehtiä.

Kyyneleet virtasivat poskilleni kuin puro; ne virtasivat vuolaina aivan kuin kaikkien veljieni ja sisarteni kyyneleet olisivat yhtyneet niihin samasta voimasta ja samassa Hengessä. Laskeuduin istumaan Tietäjän pään viereen ja laskin käteni hänen ryppyiselle, kiihtymyksestä hionneelle otsalleen.

Kaikki oli kovin kaunista; sininen taivas, jolla valkeat pilvet purjehtivat; kaikki se valo, joka levisi säteinä ilman halki; valo joka leikkasi jokaisen kastepisaran ja heijastui valkeavartisista puista melkein häikäisten katsettani. Ja kauniita olivat myös ne valkean puunrungon mustat juovat, jotka olivat kuin arpia. Itkin yhä vahvemmalla tunteella, enkä voinut enää pitää silmiäni auki ja katsella maisemaa. Mieleni silmin näin, miten Tietäjä muuttui vieressäni tuon valkean puunrungon kaltaiseksi. Hänkin oli täynnä mustia viiltoja; arpia, rujoja haavoja, märkiviä ruhjeita. Näin miten hänen tahdottomaan nauruun lauenneesta suustaan lähti mustaa usvaa; sitten hän kyynelehti mustaa vettä silmistään.

Nyyhkytin ja vavahtelin, kun pimeys ja valo kamppailivat sisälläni; kun välinpitämättömyys ja inho minussa taistelivat vastaan, vaikka rakkaus työnsi niitä lempeästi ulos sisältäni. Näin miten mustat kyyneleet Tietäjän silmissä muuttuivat kirkkaammiksi ja kirkkaammiksi, aivan kuin niitä olisi huuhdeltu, kunnes ne olivat kuin kastepisaroita.

Tunsin Jakinin käden olkapäälläni; hän silitti minua rauhoittavasti kuin lasta, ja hänen lempeytensä antoi voimaa sille rakkaudelle, joka puhdisti sydämestäni loputkin siitä inhosta, jota olin tuntenut sitä miestä kohtaan, jonka otsalla käteni lepäsi. Kun avasin silmäni, Tietäjän nauru oli lakannut. Hän ei liikahtanutkaan. Hänen silmänsä olivat yhä auki ja suunsa raollaan, mutta hän näytti siltä kuin olisi nähnyt jotakin ihmeellistä, jotakin, mikä oli pyyhkinyt pois lian ja saastan hänen sisimmästään. Hänen poskillaan oli kyyneleitä; kirkkaita, puhtaita kyyneleitä, kuin kastepisaroita.

Itkin yhä ääneen nyyhkyttäen; vielä silloinkin, kun Jakin kumartui viereeni, nosti käteni lempeästi pois vanhuksen silenneeltä otsalta ja sanoi ääneen, että Tietäjä oli kuollut.

En tiedä miten kauan olin istunut siinä itkien hiljaa, kyyristyneenä omien käsivarsieni suojaan. Ilo ja suru sekoittuivat liikutukseksi, ja näyt vaelsivat mielessäni kunnes näkymä muuttui rauhoittavaksi valoksi. Havahtuessani huomasin Jakinin peittäneen Tietäjän ruumiin taljan alle. Silloin nousin jaloilleni ja käännyin Jakinin puoleen.

”Vietkö hänet Vaskikallion kylään aarteensa luo, kuten lupasin hänelle? Ja pyydätkö Jokimia ja Janoshaa veistämään hänelle naamion?” kysyin. ”Teetkö sen puolestani, ystäväni ja veljeni?”

Jakin laski kätensä olkapäälleni sanomatta sanaakaan, nyökäten vain hiljaa. Nostimme Tietäjän ruumiin vankkureitten kyytiin, peittelimme sen arvokkaasti ja keräsimme päälle katajanoksia ja tuoksuvia kasveja hajuja peittämään. Pyysin Kaikkeuden Luojaa, että hän sallisi Vaskikallion kyläläisten nähdä saman mitä itse olin saanut nähdä tuon ihmisen rinnalla, kun hän puhdistui ja sai lopulta rauhan kärsimyksistään.

Kun hyvästelin Jakinin, hän syleili minua kuin veljeä ja sanoi tulevansa jonakin päivänä Cardusiaan etsimään minua, jos Luoja niin soisi. Ja minä käännyin takaisin etelään; minä, joka ehkä olin luopunut paljosta, menettämättä kuitenkaan mitään todella tärkeää, ja joka olin saanut sitäkin enemmän tuon kaiken tilalle. Olin nyt Jooel Vaeltaja, jolla oli monta veljeä ja sisarta, ja joka vaeltaisi sinne minne Henki hänet kuljettaisi.

Vaelsin Itäisen Vuoriston kautta Cardusiaan. Tapasin matkallani Vaeltajaveljiä, vietin kylmimmät talven viikot Itäisessä Vuoristossa Veljieni luolissa, ja sitten kiirehdin länsirajaa kohti käydäkseni ensin kuninkaanlinnassa ja jatkaakseni sitten Warginlaaksoon. Kuulin matkallani, että välit Molcavarathiaan olivat taas kiristyneet, koska Cardusiassa epäiltiin Melchiorin murhauttaneen ensinnäkin kuningatar Jelizian serkun, Warginmaan prinssin, ja sitten tämän lesken, jonka oli ottanut vaimokseen vain saadakseen miespuolisen kasvattipojan kruununperijäkseen.

Neuvosto ei pitänyt noista huhupuheista ja tarjosi kansalle kaunisteltuja tarinoita Melchiorin rakkaudesta kuningatar Jagelonicaa kohtaan ja surusta tämän kuoleman vuoksi. Melchior kuulemma syytti Jagelonican kuolemasta sukulaistaan, entistä hovimiestään, jonka kerrottiin kadonneen oudoissa olosuhteissa jokin aika sitten. Neuvosto halusi Cardusian kansan uskovan, että kuningatar Jelizian sukulainen, Molcavarathian prinssin asemaan otettu poika, oli Melchiorin rakas silmäterä. Cardusian kansalle uskoteltiin, että Melchior halusi pitää huolta ”ohdakkeisen maan köyhästä kansasta” ja tarjota tälle samaa yltäkylläisyyttä, joka vallitsi Molcavarathiassa.

Cardusian kansa ei luottanut Neuvostoon eikä suureen naapurivaltakuntaansa. Mielipiteet kuningas Willefistä jakautuivat monenlaisiin. Osa piti häntä Neuvoston sätkynukkena; osa piti häntä kokemattomana haihattelijana, joka ei ollut vuosikausiin tehnyt muuta kuin leikkinyt tyttärensä kanssa metsissä. Jotkut taas näkivät hänessä miehen, joka vielä jonakin päivänä karkottaisi naapurivaltakuntaa mielistelevät Neuvoston jäsenet länsirajan yli, kuningas Melchiorin siipien suojaan.

Minä en tiennyt muuta kuin oman käsitykseni kuningas Willefistä. Pelkäsin hänen puolestaan, mutta siinä lempeydessä, jota hän oli osoittanut tytärtään kohtaan, näin toivon koko valtakunnalle. Tiesin, että sitä rakkautta koeteltiin jo parhaillaan. Kuningatar Jelizia sairasteli jatkuvasti, eikä pystynyt edes ulkoilemaan, ja kuningas vietti yhä vähemmän aikaa tyttärensä kanssa, koska Neuvosto vaati häntä ylläpitämään suhteita naapurivaltioihin ja oman maansa ylhäisiin. Hallitsijapari oli joutunut Neuvoston kahleisiin; heidän elämänsä ei ollut heidän omien toiveittensa ja tarpeittensa mukaista, ja saatoin elävästi tuntea, miten tuo sama kahle kuristi myös heidän lastaan, kruununprinsessa Jelisepaa.

Muistelin nuorta prinsessaa aina kun katselin hänen minulle antamastaan katajanoksasta veistämääni ritsaa, jota säilytin edelleen kuin rakasta lelua onnellisilta lapsuuden päiviltä. Mikä olisi hänen kohtalonsa? Naitettaisiinko hänet Argillaan, jolloin Cardusia ja Argilla käytännössä yhdistyisivät jonakin päivänä saman kuninkaan valtikan alle? Vai annettaisiinko hänet äitinsä sukulaiselle, Warginmaan prinssin pojalle, jolloin Cardusia joutuisi kuningas Melchiorin käskyvallan alaiseksi?

Kun lähestyin Cardusian kuninkaanlinnaa, mieleeni alkoi nousta uusia näkyjä. Valveilla ollessani ne olivat vain välähdyksiä, mutta leiriytyessäni lähelle kuninkaanlinnaa näin pidemmän unen, joka toisti noita lyhyitä valvenäkyjäni. Unessa oli ensin kuningatar Jelizia. En ollut koskaan nähnyt häntä oikeasti, mutta tunnistin hänet unessa, koska hän oli tyttärensä näköinen. Hän oli sairasvuoteessa, ja hänelle juotettiin jotakin. Juottajan kasvot kääntyivät minua kohden, ja nainen oli vaalea ja isokokoinen, ja hänen kasvonsa vääristyivät vihasta ja muuttuivat Tietäjän kasvoiksi.

Samassa uninäky muuttui; kuninkaanlinnan muurinharja iskeytyi rikki portin viereltä, kun siihen osui lingottu kiviammus. Sen jälkeen linna oli puettuna mustiin, ja ihmiset itkivät. Prinsessa Jelisepa seisoi linnan ulkopuolella, metsänreunassa, ja hänen rinnallaan seisoi nuorukainen, joka oli selin minuun. Nuorukaisella oli kirkkaan punaruskeat, lyhyet hiukset. Ja taas uninäky muuttui; näin Josian pitkien, tummien hiusten liehuvan tuulessa. Vakavakasvoinen, minulle tutunnäköinen mies leikkasi Josian hiuksia rauhallisena, toistaen sanaa ”Rakkaus”, ja aina yksi suortuva lensi tuuleen. Uninäkyni seurasi yhtä suortuvaa, ja se lensi jo aiemmista näyistäni tutun nuorukaisen eteen. Hän tarttui suortuvaan ja tukahdutti sillä verenvuodon haavoista, joita häneen osuneet lukuisat nuolet olivat tehneet. Siihen heräsin, ja tajuntani oli selkeä, mutta mieleni varuillaan. Tiesin, että erään ihmisen henki olisi lähitulevaisuudessa vaarassa, mutta minua tuskin uskottaisiin, vaikka yrittäisin varoittaa hänelle läheisiä ihmisiä.

Pääsin kuninkaanlinnan muurien sisäpuolelle käymään lyhyeksi hetkeksi, niin että saatoin tervehtiä tuttua vanginvartijaa ja joitakin muita tuttaviani linnankylästä. He kertoivat minulle, mitä kuninkaan väelle kuului. Prinsessa Jelisepan, ainoan kruununperijän, turvallisuutta varjeltiin nykyisin niin tarkkaan, ettei hänen annettu tehdä enää mitään vaarallista; ei edes opetella ratsastamaan, ettei hän vain tipahtaisi ratsailta ja rampautuisi kelvottomaksi synnyttämään perillistä, tai taittaisi niskojaan, jolloin ruhtinas Reuelin pojasta tulisi kruununperijä. Neuvosto oli kieltänyt myös kuningas Willefiä viemästä enää tytärtään retkille metsiin, jossa tämä olisi petoeläinten armoilla tai saattaisi hukkua lampiin tai jokiin...

Yritin sanoa heille, että kuninkaan kannattaisi olla enemmän varuillaan puolisonsa turvallisuudesta ja pahantahtoisten ihmisten takia, mutten osannut selittää, miksi. Kuka osaisi edes kuvitella, miksi joku haluaisi päästä eroon kauniista kuningatar Jeliziasta? Ihmiset pelästyivät puheitani ja kehottivat minua poistumaan linnan ulkopuolelle, etteivät Molcavarathiaa mielistelevien virkamiesten kätyrit näkisi minua ja laittaisi minua häpeäpaaluun tai vankityrmään.

Minun oli lopulta lähdettävä, kun joku uhkasi hakea vartiomiehen, joka veisi minut Neuvoston eteen. Mutta kuninkaanlinnasta poistuessani tapasin sen kuninkaan ritarin, joka yhä muisti minut. Hän ei ollut ratsailla; hän seisoi portilla ja näytti varusteittensa perusteella joutuneen pelkän rivivartiomiehen asemaan. Hänen olemuksensa oli alakuloinen ja häpeilevä, mutta hän kohtasi katseeni yhtä avoimesti kuin aiemminkin.

”Vaeltaja, onko sinulla sanaa kuninkaallisista, tai pojastani?” ritari Rikard kysyi hiljaa.

”On kyllä tällä kertaa, jos siedät sen kuulla. Teidän on suojeltava kuningatarta! Hänen sairautensa ei ole sitä miltä se näyttää”, sanoin kuiskaten ja kumarruin vielä lähemmäs häntä, koska olin häntä jonkin verran pidempi. ”Tämä on vaarallinen tieto, mutta toivon, että käytte läpi kuningattaren palvelusväen… Hänen lähimmät palvelijansa, seuraneitonsa ja kamarirouvansa. Häntä ehkä hoidetaan aivan väärin… Jopa tahallaan väärin!”

”Miten voit tietää tuollaista?” ritari Rikard äännähti hiljaa.

”Tiedän vain… eikä sellainen olisi naapurimaanne puolella tavatonta, vai mitä?” totesin. Hän näytti vakavalta, suorastaan järkyttyneeltä. ”Sinun on hyvä varoittaa heitä, jos vain pystyt!”

”Kukaan ei usko minua, jos sanon kuulleeni tuollaista kaltaiseltasi Vaeltajalta”, hän sanoi huoahtaen. ”Ja jos epäilen ja syytän joitakuita ilman perusteita, tiedän kyllä mihin vaaraan itse joudun! Ja minun poikani on yksin maailmassa. Hänellä ei ole äitiä eikä ainuttakaan sukulaista turvanaan. Minne hän joutuu, jos hänen isänsä menettää henkensä? Ja se pilaisi hänenkin maineensa tietyn väen silmissä…”

”Ymmärrän, että pelkäät, ja että haluat suojella poikaasi, jota rakastat! Pyydän vain, että kerrot asiani edes yhdelle toiselle sielulle! Kerro jollekulle, johon luotat, ja joka ei tahdo sinulle pahaa”, sanoin vakavana. Hän pudisteli päätään raskaasti huoahdellen.

”Ei ole enää ketään muuta luotettavaa kuin oma poikani, ja hän on liian nuori sotkeutumaan asiaan, joka voi viedä hänen henkensä… Ymmärräthän, Vaeltaja, että olin aiemmin kuninkaan henkivartija, hänen lähin miehensä, ja hänen tyttärensä suojelija? Ja mitä enemmän Willef minuun luotti, sitä enemmän jotkut alkoivat vihata minua, ja syöttivät Neuvostolle valheita minusta. He parjasivat minua ja loukkasivat kuningastakin vihjailuillaan, että… minä muka jotenkin vaikuttaisin siihen, ettei kuningatar ole saanut enää toista lasta”, ritari Rikard selitti, ja hänen kasvonsa vääristyivät surusta. ”He käänsivät kuningattaren minua vastaan väittämällä, että hänen miehensä… Että minä…”

Hän puhkesi kyyneliin ja peitti kasvonsa, jolloin laskin hetkeksi käteni hänen olkapäälleen.

”Ja kuningatar uskoi nuo puheet, koska hänet on saatu heikoksi ja kärsiväksi, ja ehkä häntä on peloteltu asioilla, joita hän ei edes ymmärrä”, sanoin hiljaa. ”Hän on täysin pahantahtoisten mielten puristuksessa, ihmisparka!”

”Ehkei hän uskonut minusta aivan niin pahaa kuin jotkut halusivat, mutta hän pelkäsi miehensä joutuvan yhä pahemmin Neuvoston hampaisiin, ja käski siksi erottaa minut kuninkaan henkivartijan asemasta! Sen jälkeen Neuvosto on antanut ohjeet alentaa minut ensin ratsuvartiostoon, sitten tähän asemaan… Jalkamieheksi portinpieleen”, Rikard selitti takellellen. ”Ei kuningas olisi tahtonut minulle ongelmia, mutta tällainen arvonalennus aiheutti yleisen epäluulon leviämisen, pahantahtoiset juorut, ja sen, ettei minulla ole täällä enää ainuttakaan ystävää! Kukaan ei usko minua, jos yritän varoittaa kuningatarta tai kuningasta. Kaikki luulevat, että haluan vain kostaa, koska minua on rangaistu julkeudestani. Pahimmat juorut väittävät, että olen kajonnut kuninkaan tyttäreen, ja siksi minut on laitettu tähän asemaan… Juorutaan, ettei kuningas halua minun menettävän henkeäni, mutta olen silti muka syyllinen hänenkin silmissään!”

”Älä pelkää! Totuus tulee kyllä ennen pitkää ilmi! Uskon, että mielesi on puhdas, ja olen pahoillani vääryydestä, jota olet kokenut”, sanoin laskien käteni hetkeksi hänen olalleen. ”En halua aiheuttaa sinulle enempää vaikeuksia, enkä saattaa poikaasikaan vaikeuksiin. Tiedän nyt, että minun on varoitettava kuningasta itse, mutten voi mennä hänen eteensä. Yritän keksiä toisen tavan!”

”Luotan kyllä erääseen entiseen soturitoveriini, joka elää Warginlaaksossa”, ritari Rikard totesi huokaisten taas raskaasti. ”Ritari Joshua uskoisi minua kyllä, jos kertoisin hänelle, miten minua on täällä kohdeltu. Ehkä hän uskoisi tuonkin, mitä kerroit!”

”Totta, hän kyllä uskoisi sen, mutta hänkään ei ehkä pystyisi estämään sitä, mitä on tapahtumassa, ja hän vaarantaisi perheensä, jos puhuisi asiasta avoimesti”, sanoin mietteliäänä. ”Lähden joka tapauksessa itse Warginlaaksoon, ja kerron hänelle sinusta ja asemastasi. Hän varmasti auttaa sinua, jos joudut vielä kokonaan pois kuninkaan palveluksesta. Kaikkeuden Luoja varjelkoon, ettet joudu vaikeuksiin tästä keskustelusta kanssani!”

”En minä enää itsestäni välitä, mutta välitän pojastani”, hän sanoi hiljaa. ”Hän on minulle rakkainta mitä minulla on! Onko sinulla lohduttavaa sanaa hänestä ennen kuin eroamme?”

”Sano pojallesi, että hän on saanut lahjaksi poikkeuksellisen kyvyn nähdä hyvää siellä, missä on kärsimystä ja katkeruutta. Sano, että se vie hänet kaiken haastavan yli, niin että vaikka hän menettääkin paljon ja kärsii kipua ja epävarmuutta, hän saa silti vielä kokea iloa lahjastaan”, sanoin nähden mielessäni tuon kullanruskeatukkaisen nuorukaisen, joka piteli kädessään mustaa hiussuortuvaa. Tiesin kyllä, että jonakin päivänä näkisin hänet ja tunnistaisin hänen kasvonsa. ”Sano hänelle, ettei hän torjuisi ketään, joka puhuu Kaikkeuden Luojasta! Jos haluat, anna hänelle uudeksi nimeksi Ezraias… Se muistuttaa häntä siitä, että Luoja auttaa ja pelastaa.”

”Kiitos, Pyhä mies”, ritari Rikard lausahti. ”Se sinun Luojasi suokoon, ettet joudu itsekään koskaan hirteen puheistasi!”

Erottuani hänestä astelin vielä kerran kuninkaanlinnan ympäri kulkevaa tietä nähdäkseni prinsessa Jelisepan tornihuoneen ikkunan. Luoja salli minun nähdä hänet ja saada uuden näyn hänen kohtalostaan. Prinsessa seisoi ikkunansa ääressä ja yritti tarjota kämmeneltään ruokaa linnuille, joita parveili tornin katonlaidalla ja ikkunaluukun päällä. Toivoin, että jokin linnuista ottaisi vastaan hänen hyväntahtoisuutensa. Hän oli sielu, joka tuntisi saman rakkauden kaikessa elävässä; hän olisi kotonaan siellä, missä tuuli koskettaisi hänen hiuksiaan ja sade puhdistaisi hänen kasvonsa, eikä hän pelkäisi koskettaa kallioita paljoilla jaloillaan, eikä kohdata silmästä silmään vuoristometsien petoja.

Samassa uusi valvenäky sumensi katseeni; pisara, joka osui liekkeihin, ja höyrykiehkura, ja suden silmä. Prinsessa uneksi olevansa luolassa asuva peto; väärinymmärretty, ihmisten tuomitsema olento. Tunsin vahvasti, että jonakin päivänä minun oli annettava tuolle neidolle riipukseni; Janoshan antama riipus, jonka silmäkuvio oli aina muistuttanut minua Kaikkeuden Luojan varjelevasta katseesta ja rauhasta, jonka voisin kokea pysähtyessäni tähän hetkeen ja Hänen Johdatukseensa.

Kuninkaanlinnan takana otin esille kirjoitusvälineeni ja kirjoitin viestin.

”Vaihtakaa rakkaanne lähin palvelusväki, jos hänen henkensä on Teille kallis. Toivoo se mies, jolle tyttärenne antoi katajanoksan.”

Paperin ulkopuolelle kirjoitin varoituksen:

”Vain kuninkaan luettavaksi. Se, joka lukee tämän, vaikkei ole Willef, kärsiköön oman mielensä pelkojen kirouksesta, uskoen haamujen pelottelevan häntä lopun ikäänsä.”

Käärin viestin rullalle nuolen ympärille ja kiinnitin sen ohuella nahkanyörillä. Vuosikausia sitten olin tehnyt jotakin samankaltaista, Surunkallion juurella. Astelin kauemmas linnasta, sopivan kantaman päähän, ettei nuolessa olisi enää vaarallisen paljon voimaa, kun se osuisi kohteeseensa. Riisuin hetkeksi kaapuviittani ja varusteeni, jotta pääsin kiipeämään tukevaoksaiseen puuhun, niin etteivät lähempänä linnaa kasvavat puut estäisi näkymää. Löysin sopivan asennon jännittää jousi joutumatta tukemaan itseäni käsilläni. Tiesin, että jos olisi tarkoitus, että osuisin, niin osuisin kyllä sinne minne halusinkin.

Linnan takaosan huoneistojen kapeat ikkuna-aukot olivat näkyvilläni. Niissä ei ollut luukkuja, koska oli kevät ja leuto ilma. Valitsin oikean ikkunan ja vapautin jänteen. Nuoli lähti liikkeelle ja löysi maalinsa. Uskoin sen kulkeneen ikkuna-aukosta linnan sisälle hieman yläviistoon, niin että se osuisi ensin kattoon tai ylös, huoneen takaseinään, ja putoaisi sieltä lattialle, satuttamatta ketään elävää. Tietäen omassatunnossani tehneeni nyt sen, mitä sillä hetkellä pystyin tekemään vaarantamatta kenenkään toisen henkeä, laskeuduin rauhallisesti puusta alas, puin vaeltajankaavun ylleni, keräsin varusteeni, ja lähdin matkaan kohti eteläistä Cardusiaa.

Warginlaaksossa Joceline otti minut vastaan ilahtuneena, mutta kuohuksissaan. He olivat juuri edellisenä iltana saaneet viestin ruhtinas Reuelin linnasta. Minua kutsuttiin Josian luo, ruhtinaan linnaan. Viestissä kerrottiin Josian kärsivän mielenjärkytyksestä, ja hän oli toivonut minua luokseen; muuten hän palaisi kotiin kesken koulutuksensa. Viestin oli allekirjoittanut Nathanael Reuelinpoika. Tuo viesti herätti minussa monenlaisia näkyjä, ja olin varma siitä, että olisi Kaikkeuden Luojan tahto lähteä Josian luo. Lähdin siis kutsuttuna vieraana ruhtinas Reuelin linnaan, ja portinvartija päästi minut sisälle, kun näytin hänelle ruhtinaan pojan kirjettä.

Kuukausien erossaolon jälkeen tapasin Josian; rakkaan suojattini, hengellisen lapseni. Hänen sydämensä oli murtunut ja hän oli kadottanut luottamuksensa ihmisen hyvyyteen. Kuuntelin hänen kärsimyksensä ja olin hänen lohtunaan. Ruhtinas Reuelin linnan pihalla tapasin ensimmäistä kertaa myös ruhtinaan perillisen, Nathanaelin, joka olisi halunnut tulla tervehtimään Josiaa ja kysymään tämän vointia.

Tuo tapaaminen vaikutti minuun enemmän kuin hän saattoi arvatakaan. Nathanael ei ollut lainkaan korkea-arvoisen ylimyspojan kaltainen. Hän vaikutti omapäiseltä, terävältä pojalta, joka viihtyi paremmin eläinten kuin ihmisten kanssa ja huvitti itseään ilveilemällä ihmisille, kuten Josia oli hänestä kertonutkin. Josia piti häntä yhä arvossa, eikä puhunut hänestä pahaa sanaa, muttei halunnut tavata häntäkään enää kuin pari kertaa. Tiesin, että Josia oli kärsinyt liikaa siinä paikassa, eikä hän haluaisi ikipäivänä enää palata siihen linnaan tai pitää yhteyttä linnanväkeen. Ja siksi Josia torjui sillä hetkellä myös ruhtinaan pojan tuttavuuden.

Saattelin Josian kotiinsa Warginlaaksoon keskikesällä. Samalla myös Didrik Didrikinpoika palasi kotiinsa. Olin luullut, että hänet kihlattaisiin Melosinan kanssa, mutta kihlauksesta ei enää puhuttukaan. Didrik oli kuulemma opetellut huonoille tavoille ruhtinas Reuelin linnassa. Melosina näytti kuitenkin edelleen viettävän aikaa hänen seurassaan, ainakin salassa muilta. Melosina oli alkanut hieman vältellä minua, enkä saanut kysytyksi häneltä kahden kesken, mitä hän Didrikistä ajatteli.

Toisinaan yritin puhuttaa Didrikiä tarjotakseni hänelle mahdollisuutta ajatella asioista eri tavoin ja osoittaakseni hänelle hyvää tahtoani, mutta hän joko herjasi minua tai vaikeni hämmentyneenä. Hänen hämmennyksensä antoi minulle toivoa siitä, että hän voisi jonakin päivänä ottaa vastaan jonkun rakkautta. Mutta tuolloin, nelitoistavuotiaana, Didrik oli viileä, mieheksi varttumisestaan ylpeilevä poika, joka näytti vihaavan Josiaa enemmän kuin kykeni ketään rakastamaan.

Joceline ja ritari Joshua antoivat käyttööni hieman isomman huoneen, jossa myös Josia vietti aikaa kanssani vapaa-ajallaan, jäljentäen ohjeeni mukaan vanhoja kirjoituksia mukanani kuljettamistani kääröistä. Ja seuraavan kesän aikana Warginlaaksoon alkoi vaeltaa lisää huppuviittaisia kulkijoita. He kertoivat, että eräs vartiomies kuninkaanlinnassa oli sanonut, että Warginlaaksossa oli Vaeltaja, jolla oli suojelijanaan eräs ritari.

Ritari Joshua antoi Vaeltajien tulla linnaan, koska hän johti linnan vartiomiehiä. Eikä linnanherra Didrik koskaan kieltänyt tai nuhdellut häntä. Linnanherra Didrikin ja ritari Joshuan ystävyys mahdollisti sen, että Vaeltajaveljiä kokoontui Warginlaaksoon siitä huolimatta, että Cardusian Neuvosto edelleen varoitteli auttamasta Vaeltajia ja painosti kuningas Willefiä määräämään sakkoja tai häpeärangaistuksia niille, jotka antaisivat Vaeltajaveljille edes leipäpalan tai juomavettä. Mutta Willef ei suostunut määräämään sakkoja sen enempää Vaeltajien auttajille, kiertolaisille tai muillekaan kulkijoille. Kuningas oli antanut määräyksen, että Vaeltajat saivat vaeltaa Cardusian alueella missä halusivat, elleivät tehneet vahinkoa kellekään tai rikkoneet lakeja sen enempää kuin muutkaan kansalaiset. Näin mielikuvissani lääkeohdakkeita, joiden siemen vaelsi tuulten ja virtojen mukana, ja joiden kasvu juurtui sinne, missä oli pienikin läntti hyvää maata. Ja jonakin päivänä Cardusia todella olisi Ohdakemaa, kuten Molcavarathian kuningas oli pilkaten nimittänyt. Se olisi maa, jossa kasvaisi lääkettä muillekin kansoille; kenties kylliksi jopa Molcavarathian sairaalloisen kyltymättömään kitaan.

Ehkäpä kuningas Willef muisti minutkin, vuosien takaa. Ehkä hän oli saanut varoitusviestini ja varjelisi kuningatartaan. Ja minä rukoilin hänen ja hänen perheensä puolesta. Rukoilin myös ritari Rikardin ja hänen poikansa puolesta. Tiesin, että jonakin päivänä kohtaisimme uudelleen.

Olin nähnyt näyissäni paljon surua ja kuolemaa, mutta kaiken yllä näin suunnattoman Rakkauden voiman; Rakkauden, jolla oli monta muotoa ja monta ilmenemistapaa, mutta joka silti virtasi samasta lähteestä, milloin vuolaana jokena, milloin puroina, milloin sateena, milloin kyyneleinä; aina se murtaisi mennessään niin ulkoiset kuin sisäisetkin padot ja esteet, puhdistaisi saastan, ja antaisi uuden kasvun.

OSA iii: PRINSESSA

Ohdakemaan Jelisepan tarina

LUKU I

Oli syksy, ja tuo pimeä vuodenaika nosti minusta esiin kaikkein pahimmat tunteet; sietämättömän surun, vihan, joka etsi syyllistä, ja epätoivon, joka teki elämästäni pakonomaista päivästä toiseen raahautumista. Olin jo pitkän aikaa teeskennellyt onnellista, etten tuottaisi pahaa mieltä äidilleni. Ja kun äiti oli kuollut, olin teeskennellyt vahvaa, etten tuottaisi pettymystä isälleni. Mutta jokin tuntui nääntyvän sisälläni. Aivan kuin se osa minua, joka tunsi surun, pelon ja vihan, mutta myös aidon ilon ja rauhan, olisi näivettynyt teeskentelystä, niin että olin kadottamassa kosketukseni siihen. Sisälläni tuntui olevan pelkkää tyhjyyttä; pelkkää pimeyttä, jonne en rohkenisi lähteä vaeltamaan. Aivan kuin olisin ollut pelkkä ulkokuori, sätkynukke, jonka lankoja toiset ihmiset kiskoivat, ja jolla ei ollut enää omaa tahtoa liikuttaa jäseniään. Ja osan ajasta olin nukke, joka oli unohdettu nurkkaansa lattialle lojumaan. Minut muistettiin vain silloin, kun minua piti esitellä ylhäisille vieraille. Silloin minut puettiin ja huoliteltiin; silloin naruistani kiskottiin, jotta minut saisi näyttämään elävältä. Uskoiko kukaan minun todella elävän? Miten joku saattoi luulla, että olin elossa? Itse tunsin kääntyneeni sisäänpäin niin rajusti, että olin puristunut kasaan kuin kivi; olin umpinainen, jähmeä, ja halusin paeta ja kadota toisten kaltaisteni kivien joukkoon…

Olin Cardusian prinsessa; kruununperillinen. Vanhempieni ainoana lapsena minusta kasvatettiin tulevaa hallitsijaa, eikä minulta puuttunut mitään sellaista, mikä oli vauraudella hankittavissa. Mutta jo yhdeksäntoistavuotiaana tunsin itseni elämästään kylliksi saaneeksi, pohjattoman väsyneeksi, ikivanhaksi sieluksi, joka kaipasi jonnekin muualle, jotakin muuta, tai ainakin loppua sille elämälle, jota olin siihen saakka elänyt.

Minulla oli tapana vetäytyä tornihuoneeseeni, kun en enää sietänyt hoviseuruetta, isääni, tai yhtään mitään muutakaan; paitsi nuo kiviset, koruttomat seinät, viileyden, hämärän, kynttilänliekin, kynän ja paperin. Sitä en uskaltanut edes ajatella, siedänkö itseäni, vai en. Jos ajattelin että siedän, tunsin heti omatuntoni syyttävän omahyväisyydestä ja ylpeydestä: *"Mikä sinä olet sietämään itseäsi, kun et siedä ketään muitakaan?"* Jos taas ajattelin, etten siedä itseänikään; enhän voisi kestää sellaista olotilaa, sellaista toivottomuutta ja häpeää! Jos olisin pitänyt itseäni yhtä sietämättömänä kuin muutamia isäni hovinaisia, olisin halunnut repiä hienot vaatteeni, mustata kasvoni, raastaa pois koristeellisen päähineeni, lyödä ja piiskata; purkaa vihaani ja inhoani, kunnes olisin maannut kipeänä ja häväistynä, säälittävänä olentona kylmällä lattialla. Nöyrtyneenä ja pelokkaana; uskaltamatta edes toivoa, että joku rakastaisi sellaista olentoa. Vihaten sitä joka säälisi, muttei ihailisi; taistellen armahtavaa kättä vastaan...

Yhtenä noista loputtomista, kurjuudessaan samanlaisina toistuvista syksyisistä illoista istuin salissa isäni seurueessa, kuten aina, hälisevän ja tekohilpeän hoviväen parissa. Katselin syömisestä ja juomisesta nauttivia ihmisiä, tanssia ja muuta seuranpitoa, keimailua ja rehvakkaita eleitä, mutta olin vetäytynyt syvälle kuoreeni, osallistumatta hauskanpitoon. Arvovieraamme oli Argillan kuninkaan lähettiläs, ja hänen kimeän vinkuva naurunsa toi mieleeni rapakossa piehtaroivan ison sikakarjun. Hänen valtaisa, ihrainen olemuksensa nojasi tuolini käsinojaan aivan liian tunkeilevalla tavalla. Saatan yhä muistaa hänen ruumiistaan leviävän hajun, joka pakotti minut hivuttautumaan kauemmas hänestä tuolin toista laitaa vasten. Pakokauhu nousi kehossani, mutten voinut paeta, joten lamaannuin.

Kaikki nauroivat narrin esitykselle. Paitsi minä. Minä en kyennyt näkemään tuossa esityksessä yhtään mitään huvittavaa. Narri esitti jotakin laulelmaa ilvehtien erään vanhan leskirouvan edessä. Mitä hän lauloi, siitä en muista mitään; olin niin täynnä omaa ahdinkoani. Olisin halunnut vain paeta pois paikalta, enkä välittänyt siitä oliko välinpitämättömyyteni jotakuta kohtaan loukkaavaa vai ei. Enhän välittänyt kenestäkään; en itsestäni, en isästäni, en seuraneidoistani, en typeristä viihdyttäjistä tai musikanteista sen enempää kuin naapurivaltakunnan arvovieraista. Jos keskelle salia olisi yhtäkkiä ilmestynyt pikkulintu, olisin rynnännyt sen luo kuin mielipuoli ja yrittänyt pyydystää sen syliini. Olisin itkenyt sen hentoa rintaa vasten. Olisin rusentanut sen tunteillani; olisin epätoivossani takertunut siihen ainoaan elolliseen olentoon, jonka saatoin päästää lähelleni;

olentoon, josta ei olisi minulle mitään vaaraa, joka ei vaatisi minulta mitään, ja jolla silti olisi sama elämän henki, sama alkuperä, niin että saattaisin tuntea yhteyttä siihen...

Ajatukseni olivat kaoottisia, sekavia, jäsentymättömiä. En voinut kuvitellakaan, että kukaan olisi niitä ymmärtänyt; eivät ainakaan ne nuoret ylimysneidot, joita elätettiin kuninkaanlinnassa, jotta he olisivat minun ystäviäni ja palvelijoitani. Istuin paikallani jäykkänä kuin iso koristenukke, ja neidot kuiskuttelivat takanani. He eivät enää edes välittäneet varoa puheitaan minun kuulteni. He olivat ehkä aluksi pyrkineet saavuttamaan minun suosioni, kuvitellen kenties sitä kautta löytävänsä parempia kosijaehdokkaita. Mutta koska olin heitä kohtaan torjuva tai välinpitämätön, he olivat loukkaantuneet minulle ja osoittivat halveksuntaansa minun ylhäistä persoonaani kohtaan niin suoraan kuin uskalsivat, tietäen varsin hyvin, etten kuitenkaan kertoisi heidän käytöksestään isälleni. Enhän puhunut isälleni muutenkaan.

Nuo neidot olivat käyneet entistä nenäkkäämmiksi ja ilkeämmiksi. Ehkä he toivoivat salaa, että minusta tulisi sellainen kurja sielu, joita kuninkaanlinnan ulkopuolella istui tai makasi tienlaidassa, nälkiintyneenä, korisemassa avunpyyntöjään. Noilla kerjäläisillä ei ollut enää edes kunnon vaatteita päällään. Osa kohtasi väkivaltaisen lopun, jos tarrasi epätoivoissaan kiinni ohikulkijaan ja joku vartiomiehistä sai päähänsä käyttää keihästään tai nuijaa liian kovakouraisesti.

Joskus tunsin hirvittävän kipeää sääliä noita kurjia kohtaan. Mutta viime aikoina olin tuntenut enää tyhjyyttä. En siis mitään. Asiat vain olivat niin. Yhtä lailla minä olisin voinut olla siellä. Minä saattaisin olla siellä jonakin päivänä, jos sekoaisin, ja jos isän pitäisi oman maineensa takia lähettää minut pois...

”Katsokaa kuinka nyrpeältä hän näyttää... Luuleeko hän tuolla tavoin tekevänsä hyvän vaikutuksen Argillan lähettilääseen?” joku seuraneidoistani totesi.

”No, tiedämme kyllä, kenen huomion hän ainakin on saavuttanut!”

”Niin, ja kylläpä onkin arvokas ja ylhäinen mies! En voi käsittää, miten Magnus hävisi sille tollolle!”

”Mutta se tollo osaa kyllä ilmaista tunteensa, niin ettei kenellekään voi jäädä epäselväksi, mitkä hänen aikeensa ovat. Kuninkaan olisi syytä pitää silmällä, millaisia vieraita hänen tyttärensä kamariin on pyrkimässä!”

Kuiskuttelu taukosi, kun käänsin päätäni hivenen. Mitä he oikein vihjailivat? En ollut koskaan kutsunut makuukamariini ketään vieraita. Paitsi kerran, mutta hän ei ollut tullut. Luulivatko he minun odottavan jonkun uskaliaan nuorukaisen pyrkivän yksityishuoneeseeni? Neidot oikoivat kaulojaan ja katselivat toisaalle, kun katsoin heihin. Narri oli lopettanut laulunsa. Vain viimeisten säkeitten sanat jäivät kaikumaan mieleeni.

"Kuka kuulisi tuskaani, ikävääni? Kuka antaisi hänelle rakkauteni?"

Mutta miksi se ärsyttävä irvileuka oli laulanut jotakin niin syvällistä ja traagista? Hänen työnsähän oli viihdyttää. Siitä hänelle kai maksettiin palkkaa tai luontaisetuja; vähintäänkin vuode ja elatus linnasta. Ja kuka siitä pinnallisesta seurueesta muka kaipasi mitään syvällistä ja surullista? Pilkkasiko narri heitä kaikkia; siis myös minun isääni, kuningasta?

Siinä vaiheessa sietokykyni ylittyi. Argillan hieltä, viiniltä ja piippuruoholta haiseva ihmissika oli kääntynyt sanomaan minulle jotakin. Tuijotin häntä hetken tyhjin katsein, nousin äkkinäisesti paikaltani ja lähdin astelemaan kohti salin ovea sanomatta mitään; hyvästelemättä edes omaa isääni. Narri joutui väistämään minua; olin kävellä hänen päälleen, kun en silmiini tulvivilta kyyneleiltä nähnyt kunnolla eteeni. Kuvittelin kaikkien jäävän tuijottamaan minua, kun pakenin paikalta ahdistuneena ja ahdistustani häveten.

Illalla nukahdin omaan itkuuni jaksamatta edes riisuuntua, ja aamulla heräsin voimattomuuden sitoessa jäseneni, niin etten jaksanut nousta vuoteesta moneen tuntiin. Kun lopulta nousin, illallispukuni oli rypistynyt ja palmikkokampaukseni sekaisin, mutten välittänyt siistiytyä. En halunnut palvelustyttöä luokseni, vaan lähetin isälleni sanan, että olin sairas. Sitten nousin tornihuoneeseen ja pysyttelin siellä koko päivän, yrittäen vuodattaa sisäistä tuskaani ja hämmennystäni paperille; tuolle ainoalle puolueettomalle, tuomitsemattomalle ystävälleni.

Ehkä todella olin sairas; ehkä olin mielenvikainen. Jotain vikaahan minussa täytyi olla, kun en enää jaksanut sellaista elämää, joka toisille näytti olevan vaivatonta ja hauskaa. Kun muistelin äitiäni, katkeruus nousi minussa kuin kitkerä myrkky; tehden minusta kylmän ja ilkeän olennon. Äiti ei olisi jättänyt minua yksin sairastamaan. Äiti olisi valvonut vaikka yötä myöten vierelläni, pidellyt kädestäni ja lohduttanut minua. Hän ei olisi heittänyt minua linnasta, vaikka olisinkin alkanut ulvoa pahaa oloani kuin susi tai kääriytynyt taljan sisälle kuvitellen muuttuvani kaukaisten vuorten synkissä metsissä eläväksi pedoksi, joka ei koskaan enää astuisi jalallaan ihmisten asuttamalle alueelle.

Äitini olisi ymmärtänyt minua; hän oli itsekin tuntenut olevansa vankina ihmisen puvussa. Hän oli kärsinyt hoviväen silmätikkuna olemisesta, Neuvoston ohjeista ja vaatimuksista, ja vetäytynyt huoneistoonsa sairastamaan niin usein kuin pystyi. Hän sairasti, koska kitui kuin lintu, jonka siivet oli sidottu. Yritin olla hänelle lohduksi, miten vain kykenin, mutta minut hätisteltiin pois hänen luotaan. En saanut viedä häntä ulos metsiin, joissa kuljin isäni kanssa, koska "kuningatar ei saanut kuljeskella metsissä kuin elukka". Kamarirouvat veivät hänet minun ulottuviltani. Mutta äiti antoi minun mennä isäni mukaan ja keksi usein hätävalheita noille närkästyneille seurarouvilleen, kun minä ilmaannuin hänen huoneistoonsa tukka sekaisin ja puku repeytyneenä.

Äiti olisi ollut onnellisempi, jos hän olisi voinut kulkea mukanamme metsissä ja kokea sen mitä koin isäni kanssa. Mutta Neuvosto määräsi kaikesta. Se vihjaili, pelotteli ja uhkaili. Sen tahdosta ihmisiä katosi; sen takia menetin mukavimman lapsenvahtini, erään isäni henkivartijan, joka oli kulkenut mukanamme metsissä, kun olin vielä lapsi. Neuvosto oli pilannut kaiken minkä vain pystyi. Ja äitini kärsi, sairasti, ja lopulta kuoli.

Syytin äitini kuolemasta Neuvostoa. Jos olisin saanut tietää, että jokin taho olisi tappanut äitini vielä suoremmalla tavalla kuin kiduttamalla häntä henkisesti vuosikausia, olisin ehkä murentunut ja hajonnut, tai hyökännyt; ja seuraukset olisivat voineet koitua hengenvaarallisiksi.

Kun äitini oli kuollut, Neuvosto järjesti isälleni yhä enemmän tärkeämpää ja kiireellisempää tekemistä kuin seurustelua tyttärensä kanssa. Neuvoston keskellä kuningas Willef suunnitteli uusia veroja ja tulleja valtakunnan vaurautta kasvattaakseen, ja aluevaltauksia kenties jostakin Argillan suunnalta, jossa oli hyviä viljelysmaita. Hän suunnitteli juhlapitoja ja metsästysretkiä, joilla sai kansan ja ylimykset pidettyä tyytyväisinä, ja uhrasi ajatuksia minulle vain silloin, kun oli kyse puolison järjestämisestä. Ja sillä asialla oli kuulemma kiire. Niin kiire, että asia piti saada hoidetuksi jopa muutamassa kuukaudessa.

Minähän olin jo yli-ikäinen morsian, tai ainakin parhaan naimaikänsä ylittänyt. Ja ellei minulla olisi ollut vaurautta ja sellaista asemaa, joitten takia moni olisi huolinut neljättä kymmentäkin käyvän vaimon, ja ellei minun olisi odotettu synnyttävän miespuolista kruununperillistä Willefin kuningassukuun, olisin ehkä jo joutanutkin sijoitetuksi naimattomiksi jääneitten naisten yhteisöön.

Sota Molcavarathian valtakunnan kanssa ja kuningatar Jelizian kuolema olivat viivästyttäneet kihlaamistani. Ennen sotaa kuningas Melchior oli tarjoillut sulhasekseni heidän prinssiään; jotakuta juorujen mukaan rumaa ja kummallista nulikkaikäistä oliota, jota ei oikeasti pidetty arvossa edes heidän omassa hovissaan. Mutta se nuorukainen oli jotakin kautta äitini sukua, Warginmaan verta. Isäni ei ollut harkinnutkaan Melchiorin tarjousta, koska oli tiennyt kyseessä olevan Melchiorin juonen saada jalansijaa Cardusian hallinnossa. Willef oli ilmoittanut, että minulla oli sopivampia kosijoita, vaikka moni Neuvoston jäsen olikin vastustanut häntä. Molcavarathian kuningas oli loukkaantunut ja julistanut sodan, ja puolet Neuvostosta syytti yhä isääni tuosta sodasta.

En olisi halunnut muistella noita aikoja, mutta kaikki tuo nousi vähän väliä levottomaan mieleeni, etenkin kun minua muistutettiin puolison hankkimisesta. Minulle sopivan korkea-arvoisia sulhasehdokkaita oli harvassa. Puolisonihan astuisi aikoinaan minun kauttani Cardusian valtaistuimelle. Minun pitäisi vain olla kaunis, hyvätapainen, viisaanoloinen, myöntyväinen, ja synnyttää lapsia… Mutta tuleva liitto jonkun sopivan korkea-arvoisen henkilön kanssa oli minulle painajainen, jota en olisi halunnut edes ajatella. Ei niinkään siksi, ettenkö olisi voinut kuvitella jonkun miespuolisen voivan lievittää yksinäisyyttäni ja tarjota jonkinlaista ystävyyttä lohduksi elämäni kurjuuteen. Mutta en mitenkään voinut uskoa siihen, että isäni tai Neuvoston valinta olisi sama, johon itse päätyisin. En hyväksynyt sitä, että minulle järjestettiin puoliso, joka jonkun muun ihmisen mielestä olisi sovelias. Aivan kuin olisin ollut jokin esine, jonka tarkoitus on tuottaa hyötyä, tai pelkkä olio, jonka piti lisääntyä, eikä tunteillani ja toiveillani olisi mitään merkitystä.

Ehkä miespuolisten oli helpompi hyväksyä järjestelmä, jossa he olivat paremmassa asemassa, koska yleensähän omaisuus oli heidän hallussaan, ja naiset taas olivat usein vailla omaisuutta ja tarvitsivat miehen elättäjäkseen. Mies saattoi lähettää hankalan tai epätyydyttävän vaimonsa pois menettämättä omaisuuttaan, mutta nainen ei päässyt epämieluisasta miehestä eroon menettämättä samalla elantoaan ja mainettaan. Se oli epäoikeudenmukaista, väärin, ja sietämätöntä, kun ajattelin asiaa omalle kohdalleni.

Jos minulla olisi ollut keino elättää itseni, en olisi alistunut isäni päätöksiin; en ainakaan enää, kun hän oli etääntynyt minusta, eikä tuntunut välittävän siitä, mitä toivoin. Ja oli aina riski, että Neuvosto taivuttaisi isäni kurinpitotoimiin, jos niskoittelisin hänen tahtoaan vastaan. Jos kuninkaan tytär niskoittelisi isälleen, hänhän toimisi esimerkkinä kaikille muille tyttärille, kaikille naisille ja vaimoillekin siitä, että miehen ylivaltaa vastaan voi taistella. Ja isän pitäisi rangaista minua, ettei valtakunnassa syntyisi naisväen kapinaa…

Halusin uskoa, että oli olemassa miehiä, jotka eivät pitäneet naisia itseään alempiarvoisina. Isäkin oli pitänyt äitiäni arvossa, mutta Neuvosto noudatti perinteitä, eikä Neuvostoon kuulunut muita naisia kuningattaren lisäksi. Jos kaikki miehet olisivat sellaisia päsmäreitä kuin Neuvoston kukkoilijat, en koskaan haluaisi naimisiin. Korkea-arvoiset miehet ainakin olivat tärkeileviä ja turhamaisia, tai sitten pelottavan vakavia ja ankaria. Miten olisin voinut rakastaa sellaista miestä? Olin kyllä ihastunut ja melkein rakastunutkin eräisiin nuoriin ylimysmiehiin, joita hovipiireissä kohtasin. Mutta olisinko voinut toiveikkaana antautua tunteitteni valtaan, kun kenestäkään heistä ei kuitenkaan olisi ollut minulle puolisoksi, tulevaksi kruununperilliseksi, koska he olivat liian alhaisia prinsessan puolisoksi? He tiesivät sen kyllä itsekin, ja pitivät minuun soveliasta etäisyyttä. Muunlainen käytös olisikin ollut uhkarohkeaa, koska isäni olisi varmasti käyttänyt jalkapuuta tai karkotusrangaistusta, jos joku olisi sopimattomasti lähestynyt minua.

Itse olin joskus leikitellyt ihailijoitteni tunteilla, mutta ainoa ihminen, jonka olisin oikeasti halunnut lähestyvän minua, oli hävinnyt elämästäni sodan jälkeen; ilman että edes tiesin hänen nimeään ja arvoaan. Hän oli lähettänyt minulle kirjeitä, joiden perusteella olisin halunnut tavata hänet. Olin jopa pyytänyt häntä tulemaan luokseni; vaarantaen omankin maineeni. Mutta hän oli kieltäytynyt tapaamasta minua, ja koska en enää sodan jälkeen saanut kirjeitä, arvelin hänen kuolleen tai joutuneen jonnekin muualle kuninkaanlinnasta. Jos hän olisi tullut luokseni silloin ennen sotaa, ja jos hän olisi ollut riittävän korkea-arvoinen, äitini olisi ehkä pystynyt taivuttamaan isäni sallimaan avioliiton… Mutta se haave oli mennyttä. Tuo nimetön ihailijani oli joko kuollut sodassa tai hylännyt minut pelkurimaisesti.

Jos ajattelin hänen kuolleen, olin surullisen katkera. Jos ajattelin hänen hylänneen minut, olin raivoisan vihainen, kylmä, ja ilkeä. Yhtä kaikki, olin hirvittävän yksinäinen, ja olin kadottanut toivoni siitä, että joskus voisin kohdata jonkun toisen, joka koskettaisi lohduttavasti umpimielistä, haavoittunutta sieluani. Kuka minun hätääni kuulisi; kuka edes ymmärtäisi? Rakastaisinko enää koskaan ketään? Enhän kyennyt edes rehellisesti kohtaamaan omaa tilannettani ja armahtamaan itseäni…

Keskelle mustanharmaata mielensisältöäni nousivat narrin esittämän laulun viimeiset säkeet. Miten hän ylipäätään julkeni laulaa sellaista, mikä muistutti minua hädästä ja ikävästä? Tai sitten hän irvaili tuskaisaa oloani, mikä oli vielä ilkeämpää. Narri oli ennenkin ollut julkea; hän oli tuijotellut minua, virnistellyt kummallisesti, pysytellyt tarkoituksellisesti kulkureitilläni; jopa polkenut tahallaan pukuni laahukselle. Hän olisi ansainnut raippoja noista teoista, jos olisin kertonut niistä isälleni. Mutta jostain syystä en kertonut. Ehkä en välittänyt enää edes siitä, saisiko joku ansaitsemansa rangaistuksen vai ei…

Narri oli aloittanut viihdyttäjäntyönsä musikanttina jo joskus ennen sotaa, nuorukaisena, joka tuskin oli minua vanhempi. Hän oli joskus saanut minut nauramaan; ainakin silloin, kun äiti oli vielä ollut elossa. En vain ollut koskaan halunnut hänen näkevän, että hymyilen hänen esityksilleen. Olihan minulla ollut lukuisia ihailijoita, joille saatoin kyllä hymyillä ja joitten suosionosoituksia otin vastaan. Mutta jos sellainen nuori tollo, jolla ei ollut mitään mahdollisuuksia päästä prinsessan suosioon, kehtasi tuijotella minua ikään kuin koira, joka odottaa herkkupalaa, olisiko häntä ollut soveliasta rohkaista? En siis ollut rohkaissut häntä, mutta siitä huolimatta hän oli jotenkin sotkeutunut tekemisiini, kuten erään ritari Magnusin tapauksessa…

Narri olisi oikeastaan pitänyt karkottaa kuninkaanlinnasta. Ehkä piiskata ja karkottaa, tai laittaa tyrmään, mutta syystä tai toisesta säälin häntä. Ehkä siksi, että äitini oli pitänyt hänestä. Äiti olisi nuhdellut minua, jos olisin järjestänyt sille hölmölle nuorukaiselle julkisen piiskaamisen ja vankeuden…

Nousin kirjoituspöydän äärestä ja astelin ikkunan viereen. Tornihuoneeni oli aivan lähellä linnaa ympäröivää ulompaa muuria, jonka toisella puolen kulki pohjoiselle rajanylityspaikalle johtava tie. Tornin ja muurin välillä oli vain kapea kulkureitti. Ikkunastani näin muurin takaiselle tielle, ja joskus jäin katselemaan tiellä kulkijoita, miettien, minne he olivat menossa, tai mistä tulossa, ja olivatko he vapaita omassa elämässään. Tie oli yleensä siihen aikaan hiljainen, koska linnan pääportti suljettiin, kun aurinko alkoi laskea, eikä kellään pitänyt olla enää asiaa sisälle linnaan tai linnankylään.

Mutta juuri sinä iltana tiellä käveli pitkä ja laiha hahmo. Harmaa kaapu riippui hänen yllään tuulessa lepattaen, aivan kuin sen sisällä ei olisi ollut ruumista lainkaan. Ehkä hän eli vailla ruumiin haluja, vain luisevapiirteinen, kalju pää tallella. Jostain syystä en voinut irrottaa katsettani hänestä. Hän kulki tien laitaa matkasauvoineen hitaasti, kuin suorittaen yksityistä mietiskelyä askeltensa tahdissa, tai ehkä hänen mielensä vaelsi jossakin muualla.

Olin kyllä kuullut Vaeltavista Veljistä, mutten ollut koskaan puhutellut sellaista. Isä väitti minun joskus pienenä tyttösenä antaneen oksan yhdelle sellaiselle kulkijalle, mutta tuo tapahtuma oli hävinnyt mielestäni. Vaeltajia pidettiin outona väkenä; jotkut ylimyksistä nimittivät heitä jopa mielipuoliksi ja pitivät heitä valtakunnan vihollisina. Heitä näkyi joskus kuninkaanlinnankin lähettyvillä, mutta yleensä he eivät viihtyneet siellä, missä oli väkijoukkoja; varsinkaan ylhäistä väkeä. Toisaalta en ihmetellyt sitä lainkaan. Jos joku sai valita vapaasti, missä vaelsi, miksi hän olisi tahtonut sellaiseen paikkaan, jossa itse elin kuin vanki?

En kyennyt hetkeen liikahtamaankaan; uteliaisuuteni tuota kaapuvaatteista hahmoa kohtaan naulitsi minut ikkunan ääreen. Mitä hän mietti, miksi hän siinä kulki, ja minne? Jos hän ymmärsi jotakin, mitä en itse ymmärtänyt, halusin hänen kertovan siitä minulle. Äkkiä, aivan kuin puhdas, valkea valo olisi leimahtanut sisälläni, olin aivan varma siitä, että minun oli saatava puhua tuon Vaeltajan kanssa. En tiedä miksi olin siitä niin varma, mutta kiihtyneenä kurottauduin ulos ikkunastani.

”Vaeltaja hoi”, huusin epävarmasti, nolouden tehdessä äänestäni vapisevan ja tavallista kimeämmän. Vaeltaja pysähtyi ja kääntyi katsomaan ylös, ikkunaani kohti.

”Teidän Korkeutenne”, hän sanoi, muttei kumartanut. Katseeni pyyhkäisi muurinharjaa; jos siellä olisi ollut vartija, hän olisi nähnyt minun puhuttelevan alhaista ja Neuvoston vaarallisena pitämää väkeä, ja kertonut siitä jollekin virkamiehelle.

Pelko paljastumisesta lamautti minut; tunsin itseni varomattomaksi typerykseksi, enkä sitten tiennytkään, mitä sanoa. Vaeltaja vain katsoi minua; ei arvostelevasti, muttei pelokkaastikaan. Katsoi vain kuin ihmistä; tai siten kuin luulisin, että ihmistä tulisi katsoa. Kuvittelin hänen ymmärtävän minua. Halusin hänen ymmärtävän; enkä enää nähnyt mitään muuta mahdollisuutta kuin luottaa hänen ymmärrykseensä.

”Tarvitsen apua”, sanoin tuskin kuuluvalla äänellä. En tiennyt kuuliko Vaeltaja sanojani. Hetken mietin, sanoinko sitä lainkaan ääneen, ja ehtisikö hän kadota ennen kuin saisin mitään kuuluviin suustani. Silmissäni tuntui kyynelten paine; se oli minulle liiankin tuttu tunne, ja olin jo kääntyä pois ikkunastani peläten, että ainoa apu, jota olin rohjennut tavoitella, karkaisi käsistäni; pakenisi omaan hartauteensa, omiin ajatuksiinsa, hyläten minut ja minun odotukseni…

”Sinä saat kyllä sopivan avun”, Vaeltaja sanoi, laski katseensa ja jatkoi kulkuaan kadoten pian näkyvistäni kuninkaanlinnan toiselle seinustalle. Oliko hän oikeasti kuullut minua? Olinko puhunut vain itsekseni? Olinko jo niin mieletön, että olin kuvitellut hänen puhuneen minulle?

Peräännyin ikkunasta häpeissäni. Sisälläni oleva ahdistus tuntui iskeytyvän tietoisuuteeni täydessä voimassaan, pusertuvan ulos minusta ja pakottavan minut toimimaan jotenkin, lähtemään liikkeelle, pakenemaan jonnekin. Ryntäsin portaisiin ja juoksin portaita alas kompastellen pukuni helmaan. Halusin paeta, lähteä pois; vaikken tiennyt miten ja minne olisin voinut mennä. Alhaalla pysähdyin kuin seinään; näin heijastukseni porrasaulan suuresta kuvastimesta. Silmäni olivat ahdistuksesta suuret, kasvoni kuin pelästyneen eläimen. Mutta pukuni oli typerä. Olin epäaito ja valheellinen kuin kullalla siloteltu yöastia. Tartuin oven vieressä olevaan isoon vaasiin ja heitin sen voimieni takaa kohti peiliä. Savinen maljakko pirstoutui hopeaista pintaa vasten; kuin mielikuva itsestäni, jättäen minut palasiksi, levälleen, niin etten voisi enää koota itseäni…

Samassa joku ilmestyi porrasaulaan makuukamarini puolelta ja jäi seisomaan oviaukkoon. En hetkeen todellakaan tiennyt, olinko enää hereillä tai järjissäni. Tuijotin häntä silmät laajenneina, arvatenkin tyhjäpäisen näköisenä, saamatta sanaakaan suustani. En ikinä olisi voinut kuvitella tapaavani juuri sitä nimenomaista julkeaa olentoa yksityishuoneestani! Narri tuijotti minua, eikä virnistellyt lainkaan.

”Äh… Teidän Korkeutenne…”, hän aloitti epäröiden, ja häkellyksissäni en voinut muuta kuin yrittää väistää hänen tuijotustaan ja huoahtaa hengästyneenä. Ajatukseni pomppivat ja sinkoilivat mielessäsi. Mitä narri teki huoneessani? Oliko hän seonnut, humalassa, ja vaaraksi minulle? Vai kuvittelinko näkeväni olemattomia kaikessa hulluudessani, ja siinäkö oli kuvittelemani sopiva apu, jonka Vaeltaja oli minulle olevinaan luvannut? Mutta jos en kuvitellutkaan ja tuo olio oli oikeasti tunkeutunut yksityishuoneeseeni, huutaisinko vartijan ajamaan hänet ulos? Kävisikö hän kimppuuni, jos huutaisin apua?

Vedin syvään henkeä ja yritin rauhoittua; en vain siksi, että saisin aikaa vilkuilla häntä todetakseni hänen olevan lihaa ja verta kuten itsekin olin, vaan myös viestittääkseni hänelle asemani mukaista arvovaltaa. Ja siinä hän vain seisoi; viihdyttäjäpalkollinen kruununprinsessan makuukamarin aulassa... En kuitenkaan ollut hänen silmissään enää mikään sovinnaisten odotusten mukainen kuninkaantytär, hillitty ja arvokas hovin kaunistus. Julkisivuni oli auttamatta romahtanut; se oli pirstoutunut, rikki, ja hän näki kuoren sisällä olevan onnettoman ihmisolion, jossa ei ollut mitään ihailtavaa.

Syvä häpeä iski tietoisuuteni; häpeä siitä, että hän oli nähnyt minut ilman kuninkaallisen arvoaseman tuomaa suojaa. Hänhän oli pelkkä viihdyttäjä, palkollinen ilveilijä; ihminen, joka tienasi elantonsa tekemällä pilkkaa toisista! Olin häväissyt itseni hänen silmissään. Mutta miksi hän oli tunkeutunut luokseni sillä tavoin; miten hän julkeni astua yksityishuoneeseeni? Mitä hän luuli minulta saavansa, mokoma hullu? Mutta jos huutaisin vartijaa viemään narrin pois, vartija tuskin malttaisi olla juoruamatta asiasta tovereilleen, ja ihmiset luulisivat ehkä minun sopineen tapaamisen narrin kanssa...

”Häivy silmistäni!” sanoin jäätävän vihaisella äänellä katsoen hänen lävitseen. En kuitenkaan voinut katsoa häntä kovin ylimielisesti, koska hän oli minua enemmän kuin päätä pidempi, vaikka yritinkin ottaa ryhdikkään vihamielisen asennon.

”Ei, en aio häipyä ennen kuin olen sanonut sanottavani!” narri rohkeni sanoa vakavana.

”Miten julkenet puhutella minua tuolla tavoin, törkeä moukka?” huudahdin kiihtyen entistä enemmän, ja minun oli pakko katsoa häneen nähdäkseni hänen pöyristyttävän julkean ilmeensä. Mutta ei hän näyttänytkään julkealta, eikä häpeämättömältä. Hän tuijotti minua kummallisesti; ikään kuin odottaen minulta toisenlaista käytöstä kuin osoitin. En käsittänyt lainkaan hänen ilmettään, ja suuttumukseni lisääntyi.

”Huomaan, ettette ole oma itsenne”, hän totesi verkkaisesti, pyrkien ehkä jollain tapaa rauhoittelemaan itseäänkin.

”Todellako?” puuskahdin sarkastisesti, ja silmiini tulvahti kyyneleitä, mutten todellakaan kaivannut moisen kieron ja vähämielisen nuorukaisen myötätuntoa. ”Oletko todella sitä mieltä, senkin sairasmielinen ilveilijä?”

”Tarvitsette ehkä apua”, hän jatkoi huoahtaen syvään ja ryhdistäytyen. Sillä hetkellä hän ei näyttänyt enää paljoakaan ilveilijältä; hän näytti vakavalta ja inhimilliseltä, ja jos en olisi ollut niin varuillani, olisin kenties heittäytynyt lattialle itkemään ja antanut hänen hoitaa pois koko kammottavan sekaannustilani, keinolla millä hyvänsä.

Mutta olin nolannut itseni hänen silmissään, eikä hän ollut mikään ritari, jonka olisi voinut olettaa pitävän sellaisen tapauksen omana tietonaan.

Narrin käytös minua kohtaan oli aina ollut epäsopivaa, enkä olisi halunnut edes ajatella, millaisesta irstasmielisestä syystä hän oli tunkeutunut huoneeseeni. Ehkä hän todellakin oli mielipuoli, tai juovuksissa, tai itsekäs kieroilija, joka tavoitteli jotakin hyötyä itselleen minun kustannuksellani. Monet ihmiset tosin näyttivät pitävän hänen esityksistään ja halusivat ilta toisensa jälkeen kuulla hänen laulujaan ja nauraa hänen tempuilleen. Mutta se kaikki olisi hänen osaltaan ohi. Neuvosto hirtättäisi hänet, jos saisi tietää hänen tunkeutuneen yksityishuoneeseeni...

”Teidän Korkeutenne?” hän totesi kysyvästi.

Tajusin unohtuneeni katselemaan häntä. Hän oli hoikkarakenteinen, mutta harteikas nuorimies, ja hänellä oli räikeän kuparinpunaiset, lyhyet, mutta silmillä roikkuvat hiukset, kapea, pitkä nenä, silmät syvällä kulmien alla, ja suu, joka näytti olevan hieman mutrullaan, kuin mietteliäällä lapsella. Hän odotti minulta jotakin. Hänen henkensä oli käsissäni, ja siitä päätellen, miten olin häneen aiemmin suhtautunut, hän kenties odotti minun järjestävän hänelle kuolemantuomion.

”Ette todellakaan ole oma itsenne... Huomaan, että tarvitsette apua!” hän jatkoi epäröiden, kun itse vaikenin.

”Niin taidat tarvita itsekin!” huudahdin kireästi. ”Miten aiot selvitä hengissä teostasi?”

”Ei sillä ole enää väliä”, narri äännähti vakavana. ”Jos on määrä kuolla, niin loppuupahan ainakin tämä teeskentely! Enemmän olen huolissani Teistä.”

Hänen sanansa mursivat suojaustani. Teeskentelikö hän myötätuntoa saadakseen minulta jotakin? Vai saattoiko hän muka oikeasti välittää? Hitaasti tajusin, että sen jälkeen, mitä välillämme siinä hetkessä tapahtui, mikään ei olisi enää ennallaan. En halunnut hänen kuolevan Neuvoston käsiin, mutten voinut myöskään antaa ihmisten kuvitella, että olisin omasta halustani kutsunut hänet huoneeseeni. Ehkä minun oli autettava hänet pakenemaan, mutta voisinko enää itsekään jäädä kuninkaanlinnaan? Enhän edes halunnut jäädä. En halunnut, että asiat pysyisivät ennallaan...

”Hyvä on, auta sitten minut pois täältä”, huudahdin tiedostaen, miten häpeä muuttui sisälläni raivokkaaksi kiihtymykseksi. Kiirehdin narrin ohitse makuukamarini puolelle, ja hän tuli perässäni epäröiden.

”Minäkö?” hän kysyi hämmästyneenä.

”Sinä juuri, onneton tollo! Vai näetkö täällä ehkä joitain muita olentoja, joille olisin voinut puhua? Etsi jostain matkasäkki ja pakkaa sinne ruokaa ja kaikkea sellaista, mitä tarvitaan ulkomaailmassa. Kai sinä sen verran älyät? Ja tule sitten takaisin”, huusin kiihtyneenä elehtien. ”Äläkä paljasta kenellekään, mitä olet tekemässä!”

Narri ei sanonut sanaakaan; hän oli täysin häkeltynyt. Hitaasti hän kääntyi ja poistui saman tien huoneistostani. Jollain tasolla tajusin aiheuttavani hänelle hirvittävää ahdistusta, mutten tiennyt mitä muutakaan olisin tehnyt. Jos olisin halunnut pelkästään pelastaa hänen henkensä, olisin voinut jättää kertomatta kellekään hänen vierailustaan ja jatkaa omaa teeskentelevää elämääni. Mutta en todellakaan halunnut istua enää yhtään iltaa hoviseurueessa kuunnellen hänen pilkkalaulujaan ja tietäen, ettei hän ikinä unohtaisi hetkeä, jolloin oli ollut todistamassa prinsessan mielenvikaisuuskohtausta. Halusin itsekin pois; en voisi enää jäädä. Ja kun hän kerta julkeni sotkeutua elämääni, hänelle olisi aivan oikein olla avuksi minulle, vaikka se tärvelisikin hänen viihdyttäjänuransa.

Jonkin ajan kuluttua olin saanut vaihdettua ylleni yksinkertaisen päällyspuvun ja pitkän huppuviitan. Palasin vielä tornihuoneeseen ja pakkasin vyölaukkuun kirjoitusvälineeni, tikarin ja pussillisen koruja. Sitten olin mielestäni valmis lähtemään. Olin todellakin pois tolaltani, enkä pystynyt ajattelemaan selkeästi, mitä teostani kenties seuraisi. Mutta samaan aikaan tiesin varmemmin kuin olin mitään muuta koskaan tiennyt, että minun piti lähteä, juuri silloin, vaikken tiennytkään, miksi ja mistä sen tiesin.

Narri koputti huoneistoni oveen juuri kun laskeuduin porrasaulaan. Avasin hänelle oven ja kohtasin hänen tuijottavan katseensa.

”Saanko tiedustella, minne Teidän Korkeutenne on lähdössä?” hän kysyi hiljaa. Hänen äänensä oli jo rauhallisempi, ja muistin joskus kuunnelleeni jotakin hänen balladeistaan jopa nauttien hänen lauluäänestään. Hämmennyin ja käänsin katseeni toisaalle turvautuen asemani suomaan suojamuuriin.

”Älä sano minua enää prinsessaksi. Tästä lähtien olen vain Jelisepa”, sanoin viileästi.

”Hyvä on… Ja minua voit kutsua Narriksi, ainakin mieluummin kuin tolloksi, moukaksi tai ilveilijäksi”, hän sanoi naurahtaen ironisesti, ja punehduin.

”No, Narri, auta minut nyt ulos linnasta kenenkään huomaamatta!” sanoin käskevällä äänellä.

”Niin ajattelinkin. Enkä taida sittenkään haluta hirteen… On jo melkein pimeää, eli nyt on paras aika lähteä, jos ei halua kenenkään huomaavan”, Narri totesi. Saatoin aistia hänen katselevan minua tutkivasti. Hän ehkä yritti arvioida mielentilaani ja nähdä sieluuni. Mutta miten hän olisi saanut jotakin tolkkua olotilastani, kun ajatukseni tuntuivat mielipuolisen sekavilta omastakin mielestäni? Onneksi Narri ei vaikuttanut niin typerältä kuin olin pelännyt hänen olevan; ehkä hän saisi meidät ulos kuninkaanlinnasta ja osaisi jopa neuvoa, minne minun kannattaisi sen jälkeen suunnata.

”Hyvä on, lähdemme sitten heti. Ja kiitos uhrautuvasta avustasi”, sanoin varsin vaivalloisesti ja puolittain pilkallisesti. Noita sanoja Narri tuskin oli odottanut; hän näytti todellakin hyvin kummastuneelta.

”Eipä kestä”, hän mutisi. ”Ennemminhän minun tulee olla kiitollinen Teille siitä, että suhtaudutte minuun armahtavasti.”

”Oletko mielestäsi sitten tehnyt jonkin sellaisen rikoksen, josta minun piti sinut armahtaa? Ja ole hyvä äläkä teitittele minua enää”, sanoin kiivastuen. ”Olen laskeutunut tavallisen kuolevaisen asemaan, enkä halua että muistutat minua nöyryytyksestäni. Puhuttele minua kuten vertaisiasi!”

”Aivan kuten haluatte… Siis, haluat”, Narri naurahti hämmentyneenä. ”En tosin ymmärrä…”

”Sinun ei tarvitse ymmärtää muuta kuin se, etten halua kenenkään tietävän tästä, ymmärrätkö?” kysyin kiihtyneenä. ”Ja se, ettei sinulla ole syytä kuvitella hyötyväsi tästä jotenkin!”

”Ymmärrän”, Narri sanoi naurahtaen taas. Poistuimme huoneistostani hämärään käytävään. Aloin tuntea oman oloni entistä epävarmemmaksi. Oli kuitenkin myöhäistä katua. Jos joku tapaisi minut käytävältä Narrin seurasta sellaisissa varusteissa, hän kuvittelisi minun aloittaneen romanttisen karkumatkan. Käytävällä ei kuitenkaan ollut ainuttakaan vartijaa. Saimme laskeutua kellarikerrokseen kenenkään huomaamatta. Kun tulimme varastohuoneen ovelle, Narri pysäytti minut rykäisten ja katsoi minuun hieman pälyilevästi.

”Pahoittelen, mutta hieman omavaltaisesti tulin sanoneeksi eräälle ritarille, että olet lähdössä jonnekin. Hän tarjoutui lähtemään mukaamme henkivartijaksesi, ja hän aikoi odottaa muurin ulkopuolella, salakäytävän suulla”, hän selitti. ”Hän neuvoi, miten pääsisimme kuninkaanlinnasta kenenkään huomaamatta.”

Olin hetken hiljaa, toisaalta ärtyneenä, toisaalta ajatellen, ettei minulla ollut oikeutta kiukustua. Kun kerta pyysin apua, kaipa Narri sai päättää, miten auttaisi.

”Olkoon sitten niin”, mutisin. ”Tulkoon mukaan, jos kerta haluaa itselleen hankaluuksia!”

Narri johdatti minut varastohuoneeseen ja sen lävitse yhteen linnan salakäytävistä. Hän pysähtyi hetkeksi sytyttämään soihdun; sitten lähdimme astelemaan kosteankylmää käytävää pitkin. Jonkin ajan kuluttua erotimme edestämme kuunvaloa. Narri sammutti soihdun. Saatoin nähdä, että salakäytävän suulla seisoi hahmo. Kuunvaloa vasten erotin ritarin rengaspanssaripaidan ja nahkaisen suojaliivin, puusauvan hänen kädessään, vyötäisillä roikkuvan miekan, ja jousen hänen olallaan. Lähemmäs tullessamme hänen koko olemuksensa piirtyi eteeni. Hänen pitkät, tummat hiuksensa oli vedetty otsalta ja ohimoilta pään taakse kiinni, niin että nuoret, kaunispiirteiset, hiljaisen surumieliset kasvot olivat kokonaan näkyvissä. Näky suorastaan pysäytti minut. Narri tuuppasi minua varsin sopimattomalla tavalla selkään, niin että havahduin ja ymmärsin jatkaa kulkuani ulos käytävästä. Ritari tervehti minua, kuten kuninkaallista tervehditään. Mutta kohdatessani hänen katseensa tajusin, että hän näki minun ulkokuoreni lävitse.

”Teidän Korkeutenne”, hän sanoi äänellä, joka nostatti kyyneleitä silmiini. Ääni oli täynnä rauhoittavaa myötätuntoa, joka veti minua raastavalla tavalla puoleensa. Saatoin kuvitella, miten sellaisen äänen omistaja poimisi minut maasta hellin käsin, jos olisin siipensä murtanut pikkulintu. Hän ei jättäisi minua tallautumaan välinpitämättömien kulkijoitten jalkoihin, eikä potkaisisi minua tieltä syrjään. Ehkä hän olisi ihminen, jonka kykenisin päästämään lähemmäs sieluani; se, joka murentaisi suojamuurini…

”Tämä on ritari Josia”, Narri totesi osoittaen ritaria, mutta tuijottaen minua. ”Jalo nimi jalolle nuorukaiselle… Ja, koska teitä kahta ei kai ole virallisesti esitelty aiemmin… Josia, tässä on prinsessa Jelisepa! Mutta kuten prinsessa itse toivoi, häntä tulee puhutella vain Jelisepaksi, ilman teitittelyä, pokkurointia tai muuta asemaa korostavaa hölynpölyä…”

”On kunnia tutustua sinuun, Jelisepa”, ritari Josia sanoi katsoen minua hetken aikaa suoraan silmiin. Se oli kummallinen hetki; aavistus jostakin yhteydestä, joka tulisi olemaan merkityksellinen. Tai sitten olin oikeasti sekoamassa ja kuvittelin aavistelevani jotakin näkymättömiä, materiaa suurempia asioita. Oikeastaan pelkäsin kadottavani kokonaan kosketuksen itseeni ja tähän todellisuuteen, ja jääväni leijailemaan jonnekin haaveitteni ja pelkojeni kaoottisiin mielikuviin.

Halusin muutosta elämääni, ja siksi halusin pois entisestä; jonnekin, missä olisi turvallista kohdata itsensä ja kaikki mitä sisällään tunsi. Kaipasin jonnekin, missä voisin olla oma itseni; jotakin muuta kuin koristeellinen sätkynukke, kauppatavara, tai vallan väline... Mutta se, mitä olin parhaillaan tekemässä, ei ollut järkevän ihmisen valinta. Olin astunut sovinnaisen maailman ulkopuolelle, enkä voinut tietää, voisinko enää koskaan palata takaisin.

Ulkoisesti ylväästi, mutta sisäisesti kiihtyneenä astuin ritari Josian ohi, ja kiirehdimme kolmisin eteenpäin linnan ohitse kulkevaa tietä. Kuu oli noussut korkealle, ja tie oli hiljainen. Muistelin lapsuuden piiloleikkejä kuninkaallisessa puutarhassa, kun olin pelännyt isäni tai ritari Rikardin löytävän minut. Miten naurettavaa oli ollut olla peloissaan silloin! Nyt, kun kiinnijäämiseen liittyi todellista uhantunnetta, olin miltei toimintakyvytön jännityksestä. Äkkiä Narri seisahtui. Saatoin nähdä pääportin suunnasta lähestyvän pitkän hahmon.

”Kuka hän on?” kysyin tahtomattanikin hieman pelästyneellä äänellä.

”Se on Jooel. Siis yksi Vaeltava Veli”, Narri sanoi hiljaa. ”Josia ihan välttämättä halusi hänet mukaamme... jonkinlaiseksi lapsenvahdiksi, tai esiliinaksi...”

Tulija oli jo niin lähellä, että saatoin erottaa hänen piirteensä. Veri pakeni kasvoiltani, kun tunnistin hänet.

”Rauhaa teille”, tuo kaljupäinen, laiha Vaeltaja sanoi ja katsahti minuun. ”Sinullekin, nuori sisareni!”

”Kiitos... Mutta... En aavistanutkaan, että tunnette toisenne”, sanoin häkeltyneenä.

”Etpä kai, koska meissä kolmessa ei ainakaan ulkoisesti ole paljoa yhdistävää! Mutta minne päin arvon neito haluaa meidän menevän?” Narri kysyi hivenen kärsimättömästi. En sanonut siihen mitään; enhän edes tiennyt, minne olin menossa. Vaeltaja Jooel katsoi minua hetken ja kääntyi sitten ritari Josia puoleen.

”Johdata sinä, Josia”, hän sanoi ritarille ennen kuin minä ehdin äännähtääkään. Ritari Josia nyökkäsi, katsahti Narria mietteliäänä, ja astui edellemme. Suuntasimme metsään, poispäin tiestä, ja jatkoimme kulkuamme metsän puolella. Seurasin tuon nuoren ritarin ryhdikästä kulkua edelläni. Hän ei kiirehtinyt; luultavasti hän sovitti askeleensa sellaiseen tahtiin, jota arveli minun jaksavan kulkea. Takaani kuulin, miten Narri ja Vaeltaja olivat aloittaneet keskustelun.

”Ei kai tässä muuta, mutta meitä saatetaan syyttää prinsessan sieppaamisesta, ja sellaisesta pääsee hirteen”, kuului Narri toteavan.

Vaeltaja vastasi siihen jotakin. Ärsyynnyin kun en kuullut vastausta, mutten tohtinut puuttua puheeseen. Mitä mahtoikaan ritari Josia ajatella? Pelkäsikö hänkin minun auttamiseni seurauksia? Vai arveliko hän saavansa jotakin palkkioksi prinsessan oikkujen toteuttamisesta?

Tiesin kyllä, että ennen pitkää olisi pakko puhua asioista heidän kanssaan. He arvatenkin pitivät minua järjettömänä, ja väistämättä aiheuttaisin heille vaikeuksia. Mutta mitä voisin sanoa puolustukseksemi? Kun olin nähnyt Vaeltajan, olin kuvitellut, että hän voisi ymmärtää minua. Hän oli luvannut minulle ”sopivan avun”. Mutta Narri oli jo silloin ollut huoneessani. Tuskin Vaeltaja oli voinut tarkoittaa häntä, sitä älytöntä ilveilijää? Ehkä hän oli tarkoittanut ritari Josiaa. Vaeltaja Jooel saattaisi kenties osata selittää, mitä mielessäni oikein tapahtui. Mutta outoa oli, että Narri tunsi Vaeltajan, ja että ritari ja hän tuntuivat myös olevan tuttavia keskenään, ja kaikki tapahtui ikään kuin joku olisi suunnitellut sen puolestani…

Etenimme metsäisellä seudulla, ilmeisesti jonnekin etelän suuntaan, jossa oletin Reuelin ruhtinaskunnan sijaitsevan. En ollut koskaan vieraillut siellä. Nykyistä, sangen nuorta ruhtinas Reuelia oli joskus tarjoiltu minulle sulhaseksi, mutta silloin isäni oli pitänyt tuota poikaa liian kypsymättömänä kihlattavaksi. Hänestä ei isäni mielestä ollut vielä nähtävissä, olisiko hänessä ainesta jopa kuninkaaksi.

Muistin kyllä sen, kun olin tavannut nuoren Reuelin, joka oli ehkä vuotta nuorempi itseäni. Hänet oli puettu hienosti, mutta hänen tunikansa hihoissa oli ollut koirankarvoja ja kasvoissa ehkä kynsien aiheuttamia naarmuja. Hänellä oli ollut mukanaan iso, pitkäkarvainen koira. Nuori ruhtinaanpoika oli ollut ulkomuodoltaan siedettävä, mutta punasteleva ja lähestulkoon puhekyvytön, joten olin tutustunut paremmin hänen koiraansa. Mutta äitini kamarirouva ei halunnut minun vaarantavan terveyttäni koiran kanssa seurustelemalla, joten hän käski äitini lopettaa koko tapaamisen lyhyeen, ja myöhemmin kuulin, että nuori ruhtinas oli lähetetty kotiinsa ”kasvamaan”.

Ehkä kihlasuunnitelmien kariutumiseen oli lopulta vaikuttanut sekin, että nuoren ruhtinaan vanhempiin liittyi niin kauheita juoruja, ettei niillä edes haluttu tärvellä minun viatonta mieltäni. Onnistuin kuitenkin saamaan yhden seuraneitoni kautta selville, että Reuelin vanhemmat olivat kuolleet epäilyttävällä tavalla, ja nuorella ruhtinaalla oli ollut reilun vuoden vanhempi isoveli, joka oli syystä tai toisesta kadonnut heidän elämästään. Se oli tapahtunut kai joskus ennen sotaa, joten vanhemman ruhtinaanpojan arveltiin menehtyneen taisteluissa tai niitä pakoillessaan. Jos tuo salaperäinen isoveli ei olisi kadonnut, hänestä olisi saattanut tulla minun puolisoni. Kaiketi hän oli onnekas nuorimies, kun älysi kadota ennen kuin joutui kihlatuksi sekopäiseen prinsessaan.

Ajatuksiini unohtuneena ja jalkojeni alkaessa väsyä oli kai aika väistämätöntä, että jossain vaiheessa kompastuisin. Kaaduin suin päin rähmälleni risukkoiseen mättäikköön. Ritari Josia käännähti katsomaan alennustilaani ja tarjosi oitis kätensä auttaakseen minut ylös. Typerän uhmakkaasti jätin huomiotta hänen kätensä ja kömmin oksien seasta ylös itse, puistellen sitten pukuani ja viittaani sanomatta sanaakaan.

”Onkohan prinsessa väsynyt?” Josia totesi kysyvästi. ”Ehkä voisimme levähtää hetken…”

”Hän tuskin haluaa, että kuninkaan miehet löytäisivät hänet tai teidät, ainakaan vielä”, Vaeltaja sanoi verkkaisesti. ”Tulemme pian Wolnoshajoelle. Jos teemme lautan, voimme laskea jokea alavirtaan, Itäiseen Vuoristoon saakka.”

”Minä en osaa kyhätä lauttaa, kun olen niin epäkäytännöllinen ja laiska, ja tottunut pelkkään henkiseen työhön”, Narri huoahti hieman valittavalla äänellä. ”Osaathan sinä, Josia?”

”Mitä ihmettä oikein esität? Miten niin et osaisi rakentaa lauttaa?” Josia kysyi hämmentyneenä.

Narri irvisti ja ilvehti hänelle pyöritellen silmiään, ja ritari rypisteli oudoksuen otsaansa, kunnes ilmeisesti oivalsi jotakin siitä, mitä Narri hänelle yritti viestiä, ja vilkaisi minua ja sitten taas Narria. Se oli jokseenkin hämmentävää ja ärsyttävää.

”No, osaatteko te tehdä lauttaa vai ettekö osaa?” kysyin tuskastuneena. ”Vai onko narrilla jokin esitys kesken?”

”Ehkä osaammekin, jos löydämme sopivan paksuisia puita”, Josia totesi hieman nolostuneena, eikä katsonut minuun suoraan. En olisi halunnut nolostuttaa häntä. Miksi ihmeessä narrintolvana aiheutti hänelle sellaista hämmennystä? Vaeltaja Jooel siirtyi kulkemaan edellemme. Ritari jäi kulkemaan viimeisenä, ja Narri jäi vierelleni. Hänen läsnäolonsa vaivasi minua, ja pelkäsin hänen puhuttelevan minua. En oikein tiennyt, miten häneen olisi pitänyt suhtautua kaiken tapahtuneen ja aiemman suhteemme jälkeen. Tai eihän meillä oikeastaan edes ollut mitään aiempaa suhdetta, koska hän oli ollut minulle kuin ilmaa.

Käyttäytymissääntöjen mukaan minun ei olisi koskaan pitänyt kiinnittää huomiota häneen sen enempää kuin minkä verran nyt pakostakin joutui katselemaan viihdyttäjää, joka esitti jotakin. Narri tuskin oli ylhäistä syntyperää, tai ainakaan kovin korkea-arvoista, eikä olisi sopivaa tutustua häneen yhtään sen läheisemmin kuin olin jo pakosta joutunut tutustumaan. Paitsi etten ehkä olisikaan enää yhtään häntä ylempi; olin vajonnut hänen alhaisuutensa tasolle, ellen palaisi enää koskaan kuninkaanlinnaan, enkä olisi enää edes kuninkaan suojeluksessa. Ellen siis olisi enää kuninkaantytär tai jonkun ylimyksen vaimo, en olisi mitään muuta kuin alhainen naikkonen; kenen tahansa omatunnottoman iljetyksen armoilla, jolloin myös moinen alhainen palkollinen saattaisi koettaa onneaan minun suhteeni…

Vilkaisin syrjäsilmällä Narria, ja hän näytti vakavalta. En todellakaan halunnut hänen käyttävän suojatonta tilannettani jotenkin hyväkseen. Mutta itsehän olin siihen ajautunut… Mutta olisinko muka lähtenyt kuninkaanlinnasta ilman häntä? Ehkä olisin, ehkä en… Olisi ollut helpottavaa syyttää häntä ajattelemattomasta teostani. Mutta toisaalta, jos tekoni osoittautuisi viisaaksi teoksi, en haluaisi, että se olisi sen ääliön ansiota. Hänhän oli tehnyt väärin, kun oli hankkiutunut huoneistooni minua kyttäämään. Jos hänen väärä tekonsa aiheutti sen, että minä sekosin ja hylkäsin ylhäisen asemani, hän ansaitsisi kidutusta ja raippoja ja häväistynä hirttämisen…

Mutta olin tavallaan seonnut jo ennen hänen ilmaantumistaan. En voisi syyttää häntä omasta järjettömyydestäni. Vai sekosinko muka siksi, että hän oli laulanut jotakin kurjuudesta ja ikävästä? Tiesinhän minä, että sairauteni oli ollut minussa vähintään niin kauan kuin äiti oli sairastanut. Ehkä olin ollut jotenkin viallinen jo lapsena, kun en ollut onnistunut kaikessa, mitä he olivat yrittäneet minulle opettaa. Olin ollut kiukkuinen, villi, ja kyseenalaistanut asioita. Siksi en ehkä edes kuulunut ylhäisten joukkoon. Enhän voinut elää sellaisena enää, jos tunsin jatkuvasti olevani sairas ja viallinen…

Yritin astella eteenpäin ja olla niin kuin Narria ei olisi ollut olemassakaan, mutta jossain vaiheessa huomasin hänen katselevan minua.

”Oletko ehkä suuttunut arvoisalle isällesi, kun haluat pois ylellisestä vankilastasi?” hän kysyi hieman ironisella äänellä. Hämmennyin ja yritin väistää hänen katsettaan, joka tuntui jollain tapaa uhkaavalta; se oli liian suora, liian vakava ja aivan liian tutkiva. Ja miten hän uskalsi puhutella minua niin tuttavallisesti? Olinhan tosin sanonut hänelle, ettei hänen pitäisi enää kutsua minua prinsessaksi, mutten silti ollut tarkoittanut, että hän saisi udella sielunelämästäni. Miksi minun pitäisi hänelle tilittää tunteistani ja ajatuksistani? Kertoisinko kaikkea edes järkevälle ja ymmärtäväiselle ihmiselle? Miksi kertoisin tuolle naurettavalle hölmölle sitä, että olin vihoissani kaikelle; itsellenikin? Isälleni, koska olin pettynyt häneen, äidilleni, koska hän kuoli, ja itselleni, koska en pystynyt antamaan heille anteeksi. Olin vihainen typerille hovi-ihmisille, jotka yrittivät ylläpitää onnellisen ja yltäkylläisen elämän illuusiota, ja Neuvostolle, joka oli tuhonnut sen kaiken, mikä elämässäni oli ollut onnellista…

Hetken hiljaisuuden jälkeen ymmärsin, että sillä hetkellä seurassani oli kolme ihmistä, joille en ollut vihoissani. En oikeastaan Narrillekaan, vaikka hän ehkä olikin liian tunkeileva. Mutta niin rauhallista olotilaa tuskin kestäisi kauan. Suuttuisin heihin varmasti, jos he jotenkin loukkaisivat tai tahattomastikin ärsyttäisivät minua. Minussa oli liikaa vihaa, liikaa pelkoa. He saisivat sen purkautumaan hyvin helposti; yhdelläkin väärällä sanalla tai eleellä…

”Minä… en vain halua enää olla se, mikä olin”, sanoin hieman epäröiden. ”Siksi halusin päästä pois sieltä, entisestä elämästä, ettei kukaan enää pakottaisi minua olemaan entisen kaltainen.”

Narri oli hetken aikaa hiljaa, mutta naurahti sitten ironisesti.

”No, veitpä samalla minutkin lopullisesti pois siitä sokeana piehtaroivien onnettomien ihmisten läävästä. Minäkään en kai sitten ole enää koskaan hovikelpoinen viihdyttäjä… Tuleekohan minusta sitten ihan tavallinen naistennaurattaja?”

”Olet liian naurettava ollaksesi vakavasti otettava naistennaurattaja”, hymähdin närkästyneesti, ja Narri hörähti ikään kuin olisin muka vitsaillut hänen kanssaan.

Narri ei joko tajunnut ahdistukseni syvyyttä, tai sitten hän ei halunnut ottaa sitä vakavasti. Ja miksi olisikaan halunnut? Hänhän irvaili siitä, ja oli kai turha odottaa häneltä edes hienotunteisuutta, saati sitten ystävällistä ymmärrystä. Muistin, että hovineidot olivat juoruilleet hänestä useinkin jotakin, mutten ollut kuunnellut juoruja tarkemmin, ja sitä paitsi ne olivat usein varsin epäloogisia. Ehkä Narrilla oli ollut sopimattomia ihailijoita, tai sitten hänellä oli ollut joku häpeällinen suhde johonkuhun, enkä minä saisi edes ajatella moisia asioita. Oli miten oli; hän sai joka tapauksessa oloni epämääräisen vaivautuneeksi, enkä olisi halunnut ajatella häntä sen enempää. Niinpä en sanonut hänelle enää mitään ja keskityin katselemaan jalkoihini, jotten nolaisi itseäni ainakaan kompastumalla toista kertaa.

Jonkin ajan kuluttua saavuimme leveänä virtaavan Wolnoshajoen rantaan. Joki virtasi lännestä itään; tiesin sen alkuvirtojen olevan jossakin Molcavarathian rajan lähelle, Miwoshinvuorten rinteillä, ja se kulki koko valtakunnan läpi, Itäisten Vuorten välisen laakson halki, laskien lopulta johonkin kaukaiseen, isoon vesialueeseen. Yritin palauttaa mieleeni kuvaa Cardusian valtakunnasta. Se oli vain pieni, litteämuotoinen läntti paperilla, jonka vasemmassa reunassa levittäytyi valtaisa Molcavarathian valtakunta. Pohjoisessa oli Valloittamattomia Maita. Etelässä oli Argillan valtakunta ja kaakossa Warginmaa. Muuta en edes muistanut. Olisiko minun pitänyt muistaa? Minustahan oli ollut tulossa kuningatar...

Havahduin ajatuksistani, kun Vaeltaja Jooel ja ritari Josia alkoivat koota puuta lautantekoa varten. Vaeltaja oli ottanut esille pienen kirveen ja alkanut hakata poikki rannassa kasvavia, kuivan näköisiä puita. Ritari Josia keräsi kokoon itsestään kaatuneita, ohuempia puita.

”Etkö todellakaan aio auttaa meitä?” Josia kysyi Narrilta, ja tämä mutisi jotakin epäselvää ja käveli jonnekin loitommalle. Arvelin hänen menneen sellaiselle asialle, jollaisissa ihmisillä oli tapana kaivata yksityisyyttä, ja tajusin joutuneeni itsekin siinä suhteessa varsin kiusalliseen asemaan.

En oikein tiennyt, mitä tekisin odotellessani. Enhän osaisi auttaa heitä lautan rakentamisessa mitenkään, joten oli ehkä parempi pysytellä poissa tieltä. Astelin hieman loitommalle ja laskeuduin lähelle rantavettä huuhdellakseni kasvojani vedellä, koska arvelin sen hieman virkistävän väsynyttä olemustani. En nähnyt heijastustani veden pinnasta, mutta tottuneeseen tapaan käteni kohosi ikään kuin kohentamaan kampausta. Päässäni ei kuitenkaan ollut palmikkokruunua, kampaa, tai mitään muutakaan kohenneltavaa. Eleeni tuntui typerältä, ja nolostuin huomatessani Narrin ilmaantuneen lähettyville. Hän oli katsellut minua. En ymmärtänyt hänen ilmeensä vakavuutta, mutta kun hän kohtasi minun katseeni, hänen kasvoilleen levisi hieman ylimielinen virnistys.

”Ylhäisinkin kauneus on katoavaista... Onneksi sisäinen kauneus kestää ulkoisen ryvettymisen”, hän sanoi hiljaa, mutta silti röyhkeästi; käyttäen selvästikin hyväkseen sitä, etten ollut enää hoviseurueeni suojeluksessa. Ehkä hän purki minuun itseään ylempiarvoisiin kohdistuvaa katkeruuttaan. Enhän ollut itsekään kohdellut häntä tasaveroisena, tai edes ihmisenä; paremminkin halpana, vaihdettavissa olevana tavarana, jollaisia viihdyttäjät yleensäkin olivat meille ylhäisille. Voisinko häneltä kiitollisuutta ja kunnioitusta odottaakaan?

En kuitenkaan sanonut hänelle mitään. Olisi alentavaa kiistellä hänen kanssaan, ja jokainen sanani hänelle olisi ihan liiallinen suosionosoitus moiselle alhaiselle olennolle... Katseeni osui ritari Josiaan, joka katseli minuun päin Vaeltajan sitoessa puunrunkoja yhteen köydenpätkillä. Hän käänsi nopeasti katseensa toisaalle. Mitä tuo nuori, lempeäluontoinen ritari mahtoikaan ajatella minusta? Näkikö hän minussa muutakin kuin loistonsa menettäneen ulkokuoren? Toivoin hänen näkevän minussa pikkulinnun, jonka siivet oli sidottu, tai häkkiin vangitun eläimen, joka kaipasi vapauteen...

Odotellessani toimettomana lautan valmistumista minulla oli aikaa ajatella, missä olin, ja mitä olinkaan tehnyt. Epävarmuus omasta asemastani iski väistämättä tietoisuuteeni. Enhän todellakaan ollut enää isäni suojeluksessa. En halunnut palata kuninkaanlinnaan, mutta ulkomaailmassa olin turvaton. En voinut edes tietää, voisinko koskaan palata kotiini; huolisiko isä minua enää takaisin? Mistä loppujen lopuksi tietäisin, voisinko luottaa seuralaisiini? Suojelisivatko he minua, vai yrittäisivätkö he hyötyä asemastani?

Päätin lähestyä Vaeltajaa, koska oletin hänen olevan heistä viisain, koska toisilla ei ainakaan ollut iän tuomaa elämänkokemusta. Ja tietääkseni Vaeltajaveljet luopuivat sellaisista tavanomaisista lihallisista pyyteistä, joitten takia miespuoliset yleensä ottivat vaimon tai ahdistelivat naisia tai toisiaan. Hänen seurassaan saattaisin siis saada olla ilman julkeita silmäyksiä. Kun Vaeltajaveli oli saanut työnsä valmiiksi, astelin hänen luokseen. Ritari Josia ja Narri valmistautuivat laittamaan lautan vesille, ja toivoin, etteivät he kuulisi puhettani.

”Hyvä Vaeltaja Jooel, olenko sinun mielestäsi tehnyt typerästi, kun lähdin pois isäni luota?” kysyin hiljaa. Vaeltaja katsahti minua rauhoittavasti hymyillen. Hänellä oli miellyttävät, kaunispiirteiset kasvot, joissa oli juonteita, jotka kertoivat aidosti kasvoilla koetuista tunteista. Hän ei kuitenkaan näyttänyt vanhalta, vaikka tunsin hänessä olevan iän ja kokemusten myötä kertynyttä viisautta. Hänessä oli jotakin ajatonta, vaikeasti määriteltävää karismaa.

”Sinä pyysit apua, ja sait sitä. Tunsit, että sinua kutsutaan, siksi sinä lähdit! Sanoisinko Viisauden teitä typeriksi?”

”En ymmärrä... Tarkoitatko jotakin sellaista, mitä... teistä Vaeltajaveljistä puhutaan?” kysyin epäröiden.

”Mitä Vaeltajille tapahtuu, ei ole sen kummallisempaa kuin mitä sinulle voi tapahtua. Sinä etsit totuutta, koska ymmärrät, että totuus on tuova sinulle mielenrauhan”, Vaeltaja selitti. ”Mutta nyt olet liian levoton nähdäksesi kirkkaasti totuutta, ja niinpä etsit rauhaa, jotta voisit nähdä totuuden. Ymmärrätkö? Totuus valkenee kyllä, kun mielesi rauhoittuu, ja siten löydät pysyvän rauhantunteen."

"En tiedä ymmärränkö ainakaan tarpeeksi! Minusta tuntuu, että tarvitsen jonkin turvallisen paikan, jotta voin rauhoittua", sanoin hiljaa. "Tarvitsen paikan, jossa voin olla oma itseni tuntematta olevani viallinen, ymmärrätkö? Haluan olla rauhassa... ja haluan, että... jos siellä on muitakin ihmisiä, haluan, että he... hyväksyvät minut sellaisena kuin olen!"

"Ymmärräthän, ettei rauha tule sinuun ulkopuoleltasi? Rauha on tunne, joka on sisäisesti sinussa", Vaeltaja Jooel sanoi lempeällä äänellä. "Voi kuitenkin olla, että ymmärtääksesi ja kokeaksesi tämän sinun on päästävä paikkaan, jossa pystyt helpommin unohtamaan sen kaiken, mikä on ulkopuolella, ja keskittymään sisäiseen olotilaasi. Syvällä sisälläsi on pysyvä rauha. Se on kuin suurten vesien syvyydessä vallitseva tyyneys, jota pinnalla raivoavat myrskyt eivät pysty keinuttamaan. Ja siellä missä on rakkautta, ei ole vikoja. Rakkautta voi olla silläkin, missä ei ole ihmisiä."

En täysin ymmärtänyt häntä, mutten uskaltanut puhua enempää; asiat tuntuivat liian suurilta järkeni käsiteltäviksi, ja sanojen ilmaisuvoima oli rajallinen. Jäin tuijottamaan eteeni, yrittäen ymmärtää, mitä oli tapahtumassa. Näytin ehkä huolestuneelta, koska Vaeltaja Jooel kosketti rohkaisevasti olkapäätäni.

"Muistatko tämän, Jelisepa?" hän kysyi ja näytti minulle jotakin kädessään olevaa. Otin sen hänen kädestään. Se oli pieni ritsa; samantapainen, jollaisen isänikin oli minulle joskus tehnyt, ja jollaisella olin yrittänyt ampua leivänmurusia muurinharjalle kokoontuneille linnuille. Ritsa oli tehty katajanoksasta, ja jokin tuossa oksassa, sen muodossa ja pinnassa, palautti mieleeni muiston vuosien takaa. Katsoin Vaeltajaa uudelleen, ja kohtasin hänen katseensa.

"Oletko sinä sama Vaeltaja, jolle annoin oksani, jonka ritari Rikard oli minulle katkaissut kärsivästä katajapuusta? Olin hyvin pieni, tuskin muistan sitä... Miten on mahdollista, että... Hyvä ihme, miten on mahdollista, että kaikkien näitten vuosien jälkeen olet siinä, ja puhun sinulle kasvotusten?" äännähdin hiljaa, ja jotakin väreili ympärilläni ja sisälläni, niin että olin miltei peloissani. Ojensin ritsan hänelle takaisin, ja hän laittoi sen vyölleen hymyillen.

"Älä ole peloissasi! Kyllä kaiken taustalla oleva Viisaus pitää omistansa huolen", hän sanoi katsoen minua lempeästi. "Huomaat sen kyllä, ennemmin tai myöhemmin."

”Entä… nämä miehet? Voinko luottaa heihin?” kysyin hämmentyneenä. ”Järjestitkö sinä heidät minun luokseni?”

”Ei, en minä järjestänyt, vaan Kaikkeuden Luoja… Muista, että sinä saat juuri sinulle sopivan avun! Minulla on rauha näitten nuorukaisten suhteen, ja he kumpikin ovat minulle rakkaita. Kenties sinäkin opit luottamaan heihin, ajan kanssa”, Vaeltaja Jooel totesi hymyillen ja kääntyi sitten katsomaan, kun ritari Josia ja Narri työnsivät lauttaa veteen. Siinä hetkessä saatoin kyllä ymmärtää, että elämässäni tapahtui jotakin merkittävää, niin sisäisesti kuin ulkoisestikin.

Muutos oli ollut väistämätön; sitähän olin toivonut ja odottanut. Mutta samalla olin peloissani. Piinaava kultahäkkini oli sentään ollut tuttu ympäristö; nyt olin oudossa paikassa, oudossa seurassa, ja epätietoinen siitä, mitä seuraavana päivänä olisi edessä. Mutta Vaeltaja Jooel halusi tukea minua ja rohkaisi minua luottamaan siihen samaan Viisauden lähteeseen, johon Vaeltajat perustivat elämänsä. Mutta ilman sellaista luottamusta tilanteeni oli auttamattoman epävarma. Suorastaan vaarallinen. Kuka järkevä ihminen olisi halunnut heittäytyä sellaiseen vaaraan?

Etenkin Narri oli alkanut jollain tapaa pelottaa minua, vaikken arvellutkaan hänen suoranaisesti haluavan vahingoittaa minua. Oikeastaan olin aina hieman pelännyt häntä, koska hän oli rohjennut suhtautua minuun aivan asemansa vastaisesti, aina siitä lähtien kun muistan hänen liittyneen hoviviihdyttäjiin. Hän oli ajoittain jopa hakenut huomiotani; yrittänyt tavoittaa katseeni, luoda yhteyttä mieleeni, vaikkei hänenlaisellaan alempiarvoisella ollut sellaiseen mitään oikeutta. Jos hän olisi ollut rumempi, tuskin olisin koskaan häntä katsonutkaan, mutta jokin hänen olemuksessaan oli ehkä houkutellut minua silmäilemään häntä. Mutta olisiko hän voinut olla niin mieletön törkimys, että olisi kuvitellut minun olevan hänestä kiinnostunut? Siinä tapauksessa minun olisi korjattava väärinkäsitys olemalla mahdollisimman ynseä ja välinpitämätön häntä kohtaan…

Vaeltaja Jooel kehotti minua siirtymään lautalle, jota Narri piteli rantapengertä vasten mietteliään näköisenä. Narrin olemus ei vaikuttanut ollenkaan niin veltolta ja mukavuudenhaluiselta kuin hovioloissa. Hänhän pidätteli lauttaa vakaasti kuin käytännöllinen ihminen; suorastaan yhtä vakaasti kuin palvelija kannatteli jalkakoroketta, jolta isäni nousi ratsaille. Eikö hän muka olisi osannut auttaa lautan rakentamisessa? Ajattelin hänen olevan enemmän laiska kuin osaamaton, ja katsahdin häneen kykenemättä hillitsemään katseeni ylimielisyyttä.

Yritin olla katsomatta ritari Josian ojentamaa kättä, kun hän tarjoutui auttamaan minut lautalle. Hänen kohteliaisuutensa, tai oikeastaan hänen koko olemuksensa hämmensi minua. Ellei Vaeltaja olisi katsonut minua tutkivasti, hienoisesti hymyillen, en luultavasti olisi rohjennut tarttua Josian käteen.

”Kiitos”, sanoin hiljaa ja tukeuduin hänen käteensä astuessani heilahtelevalle lautalle.

”Älä istu liian lähelle reunaa”, hän mutisi väistäen katsettani. Käärin viitan paremmin ympärilleni ja otin tukea riu'uista, jotka muodostivat jonkinlaisen kaiteen lautan ympärille. Vaeltaja istahti viereeni lautan perälle. Narri loikkasi lautalle paljoakaan piittaamatta sen keikahtelusta, niin että vettä loiskahti viittani liepeille. Josia työnsi sauvallaan lautan irti rannasta, ja lähdimme liikkeelle rauhallisen virran mukana. Kului tovi; sitten Narri kaivoi säkistä luuttunsa, viritteli sitä hetken, ja alkoi sitten laulaa jotakin pilkkalaulua Molcavarathian kuninkaallisista; ihraisesta kuningas Melchiorista ja prinsessa Mormessasta, joka olevinaan kylpi maidossa ja söi kultapäällysteisiä pähkinöitä…

Vilkaisin hämmentyneenä ritari Josiaa. Molcavarathian valtakunnan pilkkaaminen oli suorastaan hengenvaarallista, ainakin hovioloissa, jossa majaili tai vieraili jatkuvasti Molcavarathian ylimystöä. Monet epäilivät, että Melchiorin palkkaamaa väkeä eleli myös kansan keskuudessa, ja että heidän tarkoituksensa oli mustamaalata isäni Willefin hallintoa ja suositella liittymistä suureen naapurivaltakuntaan. Molcavarathian julkinen arvostelu saattoi aikaansaada ongelmia; joko nuhteita Neuvostolta tai kummallisia hankaluuksia, joitten syyt pysyivät mystisinä. Nykyään ihmiset varoivat sanomasta ääneen mitään arvostelevaa Molcavarathiasta. Ennen sotaa arvostelu oli ollut rohkeampaa, suorastaan uhkarohkeaa. Sodan jälkeen isäni oli pyrkinyt säilyttämään rauhan, koska häntä syytettiin sodan aiheuttamisesta. Mutta arvelin, ettei kuningas Melchior tyytynyt rauhaan, vaan halusi nielaista Cardusian ahnaaseen kitaansa. Jotakin sellaista Narri lauloi; isosta, yliruokitusta vauvasta, jolla oli turtunut mieli, ja joka ahnehti lisää, eikä tullut koskaan kylläiseksi…

Jonkin ajan kuluttua huomasin, etten jaksaisi kauaakaan pysytellä hereillä. Pääni oli varmastikin jo nuokahdellut nolostuttavasti. Narri oli lopettanut laulunsa ja runoili jotakin hölmöä sammakoista ja leivänkannikoista. Vaeltaja Jooelin ilme oli tyyni ja kärsivällinen; ehkä hän sai voimaa siitä uskostaan, että rauha oli sisäisesti hänessä. Ritari Josia katseli Wolnoshajokea eteenpäin. Mieltäni helpotti ajatus siitä, ettei hän ehkä ollut katsellut minuun päin ja huomannut nuokkumistani. Hetken päästä hän kuitenkin kääntyi ja alkoi työntää tavarasäkkiä minua kohti.

”Ota tämä pääsi alle, niin voit nukkua”, hän sanoi hiljaa. Vaeltaja väisti hieman ja auttoi minua asettamaan säkin edes kohtalaisen mukavaksi pielukseksi. Arvelin voivani yrittää nukkua, etenkin kun Vaeltajaveli oli siinä lähelläni. Kiusasin itseäni miettimällä, olinko Josian mielestä näyttänyt aivan hölmöltä ja säälittävältä nuokkuessani sillä tavoin. Ja toivoin, etten vain nukahdettuani kuorsaisi tai valuisi säkin päältä jollain tapaa noloon asentoon. Olisi sietämätöntä, jos Narri pääsisi virnuilemaan minulle sellaisesta, kun heräisin…

Heräsin auringonpaisteeseen. Lautta oli pysähdyksissä rannassa, Wolnoshajoen eteläpuolella, eikä ketään näkynyt lautalla, kun kohotin päätäni hieman. Ehdin jo epäillä, että matkakumppanini olivat hylänneet minut, kunnes huomasin säkin vieressä paperikäärön. Siinä luki vain: *”Sisarelleni Totuudessa ja Rakkaudessa. Vaeltajaveli Jooel.”* Paperin sisällä oli nahkanyöri, jossa roikkui yksinkertainen, mutta suurehko kiviriipus, johon oli koverrettu kapea silmä. Tarkastelin korua hetken aikaa kämmenelläni, ja sitten pujotin riipuksen kaulaani.

”Johdattakoon minua siis sama Viisaus, joka Vaeltajia johdattaa”, sanoin itsekseni ja kohottauduin varovasti seisomaan lautalla. Otin tukea puunrungosta, johon lautta oli sidottu, ja astuin rannalle. Silloin huomasin henkivartijakseni ryhtyneen ritari Josian istuvan itsekseen nuotiolla, rantakivikon ja risukkoisen heinikon välimaastossa. Astelin epäröiden lähemmäs.

”Taisin nukkua kauankin… Missä toiset ovat?” kysyin hämmentyneenä.

”Jooel ehdotti, että he kävisivät läheisessä kylässä kuulostelemassa, onko kuningas jo ehkä ryhtynyt joihinkin toimenpiteisiin katoamisesi takia”, Josia vastasi hitaasti. Katselin hänen ohitseen, koska pelkäsin hänen olemuksensa vaikutusta tunteisiini. Hän oli liian kaunis; olisin voinut unohtua tuijottelemaan häntä kuin ylimaallista olentoa, sanattoman ihmetyksen vallassa, eli suorastaan nolosti suu auki ja silmät ymmyrkäisinä. Lisäksi olin turhan utelias tietämään, mitä hän ajatteli minusta, ja saattaisin tarkkailla häntä epäilyttävän tiiviisti… Olisi naurettavaa ihastua häneen; se olisi epäsopivaa, kiusallista ja todennäköisesti myös hyödytöntä. Mutta toisaalta jokin hänessä veti minua muullakin tavoin puoleensa. Aistin hänessä hiljaista, nöyrää myötätuntoa, ja ehkä kaipasin juuri sitä enemmän kuin ihailevia katseita tai imartelevia puheita…

”Mitä sinä aiot tehdä, jos kuningas etsii minua? Jos hän tarjoaa vaikka löytöpalkkion, tai uhkaa kuolemanrangaistuksella?” kysyin hieman takellellen. Josia katsahti minuun. Totesin taas, miten kauniit ja lempeät hänen silmänsä olivat, mutta kasvojen ilme oli tutkimaton. Säälikö hän minua, vai pelkäsi? Vai enkö merkinnyt hänelle muuta kuin kiusallista velvollisuutta?

”Yritän tehdä oikein”, hän sanoi hiljaa.

”Mikä sinusta sitten on oikein?” kysyin hieman varautuneesti, peläten hänen sanovan jotakin lojaaliudesta kuningasta kohtaan.

”Puhuin siitä Jooelin kanssa, ja hän kehotti minua edelleen auttamaan sinua”, Josia vastasi katsomatta minuun. ”Mitä se sitten tuleekaan tarkoittamaan.”

”Mutta miksi sitten teet niin kuin Vaeltaja sanoo?” kysyin hämmentyneenä.

”Koska meitä johtaa sama Henki… Kaikkeuden Luojan voima”, hän vastasi rauhallisesti. Käteni kohosi tunnustelemaan kaulassani roikkuvaa riipusta. Olin jokseenkin yllättynyt. En ollut tiennyt, että muutkin kuin huurupäinä pidetyt Vaeltajat voisivat puhua Kaikkeuden Luojasta, mutta enhän toisaalta ollut tuntenut hänen kaltaisiaan ihmisiä muutenkaan. Istahdin kaatuneelle puunrungolle nuotion viereen. Josia ojensi minulle leipää ja kuivattua lihaa. Söin hyvällä ruokahalulla, vaikka tilanne olikin outo ja hämmentävä. Olisin halunnut tietää asioita ritari Josian elämästä ja hänen ajatuksistaan; päästä sielullisesti häntä lähemmäs. Mutta oli kyseenalaista lähestyä häntä; enhän edes tiennyt, olisiko se soveliasta hänen asemansa takia, tai oman nykyisen asemani huomioiden. Eniten ehkä kuitenkin pelkäsin hänen kenties torjuvan minut, jos ryhtyisin tuttavalliseksi.

”Oletko ollut kauankin palveluksessa kuninkaanlinnassa?” kysyin hetken epäröityäni.

”Tulin kuninkaan ratsuvartiostoon vasta sodan jälkeen”, Josia vastasi hiljaa, katsoi minua hetken hämmentyneesti; aivan kuin tuo muisto olisi ollut jotenkin ristiriitainen, ja laski sitten katseensa. ”Ja olin mukana saattueessa, kun teit matkan äitisi kuoleman jälkeen, Itäiseen Vuoristoon.”

”Ai niin… ehkäpä muistankin nähneeni sinut ohimennen linnanpihalla, surupuvussa. Taisit olla Narrin seurassa silloin… Mutta en muista sinua ainakaan hoviseurueesta”, sanoin.

”En yleensä välitä olla mukana sellaisessa, ja pysyttelen muutenkin hieman syrjemmällä isoista ihmisjoukoista”, hän selitti hiljaa. ”Olen ollut enimmäkseen Vaeltajien seurassa.”

”Todellako? Siis... no... En tiennyt, että kuninkaanlinnassa on ollut Vaeltajia”, mutisin. Oliko ritari Josia palvellut minua kauankin, ilman että olin edes huomannut häntä? ”Tunsit kuitenkin siis Narrinkin jo entuudestaan?”

”Totta kai! Olemmehan ystäviä”, Josia totesi, ja hänen kasvoilleen levisi suorastaan hämmennyttävä hymy. ”En mielelläni kutsuisi häntä Narriksi, mutta hän itse toivoo niin.”

”Miksi? Mikä hänen oikea nimensä sitten on?” kysyin hämmentyen. Josia laski katseensa hetkeksi, mutta katsoi sitten minuun hymyillen jotenkin pahoittelevasti.

”Eikö hän ole itse kertonut sitä sinulle? Jos ei ole, niin hän ei ehkä halua minunkaan kertovan”, hän totesi, ja kiusaannuin. Luuliko hän minun olevan Narrille parempikin tuttava?

”Oikeastaan sillä ei ole mitään väliä... Voin aivan hyvin kutsua häntä Narriksi”, sanoin tuntien punastuneeni. ”Tuota... Voisin käydä itsekseni jaloittelemassa, tuolla jossain syrjemmällä. Kun ei näissä oloissa taida olla hienompaakaan käymälää tarjolla...”

Josia katsoi minuun suoraan ja hymyili taas hieman, niin että nolostuin entisestänikin, vaikka hänen hymynsä oli ystävällinen ja myötäelävä, eikä lainkaan kiusoitteleva tai ilkeä.

”Älä kuitenkaan mene liian kauas, ja varo käärmeitä”, hän totesi hiljaa ja hyvin hienotunteisella äänensävyllä.

Astellessani nuotiopaikalta loitommalle mietin jälleen, mitä hän todellisuudessa mahtoikaan minusta ajatella. Hänessä oli jotakin äärimmäisen rauhoittavaa ja lempeää, mutta toisaalta myös jotakin pidättyväistä ja hämmentävää. Hänestä sai vaikutelman, että hän auttoi minua mielellään ja epäitsekkäästi. Mutta toisaalta tuntui, että hän halusi pitää minuun etäisyyttä, eikä halunnut minun kiinnittävän itseensä erityistä huomiota. Ja miten hän saattoi olla Narrin ystävä? Jos Josia olisi satakieli, Narri olisi pelkkä raakkuva varis... tai suorastaan pahanilmanlintu.

Kamppailin aikani tiheässä pensaikossa, kompuroin risukon läpi ja hillitsin muutaman inhonkiljahduksen, kun huomasin pienten, iljettävien otusten kiipeävän pitkin pukuni helmaa. Lapsena olin kyllä tottunut kaikenlaisiin ötököihin, mutta siitä oli liian pitkä aika, kun olin ryöminyt puunrunkojen lomassa ja kykkinyt pusikoissa. Kaksinkertaiset puvunhelmat ja nauhalla sidottavat alushousut tekivät asioista monin verroin hankalampia kuin pienenä lapsena, kun olin juoksennellut pelkässä tunikassa. Mutta selviydyin haastavasta toimituksesta, ja siistittyäni vaatevarustukseni oksanpätkistä, havunneulasista ja muista mukaan tarttuneista asioista olin valmis palaamaan leiriin.

Yritin valita hieman vähemmän risukkoisen paluureitin, joten kiersin kauemmas joenrannasta; sinne, missä puut olivat isompia. Kierrettyäni pahimmat rantapusikot käännyin astelemaan takaisin nuotiopaikkaa kohti. Mutta ennen kuin sain nuotion ja ritari Josian näkyviini, havahduin siltä suunnalta kuuluviin ääniin, ja pysähdyin hätkeltyneenä. Äänet eivät kuuluneet Narrille tai Vaeltajaveljelle. Kuulosti aivan siltä kuin möreä, rahvaanomainen miesääni olisi puhutellut Josiaa vihamielisellä äänellä, suorastaan uhkaavasti ärjyen. Silloin jähmetyin pelästyksestä, enkä saanut otetuksi askeltakaan.

”No niin… älä ole säikky jänis!” mutisin itselleni puoliääneen, värisevällä äänellä. ”Ole kuin saalistaja... Rauhoitu... Keskity... ja hengitä...”

Hengitin pari kertaa syvään, ja kun tokenin lamaannuksestani, hiivin lähimmän tuuheaoksaisen puun taakse. Pälyilin oksien takaa leirin suuntaan ja sainkin näkyviini kaksi miekoin aseistautunutta miestä. He olivat pukeutuneet rahvaan tavoin, eivät kuten kuninkaan sotilaat. Josia oli jalkeilla, mutta hänen aseensa olivat maassa nuotion vieressä, ja tilanne vaikutti hänen kannaltaan varsin epäedulliselta…

Tuntui vaikealta hengittää rauhallisesti, ja pelkäsin saavani taas heikotuskohtauksen. En lainkaan tiennyt, mitä voisin tehdä. Jos nuo väkivaltaiset miehet tappaisivat henkivartijani, jäisin yksin noitten muukalaisten armoille. Minun olisi paettava jonnekin etsimään Narria ja Vaeltajaa, mutta jos en löytäisikään heitä, olisin todellisessa hädässä; aivan yksin rahvaan armoilla. Minut voitaisiin tappaa, häväistä, pahoinpidellä, ryöstää, pakottaa jalkavaimoksi, ottaa panttivangiksi… ja mikä ehkä vielä pahinta, joku voisi viedä minut takaisin kuninkaanlinnaan, jossa joutuisin viikoksi jalkapuuhun ja sitten loppuiäkseni Naisyhteisöön…

”Näytät juuri sellaiselta mieheltä, jonka sanotaan kadonneen samaan aikaan kuin prinsessakin katosi kuninkaanlinnasta”, toinen muukalaisista sanoi elehtien uhkailevasti. ”Väitätkö ettet muka tiedä prinsessasta mitään?”

”Prinsessa ei ainakaan näytä olevan seurassani, jos häntä etsitte”, ritari Josia sanoi kuulostaen tilanteeseen nähden oudon rauhalliselta. ”Saisinko jatkaa ateriaani rauhassa?”

Sain vaivoin pidätellyksi kiljahduksen, kun jokin rasahti takanani. Äänen aiheuttaja oli kuitenkin vain Narri, joka katseli minua naamaansa väännellen; kulmat rypyssä ja suu vinossa.

”Älä pillastu, minä se vain olen”, hän naurahti hiljaa. ”Et kai vain ajatellut näyttäytyä noille palkkionmetsästäjille?”

”Missä Vaeltaja on?” kuiskasin hätääntyneenä. ”Eikö sinulla onnettomalla ole edes aseita? Ritari Josia on vaarassa!”

”Äh, Jooel jäi kylään, kun tapasi jonkun viestinviejän… Mutta mitäs teemme noille kahdelle? Annammeko niiden viedä sinut kuninkaalle palkkiorahojen toivossa?” Narri kysyi virnistellen ja silmiään siristellen. ”Vai haluatko jatkaa pakomatkaa kahden minun kanssani?”

”Älä ole mielenvikainen! Tietenkään emme jätä ritari Josiaa”, hymähdin. ”Ja itse varmasti veisit minut kuninkaanlinnaan palkkiorahat saadaksesi!”

”Höh, tuskin veisin, ennemminkin ottaisin jalkavaimokseni jonnekin vuoristomökkiin”, Narri tuhahti hiljaa. ”Mutta sikäli kun yhtään Josiaa tunnen, hän ei mielellään ryhdy veriseen taistelunnujakkaan… Niin että keksi nyt sitten, miten pelastat meidät tästä kiipelistä!”

”Minäkö? Minunko tässä pitäisi ruveta pelastamaan teitä?” huudahdin niin närkästyneenä, etten edes tajunnut Narrin pilailevan. Vaikka tottahan se oli, että minä olin vastuussa tapahtuneesta. Tuskinpa kukaan heitä ahdistelisi, ellen minä olisi heidän mukanaan, ilman isäni lupaa, joten olisi vastuutonta lähteä omille teilleen ja jättää miehiä taistelemaan keskenään; varsinkin kun Narri vaikutti jotakuinkin haluttomalta vaarantamaan nahkaansa, eikä hänellä ollut edes asetta.

Yritin nopeasti miettiä jotakin keinoa auttaa ritari Josiaa ja selviytyä itsekin pakoon. Josia ei kai voinut tietää, missä olin, tai oliko Narri lähettyvillä. Hänen takiaan olisi pakko kuitenkin palata leiriin; en todellakaan haluaisi jatkaa pakomatkaani pelkästään Narrin kanssa, koska hän todennäköisesti joko veisi minut takaisin isälleni, tai myisi jollekin irstailijalle orjaksi, tai yrittäisi itse alistaa minut valtaansa, mokoma inhottava pässi…

”No, mennään sitten leiriin auttamaan ystävääsi”, sanoin hieman uhmakkaasti. ”Voimmehan koettaa yllättää nuo inhat köriläät, niin että ritari ehtii tarttua aseisiinsa. Esitetään vaikka hulluja, tai kerjäläisiä, tai jotakin…”

Narri katseli minua tuskastuttavan kauan, hymyillen tilanteeseen sopimattoman huvittuneesti, joskin myös hieman yllättyneen oloisesti.

”Ai hulluja tai kerjäläisiä? Minä voin kyllä esittää vaikka humalaista hullua kerjäläistä”, hän sanoi naurahtaen. ”Mutta sinä näytät ihan liian arvokkaalta minun seuraani!”

”Odotahan”, sanoin nokkavasti. Sitten avasin nopeasti palmikkoni, levitin hiukset kasvoilleni ja löysäsin viittani roikkumaan huolimattomasti. Narria tämä kaikki näytti pelkästään huvittavan.

”Te ylhäiset kyllä tuhraatte ylettömästi aikaa itsenne tällläämiseen”, hän totesi, tarttui niskassani roikkuvaan viitanhuppuun ja vetäisi sen nopealla liikkeellä pääni peitoksi. ”Näin on parempi! Sinun ei tarvitse esittää muuta kuin huomaamatonta! Pysyt piilossa, kunnes pääset juoksemaan lautalle, ymmärrätkö, arvon neito?”

”Komenteletko minua, senkin alhainen hölmö?” puuskahdin suorastaan järkyttyen hänen julkeudestaan.

”Kyllä, aivan vakavissani, ja sinulla ei ole muuta vaihtoehtoa kuin totella, tai tapatat meidät kaikki”, Narri hymähti katsahtaen minua tuimasti. ”Pysyt piilossa, kunnes reitti on selvä! Vai eikö prinsessan ylpeys kestä olla huomaamaton?”

En rohjennut olla tottelematta häntä, vaikka sisäisesti kihisin uhmasta. Piileskelin siis viittani suojissa, oksiston takana, kun Narri lähti astelemaan ritari Josian luo avattu juomaleili kädessään. Miehet olivat siirtyneet miekat ojossa lähemmäs Josiaa ja uhkailivat tätä karkein sanoin. Mutta he seisahtuivat, kun Narri alkoi lähestyä leiriä mutkitellen ja hoippuvin askelin; lauleskellen kovaäänisesti kuin humalainen, hilpeä mies.

”Hei, häivy täältä, hullu”, toinen miehistä huudahti hänelle, mutta Narri asteli suoraan miehen eteen ja tempaisi tältä päähineen rehvakkaasti elehtien.

”Kash, rakash yshtäväni, shaimme tunkeilijoita romanttishelle karkumatkallemme! Mitäpä komea miekkonen shiinä miekkoineen miettii?” hän kysyi kuulostaen ainakin oluttynnyrillisen tyhjentäneeltä nuorelta öykkäriltä. ”Shoma lakki ja kaikki hepenet raavaalla miehellä! Ottaishitteko vähän Molcavarathiasha pantua olutta? Minulla on pushillinen höyryjauhetta, joka kaataa kyllä noinkin komean urhon… Kiinnoshtaako kokeilla?”

”Mitä ihmettä selostat?” toinen miehistä huudahti häkeltyneenä, kun Narri työnsi naamansa hänen kasvojensa eteen ja suipisteli suutaan kuin olisi ollut tarjoamassa sitä tälle. ”Hyi olkoon, häivy siitä!”

”Niin, mene muualle! Tämä on meidän hommamme!” Narria lähempänä oleva mies ärähti.

”Äläsh nyt... Pieni kulaush kunnon juomaa, niin ei kiukuta yhtään! Alkaa päinvashtoin tuntua shangen rakashtuneelta”, Narri hekotteli ja työnsi juomaleiliään miehen naamaa kohti. Mies perääntyi ja yritti huitaista Narria nyrkillään. Samassa Narri väisti ketterästi ja tönäisi miestä juomaleilillään rintaan niin lujaa, että tämä horjahti taaksepäin.

Sen jälkeen ehdin tuskin tajuta, mitä tapahtui. Kun mies heilahti taaksepäin, Narri syöksyi alas, tarrasi miehen jalkoihin ja kiskaisi tämän kumoon. Kun toinen miehistä syöksyi auttamaan toveriaan, ritari Josia sai tilaisuuden tarttua puusauvaansa. Hän tyrkkäsi sauvansa saman tien miehen jalkoihin, ja tämä lensi rähmälleen mättääseen. Narri yritti pidellä toista miestä maata vasten, mutta tämä huitoi vaarallisen näköisesti vapaalla miekkakädellään. Josian kaatama mies pääsi mättäästä jaloilleen, mutta Josia oli jo valmis taistelemaan hänen kanssaan. En tosin tiennyt, pärjäisikö pelkän puusauvan kanssa miekkaa käyttävälle vastustajalle. Sellaisia taistelunäytöksiä ei ollut tarjolla turnajaisissa...

Olin melkeinpä uppoutunut seuraamaan tapahtumia, kuin oudon lumon vallassa, mutta äkkiä tajusin Narrin olevan vaikeuksissa. Hän ei ehkä selviäisikään aivan ehjin nahoin sen toisen körilään kourista, ellei Josia pääsisi hänen avukseen. Säälintunteeni voitti Narria kohtaan tuntemani vähemmän jalomieliset tunteet, joten tempaisin maasta jonkinlaisen kuivuneen oksan, juoksin miesten luo ja huitaisin oksalla Narrin kanssa painivaa miestä suoraan otsaan. Häkeltynyt miesparka menetti otteensa miekastaan. Narri kierähti sivuun ja tempaisi miekan itselleen. Kun mies yritti uudelleen nousta, Narri oli jo jalkeilla ja potkaisi hänet uudelleen mättääseen, ketterästi kuin akrobaatti, joka oli tottunut tasapainoilemaan yhdellä jalalla epävakaalla alustalla...

”Lautalle siitä, pelastajani!” Narri huudahti minulle suorastaan naureskellen. Syrjäsilmällä näin Josian jatkavan kamppailuaan, kun syöksähdin heidän ohitseen lauttaa kohti. Narri seurasi minua, ja myös Josia alkoi perääntyä rantaa kohti. Olin jo itse lautalla, kun Narri pysähtyi vielä nuotion viereen poimimaan mukaansa matkatavaroitamme. Hän heitti varustesäkin lautalle, tempaisi nuotiosta palavan oksan ja sinkosi sen kohti Josian vastustajaa. Kun oksa osui miestä häkellyttävän tarkasti rintaan, Josia sai tilaisuuden kääntyä ja hypätä lautalle. Narri kiirehti hänen peräänsä ja sivalsi samalla miekallaan poikki lauttaa pidelleen köyden. Kun Wolnoshan virta tempaisi lautan irti rannasta, meitä oli mahdotonta enää tavoittaa. Lautan äkkinäinen liike sai minut kellahtamaan takamukselleni, ja Narri horjahti naama edellä melkein syliini.

”Hups”, hän naurahti virnistäen minulle kontatessaan taaksepäin nenäni edestä. ”Ei ollut tarkoitus lähennellä, vaikka mieli tekisikin…”

En sanonut siihen mitään, mutta mulkaisin häntä pahasti. Lautan keikahtelu oli kastellut pukuni helmat, hiukseni olivat sekaisin kasvoillani ja olin lähes nääntynyt jännityksestä, eikä minulla todellakaan huvittanut vitsailla sen ääliön kanssa.

”Se oli varmasti prinsessa”, toinen miehistä kuului huutavan rannalla. Meidät oli siis tunnistettu, ja sana kiirisi isänikin korviin. Ajatus sen seurauksista hermostutti minua. Siirryin mukavampaan asentoon yrittäen väistää Narria, joka oli mielestäni vieläkin liian lähellä minua.

Narri naureskeli itsekseen, hengästyneenä ja levottomasti liikehtien. Epäilin hänen olleen oikeasti peloissaan ja yrittävän nauramalla poistaa jännitystään, ja siksi ehkä säälin häntä hivenen, enkä viitsinyt töniä häntä kauemmas. Hengitykseni tasaantui vähitellen, kun lautta eteni joutuisasti alavirtaan. Olimme selviytyneet, täpärästi, mutta tuon välikohtauksen jälkeen ymmärsin yhä selkeämmin, miten suojattomaan asemaan olin itseni ajanut lähtemällä tunnekuohun vallassa sieltä, missä olin elänyt siihen saakka; turvassa kyllä, mutta monin tavoin kahlehdittuna.

LUKU II

Ei ollut kauaakaan hiljaista; Narri naureskeli edelleen, vääntelehtien siinä vieressäni aivan kuin hänen vaatteissaan olisi ollut jotakin ylimääräisiä eliöitä.

”Sehän oli täpärällä! Jos Jelisepa ei olisi esittänyt hullua kerjäläistä, emme olisi mitenkään selvinneet!” hän totesi ja potkaisi minua kevyesti jalkaan, niin kuin minunkin olisi pitänyt yhtyä hänen hilpeyteensä. Josia katsahti häneen vakavasti.

”Minua ei huvittanut lainkaan se tapa jolla sinä esiinnyit, kun tulit leiriin”, hän sanoi suorastaan tuohtuneena.

”Ai? Annoinko niille kahdelle rökäleelle väärän käsityksen ystävyytemme luonteesta?” Narri virnisteli.

”Tarkoitan sitä, että vaaransit henkesi aivan tarpeettomasti. Sinun olisi pitänyt viedä Jelisepa turvaan, eikä jäädä huolehtimaan minusta!” Josia huoahti.

”Äh, älä viitsi olla kiittämätön, Josia”, Narri puuskahti. ”Se kai olisi ollut sinunkin moraalisääntöjesi vastaista, jos olisin jatkanut matkaa kahden Jelisepan kanssa? Sitä paitsi Jelisepa nimenomaan halusi pelastaa sinut, ja olisi ollut epäkohteliasta olla noudattamatta neidon toivetta, vai mitä?”

”No, puhutaan siitä sitten myöhemmin”, Josia totesi hieman hämmentyen, ja kääntyi ohjaamaan lauttaa melantapaisella puunpalalla. ”Mutta missä Jooel on? Ei kai hänelle sattunut mitään?”

”Ei... Hän jäi kylään”, Narri sanoi kohauttaen olkapäitään.

”Mitä tarkoitat? Miksi hän jäi kylään?” Josia kysyi hämmentyneenä. Narri katsahti häneen niin kuin ei olisi edes ymmärtänyt, mitä ihmettelemistä asiassa oli.

”No, Jooel sanoi, että hän liittyy ehkä myöhemmin seuraamme, mutta hän sai yhdeltä kulkijalta tiedon jostakin asiasta, ja hänen piti lähteä tarkistamaan, oliko siinä perää”, selitti huoahtaen. ”En minä tiedä, mikä juttu se oli, ja miksi se oli nyt juuri niin tärkeä! Vaeltajien tiet ovat tutkimattomat, ja niin edelleen... Jooel sanoi vain, että minun pitää kertoa teille, mitä kylällä puhuttiin."

"No mitä kylällä sitten puhuttiin?" Josia kysyi hieman kärsimättömänä.

"Jaa, no, vähän kiusallisia asioita, tässä seurassa... Kuningas on luvannut kaksisataa kultarahaa sille, joka tuo prinsessan elävänä kotiin", Narri selitti välinpitämättömän oloisesti. "Ja kaksikymmentä kultarahaa luotettavasta havainnosta, tai... jos prinsessa löydetään kuolleena."

Sanoja seurasi hiljaisuus. Olin vähintäänkin kiusaantunut.

"Entä te... Teitähän kai etsitään myös", totesin kysyvästi.

"No, meidät on etsintäkuulutettu epäiltynä arvon prinsessan sieppaamisesta", Narri hymähti. "Eipä olla kovin hääppöisessä asemassa, etenkin jos sinulle tapahtuu jotain, etkä ole sitten kertomassa kuninkaan miehille, ettemme me ole sinua ryöstäneet... Sanoisinpa että olemme aika... kusisessa liemessä!"

"Ole jo hiljaa, kiitos", Josia totesi Narrille huomaten enemmän kuin vaivautuneen ilmeen kasvoillani. Itse asiassa minua itketti ja hävetti. Olin saattanut heidät hyvin vaikeaan asemaan. Mutta mitä voisin tehdä? En voinut antaa periksi ja palata takaisin kuninkaanlinnaan. Olin vieläpä häväissyt itseni viettämällä aikaani miesseurassa ilman moraalinvartijaa, ja isäni varmasti pakottaisi minut naimisiin melkeinpä kenen tahansa kanssa, joka vain huolisi minut. Ainoa vaihtoehto olisi löytää jokin rauhallinen paikka, jossa minua myös suojeltaisiin. Mutta olisiko sellaista olemassakaan?

"Voi voi, lautta etenee kovin joutuisasti, eikä Jooel kyllä jaksa uida peräämme", Narri hekotteli tahallisen typerästi. "Ja jos hän joutuu vastakkain niitten palkkionmetsästäjien kanssa, hän saa juosta niin että kaavunliepeet viuhottaa..."

"Ne miehet varmastikin kertovat kuninkaan miehille, että ovat nähneet sinut", Josia totesi vilkaisten minua pahoittelevasti.

"Niin. Valeasusi ei ollut tarpeeksi pettävä, vaikka aika rahvaanomaiselta onnistuitkin näyttämään", Narri tokaisi katsellen minua melko julkeasti. "Ehkä sinun pitäisi nyhtää hiuksesi lyhemmiksi ja pukeutua kunnon haisevaan hamppusäkkiin... Ja työntää sammalta poskiisi ja sylkeä sitä suustasi, jos joku tuijottaa sinua epäilyttävän kiinnostuneena."

"Ei kiitos, ei maksa vaivaa", sanoin viileästi ja ryhdyin palmikoimaan takkuuntuneita ja roskaisia hiuksiani. Hiuksistani tipahti syliini jokin iljettävä ötökkä, jolla oli piikki takapäässä, mutta yritin pitää ilmeeni viileän vaisuna, kun pyyhkäisin sen inhottavan ötökän pois puvultani.

”Olithan suorastaan kuuluisa kauneudestasi, niin kuin prinsessat yleensä”, Narri totesi. ”Et vain ole vielä rumentunut tarpeeksi, jottei sinua tunnistettaisi. Vaikka alatkin kyllä jo näyttää paimentyttöseltä, tai ehkä paremminkin maalaisemännältä, kun et ole enää ihan niin nuori… Siis et enää mikään pikkutyttö. Sopisit tuon näköisenä oikeastaan aika hyvin vuoristomökin pihaa koristamaan ja kantamaan vuohille vettä puolilaholla ämpärillä!”

”Ehkei Jelisepa halua kuunnella sinun näkemyksiäsi noista asioista”, Josia sanoi huoahtaen. Narri irvisti hänelle ja pyöräytti silmiään, ja minä kohautin olkapäitäni.

”Puhukoon, jos se auttaa häntä saavuttamaan mielensä tasapainon tuollaisen järkyttävän ja pelottavan tilanteen jälkeen”, totesin ylimielisesti. Narri naurahti katsoen minua tutkivasti.

”Niinpä! Suorastaan ahdistaisi olla hiljaa! Mutta sinä olet kai melko lailla saman ikäinen kuin minä, ja minähän olen jo hyvinkin miehen iässä, tai siis siinä iässä, jossa voisi jo olla naimisissa, jos vain olisi morsian ja varakkuutta… Taisin olla viikon ikäinen imeväisenrääpäle, kun arvon neito syntyi”, Narri totesi näyttäen muistelevan jotakin, niin että ilme hänen kasvoillaan oli hetken aikaa lähestulkoon vakava. Mutta sitten hän taas katsahti minua pistävästi ja vääntelí suutaan. ”Niin että minä olen oikeastaan melkein ihanteellisessa naimaiässä, mutta kun ei ole ketään varteenotettavaa vaimoehdokasta näköpiirissä, paitsi tuommoinen hieman rähjääntynyt prinsessa, joka on tosin vieläkin hyvin sievä, mutta hieman liian ylimielinen ottaakseen kenties koskaan tosissaan minunlaiseni hölmön puheita… Ja sinä itse asiassa olet jo ohittanut ihanteellisimman neitojen naittamisiän, ja isälläsi taitaa olla kiire saada sinulle puoliso? Eikö isäsi kohta jo huolisi vähempiarvoisemmankin miehen sinun puolisoksesi, kun alat olla jo vähän yli-ikäinen nuorikko? Ja varsinkin kun olet vähän… omituinen.”

”Anteeksi vain, mutta tuo puheenaihe alkaa kyllä ärsyttää minua”, sanoin pidättyväisen ylimielisesti, mutta silti hieman hämmentyneenä Narrin puheista. ”Vaikka olenkin aiheuttanut sinulle vaikeuksia, ei kai sinun ole pakko tehdä minusta pilkkaa?”

”Höh, enhän minä mitään pilkkaa tee! Kunhan jutustelen… kun on niin tympeän hiljaista, ja kuten viisas neito totesi, tarvitsen höpötystä saadakseni mieleni tasapainoon”, Narri hörähti hämmästystä ilvehtien.

”Höpötä jostakin muusta asiasta kuin minusta”, hymähdin. Josia naurahti hiljaa, ja huomasin hänen katsovan Narria tutkivasti, aivan kuin hän olisi pohtinut tämän suhtautumista minuun.

Olin todella nolostunut ja vaivautunut. Katselin vettä ja toivoin vaipuvani omiin ajatuksiini, etten edes kiinnittäisi heihin mitään huomiota. Lautta ajelehti edelleen eteenpäin, alas Wolnoshajokea, rauhallista tahtia. Tuntui ettemme liikkuneet miltei lainkaan, mutta silti metsämaisema näytti kulkevan ohitsemme.

”Sitä paitsi, minä olen tavallaan jo toisen kerran henkeni velkaa Jelisepalle”, Narri jatkoi hetken hiljaisuuden jälkeen. ”Miksi minä pilkkaisin ihmistä, joka ryntää avukseni hentoisen oksankäppyrän kanssa, valmiina vaarantamaan oman henkensä minun mitättömän olemukseni puolesta?”

”Pelastiko Jelisepa sinut oksankäppyrällä?” Josia kysyi hieman huvittuneena, ja tunsin kasvojani kuumottavan.

”Pelastipa hyvinkin, joten, mitäpä olen velkaa hengestäni?” Narri kysyi minulta kaventaen silmiään, niin että tiesin hänen olevan kaikkea muuta kuin aulis maksamaan minulle mitään; päinvastoin minusta tuntui, että hän odotti minulta jotain.

”Se riittää, että lakkaat pilkkaamasta minua”, sanoin viileästi.

”Hyvä on, yritän parhaani”, Narri totesi huoahtaen. ”Mutta oikeastaan minun pitäisi olla kiitollinen siitäkin, että sain siltä moukkamaiselta köriläältä miekan. Minulla ei olekaan ollut pitkään aikaan käytössä omaa miekkaa… Paitsi tietysti sodassa, mutta se oli kuninkaanlinnan asevarastosta, ja huonosti tasapainotettu ja ruostetäpläinen! Vapaa-ajan nujakoihin olen joutunut lainaamaan miekkaa ystävältämme Rikard Rikardinpojalta! Paitsi että tarkkaan ottaen Rikardin olisi itse asiassa pitänyt ostaa minulle miekka, tai antaa siihen rahat, mutta koska olen niin jalomielinen, en viitsinytkään lunastaa oikeuttani miekkarahoihin…”

”Mitä ihmettä tarkoitat? Onko Rikard sinulle miekan velkaa?” Josia kysyi hämmästyneenä. ”Miksi hän olisi joutunut lainaamaan rahaa sinulta, vaikka nauttii nykyisin ritarin palkkiota? Et kai vain tarkoita, että hän on saanut sinut sekaantumaan johonkin järjettömyyteen?”

”No, tavallaan… Sinun mielestäsi ei varmaankaan ollut kyse järkevästä teosta… Mutta hän yllytti minua… Enhän minä yleensä mene hänen yllytyksiinsä mukaan, mutta sillä kertaa minulla oli oma lehmä ojassa. Ja oikein kaunis lehmä olikin”, Narri totesi hieman luihusti ilmehtien. ”Löimme näet joskus vetoa siitä, saanko erään tietyn neidon rakastumaan itseeni. Ja minä voitin…”

”Olen pahoillani siitä, että olette keksineet jotakin niin varomatonta ja vastuutonta! Rikard on ajelehtinut kuin vene ilman peräsintä isänsä kuoleman jälkeen... Mutta puhutaan siitä joskus toiste! Aihe tuskin on sopiva käsiteltäväksi tässä seurassa, etenkin jos asiaan liittyy ihmisiä, jotka eivät ole nyt paikalla”, Josia totesi vakavana ja kuulostaen surullisen pahastuneelta.

Olin edelleen punehtunut nolostuksesta, mutten niinkään Narrin kevytmielisistä naisjutuista, vaan siitä, että muistin joskus olleeni hieman ihastunut juuri puheena olleeseen Rikardiin. Jos siis kyse oli Rikard Rikardinpojasta, hän oli melko komea nuori ritari, isäni entisen henkivartijan poika. Olin yhteen aikaan jopa epäillyt ja toivonut, että hän saattaisi olla se salainen ihailijani, joka kirjoitti niin syvällisiä rakkauskirjeitä minulle. Mutta ilmeisesti hän ei ollut. Jos Rikard olisi saanut minulta sellaisen kirjeen, jossa pyydän häntä tulemaan luokseni, hän olisi kyllä tullut. Hän oli näyttänyt sellaiselta, että tulisi pienemmästäkin vihjeestä; aivan kuin miellyttämishaluinen koira, joka kerjää makupaloja tuijotellen hoivaajaansa suloisilla nappisilmillään...

”Minustapa näyttää vähän siltä, että Jelisepa haluaisi kuulla asiasta”, Narri naurahti vilkaisten minua, ja muutin äkkiä haaveellisen ilmeeni pidättyväisen ylimieliseksi.

”No, minulla kiinnostaa se, mikset sitten lunastanutkaan voittoasi?” kysyin viileästi. Narri jäi katsomaan minua suoraan; niin suoraan, että minun oli pakko laskea katseeni ensin.

”En halunnutkaan häväistä kyseistä neitoa todistamalla Rikardille, että neito todella rakastui minuun. Ja siksi luovuin voitostani”, hän sanoi hiljaa, mutta jotenkin luihun näköisenä.

”En tiennytkään, että olette harrastaneet tuollaista mielettömyyttä”, Josia totesi suorastaan loukkaantuneella äänellä. ”Toivottavasti pilailet!”

”En pilaile, olen kuolemanvakava”, Narri naurahti jotenkin uhmakkaasti. ”Rakastuneet ihmiset tekevät joskus hulluja asioita, vai mitä?”

”Ehkä tekevätkin, mutta olisin toivonut, ettet sinä auttaisi Rikardia missään sellaisessa, mikä saattaisi vaarantaa jonkun neidon maineen! Kun Rikardilla on vieläpä tapana kertoa asioita eteenpäin... Etkä kai haluaisi aiheuttaa mitään vaikeuksia... kyseiselle neidolle”, Josia sanoi selvästi hämmentyen. Nolostuin hänen puolestaan ja ärsyynnyin sitäkin enemmän Narriin. Mikä oikeus hänelle oli kiusaannuttaa Josiaa omilla naisjutuillaan, tai sen toisen ritariystävänsä tekemisillä? Narri katseli jalkoihinsa ja näytti ärtyneen ystävänsä nuhtelusta.

”Kaipa olet nyt tyytyväinen, että sait miekkasi, jota jäit aiemmin vaille”, sanoin hänelle varsin nokkavasti.

”Niin minä olenkin, paitsi että vein sen tavallaan väärältä henkilöltä”, Narri hymähti. ”Pitäisiköhän minun toimittaa muutama kolikko sille köriläälle? Muutenhan olen tavallaan varastanut häneltä.”

”Totta. Mutta virkavalta oikeastaan takavarikoisi miekan tuollaiselta palkkionmetsästäjältä, ja toisinaan virkavalta myy halvalla takavarikoituja esineitä. Ehkä riittää, että maksat muutaman kolikon virkavallan edustajalle, kunhan tapaat sellaisen”, Josia sanoi huoahtaen ja vilkaisi Narria katse pehmenneenä. Kaipa hän oli niin ystävällinen ihminen, ettei halunnut olla pitkävihainen edes Narrin kaltaiselle ärsyttävälle ääliölle. Itse olisin kyllä halunnut sanoa Narrille vielä jotakin keljuilevaa; ehkä jotakin siitä hänen ritariystävästään, josta olin kuullut joskus jonkun juorun liittyen siihen, että hän kuulemma viihtyi hyvin yhden musikanttinuorukaisen seurassa, aiheuttaen kateutta monissa neidoissa…

”Muistuta minua, sitten kun joudumme tekemisiin virkavallan kanssa… mihin ei ehkä mene kovin kauan”, Narri totesi virnistellen, ja siinä vaiheessa Josia oli jo niin leppynyt, että naurahti hänelle, joten en viitsinyt enää itsekään osoittaa enempää ilkeämielisyyttä. Oli jonkin aikaa hiljaista, ja unohduin hetkeksi katselemaan maisemaa.

”Onko teillä mitään ajatusta siitä, minne voisin kenties mennä?” kysyin jonkin ajan kuluttua, tarkoittaen sanani mieluummin ritari Josialle kuin Narrille.

”No, menisitkö vaikkapa sinne Naimattomuuden Valinneitten Naisten yhteisöön?” Narri naureskeli. ”Ellet sitten ole menossa naimisiin kanssani…”

Oli hetken hiljaista; ehkä katselin häntä sieraimet närkästyksestä laajenneina, kun hän vääntelí naamaansa niin että näytti hetken aikaa surkealta pikkulapselta.

”Voisihan hän mennäkin”, Josia totesi vakavana, huomaamatta kai Narrin naamanilmeitä.

”Ai naimisiin kanssani?” Narri huudahti ilvehtien hämmästynyttä. ”Oletko todellakin sitä mieltä?”

”Siis Naimattomuuden Valinneitten Naisten yhteisöön!” Josia totesi vilkaisten Narriin hieman tuskastuneena. ”Itäisessä Vuoristossahan on se Naisyhteisö, jossa Jelisepa oli suruajan.”

Narri katsahti minuun, ja hänen ilmeensä oli jollain tapaa haastava, miltei röyhkeä, enkä ymmärtänyt, miksi hän oli niin töykeä, tai jopa suorastaan vihamielinen.

”Tosiaankin”, hän naurahti keljulla äänellä. ”Entäpä jos neidolla sattuu olemaan sellaisia sisäisiä tunteita ja ajatuksia, jotka ovat este naimattomuuteen sitoutumiselle?

”Voisitko sinä olla jonkin aikaa hiljaa, tai ainakin asiallinen?” Josia huoahti katsahtaen Narria nuhtelevasti. Sitten hän kääntyi katsomaan minua, ja hänen ilmeensä kuvasti ystävällisyyttä ja huolehtivaisuutta. ”Ne naiset ottavat kyllä luokseen apua etsivän, vaikket jäisikään sinne loppuelämäksesi. Siellä sinulla olisi aikaa miettiä, mitä elämältäsi haluat.”

Mietin kauan aikaa sanomatta sanaakaan. Huomasin Narrin matkivan ilmettäni, mutta yritin olla välittämättä hänestä, vaikka se olikin varsin hankalaa. Hän oli kaikin puolin vaikeasti sivuutettava ihminen.

”En tiedä… Jos isäni sitten kuitenkin löytää minut sieltä ja pakottaa takaisin kotiin, ja joudun Neuvoston hampaisiin, koska osa sen jäsenistä pitää Naisyhteisöä yhtä vaarallisena kuin Vaeltajaveljien seuraa…”

”No, en oikeastaan tiedä muutakaan vaihtoehtoa! Paitsi sen, että pakoilisit sitten isääsi jossakin erämaassa”, Josia totesi katsahtaen minuun uudelleen. ”Sinullahan on nyt Vaeltaja Jooelin riipus! Naisyhteisön johtaja arvostaa Vaeltavia Veljiä, ja hän tuntee myös Jooelin. He kyllä tarjoaisivat sinulle turvapaikan. Tosin tiedän, että Vaeltajaveljet auttaisivat sinua myös, muttet ehkä voi naimattomana neitona oleilla heidän keskuudessaan.”

Kosketin taas kaulallani roikkuvaa riipusta. Oliko Vaeltaja Jooel antanut minulle oman riipuksensa? Mitä hän tarkoittikaan sillä? Oliko hän ajatellut, että minun kannattaisi pyrkiä sellaisten naisten seuraan, jotka olivat valinneet naimattomuuden ja naisyhteisössä elämisen, ja uskoivat samalla tavoin kuin Vaeltajaveljet? Vai mitä hän oli halunnut minulle viestiä sillä riipuksellaan?

”No jos ei ole muutakaan vaihtoehtoa, niin menen sitten sinne Naisyhteisöön, ainakin kunnes tiedän, mitä haluan ja voin tehdä”, sanoin hiljaa. ”Tiedätkö sinä, Josia, tien sinne?”

”No, en ole ennen matkannut sinne Wolnoshajokea pitkin, ihmisiä piileskellen… Mutta voin toki yrittää saatella sinut sinne”, Josia totesi. Hänen ilmeensä oli taas muuttunut mietteliääksi, etäisen tutkimattomaksi.

”Ja minun on tietysti seurattava teitä, koska muuten kuninkaan miehet panevat minut kahleisiin, ja joudun esiintymään tyrmässä lojuville vankitovereilleni lopun ikääni… siis, kunnes pääsen heilumaan narun jatkoksi”, Narri mutisi ja katsoi Josiaan irvistäen. ”Ettekö te kaksi voisi mennä keskenänne naimisiin? Minä voisin sitten tulla teidän vakituiseksi viihdyttäjäksenne, ja vokotella prinsessaa sitten kun hän kyllästyy sinun tylsään ja vakavamieliseen olemukseesi…”

Katsahdin Narriin kiusaantuneena ja ärtyneenä. Ritari Josia ei vaivautunut edes vastaamaan. Sitten muistin, että minulla oli mukana kirjoitusvälineeni ja kuninkaallinen sinettisormus.

”Voisithan sinä palata kuninkaanlinnaan. Voin kirjoittaa todistuksen siitä, ettet ole ryöstänyt minua, vaan että palkkasin sinut avukseni matkalleni”, sanoin viileästi. Narri näytti miettivän, vakavissaan, vaikka ilvehtikin samanaikaisesti olevinaan nenäänsä kaivellen ja päätään rapsuttaen.

”Luotat siis siihen, etten paljastaisi kuninkaalle olinpaikkaasi? Minun elintasossani muutamakin kultaraha on iso houkutus”, hän totesi katsoen minua pistävästi.

”Mutta Narri, et kai voisi kuvitellakaan pettäväsi Jelisepan luottamuksen?” Josia kysyi närkästyneellä äänellä. Katsoin Narriin yrittäen nähdä hänen naamionsa lävitse. Voisinko todellakaan luottaa häneen?

”Paljonko sinä maksat minulle, jos pysyn seurassasi?” hän kysyi häpeilemättä, mutta hieman arvoituksellinen ilme kasvoillaan. ”Kai minä jonkinlaisen palkan ansaitsen, jos en enää voi palata töihin hoviin. Eivät ne Naimattomuuden Valinneet naisetkaan varmaan minua pestaa viihdyttäjäkseen… saati sitten että joku lankeaisi ja ottaisi minut elätikseen.”

En voinut kiistää sitä, ettenkö olisi jollain tavalla vastuussa Narrin tulevaisuudesta, kun kerta olin pakottanut hänet auttamaan minua. Pääsisinkö vastuustani antamalla hänelle kylliksi rahaa? Minulla oli mukanani kuninkaallinen jalokiviriipus, jonka yksikin kivi olisi kyllin arvokas takaamaan elannon vuosiksi eteenpäin. En kuitenkaan tiennyt uskaltaisinko paljastaa kantavani omaisuutta mukanani. Narrihan voisi langeta kiusaukseen ryöstää minut ja jättää minut varattomana Josian vaivoiksi…

”No, jospa kirjoitan sinulle asiakirjan, jossa lupaan sinulle kolmensadan päiväpalkan arvosta jalokiviä, kunhan saattelet minut sinne Naisyhteisöön. Sen jälkeen olet minun puolestani vapaa menemään minne tahdot, vaikka takaisin kuninkaan palvelukseen”, sanoin hiljaa. Narri katsahti minuun peittelemättä hämmästystään. Hän ei kuitenkaan vaikuttanut tyytyväiseltä.

”Oletpa todella innokas maksamaan minut ulos elämästäsi! Mutta kirjoita sellainen todistus sitten myös, etten todellakaan ole ryöstänyt tai kiristänyt sinua”, hän totesi sitten silmissään katse, jota en osannut tulkita. Katsoin epäröiden ritari Josiaan.

”Entä sinä? Haluatko sinäkin samanlaiset paperit?” kysyin epäröiden. Josia katseli hiljaisena Wolnoshan virtaan. Mitä hän mahtoikaan ajatella?

”En tarvitse sellaisia. Mikään paperi tuskin tekee minua luotettavammaksi seuralaiseksi sinulle, tai minun asemaani turvallisemmaksi kuninkaan edessä”, hän sanoi sitten. ”Velvollisuuteni on auttaa sinua niin kauan kuin tarvitset apua... ja sinun vastuullasi on sitten se, miten menettelet suhteeni sitten, kun et enää tarvitse minua.”

”Siinäpä neidolle ritarillisuuden perikuva”, Narri naurahti. En sanonut mitään. Miten erilaisilta nuo kaksi nuorukaista vaikuttivatkaan, ja silti he muka olivat jollain tapaa ystäviä!

Toivoin todella, että myös Vaeltaja Jooel olisi vielä ollut seurassamme, sillä kaipasin hänen turvallista ja rauhallista olemustaan. Narriin en kyennyt luottamaan, koska hän oli liian salamyhkäinen ja ärsytti minua tahallaan, ja ritari Josia taas herätti minussa toisenlaista levottomuutta. Saatoin luottaa hänen apuunsa, mutta siihen en voinut luottaa, ettenkö saattaisi unohtaa omaa asemaani hänen seurassaan. Olin aivan liian kiinnostunut pääsemään lähemmäs häntä, hänen sisäistä maailmaansa, ja hänen sydäntään.

Oli jonkin aikaa hiljaista, ja luonnon rauhoittava kauneus, avara maisema ja virran liike tyynnyttivät minua. Katselin Josiaa, kun hän ohjasi lauttaa katsellen rauhallisesti virtaa alaspäin. Hän oli miltei liian kaunis ihmiseksi; jotakin sellaista, jollaiseksi olisin voinut kuvitella ylimaallisen olennon, joita lähetettiin ihmispoloisten avuksi. En kyennyt olemaan ihailematta hänen profiiliaan, ja pelkäsin ihastuvani hänen olemukseensa aivan liikaa; typerän sokeasti, kuvitellen hänet joksikin, mitä olisi olemassa vain unelmissa, tuntematta oikeasti hänen sisintään, ja vailla toivoa todellisesta mahdollisuudesta olla hänelle läheinen. Ja jokin hänessä oli silti levotonta ja ahdistunutta; aivan kuin hän olisi ollut jollain tapaa haavoittunut sielu.

Havahduin, kun vettä roiskahti kasvoilleni. Narri oli kastanut kätensä veteen ja heilauttanut kättään niin että pisaroita lensi päälleni.

Katsahdin häntä tuohtuneena, punastuen. Hän näytti yhtä aikaa ärtyneeltä ja härnäävältä. Hän oli varmasti huomannut minun tuijottavan ritari Josiaa, ja halusi minun myös tietävän sen ja nolostuvan siitä. Käänsin katseeni toisaalle kykenemättä sanomaan mitään, enkä vahingossakaan enää katsellut kumpaakaan heistä pitkään aikaan.

Olimme lipuneet virran mukana jo kauan, kun alkoi hämärtää, ja Josia ohjasi lautan Wolnoshajoen pohjoisen puoleiseen rantaan, joka oli soista, kitukasvuista metsää. Leiriydyttyämme ryhdyin kirjoittamaan Narrille lupaamiani papereita. Kun sain ne valmiiksi, varustin ne kuninkaallisella sinetillä ja ojensin sitten Narrille katsahtaen häntä viileästi. Narri katseli papereita hetken ilvehtien ylenkatsetta, ja taitteli ne sitten vyölaukkuunsa. Toivoin ettei hän olisi arvannut, miten lähellä lupaamani palkkio oli häntä silläkin hetkellä. Mutta ehkä hän ei siltikään olisi rohjennut käydä kimppuuni, etenkin kun ritari Josia todennäköisesti suojelisi minua...

Samassa häpesin ajatuksiani; ajattelin ehkä Narrista aivan liian epäluuloisesti ja ilkeästi. Mutta kieltämättä olin jokseenkin varuillani ja epäluuloinen. Hovielämä ei ollut saattanut minua niin suoran raadollisuuden armoille. Hovissa raadollisuus naamioitiin pokkuroinnin ja mielistelyn taakse; itsekkyys, katkeruus ja ahneus puettiin kaikenlaiseen teeskentelyyn. Vaikkei ihminen ollutkaan ruumiillisesti uhattuna, hänen sielunsa haavoittui. Narrin ja ritarin seurassa minun ei olisi tarvinnut teeskennellä mitään, mutta pelkäsin kai silti, että saattaisin saada haavoja sieluuni, jos luopuisin kokonaan suojamuuristani.

Söimme kuivaa leipää, lihaa ja viiniä. Narri alkoi näppäillä soitintaan ja keksiä laulelmaa; balladia, joka kertoi prinsessasta, joka pakeni kotilinnastaan ja päätyi Naimattomuuden Valinneitten Naisten yhteisöön. Minua alkoi kiusaannuttaa tai suorastaan ahdistaa, mutta ritari Josia ehti paeta paikalta ensimmäisenä, enkä oikein hennonut jättää Narria yksikseen laulelemaan. Se olisi ollut liian epäkohteliasta, ja ajattelin yrittää olla edes kohtelias, jos en pystyisi osoittamaan aitoa ystävällisyyttäkään. Sitä paitsi, tavallaan pidin hänen äänestään. Vaikkei se ollutkaan varsinaisesti möreä, siinä oli syvyyttä ja karheutta, joka tuntui värähtelevän samaan tahtiin kuin jokin rintakehässäni. Tai sitten vain kuvittelin. Mutta pidin siitä enemmän kuin muitten musikanttien äänistä. Siinä oli enemmän aitoa tunnetta; jonkinlaista säröisyyttä. Toiset musikantit lauloivat teennäisen kauniisti ja tunnelmoiden. Narri vain lauloi, ja hänen tunteensa välittyi äänen mukana.

Hetken aikaa vain kuuntelin häntä, ja mieleeni palautui jotakin muuta, mitä hän oli laulanut; se kummallinen, syvällinen laulu, jota hän oli laulanut edellisenä iltana ennen sitä mielenvikaisuuskohtaustani. Miksi hän oli laulanut sellaista? Ja miksi hän oli saanut sitten päähänsä tulla huoneeseeni? Oliko Vaeltaja Jooel käskenyt hänen tulla tarjoamaan minulle apua, jo ennen kuin olin itse puhutellut Vaeltajaa?

”Tuota... En muista tarkkaan, mutta lauloit jotakin epätavallista sinä iltana, kun Argillan ihrakasa oli kunniavieraanamme”, sanoin, kun Narri oli lopettanut laulelmansa ja jäänyt tuijottamaan jotakin ajatuksissaan.

”Ehkä lauloinkin, mutta mitä siitä?” hän kysyi varautuneesti, nostamatta katsettaan.

”Oliko se jonkun toisen musikantin sepittämä laulu? Et yleensä esitä mitään niin... syvällistä”, sanoin hieman viileästi. ”Vaikkakin taisit vetäistä senkin esityksen pelkäksi pilaksi...”

”Minähän olen pelkkä pelle, pilailija, ilveilijä... Miksi esittäisin jotakin niin sanotusti syvällistä?” hän kysyi. ”Kuka teistä ylhäisistä haluaisi kuulla jotakin muuta kuin viihdyttävää sontaa?”

”Minulle ei ole edes tarjottu muuta, mutta se ei kai ole minun vikani?” totesin loukkaantuneena.

”No ei kai sitten”, hän hymähti. ”Mutta et kai yritä väittää, että sinulla olisi kiinnostanut kuunnella sitä, mitä minä tuona iltana esitin? Ainahan olet ainakin näyttänyt siltä, ettet edes halua kuulla suustani mitään... Etkä halua edes nähdä minua, vaikka yhtenäkin iltana tein aika taidokkaan tempun appelsiinien kanssa, seisoessani tuolin selkämyksellä...”

”Mutta oliko se jonkun toisen musikantin sepittämä laulu, vai sinun?” tivasin.

”Mitä sitten, oliko vai ei?” hän kysyi tuhahtaen ja mulkaisten minua jotenkin kiusaantuneena.

”No hävettääkö sinua kertoa sitä? Mikset voi myöntää tai kieltää?” kysyin tuohtuen.

”Ei sillä ole mitään väliä, enää!” Narri puuskahti. ”Kylläpä sinulla kiinnostaa tuommoinen asia... Kiinnostaako sinulla se jotenkin henkilökohtaisesti, minun persoonaani liittyen, vai?

”No ei todellakaan! Ajattelin vain, että jos olet kohtuullisen taitava viihdyttäjä, niin on ehkä sääli, että jouduit luopumaan työstäsi. Olisit kenties voinut totuttaa sen viihteelliseen sontaan tottuneen väen nauttimaan jostakin syvemmällä tavalla viihdyttävästä... Ehkä kuitenkin haluaisit palata entiseen työhösi?" kysyin epäröiden, yrittäen lauhtua ja olla edes asiallisen ystävällinen, vaikka hän näytti haluavan lähinnä äksyillä minulle. "Luultavasti monet hovissa pitivät sinusta. Ja varmaankin pidit siitä, että sinulla oli niin paljon ihailijoita..."

Narri ei sanonut mitään. Hänen ilmeestään päättelin hänen olevan katkera minulle, ja omatuntoni painosti minua pyytämään anteeksi, vaikken oikein osannut määritellä, miten iso osa koko jutusta ylipäänsä edes oli minun syytäni. Kaipa Narri oli kuitenkin itse syypää siihen, että tunkeutui huoneeseeni? Vai oliko se Vaeltaja Jooelin vika?

"Olen omalta osaltani pahoillani, kun tällä tavalla sekoitin sinunkin elämäsi", sanoin yrittäen olla kuulostamatta kovin ylimieliseltä. Narri hymähti ja katsoi minuun hymyttömästi. Hänen suora katseensa sai minut hämmentymään, enkä ymmärtänyt hänen silmiensä ilmaisemaa tunnetta.

"No, olinhan jo sotkenut elämäni ihan oma-aloitteisestikin, mutta sitä en ymmärrä, miten sinunlaisesi turhamainen, itseään täynnä oleva nirppanokka keksii lähteä pois hovioloista... Vieläpä kruununperillisen asemasta!" hän hymähti. "Kaikenlaisia ihmisten oikkuiluja ja temppuiluja olen nähnyt, mutta sinun päähänpistosi on ylitse muiden. Mitä ihmeen järkeä oli jättää helppo hovielämä ja ruveta pakolaiseksi?"

"Ei kai mitään järkeä", mutisin häkeltyneenä ja jossain määrin loukkaantuneena hänen pidättyväisen tunteikkaasta puheenvuorostaan. "Tai sitten se oli viisainta, mitä koskaan olen tehnyt. Mutta sinä kai sitten itse haluaisit palata hoviin?"

Narri käänsi katseensa pois minusta; hän tuijotti toisaalle vakavana, ja näytti kuin ahdistus olisi käynyt hänen lävitseen. Jostain syystä minusta tuntui, etteivät hänen ajatuksensa olleet enää tässä hetkessä eivätkä edes minussa; aivan kuin hän olisi elänyt uudelleen jotakin itselleen tapahtunutta, jotakin sellaista, jolle hänkään ei pystynyt nauramaan, edes katkerasti. Sitten hän hypähti jalkeille ja alkoi liikehtiä levottomana edestakaisin.

"Miksi sinä sitä kysyt, jos et kuitenkaan kykene ymmärtämään? Miten sinä ymmärtäisit, millaista on elää ilvehtijänä ja tehdä pilkkaa kaikesta, sellaisestakin, missä ei ole yhtään mitään huvittavaa? Vitsailla silloinkin, kun ei yhtään naurattaisi? Kuunnella typerien typeriä nauruja, katsella mässäilyä ja elostelua, teeskentelyä ja pokkurointia, ja kahlata siinä mukana leipänsä eteen..."

”Mutta siksihän minäkin lähdin sieltä pois... Siksi juuri kun en kestänyt kaikkea tuollaista ja sitä, että itse olen siinä mukana, kun satuin syntymään prinsessaksi”, huudahdin kiivastuneena.

”Vaan oletpa vieläkin kopea ja ylpeä, ja tuskinpa muutut kummemmaksi, vaikka vähän aikaa korvessa ryvettyisitkin”, Narri puuskahti ilkeästi. ”Niin että maksa vain minulle palkkioni, kun pääset minne haluat, se siitä; ei sinun tarvitse esittää olevasi olevinaan kiinnostunut alempiarvoisten ajatuksista ja tunteista!”

Loukkaannuin ja hermostuin enemmän kuin muistin ikinä avoimesti hermostuneeni. En halunnut enää yrittääkään olla kohtelias, joten tartuin hänen soittimeensa ja paiskasin sen jokeen.

”Osta sitten palkkiorahoillasi uusi soitin, mutta niin kauan kuin viivyt tässä seurueessa, ei tarvitse väkisin sepittää pilkkalauluja ja vitsailla tai muutenkaan viihdyttää minun typerää, teeskentelevää ja elostelevaa kuninkaallista persoonaani!” huusin. Näin miten soittimen kaikukoppa imaisi vettä sisälleen, se alkoi upota, ja Wolnoshan virta vei sen mukanaan. Oli kiusallisen hetken ajan hiljaista. Narri katsoi minuun kuin pilaantuneeseen lihapalaan, joka oli yrittänyt mennä väkisin alas hänen kurkustaan.

”Aivan kuten prinsessa käskee”, hän sanoi hitaasti. Säpsähdin huomatessani ritari Josian tulleen taakseni.

”Narri, hän on edelleen kruununperillinen, ja sen lisäksi hän on herkempi olento kuin sinä, ja toivon sinun kohtelevan häntä sellaisena, vaikka omat tunteesi tekisivätkin sen vaikeaksi”, hän sanoi Narrille hiljaa, mutta tiukasti. ”Ei hän voi kantaa sinun taakkaasi! Et voi kaataa hänen päälleen omaa katkeruuttasi omista teoistasi ja valinnoistasi!”

Narri kohautti olkapäitään ja potkaisi mätästä kääntyessään poispäin. Hänen vihaisuutensa satutti minua, ja hädin tuskin sain pidäteltyä kyyneleitäni. Josia katsoi minua ilmaisten silmillään niin paljon myötätuntoa, että kyyneleitten pidättely oli vielä vaikeampaa.

”Olen pahoillani! Toivottavasti ymmärrät jonakin päivänä, mistä hän on joutunut luopumaan ja millaista taakkaa hän kantaa sisällään, ja annat hänelle anteeksi”, hän sanoi hiljaa. ”Jatketaan vielä jonkin matkaa alavirtaan. Meidän on nukuttava lautalla vuorotellen. Narri voisi nukkua ensimmäisenä...”

Astuin hiljaisena ja vaivautuneena lautalle. Narri asettui ynseän näköisenä makaamaan matkatavarasäkkiä vasten ja ainakin yritti nukkua. Minulla oli hyvin epämukava olo; arvelin Josian kuulleen koko keskusteluni Narrin kanssa ja nähneen lapsellisen kiukustumiseni.

Olin häpeissäni, enkä tohtinut puhua mitään. Niinpä vain katselin tummaa virtaa ja rantamaisemia.

”Jelisepa, näytän sinulle, miten voit ohjata lauttaa, jos itse nukun hetken”, Josia sanoi jonkin ajan kuluttua. Kuuntelin hiljaisena ja hämmentyneenä hänen ohjeitaan, ja kokeilin sitten, miltä melan pitäminen tuntui. Josia katseli minua edelleen ystävällisesti. ”Pärjäätkö, jos nukun nyt? Herätä minut heti kun ajattelet sen olevan tarpeen.”

Nyökkäsin, pystymättä edes sanomaan mitään, koska kurkussani oli kyyneleitten pidättelemisestä johtuva möykky. Yritin asettua mukavammin istumaan ja otin tukevan otteen melasta. Ritari Josia asettui makuulle selälleen, polvet koukussa, ja laittoi käsivartensa kasvojensa peitoksi. Arvelin hänen nukahtaneen melkein heti, ja ihmettelin hänen rauhallisuuttaan. Luottiko hän minuun, vai kenties siihen, että meistä molemmista pidettiin huolta, vaikkemme sitä nähneet tai tunteneetkaan?

Olin jo pidemmän aikaa katsellut virtaa ja rantamaisemia ajatuksiini uppoutuneena. Melan ympärille puristautuneet käteni alkoivat vähitellen puutua. Totesin maiseman muuttuneen aukeammaksi. Saatoin erottaa vuoristorinteitä edessämme, joen molemmilla puolelle, ja Wolnoshajoen eteläpuolella, lähimmällä rinteellä, näkyi metsän takana jotakin asutusta. Saattaisiko siellä olla kylä; kenties se paikka, jonne olimme menossa?

Koska en uskonut saavani lauttaa rantaan omin avuin, päätin herättää ritari Josian. En kuitenkaan uskaltanut irrottaa otettani melasta, joten töytäisin häntä varovasti jalallani olkapäähän.

”Auh”, hän äännähti hiljaa, avasi silmänsä, kohotti päätään, ja katsoi minuun. Näytin ilmeisesti hieman arkailevalta, koska hän hymyili rauhoittavasti. ”Näin unta, että minuun osui kivi…”

”Tuolla vuorenrinteellä on jotakin asutusta”, sanoin hämilläni. Josia kohottautui istumaan, katseli maisemaa hetken, ja pyysi sitten melan minulta. Hämmennyin vielä enemmän, kun kosketin vahingossa hänen kättään. Hänestä huokui lämpöä ja rauhallisuutta; jotakin, mikä sai oloni lapsenomaiseen tilaan, niin että olisin voinut käpertyä hänen syliinsä ja nukkua turvallista, parantavaa unta. Olin vaarassa vajota hempeämielisyyteeni, mutta lautan jysähtäessä rantaan Narrikin heräsi, ja samassa mieleni vetäytyi kuoreensa. Hänen ilmeensä oli hapan, ja hän oli selvästikin päättänyt olla puhumatta minulle mitään. Niinpä hän vitsaili vain sarkastisesti Josialle, kun tämä nosti matkatavaramme lautalta, muttei katsonutkaan minuun. Miehet vetivät lautan kokonaan rannalle.

”Jätetään se tähän, jos vaikka tarvitsemmekin sitä vielä”, Josia totesi. Lähdimme hiljakseen kävelemään metsää ja vuorenrinnettä kohti. Aamun valjetessa pysähdyimme syömään ja levähtämään. Jostakin edestä päin kuului ulisevaa haukuntaa.

”Susia”, Narri totesi kuivakasti. ”Äänestä päätellen nälkäisiä ja valmiita syömään kaikenlaista lihaa, liikkuvaa tai liikkumatonta, alhaista tai ylhäistä...”

”Höh, älä pelottele Jelisepaa”, Josia naurahti. ”Koiria ne kai vain ovat. Lähellä on kylä... Voisin ehkä käydä edeltä katsomassa, mistä kohdin ohittaisimme asutuksen, jos yritämme suoraan Naisyhteisöön.”

Olisin halunnut sanoa, etten halua jäädä kahden kesken Narrin seuraan, mutta olisin tietysti kuulostanut nokkavalta ja tekosiveältä hovihepsankeikalta. Vältin katsomasta Narriin ja huokaisin itsekseni.

”Viivytköhän kauan? Ja mitä teemme, jos sinua ei kuulu?” kysyin yrittäen olla kuulostamatta liian huolestuneelta, vaikka samalla ihmettelin, miten Josia oikeastaan edes uskaltautui jättämään minut kahden Narrin kanssa.

”Joku kuulostaa ylihuolehtivaiselta vaimolta”, Narri mutisi, ja muutti sitten äänensä naurettavan kimeäksi. ”Voi Josia, Josia... Entä jos et palaakaan? Miten voin elää ilman sinua? Älä hylkää minua tuon mielenvikaisen olion seuraan!”

”Jos en palaa hämärään mennessä, yrittäkää jatkaa matkaa ilman minua. Mutta luultavasti tulen jo ennen kuin aurinko ohittaa tuon vuorenhuipun”, Josia vastasi rauhallisesti. Sitten hän ojensi minulle jousensa ja nuoliviinin. ”Ota nämä. Koettakaa pysyä piilossa, jos tänne tulee ihmisiä.”

Olisi kai ollut turha sanoa, etten osaa käyttää jousta. Ei minusta ollut koulutettu sotilasta; minusta oli yritetty koulia avutonta, alistettua edustusvaimoa. Narri tuhahteli itsekseen ja istahti mättäälle laiskan oloisesti.

”Entäs jos tulee niitä susia... Ja entäs jos eräs alkaa nyhrätä itkua, etkä sinä ole lohduttamassa? Saanko minä kenties tarjota hänelle olkapäätäni, jos alkaa säälittää?” hän kysyi ilkeilevästi.

”Narri, yritä nyt unohtaa katkeruutesi! Mehän olemme täällä auttaaksemme häntä, mitä se sitten tarkoittaakaan”, Josia sanoi katsahtaen Narria hieman nuhtelevasti. Sitten hän hymyili minulle rauhoittavasti, ja lähti. Kun Josia oli hävinnyt näkyvistä puiden taakse, oli kauan aikaa hiljaista. Aloin kuitenkin tuntea jonkinlaista hiljaista ahdistusta; aivan kuin omatuntoni olisi puhutellut minua ja muistuttanut siitä, että olin tehnyt varsin ilkeästi Narria kohtaan heittäessäni hänen luuttunsa jokeen. Jos joku olisi tehnyt saman tempun kirjoitusvälineilleni, olisin ehkä äkkipikaistuksissani langennut jopa murhanhimoiseksi.

Vilkuilin vaivihkaa hänen suuntaansa. Hän istui mättäällä puuhun nojaten, ja huomasin hänen työntäneen hattunsa silmilleen, niin että vain teräväpiirteisten kasvojen alaosa oli näkyvissä, ja lakin reunan alta törrötti punaisia hiuksia hieman sotkuisella tavalla. Saattoivatko sellaiset hiukset edes olla aitoja? Oliko hän värjännyt hiuksensa hennapensaan lehtijauheella niin kuin jotkut ylhäiset rouvat tekivät? Sehän oli turhamaista ja naurettavaa… Oliko joku muka joskus sanonut häntä komeaksi? Muistaakseni joku hovineidoista oli ollut häneen ihastunut, mutta minussa hän herätti sillä hetkellä vain jonkinlaista kiusallista kiihtymystä; ärtymystä ehkä, tai pelkoa, tahallisen huvittavasta ulkomuodostaan huolimatta.

”Tuota… oletko sinä vieläkin vihainen minulle?” kysyin hiljaa ja valmistauduin väistämään hänen katsettaan, jos hän nostaisi lakin silmiltään.

”Äh”, hän äännähti, eikä katsonutkaan minuun. Tunsin itseni hieman nöyryytetyksi, kun en saanut parempaa vastausta, ja aloin hieman ärsyyntyä.

”No, siis oletko sinä vihainen minulle vielä, vai et? Etkö voi antaa anteeksi?”

Hän oli hiljaa niin kauan, että luulin jo, ettei hän vastaisi mitään. Sitten hän nosti hieman lakkiaan, vilkaisi minuun pistävillä silmillään, ja kääntyi katselemaan jalkoihinsa, umpimielisenä.

”Eräät eivät alennu katsomaan suoraan ketään ritaria alempiarvoista miestä”, hän sanoi. ”Voiko tietää, mitä toinen ihminen pohjimmiltaan ajattelee ja tuntee, ellei edes katso häntä silmiin?”

Häkellyin niin että luultavasti punastuin, enkä rohjennut sanoa enää mitään. Jos hän ei ollut antanut minulle anteeksi, niin oli ehkä parempi olla edes puhumatta hänelle, ettei tarvitsisi kuulla mitään ärtyneitä ja epämääräisellä tavalla satuttavia kommentteja. Huoahdin itsekseni ja yritin löytää mukavamman istuma-asennon kaatuneen puunrungon päällä. Narri laittoi lakin uudelleen silmilleen ja yritti ilmeisesti nukkua. Ehkä hän jossain vaiheessa onnistuikin nukahtamaan, mutta itse lähinnä tuskailin.

Aika mateli. Olimme odotelleet jo kauan aikaa hiljaisina. Olin seurannut auringon hidasta taivallusta kohti lähintä vuorenhuippua ja leikitellyt puunpaloilla ja varpukasveilla. Narri näytti nuokkuvan. Äkkiä kuulin lähestyviä askelia ja tarrasin jouseen säikähtäneenä.

”Minä se vain olen”, kuulin ritari Josian sanovan matalalla äänellä. Kun hän tuli näkyviin, katseeni hakeutui hänen kasvoihinsa, ja huolestuin heti hänen ilmeestään.

”Mitä nyt?” kysyin hiljaa. Josia pysähtyi, istahti puunrungolle melko lähelle minua, ja kääntyi katsomaan minuun.

”Kuulin kahden talonpojan puhelevan keskenään”, hän totesi huoahtaen. ”Kuningas Willef valmistautuu sotaan. Argillan kuningas uhkaa hyökätä Cardusiaan.”

Veri pakeni kasvoiltani. Josia kurottautui minua kohti ja tarttui käteeni, katsoen minua vakavasti.

”Sinä kai tiedät mistä on kysymys”, hän sanoi hitaasti. ”Isäsi on mitä ilmeisimmin luvannut sinut Argillan kuninkaalle vaimoksi, koska Argillan joukot auttoivat meitä sodassa Molcavarathian valtakuntaa vastaan. Ja nyt, kun luvattu morsian on kateissa…”

”Ei! Se ei ole mahdollista”, huudahdin. ”Minä en ole suostunut sellaiseen kihlaukseen… Isäni on täytynyt luvata minut ilman että edes tiesin tuollaisesta sopimuksesta! Enhän minä ole siitä mitenkään vastuussa!”

”Mutta kun lähdit hovista omille teillesi, se tarkoitti, että Argillan kuningas jäisi ilman vaimoa, myötäjäisiä ja diplomaattista etua”, Josia huoahti katsellen minua vakavana. Vedin käteni pois hänen kädestään ja peitin kasvoni. ”Argillan kuningas vaatinee korvausta avioliittosopimuksen peruuntumisesta, ja jos hän ei saa sitä neuvotellen, hän ottaa sen väkivalloin.”

”Ei Neuvosto varmasti anna palastakaan Cardusiasta, ellei itse hyödy siitä jotenkin! Mitä isä on oikein tavoitellut kihlatessaan minut sille typerälle keikarille?” puuskahdin itkua pidätellen.

”No, Cardusia on pieni valtakunta, kuten Argillakin, Molcavarathian valtakunnan puristuksessa. Liittoutuminen kahden pienen valtakunnan välillä on turva isompien valtakuntien hallinta-aikeita vastaan. Isäsi ajattelee kuten kuka tahansa maallinen hallitsija”, Josia selitti rauhallisen surumielisellä äänellä. Ymmärsinhän minä tuon kaiken, mutten olisi halunnut ymmärtää; en ollut koskaan halunnut ajatella sitä. Enkä varsinkaan sitä, mitä tuo kaikki tarkoitti konkreettisesti, minun kannaltani…

”Ja ellen palaa isäni luo ja suostu naimakauppaan, tai ellei isäni suostu merkittäviin alueluovutuksiin, joudumme taas sotaan”, totesin katkerana.

”Niin, se on kai aika todennäköistä, ellei Neuvosto suostu antamaan jotakin huomattavaa aluetta Eteläisen Ruhtinaskunnan alueelta korvaukseksi naimakaupan peruuttamisesta”, Josia sanoi huoahtaen. ”Ja jos Argilla ja Cardusia ovat sodassa keskenään, Molcavarathian on hyvin helppo kulkea valtakuntamme poikki, aina Warginmaahan saakka. Kuningas Melchior nielaisisi varmasti mielellään myös viljavan Argillan laaksot. Melchior käyttää kyllä tilaisuuden hyväkseen, eikä Cardusia tule kestämään kahden rintaman sotaa! Argillan kuningas tietää sen. Hän laskee sen varaan, ettei kuningas Willef halua sotaa, vaan lahjoittaa mieluummin maata... Tai antaa sinut Argillaan, mikä sinetöisi valtakuntien liittolaisuuden.”

”Millaista mieletöntä peliä tämä kaikki onkaan! Ei valtakuntien kohtalon pitäisi olla kiinni kenenkään naimisiinmenosta”, huokaisin tuskastuneena.

”Eihän se oikeasti olekaan, mutta niin monet luulevat, kuten isäsikin, tai ainakin Neuvoston jäsenet luulevat niin. Ihmiset usein kuvittelevat, että toisten teot voisivat muuttaa sitä, miten asiat maailmassa menevät, ja siksi he vaativat toisia tekemään, mitä he itse toivovat. Mutta oikeasti, jos haluaa muuttaa maailman kohtaloa, on muutettava itseään! On itse tehtävä toisin, ja ajateltava toisin”, Josia selitti mietteliäänä. ”Olen pahoillani siitä, ettei isäsi ole voinut ottaa vastaan Vaeltavia Veljiä. Hän saattaisi ajatella toisin, jos hänellä olisi neuvonantajanaan joku Jooelin kaltainen.”

En kyennyt täysin ymmärtämään hänen sanojaan, enkä osannut vastata mitään. Oli hetken aivan hiljaista, mutta hiljaisuus ei ollut rauhoittavaa; se oli uhkaavaa, puristavaa. Purskahdin itkuun, kykenemättä enää ylläpitämään ylpeää ja kovapintaista suojamuuriani. Olin lähtenyt pakoon sitä kaikkea, minkä koin vieraaksi, rakkaudettomaksi ja pelottavaksi. Olin paennut omaa teeskentelevää rooliani ja kaikkia niitä pyyteitä ja vaatimuksia, jotka sitoivat minua teeskentelyyn ja paatumukseen. Mutta pakoyritykseni näytti epäonnistuneen. Minun olisi palattava kuninkaanlinnaan. Valtakunta joutuisi muuten uuteen sotaan, ja viaton kansa kärsisi minun takiani. En voinut paeta asemaani ja taustaani; minun olisi kohdattava isäni, Neuvoston määräykset ja kaikki se, mikä sitoi minut epäaitoon elämäntapaan.

Kyhjötin kauan pää polviani vasten, itkien. Tunsin olevani umpikujassa, ansassa, aivan kuin olisin juossut sokeassa pakokauhussa takaisin vankilaani. Josia laski kätensä olkapäälleni.

”Pyydä Kaikkeuden Luojan johdatusta, Jelisepa! Täytyy olla jokin ratkaisu, joka antaa sinulle mielenrauhan!”

"Haluatko sinä, että palaan kuninkaanlinnaan?" mutisin vasten kostuneita käsiäni.

"No... Tavallaan en halua, mutta jos se on välttämätöntä tilanteen ratkaisemiseksi, niin sitten saatan sinut takaisin", hän sanoi hiljaa.

"Onko se ainoa vaihtoehto?" kysyin kuin itsekseni. "Onko ainoa vaihtoehto sellainen, että minä joudun kärsimään? Eikö minulle sallita mitään muuta kuin tahdottoman pelinappulan osa?"

"Kuuntele, mitä Viisaus sanoo! Uskon, että tunnistat sen äänen syvällä sisimmässäsi. Pyydä johdatusta", Josia toisti, nousi ja asteli syrjemmälle. Ehkä hän toivoi minun kuuntelevan johdatusta juuri siinä hetkessä. Mutta mitä se edes tarkoitti; jotakin hyvääkö? Miten jaksaisin enää uskoa mihinkään hyvään?

Ensimmäinen vapauteni päivä oli kääntynyt liian pian ehtoopuolelle; pilvet vaelsivat auringon eteen, ja samalla tuntui kuin kaikki valo olisi katoamassa minunkin tulevaisuudestani. Kaikkien noiden ahdistavien kuukausien jälkeen olin lopulta yrittänyt tehdä tilanteelleni jotakin, ja epäonnistunut. Olin kuvitellut löytäneeni pakotien, ja se olikin umpikuja.

Kuulin Josian selittävän jotakin Narrille, joka oli kuunnellut keskusteluamme levottomana edestakaisin astellen. Ahdistuksesta jähmettyneenä odotin Narrin aloittavan vahingoniloisen ja sarkastisen irvailun, mutta yllätyksekseni hän olikin hiljaa. Saattoiko hän sittenkin jopa sääliä minua hieman, kun näki tilanteeni? Kaikki oli ollut turhaa. Pyristelyni oli kuin häkkilinnun epätoivoista kamppailua, jossa lintu vain satutti itseään räpistellessään kaltereitaan vasten. Olisiko parempi alistua; olla näkemättä häkkiään, vetäytyä mielensä sisälle, unohtaa kuvitelmat jostakin paremmasta? Mieleni harhaili, etsi vastauksia. Mitä voisin tehdä? Miten voisin vapautua menneisyyteni kahleista? Miten voisin olla pelkäämättä tulevaa?

"Mikä on Viisaus? Mikä on Totuus? Mikä on Rakkaus? Missä on Toivo? Missä on Rauha?"

Olin puhunut puoliääneen sanoja, joista en edes tiennyt, mistä ne mieleeni tulivat, ja kului jonkin aikaa, ehkä kauankin, niin etten pystynyt liikahtamaankaan. Olin vajonnut pahaan olooni ja epätoivoiseen, hapuilevaan keskusteluun mieleni sisällä, niin että menetin hetkeksi ajantajuni. Mutta jossain vaiheessa kaaos ja epätoivo siirtyivät kauemmas; aivan kuin olisin itse pysähtynyt ja kaikki muu olisi kulkenut ohitseni; niin kuin tiellä kulkijat, joita katselin tornihuoneeni ikkunasta. Ja jokin siinä pysähtyneisyydessä rauhoitti minut. Aivan kuin astiassa läiskyvä vesi olisi pysähdyttyään viimein asettunut; muuttunut tasaiseksi kalvoksi, joka päästi valoa sisäänsä, niin että saatoin nähdä sen läpi pohjaan saakka, kun kaikki varjostumat olivat sulaneet tyyneyteen... Kummallisesti rauhoittuneena kohotin katseeni ja aloin hitaasti selvitellä sotkuisia hiuksiani ja siistiä olemustani. Josia palasi viereeni. Katsahdin häneen väsyneesti; olin alistunut väistämättömään, koska en olisi voinut muutakaan.

"Meidän on kai ilmoitettava kuninkaan joukoille, että olen palaamassa linnaan", sanoin hitaasti. Josia nyökkäsi hiljaa. Olin näkevinäni hänen silmissään ahdistusta. Ehkä hän sentään sääli minua, tai sitten hän oli peloissaan oman kohtalonsa takia. Päätin yrittää huolehtia siitä, ettei hän joutuisi vaikeuksiin, kun kohtaisimme kuninkaan miehiä. Narrilla oli sentään kirjoittamani asiakirjat turvanaan.

Kun Josia ojensi minulle kätensä auttaakseen minun ylös, tartuin siihen epäröimättä. En enää ikinä torjuisi hänen apuaan, jos hän sellaista minulle tarjoaisi. Tajusin kyllä Narrin katselevan minua, mutten katsonut häneen suoraan. Pelkäsin kohdata hänen katsettaan. Olisiko se viestinyt minulle vahingoniloa ja ylenkatsetta; sitäkö pelkäsin? Vai pelkäsinkö katsoa hänen sielunsa heijastusta; olisiko ollut liian ahdistavaa nähdä, millaisia ajatuksia ja tunteita eli hänen sisällään, hänen suojamuurinsa takana? Minun ei kuulunut kantaa hänen taakkojaan ja katkeruuttaan, mutta ehkä silti säälin häntä ja tunsin jollakin tavoin, että elämämme olivat sidoksissa toisiinsa, halusinpa sitä tai en.

Päivän kääntyessä illaksi lähdimme liikkeelle kohti lähintä kylää. Olin laittanut yhden kuninkaallisista riipuksista kaulaani, Vaeltaja Jooelin antaman riipuksen alapuolelle. Olimme valmiit näyttäytymään kylässä, ja olisi tärkeää, että pystyisin todistamaan olevani prinsessa Jelisepa, jos joku henkilöllisyyttäni epäilisi. Olin miltei pahoinvoiva jännityksestä, kun lähestyimme asutusta. Jonkin matkan päässä näimme pienen mökin, jonka ovella paloi tuli. Astelimme hiljaa pihalle. Jäin Narrin kanssa odottamaan hieman taaemmalle, kun Josia käveli ovelle ja koputti siihen.

"Avatkaa kuningas Willefin nimessä", hän sanoi kuuluvasti. Kohta joku raotti ovea, ja karkeakasvoinen, takkutukkainen mies kurkisti ulos.

"En ole tehnyt mitään väärää... Olen maksanut veroni, ja olen valmis lähtemään sotaankin", hän selitti peloissaan.

"Emme ole värväämässä sotaväkeä tai keräämässä veroja", Josia sanoi rauhallisesti. "Hänen Korkeutensa prinsessa Jelisepa tarvitsee hevoskärryt kotimatkaansa varten."

”Prinsessako”, talonpoika huudahti. ”Mutta prinsessan katoamisen takiahan on tulossa taas sota!”

”Prinsessa lähti matkalle Itäiseen Vuoristoon hoviväen tietämättä”, Josia selitti hitaasti. ”Hänen on nyt viipymättä palattava linnaan, korjaamaan väärinymmärrys Cardusian ja Argillan kuningashuoneiden välillä.”

Talonpoika tuijotti minua ja Narria, nyt epäluuloisena.

”Onko hän varmasti prinsessa, vai yritättekö huiputtaa minulta kärryt?”

”Katso hänen kuninkaallista riipustaan”, Josia kehotti. Talonpoika siristi silmiään. Nielaisin jännittyneenä. Eikö hän uskoisikaan minua kruununprinsessaksi? Luuliko hän minun varastaneen Willefin suvun jalokiviriipuksen?

”Hänellä on Vaeltaja Jooelin riipus”, mies mutisi. ”Olkoon prinsessa tai ei... Lainaan kärryt Vaeltaja Jooelin takia! Tulkaa perässäni, tallissa on kaksi levännyttä muulia...”

Mies astui ulos, otti soihdun ovipielestä ja lähti johdattamaan meitä tallilleen. Josia katsahti minuun yllättyneenä, ja yllättynyt olin itsekin. Olin kiitollinen Vaeltaja Jooelille hänen suojeluksestaan, josta tuntui olevan rahvaan parissa enemmän hyötyä kuin siitä, että olin prinsessa.

Narri vetelehti perässämme hiljaisena. En osannut päätellä hänen ajatuksistaan ja tunteistaan mitään, ja jollain ärsyttävän epämääräisellä tavalla huomasin sen hieman vaivaavan mieltäni. Mielessäni iti pieni kiusaus ärsyttää häntä sanomalla jotakin ilkeää, jotta hän olisi puhunut edes jotain. Hänen synkeän pahantuulinen hiljaisuutensa oli ehkä jopa ahdistavampaa kuin suorasukainen naljailu tai naurettava pilkkalaulu. Mutta hillitsin itseni; yritin keskittyä pysymään edes ulkoisesti rauhallisena ja unohtaa hänen läsnäolonsa, vaikka hänen hontelo olemuksensa olikin hivuttautunut seisoskelemaan melkein kosketusetäisyydelle minusta.

Katselin, miten talonpoika valjasti meille kaksi muulia kärryjen eteen. Josia sopi hänen kanssaan eläinten ja kärryjen palauttamisesta heti kun olisimme päässeet lähimpään kuninkaan sotilaitten leiriin. Talonpoika toivotti meille Viisauden suojelusta, samoin Josia hänelle. Itse en tohtinut sanoa sanaakaan; tuskin uskalsin edes ajatella mitään muuta kuin sitä mikä liittyi kärryjen kyytiin nousemiseen ilman astinlautaa. Josia joutui melkein nostamaan minua, ja koko ajan tunsin Narrin tuijotuksen aivan kuin pikkueliöt olisivat kipittäneet selässäni.

Lähdimme liikkeelle hevospolkua pitkin kohti tietä, joka kulki Itäisen Vuoriston ja läntisten läänitysten välillä. Tuskinpa kukaan kotimatkalle lähtevä ihminen saattoi tuntea sellaista puuduttavaa pahaa oloa kuin minä sillä hetkellä tunsin.

Olin nukahtanut. Kun heräsin, näin auringon nousevan metsän takaa. Narri oli ohjaksissa, ja Josia nukkui kärryissä vain käsivarren mitan päässä minusta. Tunsin omituista rauhaa katsellessani Josian nukkuvaa hahmoa, tuntiessani auringon lämmön ja kärryjen keinuvan liikkeen. Ymmärsin silloin, että elämä voisi olla yksinkertaisempaa; vain valoa ja lämpöä, ja tunnetta siitä, että joku pitää huolta ja rakastaa... Mutta kärryjen heilahtaessa havahduin taas kylmään todellisuuteen ja aloin toivoa, ettemme tulisi ikinä perille kuninkaanlinnaan. Siellä minua odotti pelkkä nöyryytys ja kullattu vankila. Isä ei voisi noin vain sivuuttaa tekoani. Tai ehkä hän sentään sisimmässään säälisi minua, mutta Neuvosto ei säälisi. Isän täytyisi ojentaa minua, rangaista minua, tai ainakin varmistaa se, etten ikinä enää tekisi samanlaista katoamistemppua...

Kohtasimme kuninkaan sotilaita aamupäivällä. Josia oli herännyt ja siirtynyt istumaan Narrin viereen kuskinpukille. Sotilaat pysähtyivät lähelle meitä.

”Hänen Korkeutensa, kruununprinsessa Jelisepa on palaamassa linnaan”, Josia ilmoitti. Sotilaiden päällikkö ratsasti aivan kärryjen viereen, tuijotti minua hetken, kumarsi ja palasi sitten joukkonsa luo.

”Se todellakin on prinsessa Jelisepa. Laittakaa lähetti matkaan edeltämme! Odotamme kuninkaan käskyä prinsessan seuralaisten suhteen.”

Kuninkaan sotilaat ryhmittyivät saattueeksi kärryjemme ympärille. Kuulin heidän puhelevan keskenään.

”Varsinainen ratsumies... Ohjastaa rähjäisiä kärryjä”, joku sanoi katsoen Josiaa, joka tarttui ohjaksiin. Olin saattanut ritari Josian, kuninkaan ratsujoukkojen soturin, todella nöyryyttävään asemaan; minun vuokseni hän oli liikkunut jalkaisin, ilman ratsuaan, ja istui nyt halveksittavasti kärryjen ohjaksissa. Olin hyvin pahoillani hänelle aiheuttamastani nöyryytyksestä. Josian ryhti oli kuitenkin edelleen suora ja olemus rauhallinen. Hänen arvokkuutensa ei ehkä pohjautunutkaan siihen, mitä ihmiset hänestä ajattelivat tai puhuivat, vaan sisäiseen arvokkuuteen, jota ei voisi ulkoisilla keinoilla riistää. Pystyisinkö itse samaan? Pystyisinkö säilyttämään omanarvontuntoni, vaikka joutuisinkin sellaisten ihmisten katseitten eteen, jotka halveksivat minua? Kestäisinkö ryhdikkäänä isäni edessä, vai vajoaisinko lattialle anelemaan hänen anteeksiantoaan, etten joutuisi häpeäpaaluun tai jalkapuuhun?

Narri vetäytyi istumaan kärryjen perälle. Jatkoimme matkaa kuin vangit; hetki sitten olin ainakin itse vielä ollut ulkoisesti vapaa pakolainen. Nyt olin ulkoisesti vanki, mutta saattaisinko silti olla sisäisesti vapaa? Se, mikä minua odotti kuninkaanlinnassa, tuntui elinkautiselta vankeusrangaistukselta, vaikka välttäisinkin ehkä julkisen häpeärangaistuksen. Kuolemakin olisi saattanut tuntua helpommalta vaihtoehdolta; se olisi sentään antanut mahdollisuuden paeta ahdistavaa sidosta sielua haavoittavaan elämäntapaan. Mutta sisälläni tunsin vahvan halun elää; kokea asioita, joita en vielä ollut kokenut, ja löytää itselleni paikan, jossa voisin olla oma itseni.

Vaikka olisinkin vielä vankina olosuhteitteni keskellä, minussa iti edelleen kapinahenki; en haluaisi tukahduttaa sitä, koska se oli tervettä kapinaa teeskentelyä ja vääriä rajoitteita vastaan. Se olisi samalla minun elämänliekkini, ja se kaipasi ilmaa ympärilleen. Jonakin päivänä yrittäisin uudelleen, jotakin. Ja muuttaisin jo nyt sen, minkä voisin. En palaisi enää samaan, mistä olin lähtenyt. Olin muuttunut parin päivän aikana sisäisesti niin paljon, etten enää edes pystyisi elämään samanlaista elämää kuin aiemmin olin elänyt... Vai olinko edes ollut kunnolla elossa aiemmin?

Olimme jo ohittaneet ruhtinas Reuelin linnankylän tienhaaran, kun kuninkaallinen lähetti tuli vastaamme. Muistelin, että matkaa kuninkaanlinnaan olisi niiltä main enää puolisen päivää, ja se aika tuntui aivan liian lyhyeltä vankilaan palaavalle vangille.

”Prinsessa on saatettava suoraan kuninkaan yksityishuoneistoon. Hovinarri ja ritari Josia pidätetään kuulusteluja varten”, lähetti julisti. Saatoin tuskin katsoa Narriin.

”Olemme siis pidätettyjä”, hän totesi naurahtaen. Sitten hän kaivoi vyölaukustaan toisen hänelle kirjoittamistani asiakirjoista; sen, jossa lupasin hänelle kruununjalokiviä palkkioksi siitä, että hän saattelisi minut Naimattomuuden Valinneitten Naisten pariin. ”Sinä et päässyt määränpäähäsi, joten minä jään ilman palkkaani.”

Hän ojensi minulle asiakirjaa, ja tuijotin sitä hetken, mutten ottanut sitä vastaan.

”Se paperi todistaa, että olen palkannut sinut. Tarvitset sitä kuulustelussa, vaikken ehkä voikaan maksaa sinulle palkkaasi. Ehkä kuningas palkitsee sinut, ja voit palata töihin hoviin", sanoin jokseenkin kiusaantuneena. Narri laittoi asiakirjan hitain elkein takaisin vyölleen. Oli hetken aikaa hiljaista.

"Tuskinpa näen sinua tämän jälkeen... Ei ainakaan huvita palata tekemään sitä mitä ennen tein", Narri mutisi. "Enkä todellakaan kaipaa jalokiviäsi, mutta... olisin halunnut..."

"Mitä?" äännähdin ennen kuin tajusin hillitä uteliaisuuttani. Narri ei vastannut mitään, ja oloni muuttui hyvin kiusaantuneeksi. Toivoin, ettei hän sanoisi mitään vielä kiusaannuttavampaa, mutta toisaalta olin hieman ihmeissäni. Olihan hän ollut minua kohtaan milteí vihamielinen, mutta silti hän vaikutti siltä kuin olisi jollain tapaa oikeasti pahoillaan tilanteestani. Hiljaisuuden aikana aloin todella katua kysymystäni. En tosiaankaan halunnut hänen sanovan, mitä hän jäisi kaipaamaan. Onneksi muistin taas sen Wolnoshajokeen paiskaamani soittimen, ja yritin muuttaa puheenaihetta. "Se sinun luuttusi..."

Narri katsahti minuun, ilme liioitellun loukkaantuneena, ehkä todellisia tunteitaan salaten.

"Niinpä... Tuhosit minun työvälineeni... Ja esineen, jota saatan joskus tarvita itseäni rauhoitellakseni", hän naurahti. "Mutta sehän on vain materiaa! Eikä siis pahinta, mitä ihmiseltä voi tuhota..."

"No mutta annatko sen minulle anteeksi?" kysyin kärsimättömästi. Narri ilvehti pohtivaista, eikä vastannut heti.

"No, saat anteeksi. Pahapa alhaisen ihmisen on olla antamatta anteeksi ylemmälleen! Ja olisihan se pitänyt arvata, ettet kestä kuulla totuuksia itsestäsi, joten olen osittain itse syypää menetykseeni", hän sanoi huoahtaen. Tunsin ärtyväni hänelle uudelleen, mutta yritin näyttää rauhalliselta. Turhahan minun oli ärhennellä, etenkään hänelle; tilanteeni oli aivan kyllin epätoivoinen ilman kuluttavaa suuttumustakin.

Siirsin huomioni Josiaan, joka vaikutti hiljaiselta ja mietteliäältä. En uskaltanut edes ajatella sitä, etten ehkä näkisi häntä enää koskaan. Voisinko mitenkään paeta velvollisuuksiani ja kiertää asemani luomia rajoituksia lähestyäkseni häntä? Turhaa ainakin olisi toivoa isäni sellaista tilaisuutta järjestävän. Saatoin tehdä vain sen, mitä vallassani oli tehdä, parantaakseni edes hieman omaa oloani ja sietääkseni epävarmuutta tulevasta. Ehkä se olisi vain vähäistä, mutten sentään ollut täysin avuton. Voisin yrittää muuttaa asioita ajatuksissani. Ehkei pakoyritykseni ollutkaan ollut aivan turha teko. Olinhan oppinut jotakin itsestäni ja elämästä, ja tiesin, etten ollut enää hengessäni yksin. Oli olemassa sentään kolme ihmistä, jotka ymmärsivät minua paremmin kuin oma isäni; Vaeltaja Jooel, ritari Josia, ja Narri.

Saavuimme kuninkaanlinnaan myöhään iltapäivällä. Vastassamme oli kuninkaan vartiomiehiä, ja Narri ja ritari Josia komennettiin alas kärryiltä. Olin alkanut kyynelehtiä, mutten välittänyt pyyhkiä silmiäni. Katsoin Josiaa ja toivoin, että hän näkisi kasvoiltani, mitä tunsin häntä kohtaan. Mutta hän katsahti minuun vain nopeasti ennen kuin yksi kuninkaan vartiomiehistä tarttui hänen käsivarteensa, ja hänet johdatettiin pois.

Kuulin Narrin vitsailevan jotakin häntä vastaan tulleelle vartijalle, ja tämä nauroi hyväntuulisesti. Näin myös miten se eräs puheena ollut nuori ritari, Rikard Rikardinpoika, kiirehti vartioston taukotuvasta Narria vastaan ja suorastaan taputteli tätä olkapäille, aivan kuin tipusestaan huolissaan ollut kanaemo. Narrilla sentään oli vielä ystäviä; minä olin suunnilleen yhtä yksin ja inhottu kuin elähtänyt huono nainen.

Palvelija ojensi kätensä auttaakseen minut alas kärryiltä. En tarttunut hänen käteensä, sillä hänen apunsa tuntui samalta kuin joku olisi asettanut kahleita käsiini. Seurasin palvelijaa linnan portaita ylös, nieleskellen kyyneleitäni ja kovettaen kasvoni. Käytävällä vastaan tuleva väki katseli minua, yrittäen ehkä peitellä paheksuvaa uteliaisuuttaan. Palvelija avasi oven kuninkaan yksityishuoneeseen.

”Arvoisa kuningas Willef, tässä on tyttärenne, prinsessa Jelisepa”, hän ilmoitti. Isäni istui leposohvassa pää riipuksissa, ja kohotti katseensa vasta kun olin lähempänä. Hän ei ollut vielä edes neljääkymmentä, ja hänen piirteensä olivat yhä miellyttävät ja ruumiinsa hyväkuntoinen, mutta ilme hänen kasvoillaan sai hänet näyttämään vanhalta; ei siltä isältä, joka oli vaellellut kanssani metsissä kuninkaanlinnan takana puristaen tiukasti pientä kättäni, etten kompuroisi juurakkoihin… Pyyhin kämmeniäni likaisen ja resuisen pukuni helmaan; olin sekä jännittynyt että häpeissäni.

”Jelisepa, minne oikein kuvittelit meneväsi?” isäni kysyi paljastamatta äänensävyllään, oliko hän raivoissaan, huolissaan vai välinpitämätön.

”Halusin… joksikin aikaa pois täältä, koska en ole tuntenut itseäni aivan terveeksi viime aikoina, ja… kaipasin erilaista seuraa. Halusin mennä käymään Naimattomuuden Valinneitten Naisten luona”, vastasin hiljaa. Ymmärtäisikö hän kuitenkaan, vaikka yrittäisin selittää? Jaksaisiko hän kuunnella, vaikka selittäisinkin?

”Mutta tyttö hyvä, miksi lähdit salaa? Olisit kertonut aikeistasi, niin olisin varustanut sinut matkaan! Koska lähdit salaa, väki sai aiheen juoruilla, että karkasit hovinarrin kanssa, ja olet menettänyt neitseellisen maineesi!” isäni huudahti, ja nyt hänen äänestään kuulsi katkera iva, mutta ehkä myös hyvin tukahdutettu tuska. Kosketin kaulassani roikkuvaa riipusta.

”Oli jo ilta, ja halusin lähteä juuri silloin... En tiennyt aiemmin, että saattaisin haluta lähteä! Ja kun näin tiellä Vaeltajan, pyysin apua häneltä”, selitin hitaasti, yrittäen edes jollain tavoin parantaa mainettani, ilman että tarvitsisi turvautua valheeseen. ”Tämä on Vaeltaja Jooelin riipus… Muistattehan sen Vaeltajan, jolle annoin pikkutyttönä sen erikoisen katajanoksani? Ja tiedättehän, isä, että Vaeltajaveljet ovat kaikin tavoin siveellistä seuraa, vaikka heistä väitetäänkin kaikkea pahaa…”

”Minulle ei ole suotu iloa tuntea Vaeltajia henkilökohtaisesti, enkä tiedä ketään Jooelia, ja sitä paitsi tiedät varsin hyvin, ettei tuollainen selitys paranna asiaasi Neuvoston edessä!” isäni sanoi vakavana, katsoen riipustani vain hetken. Hänen ilmeensä oli yhä ankara ja tuskastunut. ”Kelvatkoon tuo selitykseksi minulle… Mutta minä vastaan sinun tekemisistäni Neuvostolle, ja se ei tule nielemään tuollaista juttua! Neuvostolle et voi puhua mitään mistään Vaeltajaveljistä!”

Hän kutsui paikalle kirjurin. Kuuntelin pää alas painettuna, ahdistuneena ja voimattomana, miten isäni, kunnianarvoisa kuningas Willef, saneli kirjettä Argillan kuninkaalle. Sanat eivät tuntuneet liittyvän minuun lainkaan; tai sitten en halunnut ottaa niitä todesta, itseäni koskevina suunnitelmina.

Cardusian prinsessa oli olevinaan tehnyt matkan Naisyhteisöön valmistautuakseen avioliittoon Argillan kuninkaan kanssa… Millaista valhetta! Argillan kuningas kutsuttiin Cardusiaan sopimaan kihlatilaisuuden ajankohdasta ja myötäjäisistä…

Äkkiä väsynyt mieleni havahtui ja tajusin, että kohtaloni yritettiin sinetöidä piittaamatta lainkaan minun tunteistani ja toiveistani. Voisiko isäni pakottaa minut vaimoksi miehelle, joka merkitsisi minulle vain entistä suurempaa sidettä teeskentelevään ja moraalittomaan elämäntapaan?

”Mutta isä, en halua mennä naimisiin”, huudahdin. Kirjuri ja isäni kääntyivät katsomaan minua; kirjuri aivan kuin järkensä menettänyttä, isäni kiusaantuneen ärtyneenä.

”Tyttäreni on varmasti rasittunut matkastaan”, isäni totesi kirjurille. ”Hän kaipaa varmaankin hovineitojen seuraa… ja ehkä jonkun vanhemman rouvashenkilön neuvoja avioliittoon valmistautumisesta..."

"Ettekö Te ota minua tosissanne?" huusin tuntien raivon nousevan sisälläni. "Minä en halua olla mikään poliittinen pelinappula, enkä halua miestä, jota en rakasta enkä kunnioita, ja joka ei ymmärrä rakkauden moraalista mitään! Minä en halua Argillan kuningattareksi! Enkä halua nähdä ketään typerää ja luihua kääkkänää, jollaisia kamarirouvani ovat... Haluan tavata Vaeltajaveljiä, jos heitä on linnan lähistöllä!"

Isäni kasvot kalpenivat ja hänen leukaperänsä kiristyivät, ja hän katsoi minua terävästi ja ikään kuin varoittavasti.

"Olet varmaankin viettänyt liiaksi aikaa oudossa seurassa, lukenut liikaa Warginmaan tarinoita, ja oleillut liiaksi yksinäsi... Neuvonantajani on sanonut, ettei sellainen sovi naisväelle, eikä ainakaan kruununprinsessalle", hän sanoi minulle vakavana, mutta selitys oli luultavasti tarkoitettu kirjurin korville ja sitä kautta Neuvoston jäsenille. Hän muutti äänensä leppoisaksi ja alkoi naurahdella aivan kuin tekemiseni olisivat olleet pelkkää lapsukaisen temppuilua. "Järjestäkäämme huomenna juhla, jonne kutsumme keitä sinä haluat tavata... Muttei sentään Vaeltajaveljiä, sinä hupsu tyttönen! Sitten tapaamme Argillan kuninkaan ja sovimme kihlajärjestelyistä."

Kirjuri odotti isäni käskyä; isäni katsahti häneen ja nyökkäsi, ja kirjuri alkoi sinetöidä kirjettä. Kun kirjuri poistui huoneesta, isäni katsahti palvelijaan, joka odotti ovensuulla.

"Saatelkaa prinsessa huoneistoonsa. Annan myöhemmin ohjeet hänen hoidostaan. Hän on... hieman rasittunut matkastaan", hän sanoi ylevää rauhallisuutta tavoittelevalla äänellä, katsomatta minuun.

"Isä, minä pyydän, kutsukaa joku Vaeltajaveljistä puheillenne! He voivat vakuuttaa Teidät siitä, ettei siveellinen maineeni ole kärsinyt", sanoin keskittyen hillitsemään itseäni. "Kun kuuntelette heitä, ymmärrätte muutenkin enemmän..."

"Lapsi hyvä, yritätkö sinä opettaa isääsi?" isäni totesi tuohtuneella äänellä.

"Jos sallitte, Teidän Korkeutenne, linnantyrmässä vierailee joskus Vaeltavia Veljiä", palvelusmies sanoi epäröiden, mutta isäni näytti kärsimättömältä, eikä vastannut hänelle mitään; huitaisi vain kädellään merkin, että meidän oli poistuttava.

Tunsin raivon nousevan sisälläni, mutta tiesin kyllä, ettei sen purkaminen isääni johtaisi mihinkään hyvään. Mitä enemmän niskuroisin, sitä kovemmin hän joutuisi rankaisemaan minua Neuvoston edessä. Ei hän voinut ottaa kaikkia minun tunteitani huomioon, niin kuin silloin, kun olin ollut pikkulapsi... Saattaisiko hän enää koskaan ymmärtää minua, kun oli liian syvällä omassa maailmassaan ja Neuvoston ohjaksissa? Ei hän voisi lähestyä minua, eikä auttaa, niin kauan kuin hänen päänsä olisi täynnä julkisivun ylläpitämistä, omien heikkouksiensa piilottamista ja pelkoa oman asemansa menettämisestä, eikä rakkautta ainoaa lastaan kohtaan. Mutta enhän voisi pakottaa häntä rakastamaan minua; en voinut väkisin puristaa hänestä myötätuntoa ja ymmärrystä, jos hän ei sellaista tuntenut. Niinpä poistuin ulkoisesti alistuneena isäni luota ja seurasin palvelusmiestä omaan huoneistooni.

Minua odotti puolenkymmentä seuraneitoa, valmiina palvelemaan ja viihdyttämään minua. Lähetin heidät pois. En aikonut enää alistua heidän seuraansa, ellen oikeasti tarvinnut heitä. Tarvitsin vain vettä peseytymistä varten ja puhtaat vaatteet, ja siihen riitti palvelustytön apu. Etsin epätoivoisesti pukua, joka olisi ollut tarpeeksi yksinkertainen ja mielialaani sopiva. Jouduin lopulta ratkomaan tikarilla pois pitsiä ja kultapunoksia, jotta sain mieleiseni vaatteen.

Lakkaamatta mietin, mitä Narrille ja ritari Josialle oli tapahtunut. En saattanut edes syödä, ja yöllä valvoin kauan ennen kuin nukahdin levottomaan uneen.

Aamulla heräsin omaan itkuuni. Olin nähnyt unta äidistä, jonka hänen kamarirouvansa raahasi pois luotani, vaikka itkin ja huusin. Kun nousin jalkeille, oloni vaihteli päättäväisen vihavoiman ja epätoivon välillä. Sisuuntuneena olin noussut tornihuoneeseeni ja tähyillyt ikkunasta, näkemättä kuitenkaan ketään muita kuin vartijan, joka kulki muurinharjaa pitkin. Niinpä jo kohta makasin kylmällä kivilattialla itkien ja toivoen olevani metsässä tai luolassa, jonne voisin vaikka kuolla, jos vain tietäisin, että joku välittää juuri minusta, sellaisena kuin olen ilman asemani tuomaa roolia ja koristuksia. Olisin voinut olla vaikkapa koira, kunhan joku vain olisi pitänyt minusta; ruokkinut minua ja hoivannut minut kuntoon...

Jossain vaiheessa aamupäivää palvelija kutsui minut kuninkaan puheille. Sisuni oli tiessään, enkä voinut odottaa kuulevani mitään hyvää. Isäni oli yksityishuoneessaan, eikä hänen ilmeensä värähtänytkään, kun astuin sisään. Huomasin katetun lounaspöydän.

"Ole hyvä ja syö seurassani", isäni kehotti. Oliko tuo äänensävy muka lämpöä, osoittiko se isällistä rakkautta ja huolenpitoa? Miksi hän edes vaivautui teeskentelemään? Hänhän oli vain ajatuksissaan, ja huolestunut, eikä erityisen rakastava...

Istuin silti pöytään ja aloin leikitellä ruokapaloilla. Uskaltaisinko kysyä Narrista ja ritari Josiasta? Nojauduin taaksepäin tuolissani ja yritin hengittää rauhallisesti rohjetakseni puhua jotain.

”Oletteko jo ratkaissut… Narrin ja ritari Josian asian?” kysyin, ja hän yskähti, ilmeisestikin hivenen vaivautuneena.

”Hm, niin… Puhutin heitä eilen. Kirjoittamiesi asiakirjojen perusteella Neuvostokin vakuuttui siitä, että olit palkannut narrin seuralaiseksesi matkallesi, joten lupasin hänelle kohtuullisen palkkion vaivoistaan…”

”Entä ritari Josia? Narrihan hänet pyysi mukaamme”, sanoin itsekin kiusaantuneena.

”Niin, niinhän narri vakuutti tehneensä, ja se tietysti lievittää hivenen häneen kohdistuvaa närkästystäni, ja ehkä vähentää myös asiattomia puheita… Lupasin palkkion myös ritari Josialle, koska hänen toiminnastaan ei aiemmin ole kuulunut mitään moitittavaa. Enkä halunnut rangaista häntä, koska myös eräs vartioston ritari, aiemman henkivartijani Rikardin poika, puhui ritari Josian puolesta vakuutellen minulle tämän kunniallisuutta ja siveyttä kaikin puolin…”

”Rikardin poika siis puolusti ritari Josiaa?” totesin kysyvästi, hieman yllättyneenä.

”Niin… Heidän isänsähän olivat taistelutovereita, ja kaatuivat molemmat sodassa. Mutta ritari Josia ei halunnut ottaa palkkiota vastaan”, isäni selitti kohauttaen hartioitaan, ikään kuin asia ei olisi häntä lainkaan liikuttanut, mutta tietysti se liikutti häntä; miksi ihmeessä hänen piti teeskennellä, ettei hänellä rasittanut ja ärsyttänyt, ja ettei hän muka ollut raivoissaan minun karkumatkastani? ”Mutta koska en halua sinun tekevän enää matkoja ilman minun valvontaani…”

”Mitä tarkoitatte?” kysyin jännittyen.

”Kirjasin ritari Josialle siirron toiseen palveluspaikkaan… Itäiseen linnakkeeseen”, isäni totesi kevyesti, aivan kuin olisi puhunut säätilasta. ”Hänellähän on nyt hieman epäilyttävä maine, joten on parempi, ettei hän ole enää täällä. Hänellä on sitä paitsi yhteyksiä Vaeltajaveljiin, joten… ehkä on hänelle itselleen turvallisempaa olla muualla kuin Neuvoston silmien alla!”

Olin hetken aikaa aivan mykistynyt. En voinut käsittää isäni toimenpiteitä ja ajattelua. Mutta sitten aloin muistaa, että sellaistahan elämämme oli aina ollut; roskien lakaisemista maton alle, kullalla siloteltua sontaa…

”Mutta mitä mieltä itse olette noista miehistä, jotka auttoivat minua?” kysyin. Isä vilkaisi minua otsaansa rypistellen.

”Tiedät kyllä varsin hyvin, että joissakin valtakunnan asioissa minun henkilökohtaisella mielipiteelläni ei ole merkitystä, koska Neuvosto ei juurikaan välitä minun mieltymyksistäni”, hän totesi pidättyväisesti. Huoahdin raskaasti. Neuvosto oli hyvä tekosyy olla puhumatta avoimesti omalle tyttärelleen. Kunpa Neuvosto olisikin ollut vain lauma porsaita; heistä olisi kyllä päässyt eroon jättämällä karsinan portin auki ja antamalla metsän petojen hoitaa loput…

”Entä Narri sitten? Tehän sanoitte ihmisten puhuvan hänestä ja minusta”, kysyin yrittäen hillitä tuohtumustani.

”No, tarjosin hänelle hänen entistä työpaikkaansa, mutta hänhän on nyt vapaa nuorimies, ja elelee palkkiollaan ainakin jonkin aikaa”, isäni naurahti välttelevästi. ”Ja väki puhuu mitä puhuu… Jos olisin karkottanut narrin hovista, se olisi vain lisännyt juoruja teidän romanssistanne! Ajattelin, että on loppujen lopuksi parempi, etten karkota narria, vaan hän saa valita itse, mitä tekee.”

Ruokahaluni oli tyystin poissa. Ritari Josia oli matkalla valtakunnan toiselle laidalle, Narrin tekemisiä en voinut tietää enkä oikein kyselläkään, ja Vaeltaja Jooel oli kadonnut jo aikaisemmin… Kuka minua auttaisi? Kuka edes välittäisi? He olivat sentään välittäneet, ainakin Vaeltaja ja ritari Josia…

”Kiitoksia, olen jo kylläinen”, sanoin ja nousin pöydästä.

”Odotahan, minulla on sinulle yllätys”, isä totesi valpastuen ja johdatti minut kirjoituspöydän ääreen. Hän ojensi minulle hopealaatoilla ja korukivillä koristellut kirjoitusvälineet. Katselin niitä tutkivasti ja tunnustelin niitä hetken käsissäni.

”Mistä nämä ovat?” kysyin hämmentyneenä.

”Ne lähetettiin Molcavarathian hovista, lahjana kruununprinssiltä”, isäni selitti, ja silloin olin vähällä pudottaa esineet inhoten käsistäni. En halunnut koskea mitään Molcavarathiasta peräisin olevaa…

”Melchiorin kruununperijäkö lähettää minulle lahjan? Miksi?” kysyin epäluuloisena. ”Mitä tuo kuvio tarkoittaa?”

”Jelisepa, sehän on äitisi suvun vaakuna, etkö muista? Itse prinssi Rodolf lähetti lahjan sinulle hyvän tahtonsa eleenä, merkkinä äitisi ja hänen sukunsa yhteydestä”, isäni selitti rauhoittelevasti. Hän yritti ehkä ilahduttaa minua, mutta mitä merkitystä hienoilla esineillä oli, jos hän pakottaisi minut toimimaan vastoin tahtoani, vastoin sitä minkä koin olevan oikein? Hän oli naittamassa minut Argillaan, ja sen lisäksi minun olisi pitänyt ottaa vastaan kuninkaallinen mielistelylahja Molcavarathiasta... Miksi?

"Halusitte siis ottaa molcavarathialaisen lahjan vastaan, vaikkei siitä ole pitkäkään aika, kun olimme sodassa heidän kanssaan", äännähdin. "Ettekö muka vihaa heitä yhä, etenkin kun joudutte nyt mielistelemään heitä kansan kärsimyksiä säästääksenne?"

"En mielistele heitä sen enempää kuin ennenkään, eikä lahja ole Melchiorilta, vaan Rodolf Roweninpojalta! Nuori prinssi ei ollut se, joka julisti sodan, eikä hän ole Melchiorin oma poika, vaan äitisi sukua Warginmaasta, muistathan sen? Sinulla ei ole mitään syytä vihata häntä, tai olla ottamatta vastaan esinettä, joka on kulkenut äitisi suvussa, ja jonka prinssi lienee saanut isältään Rowenilta, äitisi serkulta", isä selitti vakavana. "Jostain syystä prinssi Rodolf on arvannut, että kirjoitat paljon!"

"Pitäisikö minun siksi olla hänelle erityisen ystävällinen?" mutisin jurosti. "Mitä se prinssi odottaa vastalahjaksi? Kultaista patsasta itsestään, vai Warginlaaksoa osaksi läänityksiään?"

"Ehkäpä hän toivoo, että kirjoitat hänelle kirjeen! Ei olisi pahitteeksi pitää yllä kohteliaita välejä edes johonkuhun Melchiorin hovissa", isäni totesi, ja irvistin itsekseni. En ikinä kirjoittaisi yhdellekään molcavarathialaiselle! Mutta kynä ja mustepullo tuntuivat miellyttäviltä käsissäni, ja niiden hopea oli jo tummunutta; ei vastenmielisen liukkaaksi kiillotettua. Esineet olivat siis jo melko vanhoja. Ehkä ne olivat olleet jonkun miellyttävämmänkin ihmisen käsissä joskus; jopa jonkun äitini läheisen, silloin kun hän oli vielä elänyt Warginmaan kuninkaanlinnassa...

"No, ehkäpä pidän ne muistona äidistäni ja Warginmaasta", sanoin hiljaa.

"Hyvä! Ilmoitan Molcavarathian hoviin, että kiität saamastasi mieluisasta lahjasta", isäni totesi, kuulostaen väsyneeltä. "Olen ymmärtänyt, että Neuvosto olisi aikeissa kutsua prinsessa Mormessan vierailulle, mutta puhutaan siitä enemmän, sitten myöhemmin..."

"Prinsessa Mormessan, tänne?" kysyin lähes närkästyneenä.

"Niin, mutta... No, puhukaamme siitä lähemmin! Pyydän palvelijan saattamaan sinun huoneistoosi", isäni totesi jatkaen pidättyväistä, kohteliasta ystävällisyyttään. "Ja... ehkä haluat tietää, että puhutin yhtä niistä Vaeltajaveljistä, joita linnantyrmässä vierailee. Neuvosto on kuitenkin varoittanut majoittamasta näitä Vaeltajia kuninkaanlinnassa, koska Molcavarathian lähettiläs ja muut heidän ylimyksensä pitävät sitä väkeä kieroina kerjäläisinä… Tai hassahtaneina vanhuksina, tai ainakin pehmeäpäisinä, oikeasta elämästä vieraantuneina turhimuksina. Ja jotkut kuvittelevat heidän olevan suorastaan valtakunnan vihollisia!”

”Todellako? Ja millaistakohan haittaa pehmeäpäiset turhimukset saattaisivat aiheuttaa”, mutisin yllättyneenä, ja katsoin isääni tutkivasti. Hän kuitenkin vältteli katsettani. ”Entä mitä Te itse ajattelette Vaeltajista?”

”No… Joskus nuorena poikana olisin ehkä saattanut viehättyä tuollaisesta kuljeskelevasta elämäntavasta, ja heidän vapaudestaan… Mutta tässä iässä ja asemassa… ihminen on tavallaan oman elämänsä vanki”, hän totesi välttelevästi. ”Ehkä heidän viisautensa on meidän mielestämme hulluutta.”

”Ehkä niin”, sanoin hiljaa, ja hyvästelin hänet mietteliäänä. Huoneessani laskeuduin lattialle vuoteeni viereen ja koetin tavoittaa olotilan, jossa näkisin selkeämmin, mitä voisin tehdä, tai sitten kykenisin ottamaan vastaan rauhassa sen, mitä en voisi väistää. Missä olisi Vaeltajaveljen minulle lupaama sopiva apu? Voisinko välttää avioliiton Argillan kuninkaan kanssa? Näkisinkö enää koskaan Vaeltaja Jooelia tai ritari Josiaa? Auttaisiko Narri minua, jos saisin yhteyden häneen?

Mielikuvitukseni kyllä keksi erilaisia tapoja paeta vastuitani ja velvollisuuksiani kuninkaan tyttärenä. Mutta vaikka välttäisin avioliiton Argillan kuninkaan kanssa tai pyytäisin päästä elämään Naimattomuuden Valinneitten Naisten yhteisöön, olisinko siltikään oikeassa paikassa? Muistin auringonvalon ja lämmön, nukkuvan Josian kasvot, ja sen yksinkertaisen onnellisuuden ja rauhan tunteen. Avautuisiko jostakin tie omantunnonrauhaan? Kaikki mielikuvitukseni kehittämät suunnitelmat paeta tilannettani tuntuivat sisältävän jotakin epämoraalista tai ainakin kyseenalaista, jos sitten olivat edes käytännössä toteuttamiskelpoisia. Mihin oikeasti voisin ryhtyä, ilman että joutuisin valehtelemaan ja petkuttamaan, kääntymään isääni vastaan, tai aiheuttamaan viattomien kärsimystä?

En osallistunut juhliin, jotka isäni järjesti ”kunniakseni”. Kuljeskelin joinakin päivinä puutarhassa, mutta sekin nostatti liikaa surullisia muistoja kerroista, jolloin olin itkenyt siellä yksin äitini sairautta ja yksinäisyyttäni…

Kun se eräs nuori ritari, Rikard Rikardinpoika, asteli vastaani, yritin kiusaantuneena olla katsomatta häneen, mutta ehdin nähdä hänen huolestuneen katseensa, kun hän tervehti minua kunnioittavasti. Olisiko minun pitänyt kiittää häntä siitä, että hän oli puhunut isälleni ritari Josian puolesta? Mutta hän oli myös Narrin ystävä ja puuhaili tämän kanssa asioita, jotka närkästyttivät Josiaa, joten ehkei ollut viisasta rohkaista häntä olemaan minua kohtaan yhtään tuttavallisempi.

Kun sitten näin Rikard Rikardinpojan toisenkin kerran, oli aivan vähällä, etten kysynyt häneltä, missä hänen ystävänsä Narri oleskeli, kun häntä ei näkynyt enää hovissa. Rikard vaikutti helposti lähestyttävältä ja ystävälliseltä. Hän oli näöltään hyvin paljon edesmenneen isänsä kaltainen; kullanruskeahiuksinen, kaunispiirteinen ja solakka, ja hänen liikehdintänsä oli sulavaa ja hienostunutta. Luultavasti hovissa oli useampikin hänen kanssaan avioon haikaileva neito. Hänen isänsä oli palvellut vuosia isäni henkilökohtaisena vartijana ja kulkenut monet kerrat mukanamme metsäseikkailuillamme.

Vanhempi ritari Rikard oli joskus pelastanut minut puusta, kun en ollutkaan uskaltanut laskeutua sieltä kavuttuani liian korkealle. Ja joskus hän oli onkinut minut purosta, jonne olin mulahtanut tavoitellessani erityisen kaunista kiveä. Olin itse halunnut Rikardin mukaamme seikkailuillemme; nimenomaan hänet, en hienohelmaisia seuraneitoja, enkä varsinkaan jäykkiä rouvia, jotka toruivat minua, jos rohkenin edes ottaa juoksuaskelia puutarhassa. Rikard vanhempi oli sanonut minua ”rasavillipupuseksi” ja kantanut minua joskus olkapäilläänkin. Hänellä ei kai ollut muita omia lapsia kuin se poika, joka oli perinyt hänen nimensä ja ulkonäkönsä…

”Mitä ihmettä minä mietinkään?” äännähdin itsekseni, kun tajusin suunnittelevani, että voisin lähettää Josialle jotakin viestiä tuon nuoren ritarin kautta, jos hän kerta oli Josian ystävä. Mutta onneksi tajusin ajoissa, että jos puhuttelisin tuota Rikardia, hän saattaisi kuvitella siitä liikoja, koska hän tuntui olevan liiankin aulis ottamaan vastaan huomiotani, tai ainakin yleisesti ottaen miellyttämishaluinen. Niinpä pidättäydyin puhumasta hänelle sen enempää kuin muillekaan, ja aloin vältellä puutarhassa kuljeskelua, etten enää törmäisi häneenkään.

Sulkeuduin siis miltei kokonaan keskuslinnan sisälle, omaan huoneistooni. Yritin kirjoittaa ajatuksistani, itkeskelin yksinäisyydessä, laskeskelin seinäkiviä tornihuoneessani, katselin pilviä, jotka lipuivat pitkin vapaasti hengittävää taivasta, kuljin ahdistuneena ympyrää tai makasin lamaantuneena sängylläni, kunnes tuli päivä, jolloin Argillan vastikään kruunattu kuningas tuli tapaamaan isääni ja minua.

Valmistauduin tapaamiseen pukemalla ylleni suruasun kaltaisen puvun ja verhoamalla hiukseni yksinkertaisen hunnun sisään. Jätin kaulalleni vain Jooel Vaeltajan antaman riipuksen. Mielessäni Viisauden johdatusta anoen astelin kuninkaan vastaanottohuoneeseen, jossa tarjolla oleva sulhaseni odotti isäni kanssa. Oloni oli tyyni; ehkä rauhallisempi kuin koskaan aiemmin oli ollut. Aivan kuin jokin itseni ulkopuolinen voima olisi rauhoittanut sieluni ja johdattanut toimintaani.

Tervehtiessään minua muodollisesti Argillan kuningas näytti myös hämmästyvän. Olihan hän aiemmin Cardusiassa vieraillessaan nähnyt minut kaikin koristuksin varustettuna, ja olin ehkä jopa hymyillyt hänelle, valmiina ottamaan vastaan ihailevia katseita. Hymyilin nytkin, mutten keimaillakseni, vaan osoittaakseni, etten pelännyt häntä. Huomasin kyllä, että ulkoasuni teki häneen vaikutuksen.

”Olemme tehneet myötäjäissopimuksen”, isäni ilmoitti. ”Ja ehdotan kihlapäiväksi syyskuun kolmattakymmenettä.”

Katsoin suoraan Argillan kuninkaan varsin omahyväistä olemusta. Hän arveli varmasti olevansa jollain tapaa komea härkämäisine niskoineen ja prameine vaatteineen, mutta minua hänen ulkomuotonsa ei miellyttänyt.

”Olen pahoillani, mutta omatuntoni pakottaa minut ilmaisemaan epäröintini avioliittoaikeitanne kohtaan”, sanoin. Argillan kuningas katsahti isääni, joka punehtui silminnähden.

”Mitähän Te mahdatte tarkoittaa?” sulhasehdokkaani kysyi hädin tuskin peittäen ylenkatseen äänestään. Vedin syvään henkeä ja katselin jonnekin noiden loistokkaisiin kuoriin puettujen, mutta hämmentyneiden miesten taakse.

”Hyvä Aertonius, omatuntoni sanoo, etten ole sellainen vaimo, joka sopisi Teidän tarkoituksiinne. Tiedättehän, että vain muutamia päiviä sitten pakenin linnasta hovinarrin seurassa, koska en halunnut enää osallistua hovielämään? Koen tarvitsevani yksinäisyyttä, ja toivoisin olevani Vaeltavien Veljien kaltainen. Itse asiassa asuisin mieluummin yksin luolassa kuin kuninkaanlinnassa hoviväen keskellä. Näin ollen avioituminen kanssani tuskin vastaisi Teidän toiveitanne ja odotuksianne! Tarvitsettehan nimenomaan edustusvaimon, joka näkyvällä tavalla toimisi poliittisten tarkoitusperienne hyväksi. Sellaiseen minusta ei ole! Maineeni ja tämänhetkisen sieluntilani huomioiden en pidä itseäni kelvollisena kuningattareksi”, selitin rauhallisesti. Sitten katsoin suoraan Argillan kuninkaaseen. ”Itse asiassa minusta tuntuu, että olen menettämässä ihmiselle ominaisen järkeni, ja eläisin mieluummin kuin vapaa eläin…”

Sanojani seurasi pitkä ja todella vaivautunut hiljaisuus. Huomasin Argillan kuninkaan nenäjuonteiden syvenevän huonosti peitetystä inhonpuuskasta, kun hän kääntyi katsomaan isääni ikään kuin kysyäkseen, onko tämän tytär todellakin mielenvikainen. Tuolla hetkellä melkein säälin häntä.

”Haluan keskustella tyttäreni kanssa”, isäni sanoi viimein, häkeltyneenä ja hieman takellellen. ”Ehkä sitten sovimme aikataulun hänen toiveensa huomioiden…”

Argillan kuningas heilautti ylellistä viittaansa aivan kuin olisi halunnut pyyhkäistä minut ja iljettäväksi muuttuneen kihlasuunnitelmansa jonnekin loitommalle ylevästä persoonastaan.

”Se… ei ehkä olekaan tarpeen”, hän sanoi hitaasti. Saatoin nähdä, miten hänen kasvoilleen levisi valehtelun puna. ”Minä… kunnioitan prinsessa Jelisepan omatuntoa, ja hänen… mielipidettään. Niinpä… katson aiheelliseksi purkaa kihlauksemme. Saatte asianmukaisen korvauksen sopimuksen peruuttamisesta!”

”Mutta… Oletteko Te nyt aivan varma ratkaisustanne?” isäni totesi häkeltyneenä. Kuningas Aertonius sai vaivoin katsahdettua minuun teeskennellen armollisuutta.

”Olen kovin pahoillani tyttärenne sielullisesta tilanteesta, ja toivon hänelle terveyttä ja pitkää ikää”, hän sanoi kohteliaasti, mutta kylmästi. Miten suuri olikaan ihmisen inho sairautta, etenkin mielen sairautta kohtaan! Eihän hän voinut ymmärtää, että sisäisesti saatoin olla jopa tervehtymässä, tai ainakin lähempänä aidompaa ja totuudellisempaa elämää, toisin kuin hän itse.

”Ehkä sovimme korvauksesta nyt saman tien, niin saamme asian hoidetuksi samalla vierailulla”, Argillan kuningas jatkoi kääntyen isäni puoleen, kasvoillaan kireän vaivautunut ilme. ”Annettakoon myös tiedoksi kansalle, että tämä… kihlasuunnitelma on nyt peruttu… molempia osapuolia tyydyttävällä tavalla!”

Isäni oli mykistynyt hämmästyksestä. Hän oli pelännyt joutuvansa korvaamaan Argillan kuninkaalle vähintäänkin myötäjäiset ja sotapoliittisen edun, jos tämä ei olisi saanut minua kuningattarekseen. Hän oli valmistautunut jopa sotaan, koska oli ollut ilmeistä, että olisin Argillan kuninkaalle mieleinen ja poliittisessa mielessä tavoittelemisen arvoinen puoliso. Mutta tilanne olikin muuttunut; kääntynyt jokseenkin päälaelleen. Argillan kuningas halusi päästä eroon koko naimakaupasta, ja oli jopa valmis maksamaan korvausta, kunhan vain pääsisi siitä irti mahdollisimman hiljaa ja siististi, aiheuttamatta myöskään itselleen ikävää mainetta morsiamen hylkääjänä.

”Voin kai poistua?” kysyin isältäni, ja hän nyökkäsi. Katsahdin hiljaa Argillan kuninkaaseen ja nyökkäsin hyvästiksi. Hänen ilmeensä paljasti, ettei häntä pahemmin haittaisi, vaikkei hän enää koskaan näkisi minua missään. Ehkä hän katsoi minua kuin häkissä riutuvaa vaarallista villieläintä. Isäni ilme oli vaikeammin ymmärrettävissä. Hän oli tyrmistynyt, mutta myös jollain tapaa hätääntyneen oloinen. Saattoiko hän sittenkin olla huolissaan terveydentilastani? Vai oliko hän vain turhautunut ja vihainen, ja yritti peittää todelliset tunteensa minulta ja vieraaltaan?

Poistuessani kuninkaan vastaanottosalista toivoin voivani jättää hyvästit muillekin hovielämän velvollisuuksille, juonitteluille ja teeskentelyille. Mutta tiesin olevani vielä niiden vaikutuspiirissä, enkä tiennyt miten olisin voinut konkreettisesti paeta tilannettani. Silti, huoneeseeni päästyäni heittäydyin vuoteelleni ja itkin kiitollisena ja helpottuneena, koska tiesin saaneeni avun siltä samalta taholta, johon myös Vaeltajaveli Jooel ja ritari Josia turvasivat. Aloin uskoa Totuuden voimaan.

LUKU III

Oli kulunut jo päiviä siitä kun olin vapautunut kihlauksestani Argillan kuninkaaseen. Kuulin hovineidoilta, että isäni oli saanut korvaukseksi maa-alueen koillisesta Argillasta, Itäisen Vuoriston raja-alueelta. Se tuskin oli viljavinta ja tuottoisinta maata Argillan ja Cardusian rajaseuduilla, mutta kuulemma sotilaallisesti hyödyllinen alue, joka oli jo silloin, kun Cardusia irrottautui Molcavarathiasta, toiminut tukikohtana cardusialaisille kapinallisille, joita jotkut Argillan ylhäisistä olivat tukeneet. Jokin vanhempi linnake oli joskus sijainnut Argillan ja Molcavarathian rajalla, ja nyt Argillan kuningas oli luopunut maa-alueesta tuon linnakkeen ja Radoshajoen välissä. Jos en olisi esiintynyt mielenvikaisena kuningas Aertoniuksen silmissä, hän tuskin olisi perunut kihlasopimusta, eikä Cardusia olisi saanut tuota aluetta hallintaansa.

Tuo asia kiinnosti minua vain jonkin aikaa; sitten aloin taas pohtia omaa tilannettani. En tiennyt mitä isäni pohjimmiltaan ajatteli minusta ja käytöksestäni. Hän oli alkanut varustaa jotakin huoneistoa läntiseen linnantorniin. Näin myös, että linnanpihalla liikuskeli Vaeltavia Veljiä. Olin kuitenkin liian väsynyt ottaakseni asioista selvää; tuskin poistuin huoneistostani, eikä kukaan minua minnekään käskenytkään. Isäni määräyksestä hovineidot tarjosivat minulle seuraansa joka päivä. Joskus vaihdoin muutaman sanan heidän kanssaan, joskus lähetin heidät tiehensä puhumatta sanaakaan.

Isäni käskystä sain ylelliset ateriat huoneistooni. Söin yksin, koska minua ei pyydetty linnansaliin. Olin siis melko yksinäinen. Sinällään se ei vaivannut minua, mutta toisaalta, hetkittäin, ikävöin tietynlaista seuraa. Muistelin unissani pakomatkaani ja seuralaisiani tuolla epätoivoisella seikkailulla. Minulla oli aikaa miettiä asioita ja kirjoittaa mietteitäni muistiin. Mutta tyhjinä hetkinä ikävöin jonnekin muualle, ja unissani muistelin ritari Josian kasvoja.

Hoviväki, ja ehkä kansakin, piti minua hulluna.

”Hullu prinsessa”, huusi joku pikkupoika tiellä, kun eräänä päivänä katselin ulos tornihuoneen ikkunasta. Häpesiköhän isäni minua kovin? Vai välittikö hän minusta lainkaan? Ehkä hän häpesi, mutta asemassaan hän saattoi esittää vastuuntuntoista ja huolehtivaista isää. Enhän kuitenkaan ollut sellainen mielipuoli, että olisin juoksennellut linnanpihalla kirkuen ja itseni häpäisten, ja pakottanut sellaisella käyttäytymisellä isäni tai Neuvoston kovempiin toimenpiteisiin. Niin ollen sain olla rauhassa, mutta kukaan ei kunnioittanut minua muutoin kuin kuninkaan tyttären aseman vuoksi. Olin eräänlainen hylkiö, jota ei kuitenkaan voinut virallisesti hylätä.

Hovineidot ja kamarirouvat juorusivat keskenään, kuten oli odotettavissakin. Eräänä päivänä pakottauduin sietämään heidän seuraansa, koska halusin saada edes jotakin tietoa siitä, mitä ympärilläni tapahtui. Niinpä istuin käsityön ääressä ja annoin erään siedettävän hovineidon harjata hiuksiani. Samalla kuuntelin, mitä meistä kauempana olevat naiset puhelivat keskenään.

”Haluatteko että palmikoin hiuksenne?” Iliana-neito kysyi, ja huomasin hänen olevan hieman varuillaan lähelläni, mutta silti ystävällinen. Toiset neidot eivät pystyneet edes peittämään inhoaan tai pelkoaan minua kohtaan. Teki melkeinpä mieleni esittää hullumpaa kuin olinkaan, jotta olisin säikäyttänyt heidät kaikki ulos tekoystävällisistä kuoristaan.

”Ei tarvitse, kiitos”, sanoin hiljaa. ”Linnassa on ilmeisesti ollut kovin vilkasta viimepäivinä…”

”Niin, kuningashan on kutsunut mahdollisen tulevan morsiamensa vierailulle”, Iliana-neito sanoi, tajusi sitten, etten tiennyt isälläni mitään morsianta olevankaan, ja katsahti minuun hieman nolostuneen säälivästi.

”Kukahan tämä morsian sitten on?” kysyin yrittäen olla välittämättä siitä, että olin hölmön asemassa. Isäni ei ollut kertonut minulle aikeistaan avioitua uudelleen; eikö hän pitänyt minua enää edes perheenjäsenenä? Miksi hän oli salannut aikeensa minulta?

”Molcavarathian valtakunnan prinsessa, Mormessa Melchiorintytär”, Iliana vastasi hiljaa.

”Mormessa Melchiorintytär?” toistin niin häkeltyneenä, että jäin tuijottamaan häntä silmät laajenneina, ja hänen kasvoilleen levisi hyvin säälivä ilme. ”Mutta… Isäni ei… En ymmärrä, miten hän on voinut…”

”Olen pahoillani, Teidän Korkeutenne”, Iliana-neito huoahti hieman pelästyneellä äänellä. ”Hän ei varmaankaan ole halunnut huolestuttaa Teitä puhumalla asiasta ennen kuin mitään varmaa on edes sovittu! Mutta prinsessa Mormessa tulee pitkälle vierailulle Cardusiaan, ja kuulin, että hän on esittänyt aikeensa tutustua kuningas Willefiin, sillä mielin siis, että kelpaisiko tämä hänen puolisokseen. Ja ainakin Neuvoston virkamiehet ovat avoimesti esittäneet ajatuksia siitä, että kyseinen liitto turvaisi Cardusian aseman suhteessa naapurivaltioihin..."

"Niin... osana Molcavarathiaa!" puuskahdin irvistäen, ja Iliananeito rohkeni koskettaa olkapäätäni rauhoittavasti. En edes ymmärtänyt hänen hyväntahtoista elettään; olin niin häkeltynyt ja ärtynyt, että olisin voinut huutaa heille kaikille, etten halunnut kuulla sanaakaan mistään inhottavasta prinsessasta, joka halusi tulla arvioimaan minun isäni kelvollisuutta itselleen.

Muut seuraneidot olivat kuitenkin kuulleet, mistä puhuimme, ja saivat uuden lörpöttelynaiheen. Sain kuulla kaikkea enemmän tai vähemmän todenmukaista ja tärkeää tuosta ylhäisestä neidosta, josta Neuvosto halusi kaiketi tehdä äitipuoleni ja uuden kuningattaren. Sisimpääni koski, enkä todellakaan jaksanut enää kuunnella heitä.

"Sano heille, että haluan olla rauhassa, ja vie heidät pois", sanoin Ilianalle, ja pian lauma hovineitoja sipsutteli ulos huoneestani. En jaksanut välittää heidän nenäkkään uteliaista, pelokkaista tai säälivistä katseistaan. En pystynyt hyväksymään sitä, että isä oli joutunut taipumaan Neuvoston juonitteluihin. Ei isä menisi naimisiin uudelleen, ellei häntä siihen painostettaisi, eikä ainakaan minkään Melchiorin tyttären kanssa. Jos tytär olisi sellainen, jollaiseksi Narri oli hänet pilkkalaulussaan kuvannut, en voisi sietää häntä. En voisi katsella häntä isäni rinnalla; saati sitten kutsua häntä äidikseni...

Seuraavana päivänä isäni kutsui minut puheilleen. Hän oli kohteliaan varautunut; kyseli tekemisiäni ja vointiani, muttei kuunnellut vastauksiani. Muistelin äitini kasvoja. Äiti oli kuollut heti kohta sodan jälkeen, edellisenä vuonna. Kansa oletti kuningattaren kuolleen heikon terveytensä ja piirityksen aiheuttamien koettelemusten seurauksena. Minä pidin syyllisenä Neuvostoa, joka oli tehnyt Cardusian hovissa elämisestä kidutusta Warginmaassa varttuneelle neidolle. Se äidin oli näännyttänyt kuoliaaksi; ei sotatila, tai piiritys ja huono ravinto... Tai niin olin siihen saakka ajatellut. Kun näin isäni pidättyväiset kasvot, mieleeni nousi hirvittävä ajatus. Jos äiti eläisi, Neuvosto ei voisi ajatellakaan Molcavarathian prinsessan naittamista isälleni...

Mutta koska äitini oli kuollut, kaikki olettivat Cardusian leskikuninkaan tarvitsevan uutta puolisoa. Tietenkin hän tarvitsi perillistä;

siis poikaa, tai edes täysjärkistä tytärtä. Poliittinen syy moiselle naimakaupalle oli ilmiselvä. Molcavarathian prinsessan puolisona Cardusia pystyisi ehkä puolustautumaan paremmin pienempiä naapurivaltioita vastaan, jos näillä oli valloitusaikeita. Neuvosto varmasti painosti isääni ottamaan vaimon kelvollisen kruununperillisen saadakseen, ja tietysti nimenomaan Molcavarathian kätyrit halusivat Melchiorin tyttären Cardusian hoviin.

Oliko isäni siis pelkkä sätkynukke, vai epätoivoinen? Saattoiko hän alistua Neuvoston ylivaltaan vastoin omia toiveitaan; vai oliko hän itse muka rakastunut prinsessa Mormessaan? Miten hän olisi voinut rakastua? Tuskin hän oli edes tavannut tätä aiemmin, tai jos olikin, silloin äiti oli ollut vielä elossa, eikä isä varmasti olisi katsellut sillä silmällä mitään prinsessoja. Ja jos saisin vihiäkään siitä, että joku iljettävän ahneen kuningas Melchiorin kätyreistä olikin edesauttanut äitini kuolemaa, mikään ei saisi minua hyväksymään sen suvun edustajaa kotiini.

Mutta jos sanoisin kauhistuttavan epäilykseni ääneen isälleni, hänen järkensä musertuisi. Hän raivostuisi ja ajaisi kaikki Molcavarathian lähettiläät linnastaan, ja siitä seuraisi verilöyly. Melchior teurastaisi Cardusian kansan säälimättömyydellään ja sotilaallisella ylivoimallaan…

”Isä, miten voitte edes harkita liittoa Melchiorin perillisen kanssa?” kysyin hiljaa, kalvenneena hirvittävistä ajatuksistani. Hän katsoi minua pidättyväisen surullisena.

”Puolet Neuvostosta on raivoissaan siksi, että sinun kihlauksesi Argillan kuninkaan kanssa peruttiin. Melchiorin kannattajat olettivat joskus, että Argillan kruununprinssi, siis nykyinen kuningas, huolisi Mormessan, mutta siitä ei tullut aiemminkaan mitään… Nyt Melchior on lähestulkoon sotajalalla Argillaa vastaan, ja jos Cardusiakin suututtaa hänet, hän hyökkää saman tien kumpaankin valtakuntaan”, isäni sanoi hiljaa. ”Argillan kuningas ei tule huolimaan Mormessaa edelleenkään, joten…”

”Teidän on siis siedettävä prinsessa Mormessaa täällä, koska Melchior ei saa häntä naitetuksi muuallekaan”, äännähdin.

”Toivoisitko mieluummin, että täällä olisi vieraana Molcavarathian prinssi Rodolf?” isä kysyi huoahtaen, ja tietysti ymmärsin hänen ajatuksensa. ”Vuosia sitten torjuin ajatuksen Rodolfista sinun kihlattunasi, ja siitä seurasi ankara sota! Ymmärrät varmaan, mitä tapahtuu, ellen ole nyt niin kohtelias kuin kykenen tuolle prinsessalle, jonka hyväksynnästä on kiinni useamman kansan kohtalo… Tuhansien viattomien ihmisten elämä!”

En ehtinyt sanoa siihen mitään; lähestulkoon säpsähdin, kun keskustelumme keskeytyi, kun palvelija ilmoitti Molcavarathian prinsessan saapuvan seuraamme. Katselin epäluuloisena tuota pitkää ja rehevämuotoista, hädin tuskin muutaman vuoden itseäni vanhempaa naista. Hänellä oli komea päähine vaaleilla kutreillaan ja kasvoillaan juuri niin omahyväinen ilme kuin osasin jo arvata.

Tervehdimme muodollisesti. En voinut pitää hänestä; miten olisin voinut pitää, kun ikävöiden muistelin äitini teräväpiirteisiä, mutta rakkautta viestiviä kasvoja? Heittäydyin välinpitämättömäksi, koska en voinut hillitä syvempiä tunteitani. Prinsessa Mormessa oli ylevän kohtelias, mutta viileä, ja hänen ylpeä katseensa näytti arvioivan kaikkea minussa. Hän ei vaivautunut edes kyselemään mitään minun kiinnostuksistani, tai varsinkaan ajatuksistani. Hyvin pian hän jatkoi puhumista itsestään, omista harrasteistaan ja mielihaluistaan, ja siitä, millaisia muutoksia toivoisi kuninkaanlinnaan ja huoneistoonsa, jos asuisi siellä pidempään. Ja samalla hän sivuutti minut ulos keskustelusta kokonaan.

Heti kun vain kohteliaisuuden vähimmäisvaatimukset sallivat, pakenin paikalta omaan huoneistooni. Siellä itkin lohduttomasti; ikävöiden äitiäni, jota en kai ollut moniin kuukausiin uskaltanut edes muistella ja surra, ja järkyttyneenä siitä, millaista pahuutta vallanhalu saattoikaan saada aikaan ihmismielessä. Jos joku olikin surmannut äitini… Äitini, jonka elämä oli ollut kärsimystä siitä lähtien, kun hänet tuotiin kotimaastaan Cardusian Neuvoston käskyvallan alle. Olisiko hän voinut koskaan vapautua asemansa tuomista säännöistä ja velvollisuuksista? Oliko hän ollut koskaan onnellinen, edes minun kanssani?

Hän ja isä olivat kyllä kiintyneet toisiinsa ja osoittaneet ystävällisyyttä toisilleen, mutta Neuvosto ei ollut sallinut meidän viettää aikaa yhdessä, perheenä. Kuninkaalla oli velvollisuuksia, ja kuningattarella sitäkin enemmän kahleita ja sääntöjä. Jos olisin voinut pelastaa äitini Neuvoston kynsistä; molcavarathialaisten vallanhaluisilta juonilta… Mutta miten olisin pystynyt siihen? Enhän osannut pelastaa itseänikään. En voinut pelastaa isäänikään; hänkin oli avuton ja joutui puuduttamaan itsensä, että sietäisi tilannettaan…

En halunnut tavata Molcavarathian prinsessaa uudelleen. En haluaisi edes nähdä koko iljettävää Mormessaa, vilaukseltakaan, saati sitten kuunnella, miten hän selosti ääneen omia turhamaisia mielihalujaan. Kieltäydyin sairaalloiseen mielentilaani vedoten kaikista tilaisuuksista, joissa hän olisi ollut paikalla, eikä kukaan enää parin päivän jälkeen minua sellaisiin kutsunutkaan. Arvelin, että prinsessa loukkaantuisi poissaolostani, mutten jaksanut välittää siitä. Toivoin vain, että hän ajattelisi minun olevan sairas, eikä edes odottaisi minun ilmaantuvan seurustelemaan kanssaan.

Joitakin päiviä myöhemmin palvelija ilmoitti hieman salamyhkäisesti, että minulle olisi vieras. Olin jokseenkin hämmästynyt; kuka minun luokseni uskaltaisi tai edes haluaisi tulla? Asettelin pukuni helmaa ja hiuksiani, kun joku asteli porrasaulan läpi makuukamariani kohti. Kun vieras astui sisään oviaukosta, lehahdin punaiseksi, enkä tiennyt näytinkö enemmän pettyneeltä vai ilahtuneelta.

”Tervehdys, Jelisepa”, Narri lausahti ironisen hilpeästi ja katsoen minua häpeämättömästi silmiin. Tuijotin hänen silmiinpistävää olemustaan, ja mieleeni piirtyi hetki, jolloin olin viimeksi nähnyt hänet huoneeni ovella.

”Miten sinä rohkenet tulla luokseni? Etkö pelkää että isäni karkottaa sinut hovista?” kysyin varsin kiusaantuneena, tuntien, miten sydämeni alkoi jyskyttää epämääräisestä kiihtymyksestä. Narri kohautti olkapäitään ja virnisti.

”No, ei hän välttämättä saa tietää vierailustani, ainakaan heti”, hän sanoi. ”Kaverini, jonka sinäkin arvattavasti tiedät nimeltä, oli nimittäin vartiovuorossa, ja tuo palvelija taas on hänen tuttavansa. Eikä tämä tunnu enää yhtä uhkarohkealta tempulta kuin se ensimmäinen kerta, koska nyt en pelkää enää arvon prinsessan närkästystä!”

”Vai niin... Oletpa onnekas, kun olet säilyttänyt ystävyyssuhteesi hölmöilystäsi huolimatta! Mutta mitä asiaa sinulla on minulle? Halusitko ehkä tyydyttää uteliaisuuttasi, kun tulit tapaamaan minua?” kysyin hiljaa, yrittäen peittää hämmennykseni hieman ylimielisellä äänensävyllä. ”Olethan kai kuullut kaikesta... siis siitä mitä on tapahtunut viime aikoina.”

”Niin, olenpa tietysti. Hoviväki juoruilee, ja rahvas kehittää omat versionsa”, Narri naurahti. Hänen silmissään oli tutkiva, mutta jollain tapaa levoton katse. ”Mutta sinä olet rohkeampi kuin olisin uskonutkaan. Miten uskallat leimata itsesi mielenvikaiseksi kaikkien silmissä? Ikäneidot ainakin kuulemma pitävät sinua hulluna, kun et huolinut Argillan nuorta, komeaa kuningastakaan...”

”Entä jos olenkin oikeasti hullu? Mistä sinä tiedät, etten ole?” kysyin melkein huvittuneena. Narri hörähti matalaan nauruun.

”Jos sinä olet oikea hullu, niin sitten minäkin olen. Minun asemani vain sattuu olemaan helpompi, kun minun ei edes tarvitse yrittää esittää täysjärkistä...”

”Minä olen yrittänyt lopettaa kaikenlaisen teeskentelyn”, sanoin huoahtaen. ”Mutta kohteliaisuuden nimissä joutuu silti toisinaan peittämään todellisia ajatuksiaan ja tunteitaan.”

”Niin, sinä ehkä joudut, mutta minun ei tarvitse olla edes kohtelias! Sanon kaikille suoraan mitä heistä ajattelen, ja jos se on törkeää, kaikki nauravat. Asianomainen siksi, että luulee minun vitsailevan, ja muut kuulijat siksi, että tietävät minun puhuvan asiaa!”

”Enpä tiedä, onko tuo minusta kovinkaan huvittavaa. Toivoisin, että yrittäisit kuitenkin minun seurassani olla kohtelias”, mutisin miettien, etten ehkä haluaisi hänen sanovan suoraan, mitä hän minusta ajattelee.

”Sinulla ei oikein olekaan huumorintajua, itsesi suhteen ainakaan”, Narri naurahti.

”Entä jos se, etten ole huvittunut, johtuu siitä että olen murheissani?” ehdotin. ”Vai olenko mielestäsi pysyvästi synkkämielinen luonne?”

”Enpä usko”, Narri sanoi katsellen minua, mutristi suutaan ja pudisteli päätään. ”Tarvitsisit vain oikeanlaista seuraa, niin lakkaisit synkeilemästä...”

Narri astui lähemmäs ja tarttui käteeni aivan liian tuttavallisesti; melkein kuin ne nuorukaiset, joitten kanssa olin oleskellut hoviseurueessa. Ennen kuin ehdin ajatella pidemmälle, läppäisin häntä vapaalla kädelläni poskelle, jolloin hän irrotti otteensa.

”Argh, tuo sattui”, hän naurahti pidellen poskeaan ja irvistäen liioitellusti. ”On sinulla ainakin vielä sisua, niin ettet kai ole ihan lamaantuneen murhemielinen! Mutta etkö juuri sanonut toivovasi, että olisin sinun seurassasi kohtelias? Luulin että olisin voinut tervehtiä sinua käsisuudelmalla, kuten hyvätapaiset ylimysmiekkoset tekevät! Mutta en kai kuulu sinun mielestäsi siihen luokkaan...”

”Anteeksi”, sanoin hieman nolostuneena. ”En ole pitkään aikaan ollut sellaisessa seurueessa. Enkä ymmärrä, mitä oikein minusta haluat, ja etkö yhtään välitä omasta maineestasi?”

”No tuskinpa oikeasti haluat minun sanovan ääneen, mitä minä sinusta haluan, äläkä nyt sinä minun maineestani huolehdi!” Narri virnisteli rauhoittelevasti. ”Meistähän on jo juoruttu ihan kylliksi! Ei se ketään enää kiinnosta, vaikka paljastuisikin, että pistäydyin silloin tällöin sinun kamarissasi.”

”Minulle sillä on merkitystä, vaikkei kukaan muu siitä välittäisikään! En halua kenenkään kuvittelevan, että meidän kahden välillä olisi yhtään mitään. Se olisi iljettävää ja alentavaa minulle, etkä kai sentään oikeasti halua, että isäni lähettää sinun maanpakoon?" totesin kiukustuneena. Narri vain naurahteli, mutta hänen ilmeensä oli kiusallisen arvoituksellinen.

"No, hyvä on, olen iljettävä ja alentava tuttavuus, niin ettet halua, että meidän kahden välillä olisi mitään… Mutta kenties haluat jotakin jonkun muun kanssa? Ehkä jonkun, jonka asema olisi kenties hieman soveliaampi… Siis, esimerkiksi sentään ritarin tasolla…"

"Ei kun yleensäkään", sanoin punehtuneena. "En halua yhtään mitään sellaista, mitä sinun likainen mielikuvituksesi keksii!"

"No, kunhan kokeilin huumorintajuasi", Narri tokaisi, käännähti ja istahti laiskan oloisesti leposohvaani. Olin hetken hieman närkästynyt, mutta toisaalta oloni muuttui jollain tapaa rennommaksi. Narrin seurassa minun ei tarvinnut ponnistella edes ollakseni kohtelias. Menin istumaan leposohvan toiseen päähän ja päätin olla suomatta hänelle enää sitä iloa, että edes nolostuisin hänen takiaan.

"Oletko kuullut Vaeltaja Jooelista?"

"Äh, etkö halua tietää, mihin tuhlasin palkkiorahani?" Narri huokaisi vilkaisten minua jokseenkin härnäävästi. "No, hankin uuden soittimen, sattuneesta syystä, ja… Niin, yksi seuraneidoistasi yritti kosiskella minua, ja olin miltei langeta häneen, koska tunsin itseni peräti imarrelluksi hänen huomiostaan! Mutta eipä siitä sitten tullut mitään, koska hän oli vain kalpea häivähdys ihannenaisestani, ja olisin luultavasti hylännyt hänet heti sinä päivänä, kun olisin kohdannut silmästä silmään haaveitteni täyttymyksen, joten, olisi ollut moraalisesti väärin sitoa itsensä häneen, vai mitä prinsessa asiasta ajattelee?"

"Kysytkö minulta moraalista mielipidettä?" kysyin häkeltyneenä.

"Jos tietää todennäköisesti rakastavansa jonain päivänä jotakuta toista, ei kai ole oikein sitoa itseään johonkuhun muuhun, vaikka tämä ehkä olisikin yleisen mittapuun mukaan ihan sievä ja hyvin kiltti?" hän kysyi muuttaen katseensa teräväksi. Pelkäsin punehtuvani hänen tuijotuksensa kohteena, ja siksi aloin tiirailla lohjennutta kynttäni.

"Sinun naisasiasi eivät kaiketi kuulu minulle, millään tavoin", sanoin hieman takellellen, vaikka minulla olisi jostain syystä huvittanut tietää, kuka typeristä seuraneidoistani oli muka häntä ahdistellut.

"No, haluaisin silti kuulla mielipiteesi", Narri totesi hymyillen vinosti. "Teinkö oikein, kun en langennut hetkelliseen omahyväisyyteen, herttaisen huolenpidon ja räpyttelevien silmien ystävällisten katseitten paistatteluun? Hän olisi luultavasti halunnut tehdä minusta kiltin ja särmättömän, hajuttoman ja mauttoman hellyytensä kohteen… Ihan niin kuin jonkun sylikoiran, jolla on liuta saparoita turkissaan ja päälaella kullalla kirjailtu rusetti!”

”Jos todella haluat tietää mielipiteeni, niin mielestäni olisit ollut typerys, jos olisit sitonut itsesi sellaiseen kohtaloon, mihin sinussa ei pohjimmiltasi ole aineksia”, sanoin ilkeämmin kuin oikeastaan olin tarkoittanut. ”Hän olisi joutunut pettymään haaveissaan, koska tuskinpa todellakaan olisit hänen unelmiensa sylikoira! Saati sitten kun olisit jonakin päivänä hypännyt kuolaamaan jonkun toisen syliin.”

”Eli tein myös häntä kohtaan oikein, niinhän?” Narri kysyi huvittuneena, mutta tuijottaen minua edelleen haastavasti, niin että kiusaannuin.

”Annoitko hänen ymmärtää, että olisit valmis sitoutumaan häneen?” kysyin ärtyneenä.

”En oikeastaan… Mutta saattoihan hän niin kuvitella pienen hetken ajan, koska suostuin tapaamaan hänet kahden, kun hän niin pyysi”, Narri selitti tarkkaillen ilmeitäni. ”Varovaisen tunnustelun pohjalta totesin, että jos hän on hunajaleivos, minä olen suolalihaa… Ja mitä sellaisesta yhdistelmästä tulee?”

”Yököttävää!” puuskahdin oikeastaan edes vastaamatta hänen kysymykseensä. ”Onko kyseessä sama neito, jonka rakkauden saavuttamisesta löit vetoa saadaksesi miekan?”

”Haluatko todella tietää?” Narri kysyi, ja hänen silmänsä kaventuivat hieman luihuiksi.

”En tietenkään! Haluan vain ilkeillä sinulle, koska sinä ilkeilet minulle! Ei minulla todellakaan kiinnosta käsitellä enempää sinun romanssejasi! Niitä tietysti on lukuisia, mutta puhut teeskentelevän vaatimattomasti vain yhdestä tai kahdesta”, sanoin hymähtäen. Narri naurahti ja ilvehti hämmästynyttä.

”Niinkö todella luulet? Olenko todellakin mielestäsi niin viehättävä? Entäpä jos olenkin oikeasti ihastunut pelkästään omaan peilikuvaani?” hän totesi kysyvästi.

”Luultavasti oletkin, jos kauneusihannettasi vastaavia olentoja on kerta niin harvassa”, hymähdin, ja Narri laski katseensa aivan kuin olisi melkein hämmentynyt, naurahti hiljaa, ja nosti sitten taas katseensa minuun.

”No, joka tapauksessa, koska se eräs yksipuolinen romanttinen juttu loppui alkuunsa, ei tuhlaantunut rahaa kosiskelumenoihin eikä sormukseenkaan”, hän totesi virnistäen. ”Ja loput rahat katosivat jonnekin. Ehkä hevoseni söi ne eilen illalla, kun oli niin nälissään pitkästä matkasta... Tai no, ehkäpä kävin Rikardin kanssa kievarissa, mutten kyllä muista siitä mitään!"

Huoahdin syvään, tuskastuneena. Narri vilkaisi minuun ja ilvehti kärsimättömyyttä, ilmettäni matkien.

"Kysyin sinulta Vaeltaja Jooelista, enkä sinun ajanvietostasi", sanoin viileästi. "Oletko ihastuksesi vallassa ja kievareissa luuhatessasi unohtanut koko Vaeltajaveljen?"

"No en tietenkään, höpsö! Vaeltaja Jooel on siellä missä armas ystävämme Josiakin", Narri sanoi naurahtaen.

"Missä? Itäisessä Vuoristossako?" kysyin hämmästyneenä, enkä edes tajunnut huomauttaa, ettei hänellä ollut oikeutta nimitellä minua "höpsöksi".

"Niin, siellä päin minne sinä yritit paeta", Narri sanoi pohdiskelevasti. "Mitäs sinä siitä?"

"Haluaisin vain tietää... voivatko he hyvin. Siis etten ole aiheuttanut mitään pysyvää vahinkoa heidän elämäänsä", selitin hiljaa, hieman nolostuneena. Narrilta tuskin saatoin odottaa myötätuntoa, pikemminkin irvailua ja ilkkumista. Mutta yllätykseksi hän vakavoitui hivenen.

"No Josia on ollut siellä Itäisessä vartiolinnakkeessa, ja tavannut Jooelia Naisyhteisön läheisessä kylässä, ja vieraillut niitten Naimattomuuden Valinneitten Naisten luona..."

"Miksi ihmeessä?" kysyin hämmentyen, ja Narri katsoi minua alkaen taas virnistellä ärsyttävästi.

"Ohhoh, oletpa todellakin kiinnostunut heistä kahdesta, vaikka toinen on valtakunnan vihollinen, ja toinen pelkkä ritari! Oletko kenties huolissasi Jooelin naistuttavista? Vai Josianko yksityisasioita haluat udella?"

"Älä viitsi olla naurettava! Haluaisin vain tietää jotakin heidän elämästään, enkä minä pidä Vaeltajaveljiä valtakunnan vihollisina... Etkö voisi kertoa minulle, mitä heistä tiedät?" kysyin kärsimättömänä, suorastaan irvistäen hänelle. Narri katseli minua vieläkin hieman kiusoittelevasti, nojautui sitten taaksepäin ja haukotteli.

"Ai, haluatko kuulla heidän koko elämäntarinansa? Siihen voi kyllä kulua muutama päivä, mutta jos olet varma siitä, että saan oleilla huoneistossasi niin kauan, niin mikäs siinä... Mielellänihän minä tässä lojun ja auon suutani, etenkin jos ilahdutat näköpiiriäni hienostuneella olemuksellasi!"

"Älä viitsi olla noin ärsyttävä!" huokaisin tuskastuneena. "Tarkoitin että lyhyesti, ja keskittyen viimeaikaisiin tapahtumiin..."

”No, hyvä on! Vaeltaja Jooel nyt on semmoinen, ettei hänen tekemisistään ota aina selvää, ja hän on tuntenut ritari Josian jo monta vuotta, siis Josian lapsuudesta saakka. Mutta Josia käy siellä Naisyhteisössä ihan itsekseen, siis ilmankin Jooelia”, hän naurahti. ”Etkö ole kuunnellut juoruja? Jokin aika sitten, kun Josian isä, ritari Joshua, kaatui sodassa Molcavarathian valtakuntaa vastaan…”

”Äitini oli sodan aikaan kuolemansairas”, sanoin hiljaa. ”En kuunnellut paljoakaan puheita siitä, mitä kuninkaanlinnan ulkopuolella tapahtui.”

”Niinpä, taisit olla aika paljon syrjässä kaikesta muusta”, Narri totesi hetkeksi vakavoituen, ja hänen kasvoillaan kävi taas se kummallinen ahdistus, joka tuntui liittyvän johonkin muistoon.

”Sinähän taisit olla jo silloin säännöllisesti viihdyttäjän töissä”, totesin. ”Tunsitko Josian jo silloin?”

”No tietysti… Ja, no, Josia otti isänsä paikan kuninkaan palveluksessa, ja oli sodassa ratsumiehenä. Sitä ennenhän hän oli jo ollut taisteluissa mukana isänsä aseenkantajana, vaikka olikin vielä aika nuori”, Narri selitti jotenkin hajamielisesti, ja epäilin hänen mielikuviensa elävän omaa tarinaansa.

”No, mutta mitä sitten tapahtui? Mitä tekemistä tuolla kaikella on sen Naisyhteisön kanssa?” kysyin vakavana.

”Ai niin, no, sillä aikaa Josian pikkusisko… hm, no, häväistiin, ja päätyi sinne Naisyhteisöön”, Narri selitti alkaen havahduttaa itseään tähän hetkeen liikehtimällä levottomasti. Hän vaikutti edelleen hajamieliseltä, tai ajatuksiinsa uppoutuneelta.

”Josia siis käy siellä tapaamassa sisartaan?” kysyin hämmästyneenä.

”No, et kai kuvitellut hänen kosiskelevan ketään Naimattomuuden Valinnutta, häh?” Narri totesi ja alkoi taas virnistellä härnäävästi.

”Mutta mistä sinä tiedät nuo asiat?” kysyin jokseenkin epäluuloisena. ”Mistä ylipäätään tiedät, missä he ovat?”

”No tiedän, koska kävin siellä suunnalla itsekin, vastikään, ja tapasin heidät, siis kummankin heistä”, Narri huoahti. ”Et kai sinä epäile minun sanojani?”

”En, kai… Mutta… miksi sinä vaivauduit matkustamaan sinne asti, kun sinulla on kai ollut tekemistä täälläkin päin valtakuntaa?” kysyin. Narri näytti hetken aikaa hieman hämmentyneeltä.

”No, äh… Kun mieltäni hieman vaivasi se, kun Jooel jäi silloin sinne yhteen kylään, siis silloin kun me jatkoimme sinun karkumatkaasi ilman häntä. Ja kun ei ollut tähdellisempääkään tekemistä, niin menin katsomaan, oliko hän siellä vielä ehjin nahoin, vai oliko hän lähtenyt jonnekin sen saamansa viestin takia", hän selitti, ja hänen hämmennyksensä huvitti minua. "Joku maalaistollo kertoi Vaeltajan jatkaneen matkaa Naisyhteisön läheiseen kylään, ja sieltä hänet sitten löysin…"

"Olit siis huolissasi hänestä", totesin hymyillen vinosti.

"Niin, no… Ehkä olin enemmän utelias kuin huolissani… Tai no, on minullakin jonkinlainen kyky huolehtia toisista… tai omatunto… tai joku sellainen parempi puoli, nähtävästi", Narri mutisi leikitellen pöydällä olevilla tavaroilla.

"Hyvä että on", totesin miettiväisenä. Narri oli tovin hiljaa, aivan kuin olisi taas muistellut jotakin. Mietin hieman levottomana, miten kauan hän oikein aikoi viipyä huoneistossani, ja voisiko hän ehkä auttaa minua jotenkin. Olisi tosin hieman arveluttavaa turvautua hänen apuunsa, jos hänessä oli hyvää vain toinen puoli…

"Oletpa sangen mietteliäs", Narri totesi sitten nostaen katseensa minuun. "Ja jollakin omituisella tavalla olet miellyttävämmän oloinen kuin silloin metsäseikkailullamme. Vaikka olisitkin entistä hullumpi…"

"Ai, kiitos, otan tuon kohteliaisuutena", mutisin katsomatta häneen suoraan. Syrjäsilmällä saatoin nähdä hänen katselevan minua, ja oloni muuttui hivenen kiusaantuneeksi.

"Se ei kuitenkaan ollut teeskentelyä… Siis, en sanonut sitä vain kohteliaisuuttani", Narri totesi naurahtaen jotenkin hämmentyneesti, ja kun vilkaisin häntä, hän näytti vääntelevän sormiaan ikään kuin olisi nolostunut. Se nolostutti minuakin, koska en oikeastaan halunnut hänen sanovan mitään aivan teeskentelemätöntä; sellaista siis, mikä nolottaisi kumpaa tahansa. Tai ehkä halusin, mutten ihan mitä tahansa…

"No… Et siis ole kärsinyt kohtuuttomasti siitä aiheuttamastani… koettelemuksesta?" totesin kysyvästi, pelkästään vaihtaakseni puheenaihetta.

"Enpä kai… Mutta niin, mitäs sinä yleisesti ottaen oikein aiot tehdä? Eleletkö täällä kultahäkissäsi loppuelämäsi?" Narri kysyi havahtuen taas äkkinäisesti mietteliäästä mielentilastaan. Hän venytteli jäseniään, oikoi ryhtiään ja alkoi katsella minua valppaasti arvioiden.

"Niin, häkissäni", toistin naurahtaen ilottomasti. "En oikein tiedä itsekään… Haluaisin kyllä pois täältä, mutta minne voisin mennä? Minne Neuvosto minut päästäisi, ja kuka minut ottaisi vastaan ja huolehtisi minusta?"

”Eikös isäsi voisi järjestää sinulle vaikka oman linnan jostakin? Itäisessä Vuoristossa on mukavia rähjäisiä pikkulinnoja, ja se kurjien, epäromanttisten naisten yhteisökin olisi lähellä”, Narri naurahti, ja irvistin.

”Ei Neuvosto soisi minulle sellaista vapautta! Jokuhan saattaisi käyttää hyväksi mielenheikkouttani ja yllyttää minut vaikka kapinaan isääni vastaan”, sanoin katkerasti. ”Luultavasti isäkin mielellään unohtaisi minut tänne hautautumaan elävältä, kunhan en vain aiheuta häiriötä tai poliittisia ongelmia.”

”Hm, niinpä! Äitipuolesi asemaan pyrkivä nainen ei kuulemma pidä siitä, että kuninkaanlinnassa asuu hullu prinsessa, joka on edelleen kruununperillinen”, Narri totesi vakavoituneena. ”Se ei liene sinullekaan yllätys?”

Kohautin hartioitani, mutta asian ääneen lausuminen tuntui pahaenteiseltä; se nosti mieleeni sen, mitä epäilin äidilleni tapahtuneen. En kuitenkaan voisi puhua siitä ääneen kenellekään; etenkään hänelle, koska hän luultavasti höpöttäisi siitä toverilleen seuraavan kerran kievarissa istuessaan…

”Se inhotus saattaa aikanaan painostaa Willefin tekemään asialle… siis sinulle, jotakin”, Narri jatkoi.

”Mitä tarkoitat?” kysyin hiljaa.

”No, esimerkiksi pakkoavioliittoa jonkun sopivan korkea-arvoisen ja tietysti Molcavarathialle lojaalin kuninkaan virkamiehen kanssa, josta tulee sitten holhoojasi ja vartijasi”, Narri selitti välinpitämättömän oloisesti.

”Tiedän kyllä, että Neuvosto haluaisi minun menevän naimisiin”, sanoin. ”Mutta ei isäni antaisi minua Molcavarathiaa mielistelevien käsiin…”

”Ai ei antaisi, vaikka itse seurustelee parhaillaan Melchiorin tyttären kanssa?” Narri totesi kysyvästi. ”Mietihän hieman, millaisia uhrauksia isäsi joutuu tekemään, jos haluaa suojella sinua! Jonain päivänä hän ei ehkä enää pysty turvaamaan sekä sinua että Ohdakemaan kansaa…”

”Ohdakemaan?” totesin kysyvästi.

”Sillä nimellä Vaeltajaveljet kutsuvat Cardusiaa”, Narri sanoi vakavoituneena. ”Jelisepa, otahan tämä asia nyt aivan tosissasi, vaikka narri olenkin! Jonakin päivänä isäsi saattaa joutua valitsemaan, vaarantaako koko kansan, vai vain sinun turvallisuutesi ja mukavuutesi…”

”Mukavuuteni hän on kyllä jo vaarantanut”, hymähdin. ”Et kai vihjaile, että hän haluaisi vaarantaa minun henkeni suojellakseen Cardusian kansaa?”

”Tuskin hän itse haluaa henkeäsi riskeerata, mutta tiedät varmasti, että joillekuille henkesi ei ole minkään arvoinen… Tai toisaalta, sinun hengiltä saamisesi on valtakunnan arvoinen asia”, Narri totesi hiljaa, ääntään madaltaen. ”Ehkä sinun kannattaa antaa jonkun ärsyttävimmän seuraneitosi maistella iltapalaasi ennen kuin itse nielet palastakaan… Ainakin kunnes prinsessa Mormessa on varmistanut asemansa tulevana Cardusian kuningattarena!”

”Et kai ole tosissasi?” äännähdin. En halunnut ajatella, että henkeni olisi vaarassa. Kieltäydyin uskomasta sitä; se oli minulle samanlainen etäinen ajatus kuin väite siitä, että taivaalla loistava aurinko oli muka kauempana kuin kuu…

”Miksi en olisi? Merkitsetkö Neuvostollekaan enää muuta kuin kiusallista häiriötekijää? Ja isälläsi on täysi työ suojella sinua liian julmilta kurinpitotoimilta. Hän joutuu ehkä uhraamaan omat rauhalliset vanhuudenpäivänsä suojellakseen sinua Neuvoston hampailta! Ehkä sinun olisi siis viisainta matkustaa ihan isäsi luvalla sinne Naisyhteisöön”, Narri totesi. ”Se voisi rauhoittaa fanaattisimmat Melchiorin kannattajat, ja pääsisit sen inhottavan naisen ulottuvilta…”

”Mutta… en oikein usko, että voisin mennä sinne”, äännähdin tuijottaen lattiaa.

”Ai miten niin et voisi? ”Narri kysyi kohottaen kulmiaan. ”Siellä kai ainakin saisit olla rauhassa sulhasehdokkailta, ja muutenkin unohdettuna, jos pysyttelet kiltisti Naisyhteisön seinien sisällä, etkä aiheuta häiriötä. Näkisit ehkä ritari Josiaakin silloin tällöin kaukaa jonkun inhottavan pikku kopperon ikkunasta, kun hän käy tapaamassa sisartaan, ja voisit ehkä tutustua mykkänä ja eleettömästi hänen sisareensa jossain yhteisissä puutarhanhoitotilanteissa, joissa vaalitaan hiljaisuutta ja mielihalujen ehkäisemistä… Eikö se olisi kaikin puolin mukavaa ja mielenkiintoista? Paitsi minun tietysti olisi aika hankala käydä tapaamassa sinua, ellen pukeutuisi vanhaksi tädiksi…”

”Älä viitsi pilailla! Naisyhteisössä olisin ehkä yhdessä suhteessa rauhassa ja turvassa, mutten silti vapaa”, sanoin tuskastuneena huoahtaen. ”Enkä edes viihtyisi pelkästään naisväen seurassa, jos he ovat vähänkin samanlaisia kuin seuraneitoni, tai sellaisia kamalia hapannaamoja kuin tapakasvatuksestani vastannut kääkkä!”

”Äh, kyllä siellä on kai ihan järkeviä ja rauhallisiakin naisihmisiä, vaikka tietysti sinne on päätynyt laumoittain sulhasettomiksi jääneitä tyhjäpäisiä neitojakin, koska sulhokandidaatteja kaatui valitettavan paljon viime sodassa”, Narri totesi naurahtaen. ”Ne, jotka yhteisön alkujaan perustivat vuosikymmeniä sitten, olivat kai vähän samantapaisia kuin Vaeltajaveljet. Mutta koska osattomille naisille on nähtävästi aina tarvittu jonkinlaista säilömispaikkaa, sekin yhteisö on kai muuttunut vuosikymmenten aikana ennemminkin Naimattomiksi Jääneitten Naisten elinyhteisöksi...”

”Siis perustivatko Vaeltajat sen yhteisön alun perin?” kysyin hämmentyneenä.

”No, ainakin Cardusian ensimmäiset Vaeltajaveljet auttoivat leskeksi jääneitä tai muuten apua tarvitsevia naisia, ja jotkut naisista uskoivat samoihin asioihin kuin Vaeltajat. Mutta naispuolisia Vaeltajia on kuulemma ollut alkujaankin liikkeellä paljon vähemmän kuin miehiä. Joitakin warginmaalaisia naisia kuulemma elelee siihen tapaan. Mutta naisväelle taitaa olla hankalampaa valita sellainen elämäntapa, jos ajattelee, että tällaisessa maailmassa ruumiin voimiltaan heikommat ovat turvattomammassa asemassa! Yhteisössä on kai naiselle turvallisempaa elellä kuin vaellella kaksin tai yksin pitkin maita ja mantuja”, Narri sanoi mietteliäästi, ja katsahti minuun. ”Mutta sinä taidat olla vähän erilainen naisihminen. Sinut voisin jotenkin kuvitella rähjäisessä kaavussa kulkemassa metsäisiä polkuja... Osaathan puolustaa itseäsi varsin hyvin pelkällä oksankäppyrälläkin!”

”Äh, onko sinun pakko muistuttaa siitä?” huoahdin. ”Olen kyllä joskus miettinyt, että voisin elää kuin eläin, jossakin metsässä... Mutta toisaalta olisi helpompaa olla mies... Ja jos olisin mies, valitsisin ihan varmasti naimattomuuden!”

”Höh, älähän nyt, olisit aika huvittavan pieni ja sievä miekkonen, ja joku miespuolinen saattaisi silti ihastua sinuun”, Narri naurahti suutaan väännellen. ”Jospa kuitenkin tyytyisit edes osittain osaasi ja pelaisit aikaa? Voisit olla Naisyhteisössä, kunnes valtakunnan tilanne rauhoittuu. Henkesi ei ainakaan olisi uhattuna siellä, kuten se ehkä jossain vaiheessa saattaa olla, jos pysyt nykyisessä asemassasi...”

”Mutta Naisyhteisössäkin olisin kuitenkin isäni silmälläpidon alaisena, ja heidän käyttäytymissääntöjensä kahleissa! Ja ne naisetkin joutuisivat hankalaan asemaan, jos uhmaisin heitä, eivätkä he kai kuitenkaan voisi kohdalla minua kuten rahvaan tytärtä, tai rangaista minua käytösrikkeistäni, koska olen prinsessa", totesin tuskastuneena. "Enkä sitä paitsi…"

"Niin, sehän se tietysti, että ethän sinä voisi aidosti valita naimattomuutta, ja olisi epärehellistä teeskennellä sellaista", Narri keskeytti minut naureskellen. Katsoin häneen haastavasti.

"Miksi en voisi?" kysyin viileästi, ja Narri hörähti nauruun.

"No koska olet rakastunut! Se ei ole kovin hyvä lähtökohta asettua Naisyhteisöön, koska siellähän ei suosita miesseuran perään haikailua…"

Lehahdin punaiseksi ja painoin katseeni hämmentyneenä jonnekin jalkoihini.

"Miten… Mistä sinä tuollaista olet saanut mielenvikaiseen päähäsi?" kysyin kireällä ja ohuella äänellä. Syrjäsilmällä näin Narrin hymyilevän vinosti, mutta hän katseli minua jollain tapaa haastavasti.

"Sehän aivan paistaa sinusta, siis täyttymystä vaille jäänyt rakastuneisuus, niin että turha kiistää, ettenkö olisi oikeilla jäljillä", hän hymähti ja irvisti. "Itse tosin kyllä arvelen, että kyseessä on ohimenevä tunne, niin että ehkä sinä joskus, jonain päivänä, olet kelvollinen antautumaan epäitsekkäisiin palvelustehtäviin ja olemaan haaveilematta suukoista ja sen sellaisista kiintymyksenosoituksista…"

Arvelin suuttumuksen ilmaisemisen saavan hänet jatkamaan kiusoitteluaan, joten otin vain ylimielisen ilmeen, enkä alentunut väittelemään asiasta. Enkä toisaalta voinut kiistää sitä, että todellakin epäröin liikaa Naisyhteisöön liittymistä myös sellaisesta syystä, johon hän viittasi. Se ärsyttävä pässi oli liian tarkkasilmäinen. Minun olisi varottava niin sanojani kuin ilmeitäni, kun puhuisimme minulle kiusallisista asioista…

"Toisten oletetuista rakastumisista puhuminen on kai sinusta äärimmäisen huvittavaa", sanoin hiljaa. Narri väänsi ilmeensä teatraalisen herttaiseksi. "Sinusta on varmastikin nautinnollista tehdä oletuksiasi toisten ihmisten tunteista ja tarpeista…"

"Voi ei lainkaan… Sehän on mitä traagisinta, ainakin tässä tapauksessa, ja ainakin sinun näkökulmastasi", hän naureskeli siristellen silmiään. "Ritari Josia kun on sellainen erakkoluonne, viihtyy enintään Jooelin seurassa, niin että Vaeltajaveljen elämäntapa saattaisi sopia hänellekin… Joten prinsessan rakkaus ei ehkä houkuttele häntä kylliksi!"

"En edes viitsi alentua kuuntelemaan typeryyksiäsi", huoahdin ylimielisesti. Narri oli aivan liian terävä, jotta olisin voinut salata tunteeni ja niiden kohteen häneltä, mutten olisi halunnut antaa hänen tuntea tyydytystä oikeassa olemisestaan. ”En tiedä, mitä haluan, paitsi etten ainakaan halua elää Naisyhteisössä lopun ikääni. Enkä halua, että lörpöttelet tuollaisia älyttömyyksiä kenenkään kuullen, etenkään yhteisten tuttaviemme... Eikös sinulla pitänyt olla se omatunto tallella?”

”No, ei sitä aina tule kuunneltua... Mutta kyllä minä sen tajuan, että jos tapaan Josian, niin en heti kerro hänelle, että olet häneen rakastunut”, hän sanoi, naurahti ja huoahti, minkä jälkeen hän oli kummallisen kauan hiljaa. ”Voi pieni, suloinen ressukka... Olet säälittävä kuin raesateen kastelema ja emostaan eksynyt sudenpenikka! Haluatko että autan sinua?”

”Älä viitsi irvailla! Miten sinä sitten auttaisit, mokoma hölmö?” kysyin alkaen tuntea raivonsekaista nääntymystä.

”Enpä oikein tiedä, mutta jos sinä keksit jotakin, lähetä minulle sana! Olen toistaiseksi täällä kuninkaanlinnassa, joskaan en luultavasti enää sisätöissä”, Narri totesi, huoahti ja nousi lopultakin leposohvastani. ”Ja, äh, no, toivon, että luottaisit minuun! Kyllä minä haluan, ainakin melkein oikeasti, auttaa sinua. Minähän melkein jo pidän sinusta!”

”Luottaisin sinuun?” toistin tahattomasti irvistäen. Narri otti pari askelta minua kohden ja taputti minua kevyesti olkapäälle. En sentään kuitenkaan läpännyt häntä, vaan vetäydyin loitommalle ilmaisten närkästystäni vain ilmeelläni. ”Millä tavoin voisit muka auttaa minua?”

”No, ihan miten prinsessa vain tahtoo! Voisinhan vaikka toimittaa rakkauskirjeen ritari Josialle. Minulla on syystä jos toisesta aavistus, että arvon neito osaa kirjoittaa varsin syvällisiä rakkauskirjeitä”, Narri totesi ja löntysteli ovelle. En ehtinyt sanoa hänelle enää mitään, kun hän oli jo ohittanut porrasaulan ja poistunut huoneistostani.

Kävin sinä iltana vuoteelle sekavin tuntein ja ajatuksin. Narri oli antanut minulle sekä uhkakuvia että toivoa, ja kaikki tapaamiseen liittyvät tunteet saivat oloni epämiellyttävän kiihtyneeksi. En oikeastaan tiennyt, halusinko hänen tulevan luokseni uudelleen, vai pysyvän poissa. Hänen olemuksensa sai minut jollain tapaa rauhattomaksi, ja hän ärsytti minua tahallaan, syystä tai toisesta. Mutta hänen kauttaan saattaisin kuulla lisää ritari Josiasta; olivathan he jollain tapaa ystäviä keskenään. Mieleni ajautui muistelemaan ritari Josian olemusta ja kaikkea sitä, mitä Narri oli hänestä kertonut. Kuvitelmissani hän tuli minulle yhä tutummaksi ja läheisemmäksi. En voisi enää nimittää häntä vain ”ritariksi”, sillä ritareita oli kymmenittäin. Hän olisi minulle ainoa laatuaan. Unen ja valveen rajamailla, tunteitteni valtaan langenneena, aivan kuin ensimmäiseen rakkauteensa uppoutunut nuori tyttö, toistelin hänen nimeään aivan kuin se olisi voinut tuoda hänet luokseni.

Seuraavana aamuna isäni kutsui minut luokseen. Olin jännittynyt ja odotin tapaamista pelonsekaisin tuntein, toivoen, ettei minun tarvitsisi ainakaan nähdä sitä itsekeskeistä, iljettävää äitipuolekseni pyrkivää naikkosta. Kun sitten astelin isäni yksityishuoneeseen, totesin helpotukseksi hänen olevan yksin. Hän tarjosi minulle aamiaista, aivan kuin joskus silloin ennen, kun olimme viettäneet enemmän aikaa yhdessä.

Syödessäni mietin kuitenkin Narrin puheita myrkytetystä iltapalasta, ja oli vaikea saada suupaloja niellyksi. Kohtasin isäni vaivautuneen katseen ja kysyin varovasti, oliko hänellä minulle jotakin erityistä asiaa. Hän väisti katsettani ja rupatteli jotakin rakennuttamastaan uudesta huoneistosta. Sitten hänen leppoisuutta tavoitellut ilmeensä taas pakostakin jähmettyi, ja seurasi kiusallinen hiljaisuus. En saanut enää nieltyä palastakaan ruuastani.

”Olemme miettineet sinun tulevaisuuttasi Neuvoston kanssa”, isäni sanoi sitten. ”Myös prinsessa Mormessa on ilmaissut huolensa sinusta ja asemastasi.”

En sanonut siihen mitään, mutta valpastuin, joten isäni jatkoi puhettaan rykäisten.

”Olen päätellyt käytöksestäsi ja puheistasi, että saattaisit tuntea vetoa Naimattomuuden Valinneitten Naisten elämään”, hän sanoi hitaasti. ”Mutta tiedäthän, millaisiin velvollisuuksiin ja sääntöihin sellainen sinut sitoisi, etkä silloin voisi edes perustaa perhettä, mikä kuitenkin on monille naisille hyväksi, ja sinun asemassasi suotavaa ja toivottavaa. Niinpä ajattelin kehottaa sinua harkitsemaan vakavasti…”

”Harkitsemaan mitä?” mutisin yrittäen sietää tuomiotunnelmaa, jonka isäni äänensävy aikaansai.

”On ilmaantunut uusi avioliittotarjous, joka olisi jotakuinkin sovelias, ottaen huomioon arkaluontoisen asemasi… Siis sen, ettet ehkä ole enää kykenevä käyttäytymään hovielämän tapojen mukaisesti, ja että… nähdäkseni et voi ottaa osaa valtakunnan hallinnollisiin asioihin. Neuvosto ei pidä sinua enää kykenevänä osallistumaan päätöksentekoon…”

”Tarkoittaako tuo, ettei minusta siis olekaan enää tulossa kuningatarta?” kysyin häkeltyneenä.

”No, olet kyllä edelleen kruununperijä, ja jos menet naimisiin, sinun olisi mahdollista synnyttää kruununperillinen. Ymmärräthän?” isäni totesi kysyvästi.

Ymmärsinhän minä; ainakin sen, että olin ilmeisesti menettämässä asemani kuninkaan lähimpänä sukulaisena ja kruununperillisenä. Minulla ei olisi enää mitään asiaa valtakunnan hallintoon, vaikka syntyperäni puolesta minusta olisi pitänyt jonakin päivänä tulla kuningatar, ainakin puolisoni rinnalla. Mutta nyt olin mielenvikainen prinsessa, joka täytyi siivota ulos niin politiikasta kuin hovielämästäkin. Poishan minä tosin halusinkin, mutten sinne, minne Neuvosto tai tuleva äitipuoleni minut oli toimittamassa…

”Mutta kenelle Neuvosto on nyt minut naittamassa?” kysyin jäykästi.

”Warginlaakson linnanherran poika on tehnyt avioliittotarjouksen. Hän on ilmeisestikin piakkoin perivä vanhan isänsä, joka on vakavasti sairaana. Warginlaaksohan on Eteläisen Ruhtinaskunnan vasallialue, niin että asemasi hänen vaimonaan olisi kuninkaallisen syntyperäsi huomioon ottaen vielä kohtuullisen korkea, mikä on hyvä asia tulevien lastesikin kannalta”, isäni selitti. ”Olisin tosin toivonut, että Eteläisen Ruhtinaskunnan ruhtinas, Reuel nuorempi, olisi kosinut sinua, mutta ymmärrän, että hän epäröi kihlausta kanssasi viimeaikaisten tapahtumien takia. Kehotan sinua nyt joka tapauksessa päättämään, haluatko liittyä Naisyhteisöön vai et. Sen vaihtoehdon sinulle toki suon, sanoopa Neuvosto asiasta mitä hyvänsä! Mutta avioliiton suhteen ei ole vaihtoehtoja… Ellemme halua, että Neuvosto ryhtyy muihin toimenpiteisiin niskurointina pitämänsä käytöksesi takia.”

En saanut hetkeen sanotuksi sanaakaan. Isäni kuulosti kovalta ja ankaralta; ehkä hän oli todella jo menettämässä kärsivällisyytensä minun suhteeni. Tai sitten Neuvosto oli saanut temppuilustani tarpeekseen, ja painosti ja kiristi häntä itseäänkin. Mitä olisin voinut sanoa? Että voisin kyllä mennä naimisiin, jos kosija olisi mies, jota tunnen rakastavani… Mutta hän ei ehkä koskaan saisi tietää rakkaudestani, ja kenties hän ei edes tahtoisi minua vaimokseen. Miksi tahtoisikaan, kun olin kerta mielenvikainen ja arvaamaton?

”Olen pahoillani, mutta tarvitsen aikaa. Minun on saatava harkita asiaa”, sanoin hiljaa. Isäni tuijotti minua hetken hyvin tuskastuneena, mutta huokaisi sitten.

”Olet saanut olla omissa oloissasi jo päiväkausia! Mutta olkoon, lupaan sinulle aikaa vielä ylihuomiseen. Sitten minun on ilmoitettava vastaus Neuvostolle ja Warginlaaksoon.”

Kiitin vaisusti ja poistuin. Matkalla huoneistooni mietin, miten saisin toimitettua sanan Narrille. Halusin puhua tilanteestani edes hänen kanssaan. Mieluiten olisin kyllä halunnut puhua asioista Vaeltaja Jooelin kanssa, mutta hän oli liian kaukana ehtiäkseen avukseni, enkä tietenkään olisi saanut edes ajatella Vaeltajaveljen kutsumista kuninkaanlinnaan. Käytävässä vastaani tuli hovineitoja. Pyysin erästä heistä luokseni.

”Sinähän tiedät hovinarrin? Toimita hänelle sana, että tulee viipymättä käymään luonani”, sanoin. Hovineito katsahti minua uteliaasti, niiasi ja poistui. En voinut estää häntä tekemästä omia johtopäätöksiään siitä, miksi kutsutin Narrin luokseni, mutta sillä hetkellä niillä ei ollut minulle merkitystä. Mieleni oli aivan täynnä huolta omasta tulevaisuudestani, enkä jaksanut pohtia hänen juoruiluun taipuvaisen pikku päänsä sisältöjä.

Huoneessani odottelin Narria kärsimättömänä. Ajan kuluminen tuntui sietämättömältä; olihan enää kaksi yötä siihen, kun Neuvosto löisi lukkoon kohtaloni. Kun sitten iltapäivällä hiljainen koputus kertoi Narrin saapuneen, kiirehdin häntä vastaan ulommalle ovelle asti.

”Lopultakin!” huoahdin päästäessäni hänet sisälle.

”Olenpa minä odotettu ja toivottu vieras”, Narri lausahti yllättyneenä virnistellen. Sitten hän kuitenkin pani merkille vakavan ilmeeni, ja irvisti myötätunnosta. ”Ohhoh, oletko jo saanut rotanmyrkkyä?”

”Etkö tiedä, mitä Neuvosto nyt suunnittelee?” kysyin kiihtyneenä.

”Itse asiassa en. On ollut vähän kiireitä tienatessa leipää itselleen ja hevoselleen, ja turvatakseen katon päänsä päälle”, Narri totesi huoahtaen. Siirryimme makuukamarini puolelle, ja Narri lysähti taas istumaan leposohvaani luontevasti kuin koira petiinsä. Istahdin hieman hämmentyneenä sohvan toiseen päähän.

”No, isäni sallisi minulle kyllä Naisyhteisöön menon, mutta jos en halua sinne, niin vaihtoehtoinen elinkautinen olisi minkä lie Warginlaakson nuoren linnanherran puolisona”, puuskahdin. Narri tuijotti minua hetken äimistyneenä, ja hänen silmissään välähti, mutta sitten hän purskahti hermostuneeseen nauruun.

”Vai Warginlaakson linnanrouvaksi… Sepäs sattui”, hän totesi yskähdellen naurunsa lomassa, ilmeisesti vedettyään sylkeä henkeensä. Rypistin otsaani tuskastuneena.

”Mitä huvittavaa siinä on? Nauratko vahingonilosta? Onko hän jokin kuvottavan ruma mielipuoli?”
Narri veti syvään henkeä hillitäkseen naurunsa edes hetkeksi, jotta pystyisi puhumaan.
”Anteeksi... Kun asia nyt sattuu olemaan aika huvittava, kun ajattelee kokonaisasetelmaa”, hän totesi sitten irvistäen, ja yskähteli taas kasvot punoittaen. ”Jos menisit sinne tiettyyn linnaan emännäksi, olisit kyllä tavallaan lähempänä rakastamaasi miestä, mutta toisaalta tietysti, sinun moraaliajattelusi huomioiden, olisi ehkä helpompi pysyä kauempana...”
”Ai millä tavalla muka lähempänä?” tivasin alkaen ärtyä, mutta myös punastuen. ”Ja yritä hyvä ihminen olla tukehtumatta vahingoniloosi, ja keskity puhumiseen!”
”Anteeksi, en ole vahingoniloinen, vaan järkyttynyt! Kun se sattuu olemaan se samainen linna, joka ritari Josiaa ylläpitää... Hän on siis kotoisin tulevan sulhosi kotilinnasta”, Narri tokaisi ja kakisteli kurkkuaan. Näytin varmastikin tyrmistyneeltä, koska Narri alkoi uudelleen hörähdellä. ”Eikä siinä ole vielä edes kaikki...”
”No kerro sitten loputkin, niin näemme, huvittaako kokonaisasetelma minuakin”, sanoin tuskastuneena. Narri huokaisi, yskähteli vielä hetken ja veti henkeä.
”Niin... Josian perhe on iät ajat asunut Warginlaakson linnassa. Kun Josia oli sodassa länsirajalla ja hänen isänsä oli jo kaatunut, hänen äitinsä ja sisarensa oleilivat tietysti siellä linnassa, koska se oli hyvin suojeltu paikka taistelujenkin keskellä...”
”Äh, niin mitä sitten?” tivasin kärsimättömänä.
”No, minähän jo vähän valaisin asiaa edellisellä tapaamisellamme! Josian poissa ollessa joku... tuota äh, no, vietteli Josian sisaren, niin että tämä vietti yön jossain muualla kuin omassa petissään. Sisko löydettiin aamuvarhaisella, juopuneena ja hieman huolimattomasti pukeutuneena takaoven rappujen vierestä... Eikä hän kertonut, kenen kanssa hän oli yönsä viettänyt! Eräs palveluspoika toimitettiin tyrmään tekosesta epäiltynä, mutta osa väestä juorusi linnanherran pojan olleen asialla. Mutta juoruilla ei tietysti mitään vielä todisteta, etenkään ylhäisiä vastaan! Niinpä Josian sisko meni Naisyhteisöön toipumaan tapahtuneesta, linnanherran poika jatkoi ylellistä tyhjäntoimittamistaan, ja Josian piti haudata kostonhalunsa”, Narri kertoi verkkaisesti, mutta hänen kasvoillaan oli käynyt varjo, joka kertoi syvemmistä tunteista kuin pelkkä närkästys tai ironinen huvittuneisuus. ”Tulevalla sulhasellasi on siis niin sanotusti kana kynittävänä

Josian kanssa, tai päinvastoin. Ja jos sinä vielä menet sinne sekoittamaan pakkaa..."

"Ethän vain puhu perättömiä?" kysyin hiljaa, järkytystäni hilliten. Narri pudisteli päätään.

"En tietenkään. Mitäs minä siitä hyötyisin?" hän hymähti. "Eikä siinäkään ollut vielä kaikki! Josian isän kuoleman jälkeen vanha linnanherra otti ja rakastui Josian äitiin, joten tämä on nyt sitten Warginlaakson linnanrouva. Jos menet naimisiin hänen poikapuolensa kanssa, syrjäytät hänet linnanrouvan asemasta..."

"Mitä entiselle linnanrouvalle tapahtui?" kysyin.

"Entinen kuoli jo poikansa synnytykseen. Siksi kai pojasta on tullut vähän... hellyydenkipeä, tai paremminkin, kyvytön tuntemaan hellyyttä", Narri totesi rypistäen otsaansa, mutta katsahti sitten minuun ilvehtien närkästystä. "Siinäpä tilanne kokonaisuudessaan! Eikö sinusta olisi vähän naurettavaa... tai huvittavaa mennä naimisiin rakastamasi miehen äidin poikapuolen kanssa?"

"Älä edes lausu sitä vaihtoehtoa ääneen", huudahdin pahoinvoivana. "En todellakaan halua joutua sellaiseen tilanteeseen... Ennemmin sitten vaikka hautaudun yksinäisyyteen, näännyn pettymykseeni ja muumioidun jonnekin Naisyhteisön pimeään kammioon!"

"Noh, älähän nyt! Onhan aina mahdollisuus karata jonkun innokkaan ihailijan kanssa Argillan puolelle, siis kääntää selkänsä suvulleen ja asemansa tuomille velvollisuuksille, kunnialle ja siveelliselle elämälle", Narri sanoi virnistäen, mutta näytti hieman häijyltä. En viitsinyt edes katsoa häneen suoraan.

"Ei minulla edes ole enää nykyään ihailijoita! Kuka haluaisi karata minnekään jonkun mielenvikaisen neidon kanssa?" puuskahdin, ja Narri hörähti ja alkoi hekotella kummallisesti.

"Niin no joku toinen mielenvikainen, ehkä... Mutta kaikki tuttavasi ovat tietysti liian järkeviä ja hillittyjä, etenkin se, jonka seurassa mieluiten karkaisit", hän naureskeli, mutten todellakaan pystynyt jakamaan hänen huvittuneisuuttaan.

"Miksi sinun pitää vääntää veistä haavassa?" kysyin raskaasti huokaisten. "Etkö edes sääli minua?"

"No... anteeksi! Säälinhän minä... Unohdin muuten kertoa sinulle viimeksi, mitä kuulin Josian ja Jooelin puhelevan, kun oleilin Jooelin seurassa siellä Itäisessä Vuoristossa", Narri sanoi ikään kuin lohduttelevasti. Kohotin katseeni kysyvästi. Hän näytti siltä niin kuin ei olisi toisaalta halunnut sanoa sitä mitä aikoi.

”No, mitä he puhuivat?” kysyin siksi hieman epäluuloisesti. Ei kai hän aikonut valehdella minulle?

”Kuulin Josian sanovan Jooelille, ettei hänen vastuunsa sinua kohtaan ole vielä ohi. Mitäs ajattelet siitä?” Narri totesi kysyvästi.

”En tiedä”, mutisin hämmentyneenä. ”Mitä itse luulet sen tarkoittavan?”

”No että uskollinen ritarisi on sitonut omatuntonsa siihen, että hänen pitää auttaa sinua, joten hän auttaa kyllä edelleen, jos tarvitset apua”, hän lausahti hiljaa. ”Ja nythän sinä olet pulassa, vai etkö muka ole?”

”Mutta enhän tiedä, mitä hän itse on sillä tarkoittanut”, sanoin hiljaa.

”Höh, no tietysti Josia auttaisi sinua, kun kerta tuntee jonkinlaista vastuuta sinusta! Hän sanoi Jooelille, ettei aio paeta vastuutaan. Ei, vaikka tilanne olisikin lähes epätoivoinen”, Narri totesi hieman irvailevasti, mutta silmäili minua samalla terävästi, otsaansa rypistäen. ”Ja eikö se nyt melkein jo ole?”

Nousin ja käännyin poispäin Narrista. Mieleeni nousi väistämättä ajatus, että Josia voisi pelastaa minut tilanteesta ottamalla minut isäni ja Neuvoston suostumuksella vaimokseen. Mutta enhän voisi itse kosia häntä! Eikä hän ehkä tahtoisi edes yrittää viedä minua Warginlaakson tulevan linnanherran nenän edestä, etenkin jos asia olisi jo sovittu kuninkaan kanssa…

”Voisimmehan kysyä, josko ritarillinen ja kunniallinen ystäväni ryhtyisi kilpakosijaksi”, Narri lausahti aivan kuin olisi lukenut ajatuksiani. ”Eikös se olisi sinulle enemmän kuin mieleistä, ja ratkaisisi ongelmasi?”

”Mutta eihän se olisi oikein”, mutisin nolostuneena. ”Jos hän ei itse halua, se olisi… itsensä tyrkyttämistä!”

”No sillä tavalla voisi ainakin pelata aikaa, siis jos sinulla olisi joku toinenkin kosija”, Narri selitti huoahtaen. ”Isäsi joutuisi miettimään asiaa ja pohtimaan vaihtoehtoja Neuvoston kanssa, ja siihen menisi kai sentään muutama päivä…”

”Mutta… en minä halua sellaista… En halua painostaa ritari Josiaa auttamaan minua tuollaisella tavalla”, sanoin. ”Sitä paitsi Josia suututtaisi sillä velipuolensa, ja ties mitä tämä tekisi hänelle, jos on kerta hänen sisartaankin kohdellut kaltoin!”

”Niin no, nuori linnanherra ei todellakaan ole mikään erityisen jalo luonne, mutta olisihan se jännittävää, jos Josia ja Didrik Didrikinpoika joutuisivat vastakkain, taistelemaan sinusta ja Josian sisaren kunniasta", Narri hörähteli, mutta rypisteli samalla otsaansa. "Voisin katsella sivusta heidän touhujaan, ja sitten kun kumpikin olisi kuolettavasti haavoittunut, tulisin lohduttelemaan sinua, ja murheesta sekopäisenä rakastuisitkin minuun, ja veisin sinut jonnekin vuoristokorpeen jalkavaimokseni... Kuulin nimittäin palvelusväeltä, että olit kehunut Argillan kuninkaalle, että tykkäisit elää luolassa kuin elukat! Tiedän yhden mukavan luolan, jossa voisimme elää kuin susipari..."

"Millainen törkeä ja ärsyttävä hölmö oletkaan! Alan kyllästyä sinun sairasmieliseen irvailuusi! Sinä onneton olento et ota lainkaan tosissasi minun hätääni!" huudahdin ärtyneenä, mutta rohkenematta katsoa häneen. "Etkö tajua, että olen oikeasti umpikujassa, senkin käyrätorvi? Mitä minä oikeasti teen? Aikaa on vain huomispäivä!"

"En minä tiedä! Eikös sinun kuuluisi rauhoittua kuulostelemaan Viisauden johdatusta?" Narri totesi kysyvästi. Hämmentyneenä hänen toteamuksestaan olin hiljaa. Oli vaikea hyväksyä taas kerran se, etten voisi itse tehdä asioille mitään. Olisin kaivannut juuri silloin jonkun rauhoittavan ja luotettavan ihmisen läsnäoloa; sellainen ihminen olisi ehkä kyennyt tukemaan minua paremmin kuin moinen ärsyttävä ilkiö. Mutta Narrin ilme oli pikku hiljaa muuttunut vakavaksi. Ehkä hän yritti miettiä asiaani aivan tosissaan.

"Sinusta ei ole yhtään apua siihen, että rauhoittuisin kuulostelemaan mitään", mutisin tuskastuneena. "Voisit edes yrittää olla huokailematta ja nytkyttämättä jalkaasi... Se hermostuttaa!"

"No, anteeksi että olen liian häiritsevä... Mutta minusta sinun pitäisi ihan oikeasti laittaa viesti Jooelille ja Josialle", Narri sanoi huoahtaen. "He ovat lupautuneet auttamaan sinua, ja he auttavat kyllä, jos pystyvät... Paitsi ellet edes pyydä apua."

Oli ärsyttävää myöntää hänen olevan oikeassa. Paetessani kuninkaanlinnasta tunnekuohun vallassa olin turvautunut Narrin apuun. Nytkin tarvitsin apua, mutta uskaltaisinko pyytää sitä ihmisiltä, joita oikeasti koin tarvitsevani? Ja nimenomaan pyytää, eikä käskeä. En ollut tottunut pyytämään. Minun ei ollut tarvinnut koskaan pyytää mitään; olin aina saanut itse käskeä ihmisiä ja olla varma siitä, että tahtoni toteutetaan. Mutta todellista vapautta en saanut käskemällä. En myöskään rakkautta. Minun olisi kai nöyrryttävä ja pyydettävä apua; ja alistuttava ottamaan vastaan sekin, ettei pyyntööni kenties vastattaisi...

"Hei, nöyrry jo, arvon prinsessa! Sinun tilanteessasi on ihan luonnollista pyytää apua", Narri totesi. Huoahdin syvään ja käännyin katsomaan häntä. Hän katseli minua vakavana. Ei hän vaikuttanut kierolta eikä pahantahtoiselta, vaikka olikin ärsyttävä. Ehkä hän luotti oikeasti siihen, että Jooel ja Josia haluaisivat auttaa minua, ja toivoi minun ottavan avun vastaan. Se oli häneltä sangen ystävällistä; etenkin kaiken sen jälkeen, miten inhottavasti olin häneen itseensä suhtautunut...

”Hyvä on! Kirjoitan kirjeen Vaeltaja Jooelille. Voitko sinä sitten toimittaa sen eteenpäin?” kysyin hiljaa, yrittäen katsoa häntä kuin jonkinlaista ystävää, jollaista minulla ei koskaan aiemmin ollut edes ollut.

”Kyllähän toki, kaunis ystäväiseni, kun vielä noin nöyrästi pyydät”, Narri vastasi hieman irvailevasti ja otti mukavamman asennon leposohvassani. ”Voin odotella tässä, jos haluat kirjoittaa sen kirjeen saman tien.”

Menin kirjoituspöytäni ääreen ja aloin kirjoittaa.

”Hyvä Vaeltaja Jooel.
Isäni tarjoaa minulle kaksi vaihtoehtoa: liittymisen Naimattomuuden Valinneitten Naisten yhteisöön, tai avioliiton Warginlaakson tulevan linnanherran kanssa. Ymmärtänet, etten ole valmis kumpaiseenkaan kohtaloon. Tarvitsen apua; neuvoa, johdatusta, tai jotakin. En tiedä mitä tehdä. Kahden yön kuluttua joudun ehkä avoimeen kapinaan isäni ja Neuvoston kanssa. Välitä terveiseni myös ritari Josialle. En ole unohtanut hänen ystävällisyyttään ja lojaaliuttaan. Kunnioittavasti, Jelisepa.”

Saatuani kirjeen valmiiksi ojensin sen Narrin luettavaksi.

”Hm, varsin säädylliset ja hillityt terveiset”, hän mutisi ojentaen kirjeen minulle takaisin. Taitoin arkin kiinni, laitoin siihen sinettini ja ojensin sen taas Narrille.

”Vierailen luonasi huomenillalla, jos sopii”, hän sanoi, ja nyökkäsin hiljaa. Narri lähti katsahtaen minuun vakavasti ennen kuin sulki oven perässään. Ehkä hän oli onnistunut näyttämään minulle sen verran sielunsa parempaa puolta, että pystyin luottamaan siihen, että hän ainakin yrittäisi toimittaa kirjeeni eteenpäin. Mutta kuinka kauan siihen kuluisi aikaa? Ehtisikö Vaeltaja Jooel edes lukea kirjettäni ennen kuin joutuisin uhmaamaan isäni tahtoa?

Olin viettänyt yön ja aamupäivän hiljaisuudessa, miettien tilannettani. Kukaan ei kysellyt minua; palvelija vain toimitti tavalliseen tapaan ruokaa ja juomaa. Iltapäivällä aloin odottaa Narria. Halusin kuulla, oliko hän saanut kirjeeni toimitettua eteenpäin, ja kaipasin myös keskusteluseuraa yksinäisten ja raskaitten tuntien jälkeen. Tuntui tosin hieman ärsyttävältä myöntää, miten läheiseltä tuttavalta Narri oli jo alkanut tuntua, vaikka olin puhellut hänen kanssaan oikeastaan vasta muutaman kerran. Hän oli minulle ehkä aidoin ja rehellisin tuttava verrattuna kaikkiin niihin ihmissuhteisiin, joita kuninkaanlinnassa eläessäni olin solminut.

Mutta tunnit kuluivat, eikä Narria kuulunut. Illan hämärtyessä aloin olla huolissani. Niinpä lähdin käytävälle, ulos huoneistostani. Ensin en nähnyt ketään; sitten kuulin palvelusmiehen askeleet. Hän melkeinpä säikähti nähdessään minut käytävässä yksikseni.

”Tiedätkö sinä Narrista?” kysyin. ”Onko hän hoviseurueessa?”

”Ettekö tiedä?” palvelija sopersi hämmentyneenä. ”Kuningas toimitti narrin linnantyrmään.”

”Mitä? Miksi?” kysyin säikähtäneenä.

”En minä oikeastaan tiedä”, palvelija mutisi epäröiden. ”Siitä ei kai ole sopivaa puhua...”

”Milloin se tapahtui?” kysyin.

”Aamulla... Tai aamupäivällä, en tiedä tarkoin. Olen pahoillani, Teidän Korkeutenne!”

Vaikenin hetkeksi; yritin kiihtyneenä ymmärtää, mitä oli tapahtunut. Olinko itse syypää Narrin vangitsemiseen?

”Vie minut vankityrmään”, sanoin sitten tuolle hämmentyneelle miehelle. Hän nyökkäsi epäröiden, uskaltamatta olla tottelemattakaan. Lähdin kulkemaan hänen perässään. Laskeuduimme kiviportaikkoa pitkin linnan kellarikerrokseen. Viimein tulimme kalteriovelle. Sisällä näkyi valoa; siellä oli vanginvartijoita omissa puuhissaan. Ilma oli tunkkainen ja kylmänkostea, ja saatoin kuvitella rottien liikuskelevan seinänvieriä pitkin.

”Hoi siellä, vartiomies! Täällä on prinsessa Jelisepa”, palvelija huhuili. ”Hän haluaa tavata hovinarrin.”

Kalteriovelle ilmestyi raskastekoinen, parrakas mies, joka tuijotti minua avoimen uteliaana. Vedin syvään henkeä ja hymyilin ystävällisesti.

”Tahtoisin tavata ystäväni hovinarrin”, sanoin näennäisen rauhallisesti. Vanginvartijan kasvoille ilmaantui leveä hymy.

”Siinäpä vasta oiva nuorukainen”, hän röhähti. ”Mitähän varten kuningas hänet tänne toimitti, tietäneekö arvon prinsessa?”

Hymyilin edelleen, vaikka olisin mieluummin irvistellyt itkusta ja pelosta.

”Enpä tiedä, sitä varten ajattelin häntä jututtaakin, jos se vain on mahdollista”, sanoin yrittäen kuulostaa yhtä leppoisan huolettomalta kuin hänkin. Mies otti seinältä koukusta tyrmän avaimet ja päästi minut kalterioven sisäpuolelle.
”No tottahan toki prinsessa hänet voi tavata, se varmasti lohduttaa sitä oivaa nuorta miestä”, hän sanoi, tuskin huomaten hymyni vääristyneisyyttä. ”Tulkaahan tänne päin… ja varokaa noita peijakkaan elikoita, tarttuvat kärkkäästi puvunliepeisiin…”
Vartija potkaisi ikään kuin hellävaraisesti yhden rotan kenkänsä tieltä, ja kuului kimeä vinkaisu. Yritin hengittää syvempään, mutta ilma oli niin inhottavan ummehtunutta, etten olisi edes halunnut vetää sitä keuhkoihini. Miten vangit muka säilyivät hengissä sellaisessa myrkkyhöyryssä? Palvelija jäi odottamaan minua kalteriovien taakse, kun seurasin vartijaa syvemmälle vankityrmän käytävistöön. Kolkon käytävän perältä alkoi kuulua ääniä; huhuilua, kiroilua, ja hiljaista, matalaa laulua. Ohitimme monia raskaita puuovia, joitten läpi saatoin melkein aistia ihmisten patoutuneen kärsimyksen, vaikkei mitään vaikerrusta kuulunutkaan. Silmiini kihosi kyyneleitä, eivätkä ne johtuneet pelkästään kirvelevistä hajuista.
”On se kumma että monetkin mukavat tyypit päätyvät tyrmään… tai leimataan mielipuoliksi, kun taas kaikenlaiset turhantärkeilijät ja luihuilijat vuodesta toiseen pysyvät asemissaan”, vartija naureskeli ja huoahteli.
”Niin, sellaistahan se joskus on”, sanoin nieleskellen.
”Voisivathan jotkut Neuvoston jäsenet käydä täällä katsomassa, millaisiin oloihin ihmisiä lähettävät”, mies hörähti. ”En minä usko, että kuningas Willef tänne huvikseen ketään lähettää… Mutta jotkut virkamiehet ovat niin innoissaan, kuulemma… Haluavat kai todistaa erään tietyn valtakunnan hallitsijan urkkijoille, että täällä osataan pitää kuria. No, mutta eihän se arvon neidon murhe ole!”
Mies ehti vielä kertoilla muutaman sanan perheestään ja sukulaisistaan kuninkaan palveluksessa ennen kuin tulimme perimmäisen vankikopperon oven kohdalle. Arvelin sen kopperon olevan lähimpänä linnan sisäpihaa, joten siinä saattaisi olla jopa pieni aukko ulkoilmaan, mikä oli ylellistä niissä oloissa.
”Isänne sentään halusi varata ystävällenne parhaan huoneemme”, vartija totesi ja avasi puuoven edeltäni. Astuin sisään hieman epäröiden. Kammioon todellakin tuli hieman valoa ja raikasta ilmaa kapeasta ikkuna-aukosta, jossa oli metallinen ristikko. Katseeni osui Narriin. Hänen ilmeensä oli jokseenkin yllättynyt.

”Tässäpä sinulle mieluisa vieras, ystävä hyvä! Soittakaa sitten tuota kelloa, kun prinsessa on lähdössä pois”, vartija sanoi virnistäen leveästi ja telkesi minut sitten tyrmään Narrin seuraan. Hetken aikaa tunsin hienoista pakokauhua, mutta nähdessäni Narrin häkeltyneet kasvot tunteeni muuttuivat kummallisesti.

”Sinulle taisi tulla ikävä minua”, Narri totesi irvistäen, mutta näytti samaan aikaan miltei pelästyneen nololta. ”Mutta ei sinun olisi silti tarvinnut ilmaista kaikille, miten silmittömän rakastunut olet… Tulla nyt tällaiseen paikkaan, joka vilisee syöpäläisiä ja verenhimoisia, talttahampaisia olioita, ja joka haisee pahemmalta kuin ulkohuussi helteellä! Vanginvartija joutuu vielä selittämään kaikille tuttavilleen lempiväisten traagisesta kohtalosta, kun prinsessa pyörtyy olkikasaan tässä saastaisessa ilmanalassa, saa rotanpureman ja kuolee, ja narrinketku nääntyy sydänsuruun…”

Tuijotin häntä hämmentyneenä. Kummalliset mielleyhtymät risteilivät päässäni, ja olin tunnistavinani hänen olemuksessaan jotakin tutunoloista. Ketä kummaa hän muistuttikaan, kun hämärä valaistus näytti hänen terävät kasvonpiirteensä erilaisina kuin päiväsaikaan? Hän istui puisella penkillä toinen käsi kahlehdittuna ketjuilla seinään, mutta onnistui silti vaikuttamaan laiskanraukealta. Rottia ei näkynyt, mutta jotakin mönki lattialla olkien alla. Minua puistatti ja heikotti, koska en pystynyt hengittämään syvään, ja etsin katseellani jotakin, minkä päälle olisin voinut istua. Lopulta menin Narrin viereen penkille, vaikka se tuntuikin varsin nololta.

”Olen pahoillani. Minun syytänihän tämä kai on?” totesin hiljaa. Yllätyksekseni Narri vain naurahti; hän ei ainakaan vaikuttanut kovin katkeralta.

”No, siitähän tämä johtuu, että joku tylyydestäni katkeroitunut hempukka varmasti juorusi, että olen vieraillut luvatta sinua tapaamassa. Eikä se ole tietenkään sinun syysi, etten malta pysyä poissa huoneestasi! Mutta minuahan syytettiin vain vehkeilystä kuningashuonetta vastaan”, hän sanoi. ”Eihän se ole kuin melkein maanpetos…”

Jäin tuijottamaan häntä kauhistuneena. Narri näki ilmeeni ja virnisti.

”Äh, älä nyt liiaksi pelästy! Itse asiassa kuningas sanoi minulle, että sitten kun hän on saanut sinut Warginlaakson linnanrouvaksi tai Naisyhteisöön, olen taas vapaa mies”, hän selitti. ”Toistaiseksi vain seurusteluni sinun kanssasi saattaisi vaarantaa kuningashuoneen edun… Siis että jos saan vapaasti liikkua ja tapailla sinua, saatan jotenkin estää Neuvoston tahdon toteutumisen. Isäsi kai uskoo juoruja, siis että olet kuollaksesi rakastunut minuun, etkä siksi halunnut naimisiin edes Argillan salskean kuninkaan kanssa. Ja vierailusi täällä ei taida niitä juoruja ainakaan vaimentaa..."

"Uskotko että isäni varmasti päästää sinut vapaaksi?" kysyin tuohtuneena. Narri kohautti olkapäitään ilmehtien tietämätöntä. Saatoin nähdä hänen hieman epäröivän; pelkäsikö hän ehkä, että jäisikin tyrmään loppuiäkseen, tai joutuisi jopa hirteen? Aloin todella ahdistua. Tuntui kuin olisin hänelle velkaa enemmänkin kuin ystävällisyyttä, enkä edes tiennyt, pystyisinkö pelastamaan hänet elinkautiselta vankeustuomiolta tai hirttolavalta...

"Ei minulla ole mitään takeita siitä, tietystikään", Narri sanoi hiljaa. "Ei sellaista hienoa asiakirjaa, jollaisen sinä sentään minulle annoit silloin pakomatkallasi! Ja saattaahan Neuvosto keksiä jonkin uuden syyn pitää minut täällä, vaikka isäsi haluaisikin vapauttaa minut."

"Minun täytyy puhua hänelle tästä, eihän tämä ole oikein! Minä itse kutsuin sinut käymään luonani, joten ei sinua voi syyttää siitä, että tottelit kutsuani", puuskahdin. "Entä se kirje, saitko toimitettua sen eteenpäin?"

"Tietysti, minähän lupasin", Narri hymähti. Kaduin, että olin edes epäillyt hänen lojaaliuttaan, ja tunsin voimistuvaa tarvetta olla hänelle ystävällinen, ikään kuin hyvittääkseni aiempaa töykeyttäni. Mutten oikein tiennyt, miten olisin voinut osoittaa hänelle uskottavaa ystävällisyyttä, pysyen kuitenkin samalla soveliaan etäisenä...

"Mitä haluaisit minun tekevän puolestasi, kun kerta olen vastuussa tästäkin?" kysyin hiljaa.

"No, itsehän minä tulin alun perin tapaamaan sinua ja tarjosin apuani. En kai voi syyttää sinua siitä, että otit avun vastaan?" Narri huoahti. "Mutta... no, voithan sinä sanoa isällesi jotakin minun puolestani, vaikket myöntäisikään, että juorut rakkaussuhteestamme ovat totta..."

"Minä vaadin häntä vapauttamaan sinut", sanoin edelleen tuskastuneena ja turhautuneena. Pitäisikö minun nyt vain jättää Narri tuonne iljettävään, haisevaan ja ahdistavaan kammioon, kaiken saastan keskelle ja rottien armoille, ilman että tiesin, mitä hänelle tapahtuisi; tietämättä, tapaisinko häntäkään enää koskaan?

"Äh... Jos vain olisin ollut kuninkaan silmissä sovelias kosija sinulle, niin olisin voinut kosia sinua itse, jos se olisi antanut sinulle lisäaikaa keksiä pakokeino Didrikin morsiameksi joutumiselta",

Narri tokaisi sitten. ”Vaikkei sitä tietenkään olisi edes noteerattu, eikä sinun tarvitse kuvitella, että olisin tehnyt sen rakkaudesta, mutta olisinpahan ainakin yrittänyt toimia ritarillisesti…”

Naurahdin hämmentyneenä; ikään kuin olisin mitättömän hetken ajan koskettanut jotakin puolta hänen sielussaan, säikähtänyt kosketuksen tuottamaa tunnetta, ja perääntynyt taas asemani antamaan suojaan.

”No kiitos ritarillisesta ajatuksesta”, sanoin hiljaa. ”Ja kaikesta muustakin.”

”Eipä kestä! Mutta alahan nyt jo mennä, ennen kuin alan itsekin kuvitella sinun pitävän minusta sopimattoman paljon”, Narri huoahti katsellen toisaalle kuin peittääkseen ilmeensä, ja nousi sitten soittamaan kelloa. Kuulin vartijan askeleiden lähestyvän ja nousin hitaasti penkiltä. Tarjosin Narrille kättäni. Hän tuijotti sitä hetken, puristi sitten käteni oman hovikelpoisen kouransa otteeseen ja suuteli sitä kevyesti. En tiedä miksi minusta tuntui niin riipaisevan pahalta, että silmiini alkoi tunkeutua kyyneleitä.

”Olkoon Vaeltajien Henki kanssasi”, sanoin hiljaa.

”Samat sanat”, Narri huoahti, päästi käteni irti ja lötkähti penkille rennon välinpitämättömään asentoon. Vartija päästi minut ulos tyrmästä. En kuunnellut hänen jutusteluaan; olin niin syvällä omissa ajatuksissani, kunnes tajusin hänen kysyvän minulta jotakin.

”Puhuuhan prinsessa ystävänsä puolesta kuninkaalle?”

”Totta kai, tietysti puhun”, totesin. ”Ja pidättehän te hänestä hyvää huolta täällä?”

”Tokihan me pidämme, mahdollisuuksien mukaan, olkaa huoleti”, mies totesi rauhoittelevalla äänellä. Hyvästelin hänet, ja palvelija, joka oli odotellut minua, johdatti minut vaitonaisena takaisin linnan yläkerrokseen. Tiesin että hän kertoisi isälleni vierailustani vankityrmässä. Sille en mahtaisi mitään. Mutta oli paljon muitakin asioita, joihin en voinut itse vaikuttaa. Omaan huoneistooni päästyäni olin liian väsynyt kaikesta jaksaakseni edes siistiytyä. Seuraavan aamun tapaaminen isäni kanssa kummitteli uhkaavana mielessäni. Yritin rauhoittua ja vain kuunnella, saisinko siten jotakin Viisautta ja johdatusta, mutta ajatukseni karkailivat, ja pian nukahdin.

LUKU IV

Keskellä yötä heräsin vaimeisiin ääniin; aivan kuin joku olisi avannut huoneistoni oven ja tullut porrasaulaan. Kohottauduin istumaan ja herkistin aistejani. Joku lähestyi varovaisin askelin makuukamarini ovea, jota öisin pidin suljettuna. Henkeäni pidätellen nousin vuoteestani, vedin puvun päälleni ja jalkineet jalkoihini, ja hiivin ovelle. Äkillisessä rohkeudenpuuskassa tyrkkäsin oven auki. Se kuitenkin pysähtyi johonkuhun, joka päästi hiljaisen äännähdyksen.

”Oh… Anteeksi, olin kyllä aikeissa koputtaa”, tutunkuuloinen ääni sanoi, ja peräännyin häkeltyneenä.

”Josia”, kuiskasin hengähtäen. ”Sattuiko sinuun? En kai vain tönäissyt ovea kasvojasi vasten?”

”Et, ehdin kyllä laittaa käteni eteen”, hän sanoi hiljaa. Ajatukseni ja tunteeni heittelehtivät kiihtymyksestä. Josia oli sittenkin tullut luokseni. Aivan kuin hän olisi kuullut kutsuni; aivan kuin välillämme olisi jokin ihmeellinen, välimatkasta riippumaton yhteys… Huomasin suorastaan täriseväni, kun peräännyin oven edestä päästääkseni hänet peremmälle.

”Tule peremmälle ennen kuin joku kuulee ääniä käytävälle asti…”

Hän pujahti sisään makuukamarini puolelle. Kiiruhdin sytyttämään kynttilän, jotta saatoin nähdä hänet tarkemmin. Hän seisoi hieman hämmentyneen näköisenä edessäni. Olin itsekin hyvin hämilläni, mutta myös tunnekuohuinen.

”Olen pahoillani, kun tällä tavalla tunkeudun luoksesi, Jelisepa”, Josia sanoi hitaasti. ”Oli oikeastaan Johdatusta, että kun olimme matkalla Warginlaaksoon Jooelin kanssa, vastaamme tuli lähetti, jolla olikin kirje Jooelille, sinun kirjeesi siis…”

”Ihmeellistä”, mutisin hämmästyneenä. ”Tiedätkö sinä sen viestin sisällöstä?”

”Jooel näytti kirjeen minulle ja ehdotti, että kävisin tapaamassa sinua ennen kuin matkustamme Warginlaaksoon saakka”, hän selitti hiljaa. Istuuduin leposohvaan, ja hän istahti epäröiden toiseen laitaan. ”Eräs tuttavani… ritari Rikard… auttoi minut huomaamattomasti sisälle. Olen pahoillani, että joudun tulemaan tällä tavoin luoksesi, hyvin sopimattomasti, mutta kun emme keksineet muutakaan vaihtoehtoa järjestää tapaamista keskellä yötä…”

”Ei se mitään”, äännähdin takellellen. ”Ymmärrän kyllä… Ja olen kiitollinen, että…”

Keskeytin, koska en tiennytkään mitä sanoa, tai mitä rohkenisin ylipäätään puhua paljastamatta liikaa tunteistani häntä kohtaan. Josia katseli hetken lattiaa ja katsahti sitten minuun.

”Olen valmis auttamaan sinua, jos vain on jotakin, mitä voin tehdä”, hän sanoi. ”Olen hyvin pahoillani tilanteestasi… Etenkin kun tunnen Didrikin, jota sulhaseksesi tarjotaan.”

”Kun en tiedä itsekään, mitä voisin tehdä! Minun olisi tavattava isäni aamulla ja kerrottava päätökseni”, huoahdin hiljaa. ”Ja Narri taas…”

”Mitä Narrista?” Josia kysyi kuulostaen yllättyneeltä. ”Onko hän lähtenyt kuninkaanlinnasta?”

”No, Narri auttoi minua toimittamaan sen kirjeen Jooelille… Ja kun hovissa juorutaan, että hän olisi jotenkin vaaraksi kuningashuoneen edulle, hänet vangittiin aamulla, ja hän joutuu istumaan tyrmässä, ainakin kunnes minun kohtaloni on sinetöity”, selitin takellellen. ”Ymmärräthän?”

Josian ilme oli hieman kummallinen; ehkä hän ei ymmärtänyt, vaikka nyökkäsikin.

”Aiot kai kuitenkin puhua Narrin puolesta kuninkaalle?” hän totesi kysyvästi.

”Aion tietysti! Lupasin sen Narrille, kun kävin hänen luonaan. Teen kyllä ystäväsi puolesta mitä vain pystyn”, vakuutin. Josia katsahti minuun hieman hämmästyneenä; sitten hänen ilmeensä taas sulkeutui. Hän vaikutti jollain tapaa ahdistuneelta. Eikö hän uskonut, että yrittäisin oikeasti auttaa hänen ystäväänsä?

”No… Ehkä joillakin tahoilla on syynsä pitää Narria kuningashuoneen vihollisena”, hän totesi huoahtaen mietteliäänä. ”Ymmärrän tietysti, miksi Neuvosto ajattelee niin kuin ajattelee, mutta sinun asemasi ei ole helppo, eikä isäsikään… Miten arvelet isäsi menettelevän, ellet sinä suostu menemään Naisyhteisöön, etkä myöskään suostu järjestettyyn avioliittoon?”

”Kaipa hän ryhtyy joihinkin toimenpiteisiin niskurointini takia. Tai ellei isä ryhdy, Neuvosto varmasti painostaa häntä. En tiedä mitä se voisi tarkoittaa, julkista häpeärangaistusta ehkä… Tai sitten he vain pakottavat minut sen Didrikin vaimoksi”, sanoin hiljaa, ja ääneni värisi tahtomattanikin. Josia nousi sohvasta ja alkoi kävellä edestakaisin jokseenkin tuskastuneesti.

”Aiotko kestää sen, jos isäsi tai Neuvosto rankaisee sinua?” hän kysyi sitten.

”Mitä muutakaan voisin tehdä kuin kestää rangaistuksen? En ainakaan halua suostua Warginlaakson linnanherran vaimoksi”, mutisin katsellen jonnekin hänen jalkoihinsa.

”Etkö sitten voisi mennä Naisyhteisöön?” Josia kysyi. Oli hetken kiusallisen hiljaista; en saanut mitään vastatuksi, koska olin liian hämilläni. Josia tulkitsi hiljaisuuteni omalla tavallaan. ”No, ymmärrän tietysti, jos koet, ettet voi valita Naimattomuutta. Mutta en oikein tiedä, miten voisin auttaa sinua! Itse uskon, että lasten tulee kunnioittaa vanhempiaan, elleivät nämä tee tahallaan pahoin heitä kohtaan. En haluaisi rohkaista sinua toimimaan vastoin isäsi tahtoa, vaikken tietysti toivo sitäkään, että sinä joudut itsellesi vastenmieliseen tilanteeseen.”

Olin vieläkin hetken hiljaa. Josia ei katsonut minuun; odotti vain, että sanoisin jotakin.

”Niin, kyllä minä ymmärrän, jos sinä ajattelet tuolla tavoin… ja ettet halua olla epälojaali kuningasta kohtaan. Mutta itsestäni tuntuu, että jos vain voisin paeta tilannettani, niin totisesti pakenisin! Mutta… en toki halua pyytää apuasi mihinkään sellaiseen, mikä olisi vastoin sitä, minkä sinä koet oikeaksi”, sanoin lopulta ääni karhenneena. Kyyneleet pyrkivät kihoamaan silmiini, enkä ollut varma siitä, halusinko hänen näkevän ne vai en. Josia katsahti minua tutkivasti.

”Ehkä isäsi pelkää menettävänsä sinut lopullisesti, jos pakenet hänen luotaan… Mutta olisihan Narri voinut kosia sinua ihan virallisestikin!” hän totesi sitten, enkä hetkeen edes tajunnut, mitä hän tarkoitti. Mistä moinen naurettava ajatus edes tuli hänen mieleensä? Miksi hän oletti, että juuri Narrin olisi pitänyt kosia minua, ja vielä ikään kuin tosimielellä?

”No, kyllähän hän sanoi, että olisi ehkä voinutkin kosia minua, jos vain olisi uskonut kuninkaan noteeraavan hänen kosintansa”, naurahdin häkeltyneenä. ”Tietysti hänen asemansa on liian alhainen, mutta se olisi hänen mielestään ollut ritarillista…”

Josia käännähti äkkiä katsomaan poispäin minusta, sanomatta sanaakaan, ja silloin tajusin sanoneeni jotakin epähienotunteista. Ei kai hän vain olettanut, että yritin vihjata, että hänen tulisi kosia minua, hän kun on sentään ritari? Lehahdin varmasti punaiseksi, ja oli kauan hiljaista, kun yritin epätoivoisesti keksiä jotakin sellaista sanottavaa, jolla olisin korjannut ajattelemattomien sanojeni aiheuttaman vaivautuneisuuden. Mutta Josiakin taisi puhua läpiä päähänsä; ikään kuin hän uskoisi huhupuheita minun ja Narrin välisestä lemmensuhteesta!

”No, emme voi muuta kuin pyytää Johdatusta... Kun en tiedä miten muutenkaan voisin sinua auttaa”, Josia totesi tuskastuttavan pitkän hiljaisuuden jälkeen. Yritin olla huokaisematta ääneen pettymyksestä. Olin käyttäytynyt varsin naurettavasti, eikä hän tuntunut olevan erityisen innokas pelastamaan minua ahdingostani. Mutta mitä olin odottanut häneltä? Sitäkö, että hän todellakin kosisi minua, tai vain ottaisi minut mukaansa jonnekin autuaalliseen turvapaikkaan?

Josia seisahtui ja sulki silmänsä. Hän laittoi kämmenensä toisiaan vasten ja hengähti syvään. Ehkä Vaeltajaveljet tekivät sillä tavoin. En tiennyt, mitä minun olisi pitänyt tehdä. Odotin, että hän sanoisi jotain, mutta hän oli hiljaa; ehkä hän puhui vain mielessään jotakin siitä, mitä toivoi. Toivoin itsekin, että ihmisjärjen yläpuolella oleva Viisaus johdattaisi meitä, ja että saisimme Voiman tehdä, mitä oli hyvä tehdä, ja pysyä Totuudessa. Lävitseni kävi voimakas liikutus, ja kyyneleitä alkoi valua poskilleni. Suljin silmäni, ja samassa tunsin Josian koskettavan kättäni.

”Jelisepa, älä pelkää... Minä tiedän, että kaikki käy lopulta hyvin, kun vain pysymme Totuudessa”, hän sanoi, ja hänen äänensä oli täynnä myötätuntoa. En tiennyt mitä sanoa. Oloni tuntui turhautuneelta ja pettyneeltä; enhän edes tiennyt, mikä olisi se Totuus, jossa pysyä. Josia käveli mietteliäänä ikkunan luo, katseli hetken pimeyteen, ja palasi sitten leposohvaan istumaan.

”Tiedätkö miksi olin matkalla Warginlaaksoon, kotilinnaani?” hän kysyi sitten hiljaa.

”Narri on kyllä kertonut joitakin asioita perheestäsi, kodistasi, ja suhteestasi nuoreen linnanherraan”, sanoin hiljaa. ”Mutta onko jotakin yllättävää tapahtunut?”

”Didrik Vanhempi on kuollut, ja sain äidiltäni viestin, että hän on määrännyt minulle jonkin perintöosan. Olenhan tavallaan hänen poikapuolensa, koska äitini meni hänelle vaimoksi, ja luulen, että hän on halunnut turvata myös äitini tulevaisuuden.”

”Mitä luulet nuoren linnanherran ajattelevan siitä?” kysyin epäröiden. Josia vilkaisi minuun huoahtaen ja rypistäen otsaansa.

”Hänhän on tietysti raivoissaan, koska hän ei ole oikein ikinä hyväksynyt sitä, että vanhempani olivat hänen isänsä ystäviä... Eikä hän ole koskaan hyväksynyt minua ystäväkseen tai veljekseen! En tiedä, yrittääkö Didrik ehkä vaikuttaa asioihin niin, että äitini joutuu lähtemään Warginlaaksosta. Senkin vuoksi minun on hyvä olla läsnä, kun testamentti luetaan.”

”Sinun kai sitten pitäisi kiiruhtaa sinne”, sanoin hiljaa. Josia oli vaiti. En voinut enää edes katsoa häneen. Toivoin, että hän olisi ymmärtänyt, mitä tunsin häntä kohtaan. Mutta ehkä hän ei välittänyt tietääkään tunteistani. Eikä hän ainakaan tehnyt elettäkään kosiskellakseen minua, herätelläkseen minussa kiinnostusta itseään kohtaan. Hän oli vain ystävällinen ja kohtelias, mutta sitäkin jotenkin varautuneella tavalla; aivan kuin läheisyydessäni oleminen olisi ahdistanut häntä.

Vähitellen noiden hiljaisten, kiusaannuttavien hetkien kuluessa rohkenin myöntää itselleni sen tosiasian, ettei ritari Josia pystyisi auttamaan minua. Se oli kipeä pettymys. Olin odottanut häneltä liikaa; jonkinlaista ihmettä, joka vapauttaisi minut entisen elämäni kahleista ja tarjoaisi minulle rakkaudentäyteisen tulevaisuuden. Mutta eipä hän voinutkaan tehdä puolestani mitään; etenkään ellei hän halunnut tarjota minulle avioliittoa.

Ei olisi enää muuta vaihtoehtoa kuin alistua siihen, mitä eteen tulisi. Siis luottaa Johdatukseen; lakata taistelemasta omin voimin tai vääryydellä ja petoksella. Itsevarmuuteni viimeisetkin rippeet tuntuivat murentuvan; kaikki ihmisjärjellä sepitetyt juonet ja pelastussuunnitelmat, kaikki itsekästä onnea tavoittelevat kuvitelmat alkoivat luhistua. Jäljelle jäi vain nöyrtyminen ja avuttomuutensa myöntäminen. Ja se oli hirvittävän tuskallista.

”Ymmärrän kyllä, että ellen suostu isäni tahtoon, ajaudun avoimeen kapinaan hänen ja Neuvoston kanssa, ja koko valtakuntaan syntyy levottomuuksia, kun tyttäret alkavat kapinoida isiään vastaan”, sanoin hiljaa. Josia tarttui hetkeksi käteeni, epäröiden, ja vetäytyi sitten taas kauemmas.

”Niin”, hän sanoi. ”Ja valtakunta, jossa on sisäisiä ristiriitoja, on helppo uhri suuremmalle valtakunnalle, jolla on sotilasvoimaa!”

”Minun on siis suostuttava isäni tahtoon ja lakattava niskuroimasta ja pakoilemasta, etten näyttäisi huonoa esimerkkiä valtakunnan tyttärille”, jatkoin takellellen. ”Minun on alistuttava, ettei synny yleisiä levottomuuksia, eikä Molcavarathian ahne kuningas nielaise Cardusiaa kitaansa... Ettei kansa joudu kärsimään. Ettei kukaan muu joutuisi kärsimään kuin minä...”

”Jelisepa, ei kukaan toivo, että sinä joutuisit kärsimään. Ei isäsi tahdo sinulle pahaa! Ellei isäsi puolustaisi sinua, Neuvosto olisi jo saattanut määrätä sinulle häpeärangaistuksen siitä pakomatkastasi. Ja ellei isäsi itse harkitsisi liittoa Molcavarathian prinsessan kanssa, sinua painostettaisiin huolimaan heidän prinssinsä”, Josia selitti hiljaa. ”En minäkään toivo sinun päätyvän Didrikin vaimoksi, mutta Warginlaaksossa tapaisit minun äitini... Eikä kuningas voi kihlata teitä ennen kuin vanhan linnanherran testamentti on luettu, eikä kihlausta voida panna toimeen ennen kuin suruaika ohi. On vielä aikaa, ja jotakin voi vielä ilmaantua!”

”Ehkä voi, ehkä ei”, sanoin tuskin puoliääneen. Näytin varmasti surkealta ja säälittävältä, ja Josia joutui todistamaan surkeuttani. Oli pitkään hiljaista. Hän ei edes koskettanut minua lohduttavasti toista kertaa. Tunsin itseni epämääräisellä tavalla hylätyksi, kun hän nousi hitaasti jalkeille.

”Minun on parasta lähteä ennen kuin tulee liian valoisaa ja vartiovuoro vaihtuu”, hän sanoi. Hänen ilmeensä oli hivenen huolestunut, mutta muutoin hän näytti hillitsevän tunteitaan, mitä sitten pohjimmiltaan tunsikin. Ei Josia ainakaan ollut paatunut tai karkea; ehkä hän todella sääli minua ja olisi toivonut voivansa auttaa konkreettisemmin. Mutta kaipasin häneltä enemmän kuin sääliä, ja tuntui suorastaan kiduttavalta, kun en saanut mitä kaipasin.

”Niin”, huokaisin katsomatta häneen enää. ”Kiitos sinulle tuestasi!”

”Tapaamme ehkä vielä, etenkin jos tulet Warginlaaksoon. Kaikkeuden Luoja olkoon kanssasi!”, hän sanoi melkein mutisten, ja lähti. Kun jäin yksin kynttilän valaisemaan huoneeseeni, olin kuin lamaantunut; en saattanut kestää tunteitani, enkä voinut ajatella mitään. Toistelin vain taas hänen nimeään, ikään kuin se olisi pelastanut minut, muuttanut kohtaloni. Josia, Josia, Josia... Tuntui että mieleni ja tunteeni olivat takertuneet häneen, eikä järkeni kyennyt antamaan minulle mielenrauhaa. Kaikki tuntui pelottavan epätodellisilta. Kävelin kuin unessa vuoteeseeni ja kääriydyin peitteeseen. Samankaltainen valveen ja unen välitila jatkui, niin että auringon noustua en tiennyt, olinko nukkunut vai en. Palvelijan koputus ovelle kiskoi minut taas todellisuuteen. Värisin kylmästä. Kynttilä oli palanut itsekseen loppuun, eikä mikään todistanut ritari Josian yöllisestä vierailusta.

Oli vielä aikainen aamu, kun astelin isäni yksityishuoneeseen. Oloni oli edelleen turta. Vastasin isäni tervehdykseen kuin käskystä haukkumaan opetettu koira. Hän ei näyttänyt ankaralta, sen totesin, mutten kokenut edes hämmästystä. Tunteiltani olisin voinut yhtä hyvin olla kuollut.

”Oletko tehnyt päätöksesi?” isäni kysyi.

”Olen. En halua mennä Naisyhteisöön”, sanoin, ja ääneni kuulosti vieraalta omissa korvissani.

”Hyvä on. Lähetän tänään viestin Warginlaaksoon, ja alamme valmistella kihlauksen julkistamista”, hän sanoi hilliten tunteitaan, mitä sitten tunsikaan. ”Tilaisuus tosin tulee olemaan yksinkertainen, senkin vuoksi, että nuorella linnanherralla on suruaika. Kuulin ritari Rikardilta, että vanha linnanherra on kuollut. Hän oli kuullut sen joltakulta tuttavaltaan, joka oli poikennut myöhään illalla linnassa.”

En sanonut mitään, enkä varsinkaan vaivautunut esittämään yllättynyttä.

”Voi olla, että hautajaisten järjestäminen hieman viivyttää virallisia kihlajaisia”, isäni jatkoi. Hän kuulosti kai helpottuneelta, mutta sillä ei tuntunut olevan minulle mitään merkitystä, ainakaan enää. Tiesin tekeväni oikein, sikäli kun kyse oli vanhemman tahdon kunnioittamisesta, mutta millaista tuskaa se minulle aiheuttikaan; aivan kuin olisin ahtautunut puuarkkuun, jonka kantta en saisi itse enää avatuksi. ”Jelisepa, onko sinulla jotakin toiveita asioitten suhteen?”

Hänen sanansa kuulostivat lähinnä käsittämättömiltä ja ajatusteni kulku tuntui jähmeältä, mutten ollut unohtanut Narria.

”Lupasitte vapauttaa Narrin”, sanoin hitaasti. Isäni näytti hieman häkeltyvän; sitten hän huokaisi ja jäi tuijottamaan tyhjyyteen. Tajusin äkkiä, että hän vaikutti väsyneeltä ja huolestuneelta; jollain tapaa ennen aikojaan vanhentuneen voimattomalta. Hänellä ei ehkä olisi enää montakaan hyvävointista vuotta aikaa kasvattaa perillisiä, ja ehkä hän pelkäsi valtakuntansa kohtalon puolesta hyvinkin paljon. Ja jos hän joutuisi ottamaan prinsessa Mormessan vaimokseen, oliko se muka pienempi uhraus kuin mitä hän odotti minulta? Yllättäen tunsin voimakasta sääliä häntä kohtaan, ja se tunkeutui turtuneen suojakuoreni lävitse. ”Isä? Ettehän unohda Narria vankityrmään?”

”Niin… en toki unohda häntä… Käsken vapauttaa hänet viipymättä”, hän sanoi aivan kuin heräten ajatuksistaan. ”Mutta koska sinun ei ole soveliasta tavata häntä enää, hänen tulee poistua kuninkaanlinnasta ja lähikylästä. Muutoin hän olkoon vapaa mies!”

Seurasin sivusta, kun isäni kutsui kirjurin ja saneli kirjallisen määräyksen Narrin kohtalosta. Siitä olin sentään helpottunut, että olin pystynyt auttamaan Narrin pois sieltä hirvittävästä, tukahduttavasta kopperosta, vaikka omassatunnossani koin silti olevani vieläkin vastuussa hänen kohtalostaan.

”Onko sinulla vielä muita toiveita?” isäni kysyi sitten, katsellen minua hillityn huolestuneen tutkivasti.

”Toivon ettei kihlausta panna toimeen ainakaan vuoteen”, sanoin, koska mielessäni ei ollut mitään muutakaan, mikä olisi voinut helpottaa oloani.

”Vuoteen? Enpä usko että niin pitkä kihla-aika on mahdollista, kun ottaa huomioon sinun ikäsi ja sieluntilasi… Ja luulenpa, että nuori linnanherra Didrik odottaa liiton vahvistamisen tapahtuvan heti suruajan jälkeen”, isäni sanoi, katsomatta minua suoraan.

”Te aiotte kai hankkia kruununperillisen minun tilalleni, jos olette itsekin menossa naimisiin”, sanoin hiljaa. ”Minun aviomieheni ei kai silloin peri kruunua, jos vaimonne synnyttää Teille perillisen.”

”No, niistä asioista sinun ei tarvitse huolehtia! Riittää että olet hyvä vaimo ja synnytät lapsia tulevalle miehellesi. Ja toivon, että miehesi pitää sinusta hyvää huolta…”

En sanonut siihen mitään. Mieleeni nousi katkelmia Narrin ja Josian puheista. He olivat puhuneet Warginlaakson linnanherran pojasta siihen sävyyn, että lapsen synnyttäminen sellaiselle miehelle tuntui lähinnä hiostuttavalta painajaiselta.

”Emme voi järjestää kihlajaisjuhlaa ainakaan ennen kuin vanha linnanherra on haudattu. Mutta voin tiedustella nuoren linnanherran mielipidettä siihen, voisitteko viettää kihlauksen julkistamisjuhlallisuuksia Warginlaakson linnassa”, isäni totesi sitten. ”Nyt kun prinsessa Mormessa on täällä, minun on vietettävä aikaa hänen seurassaan, enkä kenties ehdi osallistua kihlajaisiinne. Paroni Arvid voinee toimia edustajanani.”

”Tarkoitatteko, että minun täytyy matkustaa Warginlaaksoon yksin?” kysyin hämmästyneenä.

”Ei tietenkään yksin, tyttö hyvä!” isä naurahti väsyneesti. ”Tarvitset toki seurueen, siis palvelijasi, muutaman seuraneidon ja vartiomiehet, jotta turvallisuutesi ja säädyllisyytesi pystytään takaamaan niin kuin Neuvosto tahtoo. Odottakaamme siis, kunnes kuulemme nuoren linnanherran mielipiteen.”

Palasin huoneistooni. Siellä tunteeni sitten hyökyivät yli; onneton rakkauteni, ja pelko ja inho tulevaa kohtaan. Mutta halusin jättää asiat suurempiin käsiin. Kaikkeuden Luoja saisi toimia puolestani, ajaa asiaani, ja armahtaa minua, jos tahtoisi… Yritin muistella, mitä Vaeltaja Jooel oli sanonut sisäisestä rauhasta. Olin niin väsynyt, etten jaksanut enää edes murehtia mitään, ja yllättäen sellainen tila auttoi minua nukkumaan syvää unta seuraavan yön.

Seuraavana päivänä yksi hovineidoista, sama jonka olin kerran lähettänyt pyytämään Narrin luokseni, koputti huoneeni ovelle.

”Tämä on narrilta”, hän kuiskasi kuin kiero salaliittolainen ja sujautti käteeni taitellun paperiarkin. Vetäydyin huoneeseeni ja istahdin leposohvaani. Katselin hetken aikaa epäaidon koukeroista käsialaa ja mietin, miten Narri oli ylipäätään koskaan oppinut lukemaan ja kirjoittamaan. Millaisessa perheessä hän oli kasvanut, ja missä hänen vanhempansa nyt olivat? Jos hän kerta oli vasta minun ikäiseni, hänen vanhempansa olivat ehkä vielä elossa, ja kenties hän saisi katon päänsä päälle heidän luotaan. Mietteissäni, hieman jännittyneenä, avasin kirjeen.

”Kiitos prinsessa hyvä, on kiitollisuuteni syvä. Jos vielä joskus kohdataan, niin ehkä kättäs' suudella saan, ja lausua sanoja arvostuksen, vaikk' lähemmäs sinua pääsisi en. Siis hyvästi jää, nyt ilkeile en enempää…
(Runon kielellinen typeryys ei tarkoita etteikö sisältö kuvastaisi aidosti tunteitani. Oli vain niin kiire päästä pois näiltä mannuilta, etten saanut aikaiseksi parempaakaan…)”

Mieleeni nousi muistikuva Narrista vankityrmässä, kun ojensin hänelle käteni suudeltavaksi. Tai ehkä en ollut tarkoittanut, että hän suutelisi sitä, vaan että hän puristaisi sitä kuin ystävän kättä. Mitä olinkaan ajatellut; tarjota hänelle ystävyyttäni, vai kerjätä hellyydenosoitusta? Ajatus hämmennytti minua, ja luin kirjeen uudelleen. Kaiketi Narri oli minulle aidosti kiitollinen, ja ehkä hän tunsi minua kohtaan jonkinlaista aitoa arvostusta, mutta ilmaisussa oli jonkinlaista ylimielisen itseironista sävyä… Ja miksi hänen olisi muka pitänyt ”päästä minua lähemmäs”? Sellaista oli tunkeilevaa ilmaista, enkä halunnut hänen ottavan tavaksi käteni suutelemista…

Mieleeni nousi ensimmäinen salaiselta ihailijaltani saamani kirje. Narrin sepittämä viesti oli romanttisuudeltaan niin kaukana ihailijani lähettämistä kirjeistä, että sitä saattoi pitää lähinnä naurettavana. Ehkä se oli tahallisen naurettava; eihän Narri edes uskonut, että ottaisin häntä tosissani. Silti, minun oli pakko myöntää, että olin jollain tapaa melkein alkanut pitää Narrista, ainakin jonkinlaisena ystävänä, tai ainakin pystyin uskomaan hänen ”parempaan puoleensa”…

En kuitenkaan jäänyt pidemmäksi aikaa miettimään sitä, millä kaikilla tavoilla se typerä runo muka kuvasi ”aidosti” hänen tunteitaan, niin kuin hän väitti. Tunsin luonnollisesti tarvetta suhtautua häneen asiallisen viileästi ja järkevästi; hänhän oli joka tapauksessa vain palkollinen, vaikka olikin melkein jopa ystäväni, ja romanttiset tunteeni kohdistuivat aivan toiselle taholle. Työnsin siis tietoisesti Narrin viestin ja koko hänen vaikeasti sivuutettavan persoonansa syrjään mielestäni, ainakin niin hyvin kuin kykenin.

Yleisesti ottaen oloni oli suhteellisen rauhallinen, vaikkakin hieman epätodellinen, enkä rohjennut ajatella tilannettani kovin syvällisesti. Odotin kuulevani Warginlaakson linnanherran vastauksen isäni viestiin, ja valmistauduin matkustamaan Warginlaaksoon tapaamaan tulevaa sulhastani. Niissä tunnelmissa kului muutamia päiviä. Vietin aikaani kirjoittaen ja yrittäen etsiä mielenrauhaa hiljaisuudesta ja puutarhassa käyskentelystä.

Näin kerran kaukaa ritari Rikardin, joka tervehti minua kohteliaasti. Pohdin, oliko hän mahtanut käydä tapaamassa Narria, kun tämä oli lojunut haisevassa vankikopperossaan, vai olisiko sellainen ollut hänen herkälle olemukselleen liian epämukavaa ja inhottavaa. Sitten isäni ilmoitti minulle, että Warginlaakson vanha linnanherra oli haudattu, ja tuleva sulhaseni, nuori linnanherra Didrik, kutsui minut ja seurueeni linnaansa vierailulle, jonka tarkoitus oli luultavasti tehdä kihlauksestamme julkinen.

Isäni oli valinnut seurueeseeni kaksi henkilökohtaista palvelijaa, kaksi seuraneitoa, yhden vanhemman hovirouvan ja kaksi vartijaa. Tiesin että kaikki nämä ihmiset olisivat lojaaleja niin isälleni kuin Neuvostollekin ja pitäisivät minua silmällä samalla kun huolehtisivat tarpeistani.

Isäni ei aikonut sen enempää osallistua kihlajaisista sopimiseen. Asian hoitaminen ei ilmeisesti ollut Neuvoston mielestä kyllin tärkeä toimi, jotta hänen olisi kannattanut vaarantaa omia kosintamenojaan sen vuoksi. Paroni Arvid edustaisi kuningasta kihlauksesta sopiessa; hänellä oli isäni allekirjoittama myötäjäissopimus hallussaan, ja hän toimisi muutoinkin ikään kuin holhoojanani. Minulle oli varsin yhdentekevää, kuka siinä asemassa oli. Tuskinpa edes vanha ja höpsähtänyt paroni olisi voinut olla etäisempi ja vaikeammin lähestyttävä kuin oma isäni oli sillä hetkellä. Niinpä hyvästelin isäni ilman kovinkaan suuria tunteita, en se kummemmin katkerana kuin ahdistuneenakaan.

”Tapaamme sitten kun palaat matkaltasi”, hän sanoi. ”Ellei mitään odottamatonta tapahdu.”

En vastannut hänelle mitään; mietin vain, luuliko isä ehkä minun yrittävän vielä jollain keinoin paeta tilannettani. Sillä hetkellä en kuitenkaan olisi edes jaksanut yrittää mitään; mieleni oli alistuneen odottava. Olin pakannut tarvitsemani vaatteet ja tavarat, ja olin valmis lähtemään matkaan. Kun ajoimme kylätietä pitkin, vain muutama kyläläinen seisoi tienvieressä katselemassa, eikä kukaan ilmaissut kunnioitusta, kunnes kuulin karhean miesäänen.

”Tervehdys, prinsessa Jelisepa! Luojan varjelusta Teille!”

Käännyin katsomaan ulos vaunuista ja näin vanginvartijan parrakkaan, rotevan hahmon. Hän seisoi joukon reunamilla, ilmeisesti perheensä ympäröimänä, ja huiskutti minulle lakkiaan. Pian huutoon yhtyi muitakin ihmisiä, ja liikutuksen vallassa tervehdin heitä, vaikka kamarirouvani katsahti minua paheksuvasti. Oli lohduttavaa huomata, että tavallinen kansa suhtautui ”mielipuolisuuteeni” armollisemmin; hoviväen silmissähän olin köyhää moukkaakin vastenmielisempi.

Illan hämärtyessä saavuimme Warginlaakson linnan portille. Portinvartija päästi meidät linnan ulommalle pihalle, ja sitten etenimme vielä pienemmän portin läpi sisäpihalle. Itse keskuslinna ei ollut kovin suuri eikä kaunis; enemmänkin koruttoman jykevä ja sotilaalliseen tarkoitukseen suunniteltu, mutta jollakin tavalla pidin sen kolhoudesta ja karkeudesta. Olihan se ainakin erilainen kuin kotilinnani, johon liittyi aivan liikaa ikäviä mielikuvia ja muistoja. Vastassamme oli vartiosotilaita ja palvelusväkeä. Vaitonainen palvelusmies saatteli minut pieneen makuukamariin, joka oli varattu käyttööni. Kamarineidot ja hovirouva ohjattiin viereiseen huoneiseen. Järjestely viittasi siihen, että joku oli jo ennalta suunnitellut vartiointini linnanherran kanssa.

Siistiydyttyäni lähdin seurueeni kanssa linnan pääsaliin, jossa arvelin sulhaseni ja vanhan linnanrouvan odottavan. Olin melko rauhallinen; aivan kuin olisin tuntenut jonkin suojaavan voiman olevan läsnä. Astuessani saliin sain kuitenkin vain vaivoin hillittyä tunnekuohuni, kun näin ritari Josian seisovan äitinsä vieressä, sulhastani vastapäätä.

Esittely oli muodollinen ja kiusallinen. Nuori linnanherra Didrik katseli minua uteliaana ja tyytyväisenä, mutta samalla tavoin hän katseli seurassani olevaa nuorempaa hovineitoakin, enkä pitänyt siitä lainkaan. Vaikkei hän ollutkaan kasvonpiirteiltään sinänsä vastenmielisen näköinen, hänen olemuksensa puistatti minua. Hänen ilmeensä, katseensa ja ajatuksensa, joiden saatoin kuvitella olevan vähemmän jaloja ja yleviä, suorastaan inhottivat minua. En todellakaan olisi halunnut päästää mieleeni ajatusta siitä, että jonakin päivänä joutuisin hänen vaimonsa asemaan.

Tervehdin Josiaa kiusaantuneen pidättyväisesti, eikä hänkään osoittanut välittävänsä minusta mitenkään erityisellä tavalla, sen enempää kuin seurueestanikaan. Saatoin aistia Didrikin ja Josian välisen jännityksen. Didrik oli selkeästi ylimielinen ja töykeä, Josia taas pidättyväinen ja vakava. Josian äiti, linnanrouva Joceline, taas herätti minussa pelkästään myönteisiä tunteita. Vaikka hän olikin niin sanotusti ”vanha linnanrouva”, ei hän oikeasti ollut vanha; tuskin hän oli edes neljäkymmentä, ja hän oli edelleen kaunis nainen. Hän oli hyvin paljon Josian näköinen, ja suhtautui minuun hyvin kohteliaasti ja ystävällisesti, ja vähemmän varautuneesti kuin poikansa.

Oloni alkoi olla hyvin epämukava ja levoton, kun olimme siirtyneet aterioimaan. Kukaan lähelläni istuvista ei pitänyt yllä kevyttä ja leppoisaa keskustelua. Didrik ei edes puhutellut minua; tuijotti vain aivan kuin olisin ollut jotenkin halpa-arvoinen. Tavallaan kai hänen silmissään olinkin, jos hän tiesi karkumatkastani hovinarrin seurassa ja piti minua mielipuolena. Yritin vilkuilla Josiaan päin, mutta hän oli omissa ajatuksissaan, puhellen vain ajoittain jotakin äidilleen, joka istui hänen vieressään.

Ikuisuudelta tuntuneen ajan jälkeen ruokailu oli ohitse. Josia poistui seurastamme nyökäten hyvästiksi äidilleen ja minulle, mutta vilkaisemattakaan Didrikiin tai muihin ruokailijoihin. Kohtasin hänen katseensa vain hetken, mutta sekin jo riitti aiheuttamaan minussa epämukavaa hämmennystä. Hänen katseessaan oli surua ja ahdistusta, mutten voinut olla varma, liittyivätkö nuo tunteet mitenkään minuun. Sain hädin tuskin hillityksi itseni irvistämästä, kun ajattelin, etten ehkä koskaan saisi tietää, mitä Josia tunsi ja ajatteli…

”Jos haluatte, hyvä prinsessa, voin esitellä Teille linnaamme”, linnanrouva Joceline ehdotti havahduttaen minut ajatuksistani.

”Kiitos”, sanoin hieman kiusaantuen, ja astelin hänen rinnallaan pois salista. Didrik näytti poistuvan jonnekin seurueen miespuolisten kanssa. Olimme edenneet jonkin matkaa käytävää pitkin, kun Josian äiti seisahtui ja kääntyi katsomaan minua tutkivasti, mutta hymyillen.

”Haluaisitteko kertoa minulle, hyvä prinsessa, mitä kaikkea Te kannattekaan painona sydämellänne?” hän kysyi. Hämmennyin täysin hänen suorasta kysymyksestään, ja ennen kuin ehdin sanoa mitään, ilmeeni vääristyi, ja liian kauan pidäteltyjä kyyneleitä alkoi valua poskilleni aivan kuin pato olisi alkanut murtua tulvavesien puristuessa esteitten läpi.

”Olen pahoillani, hyvä rouva”, äännähdin. ”En ole… ihan… tasapainossa mieleni kanssa, eikä tämä tilanne ole minun toiveitteni mukainen!”

”Tulkaahan tänne, niin voimme puhua rauhassa, jos vain tahdotte keventää sydäntänne”, Joceline totesi tarttuen minua kevyesti käsivarresta ja ohjaten minut omaan huoneeseensa. Siellä hän ojensi minulle nenäliinan ja ohjasi minut istumaan. ”En halua painostaa Teitä uskoutumaan minulle, mutta toivoisin kovasti, että voisin ymmärtää Teitä, ja ehkä olla Teille jopa jollain tapaa avuksi!”

”Olen kiitollinen hyväntahtoisuudestanne, mutten ehkä rohkene odottaa, että voisitte ymmärtää minua”, totesin kyynelehtien ja pyyhkien silmiäni. Siitä oli jo kauan, kun olin itkenyt jonkun toisen ihmisen läsnä ollessa, ja olin hieman häpeissäni. Mitä tuo viisaalta ja rauhalliselta vaikuttava nainen mahtoikaan minusta ajatella?

”Olen kuullut kaikenlaista, mitä hovissa juorutaan”, Joceline totesi vakavoituneena. ”Mutta olen aina ajatellut, että juorut on syytä jättää omaan arvoonsa. Haluaisin tietää totuuden! Sen tiedän, että suunniteltu kihlauksenne poikapuoleni Didrikin kanssa on Neuvoston järjestämä, ettekä ole edes tavanneet toisianne aiemmin.”

”Niin… Suostuin kihlasuunnitelmaan vain siksi, että olisi ollut väärin vastustaa isänsä tahtoa, enkä halua isäni joutuvan vaikeuksiin Neuvoston kanssa”, sanoin hiljaa. ”Isäni… No, ehkä hän ymmärtäisi minua, jos voisi, mutta hänenkin asemansa on hankala, ja hänkin joutuu ehkä naimisiin vastoin tahtoaan… Ja olen jo nyt aiheuttanut hänelle vahinkoa käytökselläni… En tiedä, mitä Neuvosto tekisi, jos isäni ei saisi minua naimisiin!”

Joceline tarttui käteeni kuin lohduttaakseen. Hänen kätensä oli lämmin ja turvallinen, aivan kuin hänen poikansakin käsi. Hän oli ilmiselvästi myötätuntoon kykenevä, lempeä ihminen, vaikka hänen olemuksensa olikin miltei pelottavan arvokas ja hienostunut. Ehkä siksi hän muistutti omaa äitiäni, ja muistot menetetyistä hetkistä tunteikkaan äitini kanssa nostattivat lisää kyyneleitä silmiini.

”Koska avioliitto poikapuoleni kanssa ilmeisestikin on Teille vastenmielinen, voin hyvin ymmärtää Teidän pahan mielenne. Kenties voin jollain tavoin helpottaa oloanne, jos vain sallitte? Voitte kyllä luottaa minuun, jos haluatte puhua minulle siitä, miltä kaikki tämä Teistä tuntuu", hän totesi lempeästi ja rauhoittelevasti.

Oli hetken hiljaista. Mietin, miksi en voisi luottaa tuohon naiseen; saattoiko hän tahtoa minulle jotakin pahaa? Hänen seurassaan tajusin, miten kipeästi olin kaivannut jonkun ymmärrystä ja huomiota siitä saakka, kun oma äitini oli sairastunut ja minua oli kielletty häiritsemästä häntä, ja Rikardkin oli lähetetty pois, ja sitten isänikin oli viety minulta...

"Niin... En todellakaan ole täällä omasta tahdostani! Minulle on vastenmielistä edes ajatella tätä kaikkea, siis naimisiin menemistä Didrikin kanssa, enkä tiedä miten kestän tulla kihlatuksi hänelle, saati sitten, miten kestän itse avioliiton", huoahdin sitten vilkaisten epävarmasti hänen ilmettään. "Eikä oloani helpota yhtään se, että... Niin, itse asiassa pidän suuressa arvossa Teidän poikaanne Josiaa. Mutta hän ei varmaankaan edes tiedä tunteistani, eikä mitään sopimatonta ole tapahtunut välillämme, ymmärrättehän? Mutta se ajatus, että minun pitäisi mennä vaimoksi miehelle, joka vihaa Teidän poikaanne, on suorastaan kestämätön..."

"Ymmärrän", Joceline totesi hymyillen hieman, mutta vakavoitui sitten. "Ymmärrän Teitä ja tunteitanne, enkä todellakaan kuvittele, että välillänne olisi tapahtunut mitään sopimatonta. Tunnen kyllä poikani luonteenlaadun!"

"Olette ehkä kuullut siitä epätoivoisesta pakomatkastani Josian ja hänen ystävänsä hovinarrin seurassa, ja tiedätte varmasti, että on minun vikani, että Josia lähetettiin pois kuninkaan ratsuvartiostosta, Itäiseen linnakkeeseen..."

"Ei se ollut Teidän vikanne, Jelisepa!" Joceline lausahti taputtaen kättäni rauhoittelevasti. "Josia teki valintansa itse, kun päätti lähteä mukaan pakomatkallenne. Ettehän Te häntä pyytänyt mukaanne? Ette kai edes tuntenut häntä aiemmin?"

"Niin, en... Itse asiassa se oli Narri, joka hänet pyysi mukaamme", sanoin hiljaa, hieman hämmentyen. "Ja Josia oli pyytänyt mukaamme myös Vaeltaja Jooelin. Te kai tunnette hänet?"

"Tunnen kyllä. Jooel on meille rakas ystävä ja tuki", Joceline sanoi huoahtaen, ja katsoi minua sitten suoraan silmiin. "Kunpa voisinkin auttaa Teitä tämän kihlasuunnitelman peruuttamisessa! En kuitenkaan voi vaikuttaa poikapuoleni Didrikin asioihin, koska hän on siinä iässä ja asemassa, että tekee itse ratkaisunsa. Vaikka sanoisin hänelle, etten halua hänen ottavan Teitä vaimokseen, hän ei kuuntelisi minua!"

”Ymmärrän kyllä, ettei asia ole Teidän vallassanne. Enkä todellakaan haluaisi olla Teille vaivaksi tai loukata Teitä millään tavoin! Kunpa minun ei olisi tarvinnut tulla tänne lainkaan”, totesin hiljaa ja suljin hetkeksi silmäni, yrittäen nähdä jotakin toiveikasta edes mielessäni. ”Kuinka voin kestää tulevat päivät, kun minun pitäisi muka seurustella vastenmielisen sulhaseni kanssa ja esittää onnellista kihlattua?”

”Miksi Teidän pitäisi esittää onnellista? Ei Teidän tarvitse valehdella Didrikille sen enempää kuin muillekaan, mutta neuvoisin kyllä olemaan loukkaamatta häntä tahallisesti, koska hänen luontonsa ei ole kovin kärsivällinen”, Joceline totesi. ”Luulen, että osaatte kyllä olla teeskentelemättömän vakava, mutta asiallisen kohtelias...”

”No, sen sentään osaan”, huoahdin.

”Ja ehkäpä tänne tulollanne onkin jokin syvempi merkitys ja tarkoitus, sellainen, jota emme edes voisi ymmärtää vielä”, Joceline sanoi hitaasti. ”Uskotteko Te Vaeltajaveljien opetuksia?”

”En tiedä... En ole saanut sellaista opetusta paljoakaan”, sanoin hämmentyen. ”Mutta Jooel kyllä selitti minulle jotakin, ja tunsin hänen sanojensa uppoavan minuun, vaikken edes tiedä, ymmärsinkö kaikkea, mitä hän puhui.”

”Vaeltaja Jooel on jo pitkään vieraillut ja majaillut kodissamme, ja hän on opettanut lapsiani, vaikka tiedän, ettei Neuvosto olisi katsonut sellaista hyvällä. Mutta myös eräs Vaeltajaveli Daniyeel opetti minut jo nuorena tyttönä pyytämään, että se Viisaus, joka on tämän kaiken näkyvän ja näkymättömän taustalla, johdattaisi minua. Se on voinut viedä minut hyvinkin kipeisiin tilanteisiin, myös maallisessa rakkaudessa, mutta tällä hetkellä olen kiitollinen kaikesta tapahtuneesta. Vaikken tiedä mitä vielä on edessäni, nyt kun olen jo toista kertaa eläissäni leski.”

Kun kuuntelin hänen rauhallisia sanojaan, tunsin itseni hyvin lapselliseksi ja kokemattomaksi. Aivan kuten Josia ja Jooel, myös Josian äiti halusi rohkaista minua; ei petokseen eikä itsekkääseen onnentavoitteluun, vaan luottamaan siihen Viisauteen, joka oli kaiken takana.

”Olen hyvin helpottunut siitä, että Te ymmärrätte minua, ettekä tuomitse ajatuksiani ja tunteitani, vaikka puhun inhoten poikapuolestanne. En osannut varautua hyväntahtoisuutenne... Olenhan tahtomattani aiheuttanut pojallenne vaikeuksia”, sanoin hiljaa.

”En mitenkään voisi arvostella Teitä tunneherkkyydestänne!” Joceline naurahti katsellen minua tutkivasti. ”Tapasin äitinne, kun hän oli vastikään tullut Cardusiaan, ja huomaan, miten paljon muistutatte häntä! Uskon, että hän on rakastanut Teitä hellästi. Olette vielä kovin nuori olemaan ilman vanhempien tukea ja opastusta. Toivon sydämestäni, että voin tarjota Teille tukeni ja ymmärrykseni, jos sitä tarvitsette, ja että viihtyisitte vierailullanne täällä kodissani!"

"En usko että viihtymisessäni on muuta ongelmaa kuin poikapuolenne ja kihlajaisten vietto", sanoin huoahtaen, kuivasin silmiäni ja yritin hymyillä. "Muuten olisin täällä vieraananne mielelläni pidempäänkin, enkä ehkä kaipaisikaan takaisin kuninkaanlinnaan."

"No, emme kiirehdi kihlajuhlan kanssa! Huomenna tulee olemaan ratkaiseva päivä meille kaikille, kun mieheni viimeinen tahto julkistetaan aamupäivällä. Didrik lienee kuvitellut pääsevänsä minusta ja Josiasta eroon, mutta hänen isänsä sanoi minulle ennen kuolemaansa, että hän on halunnut turvata niin minun kuin Josiankin aseman. En tiedä, onko testamentilla merkitystä Teidän tilanteeseenne, mutta isänne on kuulemma toivonut paroni Arvidin olevan läsnä tilaisuudessa."

"Niinpä varmastikin! Paroni Arvidin tehtävä on kai valvoa minun etuani, tai siis, että isäni etu toteutuu... Tai Neuvoston etu, jos he kerta ajattelevat, että minut on naitettava Warginlaakson linnanherralle", totesin hiljaa, irvistäen itsekseni. "En vain itse kykene toivomaan muuta kuin sitä, että jos vain olisi jokin keino välttää avioliitto Didrikin kanssa, niin tarttuisin siihen! Jos hän itse vaikka huomaisi minussa jotakin epämieluisaa, eikä huolisikaan minua..."

"No, ellen tietäisi, että Josia on suunnitellut Vaeltajaveljeksi ryhtymistä jo vuosia, olisin ehdottanut hänelle, että hän kosisi Teitä", Joceline sanoi naurahtaen hiljaa. "Mutten toki halua painostaa häntä, enkä myöskään toivo hänen joutuvan Didrikin väkivaltaisen vihan kohteeksi."

"En minäkään haluaisi sellaista", sanoin hämmentyen hänen sanoistaan. "Enkä ajatellut edes tunnustaa omia tunteitani pojallenne, koska... en halua, että hän kokisi jotenkin velvollisuudekseen muuttaa omia suunnitelmiaan minun takiani. Jos hän kokee tehtäväkseen tulla Jooelin kaltaiseksi, en todellakaan haluaisi johtaa häntä harhaan siltä polulta!"

"Niin, toivotte tietysti, että hän ottaisi Teidän vaimokseen rakkaudesta, eikä säälistä", Joceline totesi katsellen minua suoraan. Laskin katseeni sangen nolostuneena. Olisiko hänkään välttämättä huolinut minua vaimoksi pojalleen?

"En itsekään haluaisi mennä naimisiin vain velvollisuudesta", sanoin hiljaa.

”No, Josia on kokenut hyvin raskaan vaiheen elämässään, kun joutui isänsä aseenkantajana sotaan, hyvin nuorena... Ja oikeastaan hänellä on ollut raskasta jo aiemminkin”, Joceline lausahti mietteliäänä. ”Ja kun hänen sisarensa... Tiedätte kai siitä, että tyttäreni on Naisyhteisössä? Luulisin, että pidättyväinen ja seurapiireistä vetäytyvä elämäntapa on ollut Josialle kuin lääkettä. Mutta eihän sen tarvitse olla lopullinen ratkaisu. Tuskin hän haluaa elää loppuelämäänsä aivan yksin ja eristyksissä...”

En rohjennut sanoa siihen mitään, koska olin jo varsin nolostunut kaikesta siitä tuttavallisuudesta ja avomielisyydestä, johon olin hänen seurassaan ajautunut. Olimme jonkin aikaa hiljaa. Aloin olla väsynyt, ja yritin peitellä haukotustani. Joceline katsahti minuun ja naurahti hyväntahtoisesti.

”Taidankin saatella Teidät suoraan huoneeseenne ennen kuin nukahdatte siihen istuallenne”, hän totesi. ”Esittelen linnaa sitten huomenna.”

”Niin, totta, taidan olla liian väsynyt olemaan jalkeilla kauemmin”, mutisin huoahtaen. Joceline saatteli minut huoneeni ovelle ja toivotti minulle rauhaisaa unta, puristaen vielä kättäni lohduttavasti. Hänen tapaamisensa oli vain vahvistanut odotuksiani ja toiveitani hänen poikansa luonteenlaadun suhteen. Saattaisiko hänen kaltaisensa lempeän, älykkään naisen poika osoittautua kunniattomaksi tai epäkelvoksi ja sydämettömäksi?

Huoneessani katselin hetken aikaa matkatavaroitani, jotka palvelija oli purkanut matka-arkusta, mutta mieleni oli täynnä kuvitelmia ja pelkoja, niin etten saanut aikaiseksi edes valita pukua seuraavaa aamua varten. Kaikki tuntui monimutkaiselta, raskaalta ja haastavalta, muttei kenties sentään toivottomalta. Makasin kauan valveilla vuoteessani, kuunnellen seinävaatteitten takaa kuuluvia rapsahduksia, joita arvelin hiirien aiheuttamiksi. Olin kyllä väsynyt, mutta liian valpas nukahtaakseni aivan heti. Hiirten aiheuttama rapina nosti mieleeni linnantyrmän rotat ja Narrin, mutta yritin siirtää ajatukseni hänestä Itäisen Laakson kauniisiin maisemiin ja Wolnoshajoen rauhalliseen virtaukseen. Mielikuva virrasta pyörteineen oli unettava, ja tunsin alkavani rentoutua.

Nukahdettuani vajosin sekavan, melkeinpä painajaismaisen unen valtaan, ja unessani oli myös Narri, joka kyhäsi omituista hökötystä, josta oli muka tulossa lautta, ja hän aikoi viedä minut turvaan Neuvoston kätyreiltä Argillan puolelle. Itse kannoin puolilahossa ämpärissä vettä aitauksessa oleville eläimille, jotka määkivät ensin kuin lampaat, mutta muuttuivat sioiksi, kun kosketin niitä. Didrik seisoskeli aitauksen vieressä ja aikoi laittaa minut sinne sikojen sekaan, mutta pakenin, vaikka jalkani tuntuivat lyijynraskailta, enkä liikkunut askeltakaan. Ja sitten näin suden, joka juoksi vapaana vuoristoisen rinteen metsässä; suden, jolla oli kuparinpunainen turkki, ja joka tuntui kutsuvan minua mukaansa. Didrik ampui tuota sutta jousellaan, ja kun se tuupertui maahan, juoksin sen viereen itkien, ja kyyneleeni sekoittuivat sen haavoista vuotavaan vereen.

Aamulla kokoonnuimme aamiaiselle saliin. Olin odottanut kovasti Josian tapaamista, mutta hän tuskin katsoi minuun, kun tervehdimme. Didrik oli ärtynyt ja levoton, eikä edes katsonut minuun tai seurueeni jäseniin, vaikka paroni Arvid ryysti keittoaan hyvin äänekkäästi ja näytti olevan aivan omissa sisäisissä, vanhuudenhöperöissä maailmoissaan. Josiakin oli selvästi rauhaton ja ahdistunut, mutta malttoi silti puhutella äitiään ystävällisesti. Joceline yritti puhella harmittomista asioista, ehkä helpottaakseen minun oloani. Äkkiä Didrik kolautti maljansa pöytään kiroten karkeasti.

”Teidän tyhjänpäiväinen jutustelunne tekee minut sairaaksi”, hän puuskahti äitipuolelleen. Josia nousi ylös tuoliltaan ja katsoi Didrikiin hilliten vaivoin kiivastumisensa; hänen silmänsä näyttivät lähestulkoon kyyneltyneiltä. Puristin jännittyneenä ruokaliinaani enkä saanut hetkeen kunnolla henkeä. Didrik nousi, vilkaisi vaivautuneena minuun ja poistui pöydästä mutisten jotakin itsekseen. Josia istuutui uudelleen, ja palvelija tuli korjaamaan Didrikin jälkiä. Malja oli kaatunut, ja viiniä valui pöydän reunan yli lattialle.

Jonkin ajan kuluttua olimme lopettaneet aamuateriamme, ja Joceline kääntyi minun puoleeni.

”Siirrymme linnanherran yksityishuoneeseen kuuntelemaan testamentin. Jos haluatte tulla mukaan paroni Arvidin seurassa, niin minun puolestani voitte tulla, mutta toivon, että lähetätte muun seurueenne omaan huoneistoonsa. Testamentti saattaa sisältää yksityisluonteisia asioita, emmekä halua ylimääräisten ihmisten joutuvan kiusaukseen juoruilla niistä eteenpäin.”

Nyökkäsin hiljaa ja lähetin seurueeni naiset pois. Siirryimme salin vieressä sijaitsevaan pienempään huoneeseen, jossa Didrik istui happaman näköisenä kirjurin ja kahden muun virkamiehen seurassa. Kun asetuimme istumaan pöydän ääreen, tunnelma muuttui hyvin painostavaksi. Kirjuri rykäisi ja alkoi sitten lukea ääneen Didrikin isän testamenttia.

”Täten määrään, että Warginlaakson linna tiluksineen ja kaikkine irtaimine omaisuuksineen on jaettava seuraavasti. Leskelleni Jocelinelle takaan elinikäisen asumisoikeuden ja ylläpidon Warginlaakson linnassa. Leskeni pojan, ritari Josian, olen avioituessani hänen äitinsä kanssa ottanut omaksi pojakseni, ja hänellä on niin ollen täysi perintöoikeus omaisuuteeni poikani Didrikin rinnalla...”

Didrik oli noussut seisomaan. Hänen kasvonsa olivat kalvenneet, ja näytti kuin hänen sisällään olisi kytenyt vaarallisia tunteita; jopa tappavaa raivoa tai tuhovimmaa. Oloni muuttui todella pahaenteisen jännittyneeksi; tunsin leukojeni kiristyvän, ja olisin ehkä halunnut purra jotakin...

”Jatkakaa, olkaa hyvä”, Joceline sanoi kirjurille rauhallisena. En uskaltanut edes katsoa Josian ilmettä, kun kirjuri jatkoi asiakirjan lukemista.

”Koska olen saanut tietooni häpeällisen tapauksen koskien poikaani Didrikiä, määrään, että hän menettää esikoisoikeutensa, ja pääperilliseksi jää täten poikani Josia. Warginlaakson linna tiluksineen ja irtaimistoineen jää siis poikani Josian hallintaan. Poikani Didrik saakoon edelleen tarpeellisen elatuksensa linnasta. Jos hän haluaa muuttaa linnasta, hänelle annettakoon kohtuullinen korvaus kultarahoina ja arvoesineinä. Määräyksiäni koskevat asiakirjat ja todistusaineisto poikani Didrikin tekemästä rikoksesta ovat testamentin laatineen kirjurin hallussa ja tullaan saattamaan valtakunnan oikeusneuvoston käsiteltäväksi.”

”Mitä sontaa, törkeää petosta!” Didrik huusi ja syöksähti kohti kirjuria. Näytti siltä kuin hän olisi aikonut tarttua asiakirjoihin ja repiä ne kappaleiksi, mutta paikalla olleet virkamiehet tarttuivat häneen ja pidättelivät häntä, niin ettei hän yltänyt tarrata papereihin. Didrik kuitenkin riuhtaisi itsensä irti miesten otteesta ja perääntyi oven suuntaan. Hän tuijotti Josiaa kiihtymyksestä punehtuneena.

”Sinä saastainen, juonitteleva äpärä! Surkea sekasikiö! Älä luulekaan, että tämä päättyy tähän!” Didrik huusi kuin sylkien sanoja suustaan, kääntyi kannoillaan ja syöksyi ulos huoneesta. Kirjuri alkoi koota papereitaan näennäisen rauhallisesti, ja Joceline meni neuvottelemaan hänen kanssaan tilanteen saamasta käänteestä. Paroni Arvidkin oli havahtunut hajamielisestä olotilastaan ja seurasi kirjuria ikään kuin olisi ollut hyvin innokas osallistumaan neuvonpitoon.

Tiesin Josian seisovan melko lähellä minua, mutten uskaltanut edes katsoa häneen. En osannut kuvitella, miten testamentti vaikuttaisi hänen tilanteeseensa, ja oliko hän ylipäätään edes mielissään asiasta.

”Paroni Arvid varmastikin haluaisi lähettää tästä sanan isällesi, mahdollisimman pian”, hän sanoi hiljaa. Kohotin epäröiden katseeni; hänen ilmeensä ei kuitenkaan paljastanut, mitä hän tunsi tai ajatteli. ”Didrikin aseman romahtaminen saattaa nimittäin vaikuttaa kihlasuunnitelmiinne!”

”Sehän olisi enemmän kuin toivottavaa”, äännähdin hämmentyneenä. Saattaisinko toivoa, että isäni peruisi koko naimakaupan, kun kerta Didrik oli enää vain nuoremman pojan asemassa, ja kun tätä vielä syytettiin häpeällisestä rikoksesta? Hyväksyisikö Neuvosto muka sellaisen sulhasen minulle, kun kuitenkin olin sentään vielä kruununperijä? Joceline asteli luoksemme hyvin vakavan näköisenä.

”Laitan omissa nimissäni kirjeen kuninkaalle. Hän ottakoon Didrikin asian tutkittavaksi, kunhan kirjuri matkustaa kuninkaanlinnaan asiakirjojen kanssa”, hän sanoi katsahtaen minua. ”Paroni Arvid aikoo palata kuninkaanlinnaan jo tänään, koska hän on sitä mieltä, että kihlajaisia on siirrettävä, ainakin kunnes Didrikin asia on käsitelty!”

”Kihlajaisia ei siis pidetäkään?” totesin kysyvästi, mutten vielä uskaltanut huokaista helpotuksesta.

”No, ei ainakaan tänään, ja toivon todella, ettei koskaan! Paroni Arvid ainakin on tuohtunut Didrikin tilanteesta, ja hänhän edustaa täällä isäänne”, Joceline huoahti katsahtaen minua. ”Mutta pitäisiköhän Teidänkin sitten jo matkustaa takaisin kuninkaanlinnaan? Voihan olla, että isänne peruu kihlasuunnitelman heti, kun saa tietää, millaisesta rikoksesta Didrikiä syytetään.”

”Milloin kirjuri matkustaa?” Josia kysyi ennen kuin ehdin itse sanoa mitään.

”En tiedä, hän neuvottelee siitä juuri paroni Arvidin kanssa! Mutta koska Didrik näyttää olevan pois tolaltaan, meidän pitäisi varautua siihen, että hän saattaa tehdä jotakin epätoivoista”, Joceline totesi kääntyen sitten taas minun puoleeni. ”Prinsessa Jelisepa, Teidän on parasta mennä huoneeseenne ja odottaa siellä jonkin aikaa, kunnes holhoojanne päättää, mitä hän aikoo tehdä. Tapaamme sitten hieman myöhemmin, olkaa aivan rauhassa!”

Nyökkäsin jännittyneenä, mutten osannut sanoa mitään. Ajatukseni risteilivät sinne tänne, ja aloin olla melkeinpä kiihtyneen toiveikas. Jos Didrik todella oli menettänyt asemansa Warginlaakson linnanherrana ja osoittautuisi hirveäksi häijyläiseksi Oikeusneuvostonkin edessä, eihän isäni voisi antaa minua hänelle vaimoksi, eikä sellainen liitto kai olisi Neuvostonkaan mielestä suotavaa... Ei kai kruununprinsessaa voitaisi naittaa rikolliselle? Voisinko siis jo katsoa pelastuneeni suunnitellulta liitolta?

”Lähden etsimään Didrikiä”, Josia totesi äidilleen. ”En muista nähneeni häntä tuollaisena pitkään aikaan! Yleensä hän on kylmäverinen, eikä näytä tunteitaan.”

”Ole varovainen, äläkä hankkiudu liian lähelle häntä”, Joceline huoahti vakavana. ”Tiedäthän, että Didrik pystyy melkein mihin tahansa, ja raivostuneena hän tuskin edes yrittää hillitä itseään!”

”Tiedänhän minä sen”, Josia sanoi koskettaen rauhoittavasti äitinsä olkapäätä. ”En aio turhaan vaarantaa henkeäni, etenkin kun Teidän tulevaisuutenne on vastuullani!”

Josia katsahti minua lähtiessään huoneesta, ja palasin melkein juoksuaskelin omaan huoneeseeni. En halunnut pyytää hovineitoja seurakseni, vaikka yksinolo tuntuikin sillä hetkellä jollain tapaa pelottavalta. Yritin rauhoittua olemalla paikallani, mutta ajatukseni olivat liian levottomia, enkä malttanut pysytellä liikkumattomana. Kävelin sitten pitkän tovin rauhattomana edestakaisin, yrittäen koota ajatuksiani. Toiveikkuus ja epämääräinen vaarantunne sekoittuivat mielessäni. Jonkin ajan kuluttua joku koputti huoneeni oveen, ja avasin sen epäröiden.

”Arvelin, että kaipaisitte ehkä seuraa”, Joceline totesi hiljaa. Istahdimme leposohvaan. Hän tuntui lukevan ajatukseni ja ymmärtävän niitä, ja ainakin hänen seuransa antoi minulle muuta ajateltavaa omien mietteitteni sijaan.

”Onko Josia vieläkin etsimässä Didrikiä?” kysyin hetken hiljaisuuden jälkeen.

”On. Mutta älkää antako liikaa valtaa levottomille ajatuksille, vaikka ymmärrän kyllä, että olette ehkä järkyttynyt asioitten saamasta käänteestä”, Joceline sanoi huoahtaen. ”En itsekään ollut uskoa, että puolisoni olisi asettanut minun poikani omansa edelle, mutta ilmeisesti Didrikin käytös loukkasi häntä syvemmin kuin osasin arvata. Olen pahoillani, että jouduitte kuulemaan asiasta tällä tavoin!”

”Onko kyse kenties siitä ikävästä tapauksesta, joka koskee tytärtänne?” kysyin vähemmän hienotunteisesti. ”Siis siitä, minkä vuoksi hän on Naisyhteisössä...”

”Niin, siitäpä juuri! Olette varmasti jo voittanut Josian luottamuksen, jos hän on kertonut siitä Teille”, Joceline totesi katsahtaen minua tutkivasti. ”Hän ei todellakaan kertoisi yksityisasioitamme kelle tahansa…”

”Oikeastaan… kuulin sen Josian ystävältä, mutta kyse ei ollut pahantahtoisesta juoruilusta, vaan se liittyi… keskusteluumme Didrikin luonteesta”, selitin nolostuneena, ja mieleeni palautui kiusaannuttavan elävästi se, millaisissa tunnelmissa Narri oli kertonut minulle asiasta. ”Mutta tyttärenne ei siis kertonut, oliko kyse Didrikistä vai ei?”

”Niin, ei. Eräs palveluspoika lojui tyrmässä syyttömänä, koska Melosina ei halunnut puhua hänen puolestaan ja paljastaa, kenen kanssa hän oli viettänyt sen kohtalokkaan yön. Mutta mieheni tutki asiaa ja löysikin lopulta silminnäkijän, joka antoi kirjallisen lausunnon siitä, että oli nähnyt Didrikin ja Melosinan yhdessä”, Joceline selitti huokaisten. ”On ehkä vaikea ymmärtää, miksi Melosina ei puhunut Didrikin vastaan…”

”No, ehkä hän on jollain tapaa kiintynyt tähän, eikä ole toivonut tälle pahaa”, sanoin epäröiden.

”Ehkäpä niin! Jossain vaiheessa luulin, että heidän välilleen olisi voinut ehkä kehittyäkin aitoa kiintymystä. Mutta Didrikin luonne on ollut tasapainoton lapsesta saakka! Asuimmehan Josian isän kanssa täällä linnassa jo silloin, kun Didrik syntyi ja hänen äitinsä kuoli synnytykseen. Josia syntyi samana vuonna. Ja Melosina on tuntenut Didrikin vauvasta saakka”, Joceline totesi katsahtaen minua tutkivasti. ”Olemme kaikki oikeastaan joutuneet kestämään Didrikin arvaamatonta käytöstä ja olemaan varuillamme, jo vuosia… Eniten ehkä juuri silloin, kun Josia ja hänen isänsä olivat sodassa.”

”Voin kuvitella, että se on ollut inhottavaa”, mutisin.

”Olen kyllä aina yrittänyt kohdella Didrikiä ystävällisesti ja rohkaista häntä hyvään, ja järjestää hänelle sopivaa seuraa samalla kun huolehdin omista lapsistani… Mutta eihän hän ole minua kunnioittanut, kun ei ole omaa isäänsäkään pitänyt arvossa”, Joceline selitti vakavana, katsellen vastapäistä seinää kuin muistoihinsa syventyneenä. ”Hänestä ja Josiasta ei koskaan tullut ystäviä, ja valitettavasti luulen, että syy välien viileyteen on ollut Didrikin kylmässä ja jopa ilkeässä asenteessa!”

”Ehkä hän on jäänyt vaille jotakin hyvin tärkeää, kun menetti oman äitinsä jo syntyessään. Sanotaanhan, ettei ihminen osaa rakastaa, ellei häntä itseään ole ensin rakastettu”, totesin mietteliäänä.

”Niin, totta, ehkä sillä on ollut vaikutuksensa! Muistan, ettei sopivaa lastenhoitajaa tahtonut löytyä, ja Didrikin isä oli murheissaan vaimonsa menetyksestä, eikä hän jaksanut oikein välittää pojastaan… Mutta nyt lienee kai jo liian myöhäistä siinä suhteessa. Kukapa Didrikille voisi korvata menetetyn äidin ja isän rakkauden? Ehkä ihminen ei enää aikuisena opi rakastamaan”, Joceline huoahti hymyillen surumielisesti. ”Eikä varsinkaan, ellei ota vastaan rakkautta itselleen.”

”Mutta jos Didrik voisi vielä kokea jonkun taholta rakkautta ja huolenpitoa, niin ehkäpä hän muuttuisi. Ainakin itsestäni tuntuu, että olen ystävällisempi, jos minua kohtaan ollaan ystävällisiä”, totesin epäröiden. Joceline puristi kättäni katsoen minua lempeästi, ja sillä hetkellä hän muistutti hyvin paljon poikaansa.

”Te olette hyvällä tiellä, prinsessa! Antakaa anteeksi kyynisyyteni, mutta minulla ei ehkä usko riitä siihen, että Didrik vielä muuttuisi. Uskotte ehkä, että myös Vaeltaja Jooel on yrittänyt tarjota hänelle parempaa tietä, mutta turhaan”, hän totesi. ”Ja tämä kaikki tapahtunut tuntuu vain pahentavan Didrikin tilannetta. Mutta siitä olen kyllä iloinen, jos kuningas peruu kihlasuunnitelmanne hänen kanssaan!”

”Saanko kysyä… rakastitteko Te kovasti hänen isäänsä?” kysyin, koska minua ihmetytti, miten rauhallinen hän oli, vaikka hänen miehensä oli kuollut aivan äskettäin.

”Arvostin häntä, ja tunsin rakkautta ja kiitollisuutta häntä kohtaan, mutta jos tarkoitat sellaista rakkautta, jota nuorena neitona tunsin ensimmäistä puolisoani kohtaan, niin en rakastanut häntä sillä tavalla”, Joceline selitti hymyillen. ”Didrik vanhempi oli ensimmäisen puolisoni Joshuan, siis Josian ja Melosinan isän, hyvä ystävä. Kun Joshua kuoli sodassa, asemani muuttui turvattomammaksi. Didrik vanhempi oli jo pitkään sairastellut, ja hän tiesi, että hänen poikansa haluaisi päästä Josiasta ja minusta eroon… Hän siis tiesi kuolevansa ehkä muutaman vuoden sisällä, ja halusi turvata minun ja lasteni tulevaisuuden. Teimme siis tavallaan sopimuksen! Minä huolehdin hänestä ja olin hänen ystävänsä ja seuralaisensa, kun hän sairasti, ja ottamalla minut vaimokseen hän antoi minulle ja lapsilleni kodin. Ei siinä ollut mitään romanttista, emmekä jakaneet aviovuodetta… Mutta kyllä minä rakastin häntä, kiintymyksellä ja ystävyydellä! Hän oli ystävällinen ihminen. Nuorempana hän saattoi myös olla äkäinen, muttei koskaan aiheetta…”

Jocelinen poskelle ilmestyi kyynelpisara, ja kun se alkoi valua, hän pyyhkäisi sen kämmenselkäänsä ja katsahti minua hymyillen vinoa hymyä, joka syystä tai toisesta toi mieleeni eräät toiset kasvot, joilla olin nähnyt hieman vinon, kiusoittelevan hymyn.

”Ihmettelettekö Te, hyvä Jelisepa, etten tunne enempää surua mieheni kuolemasta?”

”Niin… no, ihmettelin, mutta… ehkä menetys oli erilainen kuin lapsella, joka menettää vanhempansa, tai toisinpäin… tai rakastetun menettäminen”, mutisin hämilläni.

”Kun puolisoni Joshua kuoli sodassa, tunsin kyllä niin järkyttävää surua, etten ehkä olisi toipunut siitä, ellei Didrik vanhempi olisi ollut niin ystävällinen ja huolehtivainen minua ja lapsiani kohtaan. Halusin vastata hänen ystävällisyyteensä, kun hän kosi minua. Kuolinvuoteellaan hän kärsi kovista kivuista, jotka olivat kestäneet jo viikkoja. Hän sanoi usein toivovansa, että pääsisi jo lepoon. Tavallaan olen iloinen siitä, että hän on nyt kipujen ulottumattomissa, yhtyneenä siihen Henkeen, joka hänelle antoi elämän”, Joceline totesi hiljaa ja taputti kättäni ikään kuin minä olisin tarvinnut enemmän lohdutusta kuin hän, ja ehkäpä tarvitsinkin. ”Toivon siis, ettette pidä minua laskelmoivana ihmisenä, joka viettelee varakkaan lesken, jonka tietää kuolevan pian, ja joka iloitsee, kun tämä lopulta kuolee ja jättää omaisuutensa hänelle?”

”Ei, en todellakaan ajatellut Teistä sellaista”, sanoin nopeasti, hieman nolostuen.

”Jotkut varmasti ajattelevat”, Joceline naurahti surumielisesti.

”Jos kuulen jonkun sanovan niin, oikaisen häntä kyllä!” huudahdin, ja hän puristi taas kättäni ja pyyhki sitten taas poskiaan. Istuimme jonkin aikaa hiljaa, tuntematta tarvetta puhua mitään. Sitten joku koputti oveen, ja Joceline nousi päästämään sisälle Josian, joka näytti huolestuneelta ja hengitti raskaasti, aivan kuin olisi juossut linnan portaita ylös ja alas. Josia katsahti ensin minuun ikään kuin arvioiden sieluntilani kunnon, ja kohtasi vasta sitten äitinsä katseen.

”Meidän on päätettävä, mitä teemme…”

”Löysittekö Didrikin?” Joceline kysyi huolestuneena.

”Emme, vaikka etsimme häntä vartijoiden kanssa kaikkialta linnanmuurien sisäpuolelta”, Josia selitti tuskastuneesti. ”On mahdollista, että hän on lähtenyt linnasta jo aikoja sitten! Tallista puuttuu kolme hevosta, ja kaksi miestä on kateissa, hänen henkilökohtainen palvelijansa ja yksi vartiomies.”

”Mitä ihmettä hän aikookaan?” Joceline huudahti hieman kiivastuneella äänellä. ”Olisi ehkä viisainta lähettää kirjuri matkaan mitä pikimmin, jotta kuningas saa koko tilanteen tietoonsa jo ennen huomista. Joko paroni Arvid on lähtenyt matkaan?”

"On, hän lähti jo, kahden ritarin seurassa. Prinsessa on nyt sitten meidän vastuullamme, kunnes toisin määrätään", Josia totesi ja huoahti syvään. "Ja Didrik saattaa odottaa juuri sitä, että kirjuri lähtee liikkeelle linnasta. Hänhän voi käydä miehen kimppuun ja tuhota todistusaineiston."

"Totta, todennäköisesti hän yrittää juuri sitä", Joceline puuskahti pudistellen päätään. Hän näytti miettivän hetken; sitten hänen kasvonsa kirkastuivat. "Ehkäpä minä voisin matkustaa kirjurin seurassa? Voisin itse puhutella Jelisepan isää tässä asiassa, pahoitella tapahtunutta, ja viipyä muutaman päivän kuninkaanlinnassa."

"Mutta ei Didrik arkaile käydä Teidänkään kimppuunne", Josia totesi hieman kiihtyen. "Se ei olisi turvallista! Tarvitsisitte suuremman saattueen!"

Katsellessani heitä sain ajatuksen, joka oli enemmänkin itsekäs kuin hyväntahtoinen, mutta hyödyttäisi kenties silti myös Jocelinea ja hänen poikaansa.

"Hyvä rouva, entä jos matkustaisitte kirjurin kanssa kuninkaallisissa vaunuissani, minun seurueeni kanssa? Didrik saattaisi luulla minun palaavan kuninkaanlinnaan, jos hän näkee tai saa kuulla seurueeni matkustavan, eikä hän ehkä heti arvaisi Teidän ja kirjurin lähteneen matkaan", sanoin. Josia katsahti minuun hieman yllättyneenä, ja hänen äitinsä alkoi hymyillä leveästi.

"Nokkela ajatus, Teidän Korkeutenne! Sehän voisi onnistua. Kirjuri voisi matkustaa vaunujen sisällä kanssani, ja voisin ottaa mukaani omat miespalvelijani ja kaksi vartijaa, prinsessan vartijoiden lisäksi. Mitä arvelet, Josia?" Joceline kysyi pojaltaan. Hänen kasvonsa suorastaan nuorentuivat, kun hän innostui. Mutta Josia epäröi, ja minä tietysti mietin, miksi. Eikö hän halunnut minun jäävän vastuulleen?

"Jos itse olette siihen valmis, niin saattaisihan se onnistua", Josia sanoi hitaasti. "Mutta entä prinsessa itse?"

"Jos teille sopii, voisin kirjoittaa viestin isälleni ja jäädä toistaiseksi tänne. Päättäköön isäni, miten toimii minun suhteeni, kunhan kuulee, mitä on tapahtunut", sanoin. En tohtinut katsoa Josiaan, enkä tosin kyllä hänen äitiinsäkään, koska arvelin tämän lukevan ajatuksiani kuin avointa kirjaa.

"Totta kai voitte jäädä tänne, hyvä prinsessa, sehän olisi meille pelkästään ilo ja kunnia!" Joceline lausahti ennen kuin Josia ehti sanoa mitään. "Poikani huolehtii turvallisuudestanne, ja onhan täällä Jooel ja muita Vaeltajaveljiä, ja vartijoita ja palvelusväkeä."

Josia näytti vieläkin epäröivältä ja hämmentyneeltä, ja aloin hieman kiusaantua. Jos hän ei tahtonut minun jäävän vastuulleen, pitikö hän minua ärsyttävän tai ainakin kiusallisen tunkeilevana, kun tahdoin jäädä?

”No, tehkäämme sitten niin”, Josia totesi hitaasti. ”Jos Jelisepa kerta niin toivoo.”

”Sittenhän asia on selvä! Huolehdin itse seurueen lähtövalmisteluista”, Joceline lausahti vaikuttaen edelleen varsin innostuneelta. Hän katsahti poikaansa, ja näin tuossa katseessa sellaista rakkautta, että ikävä omaa äitiäni kohtaan pisti rintaani kipeämmin kuin muistin aiemmin tunteneeni. ”Ehkä sinä voit sopia Jooelin kanssa linnan vartioinnista ja tulla sitten saattelemaan minut matkaan?”

Josia nyökkäsi huoahtaen ja poistui sitten ripein askelin huoneestani. Joceline odotti, kunnes olin saanut kirjoitetuksi lyhyen viestin isälleni. Selitin viestissä jääväni Warginlaakson linnaan uuden linnanherran suojelukseen, kunnes isäni toisin määräisi. Sitten menimme yhdessä ilmoittamaan tilanteen hoviseurueelleni, jolle jätin hyvästit varsin mielelläni.

Joceline hyvästeli minut lämpimästi. Tiesin, että hän halusi antaa minulle mahdollisuuden tutustua poikaansa paremmin, ja sellainen suosionosoitus tuntui minusta melkeinpä satoja kertoja arvokkaammalta kuin mikään aiemmin saamani huomio ja ihailu. Saatoin verrata sitä vain siihen hämmentävään iloon, jota olin saanut kokea lukiessani tuntemattoman ihailijani kirjeitä ennen sotaa. Häneltä saamani huomio oli ollut jotakin erityistä ja ainutlaatuista; jotakin sellaista, mitä en ollut kokenut ansaitsevani, mutta olisin halunnut ansaita. Ja jotakin samanlaista kaipasin myös Josialta.

Kun palasin huoneeseeni hyvästeltyäni seurueeni, olin yhä jännittynyt ja levoton, mutta toisaalta myös helpottunut. Olin ainakin iloinen siitä, että olin päässyt eroon hoviseurueestani, palvelijoistani ja vartijoistani, ja ennen kaikkea siitä, etten ollut ainakaan vielä kihlattu Didrikille. Itse asiassa alkoi vaikuttaa varsin todennäköiseltä, ettei kyseistä kihlausta pantaisi koskaan toimeen, koska Didrik oli paennut oikeutta ja katsottaisiin rikolliseksi. Olisin siis vapaa haaveilemaan muista, huomattavasti mieluisemmista ratkaisuista.

Pohdiskelin itsekseni, olinko ehkä jopa yhtä ihastunut Josiaan kuin olin ollut salaiseen ihailijaani. En tosin ollut edes tiennyt, miltä ihailijani näytti, mutta olin tietysti aina kuvitellut hänet ulkoisesti yhtä kauniiksi kuin hänen ajatuksensa ja sanansa olivat olleet. Jos hän olisikin ollut yhtä kaunis kuin Josia oli, olisin luultavasti vaipunut tiedottomaksi onnesta, jos hän olisi astunut eteeni. Tai sitten olisin mennyt sekaisin ja pakottanut hänet karkaamaan kanssani Argillaan, jonne monet rakastavaiset kuulemma karkasivat ja katosivat viettämään yhteiselämää ilman vanhempiensa lupaa.

Hetken aikaa tunsin kiusausta kuvitella sellaista ihmettä, että salainen ihailijani olisikin ollut Josia Joshuanpoika. Olisiko hän voinut olla jo siihen aikaan kuninkaanlinnassa? Olisiko hän voinut isänsä aseenkantajana ollessaan nähdä minut jossakin ja ryhtyä kirjoittamaan minulle kirjeitä, tiedostaen kuitenkin, ettei ollut arvoltaan sopiva kosiskelemaan minua avoimesti? Jos hän olikin sitten joutunut sotaan ja sodan jälkeen alkanut harkita naimattomana elämistä, ja siksi lopettanut huomionosoituksensa minulle? Jokin side Josialla täytyi olla minuun; jostain syystä hän koki velvollisuudekseen auttaa minua, ja hänhän oli nimenomaan halunnut tulla mukaani, kun Narri auttoi minut pakenemaan kuninkaanlinnasta...

Tajusin ajatusteni muuttuvan varsin villeiksi johtopäätöksiksi, ja naurahtelin höperyydelleni. Enhän edes tiennyt, millaisia rakkauskirjeitä Josia kirjoittaisi. Ehkä hän ei edes osaisi kirjoittaa sillä tavoin kuin salaperäinen ihailijani oli kirjoittanut. Toivoin saavani jossain vaiheessa selville, olisiko Josia samalla tavalla syvällinen ja tunteikas, vai kuvittelinko vain, että tietysti hän olisi, koska hän näytti sellaiselta. Mutta Narri oli sanonut Josiaa tylsäksi tai puisevaksi, tai jotakin vastaavaa. Mokoma ilveilijä kuvitteli kai itse olevansa puisevuuden vastakohta kieroine virnistyksineen...

Tuskastuneena ajatuskulkuihini nousin hetkeksi kävelemään ja katselemaan ikkunasta. Olin ollut varsin kauan yksin huoneessani, vain ajatukset seuranani. Ja nähtävästi väistämättä ajatukseni suuntautuivat myös siihen olioon, jota en oikeastaan olisi halunnut ajatella. Minne Narri oli mahtanut lähteä kuninkaanlinnasta? Ratsastelisiko hän ympäri valtakuntaa etsimässä haaveittensa täyttymystä, sitä ihannenaistaan, mokoma omituinen hupsu?

Mieleeni nousi äkkiä sangen nolo tapaus muutamien viikkojen takaa. Narri oli heittänyt omenalla erästä ritari Magnusta, joka oli rohjennut suudella minua kuninkaansalin nurkassa, pienen seurueen keskellä. Ensin olin nauranut tilanteelle, hieman vahingoniloisena myös sen ylpeän ritarin nöyryytyksestä. Mutta tajutessani, että Narri joutuisi vastaamaan tempustaan kaksintaistelulla, minun oli ollut vaikea olla ajattelematta tapauksen seurauksia. Olin jopa alkanut pelätä aiheuttavani sen onnettoman hölmön kuoleman, ja omaatuntoani rauhoittaakseni olin seurannut heidän taisteluaan vaivihkaa tornihuoneen ikkunasta.

Narri oli taistellut hämmästyttävän hyvin ja lopulta päihittänyt sen minua lähennelleen ritarin. Pelkäsin tapauksen aiheuttaneen juoruja, vaikka luultavasti ritarit ainakin yleensä yrittivät estää sellaisia leviämästä, etenkin koska moiset kaksintaistelut olivat kiellettyjä. Mutta miksi Narri oli sellaiseen älyttömyyteen ajautunut? Kantoiko hän entuudestaan kaunaa sille ritarille? Miksi hän ylipäätään oli puuttunut minun ja tuon ritarin seurusteluun? Huomionkipeyttäänkö vain? Vai johtuiko se taistelu osittain siitäkin, että samainen ritari oli seuraneitoni kertoman mukaan kiusannut ritari Rikardia, joka oli Narrin ystävä... Mutta Narri ei ollut selittänyt minulle sitäkään, millaisin aikein hän oli tunkeutunut kutsumattomana vieraana huoneeseeni, luultavasti juuri ystävänsä Rikardin avustuksella...

Pakottauduin siirtämään ajatukseni takaisin Josiaan, mutta Narri liittyi mielessäni myös häneen, kuten ritari Rikardkin, joka ilmeisesti oli heidän kummankin ystävä. Millaisia ystäviä he kolme mahtoivatkaan olla, jos ritari Rikardilla oli tapana lyödä vetoa neitosten ihailusta, mutta toisaalta myös veljeillä sen tapaisten viehättävien nuorukaisten seurassa, jollaiset saattoivat päätyä varakkaitten ylimysten eläteiksi?

En olisi halunnut ajatella heidän keskinäisiä tekemisiään sen tarkemmin, mutta arvelin, että todennäköisesti Narri oli se, joka vietti enemmän ja vapaamielisemmin aikaansa Rikardin kanssa, ja Josia oli ehkä jollain tapaa tuttava myös Rikardille, jos heidän isänsä kerta olivat olleet asetovereita. Rikard oli tosin omalla tavallaan viehättävä nuorimies ja kuulemani mukaan myös neitojen suosiossa, mutta tuskin Josia piti hänestä mitenkään erityisesti, siis henkilökohtaisemmin... Mutta Narri ehkä saattoikin pitää. Hänhän vaikutti olevan varsin nirso neitojen suhteen, joten ehkä hän oli mieltynyt liiaksikin Rikardin miellyttävään naamatauluun, kauniisiin hiuksiin ja solakkaan olemukseen...

Mielikuvani muuttuivat niin naurettaviksi, että lopulta läimäisin itseäni otsaan ja irvistin. Mitä ihmettä minä Narria mietin, tai ritari Rikardia? Eihän heillä ollut mitään tekemistä minun tulevaisuuteni kanssa, joten he saisivat minun puolestani olla niin hyvää pataa keskenään kuin kehtaisivat. Josia Joshuanpoika sen sijaan saattaisi liittyä minun tulevaisuudennäkymiini, etenkin jos hänen äitinsä ajatukset kulkisivat samaa rataa kuin omani. Miksi en voisi kysyä Josialta suoraan, mitä hän mahtoi ajatella nyt, kun hänestä olikin tullut uusi linnanherra Didrikin sijaan?

En yksinkertaisesti enää malttanut pysytellä yksin huoneessani; niinpä lähdin liikkeelle ja kuljin käytävää pitkin kohti huonetta, jossa testamentti oli aamulla luettu. Ovi oli raollaan. Pysähdyin epäröiden kuullessani huoneesta Josian ja Vaeltaja Jooelin äänet. He kuulostivat vakavilta, mutten saanut selvää heidän puheenaiheestaan. Mietin hetken, olisiko sopimatonta keskeyttää heidät, mutta sitten jatkoin ovelle ja koputin siihen kevyesti.

Josia tuli vastaani ovelle, päästi minut edeltään huoneeseen ja sulki oven perässäni kokonaan. Vaeltaja Jooel tervehti minua rauhallisella hymyllä, asteli luokseni ja tarttui minua käsistä, katsellen minua kuin eksynyttä lapsukaista, joka oli palannut kotiin. Hänen kasvonsa saivat minut taas hämmentymään; niitten ikiaikainen kypsyys ja toisaalta lapsenomainen viehättävyys oli kiehtova yhdistelmä, joka pysäytti minut ajattomaan hetkeen.

”Olet kulkenut jo pitkän matkan tielläsi”, hän totesi pehmeällä äänellä ja johdatti minut istumaan leposohvaan, takan ääreen. Josia katsahti minuun melko vakavana.

”Anteeksi kun jätimme sinut näin pitkäksi aikaa yksin, Jelisepa”, hän sanoi. ”Meillä oli aika paljon puhuttavaa Jooelin kanssa tästä tilanteesta ja Didrikistä.”

”Ei se mitään, ei minulla ollut mitään hätää”, mutisin tuntien itseni arkailevaksi pikkulapseksi. ”Olin vain sen verran jännittynyt, etten malttanut käydä vielä nukkumaan.”

”Niin... Eikä sinun ole hyvä kuljeskella käytävillä yksiksesi, kun emme tiedä varmaksi sitäkään, onko Didrik sittenkin vielä linnan alueella”, Josia totesi väistäen katsettani. ”Ethän sinä kai tiedä, missä Narri mahtaa olla?”

”Narri? Miten niin?” kysyin hämmentyen. Josia katsoi minua suoraan, aivan kuin olettaen, että ymmärsin kyllä, mitä hän tarkoitti, mutten kyllä ymmärtänyt vähääkään.

”Sovitteko te erotessanne, että hän voisi mahdollisesti tulla tänne?” hän kysyi, ja muutuin ehkä vielä entistäkin kummastuneemman näköiseksi. ”Jos hän sattuu Didrikin kanssa vastakkain, voi olla, että vanhat kaunat leimahtavat väkivaltaisuudeksi...”

”Ei minulla ole aavistustakaan siitä, missä Narri nyt on, paitsi että hänen pitää pysytellä poissa kuninkaanlinnasta”, sanoin oudoksuvalla äänellä. ”Mutta mitä tarkoitat vanhoilla kaunoilla? Tarkoitatko, että Narri on jotenkin vaarassa, jos hän törmää Didrikiin?”

”Niin, ehkä hän on”, Josia sanoi hitaasti ja aivan kuin seuraten ilmettäni. ”Luoja varjelkoon, etteivät he törmäisi missään syrjäisillä teillä toisiinsa! Olisi parempi, jos Narri tulisi suoraa tietä tänne.”

”Miksi ajattelet, että hänen pitäisi tänne tulla?” kysyin alkaen ehkä punehtua, etenkin kun Jooelkin katseli minua kummallisesti hymyillen. Josiakin punehtui.

”Niin no, oletin, että hän tulisi… Ei hän varmaan entiseen kotiinsakaan voi mennä! Oletin, että hän tarvitsisi katon päänsä päälle, ja ystävän. Ja kun…”

Josia keskeytti, kun Jooel päästi yskähtävän äänen. Olin todella kiusaantunut.

”No, toivottavasti Narri selviää ehjin nahoin, jos törmää Didrikiin”, sanoin kömpelösti, tavoitellen kepeää äänensävyä. ”Mitä sinä aiot tehdä seuraavaksi?”

Josia vilkaisi Jooelia, joka tuijotteli hiljakseen takassa palavaa tulta.

”Odotamme, palaako Didrik linnaan. Hän saattaa luulla asiakirjojen olevan vielä linnassa, ja voi siksi yrittää tunkeutua tähänkin huoneeseen. Siksi meidän on valvottava ensi yö!” Josia totesi. ”Toisaalta Didrik saattaa olla jo matkalla Argillaan, tai jopa Molcavarathiaan. Luoja tietää! Kunpa hän ei olisi paennut oikeutta!”

”En oikeastaan haluaisi olla aivan yksin”, sanoin. ”Häiritseekö teitä, jos olen täällä teidän seurassanne?”

Jooel nosti katseensa, aivan kuin vilkaistakseen Josiaa, joka katsoi taas poispäin minusta.

”Ole vain meidän puolestamme täällä”, Jooel sanoi katsahtaen minua ystävällisen tutkivasti. ”Tee olosi mukavaksi ja nuku vaikka hieman, olet varmastikin jo väsynyt.”

”Kiitos”, sanoin tuntien itseni jokseenkin epävarmaksi, tai suorastaan höperöksi. Olin kyllä väsynyt, mutta epäilin, saisinko nukuttua heidän seurassaan, vaikka olisinkin väsyksissä. Jonkin ajan kuluttua minua alkoi kuitenkin nukuttaa. Josia ja Jooel keskustelivat hiljaisella äänellä huoneen toisella laidalla. Kuulin Josian laittavan huoneen oven salpaan, sitten nojauduin puolimakuulle leposohvan laitaa vasten, vedin sohvan laidalla lojuvan huovan peitteeksi päälleni, ja nukahdin.

LUKU V

Havahduin hereille, kun valonsäteet osuivat kasvoihini ristikkoikkunasta. Kun kohottauduin, näin Josian ikkunan vieressä katselemassa ulos, mietteliään näköisenä. Vaeltaja Jooel ei ollut huoneessa, ja ovi oli taas raollaan.

”Taisin nukkuakin koko yön”, sanoin hiljaa. Josia käännähti katsomaan minua, kasvoillaan taas se hänelle ominainen vaikeasti tulkittava, surumielinen ilme. ”Mitään ei kai tapahtunut sillä aikaa kun nukuin?”

”No, ei tässä osassa linnaa”, hän totesi huoahtaen. ”Mutta joku on käynyt ryöstämässä suurimman osan linnanherran arvoesineistä ja rahavaroista... Ja huonetta vartioinut sotilas on surmattu.”

”Surmattu?” toistin hiljaa, ja tuntui kuin kaulaani olisi alettu kuristaa ja jokin olisi salvannut hengitykseni. Mieleeni nousi kammottava kuva verisestä miekasta ja silvotusta ruumiista. ”Didrik on siis sittenkin ollut linnan sisäpuolella!”

Josian ilme muuttui ahdistuneeksi. Mitä kaikkea hän mielessään kävikään läpi, tuskin hän halusi minun edes kuvittelevan sitä kaikkea, jos se ahdisti häntä itseäänkin.

”No, Didrik itse, tai hänen apurinsa. Olipa murhaaja kuka hyvänsä, minä olisin voinut estää sen surmatyön, jos olisin luvannut Didrikille koko perinnön! Enhän minä sitä itselleni olisi tahtonut. Olen halunnut vain turvata äidilleni kodin”, hän huoahti vakavana. ”Jos Didrik olisi malttanut jäädä selvittämään asioita kanssani, kasvotusten, olisin ehkä saanut hänet rauhoittumaan! Jos hän olisi luvannut huolehtia äidistäni ja ottanut vastuun sisareni häpäisystä, hän olisi minun puolestani voinut pitää vaikka koko linnan hallussaan...”

”Mutta ethän sinä voinut mitään sille, että Didrik pakeni paikalta, eikä jäänyt puhumaan kanssasi”, sanoin epäröiden. ”Hän pakeni oikeutta, ja vahvistaa sillä syyllisyytensä...”

”Mutta olisin voinut vartioida linnanherran huonetta itse”, Josia totesi ahdistuksesta karhenneella äänellä. ”Ajattelin kuitenkin, että jos Didrik palaa linnaan, haluan kohdata hänet Jooelin seurassa, ja ilman miekkaa. Jos olisin kohdannut hänet ilman Jooelia, olisi voinut syntyä liian väkivaltainen välikohtaus.”

”Didrik on tehnyt itse oman valintansa! En usko, että olisit voinut estää hänen tekoaan turvautumatta väkivaltaan. Ehkei Jooelkaan olisi saanut häntä luopumaan katalista aikeistaan”, sanoin jännittyneenä, toivoen hänen ymmärtävän, ettei hän todellakaan ollut vastuussa Didrikin typeryydestä ja vastuuttomuudesta. Josia puristi kätensä nyrkkiin ja jyskytti ikkunanpieltä tuskastuneena, mutta silti hillitysti. Katselin ehkä liiankin voimakkaasti myötäeläen hänen ahdistustaan.

”Enhän minä tällaista olisi toivonut!” hän totesi raskaasti huokaisten. ”Sodan jälkeen, kun saattelin sisareni Naisyhteisöön, päätin, että verenvuodatus saisi minun osaltani olla ohitse. Se on minulle yhtä vastenmielistä kuin irstaus... Mutta soturin olisi kyettävä käyttämään väkivaltaa! Minä en halua tarttua aseeseen kuin puolustautuakseni, joten yritän välttää tilanteita, joissa joutuisin taistelemaan. Sellainen olen ollut jo lapsena, mutta sodassa jouduin paaduttamaan luontaisen herkkyyteni ja vahingoittamaan ihmisiä, kaltaisiani... Ja sodasta selvittyäni toivoin, etten ikinä enää joutuisi samanlaisen turtumuksen valtaan! Ja nyt kuitenkin viaton ihminen sai surmansa haltuuni uskotussa linnassa, koska minä en ole mikään oikea soturi, enkä pysty suojelemaan omaa väkeäni toisten väkivaltaisuudelta! En ansaitsisi edes ritarin asemaa, koska todellisuudessa minusta ei olisi mitään hyötyä taistelukentillä... En tiedä voisinko enää edes katsoa sellaisia vammoja oksentamatta ja pyörtymättä... Olen liian herkkä!”

Oli kauan hiljaista. En tiennyt mitä sanoa; tuntui kuin hänen ahdistuksensa olisi siirtynyt suoraan minuun, enkä pystyisi lohduttamaan ja rohkaisemaan häntä.

”Minä ainakin kunnioitan enemmän sitä, että haluat välttää verenvuodatusta! Ehkä on mahdollista puolustaa itseään ja läheisiään ilmankin väkivaltaa”, sanoin sitten epäröiden. Josia katsahti minuun hieman hämmentyneenä, ja laski sitten taas katseensa.

”Niin Jooelkin ajattelee”, hän totesi vaisusti. ”En vain tiedä, pystynkö aina luottamaan siihen! En tiedä, onko minusta seuraamaan hänenkään esimerkkiään... Enhän ole yhtä jalo ja ihanteellinen ihminen kuin hän on. Pystyisinkö elämään kuten hän elää, aseenani vain Hengen Voima? Tässä maailmassa miehen rooliin kuuluu, että pitäisi huolehtia äidistään, naimattomasta sisarestaan ja puolisostaan, mutta jos ei ole valmis jopa veritekoihin, ei ehkä pysty puolustamaan vastuullaan olevia... Ainakaan tällaisessa väkivallan täyttämässä maailmassa! Oman henkeni olen kyllä valmis uhraamaan, jos sillä voin pelastaa äitini ja sisareni, mutta en ole sellainen mies, joka surmaa läheisiään uhkaavan ihmisen päästäkseen tästä lopullisesti eroon!"

"Sellaisiako miesten todella odotetaan olevan?" kysyin hämmentyneenä. "Tunnen kyllä monia ylhäisiä miehiä, jotka eivät todellakaan vaarantaisi omaa nahkaansa edes läheistensä puolesta..."

"No siihen meidät ainakin kasvatettiin, kun meille opetettiin taistelutaitoja ritariksi valmistavassa koulutuksessa", Josia selitti hiljaa. "Etenkin sodassa ohje kuului, että sinun tulee tappaa, ettet tule itse tapetuksi. Naisilta sellaista armottomuutta ei ehkä odoteta, mutta luulenpa, että moni sodassa toisia ihmisiä tappanut ihailee naistakin, joka tappaa säälimättä... Luoja suokoon, etteivät kaikki ihmiset muutu sellaisiksi tässä alituisessa pelon, vihan ja ahneuden ilmapiirissä!"

Jollain tavoin kuvittelin ymmärtäväni hänen ahdistuksensa ja hämmennyksensä, mutta olin epävarma omasta asemastani hänen ajatuksissaan. En ehkä osannut lohdutella häntä soveliaalla ja osuvalla tavalla. Oliko minun edes sopivaa oleilla hänen seurassaan, jos hän suunnitteli seuraavansa Vaeltaja Jooelin esimerkkiä, siis, ryhtyvänsä Vaeltavaksi Veljeksi, jolta odotettiin sitoutumista naimattomuuteen?

"Missä Jooel on nyt?" kysyin hiljaisuuden jälkeen.

"Hän valmistelee vartiomiehen hautausta. Luojan kiitos miehellä ei sentään ollut vielä omaa perhettä, joka joutuisi kärsimään tällaisesta", Josia sanoi hiljaa. "Se lievittää syyllisyyttäni edes hieman..."

"Luuletko että Didrik palaa vielä linnaan?" kysyin.

"Kuvittelisin, että hän on ryöstösaaliinsa kanssa jo matkalla toiseen valtakuntaan, jossa hän yrittänee aloittaa elämän uudella nimellä... Mutta toisaalta, onhan mahdollista, että ryöväri onkin ollut joku muu, ja että Didrik piileskelee yhä jossakin lähettyvillä. Siksi meidän täytyy olla vielä varuillamme ja odottaa kuninkaan puuttumista asioihin. Ehkä isäsi lähettää tänne apujoukkoja, jotta löydämme Didrikin", Josia totesi. "Toisaalta toivoisin, että tapaisin Didrikin kahden, niin voisin yrittää puhua hänelle. Toisaalta tiedän, ettei puhuminen ole ennenkään tehonnut häneen... Mutten silti haluaisi, että hän joutuu kovakouraisten sotureitten käsiin!"

”Onkohan äitisi jo tavannut minun isäni”, totesin pohtivasti. ”Ja mitähän isäni sitten päättääkään tehdä minun suhteeni…”

”Sinua kai helpottaisi, jos hän vapauttaisi sinut tästä irvokkaasta kihlauksestasi”, Josia sanoi seuraten katseellaan omaa sormeaan, joka tunnusteli ikkunan ristikkokuviota, ikään kuin uppoutuneena johonkin omaan, keskittymistä vaativaan pohdintaansa.

”Helpottaisihan se, ainakin toistaiseksi”, naurahdin surumielisesti. ”Mutta enhän tiedä, mitä Neuvosto seuraavaksi keksii ratkaistakseen tulevaisuuteni! Onko olemassa jokin vielä pahempi vaihtoehto kuin Didrik olisi ollut…”

Oli taas pidemmän aikaa hiljaista, ja aloin olla jokseenkin vaivautunut. Sitkeästi mieleeni nouseva mielihalu päästä lähemmäs Josiaa, hänen ajatuksiaan ja tunteitaan, täytti mieleni, enkä pystynyt ajattelemaan selkeästi tilannetta, jossa olimme. Toivoin, että hän sanoisi jotakin sellaista, mikä liittäisi hänet itsensä minun tulevaisuuteeni, mutta hän yllätti minut ottamalla taas kerran puheeksi ihmisen, josta puhuminen ei todellakaan sopinut sen hetkiseen ajatusmaailmaani.

”Eikö Narri tosiaankaan sanonut sinulle, että tulisi tänne?” Josia kysyi katsahtaen minua mietteliäänä.

”Narriko? Ei… ei hän mitään sellaista sanonut”, sanoin kiusaantuen. ”Tiedän vain, että isäni kyllä vapautti hänet, koska hän kirjoitti minulle viestin, jossa kiitti minua vapaudestaan. Tosin yhtä hyvin Narri olisi voinut syyttää minua siitä, että ylipäätään joutui istumaan päiväkausia tyrmässä!”

”Mutta eihän se sinun syysi ole, että hän on… ollut tekemisissä kanssasi”, Josia totesi hiljaa. ”Mutta isäsi ei varmaankaan halua, että tapailisitte enää…”

Häkeltyneenä tajusin, että Josia kaiketi yritti hienovaraisesti selvittää suhteeni Narriin. Mahtoiko hän oikeasti luulla, että olimme rakastavaisia, niin kuin hoviväki juorusi? Silloinhan hän pitäisi minua hyvin huonomoraalisena naisena, ja se varmastikin selittäisi sen, miksi hän oli seurassani niin vaivautunut… Olisin halunnut oikaista hänen luulonsa, mutten löytänyt sopivia sanoja, ja aloin todella tuskastua koko ärsyttävään väärinkäsityksen. Jos Josia oikeasti kuvitteli, että minun ja Narrin välillä oli läheinen ja luvaton lemmensuhde, hänen käsityksensä minusta oli todella huono! Ja hän ehkä piti minua suorastaan riettaana ja julkeana naisena, kun en edes ilmaissut millään tavoin häpeäväni suhdettani Narriin…

En ehtinyt sanoa mitään, kun Vaeltaja Jooel palasi huoneeseen. Hänen perässään tuli palvelija, jolla oli mukanaan ruokatarjotin. Josia alkoi puhella Jooelin kanssa, ja jäin auttamatta syrjään heidän keskustelustaan, koska en edes ymmärtänyt siitä paljoakaan. He taas näyttivät ymmärtävän toisiaan puolestakin sanasta, ja saattoivat tahallaan puhuakin niin epämääräisesti, etten minä mitään ymmärtäisikään.

Söin haluttomasti jotakin ja toivoin, että Jooel olisi häipynyt jonnekin omaan kopperoonsa itsekseen puhelemaan ja jättänyt minut kahden Josian kanssa, mutta heillä näytti olevan loputtomasti jotakin epämääräistä pohdiskeltavaa keskenään. He puhuivat ohdakkeista ja jostakin maksalääkkeestä, sekä pakkomielteistä, jotka saivat ihmisen joskus takertumaan epäterveellisiin asioihin. Enhän mitenkään voinut katkaista heidän keskusteluaan sanomalla yhtäkkiä ääneen, ettei minulla ja Narrilla ollut mitään lemmensuhdetta meneillään, vaikka sellaisesta ehkä juoruttiinkin. Se olisi kuulostanut naurettavalta ja epäilyttävältä...

Aloin vähitellen todella tuskastua ja ärsyyntyä heidän keskusteluunsa ja siihen, ettei se liittynyt millään tavoin minuun. Ellen saisi kerrotuksi Josialle totuutta suhteestani Narriin, olisi sama vetäytyä ainakin hetkeksi omaan rauhaan, ja miettiä itsekseen, millä tavoin ottaisi kyseisen asian puheeksi nolaamatta itseään tai kuulostamatta epäilyttävän vakuuttelevalta.

”Voin kai mennä joksikin aikaa omaan huoneeseeni”, totesin nousten pöydän äärestä, enkä liiemmin malttanut peitellä ärtyneisyyttäni. Josia katsahti minuun hieman hajamielisesti.

”Hyvä on, mutta älä lähde minnekään muualle kuljeksimaan”, hän sanoi vakavana. Nyökkäsin vaisusti ja poistuin heidän seurastaan. Kävin ensin käymälähuoneessa, ja sieltä poistuessani tervehdin umpimielisen jurosti palvelusmiestä, joka oli tulossa siistimään käymälää sankoineen ja luuttuineen.

Astelin sitten hiljaista käytävää pitkin oman huoneeni ovelle. Oloni oli suorastaan kurja; olin jo lähes varma siitä, että Josia piti minua huonomoraalisena naikkosena, joka oli alentunut rakastumaan hovinarriin. Tietysti hän halusi vältellä sellaisen naikkosen seuraa. Ehkei hän ollut muutenkaan kiinnostunut seurastani; koki vain jostakin syystä velvollisuudekseen huolehtia minusta. Olinko vakavissani uskaltanut toivoa jotakin muuta? Ilmeisesti olin, koska tunsin itseni pettyneeksi. Oliko minun osani olla aina onnettomasti rakastunut? Ketä se hyödytti; mitä minun olisi pitänyt siitä oppia? Olin niin ärtynyt ja tuskastunut, että jupisin voimasanoja itsekseni, eikä tunnetilaani yhtään lievittänyt se, että kompuroin huoneeni kynnyksellä niin että olin lyödä ohimoni ovipieleen.

Vasta työnnettyäni oven kiinni takanani katseeni osui keskellä huonetta seisovaan hahmoon. Se oli Didrik; miekka vyötäisillään ja kädessään minun hopeakahvainen tikarini, jonka olin saanut jo lapsena äidiltäni. En ehtinyt edes kunnolla huutaa pelästyksestä, kun hän jo astui niin lähelle minua, että tikari päätyi vain vaaksan päähän kasvoistani.

”Ei äännähdystäkään, morsiameni! Emmehän halua, että meitä häiritään”, hän sanoi pilkallisella äänellä. ”Kylläpäs viivyitkin kauan! Odottelin sinua koko yön, mutta taisit yöpyä sen surkean velipuoleni luona, arvatenkin pidellen häntä kädestä, ettei hän itkisi äitinsä perään…”

Didrik asteli määrätietoisesti oven luo ja työnsi salvan kiinni. En kyennyt liikahtamaankaan, enkä rohjennut huutaa apua. Minua ei ollut koskaan aiemmin uhattu väkivallalla. Pelko sumensi mieleni, enkä tiennyt lainkaan, mitä tehdä. Katseeni risteili ympäri huonetta ikään kuin etsien pakotietä. Silloin huomasin huoneen perällä olevan seinävaatteen roikkuvan huolimattomasti, ja sen takaa näkyi jotakin; aivan kuin kaistale oviaukkoa. Jos siellä oli jonkinlaisen salakäytävän suu, Didrik oli varmasti käyttänyt sitä. Mutta mitä hän tahtoi? Vahingoittaa minua? Käyttää minua panttivankina? Hengähdin syvään, yrittäen muistella, mitä Vaeltaja Jooel oli puhunut sisäisestä rauhasta, ja sitä, mitä isäni oli opettanut rauhoittumisesta ennen ritsalla tähtäämistä…

”Olitteko siis täällä koko yön?” kysyin niin rauhallisesti kuin kykenin. Didrik katseli minua siristäen silmiään.

”Koko yön! Siitä lähtien siis, kun tulin tänne illalla, ja sinä olit jo häipynyt surkean lemmittysi luo”, hän huudahti elehtien uhkaavasti. Yritin ajatella selkeästi, vaikka ruumiini värisi levottomuudesta. Jos hän todella oli ollut huoneessani koko yön, hän ei ollut voinut surmata vartijaa…

”Missä sitten olitte koko eilisen päivän?” kysyin. Didrik katsoi minua pilkallisesti.

”Minä sentään tunnen oman kotilinnani paremmin kuin Josia tuntee. Hänhän on asunut palkollisten siivessä! Hän ei edes tiedä tuosta käytävästä, jota olen kulkenut monet kerrat linnassa yöpyneiden neitosten luo… Josia kun on niin sinisilmäinen”, hän naurahti halveksivasti. ”Yritof kai petkuttaa minua, niin että luulisin sinun pakenevan seurueesi kanssa takaisin kuninkaanlinnaan! Ehdin kuitenkin nähdä sinut aiemmin illalla. Katselin sinua tuolta seinävaatteen takaa, etkä aavistanut mitään.”

Yritin edelleen hengittää rauhallisesti ja antaa pelottoman vaikutelman, vaikka Luoja tietää, miten kauhuissani olin. Tunsin miten jäseneni uhkasivat käydä voimattomiksi, ja päässäni tuntui sumealta. Yritin keskittyä tuntemaan lattian jalkojeni alla ja seisomaan ryhdikkäänä, edes ikään kuin rohkeasti. En alistuisi hänen valtaansa; en ainakaan hengessäni. Ennemmin kuolisin kuin alistuisin...

”No, mitä aiotte nyt tehdä?” kysyin viileästi. Didrik tuijotti minua pistävästi ja alkoi nauraa.

”Kylläpä sinä kyselet paljon! Mutta ei se sinua auta, vaikka tietäisitkin aikeistani. Olen nimittäin päättänyt, että vaikka Josia on vienyt minulta perintöni ja aikoo kai viedä vapautenikin, niin morsiantani hän ei vie.”

”Mitä tarkoitatte?” kysyin äänellä, joka oli pelkkä pelokas henkäisy. Didrik leikitteli tikarillani ja vilkaisi minua ilkeän huvittuneesti.

”Pidän huolen siitä, että sinusta tulee minun vaimoni. Ja vaikka joutuisin tyrmään loppuiäkseni, Josia ei sinua saa, koska olet minun!”

”Miten luulette saavanne minut vaimoksenne, jos kuningas ei vahvista kihlaustamme?” kysyin huomaten ääneni tärisevän. Kätenikin alkoivat vapista, ja yritin puristaa viittani lievettä vaikuttaakseni rauhallisemmalta.

”No, majataloja on joka kylässä, ja kirjureita samoin, etenkin Argillassa, ja kyllä jollekulle heistä raha kelpaa, niin saamme väsätyksi jopa sievän todistuksen kihlauksen täytäntöönpanosta! Se ei ole ongelma. Ehdimme ehkä vielä viettää yönkin yhdessä ennen kuin meidät löydetään. Siis jos edes löydetään”, Didrik naurahti. Kun hänen huomionsa herpaantui hetkeksi, liikahdin ovea kohti. Samassa Didrik hypähti viereeni ja tarttui minua käsivarresta niin rajusti, että huudahdin kivusta. Hän kohotti tikarin lähelle kasvojani, ja hänen silmissään oli kylmän halveksiva katse.

”Tekisittekö oikeasti minulle jotakin tuolla aseella?” kysyin hitaasti, uskaltamatta käyttää vapaata kättäni edes työntääkseni häntä kauemmas.

”No... En ehkä tappaisi, mutta voisin kyllä tärvellä kauneutesi”, hän sihahti. ”Älä haasta minua näyttämään, mihin pystyn!”

Vedin syvään henkeä. En ollut lainkaan varma, kannattaisiko hänenlaiselleen puhua järkeä, mutta yritin silti...

”Tajuatteko, että voitte saada kuolemantuomion, kun käytte tällä tavoin kuninkaan tyttären kimppuun? Ettekö sentään mieluummin eläisi ja aloittaisi alusta, paremmalta pohjalta?" kysyin vakavana. Didrik puristi kättäni vihastuksensa voimalla ja työntyi lähemmäs minua. Hänen läheisyytensä tuntui sietämättömän inhottavalta; en olisi halunnut nähdä, tuntea enkä haistaa sitä.

"Ai, eläisi ja katselisi sivusta, kun Josia vie minulta morsiamenikin? Miltä arvon prinsessa luulee miehestä tuntuvan, kun häneltä viedään kaikki minkä varaan hän on elämänsä rakentanut, ja annetaan hänen pahimmalle vihamiehelleen?" hän kysyi silmät kavenneina.

Katsoin häntä suoraan silmiin. Hän häkeltyi hieman, ja hänen otteensa löystyi. Äkkiä mieleeni tuli elävä muisto siitä, miten olin pienenä tyttönä paininut isäni kanssa. Olin rimpuillut irti hänen otteestaan ja juossut nauraen karkuun. Kokosin kaikki voimani, riuhtaisin käsivarteni vapaaksi ja peräännyin nopeasti loitommalle.

"Ehkä olette rakentanut elämänne väärälle perustalle", huudahdin vakavana. "Älkää tehkö asemaanne enää yhtään pahemmaksi! Teillä on vielä mahdollisuus aloittaa alusta. Josia voi auttaa Teitä!"

Didrikin kasvot vääristyivät raivosta, ja hän heitti tikarin minua kohti, aivan kuin ei olisi edes ajatellut, mitä tekee. Vaistomaisesti väistin jo nähdessäni hänen kätensä kohoavan, ja tikari osui takanani pöydällä olevaan, tyhjään, kupariseen pesuvatiin. Vati putosi kolahtaen kivilattialle.

Syöksähdin sieppaamaan tikarini maasta, mutta Didrik syöksyi perääni niin että kaaduin lattialle hänen alleen. Sain tikarin käteeni, mutta Didrik painoi selkääni polvellaan ja piteli käsiäni lattiaa vasten. Se nostatti minussa raivoa; sen voimalla olisi tapellut vastaan, jos olisin saanut käteni vapaiksi. Ovelta kuului voimakas koputus.

"Mitä siellä tapahtuu? Onko kaikki kunnossa?" palvelusmies huusi käytävältä.

"Ei ole, Didrik on täällä!" huusin raivon voimistamalla äänellä. Silloin Didrik kiskaisi minut ylös lattialta ja riuhtoi mukanaan salakäytävään.

Kuulin miten huoneen ovea jyskytettiin, kun kompuroin Didrikin mukana alas niljakkaita ja epätasaisia kiviportaita, lähes pilkkopimeässä, ahtaassa käytävässä. Tikari oli yhä kädessäni, mutta hän puristi kättäni tiukassa otteessaan, enkä voinut tehdä mitään vapauttaakseni itseäni.

Melkein kaaduin, kun portaat yllättäen päättyivätkin. Olimme tulleet johonkin hieman laajempaan käytävään. Didrik työnsi minut edellään seinän viereen ja väänsi kipeästi kättäni saadakseen tikarini itselleen. Varmoin ja vähemmän hellin ottein hän sitoi jonkin liinan suuni eteen ja kahlitsi käteni selkäni taakse. Sitten jatkoimme matkaa jonnekin uuteen käytävään.

Ellei Didrik olisi työntänyt minua edellään, jalkani tuskin olisivat liikkuneet. Hän ei välittänyt kompuroinnistani eikä saamistani kolhuista, vaan kuljetti minua määrätietoisesti eteenpäin jonkinlaista tunkkaista käytävää pitkin. Loputtomalta tuntuneen tuskaisan etenemisen jälkeen käytävä nousi jyrkästi ylöspäin, ja tulimme kivien ja pensaitten keskellä olevasta aukosta ulos, metsänlaitaan, jonnekin linnan ulkopuolella. Siellä Didrik irrotti liinan suuni edestä ja tönäisi minut mättäälle istumaan.

”Nyt voit huutaa jos haluat! Täältä ei kuitenkaan kuulu linnaan asti”, hän naurahti pilkallisesti. Olin edelleen niin raivostunut hänen kovakouraisista otteistaan ja inhottavasta toiminnastaan, että mieleni olisi tehnyt sylkeä häntä kasvoille, mutta pelkäsin hänen raivostuvan ja satuttavan minua sitäkin pahemmin. Oliko hän aikonut tappaa minut heittäessään tikarin minua kohti? Vai vain satuttaa minua? Mitä hän saattaisikaan tehdä äkkipikaistuksissaan, en halunnut saada sitä selville. En siis saisi ärsyttää häntä enempää. Minun olisi käyttäydyttävä eri tavoin, ehkä alistuneemmin…

Keskityin rauhoittumaan. Katselin puitten oksia ja tunsin raikkaan ilmavirran vetäessäni syvään henkeä. Didrik katseli metsään ja vihelsi sitten kovaäänisesti. En hetkeen ymmärtänyt miksi hän teki niin, mutta sitten metsästä kuului vastaus. Jonkin ajan kuluttua metsän keskeltä ilmestyi kaksi miestä, jotka taluttivat kolmea hevosta. Näin että yhdellä hevosista oli satulan taakse sidottuna painavannäköinen säkki, jossa epäilin olevan linnanherran omaisuutta. Jompikumpi miehistä oli epäilemättä sen linnanherran huonetta vartioineen miehen surmaaja.

Yritin keskittyä; yritin luottaa siihen samaan Henkeen, johon Josia turvasi. Voisiko se Luoja, joka oli minutkin rakentanut, tahtoa minulle pahaa? Halusiko Hän tuhota minut, koska olin haitaksi toisille, tai rangaista minua itsekkäästä elämästäni; kaikesta kevytmielisyydestä ja turhamaisuudesta, toisten tunteilla leikittelystä, väärästä yltäkylläisyydestä ja ylpeydestä? Pyysin sitä kaikkea anteeksi epätoivon antamalla paatoksella. Jos Kaikkeuden Luoja antaisi anteeksi, Hänen ei tarvitsisi tuhota minua. Hän voisi sen sijaan antaa minulle Voimaansa kestää kaikki ruumiillinen epämukavuus ja tuleva kärsimys, millaista se sitten tulisikin olemaan…

”Sinussa taitaa olla enemmän miestä kuin Josiassa, ainakin luonteesi puolesta”, Didrik naurahti, kiskaisi minut jalkeille ja tuuppasi minua hevosia kohti. ”Tässä vaiheessa useimmat neidot olisivat parkuneet itsensä pyörryksiin, ja niin varmaan Josiakin parkuu puolestasi… Se naismainen surkimus!”

Didrik nosti minut ratsunsa selkään ja nousi sitten itse taakseni satulaan pidellen minua vastenmielisen lähellä itseään. Olisin tosin voinut pudota satulasta, ellei hän olisi pitänyt minua kiinni. Toisaalta kyydistä putoaminen olisi voinut olla helpotus, mutta jos olisin loukannut pääni, hän olisi ehkä jättänyt raatoni lojumaan tienvarteen vammautuneena, ja olisin kuollut tuskallisesti kituen jonkun pedon kynsiin…

Lähdimme ratsastamaan jonnekin poispäin Warginlaaksosta, ehkä etelään johtavaa tietä. En rohjennut edes toivoa, että joku voisi tulla tiellä vastaamme ja puuttuisi asioiden kulkuun. Voisiko kukaan edes arvata, minne olimme menossa? Ehtisivätkö kuninkaan joukot edes saapua Warginlaaksoon ennen kuin minut olisi jo pakotettu Didrikin vaimoksi? Olivatko Argillan valtakunnan virkamiehet todella sellaisia ääliöitä, että laatisivat kihla-asiakirjan, vaikka morsian vastustelisi? Rahanahneus tietysti voitelisi järkevämmänkin virkamiehen. Millaista typeryyttä sellainen olikaan!

Mieleni olisi tehnyt purkaa kaikki närkästykseni paasaamalla Didrikille ja niille kahdelle ilkeälle tollolle siitä, millaista hulluutta maailmassa harjoitettiin, mutta tuskin he olisivat kuunnelleet. Ehkä olisin huvittanut heitä, jos olisin huutanut heille kasvot punaisena totuuksia heistä ja heidän tekosistaan. Ehkä minusta voisi tulla heidän ilveilijänsä… Heidän narrinsa. Samassa tajusin jotakin siitä, mitä Narri oli mahtanut kokea; miksi hän lauloi pilkkalauluja vakavalla naamalla, ja kaikki nauroivat hänelle…

Se, miksi minä en ollut nauranut hänelle, paljasti minut. Minä olin ollut ainoa, joka oli elänyt samaa vihaa, samaa katkeruutta, samaa inhoa kuin hän. En ollut voinut nauraa hänelle, koska olin peilannut hänen kärsimystään. En ollut voinut nauraa totuuksille, joita hän esitti, koska uskoin niihin. Vain ne nauroivat, jotka eivät uskoneet…

Se matka oli kummallista painajaista; tuntui kuin olisin katsellut kaikkea itseni ulkopuolelta, ja se auttoi minua pysymään jonkinlaisessa epätodellisentuntuisen turrassa mielentilassa. Ilta alkoi jo hämärtää, kun viimein pysähdyimme jonnekin kylään. Epäilin, että olimme ehkä lähellä Argillan rajaa; kenties jopa lounaisella rajanylityspaikalla. Siellä Cardusia ja Argilla yhtyivät myös Molcavarathiaan.

Pysähdyimme pienen majatalon takapihalle, ja Didrik vetäisi minut ratsailta maahan. Vajosin polvilleni, sillä jalkani eivät kantaneet.

Olin puuduksissa, janoinen ja nälkäinen, mutta mieleni oli kummallisen tyyni, tai paremminkin pahantuulisen tunteeton.

”Vahtikaa häntä! Käyn kysymässä majapaikkaa ja hankin jotain syötävää”, Didrik sanoi ja lähti astelemaan majatalon etupihalle päin. Katselin inhoten miehiä, jotka jäivät vartioimaan minua. He silmäilivät minua julkeasti, puhelivat typeryyksiä keskenään ja nauroivat karkeasti.

Muistin äkkiä, miten olin läpännyt Narria poskelle, kun hän oli tarttunut käteeni liian tuttavallisesti. Se tuntui siinä hetkessä kovin lapselliselta käytökseltä. Ikään kuin minulla olisi muka ollut syytä pelätä Narrin taholta jotakin hävytöntä; hänhän oli pelkkä nuori hölmö, ja luultavasti paljon pehmeäluontoisempi ja viattomampikin kuin miltä halusi vaikuttaa. Niihin kahteen rosvoon verrattuna Narri oli varmasti melkeinpä hyveellisin tuntemani nuorimies...

Oli kummallista, että Narrin ajatteleminen saattoi jotenkin lievittää pelkoani. Muistelin Narria tekemässä narrintemppujaan. Hän osasi liukastua tahallaan takalistolleen loukkaamatta itseään oikeasti. Joskus olin maininnut siitä jollekulle seuralaiselleni tarkoittaen ilkeillä Narrille; silloin kun hänen röyhkeä tuijotuksensa oli hämmentänyt minua ja olin kuvitellut hänen haluavan tahallaan häiritä keskustelujani eräitten nuorten ylimysten kanssa. Olin nähnyt Narrin ensimmäistä kertaa jo kuudentoista vanhana, kun hän oli vastikään aloittanut työnsä musikanttien joukossa. Yksi hovineitoni kertoi, että Narri oli tahallaan potkaissut hänen mielitiettyään, niin että tämä oli seonnut soitossaan. Olin ollut itsekin tanssimassa, kun musiikki oli lakannut kesken piiritanssin. Syy oli siis ollut sen punatukkaisen, hontelon nuorukaisen, joka oli tuijottanut minua kuin jotakin suurtakin ihmettä. Mutta miksi? Miksi hän oli töllistellyt minua? Mitä hän oikeastaan minusta tahtoi? Olisi voinut luulla, että moinen alhainen palkollinen älyäisi olla kuvittelematta, että prinsessa suvaitsisi edes katsoa häneen...

Havahduin ajatuksistani, kun toinen miehistä asteli lähelleni. Hän kumartui ja tarttui minua leuasta työntäen sitten omat kasvonsa kämmenen mitan päähän kasvoistani. Hänen henkensä haisi vastenmieliseltä, ja minun oli pakko sulkea silmäni, kun en voinut edes perääntyä.

”Entä jos pidettäisiin tämä morsian ihan itsellämme?” hän ehdotti naurahtaen. ”Miksi oikeastaan jättäisimme tämän herkkupalan sille raivotautiselle lellikakaralle?”

Silloin syljin häntä kasvoille, ja hän päästi kiroten irti leuastani.

”Senkin peto!” hän huudahti ja kohotti kätensä lyödäkseen, ja vaistomaisesti väistin. Lyöntiä ei kuitenkaan tullut; kuulin vain suhahduksen, ja samassa näin tikarin törröttävän hänen käsivarressaan. Didrik syöksyi paikalle, löi miestä suoraan kasvoihin ja tyrkkäsi tämän raivonsa voimalla loitommalle, niin että mies kaatui takamukselleen maahan.

”Sinä typerys… Et koske häneen! Hän on minun!” Didrik huusi. Hänen takanaan seisoi pienikokoinen, vanhanpuoleinen, virkamiehen hattua kantava mies, järkyttyneen näköisenä. Millaiseen tilanteeseen hän olikaan joutunut, ukkoparka! Minua ahdistellut mies oli noussut jalkeille ja perääntynyt haavoittunutta kättään pidellen; tikari oli irronnut hänen käsivarrestaan ja tipahtanut maahan, ja hänen suupielestään valui verta Didrikin lyönnin jäljiltä.

”Hullu! Mielipuoli! Luuletko että selviät tekosistasi?” hän huusi Didrikille, joka seisoi raivonpuuskasta hengästyneenä paikoillaan. Toinen Didrikin apureista seurasi tilannetta varuillaan. Virkamies asteli epäröiden luokseni ja näytti pelästyvän entisestään, kun näki, että käteni olivat sidottuina selkäni taakse.

”Miksi morsian on sidottu?” hän huudahti.

”Älä kysele typeriä, vaan hoida työsi, ukko! Ota kirjoitusarkki esiin ja ala väsätä todistusta! Siitähän sinä saat palkkasi”, Didrik ärähti ja veti miekkansa esiin. Vanhus veti syvään henkeä ja suoristi selkänsä.

”En aio kirjoittaa todistusta liitostanne, jos morsian on viety kodistaan vastoin tahtoaan”, hän sanoi vakavana. En uskaltanut sanoa mitään; pelkäsin, että Didrik löisi minut hiljaiseksi. Didrik katseli vanhusta vaivoin raivonsa hilliten.

”Hyvä on. Jos et aio tehdä hommaasi, niin jatkamme saman tien Molcavarathiaan. Hänestä tulee sitten kunniaton jalkavaimoni, ja eiköhän hänelle muutakin käyttöä keksitä!” hän puuskahti ja käännähti sitten minun puoleeni. Hän tempaisi minut ylös vapaalla kädellään, ja kun virkamies yritti asettua hänen eteensä, hän löi tätä miekan ponnella päähän. Näin miten vanhus rojahti maahan ja hänen ohimoonsa ilmestyi verilaikku. Katsoin Didrikiin järkytyksestä laajennein silmin. Didrik vilkaisi vanhusta, joka makasi selällään siinä edessämme, ja hänen kasvoillaan kävi inhon ja epämukavuuden ilme. Sitten hän kirosi ja alkoi kiskoa minua kohti hevosia.

En kuitenkaan aikonut enää mennä takaisin ratsun selkään. Kieltäydyin liikuttamasta jalkojani ja heittäydyin mahdollisimman painavaksi. Didrik yritti saada minut pysymään jaloillani ja raahatuksi hevosen luo, mutta silloin suljin silmäni ja valahdin aivan veltoksi, esittäen pyörtynyttä. Halusin uskoa jonkun ehtivän vielä avukseni, koska täytyihän kylässä olla muitakin ihmisiä kuin se vanhusrukka. Didrik kirosi kovaäänisesti ja ravisteli minua, luullen kai minun todella pyörtyneen. Pihalle ilmestyi höppänän näköinen nuorimies; ehkä jokin yksinkertainen tallipojanreppana.

”Älä siinä töllistele, ääliö, vaan hae neidolle viiniä!” Didrik huusi pojalle. ”Mutta jos puhut tästä jollekulle elävälle, pääset vanhan ukon seuraksi!”

Didrik oli antanut minun valahtaa maata vasten, ja rohkenin raottaa hieman silmiäni. Tallipoika lähti juoksuaskelin kohti majataloa, ja samassa takapihalle ilmestyi Vaeltajaveljien tapaan kaapuun pukeutunut, huppupäinen, rotevanoloinen mies. Vaeltaja huomasi meidät ja lähti astelemaan meitä kohti.

”Häivy sinäkin siitä, kirottu kaapupelle!” Didrik huusi raivostuneena. ”Tämä ei kuulu sinulle eikä hourupäisille veljillesi!”

”Siinä erehdyt, kyllä tämä kuuluu”, Vaeltaja sanoi matalalla äänellä, tarttui huppunsa reunaan ja veti sen hitaasti päänsä yli niskaan. Hupun alta paljastuivat voimakaspiirteiset kasvot ja osittain, ohimoilta ja niskasta kaljuksi ajeltu pää. Mies ei näyttänyt erityisen hartaalta tai lempeältä Vaeltajaveljeltä; pikemminkin kokeneelta soturilta.

”Mitä te odotatte siinä? Hoidelkaa huppupää ennen kuin hän juoruaa näkemästään!” Didrik huusi tovereilleen. ”Meillä on kiire Molcavarathian puolelle! Joku saattaa olla päässyt jäljillemme...”

Didrikin toverit lähestyivät miekat ojossa Vaeltajaa. Meinasivatko he todella tappaa toisenkin aseettoman miehen? En voinut enää esittää pyörtynyttä. Kohottauduin ja ponnistelin päästäkseni irti Didrikin otteesta. Hän kirosi ja riuhtoi minua, mutta seisahtui sitten häkeltyneenä nähdessään saman mitä minäkin näin. Vaeltaja oli vetänyt kaapunsa alta miekan ja torjui sillä Didrikin apurin hyökkäyksen, puolustaen itseään kuin koulutettu soturi.

”Hoitakaa se hourupää! Ei hänenlaisiaan kaivata tänne muutenkaan”, Didrik karjui apureilleen. Mutta se hänen rikostoverinsa, jota hän oli lyönyt ja haavoittanut, kääntyi kannoillaan ja seisahtui katsomaan häntä ivallisesti.

”Hoitele vain itse sotkusi, paskiainen!” hän huusi, kiirehti ratsulleen ja hypähti sen selkään, vieden mukanaan sen säkin, jossa oli linnanherralta varastettu omaisuus.

”Kirottu petturi! Kuolema vieköön sinut!” Didrik huusi täristen raivosta. ”Löydän sinut kyllä vielä, ja pääset hengestäsi!”

En uskaltanut enää liikahtaakaan, ettei Didrik purkisi raivoaan minuun. Hän piteli minua kovakouraisesti aivan kuin olisi halunnut puristaa minusta vastauksen ongelmaansa; jättääkö minut siihen ja sännätä rikostoverinsa perään, vai antaako toverinsa viedä ryöstösaaliin. Didrik saattaisi jättää toisenkin apurinsa, jotta saisi vietyä minut mukaansa Molcavarathiaan. Varmasti hän saisi rahaa minusta; hän voisi myydä minut panttivankina, tai sitten hän keksisi useitakin tapoja hyötyä minusta…

Kun Didrik näki Vaeltajan ahdistaneen hänen toisen apurinsa vasten majatalon peräseinää, hän teki päätöksensä.

”Sinä pysyt minun kanssani”, hän karjaisi lähellä korvaani ja tempaisi minua, mutta heittäydyinkin samaa liikettä myötäillen maata kohti, niin että hänkin lähestulkoon kaatui päälleni ja joutui ottamaan tukea maasta toisella kädellään ja polvellaan. En todellakaan aikonut lähteä Molcavarathiaan; mieluummin vaikka kuolisin siihen paikkaan kuin joutuisin sinne…

Olin kuulevinani ratsun askellusta tien suunnasta, mutten nähnyt siihen suuntaan, koska en saanut itseäni käännetyksi Didrikin pidellessä kiinni käsivarrestani. Didrik kirosi ja yritti päästä jaloilleen samalla kun riuhtoi minua ylös maasta.

”Didrik! Anna hänen olla!” joku huusi tien suunnasta. Kun tunnistin äänen, olisin voinut menettää tajuntani silkasta tunnekuohusta. Ääni oli Josian.

”Kirottu äpärä!” Didrik huusi raivoissaan ja kompuroi viimein jaloilleen, riuhtoen minut samalla ylös maasta suojakseen. En kyennyt enää uudelleen esittämään pyörtynyttä, mutten myöskään saanut itseäni irti Didrikin otteesta. Kun Josia tajusi tukalan tilanteeni, hän laskeutui nopeasti alas ratsunsa selästä.

”Päästä hänet, Didrik!” Josia huudahti astuen askelen lähemmäs meitä. Hänellä ei ollut mukanaan miekkaa tai jousta; vain puusauva. Hän näytti suojattomalta, lähes säälittävältä. Didrik alkoi nauraa hiljaista, järjetöntä naurua. Tilanne oli näennäisen rauhallinen, ja se juuri tuntui kammottavan pahaenteiseltä.

”Luuletko sinä, äitisi kullannuppu, pikku vellihousu, että saat hänet? Luuletko saavasi hänet turmeltumattomana, tai edes elossa?” Didrik huusi puristaen minua niin tiukasti, etten saanut vedettyä kunnolla henkeä.

”Päästä hänet irti, Didrik!” Josia toisti vakavana. ”Kuningas on peruuttanut kihlasuunnitelmanne. Sinulla on mahdollisuus saada oikeudenmukainen käsittely tuomioistuimessa, ellet enää sorru hölmöyksiin tai pakene virkavaltaa!”

”Mikä sinä olet minua komentelemaan? Et mahda minulle mitään!” Didrik ärjäisi halveksivasti.

”Velvoitan sinua kuninkaan ritarina, hänen käskystään!” Josia huudahti karhenneella äänellä, aivan kuin olisi kyynelehtinyt puhuessaan. ”Jos yhä pakenet oikeutta, olet lainsuojaton, ja kuka tahansa saa surmata sinut!”

Didrik tuntui empivän; hänen otteensa minusta höllentyi hieman, ja sitten, yhtäkkiä, hän tönäisi minut maahan ja syöksähti kohti omaa ratsuaan. Josia kuitenkin liikahti samaan suuntaan ja heitti puusauvansa Didrikin jalkoihin. Didrik kompuroi, muttei kaatunut kokonaan. Nurkan takana lymyillyt tallipoika juoksi luokseni, auttoi minut pystyyn ja alkoi irrottaa köysiä ranteistani. Josia oli nostanut sauvansa maasta, ja Didrik nosti miekkansa eteensä. Vaeltaja oli ilmeisesti taltuttanut Didrikin apurin, mutta huomioni keskittyi Didrikiin, jonka ilme kertoi kylmästä kostonhalusta.

”Sinulla ei ole mitään voitettavaa, jos jatkat vihaasi. Mikään omaisuus, ei maine, ei asema… mikään ei tee sinua onnelliseksi, jos edelleen vihaat minua”, Josia sanoi hänelle raastavan surullisella äänellä. ”Anna jo olla, Didrik! Luovu vihastasi!”

”Sinullehan se sopisi, vai mitä? Sinähän sait jo kaiken! Veit perintöni ja yrität viedä morsiameni, senkin mitätön rääpäle, surkea nilkki! Eikö aseenkantajastasi ollutkaan sinulle riittävästi hupia, kun yrität saada itsellesi naisseuraakin? Vai käskikö äitisi sinun hankkia lisää samanlaisia vellihousuja? Sinussa ei ole miestä edes miekkailla kanssani!” Didrik huuteli ilkkuvasti nauraen ja heilautteli uhkailevasti miekkaansa Josian edessä. Kun Josia vaikeni, hän syöksähti äkkiä tätä kohti kohottaen miekkansa lyöntiin.

Josia torjui Didrikin miekaniskun puusauvallaan. Mutta hän näytti niin suojattomalta miekan kanssa raivoavaa Didrikiä vastaan, että pelkäsin kamppailun päättyvän iljettävän verisesti. Osasin varsin hyvin kuvitella sekoavani lopullisesti, jos joutuisin todistamaan rakastamani ihmisen väkivaltaista kuolemaa, pystymättä auttamaan häntä mitenkään. Käteni olivat edelleen jumissa selkäni takana; tallipoika yritti kyllä saada käteni vapautetuksi umpisolmuun sidotuista köysistä kömpelöillä sormillaan, ja minä seurasin aloilleni jähmettyneenä, miten Josia selviytyisi Didrikin raivokkaasta hyökkäyksestä.

Didrik kohotti miekkansa iskuun yhä uudelleen, ja joka kerta Josia torjui hänen lyöntinsä. En ollut tiennyt, että pelkkää puusauvaa voisi käyttää niin taidokkaasti puolustautumiseen. Josian panssaripaita suojasi häntä kevyemmiltä osumilta, mutta voimakas miekansivallus saattaisi silti murtaa luita. Olin nähnyt sellaista tapahtuvan turnajaisia seuratessani, mutta silloin olinkin paaduttanut mieleni kyetäkseni katselemaan ritarien kilvoittelua. Nyt en voinut olla välinpitämätön; pelkäsin, että Josia tapettaisiin raa'asti silmieni edessä ilman että saatoin mitenkään auttaa häntä. En silti voinut olla katselematta; tuijotin tuota väkivaltaista näytelmää kuin lumouksen vallassa, pystymättä edes sulkemaan silmiäni.

Vähitellen Didrikin lyönnit kävivät huolimattomammiksi, ja hän hengästyi. Seuraava lyönti oli selvästi aikaisempia hitaampi ja vähävoimaisempi, ja huomasin Josian muuttavan taktiikkaansa. Lähes huomaamattomalla liikkeellä hän muutti otettaan puusauvasta ja heilautti sen lyöntiin samalla kun Didrik kohotti miekkaansa. Sauva iskeytyi Didrikin miekkakäteen. Didrik karjaisi kivusta, ja miekka lipesi hänen otteestaan.

Ehdin jo melkein huokaista helpotuksesta, mutta samassa huomasin tikarini lojuvan maassa vain muutaman askelen päässä Didrikistä. Didrik syöksähti sitä kohti. Aavistaen hänen aikeensa ponnahdin hänen peräänsä estääkseni häntä. Tallipoika perääntyi pelästyneenä loitommalle, kun törmäsin Didrikin kylkeen. Didrik kaatui polvilleen, mutta ehti saada tikarin käteensä. Hän ei kuitenkaan saanut sitä singotuksi Josiaa kohti, koska olin osittain hänen edessään. Kuulin Josian huutavan nimeäni, kun Didrik kohottautui ketterästi, tarrasi kiinni vyötäisiltäni ja kohotti tikarin kaulaani vasten.

”Hyökkää nyt, surkimus! Näethän, millainen pikkupeto minulla on sylissäni! Hänestä onkin vielä paljon hupia minulle, kun laitan hänet tappelemaan villipetoja vastaan”, hän nauroi Josialle hengästyneenä. ”Ymmärrän kyllä nyt, mikä hänessä kiehtoo sinunlaistasi pelkuria! Tarvitsisit häntä kai henkivartijaksesi?”

Tilanne tuntui pysähtyvän. Vaeltaja ja tallipoika olivat sitoneet Didrikin apurin, mutta hekään eivät ehtisi väliin, jos Didrik päättäisi vahingoittaa minua. Josia katseli meitä vakavana, jännittyneenä, ja aivan kuin ajatuksissaan. Kaiketi hän antaisi Didrikin mieluummin paeta kuin vahingoittaa minua. Mutta yrittikö Didrik yhä viedä minut mukaansa, tai saattaisiko hän surmata minut siinä vihamiehensä silmien edessä?

”Luoja antakoon sinulle anteeksi kaikki pahat tekosi, veljeni”, Josia lausahti hitaasti ja kuuluvasti. Didrikin ote minusta höllentyi hieman; tikarin terä väistyi kaulaltani. Sitten hän tönäisi minut maahan ja syöksähti ratsulleen. Hän hypähti ratsunsa selkään, eikä Josia yrittänytkään enää estää hänen pakoaan, vaan kiirehti minun luokseni.

Sanomatta sanaakaan hän auttoi minut jalkeille ja lähti taluttamaan minua majatalon etupihaa kohti.

”Näytä missä voin huolehtia hänestä”, hän sanoi tallipojalle. Poika kiirehti johdattamaan meidät majatalon eteiseen. Siellä Josia ohjasi minut istumaan penkille, katsellen minua aivan kuin äitini oli katsellut silloin, kun olin lapsena pudonnut hevosen selästä.

”Oletko kunnossa? Ehtikö hän satuttaa sinua jotenkin?” hän kysyi hengästyneenä.

”Ei... Ei hän tehnyt mitään... muuta kuin oli karkea ja kovaotteinen”, selitin takellellen. Oloni oli vieläkin miltei kauhistunut, ja tuskin edes tajusin tilanteen olevan ohi. ”Olen vain vähän kolhiintunut... ja janoinen.”

”Luojalle kiitos”, Josia huoahti. ”Didrik on täysin pois tolaltaan... Mitä kaikkea hän olisikaan voinut tehdä sinulle!”

”Niin... Hän meinasi viedä minut Molcavarathiaan”, mutisin hengähtäen. ”Mitähän isäni olisi siitä sanonut?”

”Niin, Luojan kiitos, ettet joutunut sinne... Mutta kunpa Didrik olisi antautunut!” Josia äännähti hiljaa. ”Nyt hän on henkipatto. Kuka tahansa hänet surmaankaan, tietää tekevänsä palveluksen kuninkaalle...”

”Et siis haluaisi hänen kuolevan?” totesin kysyvästi. Josia pudisti päätään katsellen lattiaan, ja näin hänen silmiensä kyyneltyneen. Tunsin palan nousevan kurkkuuni. En ymmärtänyt häntä; olisin halunnut ymmärtää, mutten voinut. Itse en olisi ainakaan sillä hetkellä paljoakaan surrut Didrikin puolesta, jos hänet olisikin vaikka ammuttu. Miten Josia kykeni säälimään Didrikiä, joka vihasi häntä niin katkerasti? Kun Josia irrotti varovasti ranteisiini jääneitä köydenpätkiä, hän huomasi Didrikin aiheuttamat mustelmat.

”Miksi jätinkään sinut omiin oloihisi? Antakoon Kaikkeuden Luoja minulle anteeksi, jos tahtoo, kun en huolehtinut sinusta paremmin! En olisi saanut jättää sinua yksin, kun kerta tiesin, että Didrik saattoi olla vielä lähettyvillä”, hän hengähti ahdistuneena. Tajusin itsekin vasta vähitellen ja vajavaisesti, millaisesta kohtalosta olin pelastunut, ja aloin hieman väristä, ja palantunne nousi kurkkuuni.

”Älä syytä itseäsi! Enhän minäkään sinua syytä. Ja Luoja todella olkoon kiitetty, kun mitään pahempaa ei tapahtunut. Sinähän pelastit minut! Minähän olen nyt turvassa”, sanoin hiljaa, oikeastaan rauhoitellen samalla itseänikin. Ymmärsin, että hänen hätänsä oli ollut erilainen, mutta lähes yhtä suuri kuin minun. Josia laskeutui polvilleen viereeni ja painoi hetkeksi päänsä käsiään vasten. Näin kyyneleitä hänen poskillaan ja katselin hänen ahdistustaan kyynelehtien itsekin, mutten tiennyt mitä sanoa; miten olisin voinut helpottaa hänen oloaan. En ollut useinkaan nähnyt miespuolisten itkevän; vain isäni oli itkenyt silloin, kun äiti oli kuollut, ja vanhempi ritari Rikard oli kyynelehtinyt kanssani silloin, kun olimme löytäneet metsästä kuolleen ketun. Josian ahdistus hämmensi minua. Hän koki jollain tapaa laiminlyöneensä velvollisuutensa huolehtia minusta, vaikka itse en häntä sellaisesta syyttänytkään.

”Annatko sinä minulle anteeksi sen, etten suojellut sinua paremmin? Luulin, että minun on parempi pysytellä Jooelin seurassa kuin sinun. Mutta enhän voi suojella sinua, ellen ole läsnä”, Josia sanoi nostaen katseensa minuun, hyvin vakavana ja surullisena. Hänen herkkä katseensa itketti minua vielä enemmän.

”Sanoinhan, etten syytä sinua, Josia! Ei sinulla ole mitään anteeksipyydettävää! Enhän minä ole odottanut, että sinun pitäisi olla koko ajan seurassani niin kuin joku henkivartija”, totesin liikuttuneena, mutta myös hämilläni. ”Mutta olen pahoillani, jos olen sinulle jonkinlainen taakka, koska kannat vastuuta hyvinvoinnistani! Eihän se kuitenkaan ole sinun syysi, että jouduit sotkeutumaan elämääni silloin, kun tein sen mielettömän karkumatkani. Tai että jäin sinun huolehdittavaksesi Warginlaaksoon, vaikka olisin voinut palata kuninkaanlinnaan…”

”Ehkä sinä et odota sellaista huolenpitoa minun taholtani, mutta itse koen sen velvollisuudekseni”, Josia huoahti hiljaa. ”Olen kokenut jo kauemmin kuin tiedätkään! Ja Jooel on muistuttanut minua vastuustani sinua kohtaan, silloinkin kun itse olen ajatellut, että tuskinpa tarvitset minua koskaan mihinkään. Ja itsehän minä valitsin lähteä mukaanne, kun päätit karata Narrin kanssa…”

”Päätin mitä?” äännähdin ohuesti. Josia aloitti sanomaan jotakin, mutta vaikeni äkisti, ja tajusin majatalon emännän seisovan vieressämme ruokatarjottimen kanssa. Hän oli tuonut minulle jotakin hyvältä tuoksuvaa syötävää ja juotavaa.

Kiusaantuneena yritin keskittyä ottamaan juotavaa, mutta sormeni tuntuivat puutuneilta ja kipeiltä, eikä juomakannu tahtonut pysyä otteessani. Josia ojensi minulle lihalla ja kasviksilla täytetyn leivän. Syödessäni hän selvitteli palmikoista purkautuneita, sotkuisia hiuksiani, jotka roikkuivat selkääni pitkin, ja tunsin hänen palmikoivan ne. Olin hämmentynyt ja liikuttunut hänen huolenpidostaan. Hän ei todellakaan ollut kuka tahansa kasvoton palvelija, vaan ihminen, jota koin rakastavani, vaikken paljoakaan rakkaudesta vielä ymmärtänyt. Mutta hän todellakin luuli minun olevan häpeämätön tytönhupakko, joka oli yrittänyt paeta vastuullista asemaansa karkaamalla hovinarrin kanssa...

En saanut kerrotuksi totuutta hänelle; en ainakaan siinä, kun majatalon pyöreämuotoinen, ystävällisen näköinen emäntä katseli minua kuin herttaista lapsukaista, ja kun se höperön näköinen tallipoika tuijotti minua silmät ihailusta pyöreinä. Olivatkohan tallipojat aina sellaisia yksinkertaisia ja kömpelöitä, joskin lihastyöhön tottuneita nuorukaisia? En ollut tavannut tallipoikia sen jälkeen, kun olin lapsena tipahtanut ratsailta kuninkaanlinnan läheisellä niityllä. Ehkä olin tipahtanutkin juuri siksi, että joku tuollainen höppänä oli kiinnittänyt satulani huonosti...

”Onkohan se Vaeltajaveli vielä täällä? Hakisitko hänet tänne, haluan kiittää häntä”, Josia sanoi tallipojalle, joka lähti vastentahtoisesti ulos. Ei mennyt kauaakaan, kun se välikohtaukseen osallistunut, kaapuun pukeutunut mies tuli luoksemme, ja Josia nousi tervehtimään häntä kädestä pitäen.

”Olen kiitollinen sinulle siitä, mitä teit! Prinsessa Jelisepa on suojeluksessani, ja laiminlöin velvollisuuteni, joten hän joutui vaaraan... Mutta Kaikkeuden Luoja lähetti sinut pelastamaan hänet! Jos sinulla ei ole paikkaa, missä majailla ensi yönä, olet enemmän kuin tervetullut luoksemme. Ja haluan palkita sinut avustasi, jos vain voin tarjota jotakin, mitä haluat palkaksesi!”

”En tarvitse erityistä kiitosta, enkä palkkiota siitä, että saan tehdä jotakin, minkä sydämeni tietää oikeaksi. Ja teen erityisen mielelläni palveluksia ihmisille, jotka puhuvat Kaikkeuden Luojasta”, Vaeltaja totesi vakavana. Hänen kasvoistaan päättelin, että hän oli selvästi Josiaa vanhempi, muttei ehkä vielä kolmeakymmentä. Hän oli vantterarakenteinen ja ilmeisen tottunut käyttämään aseita. ”Tulin juuri Molcavarathiasta, ja olen saanut kuulla, että Warginlaaksossa on Vaeltajia, jotka saavat kaikessa hiljaisuudessa varustautua puolustamaan sitä, minkä kokevat oikeaksi. Heillä on kuulemma suojelija, joka tarjoaa heille katon ja leipää, ja tarvikkeita. Osaatteko neuvoa minut sinne?”

”Minä olen Warginlaakson linnasta, ritari Josia, ja luonani majailee juuri parhaillaan muutamia Vaeltajia, kuten Jooel Vaeltaja”, Josia selitti hymyillen hämmentyneesti. Vaeltaja katsoi häntä yllättyneenä ja tarttui sitten uudelleen hänen käteensä, puristaen sitä nyt kaksin käsin, niin että pelkäsin hänen suorastaan rusentavan Josian käden innostuneessa otteessaan.

”Todellako? Luojan ihme! Siinä tapauksessa minut on johdatettu sinun palvelukseesi”, hän sanoi vakavana. ”Olen Vaeltajaveli Jaechim. Olen niitä, jotka kantavat miekkaa silloin kun kulkevat miekkojen keskellä!”

”Jaechim?” Josia toisti, ja ilme hänen kasvoillaan oli todella häkeltynyt. ”Mistä olet syntyjäsi?”

”Pohjoisista maista”, Vaeltaja Jaechim vastasi. ”Olen ollut liikkeellä jo kymmenisen vuotta, pääosin Molcavarathiassa.”

”Olet todellakin tervetullut kattoni alle”, Josia totesi hartaasti, lähestulkoon liikuttuneena. ”Taitosi ja tietosi ovat tervetulleita, ja tiedän erään Vaeltajaveljen, joka varmasti haluaa tavata sinut, jos kerta olet pohjoisesta syntyjäsi!”

En aivan ymmärtänyt, mihin kaikkeen heidän sananvaihtonsa mahtoikaan liittyä, mutta aloin hieman epäillä, oliko kyse jostakin sellaisesta ”varustautumisesta”, joka liittyisi siihen, ettei Josia ollut paheksunut sitä, että Narri lauloi pilkkalaulua kuningas Melchiorista.

”Tässä on kruununprinsessa Jelisepa Willefintytär”, Josia sanoi sitten osoittaen minua, ja Vaeltaja Jaechim kääntyi puoleeni ja tervehti minua kohteliaasti nyökäten, mutta hymyilemättä. Mietin, oliko hänellä kenties jollain tapaa onnettomia kokemuksia naisväestä.

Lopettelin ateriaani, kun Josia jatkoi keskusteluaan Vaeltajaveljen kanssa, ja uteliaan huolehtivainen majatalonemäntä palasi omiin iltatouhuihinsa. Kuulin, että vanha virkamies, jota Didrik oli lyönyt, oli elossa, mutta tajuton. Josia näytti maksavan majatalon isännälle, jotta tämä huolehtisi vanhuksesta. Oloni alkoi tasaantua, kun olin syönyt ja levännyt turvallisessa seurassa. Valmistauduimme vähitellen paluumatkalle Warginlaaksoon. Se herttaisen pölhön näköinen tallipoika lähti kuljettamaan minua kärrykyydillä. Sain kärryihin mukavan pieluksen ja peitteen, ja majatalon emäntä toi minulle matkaevääksi jonkinlaisen runsasmuotoisen pullan. Josia ja Vaeltaja Jaechim taluttivat hevosensa satulaan sidottua Didrikin apuria. Oli jo keskiyö, ja koettelemuksieni väsyttämänä nukahdin kärryjen kyytiin.

Seuraava aamu alkoi jo valjeta, kun tulimme Warginlaaksoon. Josia saatteli minut äitinsä tyhjillään olevaan huoneeseen, siis linnan isäntäväen makuukamariin, josta ei kuulemma lähtenyt mitään salakäytäviä, ja palvelija haki tavarani sinne. Olin hämilläni ja tarkkailin Josian ilmeitä kyetäkseni päättelemään, mitä hän ajatteli tai tunsi. Mutta saatoin nähdä vain lempeyttä ja huolehtivaisuutta; hän käyttäytyi kaikin tavoin hillityn rauhallisesti minua kohtaan. Hän jätti minut siistiytymään ja lepäilemään, ja sanoi menevänsä itse esittelemään Vaeltaja Jaechimin Jooelille ja muille Vaeltajaveljille.

Yksin jäätyäni kertasin tapahtumia mielessäni. Palautin mieleeni kauhuntunteet, joita Didrikin yllättävä tapaaminen huoneessani oli herättänyt, ja sen, miten olin vaipunut jonkinlaiseen turtaan tilaan, kunnes apu oli tullut ja olin saanut lohdutusta hätääni. Se, miten Josia oli hoivannut minua, kertoi, että hän tunsi minua kohtaan jotakin hellämielistä, vaikka ehkä luulikin minua huonomoraaliseksi mielipuoleksi. Tai ehkä se johtui hänen hyväluontoisuudestaan. Ehkä hän hoivaisi samalla tavoin muitakin mielipuolia, tai jopa rikollisia, tai iljettäviä pikkuötököitäkin.

Olin kuitenkin jossain määrin loukkaantunut Josialle siitä, että hän saattoi kuvitella minulla olevan rakkaussuhteen Narrin kanssa, ja päätin ainakin yrittää tehdä asian selväksi mahdollisimman pian, olisipa se miten kiusaannuttavaa tahansa. Se, että olin ehkä joskus katsellut Narrin kasvoja ja pitänyt häntä jopa miellyttävän näköisenä, ei tarkoittanut yhtään mitään. Sen perusteella Josian ei tarvitsisi kuvitella, että pystyisin olemaan ihastunut senlaatuiseen tasapainottomaan, mielipuolisesti irvistelevään olentoon; saati sitten että vakavissani tahtoisin sitoa itseni sellaiseen seuraan…

Aamupäivällä Josia tuli koputtelemaan huoneeni ovelle. Olin jo odotellut kärsimättömänä, että saisin nähdä hänet, tai että edes pääsisin jonnekin ulos huoneestani. Hän seisoi hieman pidättyväisen näköisenä ovella, kun valmistauduin lähtemään saliin hänen mukanaan.

”Isäsi joukkoja oli jo illalla saapunut tänne, ja heillä oli mukanaan virallinen Didrikiä koskeva pidätysmääräys”, Josia selitti hiljaa. ”Ja tässä on sinulle viesti isältäsi!”

”Ai, kiitos”, sanoin yrittäen hymyillä edes hivenen, vaikka jännittyneisyys uhkasi tehdä naamastani luultavasti epäviehättävän ilmeettömän. ”Jos tämä kirje sisältää sen tiedon mitä toivonkin, voisin ehkä lukea viestin huoneessani…”

”Ihan miten haluat, paitsi että sinulle on vieras, joka on jo jonkin aikaa odotellut näkevänsä sinut”, Josia totesi tarkkaillen ilmettäni hieman hämmentyneen näköisenä.

”Vieras?” toistin hölmistyneenä.

”Niin… Kaipa osasit odottaa, että hän tulisi?” Josia kysyi, ja silloin tajusin, ketä hän tarkoitti. En voinut mitään sille, että kasvoilleni lehahti lämmin punerrus. Josia varmastikin luuli sen johtuvan tunnekuohusta, jonka rakastetun kohtaaminen saattaisi aiheuttaa. Mutta uskoin kyllä oikeasti hämmentyneeni siitä, mitä puppua kuvittelin Josian itsestäni ajattelevan.

”Mitä ihmeen asiaa hänellä minulle olevinaan on?” mutisin hiljaa, katsellen hänen ohitseen, mutta syrjäsilmällä huomasin hänen kohottavan kulmakarvojaan.

”Etkö olekaan ilahtunut?” Josia kysyi selvästi hämmästyneenä. Kohautin olkapäitäni.

”No, kyllähän hänen pitäisi tietää, etten mitenkään erityisesti kaipaa häntä näköpiiriini… Mutta onhan hän toki auttanut minua, ja kaipa minä olen jotenkin vastuussa hänestä, kun kerta alun perin pakotin hänet auttamaan minua”, sanoin huokaisten varmasti vähän liioitellusti.

Olimme lähteneet astelemaan verkkaisesti kohti salia, ja jonkin aikaa oli aivan hiljaista. Sitten Josia pysähtyi, ja minunkin oli pysähdyttävä. Hän katsoi minua vakavana.

”Anteeksi, mutta… Minun on kai pakko puhua suoraan, vaikka saatankin nolata sinut ja itseni! Luulin että…” Josia aloitti. Sitten hän rykäisi ja yritti uudelleen, huoahtaen. ”Luulin että Narri, tai siis te, siis että välillänne vallitsee… yhteisymmärrys.”

”Yhteisymmärryskö? Jos luulit, että minä ja Narri olemme rakastavaisia, kuten juorut väittävät, niin olet ollut väärässä, ja jos joku muu kuin sinä tai Jooel sanoisi minulle tuollaista, saattaisin loukkaantua verisesti”, sanoin hitaasti, yrittäen pitää ilmeeni rauhallisen vakavana lievästä närkästyksestäni huolimatta. ”Minusta Narri on luonteeltaan hyvinkin ärsyttävä, ja mielestäni liian kevytmielinen ja huonomoraalinen… Vaikkei olekaan tyhmä, eikä tyystin vailla omatuntoa… Mutten silti voisi edes kuvitella lankeavani läheisempään tuttavuuteen hänenlaisensa kanssa!”

Josia oli hetken hiljaa. Hänen ilmeensä oli todella hämmentynyt, sitten se muuttui jokseenkin huolestuneeksi, sitten hän katsahti minua suoremmin kuin koskaan aiemmin, ja laski sitten taas katseensa jalkoihinsa.

”Mutta… Sittenhän minun on pyydettävä anteeksi väärinkäsitystäni!” hän totesi näyttäen hyvin vaivautuneelta, ja hänen puheensa oli todella takeltelevaa. ”Luulin vain, että olette… Siis… lähentyneet… Siis, kuten sanoin, että välillänne vallitsee yhteisymmärrys… Mutta…”

”En käsitä, miten olet voinut kuvitella meillä olevan jotakin sopimattoman tuttavallista tekemistä toistemme kanssa, paitsi jos olet uskonut ihmisten panettelevia puheita”, sanoin hivenen paheksuvalla äänellä vakuutellakseni viattomuuttani.

”En tietenkään ole uskonut juoruja! Oletukseni perustui... omiin havaintoihini, tai siis... saamaani vaikutelmaan! Ja tarkoitin pelkästään henkistä yhteisymmärrystä, en mitään sellaista... Ymmärräthän? En saattaisi mitenkään kuvitella sinusta sellaista ... sopimatonta, mitä juorut väittivät!” Josia selitti edelleen häkeltyneenä. ”Vakuutan, että perimmäinen syy kuvitelmaani johtui pelkästään Narrin ja hänen ystävänsä puheista, ei mistään vastenmielisistä juoruista. Ja... no, osaksi myös teidän käytöksestänne ja puheistanne... Mutta en tietenkään ole nähnyt sinun tekevän mitään, mistä voisin sinua soimata... Mutta... Olin silti varma... Äh! Suo anteeksi, jos olen kohdellut sinua tylysti väärinkäsitykseni takia!”

”Tietysti saat anteeksi! Eikä minulla ole mitään valittamista siitä, miten olet minua kohdellut”, totesin itsekin hämmentyen ja sitä paitsi hieman epärehellisesti...

En oikein ymmärtänyt Josiaa vieläkään. Jos hän ei kerta uskonut juoruja, oliko se raivostuttava ilveilijä itse valehdellut hänelle jotakin minusta ja tunteistani? Vai oliko ritari Rikard kertonut Josialle omia käsityksiään siitä, millaiseksi kuvitteli minun ja Narrin suhteen, jos hän oli alun perin auttanut Narria tapaamaan minua? Vai oliko Narri antanut tahallaan ja rehvastellen kyseiselle Rikardille käsityksen, että tapailimme toisiamme romanttisesti, ja Josia uskoi tuttavaansa...

Olimme varsin kiusaantuneen hiljaisia tullessamme saliin. Narri istuskeli pöydän ääressä, tuoli keikallaan ja jalat pöydällä, mutta hypähti ylös heti meidät nähdessään. Hänen katseensa oli terävä ja pidättyväinen. Huolimatta kaikesta siitä, mitä olin juuri hetki sitten Josialle hänestä sanonut, punastuin uudelleen ja tunsin itseni suorastaan epärehelliseksi ääliöksi.

”Prinsessahan on oikein hyvinvoivan näköinen”, Narri lausahti olevinaan vakavana, mutta mutristellen leveää suutaan. ”Huolimatta kaikesta siitä kauheasta, mitä olen kuullut hänelle tapahtuneen! Kasvotkin ovat oikein terveen rusottavat, ja silmät loistavat virkeinä kuin elinvoimaisella peuranvasalla!”

”Ai, kiitos hyvä herra, ystävällisesti ja kohteliaasti sanottu, ja miellyttävää tavata uudelleen”, mutisin ymmärtämättä itsekään, miksi puhuin niin typerästi, ja samalla panin merkille, ettei Josia tehnyt elettäkään poistuakseen seurastamme. Narri katsahti häneen ja minuun hieman huvittuneesti virnistäen ja pyöräyttäen silmiään. Pelkäsin että hän möläyttäisi jotakin epähienotunteista; sellaista siis, mikä liittyisi jollain lailla tunteisiini Josiaa kohtaan.

”Kuten myös!” Narri totesi ilvehtien yllättynyttä. ”Kuninkaanlinnasta poissaolo on tainnut jalostaa arvon neidon käytöstapoja entisestään! No, olet toistaiseksi vapaa avioliittotarjouksista... Eikä tarvitse pelätä, että minä ainakaan olisin sinua kosimassa ensimmäisten joukossa, ottaa näet liikaa ylpeydelle kosia sellaista neitoa, jonka tunteet kenties kohdistuvat toisaalle! Isälläsi vain taitaa olla ongelmia saada sinulle järjestetyksi joku valtakunnalle lojaali paimentaja...”

”Jos Neuvosto ei hiillostaisi Willefiä, hän voisi varmasti antaa tyttärensä olla rauhassa”, Josia huoahti hiljaa. ”Tuskin kuningas itse oikeasti kuvittelee, että Jelisepa uhkaisi jotenkin valtakunnallista tilannetta! Jos Neuvostossa olisi vähemmän Melchioria mielisteleviä jäseniä, hänenkään ei tarvitsisi ottaa vaimoa...”

”Enpähän tiedä viimeisimpiä hovijuoruja Neuvoston edesottamuksista tai juonista”, Narri sanoi naurahtaen. ”Mutta olen iloinen nähdessäni, että kruununprinsessa on lievistä silmäpusseista huolimatta hehkeässä kunnossa, ja vieläpä askeleen lähempänä tavoittelemaansa onnen tilaa kuin viimeksi tavatessamme!”

Hän virnisteli minulle aivan selvästi kiusoittelevasti, suorastaan keljusti, ja mulkaisin häntä rypistäen otsaani nolostuneena. Josian ilme oli hämmentyneen pidättyväinen.

”Mitä aiot itse tehdä? Etsitkö töitä ja majapaikkaa?” kysyin Narrilta. Hän kohautti olkapäitään ja irvisti.

”Niin, olen tosiaankin vailla töitä ja kattoa pään päällä! Kuningashan karkotti minut hovista, jotten seurustelisi sinun kanssasi, ja tuskinpa voin sinne palata, jos sinäkin palaat isäsi luo, ellei sitten Rikard suostuisi piilottelemaan minua sänkynsä alla... palvelustytön kolttuun naamioituneena”, hän naurahti. Kiusaannuin yhä enemmän, niin että poskeni tuntuivat palavan, mutten sanonut mitään. ”Viime päivät olen nukkunut ulkosalla, ja alan olla sen oloinen, ettei minua enää sisätöihin kelpuutetakaan...”

”Onko sinulla enää mitään, millä elää?” Josia kysyi myötätuntoisen huolestuneena.

”Jos tarkoitat säästöjäni, olen onnistunut tuhlaamaan ne! Minulla on hevonen ja uusi soitin, ja pää täynnä kaikenlaista enemmän tai vähemmän viisasta ulostettavaa”, Narri totesi. ”Eikö sinulla sattuisi olemaan jotakin työtä minulle? Nyt kun olet linnanherran asemassa, voisit kai ottaa uusia palkollisia?”

”Oletko tosissasi?” Josia kysyi hämmentyen, mutta selvästi ilahtuneena. ”Enhän minä oleta, että sinun tarvitsisi tehdä minulle palkkatyötä! Olet tervetullut asumaan luonani muutenkin.”

”Epäiletkö sinä työmoraaliani? Kyllä minä voin tehdä vaikka mitä... Paitsi etten halua siivota, enkä pestä pyykkiä, enkä laittaa ruokaa, enkä jaksa olla öisin vartiossa, enkä oikeastaan halua tallirengiksikään, enkä ainakaan miksikään palvelijaksi...”

Yritin olla hymyilemättä, jottei se omahyväinen olio luulisi minun huvittuneen hänen puheistaan. Josia huoahti, mutta katsoi sitten Narria, ja hämmennyin siitä, miten ystävällisesti hän pystyi suhtautumaan ihmiseen, joka minulle tuotti lähinnä epämääräistä ärtymystä.

”Voisitko tehdä töitä Jooelin ja Vaeltajaveljien kanssa? Olen nimittäin luvannut heille majapaikan ja työtiloja linnasta.”

”Mutta mitä ihmettä minä Vaeltajaseurassa tekisin?” Narri kysyi irvistäen. ”Ei sillä, etteikö Jooel olisi ihan mukavaa seuraa, mutta silti... Etkö pelkää, että häiritsen heitä tai että saatan tartuttaa heihin huonon moraalini?”

”No, jos vaikka sepittäisit joitakin syvällisempiä laulelmia... Ja sinullahan on siisti käsiala, joten voisit auttaa vanhojen tekstien kopioimisessa”, Josia totesi, enkä tiennyt, oliko hän tosissaan vai pilailiko vain, etenkin kun tiesin, miten kummallinen käsiala Narrilla oli.

Narri näytti hämmentyvän. Hän ilmehti kauan itsekseen hivenen punehtuneena, syystä tai toisesta. Ehkä hän mietti Josian tarjousta suorastaan vakavissaan. Oliko hän mielissään vai kiusaantunut? Josiahan tunsi hänet paremmin kuin minä; ehkä Narri todella kykenisi sepittämään vakavampiakin laulelmia kuin niitä ärsyttäviä pilkkalaulujaan, ja tekemään kenties jotakin muutakin hyödyllistä, ehkä jopa kirjoittamaan asiakirjoja hulluilla koukeroillaan. Mutta Narrin housuissa en olisi epäröinyt hetkeäkään, jos Josia olisi pyytänyt minua asumaan kotiinsa. Mikä ihme sitä hupsua mietitytti?

”Saisinko sitten myös asua täällä, siis sisätiloissa?” Narri kysyi lopulta. ”Ja syödä sinun seurassasi ikään kuin olisin itsekin ylhäistä väkeä?”

”Tietysti”, Josia sanoi hiljaa naurahtaen. ”Olisin pelkästään iloinen, jos viettäisit aikaa seurassani enemmän, etenkin jos luovut ilveilijän roolistasi!”

”No hyvä. Ehkä opin sietämään sinun ylevämielistä seuraasi ruokapöydässä, kunhan Jooel auttaa minua kasvattamaan kärsivällisyyttäni! Ehkä lähdenkin tästä saman tien Jooelin luo ennen kuin saan teiltä kahdelta liiaksi päätä pehmentäviä vaikutteita. Olette niin kovin hiljaisia ja hartaita, suorastaan hempeitä”, Narri totesi huoahtaen ja kääntyi sitten minuun päin, katsoen minua terävän haastavasti. ”Näkemiin siis, arvon neito, ainakin toistaiseksi! Luulenpa ettet ole palaamassa kuninkaanlinnaan ihan vielä, jos ollenkaan, joten tapaamme kenties piankin! Paitsi jos joku ajattelee, ettei se ole suotavaa ja sopivaa...”

En osannut vastata siihen mitään. Narri kumarsi ja poistui salista hullusti loikkien, aivan kuin olisi leikkinyt ruutuhyppelyä. Tuijotin hänen peräänsä silmät laajenneina. Oliko Josia tosissaan kuvitellut minun rakastuneen sellaiseen naurettavaan olioon? Miten kukaan voisi tosimielellä ihailla moista epäarvokasta pelleä? Oli hetken aikaa hiljaista, koska Josiakaan ei sanonut mitään. Muistin äkkiä pitеleväni edelleen kädessäni isäni lähettämää viestiä, enkä oikeastaan enää epäröinyt lukea sitä Josian nähden. Niinpä istuuduin pöydän ääreen ja avasin kirjeen. Josia istahti hienotunteisen kauas minusta, katsahtaen minua miettiväisenä, kun aloin lukea itsekseni.

”Parahin tyttäreni.
Pahoittelen tapahtunutta! Olen peruuttanut kihlauksesi virallisesti, ja Didrik tullaan saattamaan Oikeusneuvoston eteen. Warginlaakson linnanrouva tarjoutui huolehtimaan sinusta linnassaan ainakin toistaiseksi, sikäli kun hänen poikansa suostuu majoittamaan sinut. Tiedustelen asiaa piakkoin linnanherralta itseltään. Joceline-rouva matkustanee takaisin kotilinnaansa, kunhan Didrik on saatu vangituksi ja hänen on turvallista matkustaa. Lähetä sana, jos tarvitset jotakin siellä oleskelusi ajaksi. Toivotan sinulle mitä parhainta terveyttä ja mielenrauhaa!”

Häkellyin hieman, koska isä kirjoitti aivan kuin olisi ollut aidosti pahoillaan tapahtuneesta. Olin myös hämmentynyt Jocelinen hänelle tekemästä ehdotuksesta, ja nousin näyttämään kirjettä Josialle. Hän alkoi lukea viestiä hiljaisuuden vallitessa. Odotin kärsimättömästi, mitä hän sanoisi sen luettuaan.

”Olisiko sinusta itsestäsi vastenmielistä oleilla täällä jonkin aikaa?” hän kysyi sitten katsoen minua tutkivasti. Väistin hänen katsettaan, koska en uskaltanut näyttää hänelle tunteitani niin suoraan kuin ne olisivat ehkä silmistäni välittyneet. Pelkäsin tunteitteni aiheuttavan hänelle jonkinlaista ahdistusta, syystä tai toisesta.

”Ei, ei todellakaan! Olisin paljon mieluummin täällä kuin kuninkaanlinnassa, etenkin jos äitisi sitä toivoo”, mutisin välttelevästi. ”Et varmaankaan oleta, että viihtyisin paremmin paikassa, josta jo kerran halusin karata?”

"No, jää sitten tänne toistaiseksi. Onhan sinusta seuraa äidilleni, kunhan hän palaa", Josia totesi vaikuttaen varsin mietteliäältä, eikä siis varauksettoman ilahtuneelta. Olimme jonkin aikaa hiljaa, mutta olin edelleen kärsimättömän hämmentynyt, koska en tiennyt, mitä Josia oikeasti ajatteli. Olisiko hänestä kiusallista tai peräti sopimatonta, että halusin viipyä hänen vieraanaan? Miksi hän ei sitten sanonut sitä suoraan? Hän katsahti minua syrjäsilmällä, rypistäen kaunismuotoista otsaansa, mutta epäröi puhutella minua.

"Niin... Äitisi on miellyttävä ihminen. Hän on aivan erilainen kuin ne hovirouvat, joitten seuraa minun piti sietää äitini kuoleman jälkeen", sanoin lähinnä rohkaistakseni häntä puhumaan edes jotain.

"Olen iloinen siitä, jos pidät äidistäni. Saatan tuskin kuvitella sitä tuskaa, mitä varmasti olet tuntenut, kun oma äitisi kuoli... Ja nyt eteesi tuli vielä tämä Didrikin aiheuttama hirveys! Toivottavasti saat viettää edes joitakin viikkoja rauhassa ennen kuin Neuvosto keksii jotakin uutta tulevaisuutesi suhteen", Josia totesi epäröiden.

Hänen äänensävynsä nostatti minussa surumielisyyttä, vaikkakin suru johtui ehkä enemmän tarpeesta saavuttaa jonkinlainen yhteisymmärrys hänen kanssaan, eikä niinkään menneiden kauhujen muistelemisesta. Hän oli vaikeaselkoinen ihminen; samalla aikaa helläluontoinen, herkkä ja pidättyväinen. Arvelin hänellä olevan jonkinlaisen sisäisen ristiriidan, kenties muuhunkin kuin vain minuun liittyen. Kiusaantuneena välillemme laskeutuneesta hiljaisuudesta yritin keksiä jotakin sopivaa puhuttavaa.

"Sinä et kai edes tiennyt siitä salakäytävästä vierashuoneessa? Miten arvasit seurata Didrikiä sinne rajanylityspaikalle?" kysyin, ja Josian ilme muuttui selvästi ahdistuneeksi.

"Kun palvelija tuli kertomaan, että kuuli ääniä huoneestasi, murtauduimme ovesta sisään ja huomasimme tietysti heti sen salakäytävän, koska seinävaate roikkui vain osittain sen suojana. Seurasimme käytävää linnan ulkopuolelle, ja siellä näin hevosten jäljet, ja siinä vaiheessa oikeastaan arvasin, mitä Didrik suunnitteli", hän selitti hitaasti, aivan kuin olisi kärsinyt jokaisesta muistelemastaan hetkestä. "Jäljet jatkuivat etelään, mutten tietenkään voinut varmaksi tietää, mihin suuntaan aikoisitte rajakylästä, siis Argillaan vai Molcavarathiaan. Luojalle kiitos, ehdin paikalle ennen kuin ylititte valtakunnan rajan, ja että Hän lähetti Vaeltaja Jaechimin avuksesi!"

"Niin... Ei sentään ollut tarkoitettu, että joutuisin Didrikin vaimoksi tai jalkavaimoksi... tai panttivangiksi", sanoin hiljaa. Josian kasvoilla kävi hyvin synkkä ilme, ja sain aavistuksen siitä, että hän saattoi kokea myös syvää vihaa, vaikka näyttikin yleensä harmittomalta kuin pieni lammas.

”Jos hän olisi ehtinyt pakottaa sinut vaimokseen tai muulla tavoin häpäissyt sinut, se olisi ollut minulle yhtä suuri isku kuin se, mitä sisarelleni tapahtui. Didrik todella halusi loukata minuakin, ja hän tietää kyllä, miten hän voi satuttaa kaikkein kipeimmin!” hän huoahti katsellen kuin muistoihinsa. ”Hän on ennenkin tehnyt niin, eikä vain minulle...”

”Mitä olisit tehnyt, jos olisit... tullut liian myöhään?” kysyin hiljaa.

”Olisin ehkä yrittänyt tappaa hänet, ja tuhonnut siten itseni... Joko hän olisi tappanut minut, tai sitten minä hänet, ja sen jälkeen itseni”, hän totesi. Kurkkuani kuristi; hänen ajatuksensa ja tunteensa olivat liian vakavia ja pelottavia, vaikken itsekään ollut mikään kevytmielinen olento. En halunnut hänen tuntevan niin raskaasti; hän oli liian hauras sellaiseen, ja vaikka itsekin olin kuin siipirikko lintu, tuntui kuin olisin silti ollut jollain tapaa häntä vahvempi. Vai olinko pelkästään kovempi ja turtuneempi; en oikealla tavalla vahva lainkaan?

Oli joka tapauksessa kammottavaa edes ajatella Josian tappavan itsensä, jos hän epäonnistuisi minun suojelemisessani. Halusin mieluummin lohduttaa häntä itse, ettei hän ikimaailmassa lopettaisi kärsimystään oman käden kautta. Oli kummallista haluta olla yhtä aikaa suojeltuna ja toisaalta suojella ja lohduttaa jotakuta toista. En tiennyt, voisiko Josia ikinä ymmärtää tunteitani, mutta halusin ilmaista hänelle edes jotakin siitä, miten paljon arvostin häntä.

”Minulle on kunnia, että haluat suojella minua niin kuin olisin sisaresi”, sanoin vakavana. ”Kukaan ei ole pitänyt minua sellaisessa arvossa, koska minulla ei ole veljiä. Minulla on ollut vain palkollisia henkivartijoita. En osaa edes kuvitella, millaista olisi, jos minulla olisi joku veljen kaltainen, joka puolustaisi kunniaani ja suojelisi minua.”

”Olen itse ottanut sen kunnian! Se on ollut tavallaan ylpeä teko, enkä aina tiedä, olenko tehnyt oikein vai väärin... Jooel sanoi minulle, että sinä olet ainoa asia, joka saattaisi estää minua liittymästä Vaeltajaveljistöön”, Josia totesi hiljaa. Käännähdin hämmentyneenä toisaalle ja astelin ikkunan viereen.

”Mutta miksi? Miksi sinun täytyisi luopua Vaeltajan elämästä minun vuokseni? Ethän sinä ole millään tavalla sidoksissa minuun”, sanoin epäröiden. Toisaalta en olisi halunnut antaa itseni ajatella liikaa, tai liian pitkälle sitä, mitä hän mahtoi tarkoittaakaan. ”Voisithan olla henkivartijani Vaeltajanakin, niin kuin se Jaechim, joka kantaa miekkaa."

"Puhun siitä sinulle joskus myöhemmin, jos haluat kuulla", Josia totesi mietteliäästi, aivan kuin olisi huomannut puhuneensa jo liikaa tai harkitsemattomasti. "Sinä tarvitset nyt aikaa levätä ja toipua kaikesta tästä. Haluatko olla itseksesi, vai tulla linnanpihalle tai puutarhaan? Narrikin on varmaan siellä tutustumassa linnassa majaileviin Vaeltajaveljiin. Ja haluan itsekin tutustua paremmin Jaechimiin. Hän on nimittäin Jooelin nuoruudenystävän poika, samasta pohjoisesta kylästä kotoisin!"

Kuulostelin hetken aikaa omia tunteitani, kuuntelematta oikeastaan hänen puheenvuoronsa loppupuolta lainkaan. Ehkä en haluaisi mennä minnekään, missä voisin törmätä Narriin. Saatoin kyllä kuvitella Narrin Vaeltajaveljien seurassa; hän ehkä tekisi näistä pilkkaa, tai höpöttäisi omiaan, tai sitten teeskentelisi älyllistä ja harrasta... Tekisipä hän mitä tahansa, en pystyisi olemaan kiinnittämättä huomiota häneen, koska hän oli liian ärsyttävä. Hän todellakin riipi hermojani ja sai minut epämääräisen levottomuuden valtaan. Jos olisin jollakin keinolla onnistunut tekemään hänestä harmittoman, näkymättömän, äänettömän, hajuttoman ja mauttoman olion, olisin ehkä onnistunut välttymään hänen tuottamiltaan tunteilta, mutta nykyisellään hän oli liian silmiinpistävä, äänekäs ja liikehtiväinen, ja tunki itsensä sitä paitsi liian herkästi niin lähelle, että aiheutti minussa puistatuksia...

"Jelisepa?" Josia totesi havahduttaen minut ajatuksistani, ja näin hänen ojentavan minulle kättään. Mutta niin paljon kuin olisinkin halunnut tarttua siihen, en voisi lähteä hänen mukaansa, jos hän oli aikeissa viedä minut sellaiseen seuraan, jossa saattaisin nähdä Narrin. Pudistin päätäni ja yritin hymyillä.

"Menen ehkä sittenkin itsekseni lepäilemään", sanoin tuntien epämukavaa jännittyneisyyttä. "Olen kuunnellut hovissa kyllikseni Narrin typeriä laulelmia ja katsellut hänen temppuiluaan, ja voisin yrittää ravita itseäni jollakin muulla mielentäytteellä."

"Hyvä on... Mutta sanonko Narrille, että tapaat hänet myöhemmin, vaikka sitten päivällisellä?" Josia kysyi.

"Ei minulla ole mitään syytä tavata häntä sen enempää kuin pakostakin näemme", totesin lähestulkoon pahastuneena. "Miksi luulet, että haluaisin rohkaista häntä ylläpitämään jonkinlaista epäsopivaa tuttavuutta kanssani?"

”No, koska… hän on antanut ymmärtää, että juttelet mielelläsi hänen kanssaan”, Josia selitti selvästi hieman nolostuen. ”Oletin, että olette kuitenkin ystävällisissä väleissä…”

”Pitäköön hän kaikin mokomin harhakuvitelmansa, kunhan ei yritä syöttää niitä sinun päähäsi tai ahdistella minua niihin vedoten”, sanoin vakavana. Josia äännähti jotakin myötäilevää, mutta näytti yhä tuskastuttavan epäröivältä. En ymmärtänyt edelleenkään hänen käsitystään Narrin ja minun välillä vallitsevan tuttavuuden luonteesta. Ehkä Josia uskoi, ettemme sentään olleet rakastavaisia, mutta kuvitteliko hän todellakin meidän silti olevan jotenkin ystävällisissä väleissä keskenämme? Niin kauan kuin asuisin samassa majapaikassa Narrin kanssa, Narrinkaan ei tarvitsisi kuvitella liikoja ystävyyssuhteemme luonteesta…

Josia saatteli minut huoneeni ovelle vaitonaisena. Yksin jäätyäni mieleni ei ollutkaan niin rauhallinen ja toiveikas kuin olin jo hetken aikaa kuvitellut. Oloani selkiyttääkseni kirjoitin ylös viimeaikaisia tapahtumia ja niihin liittyviä ajatuksiani, ja myöhemmin, silmäillessäni aiemmin kirjoittamaani, huomasin kirjanneeni ylös ärsyttävän paljon asiaa liittyen siihen ihmiseen, jota en oikeastaan olisi halunnut edes ajatella. Ja myöhemmin illalla joku työnsi oveni alta taitellun paperiarkin. Arvasin, että se olisi siltä oliolta, joka ei mielellään puhunut minun kanssani avoimesti ja suoraan, vaan käytti kiertoilmaisuja ja ironiaa, ja joka yritti saada minut kiinni sanoistani ja puhua minut sekaisin. Avasin paperin ja katsoin hänen teennäisen koukeroista käsialaansa.

”Josia sanoi, että sinun mielestäsi emme ole rakastavaisia, enkä minäkään aio sellaista tieten tahtoen uskotella, etten joutuisi vaikeuksiin, joten tai mutta, voisimmeko silti olla jonkinlaisesti soputilassa?”

”Ehkäpä, mokoma hölmö”, mutisin puoliääneen, rypistin paperin ja heitin sen takkaan. Mutta kun se syttyi palamaan, tunsin hienoista katumusta ja haikeutta. Ehkä hän olisi turvallisempi ystävänä kuin vihamiehenä, mutta kaikkein yksinkertaisinta olisi ollut, ettei häntä olisi ollut olemassakaan, paitsi etten siinä tapauksessa olisi siinä missä olin; vieraana Warginlaaksossa, Josian kotilinnassa. Niin ärsyttävää kuin se olikin, minun oli myönnettävä, että ilman Narrin iljettävän röyhkeää tunkeutumista yksityishuoneeseeni sinä eräänä syksyisenä iltana olisin ehkä parhaillaan Argillan keikarimaisen kuninkaan teennäinen ja onneton vaimo…

Prinsessa Jelisepan kertomus jatkuu seuraavassa osassa

Ohdakemaan tarinoita.